O Conde de Monte Cristo

Alexandre Dumas

TEXTO INTEGRAL

Volume I

Tradução em domínio público, conforme edição da Lello & Irmãos Editores, Porto, Portugal, s/d., revista por Kleber Kohn

2ª Edição

COLEÇÃO A OBRA-PRIMA DE CADA AUTOR

Série Ouro

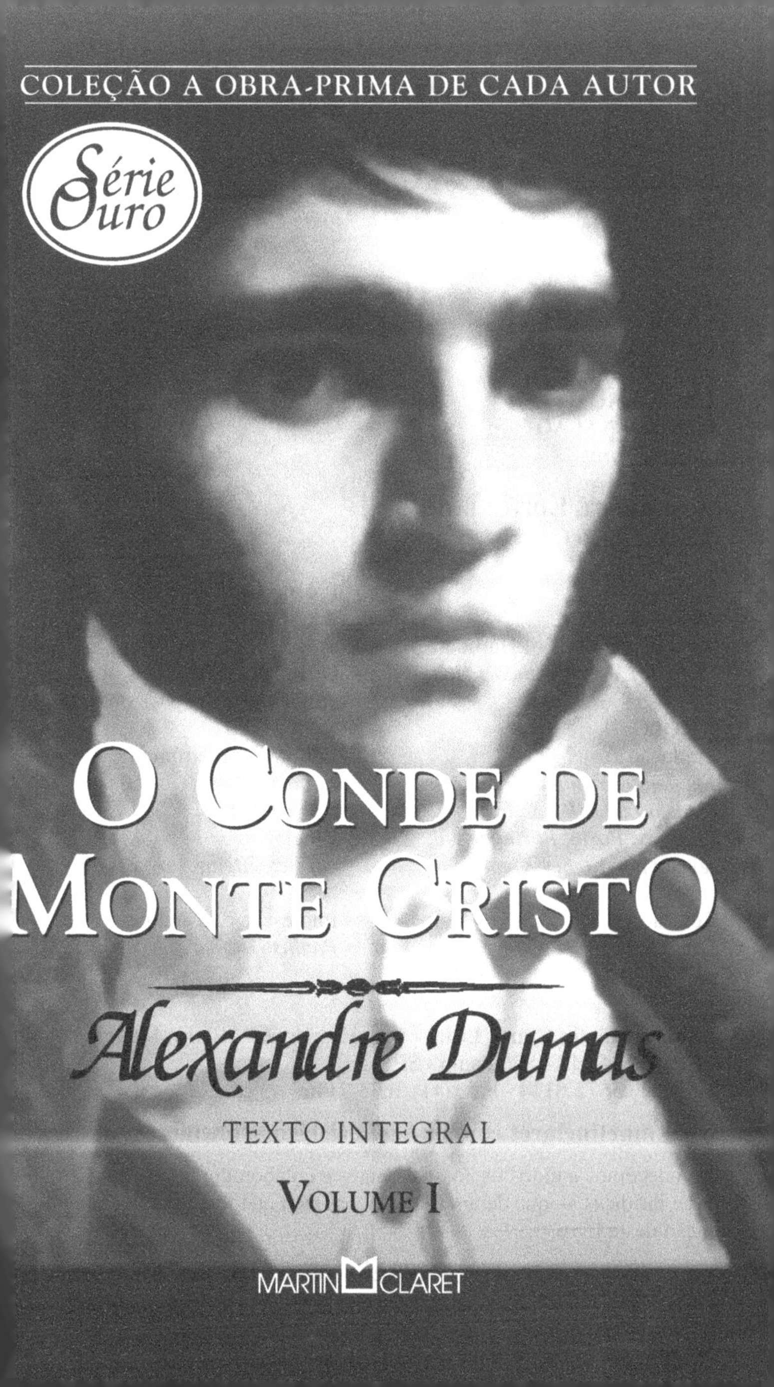

O Conde de Monte Cristo

Alexandre Dumas

TEXTO INTEGRAL

Volume I

MARTIN CLARET

CRÉDITOS

Título original francês: *Le Comte de Monte-Cristo* (1844-1846).

Idealização e Coordenação
Martin Claret

Assistente Editorial
Rosana Gilioli Citino

Capa
Ilustração
View of the Brest of Harbour
(detalhe), Jean-François Hue

Miolo
Tradução
Em domínio público, conforme a edição de Lello & Irmãos Editores, Porto, Portugal, s/d., revista por Kleber Kohn

Revisão
Silvia Souza

Projeto Gráfico
José Duarte T. de Castro

Direção de Arte
José Duarte T. de Castro

Editoração Eletrônica
Editora Martin Claret

Papel
Off-Set, 70g/m²

Impressão e Acabamento
Paulus Gráfica

Editora Martin Claret Ltda. - Rua Alegrete, 62 - Bairro Sumaré
CEP: 01254-010 - São Paulo - SP
Tel.: (11) 3672-8144 - Fax: (11) 3673-7146

www.martinclaret.com.br / editorial@martinclaret.com

Agradecemos a todos os nossos amigos e colaboradores — pessoas físicas e jurídicas — que deram as condições para que fosse possível a publicação deste livro.

3ª REIMPRESSÃO - 2010

A história do livro e a coleção "A Obra-Prima de Cada Autor"

MARTIN CLARET

Que é o livro? Para fins só estatísticos, na década de 1960, a UNESCO considerou o livro "uma publicação impressa, não periódica, que consta de no mínimo 56 páginas, sem contar as capas".

O livro é um produto industrial.

Mas também é mais do que um simples produto. O primeiro conceito que deveríamos reter é o de que o livro como objeto é o veículo, o suporte de uma informação. O livro é uma das mais revolucionárias invenções do homem.

A *Enciclopédia Abril* (1972), publicada pelo editor e empresário Victor Civita, no verbete "livro" traz concisas e importantes informações sobre a história do livro. A seguir, transcrevemos alguns tópicos desse estudo didático sobre o livro.

O livro na Antiguidade

Antes mesmo que o homem pensasse em utilizar determinados materiais para escrever (como, por exemplo, fibras vegetais e tecidos), as bibliotecas da Antiguidade estavam repletas de textos gravados em tabuinhas de barro cozido. Eram os primeiros "livros", depois progressivamente modificados até chegarem a ser feitos — em grandes tiragens — em papel impresso mecanicamente, proporcionando facilidade de leitura e transporte. Com eles, tornou-se possível, em todas as épocas, transmitir fatos, acontecimentos históricos, descobertas, tratados, códigos ou apenas entretenimento.

Como sua fabricação, a função do livro sofreu enormes modificações dentro das mais diversas sociedades, a ponto de constituir uma mercadoria especial, com técnica, intenção e utilização determinadas. No moderno movimento editorial das chamadas sociedades de consumo, o livro pode ser considerado uma mercadoria cultural, com maior ou menor significado no contexto socioeconômico em que é publicado. Enquanto mercadoria, pode ser comprado, vendido ou trocado. Isso não ocorre, porém, com sua função intrínseca, insubstituível: pode-se dizer que o livro é essencialmente um instrumento cultural de difusão de idéias, transmissão de conceitos, documentação (inclusive fotográfica e iconográfica), entretenimento ou ainda de condensação e acumulação do conhecimento. A palavra escrita venceu o tempo, e o livro conquistou o espaço. Teoricamente, toda a humanidade pode ser atingida por textos que difundem idéias que vão de Sócrates e Horácio a Sartre e McLuhan, de Adolf Hitler a Karl Marx.

Espelho da sociedade

A história do livro confunde-se, em muitos aspectos, com a história da humanidade. Sempre que escolhem frases e temas, e transmitem idéias e conceitos, os escritores estão elegendo o que consideram significativo no momento histórico e cultural que vivem. E assim, fornecem dados para a análise de sua sociedade. O conteúdo de um livro — aceito, discutido ou refutado socialmente — integra a estrutura intelectual dos grupos sociais.

Nos primeiros tempos, o escritor geralmente vivia em contato direto com seu público, que era formado por uns poucos letrados, já cientes das opiniões, idéias, imaginação e teses do autor, pela própria convivência que tinham com ele. Muitas vezes, mesmo antes de ser redigido o texto, as idéias nele contidas já haviam sido intensamente discutidas pelo escritor e parte de seus leitores. Nessa época, como em várias outras, não se pensava no enorme porcentual de analfabetos. Até o século XV, o livro servia exclusivamente a uma pequena minoria de sábios e estudiosos que constituíam os círculos intelectuais (confinados aos mosteiros no início da Idade Média) e que tinham acesso às bibliotecas, cheias de manuscritos ricamente ilustrados.

Com o reflorescimento comercial europeu em fins do século XIV, burgueses e comerciantes passaram a integrar o mercado livreiro da época. A erudição laicizou-se, e o número de escritores aumentou, surgindo também as primeiras obras escritas em línguas que não o latim e o grego (reservadas aos textos clássicos e aos assuntos considerados dignos de atenção).

Nos séculos XVI e XVII, surgiram diversas literaturas nacionais, demonstrando, além do florescimento intelectual da época, que a população letrada dos países europeus estava mais capacitada a adquirir obras escritas.

Cultura e comércio

Com o desenvolvimento do sistema de impressão de Gutenberg, a Europa conseguiu dinamizar a fabricação de livros, imprimindo, em cinqüenta anos, cerca de vinte milhões de exemplares para uma população de quase cem milhões de habitantes, a maioria analfabeta. Para a época, isso significou enorme revolução, demonstrando que a imprensa só se tornou uma realidade diante da necessidade social de ler mais.

Impressos em papel, feitos em cadernos costurados e posteriormente encapados, os livros tornaram-se empreendimento cultural e comercial: os editores passaram logo a se preocupar com melhor apresentação e redução de preços. Tudo isso levou à comercialização do livro. E os livreiros baseavam-se no gosto do público para imprimir, sobretudo, obras religiosas, novelas, coleções de anedotas, manuais técnicos e receitas.

O porcentual de leitores não cresceu na mesma proporção que a expansão demográfica mundial. Somente com as modificações socioculturais e econômicas do século XIX — quando o livro começou a ser utilizado também como meio de divulgação dessas modificações, e o conhecimento passou a significar uma conquista para o homem, que, segundo se acreditava, poderia ascender socialmente se lesse — houve um relativo aumento no número de leitores, sobretudo na França e na Inglaterra, onde alguns editores passaram a produzir, a preços baixos, obras completas de autores famosos. O livro era então interpretado como símbolo de liberdade, conseguida por conquistas culturais. Entretanto, na maioria dos países, não houve nenhuma grande modificação nos índices porcentuais até o fim da Primeira Guerra Mundial (1914/18), quando surgiram as primeiras grandes tiragens de livros, principalmente romances, novelas e textos didáticos. O número elevado de cópias, além de baratear o preço da unidade, difundiu ainda mais a literatura. Mesmo assim, a maior parte da população de muitos países continuou distanciada, em parte porque o livro, em si, tinha sido durante muitos séculos considerado objeto raro, passível de ser adquirido somente por um pequeno número de eruditos. A grande massa da população mostrou maior receptividade aos jornais, periódicos e folhetins, mais dinâmicos e atualizados, além de acessíveis ao poder aquisitivo da grande maioria.

Mas isso não chegou a ameaçar o livro como símbolo cultural de difusão de idéias, como fariam, mais tarde, o rádio, o cinema e a televisão.

O advento das técnicas eletrônicas, o aperfeiçoamento dos métodos fotográficos e a pesquisa de materiais praticamente imperecíveis fazem alguns teóricos da comunicação de massa pensar em um futuro sem os livros tradicionais, com seu formato quadrado ou retangular, composto de folhas de papel, unidas umas às outras por um dos lados.

Seu conteúdo e suas mensagens, racionais ou emocionais, seriam transmitidos por outros meios, como, por exemplo, microfilmes e fitas gravadas.

A televisão transformaria o mundo inteiro em uma grande "aldeia" (como afirmou Marshall McLuhan), no momento em que todas as sociedades decretassem sua prioridade em relação aos textos escritos.

Mas a palavra escrita dificilmente deixaria de ser considerada uma das mais importantes heranças culturais, para todos os povos.

E no decurso de toda a sua evolução, o livro sempre pôde ser visto como objeto cultural (manuseável, com forma entendida e interpretada em função de valores plásticos) e símbolo cultural (dotado de conteúdo, entendido e interpretado em função de valores semânticos). As duas maneiras podem fundir-se no pensamento coletivo, como um conjunto orgânico (em que texto e arte se completam, como, por exemplo, em um livro de arte) ou apenas como um conjunto textual (no qual a mensagem escrita vem em primeiro lugar — em um livro de matemática, por exemplo).

A mensagem (racional, prática ou emocional) de um livro é sempre intelectual e pode ser revivida a cada momento.

O conteúdo, estático em si, dinamiza-se em função da assimilação das palavras pelo leitor, que pode discuti-las, reafirmá-las, negá-las ou transformá-las. Por isso, o livro pode ser considerado um instrumento cultural capaz de liberar informação, sons, imagens, sentimentos e idéias através do tempo e do espaço.

A quantidade e a qualidade das idéias colocadas em um texto podem ser aceitas por uma sociedade, ou por ela negadas, quando entram em choque com conceitos ou normas culturalmente admitidos.

Nas sociedades modernas, em que a classe média tende a considerar o livro como sinal de *status* e cultura (erudição), os compradores utilizam-no como símbolo mesmo, desvirtuando suas funções ao transformá-lo em livro-objeto.

Mas o livro é, antes de tudo, funcional — seu conteúdo é que lhe confere valor (como os livros das ciências, de filosofia, religião, artes, história e geografia, que representam cerca de 75% dos títulos publicados anualmente em todo o mundo).

O mundo lê mais

No século XX, o consumo e a produção de livros aumentaram progressivamente. Lançado logo após a Segunda Guerra Mundial (1939/45), quando uma das características principais da edição de um livro eram as capas entreteladas ou cartonadas, o livro de bolso constituiu um grande êxito comercial. As obras — sobretudo *best-sellers* publicados algum tempo antes em edições de luxo — passaram a ser impressas em rotativas, como as revistas, e distribuídas nas bancas de jornal. Como as tiragens elevadas permitiam preços muito baixos, essas edições de bolso popularizaram-se e ganharam importância em todo o mundo.

Até 1950, existiam somente livros de bolso destinados a pessoas de baixo poder aquisitivo; a partir de 1955, desenvolveu-se a categoria do livro de bolso "de luxo". As características principais destes últimos eram a abundância de coleções — em 1964 havia mais de duzentas nos Estados Unidos — e a variedade de títulos, endereçados a um público intelectualmente mais refinado.

A essa diversificação das categorias adiciona-se a dos pontos-de-venda, que passaram a abranger, além das bancas de jornal, farmácias, lojas, livrarias, etc. Assim, nos Estados Unidos, o número de títulos publicados em edições de bolso chegou a 35 mil em 1969, representando quase 35% do total dos títulos editados.

Proposta da coleção "A Obra-Prima de Cada Autor"

A palavra "coleção" é uma palavra há muito tempo dicionarizada, e define o conjunto ou reunião de objetos da mesma natureza ou que têm qualquer relação entre si. Em um sentido editorial, significa o conjunto não-limitado de obras de autores diversos, publicado por uma mesma editora, sob um título geral indicativo de assunto ou área, para atendimento de segmentos definidos do mercado.

A coleção "A Obra-Prima de Cada Autor" corresponde plenamente à definição acima mencionada. Nosso principal objetivo é oferecer, em formato de bolso, a obra mais importante de cada autor, satisfazendo o leitor que procura qualidade.*

Desde os tempos mais remotos existiram coleções de livros. Em Nínive, em Pérgamo e na Anatólia existiam coleções de obras literárias de grande importância cultural. Mas nenhuma delas superou a célebre biblioteca de Alexandria, incendiada em 48 a.C. pelas legiões de Júlio César, quando estas arrasaram a cidade.

A coleção "A Obra-Prima de Cada Autor" é uma série de livros a ser composta de mais de 400 volumes, em formato de bolso, com preço altamente competitivo, e pode ser encontrada em centenas de pontos-de-venda. O critério de seleção dos títulos foi o já estabelecido pela tradição e pela crítica especializada. Em sua maioria, são obras de ficção e filosofia, embora possa haver textos sobre religião, poesia, política, psicologia e obras de auto-ajuda. Inauguram a coleção quatro textos clássicos: *Dom Casmurro*, de Machado de Assis; *O Príncipe*, de Maquiavel; *Mensagem*, de Fernando Pessoa e *O lobo do mar*, de Jack London.

Nossa proposta é fazer uma coleção quantitativamente aberta. A periodicidade é mensal. Editorialmente, sentimo-nos orgulhosos de poder oferecer a coleção "A Obra-Prima de Cada Autor" aos leitores brasileiros. Nós acreditamos na função do livro.

---

* Atendendo a sugestões de leitores, livreiros e professores, a partir de certo número da coleção, começamos a publicar, de alguns autores, outras obras além da sua obra-prima.

O Conde de Monte Cristo

Volume I

I. Marselha — a chegada

Em 24 de fevereiro de 1815, a torre de vigia de Notre-Dame de la Garde fez sinal de estar à vista a galera *Faraó*, procedente de Esmirna, Trieste e Nápoles.

Segundo o costume, partiu imediatamente um piloto da barra, passou próximo da Fortaleza de If, e atracou o navio entre o cabo de Morgion e a ilha de Rion.

Em seguida, como é também costume, a esplanada do Forte Saint-Jean encheu-se de curiosos; porque é sempre grande novidade em Marselha a chegada de um navio, e muito mais quando esse navio, como o *Faraó*, foi construído e aparelhado nos estaleiros da velha Phocée, e pertence a um negociante da praça.

Entretanto o navio aproximava-se; tinha transposto com felicidade o estreito que um abalo vulcânico cavou entre as ilhas de Calasareigne e a de Jaros; tinha dobrado o cabo de Pomègue, e vinha entrando em gáveas, bujarrona e mezena, mas tão lentamente e com tão triste aparência, que os curiosos, com o instintivo pressentimento de uma desgraça, inquiriam o que podia ter acontecido a bordo. Os peritos em navegação reconheciam, contudo, que, se tinha ocorrido algum desastre, não fora decerto ao navio, pois se lenta era a sua andadura, satisfazia a todas as condições de um navio que governava perfeitamente: a âncora achava-se em seu lugar, os ovéns do gurupés dependurados; e ao pé do piloto, que se preparava para dirigir o *Faraó* pela estreita barra do porto de Marselha, estava um rapaz ativo e de olhar vivo que vigiava todos os movimentos do navio, e repetia, uma por uma, as suas ordens.

A ansiedade que se notava nos espectadores da esplanada inquietava um deles mais particularmente, e tanto que, não podendo esperar que entrasse o navio no porto, saltou para um bote e mandou remar para o *Faraó,* que alcançou em frente da enseada da Reserva.

Vendo chegar este homem, o jovem marinheiro que estava ao pé do piloto foi de chapéu na mão encostar-se à amurada. Era um moço de dezoito a vinte anos, alto, esbelto, com magníficos olhos, cabelos pretos e uma aparência de serenidade e resolução, particular aos que desde a infância se têm acostumado a lutar com o perigo.

— Ah, é você, Dantès? — gritou o homem do bote. — Que novidade há e de que provém esse ar de tristeza que se vê a bordo?

— Uma grande desgraça, Sr. Morrel! — respondeu Dantès; — uma grande desgraça, especialmente para mim. Na altura de Civita-Vecchia, perdemos o bravo capitão Leclère.

— E a carga? — perguntou com vivacidade o negociante.

— Chega a salvamento, e julgo que nesta parte o Sr. Morrel ficará satisfeito. Mas o pobre capitão...

— Então o que aconteceu? — perguntou o negociante, dando mostras de estar mais aliviado — o que aconteceu a esse honrado Leclère?

— Morreu...

— Caiu ao mar?

— Não, senhor; morreu de febre cerebral, entre horríveis sofrimentos.

Depois, virando-se para os marujos:

— Olá — disse —, a postos para fundear!

A tripulação obedeceu. No mesmo instante, os oito ou dez marinheiros que a compunham se atiraram uns às escotas, outros aos cabos, outros às driças; outros às cordas das vergas, e outros finalmente aos rizes das velas.

O rapaz deitou um olhar indolente para esse começo de manobra, e vendo que as suas ordens iam ser executadas, virou-se para o seu interlocutor.

— E como aconteceu essa desgraça? — prosseguiu o negociante, retomando a conversação no ponto em que a havia deixado.

— Do modo mais imprevisto. Depois de uma longa conversação com o comandante do porto, o capitão Leclère deixou Nápoles muito agitado: daí a vinte e quatro horas, acometeu-o a febre: três dias depois estava morto... Fizemos-lhe o funeral de estilo, e ele descansa, decentemente embrulhado numa lona, com uma bala de trinta e seis nos pés e outra na cabeça, na altura da ilha de El Giglio. Trazemos à viúva a sua condecoração da Legião de Honra e a sua espada. Valia a pena — continuou Dantès, com um sorriso melancólico — sustentar dez anos de guerra com os ingleses, para acabar os dias como qualquer um, na cama?!...

— O que lhe havemos de fazer, Sr. Edmond? — tornou o negociante, que se mostrava cada vez mais consolado — somos todos mortais, e é indispensável que os velhos dêem lugar aos moços, sem o que não haveria acesso; e uma vez que me assegura que o carregamento...

— Está em bom estado, Sr. Morrel, afianço-o. Não o aconselharia a dar esta viagem por menos de 25 mil francos de lucro.

E vendo que se acabava de passar a torre redonda:

— Prepara para carregar gáveas, bujarronas e mezena! — bradou Dantès.

As suas ordens foram cumpridas com presteza quase igual à que haveria num navio de guerra.

— Arria e carrega tudo — disse.

A esta última ordem, todas as velas foram arreadas, e o navio prosseguiu quase insensivelmente, cedendo apenas ao impulso anterior.

— E agora, se quer subir, Sr. Morrel — disse Dantès, vendo a impaciência do negociante —, ali está o comissário, o Sr. Danglars, que sai de sua cabine e que pode dar-lhe todas as informações que desejar, enquanto eu vou tratar de ancorar e de pôr as vergas em funeral.

O negociante não esperou que o repetissem; agarrou um cabo que Dantès lhe atirou, e, com uma destreza que faria honra a um homem do mar, subiu os degraus pregados ao costado do navio, enquanto que Edmond, voltando para o seu posto de imediato, cedia a conversação ao que havia anunciado pelo nome de Danglars, o qual, saindo da cabine, se dirigiu efetivamente para o negociante.

O recém-chegado era um homem de vinte e cinco a vinte e seis anos de idade, de modos taciturnos, obsequioso para com os superiores e insolente para com os subordinados; e por isso, além do seu título de comissário, que é sempre um motivo de repulsão para os marinheiros, era geralmente malvisto pela tripulação, ao contrário de Edmond Dantès, que era estimado por ela.

— E então, Sr. Morrel — disse Danglars —, já sabe da desgraça, não é mesmo?

— Sim, sim; pobre capitão Leclère, era um homem hábil e honrado!

— E ótimo marinheiro, sobretudo, encanecido entre o céu e a água, como o deve ser quem está encarregado dos interesses de uma casa tão importante como a de Morrel & Filhos — respondeu Danglars.

— Mas — disse o negociante, acompanhando com os olhos Dantès, que procurava um bom lugar para atracar — julgo que para saber do oficio não é necessário ser tão velho, e ali está o nosso amigo Edmond, que, ao que parece, não precisa de lições.

— Sim — disse Danglars, lançando para Dantès um olhar de soslaio, em que fuzilou um relâmpago de ódio —, sim, é moço, e a mocidade de nada duvida. Logo que o capitão morreu, ele tomou o comando sem consultar pessoa alguma, e fez-nos perder um dia e meio na ilha de Elba em vez de voltar diretamente para Marselha.

— Quanto a tomar o comando do navio — disse o negociante —, era o seu dever como imediato; quanto a perder um dia e meio na ilha de Elba, fez mal, a não ser que o navio carecesse de reparar alguma avaria.

— O navio estava tão bom como eu, e como desejo que o Sr. Morrel esteja; esse um dia e meio foi perdido por puro capricho, pelo prazer de ir a terra e mais nada.

— Dantès — disse o negociante —, venha cá.

— Desculpe-me, senhor — disse Dantès —, já lhe falo. Depois, dirigindo-se para a tripulação:

— Atracar!

A âncora caiu imediatamente e a corrente desceu com estrépito. Dantès deixou-se ficar no seu posto, a despeito da presença do piloto, até ver concluída essa última manobra, e em seguida gritou:

— Arria a flâmula a meio pau! colhe a bandeira! cruza as vergas!

— Como vê — disse Danglars —, já se supõe capitão!...

— E é-o de fato — disse o negociante.

— Sim, só lhe falta que o Sr. Morrel e o seu sócio estejam de acordo.

— E por que não lhe havíamos de dar esse posto? Sei que é ainda moço, mas dá mostra de experiência e decisão.

Uma nuvem passou pela fronte de Danglars.

— Desculpe, Sr. Morrel — disse Dantès aproximando-se —, agora que o navio está ancorado, tem-me todo ao seu dispor. Creio que me chamou, não é verdade?

Danglars deu um passo para trás.

— Queria perguntar-lhe por que tocou na ilha de Elba?

— Foi para cumprir a última vontade do capitão Leclère, que à hora da morte me entregou um maço de papéis para o marechal Bertrand.

— Então o viu, Edmond?

— Quem?

— O marechal?

— Sim.

Morrel, olhando em volta de si, chamou de parte Dantès, e perguntou-lhe com interesse:

— Como está o imperador?

— Bem, segundo me pareceu.

— Então viu também o imperador?

— Entrou na casa do marechal enquanto eu lá estava.

— Falou-lhe?

— Foi ele quem me falou — disse Dantès, sorrindo-se.

— E o que lhe disse?

— Fez-me perguntas acerca do navio, da época da nossa partida para Marselha, da derrota e da carga. Julgo que, se o navio estivesse em lastro, e eu fosse o dono, iria querer comprá-lo; mas eu lhe disse que era apenas o imediato e que o navio pertencia à casa Morrel & Filhos. "Ah!", disse ele, "conheço-a; é uma família de negociantes; havia um Morrel no meu regimento quando estive de guarnição em Valence."

— É isso mesmo! — exclamou o negociante, cheio de júbilo. — Era Policarpo Morrel, meu tio, que chegou a ser capitão. Dantès, diga a meu tio que o imperador se lembrou dele, se quer ver chorar esse velho rabugento. Vamos, vamos! — continuou o negociante, batendo-lhe amigavelmente no ombro — fez bem, Dantès, em cumprir as ordens do capitão Leclère e ir à ilha de Elba, embora possa comprometê-lo o saber-se que entregou papéis ao marechal e conversou com o imperador.

— Em que pode isso me comprometer? — disse Dantès —; nem eu sei o que levava, nem o imperador me fez perguntas que não fizesse a qualquer... Mas, perdão; ali vem a visita da Alfândega e a da Saúde.

— Vá, vá, meu caro Dantès.

O rapaz afastou-se, e logo Danglars se aproximou.

— Então? — perguntou este — parece-me que lhe deu boas razões da sua demora em Porto-Ferrajo...

— Ótimas, meu caro Sr. Danglars.

— Ah, tanto melhor — respondeu este —, pois sempre incomoda ver um camarada que não cumpre o seu dever!

— Dantès cumpriu o seu — tornou o negociante —; não há nada a lhe dizer. Foi o capitão Leclère que ordenou essa arribada.

— A propósito do capitão Leclère, não lhe entregou uma carta dele?

— Quem?

— Dantès.

— A mim, não; pois havia alguma?

— Julgava que além do maço de papéis o capitão Leclère lhe tinha confiado uma carta.

— De que maço de papéis está me falando, Danglars?

— Do que Dantès entregou em Porto-Ferrajo.

— Como sabe que ele tinha papéis a entregar em Porto-Ferrajo?

Danglars corou.

— Ao passar pela porta do capitão, que estava meio aberta, vi-o entregar um maço e uma carta a Dantès.

— Não me falou nisso — disse o negociante —; se, porém, tiver a carta, há de me entregar.

Danglars pôs-se a refletir.

— Pois então, Sr. Morrel, peço-lhe que não fale nisso a Dantès: naturalmente enganei-me.

Neste momento, o imediato estava de volta; Danglars afastou-se.

— E agora, meu caro Dantès, já está descansado? — perguntou o negociante.

— Sim, senhor.

— Foi um momento.

— Dei aos empregados da Alfândega a relação das mercadorias; e no que diz respeito à polícia, ela tinha mandado com o piloto da barra um homem, a quem entreguei os papéis.

— Então nada mais tem que fazer agora?

Dantès lançou um rápido olhar em redor de si.

— Não, está tudo em ordem.

— Então pode vir jantar comigo?

— Desculpe-me, Sr. Morrel, desculpe-me, por quem é, mas a minha primeira visita é a meu pai. Nem por isso lhe agradeço menos a honra que me dá.

— Tem razão, Dantès, tem razão. Sei que é bom filho.

— E... — perguntou Dantès, com alguma hesitação: — sabe dizer-me como está meu pai?

— Julgo que está bem, meu caro Edmond, conquanto não o tenha visto.

— Sim, vive recluso no seu quarto.

— Isso prova ao menos que na sua ausência nada lhe faltou.

Dantès sorriu.

— Meu pai é orgulhoso, e ainda que de tudo carecesse, quer-me parecer que nada pediria fosse a quem fosse, exceto a Deus.

— Pois bem; mas acabada essa primeira visita, lá o espero.

— Desculpe-me outra vez, Sr. Morrel; porque depois desta visita tenho outra que não menos me interessa ao coração.

— Ah, sim, Dantès, esquecia-me de que há nos Catalans quem o espera com não menos impaciência do que seu pai, é a bela Mercédès!

Dantès sorriu.

— Ah, ah, — disse o negociante — já não me espantava que ela viesse três vezes saber notícias do *Faraó*! Com os diabos! Edmond, ninguém o deve lastimar, tem uma linda amante.

— Não é minha amante — disse com seriedade o jovem marinheiro —, é minha noiva.

— Às vezes confunde-se uma coisa com a outra — disse o negociante, rindo-se.

— Não para nós, Senhor — respondeu Dantès.

— Bem, bem, meu caro Edmond — continuou o negociante —, não quero retê-lo. Tratou tão bem dos meus negócios que não quero deixar de lhe dar todo o tempo necessário para cuidar dos seus. Precisa de dinheiro?

— Não, senhor; tenho todos os meus vencimentos da viagem, quase três meses de soldo.

— É um homem econômico.

— Acrescente que tenho um pai pobre, Sr. Morrel.

— Sim, sim, sei que é bom filho; vá, então, encontrar o seu pai. Também tenho um filho, e muito me zangaria com quem, depois de uma viagem de três meses, o mantivesse longe de mim.

— Então, o senhor dá-me licença? — disse o rapaz, despedindo-se.

— Sim, se nada mais tem a me dizer.

— Não, senhor.

— Antes de morrer, o capitão Leclère não lhe entregou uma carta para mim?

— Foi-lhe impossível escrever, Senhor; mas isso me faz lembrar de que terei de pedir-lhe uma licença de alguns dias.

— Para se casar?

— Exatamente, e também para ir a Paris.

— Bem, terá todo o tempo de licença que quiser, Dantès! A descarga do navio tomar-nos-á bem seis semanas; e não poderemos fazer nova viagem, senão daqui a três meses. O *Faraó* — prosseguiu o negociante, batendo no ombro do rapaz — não poderia partir sem o seu capitão.

— Sem o seu capitão?! — exclamou Dantès, com os olhos radiantes de alegria. — Veja bem o que me diz, senhor, pois acaba de responder às mais secretas esperanças do meu coração. O senhor pretende nomear-me capitão do *Faraó*?

— Se dependesse só de mim, apertaria a sua mão, meu caro Dantès, e lhe diria: "Está nomeado!" Porém, tenho um sócio, e sabe daquele provérbio italiano? "Che a compagno a padrone"? Mas o negócio está meio resolvido, pois que dos dois votos, você já tem um; confie em mim para obter o outro; farei o que puder.

— Oh, Sr. Morrel!... — exclamou o jovem marinheiro, com lágrimas nos olhos, apertando as mãos do negociante —; Sr. Morrel, agradeço-lhe em nome de meu pai e de Mercédès.

— Ora, ora, Edmond! Há um Deus no Céu para as pessoas honradas! Vá ver o seu pai, vá visitar Mercédès, e depois volte para cá.

— Não quer que o leve a terra?

— Não, obrigado; tenho que fazer as minhas contas com Danglars. Deu-se bem com ele durante a viagem?

— Depende do sentido da pergunta. Se é como bom companheiro, não; pois julgo que ele não me estima, desde o dia em que, após uma pequena altercação, cometi a tolice de lhe propor que nos demorássemos dez minutos na ilha de Monte Cristo para a dirimir; proposta que eu não tinha motivo plausível para lhe fazer, e que ele teve o bom senso de recusar. Se é como comissário, porém, que me faz tal pergunta, julgo que nada há a dizer, e que ficará satisfeito com as suas contas.

— Mas — perguntou o negociante — vejamos, Dantès: se fosse capitão do *Faraó*, conservaria com gosto Danglars?

— Capitão ou imediato, Sr. Morrel — respondeu Dantès —, sempre terei as maiores atenções com os que possuírem a confiança dos meus patrões.

— Bom, Dantès; vejo que é em tudo um excelente rapaz. Não quero atrasá-lo mais; vá, que deve estar ansioso.

— Posso ir? — perguntou Dantès.

— Vá.

— Permite que eu vá no seu bote?

— Pode ir.

— Até mais ver, Sr. Morrel, e mil vezes obrigado.

— Até a vista, meu caro Edmond, seja feliz!

O rapaz saltou para o bote, foi sentar-se à popa, e deu ordem para atracar em Cannebière. Dois marinheiros inclinaram-se sobre os remos, e o escaler resvalou tão rápido quanto lhe consentiam as mil embarcações que obstruíam a espécie de rua estreita que, entre duas fileiras de navios, leva da barra ao cais de Orléans.

O negociante acompanhou-o com os olhos, e, sorrindo, viu-o saltar nas pedras do cais e logo sumir entre a multidão que desde as cinco horas da manhã até as nove da noite enche essa famosa Rua de Cannebière, com que tanto se ensoberbecem os modernos fócios, que dizem com a maior seriedade do mundo, e com essa inflexão que dá tanta importância às suas palavras: "Se Paris tivesse a Cannebière, seria Paris uma pequena Marselha."

Ao virar-se, o negociante viu atrás de si Danglars, que na aparência aguardava as suas ordens, mas na realidade seguia com os olhos igualmente o jovem marinheiro.

Somente, havia grande diferença na expressão desses dois olhares que seguiam o mesmo homem.

II. O pai e o filho

Deixemos Danglars, cheio de ódio, procurar insinuar nos ouvidos do negociante alguma maligna suposição contra o seu camarada, e acompanhemos Dantès, que, depois de haver percorrido a Cannebière em toda a sua extensão, toma a Rua de Nouailles, entra numa casa de humilde aparência, situada do lado esquerdo do passeio de Meillan, sobe depressa os quatro andares de uma escada escura, e, segurando-se com uma das mãos no corrimão e comprimindo com a outra o palpitar do coração, pára diante de uma porta mal cerrada, que deixa entrever um pequeno quarto até o fundo.

Este quarto era o do pai de Dantès.

A notícia da chegada do *Faraó* ainda não era conhecida pelo velho, que, em pé em cima de uma cadeira, estava dispondo, com mão trêmula, uns esteios pelos quais subissem algumas chagas e clematites que se enroscavam pela sua janela.

De súbito sentiu-se abraçado, e uma voz conhecidíssima dizia-lhe, por detrás:

— Meu pai, meu querido pai!

O velho deu um grito e voltou-se; depois, vendo o filho, deixou-se-lhe cair nos braços, todo trêmulo e pálido.

— O que o senhor tem, meu pai? — exclamou o rapaz, inquieto — está doente?

— Não, não, meu caro Edmond, meu filho, não; porém, não o esperava, e a alegria, o sobressalto de vê-lo assim de repente... Ah, meu Deus, parece que vou morrer!

— Meu pai, meu pai! sossegue, sou eu, sou eu! Dizem que a alegria não mata, e foi por isso que eu entrei aqui sem o ter prevenido. Vamos, sorria para mim, em vez de me olhar como está olhando. Voltei, e vamos ser felizes.

— Ah, tanto melhor, rapaz! — respondeu o velho —; mas como havemos de ser felizes? Vamos, conte-me a sua felicidade!

— Deus me perdoe — disse o rapaz —, se me alegra uma felicidade que nasce do luto de uma família! Deus sabe que não o desejei. O honrado capitão Leclère morreu, e é provável que pela proteção do Sr. Morrel eu o vá substituir. Compreende, meu pai?

Capitão aos vinte anos, com cem luíses de vencimento e parte nos lucros! Não é mais do que o que podia esperar um pobre marinheiro como eu?

— Oh, meu filho, sim — disse o velho —, realmente é uma grande felicidade!

— Por isso, quero que, com o primeiro dinheiro que eu ganhar, o senhor compre uma casinha com um jardinzinho em que possa plantar clematites, chagas, madressilvas... Mas o que é isso, meu pai? Parece que desmaia!...

— Paciência, paciência, isto já passa.

E o velho, desfalecendo, caiu para trás.

— Vamos, vamos — disse o moço —, uma gota de vinho, meu pai, há de reanimá-lo. Onde está o vinho?

— Não, obrigado, não procure; não é preciso — disse o velho, desejando reter o filho.

— Sim, é bom, sim, meu pai; diga-me, onde está?

E abriu dois ou três armários.

— É inútil — disse o velho —; já não tenho vinho.

— Como?! já não tem vinho?! — disse Dantès, empalidecendo e olhando alternadamente para a face pálida e cavada do pai e para o armário vazio. — Como?! já não tem vinho?... Faltou-lhe dinheiro, meu pai?

— Nada me faltou, uma vez que está aqui — disse o velho.

— Todavia — balbuciou o rapaz, enxugando o suor que lhe inundava a testa —, tinha-lhe deixado duzentos francos, há três meses, quando parti.

— Sim, sim, Edmond, é verdade. Tinha-se esquecido, porém, de uma pequena dívida com o vizinho Caderousse: lembrou-ma ele, dizendo que se eu não a pagasse por você, iria cobrá-la do Sr. Morrel. Assim, com medo de que isso o prejudicasse, eu a paguei...

— Mas — exclamou o filho — eram cento e quarenta francos o que eu devia a Caderousse!...

— Sim — balbuciou o velho.

— E o senhor pagou essa quantia dos duzentos francos que eu lhe havia deixado?

O velho fez com a cabeça um sinal afirmativo.

— De modo que viveu três meses com sessenta francos! — exclamou o rapaz.

— Careço de tão pouco!...

— Ah, meu Deus, meu Deus! perdoe-me, meu pai! — exclamou o rapaz, caindo de joelhos aos pés do bom velho.

— O que faz?

— Oh, dilacerou-me o coração!

— Não falemos mais nisso: chegou — disse o velho, sorrindo —, e agora tudo esqueci, pois estou com você.

— Sim, aqui estou — disse o filho —; aqui estou, com um futuro promissor e algum dinheiro. Pegue, meu pai, e mande buscar depressa alguma coisa!

E despejou sobre a mesa as algibeiras, que continham uma dúzia de moedas de ouro, cinco ou seis escudos de cinco francos e alguns trocados.

Mudou de fisionomia o velho Dantès.

— De quem é isso? — perguntou.

— É meu, é seu, é nosso!... Tome, compre provisões, amanhã teremos mais.

— Devagar, devagar — disse o velho sorrindo-se —; com a sua licença, hei de servir-me com moderação da sua bolsa; julgariam, se me vissem comprar muitas coisas ao mesmo tempo, que tinha sido obrigado a esperar que voltasse para comprá-las.

— Faça o que quiser; mas, antes de tudo, meu pai, tome uma criada; não quero que fique só. Tenho café de contrabando e excelente tabaco num pequeno baú no fundo do porão; amanhã eu o trarei... Mas, quieto! vem alguém aí!

— É Caderousse, que sem dúvida soube da sua chegada, e vem naturalmente dar-lhe as boas-vindas.

— Bem, é um dos que têm boca para dizer uma coisa e coração para pensar outra — murmurou Edmond —; isso, porém, não obsta. É um vizinho que outrora nos fez favores; seja bem-vindo.

Com efeito, no momento em que Edmond acabava a frase em voz baixa, viu-se aparecer à porta, meio aberta, a cabeça preta e cabeluda de Caderousse. Era um homem dos seus vinte e cinco a vinte e seis anos; tinha na mão um pedaço de pano, que, como alfaiate, se preparava para coser num casaco que tinha de voltar.

— Oh, já regressou, Edmond?! — disse ele, com uma inflexão marselhesa das mais carregadas, e com um longo sorriso, que lhe descobria os dentes alvos como o marfim.

— Como está vendo, vizinho Caderousse; e pronto para servi-lo em tudo quanto lhe for agradável — respondeu Dantès, mal dissimulando a sua frieza com esse oferecimento.

— Obrigado, obrigado; felizmente de nada preciso, e às vezes são os outros que de mim precisam. Dantès fez um movimento.

— Não o digo em atenção a você, rapaz; emprestei-lhe dinheiro, e você me pagou; isto se faz entre vizinhos; estamos quites.

— Nunca se paga àqueles que nos ajudam — disse Dantès —,

pois quando já não se lhes deve dinheiro, ainda se lhes deve gratidão.

— Para que falar nisso? O passado, passado; falemos do seu feliz regresso, meu rapaz. Eu tinha ido assim de passeio ao porto, a ver se achava um corte de pano cor de castanha, quando encontrei o amigo Danglars.

— "Você, em Marselha?!"

— "Sim, como vê" — disse-me ele.

— "Imaginava-o em Esmirna!..."

— "Podia estar lá, pois chego de lá."

— "E Edmond? onde está o pequeno?"

— "Naturalmente, na casa do pai" — respondeu-me Danglars.

Então vim — prosseguiu Caderousse —, para ter o gosto de apertar a mão de um amigo.

— Este bom Caderousse — disse o velho — é tão nosso amigo!...

— Decerto que sou, e estimo-os muito, porque são raros os homens honrados. Parece-me, porém, que volta rico, rapaz — prosseguiu o alfaiate, lançando um olhar de relance para o punhado de ouro e prata que Dantès tinha posto na mesa.

O rapaz reparou naquele raio de cobiça que iluminou os olhos negros do vizinho.

— Oh, meu Deus! — disse negligentemente — esse dinheiro não é meu. Como estava manifestando a meu pai o receio de que, na minha ausência, ele houvesse tido qualquer necessidade, quis tranqüilizar-me, e despejou a sua bolsa na mesa. Vamos, meu pai, guarde esse dinheiro, a menos que o amigo Caderousse tenha dele precisão; pois nesse caso está às suas ordens.

— Não, rapaz — disse Caderousse —, não careço de coisa alguma. O ofício dá para o oficial; guarda o dinheiro, guarda-o, pois nunca é de sobra. Sem embargo do que, fico-lhe obrigado pelo seu oferecimento como se dele me utilizasse.

— Era de boa vontade.

— Não duvido. E então, está nas boas graças do Sr. Morrel, maganão?

— O senhor Morrel sempre foi bom para mim.

— Nesse caso, fez muito mal em recusar o jantar.

— Como? não aceitou o jantar?! — exclamou o velho Dantès. — Pois tinha-lhe convidado para jantar?

— Sim, meu pai — tornou Edmond, rindo do espanto que causava a seu pai a honra de que fora objeto.

— E por que não aceitou, filho?

— Para estar o quanto antes com meu pai — respondeu o rapaz —; tinha pressa de vê-lo.

— Com isso havia de agastar-se o bom do Sr. Morrel — tornou Caderousse —; e quem quer ser capitão, faz mal em contrariar os patrões.

— Expliquei-lhe a causa da minha recusa — tornou Dantès —, e ele compreendeu-a.

— Oh, é que para ser capitão, cumpre adular um pouco os patrões.

— Espero ser capitão sem isso — respondeu Dantès.

— Melhor, melhor!... Isso há de alegrar todos os seus velhos camaradas, e sei que alguém, lá detrás da cidadela de Saint-Nicolas, não há de ficar muito descontente.

— Mercédès? — disse o velho.

— Sim, meu pai, e há de dar-me licença, agora que já o vi, que sei que está bem e que tem tudo quanto lhe é preciso, que vá fazer uma visita aos Catalans.

— Vai, meu filho, vai — disse o velho —, e abençoe-o Deus em sua mulher, como abençoou a mim em meu filho.

— Sua mulher?! — disse Caderousse. — Como vamos depressa! Parece-me que ainda o não é.

— Não; mas, segundo todas as probabilidades — respondeu Edmond —, não tardará muito que o seja.

— Não importa, não importa — disse Caderousse —; fez bem em se apressar, meu rapaz.

— Por quê?

— Porque Mercédès é uma linda moça, e às lindas moças não faltam apaixonados; e ela especialmente os tem às dúzias.

— Sério? — disse Edmond com um sorriso que deixava perceber certa inquietação.

— Oh, sim — respondeu Caderousse —, e até bons partidos! mas bem vê, como vai ser capitão, não será rejeitado.

— O que quer dizer — tornou Dantès, com um sorriso que mal disfarçava sua inquietação — que se eu não fosse capitão...

— Oh, quem sabe?... — disse Caderousse.

— Ora — disse o rapaz —, faço melhor conceito das mulheres em geral, e de Mercédès em particular; e estou certo de que, capitão ou não, ser-me-á fiel.

— Melhor, melhor! — disse Caderousse — bom é, quando se está para casar, ter essa fé. Todavia, acredita-me, rapaz, não perca tempo em ir anunciar-lhe a sua chegada e comunicar-lhe as suas esperanças.

— Já vou — disse Edmond.

Abraçou ternamente o pai, cortejou depois Caderousse com a cabeça, e saiu.

Caderousse ficou mais um momento; despediu-se depois do velho Dantès, desceu também, e foi ter com Danglars, que o esperava à esquina da Rua Senac.

— E então? — disse Danglars — viste-o?

— Acabo de deixá-lo — disse Caderousse.

— E falou-lhe na esperança de ser capitão?

— Fala como se já o fosse.

— Paciência! — disse Danglars — não é bom ser tão apressado.

— Oh, parece que a coisa lhe está prometida pelo Sr. Morrel!

— De modo que está muito satisfeito?

— A ponto de estar insolente. Ofereceu-me os seus serviços como se fosse algum figurão; ofereceu-me dinheiro como um capitalista.

— E rejeitou?

— Decerto, embora pudesse aceitar, pois fui eu quem lhe pôs nas mãos as primeiras moedas de prata que teve; mas agora o Sr. Dantès já não precisa de ninguém, vai ser capitão.

— Ora! — disse Danglars — ainda não o é.

— Oxalá que não o fosse — disse Caderousse —; quando não, impossível será falar-lhe.

— Se nós quiséssemos — disse Danglars —, ficaria no que é, ou ainda viria a ser menos.

— O que diz?

— Nada, estou falando comigo. Ainda está apaixonado pela bela catalã?

— Como um louco. Foi visitá-la; mas, ou estou enganado, ou há de ter os seus desgostos por ali.

— Explique-se!

— Para quê?

— É talvez mais importante do que lhe parece. Gosta de Dantès?

— Não gosto de gente soberba.

— Pois, então, diga-me o que sabe da catalã.

— Nada sei de positivo; somente vi coisas que me fazem acreditar, como lhe disse, que o futuro capitão terá desgosto no caminho das Vieilles Infirmeries.

— Diga, o que viu?

— Escuta! Vi que todas as vezes que Mercédès vem à cidade, acompanha-a um belo, robusto e enérgico catalão de olhos pretos, de pele vermelha, muito trigueiro, a quem ela chama de "meu primo".

— Deveras?! e julga que o primo a namora?

— Ora, o que pode fazer um rapagão de vinte e um anos com uma linda moça de dezessete?...

— E diz que Dantès foi ao bairro dos Catalans?

— Saiu um pouco antes de mim.

— Se fôssemos para o mesmo lado, poderíamos descansar na Reserva; e, bebendo um copo de vinho de La Malgue, esperaríamos as notícias.

— E quem nos daria as notícias?

— Iremos para a estrada, e veremos no rosto de Dantès o que se tiver passado.

— Pois vamos — disse Caderousse; — mas é você quem paga?

— Decerto — respondeu Danglars.

E os dois encaminharam-se rapidamente para o lugar indicado. Logo que chegaram, mandaram vir uma garrafa e dois copos.

O Pamphile tinha visto passar Dantès não havia dez minutos.

Certos de que Dantès estava nos Catalans, sentaram-se sob a folhagem que rebentava dos plátanos e dos sicômoros, em cujos ramos um alegre bando de passarinhos cantava em honra de um dos primeiros e mais formosos dias de primavera.

III. Os Catalans

A cem passos do lugar em que os dois amigos, de olhos fitos no horizonte e ouvido à escuta saboreavam o vinho espumante de La Malgue, erguia-se, detrás de um morro escalvado, batido pelo sol e pelo vento, a aldeia dos Catalans.

Um dia veio da Espanha uma colônia misteriosa aportar na península em que ainda hoje reside: ninguém sabia da sua origem, e desconhecida era a língua que falava. Um dos chefes, que entendia o provençal, pediu à comuna de Marselha que lhe desse esse promontório nu e árido em que acabava, como os antigos marinheiros, de pôr a seco seus navios. Foi-lhe concedido o que pedia, e daí a três meses, ao redor dos doze ou quinze barcos em que haviam chegado esses ciganos do mar, erguia-se uma aldeiazinha.

Construída de modo singular e pitoresco, meio moura, meio espanhola, é esta a aldeia em que sempre residiram os descendentes desses homens, que falam a língua de seus pais. Há três ou quatro séculos que ali aportaram, e ainda se conservam fiéis a essa pequena península em que caíram como uma nuvem de aves marítimas, sem se confundirem com a população marselhesa, casando-se entre si e conservando os trajes e costumes da mãe-pátria como lhe conservaram a língua.

O leitor vai acompanhar-nos ao longo da única rua desta aldeia, e entrar numa das casas, a que por fora o sol deu o belo colorido de folha seca próprio dos monumentos do país, e a que por dentro, uma mão de cal deu a branquidão, que é único ornato das pousadas espanholas.

Uma bonita moça, de cabelos pretos como o azeviche e olhos aveludados como os da gazela, estava em pé encostada a um tabique, comprimindo entre os dedos delicados uma inocente urze que desfolhava e com as flores da qual ia atapetando o chão; os braços arregaçados até o cotovelo, seus braços trigueiros, mas que pareciam modelados pelos da Vênus de Arles, tremiam-lhe febril e impacientemente, e com o pé ágil e bonito, batia no chão de maneira que deixava ver uma perna encantadora, cingida numa meia encarnada de algodão, com quadradinhos cinzentos e azuis.

Ao pé dela, sentado numa cadeira que balançava desordenadamente, encostando os cotovelos em uma velha mesa carunchosa, estava um mocetão de vinte a vinte e dois anos, que a contemplava de uma forma que deixava perceber a inquietação e o despeito; os seus olhos interrogavam, porém o olhar firme e fixo da donzela dominava o seu interlocutor.

— Vamos, Mercédès — disse o rapaz —, estamos quase na Páscoa; é o momento próprio para as bodas, responda-me.

— Já cem vezes respondi, Fernand, e é necessário, realmente, ser muito inimigo de si próprio para ainda mais uma vez me interrogar.

— Pois torne ainda a dizê-lo, por quem é, repita novamente para que eu possa acreditar; diga-me pela sétima vez que despreza o meu amor, que a sua mãe aprovava; faça-me compreender bem que se diverte com a minha felicidade, que lhe é completamente indiferente a minha vida ou a minha morte. Ah, meu Deus! meu Deus! Mercédès! Sonhar dez anos ser seu esposo e perder essa esperança, que era a única ambição da minha vida!...

— Não fui eu quem o animou nessa esperança — respondeu Mercédès —; não tem que exprobrar-me, a seu respeito, o menor galanteio; sempre lhe disse: "Amo-o como um irmão; de mim, porém, nada mais exija além desta amizade fraternal, porque o meu coração é de outro." Não foi isto sempre o que lhe disse, Fernand?

— Sim, bem sei, Mercédès — respondeu o rapaz —; sim, para comigo, sempre teve o cruel merecimento da franqueza. Mas esquece-se de que entre nós, os catalães, é lei sagrada o casarmos uns com os outros.

— Está enganado, Fernand; não é lei, é somente costume; e peço-lhe que não invoque em seu favor esse costume. Saiu-lhe a sorte para soldado, Fernand; a liberdade que lhe deixam é de mera tolerância; a cada instante pode ser chamado ao serviço; e, em assentando praça, o que faria de mim, de uma pobre moça órfã, miserável, desvalida, possuindo por única fortuna uma cabana quase arruinada, onde existem umas redes velhas, mesquinha herança deixada por meu pai a minha mãe, e por minha mãe a mim? Há um ano que ela morreu, e desde então para cá, Fernand, quase que vivo da caridade pública. Às vezes finge que lhe sou útil para ter o direito de repartir comigo o que pesca; e eu o aceito, porque é filho do irmão de meu pai, por havermos sido criados juntos, e sobretudo porque sei que muito o afligiria se rejeitasse. Bem conheço que o peixe que vou vender, e do qual tiro o dinheiro com que compro o cânhamo que fio, bem conheço, Fernand, que é uma esmola.

— E o que tem isso, Mercédès? Por mais pobre e desamparada que esteja, convém-me mais do que a filha do mais opulento negociante de Marselha. A nós, o que é que nos serve? Uma mulher honrada e uma boa dona de casa... Onde encontrarei quem melhor do que a menina possua tais qualidades?

— Fernand — respondeu Mercédès movendo a cabeça —, torna-se má dona de casa, e não pode afiançar que será honrada, a mulher que ama outro homem além do seu marido. Contente-se com a minha amizade, porque, repito, é a única coisa que lhe posso oferecer, e eu só prometo o que creio poder cumprir.

— Sim, entendo — disse Fernand —; suporta com paciência a sua miséria; assusta-a, porém, a minha. Pois bem, Mercédès, amado por você, buscarei fortuna; o seu amor proteger-me-á e tornar-me-ei rico. Posso dar desenvolvimento ao negócio da pesca, posso entrar como caixeiro em qualquer loja, e até posso chegar a ser negociante!

— Nada disso pode tentar, Fernand; é soldado, e se aqui está nos Catalans, é porque não há guerra. Continue a ser pescador, e não fantasie sonhos que lhe fariam parecer ainda mais terrível a realidade: contente-se simplesmente com a minha amizade, já que outra coisa não lhe posso dar.

— Tem razão, Mercédès; serei marinheiro; em vez do traje de nossos pais, que lhe desagrada, terei um chapéu de oleado, camisa de riscado e camisola azul com âncoras nos botões; não é assim que deve trajar quem quiser agradá-la?

— O que quer dizer? — perguntou Mercédès, lançando-lhe um olhar arrogante; — o que quer dizer? Não o entendo.

— Quero dizer, Mercédès, que se você se mostra tão dura e tão cruel comigo é porque espera por alguém assim vestido; mas esse que espera talvez seja inconstante, e se o não for, o mar o fará ser.

— Fernand — exclamou a donzela —, julgava-o bom, e enganei-me. É um perverso todo aquele que em auxílio do ciúme implora a cólera de Deus! É exato, não devo ocultar, amo esse de quem fala; e se não voltar, em vez de acusá-lo da inconstância que invocou, direi que morreu me amando.

O moço catalão gesticulou uma ameaça.

— Entendo-o, Fernand. Quer ir provocá-lo, cruzar a sua faca catalã contra o seu punhal? Que pode lucrar com isso? Perderá a minha amizade se ficar vencido; ou verá transformar-se em ódio essa mesma amizade se ficar vencedor. Acredite-me; ir desafiar um homem não é bom meio de agradar à mulher que a ele ama. Não, Fernand, não há de assim ceder aos seus maus pensamentos; não me podendo ter por mulher, contentar-se-á em ter-me por amiga e por irmã. Além do que — acrescentou com os olhos arrasados de lágrimas — espere, espere, Fernand; ainda há pouco disse: o mar é pérfido, e já vão quatro meses que ele partiu; nesses quatro meses quantas tempestades não contei!

Fernand ficou impassível; não procurou enxugar as lágrimas que caíam pelas faces de Mercédès; e, no entanto, por cada uma dessas lágrimas teria dado um copo do seu sangue; corriam, porém, por outro aquelas lágrimas.

Levantou-se, deu uma volta pela cabana e parou diante de Mercédès, com olhar ameaçador e as mãos convulsamente fechadas.

— Vamos, Mercédès, pela última vez responda: está deveras decidida?

— Amo Edmond Dantès — disse friamente a donzela —; e ninguém, a não ser Edmond, será meu marido.

— E há de sempre amá-lo?

— Enquanto for viva.

Fernand abaixou a cabeça como um homem desanimado, soltou depois um suspiro que parecia um gemido; mas levantando de súbito a fronte, disse com os dentes apertados e as ventas abertas:

— E se tiver morrido?

— Morrerei eu também.

— E se a esquecer?

— Mercédès! — gritou fora da casa uma voz alegre —; Mercédès!

— Ah — exclamou a donzela corando de alegria e pulando de amor —, bem vê que me não esqueceu, ei-lo que chega!

E correu para a porta, que abriu exclamando:

— Edmond, meu Edmond, aqui me tem!

Fernand, pálido e trêmulo, recuou como um caminhante à vista de uma cobra, e, encostando-se à cadeira, deixou-se cair. Edmond e Mercédès abraçaram-se.

O sol abrasador de Marselha, que entrava pela porta que estava aberta, dava-lhes de frente.

A princípio nada viram do que os cercava; uma imensa ventura isolava-os do mundo e só se falavam com essas palavras entrecortadas que são impulsos de uma alegria tão viva que mais parecem ser a expressão da dor.

De repente, Edmond distinguiu o vulto sombrio de Fernand, que na escuridão se destacava, pálido e ameaçador; o jovem catalão, por um impulso inconsciente, segurava a faca que trazia à cinta.

— Oh, perdão — disse Dantès franzindo a fisionomia —, não tinha reparado que éramos três!

E depois, voltando-se para Mercédès:

— Quem é este senhor?

— Este senhor há de ser o seu maior amigo, Dantès, porque é meu amigo, é meu primo, é meu irmão, é Fernand; o homem a quem depois de você, Edmond, eu mais estimo.

— Oh, é verdade! — disse Edmond, e sem largar Mercédès, cujas mãos apertava numa das suas, estendeu afavelmente a outra para o catalão.

Fernand, porém, não correspondeu a este gesto de amizade, ficou mudo e imóvel como uma estátua. Então, Edmond fitou um olhar investigador em Mercédès, comovida e trêmula, e em Fernand, taciturno e ameaçador. Bastou-lhe esse olhar para inteirá-lo de tudo; a cólera subiu-lhe às faces.

— Não viria tão apressado a sua casa, Mercédès, se soubesse que encontrava um inimigo.

— Um inimigo! — exclamou Mercédès, dirigindo ao primo um olhar encolerizado —; um inimigo em minha casa, diz você, Edmond! Se tal sucedesse, dava-lhe o braço e iria consigo para Marselha, deixando esta casa para nunca mais aqui voltar.

Os olhos de Fernand inflamaram-se.

— E se lhe acontecesse alguma desgraça, meu Edmond — prosseguiu a donzela com uma fleuma implacável que provava a Fernand que havia lido até o mais recôndito do seu sinistro pensamento —; se lhe acontecesse alguma desgraça, subiria ao cabo de Morgion e atirar-me-ia aos rochedos de cabeça para baixo.

Fernand ficou horrivelmente pálido.

— Engana-se, porém, Edmond, aqui não tem inimigos; aqui só está Fernand, meu irmão, o qual vai apertar-lhe a mão como a um amigo dedicado.

Assim falando, Mercédès fitou imperioso olhar no catalão, que, como fascinado, se chegou lentamente para Edmond e estendeu-lhe a mão. Aquele ódio, qual onda impotente, embora furiosa, vinha quebrar-se de encontro ao predomínio que nele exercia essa mulher. Apenas, porém, tocou a mão de Edmond, sentiu que tinha feito o mais que lhe era possível, e saiu de casa precipitadamente.

— Oh! — exclamou correndo como um louco, e metendo as mãos entre os cabelos. — Oh, quem me livrará deste homem? Ai de mim! ai de mim!

— Ó catalão! ó Fernand! para onde vai, correndo assim? — disse-lhe uma voz.

O rapaz parou de repente, olhou ao redor de si, e viu Caderousse à mesa com Danglars, debaixo de um caramanchão.

— Que pressa! por que não se achega? — disse Caderousse —; pois tão urgente será o negócio que não possa dar os bons-dias aos amigos?

— Ainda mesmo, quando tem diante de si uma garrafa quase cheia — acrescentou Danglars.

Fernand olhou para os dois homens com ar estúpido e não respondeu.

— Parece que vem corrido — disse Danglars, tocando com o joelho no de Caderousse —; ter-nos-íamos enganado, e ao contrário do que prevíamos triunfaria o Dantès?

— Vamos ver — disse Caderousse; e voltando-se para o catalão: — Então, camarada, que resolve?

Fernand enxugou o suor que lhe corria pela testa e entrou devagar no caramanchão, cuja sombra lhe deu tal ou qual sossego aos sentidos e a frescura algum bem-estar ao corpo enfraquecido.

— Bons-dias; chamaram-me, não é verdade?

E, em vez de sentar-se, deixou-se cair num dos bancos que cercavam a mesa.

— Chamei-o porque ia correndo como um louco, e receei que fosse atirar-se ao mar — disse rindo Caderousse. — Com os diabos! quando se tem amigos, não é só para lhes oferecer um copo de vinho, é também para não deixá-los beber três ou quatro canadas de água.

Fernand soltou um gemido que mais parecia um soluço, e deixou cair a cabeça nos braços, que tinha cruzados sobre a mesa.

— Quer que lhe diga, Fernand? — tornou Caderousse, encetando a conversação com essa grosseira brutalidade da gente do povo, a que a curiosidade faz esquecer toda a diplomacia — tem cara de um amante derrotado.

E acompanhou este gracejo com uma estridente gargalhada.

— Isso sim! — disse Danglars — um mocetão como este não é infeliz com os amores; está zombando, Caderousse.

— Não? — disse este — escuta então como ele suspira. Vamos, vamos, Fernand — disse Caderousse —, levanta o focinho e responde-nos. Não é bonito não responder aos que são nossos amigos, quando perguntam pela nossa saúde.

— Vou bem de saúde — respondeu Fernand, apertando raivosamente as próprias mãos e sem levantar a cabeça.

—Ah, está vendo, Danglars? — disse Caderousse, piscando o olho ao amigo; — a história é esta: Fernand, que aqui vê, e que é um bom e honrado catalão, um dos melhores pescadores de Marselha, está apaixonado por uma linda moça que se chama Mercédès; mas, infelizmente, parece que a tal bonita moça é namorada do imediato do *Faraó*, e como o navio entrou hoje, hem... entende?

— Não entendo — respondeu Danglars.

— O pobre Fernand foi mandado passear — acrescentou Caderousse.

— E depois? o que tem você com isso? — disse Fernand, levantando a cabeça e olhando para Caderousse como quem procura alguém com quem desabafar. — Mercédès não tem ninguém a quem dar satisfações, pode amar quem quiser.

— Oh, então se pensa dessa forma, o caso é outro; tomava-o por um catalão, e tinham-me dito que os catalães não eram homens que se deixassem suplantar por um rival; e disseram-me, igualmente, que você era terrível na vingança.

Fernand sorriu-se pesarosamente, e disse:

— Um namorado nunca é terrível.

— Pobre rapaz! — replicou Danglars mostrando-se intimamente compadecido — o que quer? Não esperava que Dantès voltasse tão de repente; talvez o supusesse morto, ou infiel, quem sabe? Estas coisas sentem-se muito mais quando são inesperadas.

— Oh, em todo caso... — disse Caderousse, que bebia enquanto falava, e em quem o vinho fortíssimo de La Malgue começava a produzir os seus resultados — em todo caso Fernand não é o único que se vê contrariado com a chegada de Dantès; não é assim, Danglars?

— Sim, é verdade, e quase que ouso dizer que isso lhe há de ser funesto.

— Não faz mal — continuou Caderousse deitando vinho num copo para Fernand, e enchendo pela oitava ou décima vez o que tinha diante de si, enquanto Danglars mal tocava no seu. — Entretanto, vai ele casando com Mercédès, a formosa Mercédès; é essa a sua intenção.

E Danglars envolvia com penetrante olhar o rapaz, em cujo coração caíam como chumbo derretido as palavras de Caderousse.

— E quando é o casamento? — perguntou.

— Oh, ainda não está decidido! — disse Fernand.

— Não, mas há de efetuar-se — acrescentou Caderousse — tão certo como vir Dantès a ser capitão do *Faraó*, não acha, Danglars?

Danglars estremeceu com este golpe inesperado e voltou-se para Caderousse, cujo rosto também examinou para ver se o golpe fora premeditado. Nesse rosto, que a embriaguez ia tornando alvar, só leu a inveja.

— Pois bem! — disse, enchendo os copos — bebamos pelo capitão Edmond Dantès, marido da bela catalã.

Caderousse levou com a mão pesada o copo à boca e virou-o de um trago; Fernand pegou no seu e atirou-o ao chão.

— Ah, ah, ah — disse Caderousse —, o que é que ali vejo, ali no morro, na direção dos Catalans? Olha, Fernand, você que vê melhor do que eu; estou com a vista embaçada; saibam que o vinho atraiçoa a gente... Parecem ser dois amantes, andando ao lado um do outro, de mãos dadas. Deus me perdoe! nem suspeitam que os estamos vendo, e lá se abraçam.

Danglars não perdia uma só das angústias de Fernand, cujo rosto se decompunha a olhos vistos.

— Conhece-os, Sr. Fernand? — disse.

— Sim — respondeu ele com voz abafada —, é o Sr. Edmond e a menina Mercédès.

— Está vendo! — disse Caderousse; — e eu que não os conhecia! Olá, Dantès! Olá, moça bonita! Aproximem-se e digam-nos quando é o casamento; porque o Sr. Fernand teima em o não querer dizer!

— Cale-se! — disse Danglars, fingindo querer segurar Caderousse, que, com a tenacidade dos embriagados, inclinava o corpo para fora do caramanchão. — Olhe, não caia, sente-se, e deixe os namorados amarem-se à vontade. Olhe para o Sr. Fernand e siga-lhe o exemplo: vê como está sossegado.

Talvez Fernand, incitado, espicaçado por Danglars como o touro pelos capinhas, se resolvesse a arremeter, porque já estava em pé e como que se agachava para saltar sobre o rival; porém, Mercédès ergueu a linda cabeça, risonha e encantadora, e seu límpido olhar confundiu o pescador. Lembrou-se então da ameaça que ela fizera de morrer, se morresse Edmond, e caiu desalentado no banco.

Danglars olhou sucessivamente para esses dois homens, um embrutecido pelo vinho, o outro dominado pelo amor.

— Nada conseguirei destes patetas — disse a meia-voz —, e está-me parecendo que me encontro aqui entre um bêbado e um covarde. Aqui está um invejoso que se embebeda com vinho, em vez de se embriagar com ódio; ali um toleirão a quem roubam a amante nas suas próprias barbas e que se contenta em chorar e gemer como uma criança; tendo uns olhos tão brilhantes como os dos espanhóis, dos calabreses ou dos sicilianos, que tão bem sabem vingar-se, e um punho capaz de rebentar a cabeça de um touro, como o faria a maça de um magarefe. Decididamente o destino de Edmond vence; casará com aquela bonita moça, será capitão, e escarnecerá de nós a não ser que... — um lívido sorriso assomou aos lábios de Danglars — eu me meta neste negócio.

— Olá! — continuava a gritar Caderousse, meio levantado e com as mãos na mesa —; olá, Edmond, não vê os amigos? ou já está tão soberbo que não lhes fala?

— Não, meu querido Caderousse — respondeu Dantès —, não estou soberbo; estou feliz, e a felicidade cega, segundo creio, ainda mais do que a soberba.

— Ainda bem, isso é que é falar — disse Caderousse —; ah, bons-dias, Sr.ª Dantès!

Mercédès cumprimentou-o com seriedade.

— Ainda não me chamo assim; e na minha terra é de mau agouro, segundo dizem, dar às moças o nome dos noivos antes de se casarem: peço-lhe que me chame Mercédès.

— Devemos desculpar o nosso bom vizinho Caderousse — disse Dantès; — foi simplesmente um pequeno engano.

— Pelo que vejo, o casamento há de ser breve, Sr. Dantès? — disse Danglars, cumprimentando.

— O mais breve possível, Sr. Danglars: hoje realizar-se-á o contrato na casa de meu pai; e amanhã ou depois, o mais tardar, o jantar de bodas, aqui na Reserva. Conto com a presença dos amigos, o que quer dizer que está convidado, Sr. Danglars, assim como você também, Caderousse.

— E Fernand? — disse Caderousse, dando a custo uma risada; — Fernand também será convidado?

— O irmão de minha mulher é meu irmão — disse Edmond —; Mercédès e eu vê-lo-íamos com profundo desgosto afastar-se de nós em tal momento.

Fernand abriu a boca para responder; a voz, porém, sumiu-se na garganta, e não pôde articular uma palavra.

— Hoje o contrato, amanhã ou depois as bodas... isso é que é andar depressa, capitão.

— Danglars, dir-lhe-ei o mesmo que Mercédès respondeu agora a Caderousse — tornou Edmond, sorrindo-se; — não me dê um título que ainda me não pertence, seria isso de mau agouro.

— Perdão — respondeu Danglars —; dizia-lhe simplesmente que me parece muito apressado; que diabo, temos tempo: o *Faraó* não parte senão daqui a três meses!

— Sempre há pressa de gozar a felicidade; porque quem tem sofrido durante muito tempo, custa-lhe com dificuldade acreditar na ventura. Não é, porém, somente o egoísmo que me apressa, tenho de ir a Paris.

— Deveras! E é a primeira vez que vai a Paris, Dantès?

— Sim.

— Tem lá o que fazer?

— Não por negócios meus; porém, tenho que cumprir a última ordem do nosso pobre capitão Leclère; e sabe, Danglars, que são coisas sagradas. Fique descansado, só me demorarei o tempo preciso para ir e voltar.

— Sim, sim, entendo — disse em voz alta Danglars.

E depois, em tom mais baixo:

— Vai a Paris entregar a carta que o marechal lhe deu. Oh, essa carta inspira-me uma idéia, uma excelente idéia! Ah, Dantès, meu amiguinho, ainda não está na cabeça do rol de matrícula do *Faraó*!

Voltando-se depois para Edmond, que já se retirava:

— Boa viagem! — gritou.

— Obrigado — respondeu Dantès, voltando a cabeça e acompanhando este movimento com um gesto de amizade.

Depois, os dois amantes seguiram o seu caminho tranqüilos e alegres, como dois anjos que sobem ao Céu.

IV. A traição

Danglars acompanhou com os olhos Edmond e Mercédès até que desapareceram encobertos por uma das esquinas do forte de Saint-Nicolas; e voltando-se depois, viu Fernand que se tinha deixado cair na cadeira, pálido e trêmulo, enquanto que Caderousse balbuciava uma canção báquica.

— E então, meu caro senhor — disse Danglars a Fernand —, aí temos um casamento que me não parece ser do agrado de todos.

— A mim desespera-me — disse Fernand.

— Ama Mercédès?

— Adorava-a.

— Há muito tempo?

— Desde que a conheço, sempre a amei.

— E fica aí a arrancar os cabelos em vez de procurar o remédio? Com os diabos, não supunha que a gente de sua raça procedesse assim!

— O que hei de fazer? — perguntou Fernand.

— Eu sei lá! o que tenho eu por acaso com isso? Estou como o senhor apaixonado pela menina Mercédès? Procurai, diz o Evangelho, e achareis.

— Já tinha achado.

— O quê?

— Queria apunhalar o homem, porém a mulher disse-me que, se acontecesse alguma desgraça ao seu noivo, matar-se-ia.

— Oh, são coisas que se dizem, mas não se fazem!

— Não conhece Mercédès; ela cumpre o que promete.

— Pateta! — disse consigo Danglars; — que me importa que ela morra contanto que Dantès não seja capitão?

— E eu prefiro morrer — prosseguiu Fernand com inabalável resolução — a que morra Mercédès.

— Isso é que é amor! — disse Caderousse com voz cada vez mais avinhada; — isso é que é, ou eu não entendo da poda.

— Vejamos — disse Danglars —, você parece-me um bom rapaz, e creia que desejava ser-lhe útil, mas...

— Sim — disse Caderousse —, vejamos.

— Meu caro — disse Danglars —, já está muito bêbado; acabe a garrafa, para ficar como um cacho. Beba e não se importe com o que fazemos; pois para isso seria preciso que estivesse em seu juízo.

— Eu, bêbado? — disse Caderousse — essa é boa! ainda posso dar cabo de quatro de suas garrafas, que não são maiores do que frascos de água-de-colônia. Pamphile, mais vinho!

E para demonstrar a sua proposição, Caderousse bateu com o copo na mesa.

— Dizia o senhor... — tornou Fernand, esperando com avidez o seguimento da frase que ficara suspensa.

— O que lhe dizia? já me não lembro, o borrachão do Caderousse fez-me perder o fio das idéias. — Bêbado, embora; pior para os que temem o vinho: esses é que têm algum mau pensamento, e receiam que o vinho o arranque do coração.

E Caderousse desatou a recitar os versos de uma cantiga, então muito em voga:

Todos os malvados bebem água,
É bem provado pelo dilúvio.

— O senhor dizia — tornou Fernand — que desejava valer-me; mas acrescentava...

— Sim; mas acrescentava eu... para lhe valer basta que Dantès não se case com aquela que você ama, e o casamento parece-me que pode falhar, sem que Dantès morra.

— Só a morte os separará — disse Fernand.

— O amigo raciocina mal — disse Caderousse — e aqui está Danglars que é um finório, um maganão, um astucioso que vai provar-lhe que está enganado. Convence-o, Danglars, olha que fiquei por você; diz-lhe que não é preciso que morra Dantès; além de que seria triste que morresse; Dantès é bom rapaz, gosto dele. A sua saúde, Dantès!

Fernand levantou-se impaciente.

— Deixe-o falar — replicou Danglars, segurando o pescador; — apesar de bêbado como está, o que ele disse não é um grande disparate. A ausência separa tanto como a morte: suponha que havia entre Edmond e Mercédès as muralhas de uma prisão; não seria o mesmo que se houvesse a laje de uma sepultura?

— Sim; mas sai-se da cadeia — disse Caderousse, que com uns restos de inteligência ia seguindo a conversação —; e quando se consegue sair da gaiola, e se chama Edmond Dantès, vingamo-nos.

— O que importa? — disse Fernand.

— E demais — tornou Caderousse —, por que motivo iria Dantès para a cadeia? não furtou, nem roubou, nem matou.

— Cale-se! — disse Danglars..

— Não quero calar-me — disse Caderousse —; quero que me digam por que é que hão de levar Dantès para a cadeia. Eu gosto de Dantès; à sua saúde, Dantès!

E bebeu outro copo de vinho.

Danglars conheceu nos olhos vidrados do alfaiate os progressos da embriaguez, e voltando-se para Fernand:

— Então, compreende que não é preciso matá-lo?

— Não, decerto, se, como dizia há pouco, houvesse meio de prendê-lo; porém esse meio...

— Procurando bem, pode ser que se ache... — disse Danglars. — Mas por que diabos estou eu a me meter nisto?! é alguma coisa que me diga respeito?

— Não sei se tem alguma coisa com isso — disse Fernand, agarrando-lhe o braço —; sei só que tem algum motivo particular de ódio contra Dantès. Quem odeia não se engana com os sentimentos dos outros.

— Eu, odiar Dantès? juro que não. Vi-o pesaroso e afligiu-me o seu desgosto. Como, porém, julga que obro por motivos particulares, adeus, meu caro amigo, arranje-se como puder.

E Danglars fez menção de se levantar.

— Ainda não — disse Fernand, segurando-o — fique! No final das contas, pouco me importa que queira mal ou não a Dantès; odeio-o eu, bem alto o confesso. Ache o meio, eu o executarei, contanto que não haja morte, porque Mercédès disse que se mataria, se matassem Dantès.

Caderousse, que tinha deixado cair a cabeça na mesa, endireitou-se e contemplando Fernand e Danglars com um olhar carregado e estúpido, disse:

— Matar Dantès!... quem fala aqui em matar Dantès? não quero que o matem; é meu amigo... Ofereceu-me esta manhã emprestar-me o seu dinheiro, como já lhe emprestei o meu... não quero que matem Dantès!

— E quem fala aqui em matar, pateta? — prosseguiu Danglars. — Estamos tratando de uma simples brincadeira: vamos, beba à saúde dele. — E, enchendo-lhe o copo, acrescentou: — Deixe-nos sossegados.

— Sim, sim, à saúde de Dantès! — disse Caderousse vazando o copo — à sua saúde! à sua saúde!

— Mas, o meio?... o meio? — disse Fernand.

— Ainda o não achou?

— Não; isso é consigo.

— É verdade — tornou Danglars —, os franceses têm sobre os espanhóis essa superioridade: os espanhóis refletem, e os franceses inventam.

— Pois invente — disse Fernand, com impaciência.

— Tragam papel, pena e tinta! — gritou Danglars.

— Papel, pena e tinta! — exclamou Fernand.

— Sim; sou guarda-livros, são esses os meus instrumentos, e sem eles nada sei fazer.

— Aqui tem — disse o criado, trazendo o que fora pedido.

— Quando penso — disse Caderousse, deixando cair a mão no

papel — que aqui está quanto basta para matar um homem com maior certeza do que se o esperassem no meio de um bosque para assassiná-lo!... Sempre tive mais medo de uma pena, de um frasco de tinta e de uma folha de papel, do que de uma espada ou de uma pistola.

— O maganão não está tão bêbado como parece — disse Danglars. — Deite-lhe mais vinho, Fernand.

Fernand encheu o copo de Caderousse, e este, como verdadeiro bebedor, levantou a mão de cima do papel e levou-a ao copo. O catalão acompanhou o movimento até que Caderousse, quase vencido por esse novo ataque, tornasse a pôr, ou antes, deixasse cair o copo na mesa.

— Prossigamos — disse o catalão, vendo que os restos da razão de Caderousse iam desaparecendo depois deste último copo de vinho.

— Dizia — continuou Danglars — que se depois de uma viagem como a que acaba de fazer Dantès, e na qual tocou em Nápoles e na ilha de Elba, alguém o denunciasse ao procurador régio como agente bonapartista...

— Denunciá-lo-ei eu! — disse com vivacidade o pescador.

— Sim; mas então fá-lo-ão assinar tal declaração, e hão de acareá-lo com o denunciado. Eu bem sei que lhe posso fornecer os meios para sustentar a acusação. Porém, Dantès não ficará eternamente preso; mais dia menos dia, sai da cadeia, e nesse dia ai de quem o houver denunciado!

— O que mais desejo é que tenha de entender-se comigo.

— Sim, e Mercédès! Mercédès, que o abominará se tiver a desgraça de arranhar a pele do seu muito amado Edmond!

— É exato — disse Fernand.

— Não, não — respondeu Danglars —, se se decidisse semelhante coisa, então melhor seria pegar simplesmente, como eu faço, nesta pena, molhá-la na tinta e escrever com a mão esquerda, para a letra não ser conhecida, a seguinte denunciazinha, assim redigida.

E Danglars, juntando o conselho ao exemplo, escreveu com a mão esquerda, e com letra que nenhuma semelhança tinha com a sua, as seguintes linhas que apresentou a Fernand e que este leu a meia voz:

> O Senhor Procurador Régio é avisado por um amigo da religião e do trono, que Edmond Dantès, imediato do *Faraó*, chegado esta manhã de Esmirna, depois de ter tocado em Nápoles e em Porto-Ferrajo, foi encarregado por Murat de uma carta para o usurpador, e, por este, de outra para o centro bonapartista de Paris. Ter-se-á,

prendendo-o, a prova do crime, porque encontrarão a carta; se a não tiver consigo, há de estar ou na casa do pai, ou na sua cabine a bordo do *Faraó*.

— Deste modo — continuou Danglars — a sua vingança não seria mal pensada, porque nunca o poderiam acusar: tudo caminhará por si mesmo; só falta dobrar a carta, como eu faço, e pôr-lhe no sobrescrito: "Ao Senhor Procurador Régio"; e tudo ficará pronto.

E Danglars escreveu, brincando, o sobrescrito.

— Sim, tudo ficaria pronto — exclamou Caderousse, que, com o último esforço de inteligência, acompanhara a leitura, e compreendia, por instinto, as desgraças que podiam ser causadas por esta denúncia —; sim, tudo ficaria pronto; e completar-se-ia assim a maior das infâmias.

E estendeu o braço para pegar na carta.

— Também — disse Danglars, pondo-a longe do alcance da mão dele — o que digo e o que faço é uma pura brincadeira; seria o primeiro a sentir, se acontecesse alguma coisa ao bom do Dantès, e olha... — pegou então na carta, amarrotou-a e atirou com ela para um canto.

— Contudo — disse Caderousse —, Dantès é meu amigo, não quero que lhe façam mal.

— E quem é que lhe quer fazer mal? Nem eu, nem Fernand — disse Danglars, levantando-se e olhando para o pescador que ficara sentado, mas cujo olhar não se desviava do papel atirado para o canto.

— Nesse caso — tornou Caderousse —, dêem-me vinho: quero beber à saúde de Edmond e da bela Mercédès!

— Já bebeu mais do que devia, borrachão — disse Danglars —; e, se continua, terá de deitar-se aqui por não poder suster-se em pé.

— Eu! — disse Caderousse levantando-se, com a impertinência de bêbado: — eu não me poder ter em pé! aposto que subo a torre de Accoules, e sem sequer balançar!

— Pois sim — disse Danglars —; apostamos amanhã. Hoje, já é tempo de nos irmos embora. Dá cá o braço, vamos para a cidade.

— Vamo-nos — disse Caderousse —; mas não preciso para isso do seu braço. Não vem, Fernand? volta conosco para Marselha?

— Não — disse Fernand —; volto para os Catalans.

— Faz mal; vem conosco para Marselha, vem.

— Nada tenho que fazer em Marselha, por isso não vou lá.

— O que é que disse? não quer companhia, meu rapaz? Bem, como entender! liberdade para todos. Vamos, Danglars, e deixemos esse senhor voltar para os Catalans, já que assim o quer. — Danglars aproveitou este momento de boa vontade de Caderousse para arrastá-lo para os lados de Marselha; mas, para deixar a Fernand um caminho mais curto e mais fácil, em vez de ir pelo cais de Rive-Neuve, voltou pela Porta Saint-Victor. Caderousse acompanhou-o cambaleando, agarrado a seu braço. Mal dera uns vinte passos, quando Danglars, voltando-se, viu Fernand correr para o local em que estava o papel, guardá-lo na algibeira, e logo saindo do caramanchão, caminhar para os lados do Pillon.

— E esta! o que ele faz? — disse Caderousse —; mentiu-nos; disse que ia para os Catalans, e vai para a cidade. Oh! Fernand, olha que se engana, meu rapaz!

— Está com a vista perturbada — disse Danglars. — Ele vai direitinho para o lado das Vieilles Infirmeries.

— Sim! — disse Caderousse —; pois teria jurado que tinha voltado para a direita. Decididamente, o vinho é um traidor.

— Vamos, vamos — disse consigo Danglars —, julgo que a coisa vai agora a bom caminho; deixemo-la ir indo.

V. As bodas

O dia seguinte estava delicioso; o sol surgiu puro e brilhante, e os primeiros raios de cor purpúrea matizaram com os seus rubis as extremidades espumosas das ondas. O jantar fora preparado no primeiro andar da própria Reserva, onde existia o caramanchão que já conhecemos. Era uma vasta sala a que davam luz cinco ou seis janelas, por cima de cada uma das quais (explique este fenômeno quem puder!) estava escrito o nome de uma das grandes cidades da França; uma varanda de madeira, como o resto do edifício, prolongava-se ao correr das janelas.

Embora só ao meio-dia devesse começar o banquete, já desde as onze horas estava a varanda coberta de convivas, que passeavam impacientemente. Eram os marinheiros mais considerados do *Faraó* e alguns soldados amigos de Dantès. Todos, para honrarem os noivos, tinham trazido os seus trajes mais garridos. Entre os convidados corria o boato de que os proprietários do *Faraó* deviam honrar com a sua presença as bodas do imediato. Era, porém, tamanha a honra, que ninguém se atrevia a acreditá-la. Mas Danglars, que chegou em companhia de Caderousse, confirmou a notícia, porque pela manhã tinha estado com o próprio Sr. Morrel, que lhe dissera que viria jantar na Reserva.

Com efeito, um momento depois, entrava na sala o Sr. Morrel, que foi saudado pelos marinheiros do *Faraó* com uma unânime exclamação de aplauso. A presença do negociante era para eles a confirmação do boato que já corria de que Dantès seria nomeado capitão; e como Edmond era muito estimado a bordo, estes honrados homens agradeciam assim ao negociante o estar uma vez, por acaso, a sua escolha de harmonia com os seus desejos.

Apenas entrou o Sr. Morrel, incumbiram Danglars e Caderousse de irem procurar o noivo, para lhe anunciarem a chegada da ilustre personagem, cuja presença já havia produzido tão viva sensação, e dizer-lhe que se apressasse. Danglars e Caderousse partiram quase a correr; mal, porém, haviam dado cem passos, avistaram, na altura do depósito da pólvora, um grupo de pessoas.

O grupo compunha-se de quatro moças, amigas de Mercédès e também catalãs, que acompanhavam a noiva, a quem Edmond dava o braço. Ao lado dela vinha o pai de Dantès, e atrás, Fernand, sorrindo sinistramente, o que nem Edmond nem Mercédès notaram, tão satisfeitos que só se viam a si próprios e a esse belo céu que os abençoava.

Danglars e Caderousse desempenharam-se de embaixada, e, depois de com toda a cordialidade haverem trocado um aperto de mão com Edmond, Danglars foi colocar-se ao pé de Fernand, e Caderousse ao lado de Dantès, pai, alvo de todas as atenções. O velho estava vestido com a sua bela casaca de seda, ornada de grandes botões de aço facetados. As pernas, finas mas nervosas, espanejavam-se numas magníficas meias estampadas de algodão, que a uma légua de distância cheiravam a contrabando inglês. Do chapéu de três bicos pendia um imenso laço de fitas brancas e azuis; enfim, apoiava-se numa bengala torcida formando uma espiral. Parecia um desses peralvilhos que em 1796 se pavoneavam nos jardins reabertos do Louvre e das Tuileries.

Ao pé dele, como dissemos, havia-se colocado Caderousse, que, com a esperança de um bom jantar, se conciliara com os Dantès; Caderousse, em cuja memória mal ficara uma incerta recordação do que na véspera ocorrera, como ao acordar pela manhã achamos no espírito a sombra do sonho que tivemos enquanto dormimos. Ao chegar-se para Fernand, Danglars lançou um penetrante olhar para o amante logrado; e este, atrás dos noivos, perfeitamente esquecido por Mercédès, que, entregue ao delicioso e juvenil egoísmo do amor, só tinha olhos para Edmond, ora se mostrava enfiado, ora se tornava vermelho, por súbitos assomas que desapareciam, para dar lugar a uma palidez sempre crescente. De vez em quando olhava para o lado de Marselha, e então um tremor nervoso e involuntário lhe sacudia os membros, como se esperasse, ou pelo menos previsse, algum grande acontecimento.

Dantès trajava com severa simplicidade; pertencente à marinha mercante, trazia uma casaca que dava seus ares de farda militar, e o seu belo semblante, realçado pela beleza e alegria de sua noiva, cada vez se tornava mais gentil. Mercédès era formosa como uma dessas gregas de Chipre, de olhos de ébano e lábios de coral. Caminhava com esse voluptuoso e livre andar das arlesianas e das andaluzas. Uma donzela da cidade teria talvez procurado encobrir a sua alegria debaixo de um véu, ou pelo menos sob o veludo de suas pálpebras; não acontecia, porém, outro tanto a Mercédès: sorria-se e olhava para quantos a rodeavam, e o seu olhar e o seu sorriso diziam, tão francamente como o podem dizer estas palavras: "Se são meus amigos, alegrem-se comigo, porque realmente sou felicíssima".

Logo que os noivos e sua comitiva foram avistados da Reserva, o Sr. Morrel desceu, e foi a seu encontro acompanhado pelos marinheiros e soldados com quem ficara e a quem renovara a promessa de que Dantès sucederia ao capitão Leclère. Vendo-o chegar, Edmond deixou o braço da noiva e confiou-o ao Sr. Morrel. O negociante e a noiva deram então o exemplo, subindo a escada de madeira, que leva à sala onde estava disposto o jantar, e que por alguns minutos vergou sob o peso dos passos dos convivas.

— Meu pai — disse Mercédès, parando no meio da mesa —, fique à minha direita, e à minha esquerda porei aquele que me serviu de irmão — acrescentou, com uma meiguice que penetrou até o mais intimo do coração de Fernand, como uma punhalada. Os lábios fizeram-se brancos, e debaixo da cor trigueira de seu rosto varonil pôde ver-se mais uma vez desaparecer o sangue para afluir ao coração. Ao mesmo tempo, Dantès procedeu de igual forma, à sua direita colocou o Sr. Morrel e à sua esquerda, Danglars; depois indicou aos mais que se sentassem como melhor lhes parecesse.

Serviam-se já os salsichões de Arles, de carne escura e de aroma ativo, as lagostas de brilhante invólucro, os mariscos de concha rosada, os ouriços-do-mar, semelhantes a castanhas pela sua capa coberta de espinhos, e as lapas, que os apreciadores do Sul afirmam que substituem com superioridade as ostras do Norte; enfim, todas essas delicadas gulodices que a onda atira às areias da praia, e que os pescadores designam com o nome genérico de frutos do mar.

— Que silêncio! — disse o velho, saboreando um copo de vinho cor de topázio, e que o próprio Pamphile acabava de colocar diante de Mercédès —; quem dirá que há aqui mais de trinta pessoas com vontade de se divertirem?

— Ah, ah, um marido nem sempre está alegre! — disse Caderousse.

— É certo que me sinto agora tão feliz que não posso estar alegre. Se for assim que o entende, vizinho, talvez tenha razão: o contentamento produz às vezes um resultado singular: oprime tanto como a dor.

Danglars observava Fernand, cuja índole, fácil de impressionar, absorvia e manifestava cada comoção.

— Ora essa — disse —; receia alguma coisa? parece-me que corre tudo conforme os seus desejos.

— É isso mesmo que me assusta — disse Dantès —; parece-me que o homem não é destinado para uma felicidade tão repentina. A felicidade é como os palácios das ilhas encantadas, cujas portas são guardadas por dragões; é preciso combater para conquistá-los; e, realmente, ignoro como mereci a ventura de ser marido de Mercédès.

— Marido! Marido! — disse Caderousse, rindo —; ainda não, meu capitão; experimente ser marido, e verá como é recebido!

Mercédès corou.

Fernand estava na cadeira sobre espinhos: à menor bulha estremecia, e de vez em quando enxugava os pingos de suor que lhe borbulhavam na testa, como as primeiras gotas de uma chuva de trovoada.

— A falar a verdade, vizinho Caderousse — disse Dantès —, não vale a pena desmentir-me por tão pouco. Mercédès ainda não é minha mulher, não há dúvida... (e puxou pelo relógio), mas daqui a hora e meia já o há de ser.

Soltaram todos um grito de surpresa, menos Dantès, pai, que, rindo, mostrou os dentes ainda belos. Mercédès sorriu-se, mas não corou. Fernand apertou convulsivamente o cabo da sua faca.

— Daqui a uma hora?! — disse Danglars, empalidecendo também —; como é isso?

— Sim, meus amigos — respondeu Dantès —; graças à influência do Sr. Morrel, o homem a quem mais devo depois de meu pai, todas as dificuldades desapareceram: tiramos dispensa dos banhos; às duas e meia aguardar-nos-á na Casa da Câmara o *maire* de Marselha; ora, como já deu uma hora e um quarto, julgo não me enganar dizendo que daqui a uma hora e trinta minutos Mercédès se chamará Sr.ª Dantès.

Fernand fechou os olhos; queimou-lhe as pálpebras uma nuvem de fogo; encostou-se à mesa para não desfalecer; mas, apesar de todos os seus esforços, não pôde reprimir um gemido, que foi abafado pela bulha das risadas e das felicitações da assembléia.

— Isto é que é andar! — disse o pai de Dantès —; chama então a isto perder tempo, hem? Chegado ontem de manhã, casado hoje às três horas! Para tornar as coisas fáceis, não há como os marinheiros.

— Mas as outras formalidades? — objetou timidamente Danglars —; o contrato, a escritura?

— O contrato — disse Dantès rindo —, o contrato está feito e perfeito. Mercédès nada tem, e eu idem, casamo-nos com comunhão de bens; isto não leva muito tempo a escrever, nem custa muito dinheiro!

Este gracejo excitou nova explosão de alegria e de bravos.

— Assim, o que tomávamos por uma festa de noivado, é simplesmente um banquete de núpcias.

— Ainda não, sosseguem — disse Dantès. — Amanhã parto para Paris; quatro dias para a ida, outros tantos para a volta, um dia para tratar do que tenho que fazer; no dia dois de março será o verdadeiro jantar de núpcias.

A promessa de um novo banquete aumentou a alegria a tal ponto que o pai de Dantès, que no princípio do jantar se queixava do silêncio, fazia agora inúteis esforços para manifestar os seus votos de prosperidade em favor dos noivos.

Dantès adivinhou o pensamento do pai, e respondeu-lhe com um sorriso cheio de amor.

Mercédès começou a olhar para o relógio de cuco da sala, e fez um sinalzinho a Edmond.

Havia em toda a mesa a estrepitosa alegria e a liberdade que caracteriza o fim dos banquetes das pessoas da classe inferior. Os que estavam descontentes com os seus lugares tinham-se levantado e sentaram-se noutros. Começavam já todos a falar ao mesmo tempo, e ninguém pensava em responder ao que lhe diziam, senão aos seus próprios pensamentos.

A palidez de Fernand quase que se comunicara às faces de Danglars; já não vivia, parecia um réprobo no meio de um lago de fogo. Tinha sido um dos primeiros a levantar-se, e passeava pela sala, procurando não ouvir nem as canções, nem o tinir dos copos.

Caderousse aproximou-se dele, no momento em que Danglars, de quem parecia fugir, acabava de encontrá-lo escondido num dos cantos da sala.

— Na verdade — disse Caderousse, a quem os bons modos de Dantès, e mais ainda o vinho do Pamphile, haviam extinguido todos os vestígios do ódio, cujo germe a inesperada ventura de Dantès lançara na sua alma —, Dantès é um excelente rapaz; e quando o vejo ao pé da noiva, digo que teria sido pena que lhe pregassem a peça que ontem lhe preparavam.

—Também — disse Danglars — viste que a coisa não teve seguimento. O pobre Fernand estava tão aflito que a princípio tive dó dele; mas, desde que se resignou a ponto de ser o primeiro convidado do seu rival, nada mais digo.

Caderousse olhou para Fernand e achou-o lívido.

— O sacrifício é tanto maior — prosseguiu Danglars — que na verdade a rapariga é lindíssima. Que feliz é o meu futuro capitão! Quisera, ainda que fosse por doze horas, chamar-me Dantès.

— Vamos? — disse a linda Mercédès —; estão dando duas horas, e esperam-nos às duas e um quarto.

— Sim, sim, vamos — disse Dantès, levantando-se precipitadamente. — Vamos — repetiram em coro os convidados. Neste momento, Danglars, que não perdia de vista Fernand, que estava sentado no parapeito da janela, viu-o abrir os olhos espantadamente, levantar-se convulso, e cair de encontro à balaustrada da mesma. Quase no mesmo instante, ouviu-se na escada extraordinário rumor, um ruído de passos e um barulho de vozes misturado com o tinir de armas, que abafou imediatamente as ruidosas exclamações dos convidados, e chamou a atenção geral, que de pronto se manifestou por um inquietador silêncio. Aproximou-se o ruído, e três pancadas abalaram a porta; todos olharam uns para os outros como espantados.

— Em nome da lei! — gritou uma voz vibrante, a que ninguém respondeu.

A porta abriu-se imediatamente, e um comissário de polícia, trazendo a sua faixa, entrou na sala com quatro soldados e um cabo.

A inquietação sucedeu o terror.

— O que há? — perguntou o negociante, dirigindo-se ao comissário, a quem conhecia —; decerto há algum engano.

— Se houver engano, Sr. Morrel — disse o comissário —, será prontamente reparado; entretanto, trago uma ordem de prisão; e, embora me custe, tenho de cumpri-la. Qual dos senhores é Edmond Dantès?

Todos os olhares se dirigiram para o rapaz, que, apesar de comovido, conservou toda a sua dignidade, deu um passo em frente, e disse:

— Sou eu, senhor, que me quer?

— Edmond Dantès — prosseguiu o comissário —, em nome da lei, está preso.

— Preso?! — disse Edmond, empalidecendo —; mas por que me prendem?

— Ignoro; no primeiro interrogatório o saberá.

O Sr. Morrel compreendeu que nada havia que fazer contra a inflexibilidade da situação: um comissário com a sua faixa não é um homem, é a estátua da lei, fria, surda e muda.

O velho, ao contrário, correu para o oficial: há coisas que um coração de pai ou de mãe nunca compreendem. Rogou, suplicou; lágrimas e pedidos de nada serviram; mas era tanta a sua desesperação, que o comissário se sentiu comovido, e disse:

— Sossegue, senhor; talvez seu filho esquecesse alguma formalidade para com a Alfândega ou para com a Saúde; e, segundo todas as probabilidades, quando houver dado todas as informações que desejarem, será solto.

— Então que quer isto dizer? — perguntou Caderousse, carregando o sobrolho para Danglars, que se fingia admirado.

— Não sei! — disse Danglars —; estou como você: vejo o que acontece, nada entendo, tudo me confunde.

Caderousse procurou com os olhos Fernand; havia desaparecido. Toda a cena do dia antecedente se representou então a Caderousse com pavorosa lucidez. Dir-se-ia que a catástrofe acabava de rasgar o véu que a embriaguez da véspera correra entre ele e a sua memória.

— Oh! oh! — disse com voz rouca — será a continuação daquela brincadeira de que falava ontem, Danglars? Pois olha que, nesse caso, ai de quem a tiver feito, porque é tristíssima.

— Por forma alguma! — exclamou Danglars —; bem viu que rasguei o papel.

—Não o rasgou — disse Caderousse —, atirou-o para um canto.

— Cale-se, nada viu: estava bêbado.

— Onde está Fernand? — perguntou Caderousse.

— Eu sei lá! Provavelmente tratando dos seus negócios. Em vez, porém, de nos ocuparmos com isso, vamos consolar esses pobres aflitos.

Com efeito, durante esta conversação, Dantès, rindo, havia apertado a mão aos seus amigos, dado um beijo em Mercédès, e por fim tinha-se entregue à prisão, dizendo:

— Sosseguem, o erro vai explicar-se, e provavelmente nem chegarei a ir para a cadeia:

— Oh! decerto, afiançá-lo-ia eu — disse Danglars, que nesse momento se chegara, como dissemos, ao grupo principal.

Dantès desceu a escada precedido do comissário de polícia e cercado de soldados. Esperava-o à porta uma carruagem, cuja portinhola estava aberta; subiu, dois soldados e o comissário acompanharam-no. A porta fechou-se, e a carruagem tomou o caminho de Marselha.

— Adeus, Dantès!... adeus, Edmond!... — exclamou Mercédès, precipitando-se para a varanda.

O preso ouviu esse último grito, saído como um soluço do dilacerado coração de sua noiva, e deitando a cabeça pelo postigo da carruagem, disse:

— Até mais ver, Mercédès!

E desapareceu em uma das esquinas do Forte de Saint-Nicolas.

— Esperem-me aqui — disse o negociante —; entro na primeira carruagem que encontrar, corro a Marselha, e trago-lhes notícias.

— Vá — responderam todos —; vá e volte depressa.

Houve depois desta dupla partida um momento terrível de estupefação entre os que haviam ficado.

O velho e Mercédès abandonaram-se por algum tempo à sua dor; encontrando-se, porém, com o olhar, reconheceram-se como duas vítimas do mesmo golpe, e caíram nos braços um do outro. Entretanto, Fernand voltou à sala, bebeu um copo de água, e foi sentar-se numa cadeira. Quis o acaso que fosse na que estava próximo daquela em que Mercédès caíra ao separar-se dos braços do velho. Fernand, por instintivo movimento, recuou a sua.

— Foi ele — disse a Danglars, Caderousse, que não tinha até ali arredado os olhos do catalão.

— Não o creio — respondeu Danglars —; é demasiado pateta. Em todo o caso, caia o golpe em quem o deu.

— Não fala de quem o aconselhou?

— Oh, se se respondesse por palavras ditas no ar...

— Responde-se por elas, quando caem e ferem.

Entretanto, os convidados iam trocando entre si, acerca da prisão, os mais diversos comentários.

— E o que pensa desta desgraça, Sr. Danglars? — perguntou uma voz.

— Eu? — disse Danglars —; parece-me que ele trouxe alguns pacotes de fazendas de contrabando.

— Mas, se assim fosse, o senhor devia sabê-lo, porque é o comissário.

— É verdade; mas o comissário só sabe da carga que lhe é declarada. Sei que carregamos algodão e nada mais; que tomamos o carregamento em Alexandria, na casa do Sr. Pastret, e em Esmirna, na casa do Sr. Pascal; não me perguntem mais nada.

— Oh! agora me recordo — disse o pobre pai, agarrando-se a

esta esperança — de que ele ontem me disse que trazia uma caixa de café e outra de tabaco.

— Pois há de ser isso — disse Danglars —; a Alfândega, enquanto estivemos ausentes, mandou, sem dúvida, visitar o *Faraó*, e descobriu a alhada.

Mercédès, que nada disto acreditava, rompeu subitamente em soluços.

— Vamos, vamos, esperança! — disse, sem saber o que dizia, o velho Dantès.

— Esperança! — repetiu Danglars.

— Esperança! — quis dizer Fernand; sufocou-o, porém, a palavra; tremeram-lhe os lábios, nenhuma lhe saiu da boca.

— Senhores — disse um dos convidados, que ficara de sentinela na varanda —, senhores, uma carruagem; Ah! é o Sr. Morrel! ânimo, ânimo! Traz-nos, sem dúvida, boas notícias.

Mercédès e o velho correram ao encontro do negociante, que já se tinha apeado; o Sr. Morrel estava extremamente pálido.

—O que há? — exclamaram ambos.

— Meus amigos — respondeu o negociante sacudindo a cabeça —, o caso é mais sério do que pensávamos.

— Oh, senhor! — exclamou Mercédès —, ele está inocente.

— Assim o creio — respondeu o Sr. Morrel — mas acusam-no.

— E de quê? — perguntou o velho Dantès.

— De ser agente bonapartista.

Alguns dos meus leitores, que viveram na época em que se passa esta história, recordar-se-ão de quanto era terrível então a acusação que o Sr. Morrel acabava de referir.

Mercédès deu um grito, e o velho caiu prostrado sobre uma cadeira.

—Ah! — disse a meia voz Caderousse — enganou-me, Danglars, e a brincadeira foi executada; não quero, porém, deixar morrer de dor o velho e a rapariga: vou dizer-lhes tudo.

— Cale-se, desgraçado! — exclamou Danglars, agarrando a mão de Caderousse — ou então nem por você respondo. Quem lhe diz que Dantès não é realmente culpado? O navio arribou à Ilha de Elba, e ele ficou um dia inteiro em Porto-Ferrajo. Se lhe acharem alguma carta que o comprometa, os que o tiverem desculpado serão considerados, sem dúvida, como seus cúmplices.

Com o rápido instinto do egoísmo, Caderousse compreendeu toda a solidez deste raciocínio; assustado, olhou para Danglars com olhos de terror e de angústia, e, pelo passo que dera para diante, deu dois para trás.

— Esperemos, pois — murmurou.

— Sim, esperemos — repetiu Danglars —; se ele for inocente, há de ser solto; e se for culpado, é inútil comprometer-se a gente por um conspirador.

— Neste caso, vamo-nos; não posso continuar a permanecer aqui.

— Sim, vamos — disse Danglars, satisfeito por achar um companheiro para a retirada —; vamo-nos, cada um que se vá embora como puder.

Retiraram-se; e Fernand, constituindo-se de novo protetor da donzela, tomou Mercédès pela mão e reconduziu-a aos Catalans. Os amigos de Dantès levaram para a Avenida de Meillan o velho quase desmaiado. Depressa se espalhou na cidade a notícia de que Dantès fora preso como agente bonapartista.

— Acreditará, porventura, numa tal acusação, meu caro Danglars? — perguntou o Sr. Morrel, encontrando-se com o seu comissário e com Caderousse, quando voltava apressado para a cidade, para ter algumas notícias diretas de Edmond pelo delegado do procurador régio, o Sr. de Villefort, de quem era conhecido — acredita em semelhante coisa?

— Quem sabe!... — respondeu Danglars —; não lhe disse que Dantès tinha, sem motivo nenhum, arribado à ilha de Elba, paragem que, como sabe, se me tornou suspeita?

— Mas não comunicou essas suspeitas a ninguém?

— Não, por certo — acrescentou Danglars em voz baixa —; bem sabe que por causa de seu tio, o Sr. Policarpo Morrel, que militou no tempo do outro e que não esconde as suas opiniões, o senhor é suspeito de ter saudades de Napoleão; e, nesse caso, muito receio teria eu de fazer mal a Edmond e ao senhor. Há coisas que é do dever de um subordinado contar ao patrão, e encobrir severamente aos mais.

— Bem, Danglars, bem — disse o negociante —; é um rapaz honrado, e por essa consideração também eu não me havia esquecido de si, no caso de ser o pobre Dantès nomeado capitão do *Faraó*.

— Como assim, Senhor?

— Sim, tinha de antemão perguntado a Dantès o que pensava a seu respeito, e se teria alguma repugnância em conservá-la a bordo, porque, talvez me engane, me parecia que não se davam muito bem.

— E o que respondeu ele?

— Que julgava efetivamente ter-lhe dado, numa certa circunstância que me não quis dizer, algumas razões de queixa; mas que toda a pessoa que merecia a confiança do patrão, merecia igualmente a sua.

— Hipócrita! — disse para si Danglars.

— Pobre Dantès! — disse Caderousse —; é um excelente rapaz.

— Sim; mas aí temos o *Faraó* sem capitão — disse o Sr. Morrel.

— Oh! é de esperar — disse Danglars —, como não podemos partir senão daqui a três meses, que até então Dantès esteja solto.

— Sem dúvida; mas até lá?

— Até esse tempo, cá estou, Sr. Morrel — disse Danglars —; como sabe, entendo, como o mais experimentado capitão, do governo de um navio. Ser-lhe-á de extrema vantagem servir-se de mim; e não terá, quando Edmond sair da cadeia, de agradecer a ninguém esse serviço. Ele voltará para o seu lugar, e eu para o meu.

— Obrigado, Danglars; assim tudo se concilia. Tome, pois, o comando; vigie a descarga, está para isso autorizado; os negócios não devem parar por qualquer catástrofe que nos aconteça.

— Sossegue, senhor... Mas, porventura, poderemos ao menos ir visitar esse pobre Edmond?

— Logo lhe direi. Vou ver se falo ao Sr. de Villefort, e interceder a favor do preso. Sei que é um realista exaltado, mas, que diabo! por mais realista e mais procurador régio que se seja, também se é homem, e não o julgo mau.

— Não — disse Danglars —; ouvi, porém, dizer que era ambicioso, e são coisas muito parecidas.

— Enfim — disse o negociante com um suspiro —, veremos. Vá para bordo, que eu lá irei ter daqui a pouco.

E separou-se dos dois para ir ao Palácio da Justiça.

— Está vendo — disse Danglars a Caderousse — o jeito que o negócio vai tomando. Ainda quer agora valer a Dantès?...

— Não, por certo; mas sempre é terrível brincadeira aquela que tem semelhantes conseqüências.

— Ora! quem a fez? Não foi você, nem eu, não é verdade? Foi Fernand. Bem sabe que atirei o papel para um canto, e até julgo que o rasguei...

— Não, não! — disse Caderousse. — Quanto a isso, estou certíssimo, parece-me que ainda o estou vendo ao canto do caramanchão, todo amarrotado, e bem quisera que ainda estivesse onde o vi.

— O que quer? Talvez Fernand o apanhasse e copiasse ou o mandasse copiar, ou mesmo não se daria a esse trabalho... Oh! valha-me Deus! agora penso que era capaz de mandar a minha própria carta! O que me vale, por felicidade, é o disfarce da letra.

— Mas então sabia que Dantès conspirava?

— Eu nada sabia, como o disse; tudo foi uma pura brincadeira; mas parece que, brincando, atinei com a verdade.

— É o mesmo — replicou Caderousse —; dava tudo que me pedissem para que tal não houvesse sucedido, ou, pelo menos, para não estar envolvido nessa trapalhada; hás de ver, Danglars, que dela nos resultará desgraça.

— Se tem de resultar desgraça, é para o verdadeiro culpado, e esse é Fernand, e não nós. E o que quer você que nos aconteça? Fiquemos sossegados, não digamos uma palavra de tudo isto, e a trovoada há de passar sem despedir raios.

— Amém! — disse Caderousse, despedindo-se de Danglars, e dirigindo-se para os lados de Meillan, sacudindo a cabeça e falando consigo, como quem está muito preocupado.

— Bom! — disse Danglars — as coisas levam o caminho que eu previra: eis-me capitão interino, e se o pateta do Caderousse guardar segredo, capitão deveras. Só haveria risco se a justiça soltasse Dantès; mas — acrescentou com um sorriso — a justiça sempre é justiça, confio nela.

E ao dizer isto, saltou num bote, dando ordem ao catraieiro que o levasse a bordo do *Faraó*, onde ia esperar pelo negociante, que, como lembrado estará o leitor, assim o determinara.

VI. O delegado do procurador régio

Na Rua do Grand-Cours, defronte do chafariz das Medusas, numa dessas velhas casas de arquitetura aristocrática construídas por Puget, celebrava-se também no mesmo dia, e à mesma hora, um banquete de bodas. A diferença consistia em que os atores desta cena, em vez de serem gente do povo, marinheiros e soldados, faziam parte da mais alta sociedade de Marselha. Eram antigos magistrados que se tinham demitido dos seus empregos no tempo do usurpador; velhos oficiais, que haviam desertado das nossas fileiras para irem alistar-se no exército de Condé; rapazes educados pelas famílias — ainda mal tranqüilizadas acerca da existência deles, apesar dos quatro ou cinco substitutos que haviam pagado para o exército — no ódio desse homem de quem cinco anos de desterro deviam fazer um mártir, e quinze anos de Restauração, um deus!

Estava-se à mesa, e a conversação prosseguia inflamada por todas as paixões da época, tanto mais terríveis, mais vivas e mais encarniçadas no Midi, onde depois de quinhentos anos os ódios religiosos se associaram aos ódios políticos.

O imperador, rei da ilha Elba, depois de haver sido soberano de uma parte do mundo, reinava sobre um povo de cinco a seis mil almas; depois de ter ouvido bradar "Viva Napoleão!" por cento e vinte milhões de súditos, em dez línguas diferentes, era tratado como se de todo estivesse perdido para a França e para o trono. Os magistrados apontavam os desacertos da sua política; os militares falavam de Moscou e de Leipzig; as mulheres do seu divórcio com Joséphine. Parecia a essa sociedade realista, tão alegre e tão triunfante, não da queda de um homem, porém da ruína de um princípio, que a vida ia agora para ela recomeçar, e que saía de um terrível pesadelo.

Um velho, condecorado com a cruz de Saint-Louis, levantou-se e propôs aos seus convidados uma saúde ao rei Luís XVIII: era o marquês de Saint-Méran.

Este brinde, que recordava ao mesmo tempo o desterrado de Hartwell e o rei pacificador da França, causou extraordinário ruído. Os copos ergueram-se à moda inglesa, as senhoras tiraram as flores que traziam ao peito e cobriram com elas a toalha. Foi um entusiasmo quase poético.

— Haviam de reconhecer se lá estivessem — disse a marquesa de Saint-Méran, mulher de olhar severo, de lábios delicados e aristocrática altivez, ainda elegante apesar dos seus cinqüenta anos — todos esses revolucionários que nos expulsaram, e que nós agora deixamos muito bem sossegados conspirar nos nossos velhos palácios por eles comprados no tempo do terror por um bocado de pão; haviam de reconhecer que a verdadeira dedicação estava do nosso lado, pois ligávamos-nos à monarquia que se desmoronava, ao passo que eles saudavam o sol que se erguia, e por essa forma enriqueciam, enquanto nós nos empobrecíamos; haviam de reconhecer que o nosso rei, era, realmente, Luís, o Adorado. enquanto o seu usurpador sempre foi Napoleão, o maldito; não é assim, Villefort?

— A Sr.ª Marquesa diz?... Desculpe-me, não estava dando atenção ao que se dizia.

— Ora! deixe-os, marquesa — tornou o velho que havia feito o brinde —; quem está em vésperas de casamento tem que falar em coisas muito diferentes da política.

— Peço-lhe perdão, minha mãe — disse uma linda menina de cabelos loiros e olhos aveludados nadando em nacarado fluido —; já lhe entrego o Sr. de Villefort, que monopolizei por um momento. Sr. de Villefort, minha mãe fala-lhe...

— Estou pronto para responder à senhora marquesa, se quiser ter a bondade de repetir a pergunta que não percebi.

— Está perdoada, Renée — disse a marquesa com um sorriso de ternura que admirava ver florescer naquele rosto severo; mas o coração da mulher é sempre assim: por mais que o crestem o sopro dos preconceitos e as exigências da etiqueta, sempre há nele um cantinho ameno e fértil que Deus consagrou ao amor materno. — Está perdoada... Dizia eu, Villefort, que os bonapartistas não têm nem a nossa convicção, nem o nosso entusiasmo, nem mesmo a nossa dedicação.

— Oh, minha senhora, têm mais do que isso: têm o fanatismo! Napoleão é o Maomé do Ocidente para todos os homens vulgares; para os ambiciosos, não é só o legislador e o rei, é um símbolo; o símbolo da igualdade!

— Da igualdade!, exclamou a marquesa. — Napoleão, o tipo da igualdade! E o que será então o Sr. de Robespierre? Parece-me que lhe rouba o seu lugar para dá-lo ao Corso; bem basta já uma usurpação.

— Não, minha senhora — disse Villefort —, deixe a cada um no seu pedestal: Robespierre, na Praça de Luís XV, sobre o cadafalso; Napoleão, na Praça Vandôme, sobre a sua coluna: a diferença consiste em que um fez a igualdade que abate, o outro a igualdade que eleva; um trouxe os reis ao nível da guilhotina, o outro ergueu o povo ao nível do trono. Não quero dizer — acrescentou Villefort rindo — que não sejam ambos infames revolucionários, e que o Termidor, e o 4 de abril de 1814 não sejam dois dias felicíssimos para a França, e dignos de serem festejados pelos amigos da ordem e da monarquia; mas isto explica como, embora caído para nunca mais se erguer, Napoleão conservou os seus fanáticos. O que quer, senhora marquesa? Cromwel, que só conseguiu metade do que foi Napoleão, também teve os seus.

— O que está dizendo, Villefort, deita um cheiro insuportável à revolução... Mas perdôo-lhe, sendo filho de um girondino, é impossível que não denuncie a origem.

Vivo rubor cobriu as faces de Villefort.

— Meu pai, minha senhora, era girondino, não o nego; porém não votou a morte do rei; meu pai foi proscrito pelo próprio Terror que expulsou a nobreza, e por um triz não lhe levou a cabeça o mesmo cadafalso que viu cair a do pai da senhora marquesa.

— Sim — disse a marquesa, sem que essa sangrenta recordação trouxesse às suas feições a menor alteração —; mas teriam subido ao patíbulo por princípios diametralmente opostos; e a prova é que toda a minha família permaneceu sempre fiel aos príncipes desterrados, enquanto que seu pai teve pressa de aderir ao novo governo;

e o girondino que dantes se apelidava o cidadão Noirtier, veio depois a ser o Sr. Conde de Noirtier, senador do Império.

— Minha mãe! minha mãe! — disse Renée — sabe que havíamos concordado em não falar mais nestas tristes recordações.

— Minha senhora — respondeu Villefort —, unir-me-ei a sua filha para lhe pedir muito humildemente o esquecimento do passado. Para que recriminar sobre coisas para as quais a própria vontade de Deus é impotente? Deus pode mudar o futuro; não pode, porém, modificar o passado. Já que não podemos negá-lo, nós os homens, escondamo-lo com um véu. Pois bem, eu não só me separei das opiniões, mas até do nome de meu pai, que foi e talvez ainda seja bonapartista, e chama-se Noirtier; eu sou realista, e chamo-me Villefort. Deixe morrer no velho tronco algum resto de seiva revolucionária e veja só, senhora marquesa, o rebento que se afasta do tronco sem poder, e, direi mais, quase sem querer de todo separar-se.

— Bravo, Villefort! — disse o marquês;— bravo, bem respondido! Eu também sempre estou pregando à marquesa o esquecimento do passado, sem nunca o haver obtido; espero que o senhor seja mais bem sucedido.

— Pois sim — disse a marquesa —; sim, esqueçamos o passado, estou pronta para isso; mas pelo menos, Villefort, seja inflexível para o futuro. Lembre-se, Villefort, de que respondemos por si a Sua Majestade, e que também Sua Majestade, a pedido nosso, se dignou esquecer... (e ela estendeu-lhe a mão) como eu me esqueço a seu pedido. Se porventura lhe cair nas mãos algum revolucionário, não se esqueça de que todos têm os olhos fixos em si, por se saber que é de uma família que talvez esteja em relação com os próprios conspiradores...

— Ai, senhora marquesa! — disse Villefort — a minha profissão, e especialmente o tempo em que vivemos, obriga-me à severidade. Tê-la-ei. Já tive que sustentar algumas acusações políticas, e nesse ponto dei provas de mim. Infelizmente ainda não chegamos ao fim.

— Como! — disse a marquesa. — Tenho medo. Napoleão, na ilha de Elba, está muito perto da França; a sua presença, quase à vista do litoral, anima a esperança dos seus partidários. Marselha está cheia de oficiais a meio soldo, que todos os dias, pelo mais fútil pretexto, procuram questões com os realistas, donde resultam duelos entre as classes elevadas, e assassinatos entre o povo.

— Já sabe — disse o conde de Salvieux, amigo velho do Sr. de Saint-Méran e camarista do conde de Artois —, já sabe que a Santa Aliança o vai mudar?

— Sim, falava-se nisso quando saímos de Paris — disse o Sr. de Saint-Méran —; e para onde o mandam?

— Para Santa Helena.

— Santa Helena! Que terra é essa? — perguntou a marquesa.

— É uma ilha situada a duas mil léguas de distância, além do equador — respondeu o conde.

— Ainda bem! Como diz Villefort, é grande loucura consentir semelhante homem entre a Córsega, onde nasceu, e Nápoles, donde o cunhado é ainda rei; e defronte da Itália, da qual queria fazer um reino para o filho.

— Infelizmente, temos os tratados de 1814 — disse Villefort — e não se pode tocar em Napoleão sem os ofender.

— Pois ofendê-los-ão — disse o Sr. de Salvieux. — Olhou ele muito para essas coisas quando mandou fuzilar o desgraçado duque de Enghien?

— Sim — disse a marquesa —, é negócio decidido. A Santa Aliança livra a Europa de Napoleão, e Villefort livra Marselha dos seus partidários. Reina ou não reina o rei? Se reina, deve o seu governo ser forte e os agentes inflexíveis: é o meio de prevenir o mal.

— Infelizmente, senhora, um delegado do procurador régio sempre chega quando o mal já está feito.

— Então cumpre repará-lo.

— Posso acrescentar, que não reparamos o mal, vingamo-lo apenas.

— Oh, Sr. de Villefort! — disse uma linda menina, filha do conde de Salvieux e amiga de Renée de Saint-Méran —; veja se arranja um bonito processo enquanto estamos em Marselha. Nunca vi uma audiência, mas dizem-me que é coisa curiosíssima.

— Realmente é curiosíssimo, minha senhora — disse Villefort —; em vez de uma tragédia fictícia, é um drama verdadeiro; em vez de dores fingidas, são dores reais. O homem que ali vêem, em vez de recolher-se a casa, quando desce o pano, para cear com a família, e deitar-se sossegado para começar no dia seguinte a mesma vida, recolhe-se à prisão, onde encontra o algoz. Bem vê que para as pessoas nervosas, que procuram comoções, não há espetáculo que valha este. Fique descansada, minha senhora, se se oferecer ocasião, avisá-la-ei.

— Faz-nos estremecer... e ri-se! — disse Renée descorando.

— Que quer? — tornou Villefort — é um duelo!... Já cinco ou seis vezes requeri a pena de morte contra acusados políticos e outros... pois bem! quem sabe quantos punhais a esta hora se estão afiando nas trevas, para serem dirigidos contra mim?

— Oh! meu Deus! — exclamou Renée cada vez mais triste —; fala sério, Sr. de Villefort?

— Nunca falei mais sério — respondeu o magistrado com o sorriso nos lábios. — E com esses belos processos que esta menina deseja para satisfazer a sua curiosidade, e por que eu também suspiro para satisfazer as minhas aspirações, cada dia se torna mais grave a situação. Julga que os soldados de Napoleão, acostumados a darem como cegos no inimigo, refletem ao queimar um cartucho ou ao carregar a baioneta? E porventura refletirão mais para matar um homem que supõem seu inimigo pessoal, do que para matarem um russo, um austríaco ou um húngaro, a quem nunca viram? Acresce que é assim preciso, pois, sem isso, o nosso ofício não se justificaria. Quando vejo reluzir nos olhos do réu o raio luminoso do ódio, sinto-me animado, exalto-me; já não é um processo, é um combate; luto contra ele, redobro os meus golpes, e o combate acaba como todos os combates, pela vitória ou pela derrota. Eis o que é acusar; é o perigo que sugere a eloqüência. Um acusado que se sorrisse para mim depois da minha réplica, far-me-ia acreditar que tinha falado mal, que o que disse, além de nada provar, tinha sido destituído de vigor e insuficiente. Não imagina quão grande é o orgulho que sente um delegado convencido da culpabilidade do réu, quando o vê empalidecer, curvar-se ao peso das provas e dos raios da eloqüência, e inclinar a cabeça que daí a pouco se lhe há de separar do corpo...

Renée soltou um pequeno grito.

— Assim é que é falar — disse um dos convivas.

— Eis o homem de que se carece em tempos como este — disse outro.

— Por isso — acrescentou um terceiro — na sua última acusação excedeu todas as esperanças, meu caro Villefort. Sabe de quem falo? daquele homem que assassinou o pai; pois olhe, morreu às suas mãos antes de lhe tocar o carrasco.

— Oh! quanto aos parricidas — disse Renée — pouco importa; não há suplício assaz grande para tais homens: mas para míseros réus políticos...

— Os réus políticos! — exclamou a marquesa — são ainda piores, Renée; não é o rei o pai da Nação? pois querer destronar ou matar o rei, é querer matar o pai de trinta e dois milhões de homens.

— Oh, é o mesmo, Sr. de Villefort! — disse Renée —; promete-me ser indulgente com aqueles que eu lhe recomendar?

— Descanse — disse Villefort com o seu mais encantador sorriso —; para esses havemos de preparar juntos as acusações.

— Ora, minha querida! — disse a marquesa — cuida das suas aves, dos seus cãezinhos e dos seus enfeites, e deixa que seu marido exerça livre o seu ofício; hoje descansam as armas e estão em atividade as becas; há a esse respeito uma frase latina muito profunda.

— *Cedant arma togae* — disse, inclinando-se, Villefort.

— Não ousava citar o latim — disse a marquesa.

— Preferiria que o senhor fosse médico — tornou Renée —; o anjo exterminador, embora seja anjo, sempre me assustou.

— Bom coração! — disse, consigo, Villefort, fitando na donzela um olhar de amor.

— Minha filha — disse o marquês —, o Sr. de Villefort será o médico moral e político desta província; acredita-me, tem um belo papel para representar.

— E será um meio de fazer esquecer o que representou o pai — disse a incorrigível marquesa.

— Minha senhora — tornou Villefort com triste sorriso —, já tive a honra de dizer-lhe que meu pai, pelo menos assim o creio, tinha abjurado os erros do passado e que se tornou um zeloso amigo da religião e da ordem, e, enfim, um realista talvez melhor do que eu, porque ele o é em virtude do arrependimento, e eu somente o sou por paixão.

E depois deste arredondado período, para julgar o efeito de sua eloqüência, Villefort olhou para todos, como no tribunal, depois de alguma frase equivalente, teria olhado para o auditório.

— Pois, meu caro Villefort — disse o conde de Salvieux — é isso mesmo o que há dias nas Tuileries respondi ao ministro da casa do rei, que me pedia a explicação desta singular aliança entre o filho de um girondino e a filha de um oficial do exército de Condé; o ministro otimamente o percebeu. Este sistema de fusão é o de Luís XVIII; e o rei, que, sem que o suspeitássemos, ouvia a nossa conversação, atalhou-a dizendo-nos: "Villefort (repare que o rei não proferiu o nome de Noirtier, proferiu muito claramente o de Villefort), Villefort", disse o rei, "há de trilhar o bom caminho; é um rapaz refletido, e é dos meus. Vi com prazer que os marqueses de Saint-Méran o tomavam para genro; ter-lhes-ia aconselhado essa aliança, se não houvessem sido eles os primeiros a virem pedir-me licença".

— O rei disse isso, conde? — exclamou Villefort, arrebatado.

— Refiro-lhe as suas próprias palavras, e o marquês, se quiser ser franco, há de confessar que o que digo agora perfeitamente concorda com o que o rei lhe disse há seis meses quando lhe falou do seu projeto de casamento.

— É verdade — disse o marquês.

— Oh! deverei eu então tudo a esse ótimo príncipe! E o que não farei para servi-lo!

— Ainda bem — disse a marquesa —, é assim que eu o quero; apareça agora algum conspirador que será bem recebido!

— E eu, minha mãe — disse Renée —, peço a Deus que não a ouça, e que não mande ao Sr. de Villefort senão ratoneiros, fracos bancarroteiros e tímidos gatunos; dormirei tranqüila.

— É — disse rindo-se Villefort — como se desejasse ao médico enxaquecas, sarampos, mordedura de vespas; enfim, coisas que mal ofendem a epiderme. Se quer ver-me procurador régio, desejeme antes dessas terríveis doenças, cuja cura faz honra ao médico.

Neste momento, e como se o acaso só tivesse esperado pela manifestação do desejo de Villefort para satisfazê-lo, entrou um criado e disse-lhe ao ouvido algumas palavras. Villefort levantou-se da mesa desculpando-se e voltou um momento depois com um sorriso nos lábios e o rosto radiante de alegria.

Renée fitou-o com amor; com aqueles olhos azuis, a tez embaçada e as suíças pretas emoldurando-lhe o rosto, era um elegante e belo moço. E por isso o espírito da donzela pareceu suspenso, aguardando a explicação da causa do seu momentâneo desaparecimento.

— Ainda agora desejava, minha senhora, ter por marido um médico; tenho ao menos de comum com os discípulos de Esculape — falava-se assim, ainda, em 1815 — a semelhança, de que nunca é minha a hora presente, e que, mesmo ao seu lado, e saboreando o jantar dos meus esponsais, vêm procurar-me e roubar-me a tamanho regozijo.

— E por que motivo o incomodam? — perguntou Renée com alguma inquietação.

— Ah! para um enfermo que, acreditando no que me dizem, está em grande perigo; é caso muito sério, é doença que leva ao cadafalso.

— Oh! meu Deus! — disse Renée, empalidecendo.

— Sim! — disseram todos a uma voz.

— Parece que se acaba de descobrir uma pequena conspiração bonapartista.

— Será possível! — exclamou a marquesa.

— Aqui está a denúncia.

E Villefort leu:

"O Sr. Procurador Régio é avisado por um amigo da religião e do trono, que Edmond Dantès, imediato do *Faraó*, chegado esta manhã de Esmirna, depois de ter tocado em Nápoles e em Porto-Ferrajo, foi encarregado por Murat de uma carta para o usurpador, e, por este, de outra para o centro bonapartista de Paris. Ter-se-á, prendendo-o, a prova do crime, porque encontrarão a carta; se a não tiver consigo, há de estar ou na casa de seu pai, ou na sua cabine a bordo do *Faraó*."

— Mas — disse Renée — essa carta, que é uma mera denúncia anônima, foi dirigida ao procurador régio, e não ao senhor.

— Sim; mas, estando ausente o procurador régio, a carta foi recebida pelo secretário, que, autorizado a abrir as cartas, abriu esta, e mandou procurar-me, dando primeiro as precisas ordens para a prisão.

— Visto isso — disse a marquesa —, o criminoso já está preso?

— Quer dizer, o acusado — replicou Renée.

— Sim, minha senhora — disse Villefort —; e, como tive a honra de dizê-lo ainda há pouco a Renée, se for achada a carta, o enfermo está muito doente.

— E onde está o desgraçado? — perguntou a donzela.

— Espera-me em casa.

— Vá, meu amigo — disse o marquês —, não falte às suas obrigações para se demorar na nossa companhia, quando o serviço do rei o chama.

— Ah! Sr. de Villefort! — disse Renée erguendo as mãos — seja indulgente; lembre-se de que é este o dia dos seus esponsais.

Villefort deu uma volta à roda da mesa e chegando-se para a cadeira de Renée, encostou-se ao espaldar.

— Para poupar-lhe uma inquietação — disse — farei o que puder, querida Renée; se, porém, forem certos os indícios, se for verdadeira a acusação, mister será cortar essa ruim erva bonapartista.

Renée estremeceu ao ouvir a palavra cortar, pois a erva, de que se tratava, era nada menos do que a cabeça de um homem.

— Não dê ouvidos a essa criança, Villefort — disse a marquesa; — espere, que ela há de acostumar-se.

E estendeu a Villefort a mão seca, que ele beijou sem deixar de contemplar a donzela, como que lhe dizendo com os olhos:

— É a sua mão que beijo, aquela que desejava beijar neste momento.

— Tristes auspícios! — disse a meia voz Renée.

— Na verdade — disse-lhe a mãe —, é de uma criancice extraordinária. Pergunto-lhe: o que pode haver de comum entre o destino do Estado e a sua caprichosa sensibilidade?

— Oh! minha mãe! — exclamou Renée.

— Perdão para a má realista, senhora marquesa — disse Villefort —; prometo-lhe desempenhar o cargo de delegado do procurador régio com toda a consciência, isto é, sendo horrivelmente severo.

Mas enquanto o magistrado assim falava à marquesa, o noivo lançava a furto um olhar para a noiva, um olhar que dizia:

— Sossegue, Renée; pelo amor que lhe tenho, serei indulgente. Renée respondeu a tal olhar com o seu mais doce sorriso, e Villefort saiu levando no coração o paraíso.

VII. O interrogatório

Mal se achou fora da sala de jantar, largou Villefort a sua máscara de alegria para tomar o ar sério de um homem chamado às supremas funções de decidir a vida do seu semelhante. Ora, apesar da mobilidade da sua fisionomia, mobilidade que, como deve fazer o ator hábil, o delegado tinha mais de uma vez estudado o espelho, foi-lhe desta vez muito difícil franzir a testa e carregar a viseira. Com efeito, não falando na recordação do procedimento político de seu pai, que podia, se não se afastasse completamente, transtornar-lhe a carreira, Gérard de Villefort achava-se neste momento tão feliz quanto um homem pode esperar sê-lo. Já de si mesmo rico, ocupava, aos vinte e seis anos, um emprego elevado na magistratura e ia casar com uma linda menina a quem amava não apaixonadamente, mas com cálculo, com a frieza de um substituto do procurador régio e que, além de formosíssima, pertencia a uma das famílias mais benquistas da época; à influência dos pais que, não tendo mais filhos, podiam dedicá-la inteiramente ao genro, juntava-se o importante dote que levava ao marido — cinqüenta mil escudos, que, graças às esperanças (atroz palavra inventada pelos corretores de casamento), podia ser aumentado com uma herança de meio milhão. Todos estes elementos reunidos compunham, pois, para Villefort, um total de felicidade deslumbrante a ponto tal, que julgava descobrir manchas no sol, quando conscienciosamente pensava na sua vida íntima.

À porta encontrou o comissário de polícia, que o esperava. A visão deste homem fê-lo cair de pronto das alturas do terceiro céu sobre a terra material em que andamos. Compôs o rosto como dissemos, e aproximando-se do oficial de justiça, disse-lhe:

— Aqui estou, senhor; li a carta; fez bem em prender o homem; agora me dê todas as informações que pôde obter a respeito dele e da conspiração.

— Da conspiração, ainda não sabemos nada; todos os papéis

que encontramos acham-se reunidos num só pacote, que está lacrado, no seu escritório. Quanto ao acusado, pela própria carta delatora, viu que se chama Edmond Dantès, e é imediato da galera *Faraó*, que transporta algodão de Alexandria e de Esmirna, e pertence à casa de Morrel & Filhos, de Marselha.

— Antes de servir na marinha mercante, não teria já servido na marinha de guerra?

— Não, senhor; é muito novo.

— Que idade tem?

— Quando muito, dezenove ou vinte anos.

Como Villefort descia pela Rua Grande, estava já neste momento, na esquina da Rua dos Conselhos, um homem que parecia esperá-lo e que se acercou dele: era o Sr. Morrel.

— Ah! Sr. de Villefort! — exclamou o honrado negociante, ao ver o delegado — quanto me dou por feliz de encontrá-lo! Calcule que acabam de cometer o equívoco mais singular e mais inaudito: acabam de prender o imediato do meu navio, Edmond Dantès.

— Já sei, vou agora interrogá-lo.

— Oh! senhor — prosseguiu Morrel, arrastado pela amizade —, não conhece o mísero a quem acusam, conheço-o eu. Imagine o homem mais honrado, mais dócil, e até direi, o que melhor entende do seu ofício de toda a marinha mercante. Oh! Sr. de Villefort, recomendo-lhe muito sinceramente e de todo o meu coração.

Villefort, como viram, pertencia ao partido aristocrático, e Morrel, ao partido plebeu; o primeiro era ultra-realista, e o segundo, suspeito de bonapartismo; Villefort olhou desdenhosamente para Morrel, e respondeu-lhe friamente:

— Bem sabe que se pode ter, na vida privada, toda a delicadeza e toda a probidade; que se pode ser honrado, comercialmente falando, e habilíssimo na nossa profissão; e, todavia, ser-se, em política, um grande criminoso; sabe isso, não é assim?

E o magistrado deu a estas palavras uma expressão, como se quisesse aplicá-las ao próprio negociante; e ao mesmo passo, o seu olhar perscrutador penetrava até o fundo do coração desse homem tão ousado que intercedia por outro, quando devia saber que ele próprio carecia de indulgência.

Morrel corou, porque não se sentia com a consciência muito pura, no que se referia a opiniões políticas; e, além disso, a confidência que lhe fizera Dantès da sua entrevista com o marechal, e das palavras que o imperador lhe dirigira, perturbaram-lhe algum tanto o espírito: no entanto, acrescentou com a inflexão do mais profundo interesse:

— Suplico-lhe, Sr. de Villefort, seja justo como o deve ser, bom como sempre é, restitua-nos depressa esse pobre Dantès.

O restitua-nos soou-lhe revolucionariamente.

— Ah! ah! — disse baixinho — restitua-nos... Pertencerá esse Dantès a alguma seita de carbonários, para que o seu protetor empregue assim, irrefletidamente, a forma coletiva? Prenderam-no numa taberna, segundo me disseram, no meio de numerosa companhia; quem sabe e não será algum clube?...

E, depois, levantando a voz:

— Senhor — respondeu —, pode ficar descansado: não apelou inutilmente para a minha justiça, se o réu for inocente; se, pelo contrário, for culpado (vivemos em época difícil!), a impunidade seria de péssimo exemplo: serei obrigado a cumprir o meu dever.

Tendo, ao dizer isto, chegado à porta de sua casa, ao lado do Palácio da Justiça, entrou majestosamente, depois de haver cumprimentado friamente o desgraçado negociante, que ficou como petrificado no lugar em que o deixara Villefort. A casa de entrada estava cheia de soldados e agentes da polícia; no meio deles, guardado à vista, e cercado de olhares odiosos, estava em pé, tranqüilo e imóvel, o preso. Villefort atravessou a saleta, lançou um olhar de relance, tomou um maço de papéis que um agente lhe entregou, e desapareceu dizendo:

— Tragam-me o preso.

Por mais rápido que tivesse sido aquele olhar, fora o suficiente para que Villefort fizesse idéia do homem a quem ia interrogar. Tinha-lhe reconhecido inteligência na fronte larga e aberta, coragem no olhar fixo e franzido, franqueza nos lábios grossos e meio abertos, que deixavam ver duas ordens de dentes alvos como o marfim. A impressão foi favorável a Dantès; porém, Villefort tinha ouvido tantas vezes repetir, como um dito de profunda política, que convinha desconfiar do primeiro impulso, visto ser o bom, que aplicou essa máxima à impressão que sentira, sem fazer caso da diferença que havia entre as duas palavras. Sufocou, pois, os bons instintos que iam invadir-lhe o coração e assaltar-lhe o espírito, arranjou ao espelho a fisionomia dos dias solenes, e sentou-se à secretária com ar ameaçador e carregado.

Um momento depois, entrou Dantès.

O moço estava ainda pálido, porém tranqüilo e risonho; cumprimentou o juiz com desembaraço e delicadeza, e depois procurou com os olhos um assento, como se estivesse na sala do negociante Morrel. Só então reparou no olhar embaçado de Villefort, nesse olhar privativo dos homens do foro, que não querem que nele leiam os seus pensamentos, e por isso mostram olhos semelhantes aos vidros despolidos. Este aspecto avisou Dantès de que estava diante da Justiça, figura ameaçadora e taciturna.

— Quem é, e como se chama? — perguntou Villefort, percorrendo as notas que lhe haviam sido entregues ao entrar, e que em uma hora já se tinham tornado volumosas, graças à corrupção da espionagem, que tanto se aproxima dos desgraçados que são indicados como suspeitos.

— Chamo-me Edmond Dantès — respondeu o rapaz com voz sonora e sossegada —; sou o imediato do navio *Faraó*, que pertence aos Srs. Morrel & Filhos.

— Que idade tem?

— Dezenove anos.

— O que fazia quando foi preso?

—Assistia ao banquete dos meus esponsais — disse Dantès, com voz um tanto comovida pelo doloroso contraste desse momento de alegria com a lúgubre cerimônia em que se achava, e pelo contraste da ameaçadora fisionomia do Sr. de Villefort com as radiantes feições de Mercédès.

— Assistia ao banquete dos seus esponsais?! — disse o delegado, estremecendo involuntariamente. — Sim, senhor; estou para me casar com a mulher que amo há três anos.

Villefort, por mais impassível que costumasse ser, ficou admirado desta coincidência, e a voz comovida de Dantès, surpreendido no meio da sua ventura, fez despertar uma corda simpática no fundo de sua alma. Ele também estava para se casar, também era feliz, e tinham vindo perturbar-lhe a ventura, para contribuir, para destruir a alegria de um homem que, como ele, já tocava a felicidade.

Esta reflexão filosófica, disse consigo, fará grande efeito logo, quando voltar à casa do Sr. de Saint-Méran. E, enquanto Dantès esperava novas perguntas, arranjou ele no seu espírito as palavras antiquadas com que os oradores constroem as frases bombásticas, com que armam os aplausos daqueles que julgam ouvir a verdadeira eloqüência. Concluído o *speech*, que em sua imaginação improvisara, sorriu-se satisfeito, e voltando-se para Dantès, disse-lhe:

— Continue, senhor.

— Continuar o quê?

— A esclarecer à Justiça.

— Diga-me a Justiça em que ponto quer ser esclarecida, e dir-lhe-ei tudo quanto sei; devendo no entanto advertir — acrescentou, sorrindo-se — que não sei muita coisa.

— Serviu ao usurpador?

— Ia entrar na marinha de guerra, quando ele caiu.

— Dizem que as suas opiniões políticas são exaltadas — disse Villefort, a quem nada a esse respeito haviam dito, mas que desejava apresentar a pergunta como base de acusação.

— As minhas opiniões políticas? eu?! ai, Senhor! quase que me envergonho de dizer-lhe que nem tenho, nem tive nunca, o que se chama opinião. Apenas tenho dezenove anos, como já tive a honra de lhe dizer; nada sou, nada serei; o pouco que sou e hei de ser, se conseguir o que ambiciono, devê-lo-ei ao Sr. Morrel; assim, todas as minhas opiniões, não direi só políticas senão também particulares, limitam-se aos três seguintes sentimentos: amo meu pai, respeito o Sr. Morrel, e adoro Mercédès. Eis tudo o que posso dizer à Justiça: bem vê que isso pouco a interessará.

Enquanto Dantès falava, Villefort olhava para o seu rosto tão meigo e tão sereno, e recordava-se das palavras de Renée, que, sem o conhecer, havia implorado a sua indulgência em seu favor. Com o hábito que o delegado já tinha dos crimes e dos criminosos, em cada palavra de Dantès via surgir a prova de sua inocência. Com efeito, esse rapaz (quase que se podia dizer esse menino) ingênuo, simples, eloqüente, com essa eloqüência do coração, que ninguém possui quando deseja, afetuoso para com todos, porque era feliz — a felicidade torna bons os próprios maus —, difundia sobre o juiz a extrema afabilidade que lhe transbordava o coração. Edmond não tinha na voz, no olhar, no gesto, por mais severo e mais áspero que se lhe houvesse mostrado Villefort, senão afagos e bondade para aquele que o interrogava.

— Ora, aqui está — disse consigo Villefort — um ótimo rapaz; e não hei de ter muita dificuldade em satisfazer Renée, cumprindo a primeira recomendação que se dignou fazer-me. Assim, lucrarei um terno aperto de mão diante de todos, e um beijo encantador em algum canto.

A esta dupla esperança, o semblante de Villefort alegrou-se de modo que, quando olhou para Dantès, este, que acompanhava todos os movimentos da fisionomia do seu juiz, sorriu-se.

— Senhor — disse Villefort —, sabe se tem alguns inimigos?

— Inimigos, eu?! — disse Dantès. — Tenho a fortuna de ser tão pouca coisa neste mundo, que por isso mesmo ainda os não pude obter. Quanto ao meu gênio, talvez um pouco arrebatado, sempre o procurei adoçar para com os meus subordinados; tenho dez ou doze marinheiros às minhas ordens: interroguem-nos, e verão que todos me estimam e respeitam, não como um pai, sou ainda muito moço para isso, mas como um irmão mais velho.

— Vejamos — continuou Villefort: — à falta de inimigos, talvez tenha invejosos. Consta-me que vai ser nomeado capitão, e aos dezenove anos, na sua profissão, é já um posto elevado. Vai casar com uma menina que o ama excessivamente, com um amor que é hoje raríssimo. Estas duas preferências do destino sem dúvida hão de ter-lhe dado invejosos.

— Sim, tem razão; deve conhecer os homens melhor do que eu; pode ser; mas, se esses invejosos estão entre os meus amigos, antes quero não os conhecer, para não ser forçado a odiá-los.

— Faz mal; convém sempre conhecer quanto possível os indivíduos que nos cercam; e realmente parece-me um moço tão digno, que vou desviar-me, por sua causa, das regras ordinárias da Justiça, e, como seu advogado, ajudá-lo a penetrar o mistério, comunicando-lhe a denúncia pela qual veio à minha presença. Aqui a tem: conhece a letra?

E Villefort tirou a carta da algibeira e apresentou-a a Dantès. Dantès olhou e leu. Uma nuvem como que lhe passou pelos olhos, e disse:

— Não, senhor, não conheço a letra; está disfarçada, vê-se claramente, e revela que foi traçada por mão hábil. Muito feliz sou — e olhando para Villefort com reconhecimento, acrescentou — de ter dado com um homem como o senhor; na verdade, o meu denunciante é um verdadeiro inimigo.

E, pelo raio que lhe passou pelos olhos ao dizer estas palavras, pôde Villefort ver quão violenta energia ocultava a primeira bondade que em seu rosto divisara.

— Agora, vejamos — disse o delegado —; responda-me com franqueza, não como um réu a um juiz, mas como um homem que, em posição falsa, responde a outro homem, que por ele se interessa: o que há de verdade nesta acusação anônima?

E Villefort atirou com asco para cima da secretária a carta que Dantès lhe entregara.

— Tudo e nada, senhor; pela minha honra, pelo amor que tenho a Mercédès, e pela vida de meu pai, vou dizer-lhe toda a verdade.

— Fale, senhor — disse alto Villefort; e em tom mais baixo acrescentou: — se Renée agora me ouvisse, estou certo de que ficaria contente com o meu procedimento, e que me não tornava a chamar um corta-cabeças!

— Pois ouça: ao sair de Nápoles, o capitão Leclère adoeceu de uma febre cerebral; como não tínhamos médico a bordo, nem ele queria arribar a porto nenhum da costa por ter pressa de chegar à ilha de Elba, agravou-se-lhe a doença, e no fim do terceiro dia, sentindo que estava às portas da morte, chamou-me para junto de si: "Meu caro Dantès", disse-me, "jure-me pela sua honra cumprir o que vou dizer-lhe." — "Juro-o, capitão" — respondi. — "Como pela minha morte lhe pertence o comando do navio, na qualidade de imediato, aproe à ilha de Elba, desembarque em Porto-Ferrajo, procure o marechal, e entregue-lhe esta carta; talvez então ele lhe dê outra, e o encarregue de alguma incumbência. Essa missão, que me era destinada, cumpra-a em meu lugar, e toda a honra será para si." — "Fá-lo-ei, capitão, mas talvez não seja tão fácil como pensa, falar ao marechal." — "Aqui tem um anel, que lhe mandará", disse o capitão, "e que fará desaparecer todas as dificuldades." Entregou-me então um anel; duas horas depois caiu em delírio, e no dia seguinte morreu.

— E o que fez então?

— O que devia fazer, senhor; o que qualquer em meu lugar teria feito. Para todos, o pedido dos moribundos é sagrado, mas para os homens do mar o pedido de um superior é ordem que se deve cumprir. Velejei para a ilha de Elba, aonde cheguei no dia seguinte; dei ordem para que todos ficassem a bordo, e fui eu só a terra. Como previra, opuseram-me algumas dificuldades antes de me apresentarem ao marechal; mandei-lhe, porém, o anel, e todas as portas se abriram. Recebeu-me, e interrogou-me acerca das últimas circunstâncias da morte do pobre Leclère; e, como ele previra, deu-me uma carta para levar pessoalmente a Paris. Prometi-lhe que seria entregue, pois era ainda obedecer à última vontade do meu capitão.

Voltei para bordo; fiz vela para Marselha; cheguei ontem, arranjei à pressa todos os negócios da Alfândega e da Saúde; depois corri à morada da minha noiva: achei-a mais bela, mais amante do que nunca. Graças ao Sr. Morrel, vencemos todas as dificuldades eclesiásticas; enfim, assistia, como disse, ao banquete dos meus esponsais, ia casar-me dentro de uma hora, e contava partir amanhã para Paris, quando, por esta denúncia, que parece agora que o senhor despreza tanto como eu, fui preso.

— Sim, sim — disse a meia voz o delegado —, tudo isso me parece verdade; e se é culpado, é de mera imprudência, e essa mesma legitimada pelas ordens do seu capitão. Dê-me essa carta que lhe entregaram na ilha de Elba, e dê-me a sua palavra de que se apresentará toda vez que for chamado. Pode ir ter com os seus amigos.

— Então estou livre?! — exclamou Dantès, cheio de alegria.

— Sim; mas dê-me a carta.

— Deve estar diante do senhor, porque a tomaram com outros papéis que estão nesse maço.

— Espere — disse o delegado a Dantès, que pegava nas luvas e no chapéu —; a quem era dirigida?

— Ao Sr. Noirtier, Rua de Coq-Héron, em Paris — respondeu o rapaz.

Um raio que caísse sobre Villefort não lhe teria dado golpe mais rápido nem mais imprevisto: deixou-se cair na cadeira, da qual se havia meio levantado para tomar os papéis, e, escolhendo entre eles, tirou a carta fatal, lançando-lhe um olhar cheio de indizível terror.

— Noirtier, Rua de Coq-Héron, n.º 13... — disse baixo, cada vez empalidecendo mais.

— Sim — respondeu Dantès espantado —, sabe quem é?

— Não — respondeu com vivacidade Villefort —; saiba que um fiel vassalo do rei não conhece os conspiradores.

— Pois trata-se de conspiração? — exclamou Dantès, que depois de se haver julgado livre, começava a sentir um terror maior do que ao princípio. — Em todo o caso, já lhe disse, ignorava completamente o conteúdo da carta de que era portador.

— Sim — respondeu Villefort com voz trêmula —; mas sabe o nome da pessoa a quem era dirigida?

— Para entregá-la em mão própria precisava sabê-lo.

— E não mostrou esta carta a ninguém? — perguntou Villefort enquanto lia, e descorava à proporção que ia lendo.

— A ninguém, senhor, por minha honra!

— E todos ignoram que tinha uma carta para o Sr. Noirtier?

— Todos, senhor, exceto quem a me entregou.

— É demais, é demais! — disse a meia voz Villefort.

O rosto do delegado cada vez mais se obscurecia à proporção que ia chegando ao fim da carta; os lábios brancos, as mãos trêmulas, os olhos ardentes, faziam passar pelo espírito de Dantès as mais dolorosas apreensões.

— Oh! meu Deus! meu Deus! o que tem, senhor? — perguntou timidamente Dantès.

Villefort não respondeu; mas, passados alguns instantes, levantou a cabeça, pálido e perturbado, e leu pela segunda vez a carta.

— E assegura-me que não sabe o que contém esta carta?

— Por minha honra, senhor! já o afirmei. Mas, meu Deus, o que tem? está desmaiando; quer que toque a campainha? Que chame alguém?

— Não — disse o magistrado, levantando-se com vivacidade —; não faça um movimento, não diga uma palavra; cabe-me a mim, e não ao senhor, dar ordens aqui.

— Senhor — disse Dantès ofendido —, era para acudi-lo; desculpe-me.

— De nada careço; foi uma vertigem passageira; ocupe-se de si e não de mim: responda.

Dantès aguardou, porém, a pergunta que assim se anunciava; Villefort tornou a sentar-se na cadeira, passou a mão gelada pela testa inundada de suor, e pela terceira vez tornou a ler a carta.

— Oh! se ele sabe o que contém esta carta — dizia para si —, e se algum dia vier a saber que Noirtier é o pai de Villefort, estou perdido, irremediavelmente perdido.

E de vez em quando olhava para Edmond, como se houvesse querido com o olhar quebrar essa invisível barreira que contém no coração os segredos que a boca guarda.

— Não hesitemos mais! — exclamou de repente.

— Mas, em nome do Céu, senhor — tornou o mísero rapaz —, se de mim duvida, se me suspeita, interrogue-me, estou pronto para responder.

Villefort fez sobre si violento esforço, e com entonação a que quis dar firmeza, disse:

— Deste interrogatório, senhor, resultam para si as mais graves acusações; não posso, pois, como tinha esperado a princípio, restituí-lo imediatamente à liberdade; devo, antes de fazê-lo, consultar o juiz da formação da culpa. Entretanto, viu o modo como procedi para consigo...

— Oh! sim! — exclamou Dantès — e agradeço-lhe, foi para mim mais um amigo do que um juiz.

— Pois, bem, senhor, vou conservá-lo ainda algum tempo preso, o menos tempo que puder; a prova principal que contra si existe é esta carta, e está vendo...

Villefort chegou-se para o fogão, atirou a carta para o lume, e ficou ali até a ver reduzida a cinzas.

— Vê? — continuou — aniquilo-a.

— Ah! — exclamou Dantès — é mais do que justiça, é bondade.

— Ouça-me, porém — prosseguiu o magistrado —, depois de semelhante prova, bem vê que pode confiar em mim.

— Ah, senhor! ordene, e obedecer-lhe-ei.

— Não — disse Villefort, chegando-se para o rapaz —, não são ordens que vou dar-lhe, são conselhos.

— Fale, e cumpri-los-ei como ordens.

— Vou retê-lo até a noite, aqui, no Palácio da Justiça; talvez que outra pessoa venha aqui inquiri-lo. Diga tudo quanto me disse; mas nem uma palavra acerca da carta.

— Prometo-o.

Era Villefort quem parecia suplicar; era o réu quem tranqüilizava o juiz.

— Compreende — disse, lançando um olhar para as cinzas, que ainda conservavam a forma do papel e que esvoaçavam por cima das chamas —, agora a carta está aniquilada; somente o senhor e eu sabemos que existiu, não lhe hão de apresentar; negue, pois, a sua existência, se dela lhe falarem, negue-a afoito, e está salvo.

— Negá-la-ei, senhor, fique sossegado.

— Bem, bem — tornou Villefort, levando a mão a uma campainha.

No momento, porém, de tocar, disse:

— Era a única carta que tinha?

— A única.

— Jura?

— Juro.

Villefort tocou a campainha; o comissário da polícia entrou; Villefort chegou-se para ele e disse-lhe ao ouvido algumas palavras. O comissário respondeu com um simples aceno de cabeça.

— Acompanhe este senhor — disse Villefort a Dantès. Dantès inclinou-se, lançou um último olhar de gratidão para o magistrado, e saiu. Mal se fechou a porta, faltaram forças a Villefort e caiu quase desmaiado sobre uma cadeira. Depois, passado um momento:

— Oh! meu Deus! — exclamou — do que dependem a vida e a fortuna! Se o procurador régio estivesse em Marselha, se o juiz da formação da culpa tivesse sido chamado em meu lugar, estava eu, sem dúvida, perdido; e esse papel amaldiçoado ter-me-ia arrojado para o abismo. Oh! meu pai! meu pai! pois há de ser sempre neste mundo um obstáculo à minha ventura, terei de lutar eternamente com o seu passado?

Depois como que uma inesperada luz lhe iluminou de súbito o espírito e lhe irradiou no rosto; um sorriso apareceu-lhe nos lábios ainda contraídos, os olhos ficaram fitos, como que presos por um importante pensamento.

— É isso — disse — sim, essa carta que devia perder-me, talvez faça a minha fortuna. Vamos, Villefort, mãos à obra.

E depois de ter verificado que o réu já não estava na antecâmara, o delegado do procurador régio saiu também, e dirigiu-se apressado à casa de sua noiva.

VIII. A fortaleza de If

Ao atravessar a antecâmara, o comissário de polícia fez sinal a dois soldados, que se colocaram um à direita, outro à esquerda de Dantès; abriu-se uma porta que punha em comunicação a casa do procurador régio com o Palácio da Justiça; seguia-se depois um desses compridos corredores que fazem estremecer os que por eles passam, ainda mesmo quando não têm motivo.

Assim como o aposento de Villefort comunicava com o Palácio da Justiça, assim este comunicava com a prisão, triste monumento encostado ao Palácio e para o qual olha curiosamente com todas as suas aberturas a torre dos Accoules que se ergue diante dele. Depois de numerosas voltas pelo corredor, viu Dantès abrir-se uma porta com um postigo de ferro; o comissário de polícia bateu com uma aldraba de ferro três pancadas que retumbaram, para Dantès, como se lhe houvessem batido no coração; a porta abriu-se, e os dois soldados empurraram de leve o preso que hesitava. Dantès transpôs o formidável limiar, e a porta fechou-se ruidosamente. Respirava outro ar, mefítico e pesado; estava na cadeia.

Levaram-no para um quarto bastante limpo, porém gradeado e aferrolhado. O aspecto da prisão não lhe causou demasiado receio. Além disso, as palavras do delegado do procurador régio, proferidas num tom que tinha parecido a Dantès tão cheio de interesse, ainda lhe soavam aos ouvidos como uma doce promessa de esperança. Já passava das quatro horas quando Dantès foi levado para o quarto, e era, como dissemos, o primeiro de março; os dias declinavam depressa; em breve, encontrou-se o preso no meio das trevas. Então, à proporção que perdia o sentido da vista, apurava o ouvido; à menor bulha que sentia, convencido de que o vinham soltar, levantava-se com vivacidade e dava um passo para a porta; não tardava, porém, que o ruído se perdesse noutra direção, e Dantès caía sobre o banco.

Enfim, pelas dez horas da noite, no momento em que Dantès começava a desanimar, ouviu nova bulha que lhe pareceu desta vez dirigir-se para o seu quarto; efetivamente soaram passos no corredor que pararam diante da porta; uma chave deu volta na fechadura, os ferrolhos rangeram, a pesada massa de carvalho abriu-se, deixando penetrar de súbito no escuro quarto a deslumbrante claridade de dois archotes, à luz dos quais viu Dantès brilhar as espadas e espingardas de quatro soldados; e, tendo dado dois passos à frente, parou imóvel vendo esse aumento de força.

— Vêm buscar-me? — perguntou Dantès.

— Sim — respondeu um dos soldados.

— Da parte do senhor delegado do procurador régio?

— Assim o creio.

— Bem, estou pronto a segui-los.

A convicção de que o vinham buscar da parte do Sr. de Villefort tirava todo o receio ao mísero rapaz. Avançou, desembaraçadamente, colocando-se espontaneamente no meio da escolta.

Esperava-o à porta uma carruagem em que, ao pé do cocheiro, estava sentado um oficial de diligências.

— É para mim que aqui está este carro? — perguntou Edmond.

— Sim — disse um dos soldados —, suba.

Dantès quis fazer algumas observações; mas a portinhola abriu-se, e sentiu que o empurravam. Não tinha nem possibilidade nem intenção de resistir. Achou-se num momento sentado no fundo da carruagem entre dois soldados, defronte de outros dois que tomavam o assento da frente, e a pesada máquina pôs-se a caminho com sinistro rodar.

O preso olhou para as janelas, que eram gradeadas; só tinha mudado de prisão, com a diferença única que esta andava, levando-o a um ponto desconhecido. Entre os varões, tão juntos que mal podiam dar passagem à mão, reconheceu Dantès que o levavam pela Rua Caisserie, e que pela Rua de Saint-Laurent e a Rua Taramis descia o carro para o cais.

Em breve, viu brilhar entre as grades da carruagem e a grade do monumento, perto do qual já estava, as luzes da casa da guarda; o carro parou, o oficial de diligências desceu, aproximou-se da sentinela; uma dúzia de soldados saiu e colocou-se em alas. À luz dos lampiões do cais, viu Dantès reluzir as espingardas.

— Será para mim — disse consigo — que se desenvolve tanto aparato militar?

O oficial de diligências, abrindo a portinhola, que estava fechada à chave, respondeu à pergunta, e Edmond pôde ver entre as duas alas de soldados um caminho aberto até o cais.

Os dois soldados, que estavam sentados no banco da frente, apearam-se inicialmente, e depois o fizeram descer também acompanhado dos que estavam a seu lado. Seguiram para um bote, que do cais um marinheiro da alfândega segurava com um cabo. Os soldados olharam para Dantès com ar de estúpida curiosidade. Num momento achou-se sentado à popa do bote, guardado pelos quatro soldados, enquanto o oficial de diligências foi para a proa. Um violento empurrão afastou da terra o bote, abaixou-se a corrente que fecha o porto, e Dantès achou-se no Frioul, isto é, fora do porto.

O primeiro movimento do preso, vendo-se ao ar livre, foi de alegria; o ar é quase a liberdade. Respirou, com toda a força, a brisa vivificadora que traz nas suas asas todos os desconhecidos aromas da noite e do mar. Mas logo soltou um suspiro, ao passar diante da Reserva, onde nessa mesma manhã tinha sido tão feliz durante a hora que precedera a sua prisão. Pelo espaço iluminado de duas janelas, chegava-lhe aos ouvidos o alegre rumor de um baile.

Dantès, de mãos postas, levantou os olhos para o céu e rezou. O bote prosseguia o seu caminho, já tinha passado a Tête-de-Mort, estava defronte da enseada do farol, ia dobrar a bataria, sem que Dantès compreendesse a manobra.

— Então, para onde me levam? — perguntou a um dos soldados.

— Logo o saberá.

— Mas...

— É-nos proibido dar explicações.

Dantès era meio soldado, e fazer perguntas a subordinados a quem era proibido responder, pareceu-lhe absurdo; calou-se.

Passaram-lhe então pelo espírito os mais singulares pensamentos. Como não se podia fazer uma viagem longa em semelhante bote, e não havia navio nenhum ancorado no local para onde se dirigiam, pensou que o iam largar num ponto afastado da costa, e que aí lhe diriam que estava livre; como não o tinham amarrado, nem lhe haviam posto algemas, parecia-lhe isso de bom agouro; e ademais, o delegado, tão excelente para ele, não lhe havia dito que, contanto que nunca proferisse o nome fatal de Noirtier, nada tinha o que recear?... Não queimara Villefort, na sua presença, essa perigosa carta, única prova que contra ele havia?

Esperou, pois, mudo e pensativo, procurando penetrar, com os olhos de homem do mar afeito às trevas e à imensidade do oceano durante a escuridão da noite.

Ficara à direita a ilha Ratonneau, onde brilhava um farol, e ao correr quase à beira da terra, estavam na altura da enseada dos Catalans. Aí os olhares do preso duplicaram de energia; ali estava Mercédès, e a cada instante lhe parecia ver desenhar-se na escuridão da praia o indeciso vulto de uma mulher.

Não haveria um pressentimento que dissesse a Mercédès que o seu amante passava a trezentos passos distante dela?

Uma única luz se descobria nos Catalans. Examinando a posição da luz, reconheceu Dantès ser a do quarto da sua noiva. Mercédès era a única pessoa de toda a pequena colônia que estava acordada. Dando um grande grito, poderia ouvi-lo a noiva, mas reteve-o a vergonha. O que diriam esses homens, que o guardavam, vendo-o gritar como um louco? Ficou, pois, mudo e com os olhos fitos naquela luz. Entretanto ia o bote caminhando, porém o preso não pensava no bote, pensava em Mercédès.

Um acidente do terreno fez desaparecer a luz; Dantès voltou-se e viu que o bote se dirigia para o alto-mar. Enquanto meditava, absorto nos seus próprios pensamentos, tinham substituído as velas aos remos, e o bote prosseguia impelido pelo vento. Apesar da repugnância que Edmond sentia em dirigir aos soldados novas perguntas, chegou-se para um deles, e, tomando-lhe a mão, disse-lhe:

— Camarada! em nome da sua consciência e pela sua qualidade de soldado lhe suplico que de mim se condoa e me responda; sou o capitão Dantès, bom e leal francês, acusado de não sei que traição; para onde me levam? digam-me; e, à fé de marinheiro, resignar-me-ei à minha sorte.

O soldado coçou a orelha, e olhou para o camarada. Este fez um movimento que queria mais ou menos dizer: "Parece-me que onde estamos já não há inconveniente".

E o soldado, voltando-se para Dantès:

— É marselhês e homem do mar — disse-lhe —, e pergunta-me para onde vamos?

— Sim, pois decerto o ignoro.

— Nem desconfia?

— Nem de leve.

— Não pode ser.

— Juro-lhe pelo que há de mais sagrado; responda-me, por quem é.

— Mas as ordens...

— Não lhe vedam, sem dúvida, que me diga o que hei de saber daqui a dez minutos, a meia hora, a uma hora talvez; poupa-me, somente, dizendo-me, séculos de cruel incerteza. Peço-lhe este favor como a um amigo. Olhe, não quero resistir nem evadir-me, além de que nunca o conseguiria. Para onde vamos?

— A menos que não tenha tapados os olhos, e que nunca saísse do porto de Marselha, devia adivinhar para onde vamos.

— Não.

— Olhe então.

Dantès levantou-se, dirigiu naturalmente os olhos para o ponto para o qual parecia que o bote se encaminhava: e a cem toesas diante de si viu erguer-se o rochedo negro e escarpado sobre o qual se levanta, como uma excrescência de pedra, a horrenda Fortaleza de If. Essa forma singular, essa prisão em redor da qual reina tão profundo terror, essa fortaleza que há trezentos anos tem em

Marselha tão lúgubres tradições, aparecendo assim de súbito a Dantès, que não pensava nela, causou-lhe a sensação que a vista do cadafalso causa ao condenado à morte.

— Ah! meu Deus! — exclamou —; a Fortaleza de If! o que vamos fazer lá?

O soldado sorriu.

— Mas não me levam para lá para ficar preso! Essa fortaleza é uma prisão de Estado, reservada para os maiores réus políticos; e eu não cometi crime nenhum. Pois na Fortaleza de If há juizes ou magistrados?

— Suponho que não há — disse o soldado — mais do que um governador, carcereiros, uma guarnição e boas muralhas. Ora, camarada, não se finja admirado; porque ficaria supondo que agradece a minha condescendência escarnecendo-me.

Dantès apertou a mão do soldado como se quisesse quebrá-la.

— Então pretende sustentar — disse-lhe — que me levam à Fortaleza de If para nela me prenderem?

— É provável — disse o soldado —; mas, em todo o caso, camarada, é inútil apertar-me assim a mão.

— Sem mais exame, sem mais formalidade? — perguntou o moço.

— As formalidades estão preenchidas.

— Apesar das promessas do Sr. de Villefort?...

— Não sei se o Sr. de Villefort lhe fez alguma promessa — disse o soldado —, mas o que sei é que vamos para a Fortaleza de If. Então? o que faz? Vamos lá, camaradas, agarremo-lo!

Com um movimento rápido como o relâmpago, e que todavia fora prevenido pelo olhar exercitado do soldado, havia querido Edmond atirar-se ao mar; mas quatro braços vigorosos seguraram-no, no momento em que os pés já estavam quase fora do bote e fizeram-no cair dentro, dando uivos de raiva.

— Muito bem! — exclamou o soldado, pondo-lhe o joelho no peito — é assim que cumpre a sua palavra de marinheiro! E fiem-se lá em gente tão sonsa e tão mansinha! Pois bem, agora, meu caro amigo, faça um movimento, que lhe meto uma bala na cabeça. Não cumpri a primeira ordem; prometo-lhe, porém, que não faltarei à segunda.

E abaixou efetivamente a clavina para Dantès, que a sentiu, como um anel de gelo, encostar-se-lhe à fonte.

Veio-lhe um ímpeto de fazer o movimento que o soldado lhe proibira, para assim acabar violentamente com a desgraça que o assaltara, que o tinha prendido com as suas garras de abutre; mas, por isso mesmo que a desgraça era imprevista, achou Edmond que não podia ser duradoura; depois se lembrou das promessas do Sr. de Villefort; e enfim, cumpre confessá-lo, essa morte no fundo de um bote, da mão de um soldado, pareceu-lhe ignominiosa. Caiu bramindo de raiva e mordendo furiosamente as mãos. Quase no mesmo instante, violenta pancada fez estremecer a embarcação; um dos marinheiros saltou na pedra em que havia dado a proa do bote, caiu uma corda desenrolada por um moitão; e Dantès compreendeu que tinham chegado a seu destino. Então os guardas que o seguravam ao mesmo tempo pelos braços e pela gola do casaco, obrigaram-no a levantar-se e a saltar em terra e levaram-no pelos degraus que conduzem à porta da cidadela, enquanto o oficial de diligências, armado de uma espingarda com baioneta, seguia atrás dele.

No perfeito estado de abatimento em que Edmond se encontrava, nenhuma resistência opôs. Estava vacilante e perturbado como um homem ébrio. Via de novo soldados postados em alas sobre o rápido declive, sentia degraus que o obrigavam a levantar os pés, percebeu que entrava por uma porta, e que esta logo sobre si se fechara; tudo isso, porém, maquinalmente, como entre um nevoeiro, sem nada distinguir de positivo. Nem ao menos já via o mar, essa imensa dor dos presos que olham para o espaço com o terrível sentimento de não o poderem transpor, pararam um momento, e então o mísero procurou reanimar-se. Olhou ao redor de si, estava num pátio quadrado, fechado por quatro altos paredões; ouvia-se o passo cadenciado das sentinelas, e cada vez que passavam, por dois ou três reflexos que projetavam nas paredes duas ou três luzes que brilhavam no interior da fortaleza, via-se luzir o cano das espingardas.

Esperaram cerca de dez minutos; e os soldados, certos de que o preso já não podia fugir, largaram-no, enquanto parecia que esperavam ordens; as ordens chegaram.

— Onde está o preso? — perguntou uma voz.

— Aqui — responderam os soldados.

— Então que me acompanhe; vou levá-lo para o quarto.

— Vá — disseram os soldados, empurrando-o.

O preso seguiu o guia, que o levou para uma sala quase subterrânea, de cujas paredes nuas a água gotejava. Uma espécie de candeia, posta em cima de um mocho e cujo pavio nadava num líquido fétido, iluminava este hediondo calabouço, e mostrava a Dantès o guia, espécie de carcereiro subalterno, mal trajado e de abjeta aparência.

— Aqui está o seu quarto por esta noite. É tarde, e o senhor governador está deitado; amanhã, quando acordar, inteirar-se-á das ordens a seu respeito, e talvez lhe dê melhor aposento. Entretanto, aqui tem pão, ali está uma bilha com água, e palha ali naquele canto; é quanto um preso pode desejar. Boa noite.

E antes que Edmond pensasse em abrir a boca para lhe responder, antes que houvesse reparado onde o carcereiro punha o pão, antes que tivesse olhado para o canto onde estava a palha que lhe havia de servir de cama, o carcereiro pegara na candeia e fechara a porta, roubando ao preso esse pálido reflexo, que, semelhante à luz do relâmpago, lhe havia mostrado as paredes gotejantes da prisão. Achou-se então só nas trevas e no silêncio, tão mudo e tão sombrio como essas abóbadas cujo frio glacial lhe caía sobre a cabeça abrasada. Quando os primeiros raios do dia trouxeram alguma claridade a esse antro, voltou o carcereiro com ordem de deixar o preso onde estava. Dantès não mudara de lugar, como que uma mão de ferro o pregara onde na véspera tinha parado; somente os olhos estavam escondidos pela inchação causada pelas lágrimas; conservava-se imóvel, olhando fixamente para o chão. Tinha assim passado toda a noite, em pé, sem dormir um instante. O carcereiro aproximou-se, andou ao redor desse corpo imóvel, mas o rapaz não deu mostras de o ver. Bateu-lhe no ombro, Dantès estremeceu e sacudiu a cabeça.

— Então, não dormiu? — perguntou o carcereiro.

— Não sei — respondeu Dantès.

O carcereiro olhou para ele espantado.

— Não tem vontade de comer?

— Não sei — tornou a dizer Edmond.

— Quer alguma coisa?

— Queria ver o governador.

O carcereiro encolheu os ombros e saiu. Dantès acompanhou-o com os olhos, estendeu as mãos para a porta entreaberta, mas esta se fechou logo. Então o seu peito como que se despedaçou em profundos soluços; as lágrimas, que lhe enchiam os olhos, rebentaram como dois regatos, deitou-se no chão e rezou, recordando toda a sua vida passada, perguntando a si próprio que crime teria cometido em toda a sua vida, sendo ainda tão novo, que merecesse tão cruel castigo. O dia passou-se assim: apenas comeu alguns bocados de pão e bebeu algumas gotas de água. Umas vezes ficava sentado e absorto nos seus sinistros pensamentos, outras percorria agitado a prisão como um animal feroz preso numa gaiola de ferro.

Sobretudo, um pensamento o indignava: era o lembrar-se de que nessa viagem, em que a ignorância do lugar para onde o levavam o fizera conservar-se tão tranqüilo e tão resignado, facílimo lhe teria sido atirar-se ao mar, e, uma vez na água, graças aos seus conhecimentos de natação, que o tornavam um dos mais hábeis mergulhadores de Marselha, imergir, escapar dos guardas, chegar à praia, fugir e esconder-se em algum recife deserto, esperar algum navio genovês ou catalão, ir nele até a Itália ou a Espanha e daí escrever a Mercédès que fosse vê-lo. Os meios de viver não lhe davam a menor inquietação; falava italiano como se fosse filho da Toscana, espanhol como se fosse de Castela. Teria vivido livre e feliz com seu pai, com Mercédès... ao passo que estava agora preso, encerrado na Fortaleza de If, nessa inacessível prisão, não sabendo do pai, nem de Mercédès; e tudo por se haver fiado na palavra de Villefort. Isto era para enlouquecer; e por isso Dantès dava voltas, cheio de furor, na palha fresca que o carcereiro lhe trouxera.

No dia seguinte, à mesma hora, entrou este.

— Então! — perguntou-lhe — está mais razoável hoje do que ontem?

Dantès não respondeu.

— Homem! tenha coragem! Deseja alguma coisa que dependa de mim?

— Desejo falar com o governador.

— Já lhe disse — prosseguiu o carcereiro impaciente — que é impossível.

— Por que é impossível?

— Pelos regulamentos da cadeia é vedado aos presos esse pedido.

— Então, o que é permitido?

— Pedir melhor comida tendo com que pagar, licença para passear e livros.

— Não careço de livros, não tenho vontade de passear, e acho boa a comida; só quero uma coisa: ver o governador.

— Se me aborrecer, repetindo-me sempre essa cantiga, não lhe trarei mais de comer.

— Pois se me não trouxer mais de comer — disse o rapaz — morrerei de fome.

A entonação com que Dantès proferiu estas palavras provou ao carcereiro que o preso dar-se-ia por feliz se morresse; e como estava calculado que cada preso rendia dez soldos por dia ao carcereiro, este, receando que a prematura morte de Edmond lhe diminuísse os lucros, respondeu-lhe com mais brandura:

— Ouça: o que deseja é impossível, não me fale mais nisso; não há exemplo de que o governador desça à cela de um preso a pedido deste; somente, se se portar bem, lhe serão permitidos passeios, e será possível que algum dia se encontre com ele; interrogá-lo-á então, e se ele quiser responder-lhe, isso não é da minha conta.

— Mas — disse Dantès — quando poderei esperar que se realize esse acaso?

— Eu sei lá! — disse o carcereiro —; daqui a um mês; quem sabe? três meses, seis meses, talvez um ano.

— É muita demora; quero vê-lo imediatamente.

— Ah! — disse o carcereiro — não pense assim num desejo irrealizável, em menos de quinze dias estará louco.

— Parece-lhe que sim?

— Sim, louco; é sempre assim que começa a loucura. Temos aqui um exemplo recente: foi oferecendo de contínuo um milhão ao governador se quisesse soltá-lo, que perdeu o juízo um padre que o precedeu neste quarto.

— Quanto tempo há que ele saiu daqui?

— Dois anos.

— Soltaram-no?

— Não: foi para um calabouço.

— Ouça — disse Dantès —, não sou padre, nem louco, talvez ainda enlouqueça; mas, infelizmente, por ora conservo todo o meu juízo; vou fazer-lhe outra proposta.

— Qual?

— Não lhe ofereço um milhão, porque não lhe poderia dar; ofereço-lhe, porém, cem escudos se a primeira vez que for a Marselha, chegar aos Catalans, e entregar uma carta a uma moça chamada Mercédès; nem será uma carta, mas um bilhetinho de duas linhas.

— Se levasse esse bilhetinho e fosse descoberto, perderia o meu emprego, que é de mil francos por ano, além das propinas e da comida; seria, pois, um burro se me arriscasse a perder tanto para ganhar trezentos francos.

— Pois ouça — disse Dantès —, ouça e atente bem: se se negar a anunciar ao governador que quero falar-lhe, se recusar levar o bilhete a Mercédès, ou, pelo menos, dizer-lhe que estou aqui, um dia espero-o detrás da porta, e quando entrar quebro-lhe a cabeça com este banco.

— Ameaça-me! — exclamou o carcereiro, dando um passo para trás e pondo-se na defensiva. — Enlouquece! o padre começou assim. Daqui a três dias, está doido varrido como ele. Felizmente, há calabouços na fortaleza.

Edmond agarrou o mocho e fê-lo voltear ao redor de si.

— Bem, bem! — disse o carcereiro —; como o quer por força, vou chamar o governador.

— Ainda bem! — disse Dantès, pondo o mocho no chão e sentando-se em cima dele com a cabeça inclinada e os olhos desvairados. O carcereiro saiu, e um momento depois voltou com quatro soldados e um cabo.

— Por ordem do governador — disse — levem o preso para o andar de baixo.

— Para o calabouço? — perguntou o cabo.

— Sim, para o calabouço; os loucos devem estar com os loucos. Os quatro soldados agarraram o rapaz, que, caindo numa espécie de atonia, os acompanhou sem resistência, fizeram-lhe descer quinze degraus e abriram a porta de uma masmorra na qual entrou dizendo a meia-voz:

— Tem razão: os loucos com os loucos!

A porta fechou-se, e Dantès entrou, com as mãos estendidas para diante, até dar com a parede; então se sentou a um canto, e ficou imóvel enquanto os olhos se lhe acostumavam à escuridão e lhe deixavam distinguir os objetos.

O carcereiro tinha razão: pouco faltava para que Edmond enlouquecesse.

IX. A noite dos esponsais

Villefort, como dissemos, tinha voltado à casa da Sr.ª de Saint-Méran, e entrando, achou os convivas, que deixara à mesa, tomando café na sala. Renée esperava-o com impaciência, que era partilhada por todas as pessoas: e por isso foi ele recebido com a seguinte e geral exclamação:

— E então, corta-cabeças, sustentáculo do Estado, bruto realista — exclamou um —, o que há de novo?

— Estamos ameaçados de um novo regime de terror? — perguntou outro.

— Sairia da sua caverna o lobisomem da Córsega? — inquiriu um terceiro.

— Senhora marquesa — disse Villefort, chegando-se para sua futura sogra —, venho pedir-lhe que me desculpe, sou obrigado a deixar a sua companhia. Senhor marquês, poderei ter a honra de lhe dar duas palavras em particular?

— Ah! pois o negócio é assim tão sério? — perguntou a marquesa, reparando na perturbação que se notava no semblante de Villefort.

— Tão sério que me vejo obrigado a separar-me dos senhores por alguns dias. Por isso — continuou, voltando-se para Renée —, pode ajuizar da seriedade do negócio.

— Parte? — exclamou Renée, não podendo ocultar o abalo que lhe causava esta inesperada notícia.

— Sim, minha senhora, é indispensável.

— E para onde vai? — perguntou a marquesa.

— É segredo de justiça, minha senhora. Se, porém, querem alguma coisa para Paris, um amigo meu, que parte esta noite, com gosto receberá as nossas ordens.

Todos olharam uns para os outros.

— Pediu-me para me falar em particular? — disse o marquês.

— Sim, entremos no seu gabinete.

O marquês deu o braço a Villefort e saíram ambos do salão.

— E então — disse o marquês ao entrar no seu gabinete —, que há? Fale.

— Coisas que julgo da maior gravidade, e que exigem que eu parta imediatamente para Paris. Agora, marquês, desculpe a indiscrição, a brutalidade da pergunta: tem apólices da dívida pública?

— Toda a minha fortuna está em apólices; seiscentos mil francos.

— Pois venda, marquês, venda ou fica arruinado.

— Como quer que a venda daqui?

— Não tem um corretor?

— Tenho.

— Dê-me uma carta para ele, ordenando-lhe a venda sem perda de um minuto, de um segundo; e talvez que eu chegue tarde!

— Nesse caso, não percamos tempo.

E o marquês sentou-se à mesa, e escreveu a seu correspondente, ordenando-lhe que vendesse por todo o preço.

— Agora, que tenho esta carta — disse Villefort, metendo-a cuidadosamente na carteira —, careço de outra.

— Para quem?

— Para o rei.

— Para o rei?

— Sim.

— Mas não me atrevo a escrever a Sua Majestade...

— Também o que eu quero não é uma carta sua, mas do Sr. de Salvieux. Quero uma carta dele, com a qual possa apresentar-me a Sua Majestade sem as formalidades do pedido de uma audiência, que me fariam perder um tempo precioso.

— Pois não tem o ministro da Justiça, que pode apresentá-lo no palácio a qualquer hora do dia ou da noite?

— Sem dúvida; mas é inútil que reparta com outro o merecimento da notícia que levo, entende? O chanceler deixar-me-ia naturalmente atrás de si, e roubar-me-ia o benefício da minha viagem. Só lhe digo uma coisa, marquês: a minha carreira torna-se inquestionavelmente próspera, se chegar depressa às Tuileries; vou prestar ao rei um serviço que ele nunca poderá esquecer.

— Nesse caso, meu caro, vá preparar as suas coisas; eu vou chamar Salvieux, e faço-lhe escrever a carta que o deve apresentar.

— Bem, não perca tempo, porque daqui a um quarto de hora devo já estar numa carruagem de posta.

— Faça parar a carruagem aqui à porta.

— Está dito. Desculpe-me para com a senhora marquesa, e para com a menina de Saint-Méran, a quem deixo neste dia com profunda mágoa.

— Achá-las-á ambas no meu gabinete, e poderá dizer-lhes adeus.

— Mil vezes obrigado; trate agora da carta.

O marquês tocou a campainha; um criado apareceu.

— Diga ao conde de Salvieux que o espero. Vá agora — continuou, dirigindo-se a Villefort — tratar dos seus arranjos.

— Bem; não me demorarei muito.

E Villefort saiu correndo; lembrando-se, porém, de que um delegado do procurador régio que assim fosse visto a andar precipitadamente, corria o risco de perturbar o sossego de toda a cidade, tomou o seu passo ordinário, que era magistral. À porta de casa, viu, na escuridão, um fantasma branco, que, em pé e imóvel, o esperava. Era a bela catalã, que, não tendo notícias de Edmond, tinha, inquieta, vindo informar-se da causa da prisão do seu amante. À chegada de Villefort, desencostou-se da parede a que se havia apoiado, e veio colocar-se na sua frente. Dantès tinha falado ao delegado na sua noiva, e não foi preciso que Mercédès dissesse quem era para que Villefort a conhecesse. Ficou admirado da beleza da donzela, e, quando ela lhe perguntou o que era feito do seu amante, pareceu-lhe que era ele o réu, e ela o juiz.

— O homem de quem fala — disse secamente Villefort — é um grande criminoso, não lhe posso valer.

Mercédès soltou um soluço, e, como Villefort procurasse entrar em casa, fê-lo parar uma segunda vez.

— Mas, ao menos, diga-me onde está, para que eu possa saber se está vivo ou morto.

— Não sei, já não está sob a minha jurisdição — respondeu Villefort. E, incomodado por esse olhar fixo, por essa atitude de súplica, empurrou a moça, e entrou, fechando rapidamente a porta, como para deixar fora essa dor que lhe levavam. A dor, porém, não pode ser assim repelida; como a seta mortal, de que fala Virgílio, o ferido leva-a consigo. Villefort fechou a porta; mas, ao chegar à sala, as pernas vacilaram-lhe, soltou um suspiro, que parecia um soluço, e caiu prostrado numa poltrona.

Então, no fundo desse coração enfermo nasceu o primeiro germe de uma úlcera mortal. Esse homem, sacrificado à sua ambição, esse inocente, que pagava por seu culpado pai, apareceu-lhe pálido e ameaçador, dando a mão à noiva, pálida como ele, e arrastando após si o remorso, não o que agita o enfermo como os furiosos da tragédia antiga, mas o zunido abafado e doloroso, que em certos momentos fere o coração e martiriza com a lembrança de uma ação passada; úlcera cujas dores lancinantes o vão corroendo e aniquilando até a morte.

Houve então na alma desse homem um momento de hesitação. Já diversas vezes tinha requerido, sem outra comoção que a da luta do acusador com o acusado, a pena de morte contra os réus; e a recordação desses que haviam sucumbido porque a sua fulminante eloqüência arrastara juízes e jurados, nem sequer tinha deixado uma nuvem na sua fronte, porque esses eram culpados ou tais lhe pareciam. Mas agora era outra coisa: essa pena de prisão perpétua acabava ele de aplicá-la a um inocente, a um inocente que ia ser feliz, e a quem ele não só roubava a liberdade, mas também a ventura. Desta vez não era juiz, era carrasco! E, pensando nisso, sentia esse zunido abafado que descrevemos, e que até então desconhecia, a retumbar-lhe no coração, e a encher-lhe o peito de vagas apreensões. É assim que, por violenta dor instintiva, é advertido o ferido, que jamais chegará sem tremer o dedo à chaga aberta e ensangüentada, enquanto essa chaga não estiver cicatrizada.

Mas a ferida de Villefort era dessas que nunca cicatrizam, ou que se fecham para de novo se abrirem, mais ensangüentadas e dolorosas que nunca. Se nesse momento a meiga voz de Renée lhe houvesse soado ao ouvido, pedindo-lhe compaixão, se a formosa Mercédès tivesse entrado e dito: “Em nome de Deus, que nos vê e nos julga, restitua-me o meu noivo”, sim, essa cabeça meio inclinada pelo peso dos remorsos, ter-se-ia de todo curvado, e essa mão gelada teria, quaisquer que fossem as conseqüências, assinado a ordem de soltura de Dantès. Nenhuma voz, porém, o interrompeu no silêncio, e a porta só se abriu para dar entrada a um criado, que veio dizer-lhe que estava à porta a carruagem de posta que o havia de levar. Villefort levantou-se, ou melhor, saltou, como quem triunfa de uma luta interior, correu à secretária, meteu nas algibeiras todo o dinheiro que tinha nas gavetas, passeou um momento, agitadamente, pela sala, com a mão na testa e articulando palavras desordenadas, e, por fim, sentindo que o criado acabava de deitar-lhe nas costas o capote, saiu, meteu-se no carro e ordenou com voz seca que fosse à Rua do Grand-Cours, à casa do Sr. de Saint-Méran.

O mísero Dantès estava condenado.

Como lhe havia prometido o Sr. de Saint-Méran, Villefort encontrou a marquesa e Renée no gabinete. Ao ver Renée, o delegado estremeceu, porque julgou que ela ia pedir-lhe a liberdade de Dantès. Ah, mas cumpre dizê-lo, para vilta de nosso egoísmo! à formosa menina somente uma coisa a preocupava: a partida de Villefort. Amava Villefort, e este partia no momento em que ia casar com ela, e não podia dizer quando voltaria: e Renée, em vez de se condoer de Dantès, amaldiçoava o homem que, com o seu crime, a separava do noivo em hora tão feliz.

O que havia então de dizer Mercédès?

A infeliz tinha encontrado, à esquina da Rua de Loge, Fernand, que a acompanhara; tinha voltado para os Catalans, e moribunda e desesperada, atirara consigo para cima da cama. Diante dessa cama, Fernand ajoelhara, e apertando nas suas a mão gelada de Mercédès, que a donzela nem pensava retirar-lhe, cobria-a de ardentes beijos, que ela nem ao menos sentia.

Assim passou a noite; a lâmpada extinguiu-se, quando já não tinha mais azeite, e ela não se apercebera da escuridão, como não havia reparado na claridade, e o dia voltou sem que o visse raiar. A dor tinha posto diante dos seus olhos uma venda que só lhe permitia ver Edmond.

— Ah! está aí?— disse, enfim, voltando-se para Fernand.

— Desde ontem que estou aqui — respondeu Fernand, suspirando dolorosamente.

O Sr. Morrel não se havia dado por vencido. Informado de que, depois do interrogatório, Dantès fora levado para a cadeia, correu à casa de todos os seus amigos, apresentou-se a todos quantos em Marselha exerciam alguma influência; porém, já se espalhara a notícia de ter sido preso como agente bonapartista, e nessa época ainda os mais ousados consideravam como um sonho de louco qualquer tentativa de Napoleão para recuperar o trono; não achou, portanto, senão frieza, temor e recusas, e voltando para casa desesperado, confessava a si próprio que o negócio era grave, e que ninguém lhe podia valer.

Por seu lado, Caderousse estava cheio de inquietações e de tormentos. Em vez de sair, como o Sr. Morrel havia feito, em vez de dar alguns passos em favor de Dantès, passos que aliás seriam baldados, tinha-se fechado com duas garrafas de vinho, e procurado afogar a sua inquietação na embriaguez. Mas, no desassossego em que estava, não bastavam duas garrafas para lhe toldar o juízo; tinha ficado suficientemente bêbado para não poder ir buscar mais vinho, mas não tão embriagado que a memória não funcionasse livremente; permanecia encostado a uma mesa, defronte das duas garrafas vazias, vendo dançar, aos reflexos de uma candeia com um comprido pavio, todos os espectros que Hoffmann semeou nos seus escritos úmidos de ponche, como uma poeira negra e fantástica.

Só Danglars, muito alegre por se haver vingado de um inimigo, e estar senhor do seu lugar a bordo do *Faraó*, que receava perder, não tinha inquietações nem tormentos. Era um desses homens de cálculo, que nascem com uma pena na orelha e um tinteiro no lugar do coração: tudo para ele neste mundo eram contas de multiplicar ou de diminuir, e um algarismo parecia-lhe muito mais precioso do que um homem, quando o algarismo podia aumentar o total que esse homem podia diminuir.

Danglars tinha-se, pois, deitado à hora do costume, e dormia a sono solto.

Villefort, de posse da carta do Sr. de Salvieux, abraçou Renée, beijou a mão da Sr.ª de Saint-Méran, e depois de ter apertado a do marquês, meteu-se na carruagem, que seguiu apressadamente pela estrada de Aix.

O pai de Dantès ia-se definhando de dor e de inquietação.

De Edmond já sabemos o que era feito.

X. O pequeno gabinete das Tuileriess

Deixemos Villefort na estrada de Paris, por onde, graças às três parelhas de cavalos que vai sucessivamente atrelando à carruagem, viaja com espantosa velocidade, e penetremos através de dois ou três salões que o procedem, no pequeno gabinete das Tuileries, gabinete de janelas arqueadas, tão conhecido por ter sido o gabinete predileto de Napoleão e de Luís XVIII, e por ser hoje o de Luís Filipe.

Aí, nesse gabinete, estava Luís XVIII sentado diante de uma mesa de nogueira que havia trazido de Hartwel, e que, por uma dessas manias familiares às grandes personagens, lhe merecia extrema afeição, ouvindo com pouca atenção o homem de cinqüenta a cinqüenta e dois anos, de cabelos grisalhos e ar aristocrático, rigorosamente vestido, enquanto anotava à margem um volume de Horácio, edição de Grifo, tão incorreta como estimada, e que se prestava muitas vezes às sagazes observações filosóficas de Sua Majestade.

— Dizia então, conde? — perguntou o rei.

— Que estou, meu senhor, na maior inquietação.

— Sim? Sonharia com as sete vacas gordas e com as sete vacas magras?

— Não, meu senhor, porque isso anunciaria sete anos de fertilidade e sete de penúria; e com um rei tão previdente como Vossa Majestade, a penúria não é para recear.

— Então de que flagelo se trata, meu caro Blacas?

— Meu Senhor, creio... tenho toda a razão para crer que do lado do Midi se forma uma tempestade.

— Pois meu caro Duque — respondeu Luís XVIII —, asseguro-lhe que está enganado; sei, pelo contrário, positivamente, que o tempo para esse lado está magnífico.

Homem de espírito como era, Luís XVIII não desgostava dos gracejos.

— Meu Senhor — disse o Sr. de Blacas — ainda que não fosse senão para sossegar um fiel vassalo, não poderia Vossa Majestade mandar ao Languedoc, à Provença e ao Dauphiné homens de confiança, que lhe fizessem um relatório acerca do espírito dessas três províncias?

— *Canimus surdis* — respondeu o rei, continuando a anotar o Horácio.

— Meu Senhor — respondeu o cortesão sorrindo-se para dar a entender que compreendia o hemistíquio do poeta venusino —, pode Vossa Majestade ter perfeitamente razão contando com a boa vontade da França; receio, porém, não estar eu de todo em erro, temendo alguma tentativa desesperada.

— Da parte de quem?

— Da parte de Bonaparte, ou pelo menos do seu partido.

— Meu caro Blacas — disse o rei —, com os seus terrores não me deixa trabalhar.

— E Vossa Majestade não me deixa dormir com a sua segurança.

— Espere, meu caro Duque, espere, vou escrever uma nota felicíssima acerca do *Pastor quum traheret*; espere, depois continuará. Houve um momento de silêncio, durante o qual Luís XVIII escreveu com a letra mais miúda que pôde uma nota à margem do seu Horácio; e depois:

— Continue, meu caro Duque — disse, levantando-se com o ar satisfeito de quem julga ter tido uma feliz idéia ao comentar a idéia de outrem. — Continue, estou-o ouvindo.

— Meu Senhor — disse Blacas, que por um momento teve a esperança de confiscar Villefort em seu proveito —, sou obrigado a dizer a Vossa Majestade que não são simples boatos destituídos de fundamento, simples notícias aéreas que me inquietam. É um homem que sabe pensar, que merece toda a minha confiança, e que por mim foi encarregado de vigiar o Midi (o duque hesitou ao proferir estas palavras), que chega pela posta para me dizer: um grande perigo ameaça o rei. Então vim...

— *Mala ducis avi domum* — continuou Luís XVIII anotando o seu Horácio.

— Ordena-me Vossa Majestade que não insista mais sobre este assunto?

— Não, meu caro Duque; estenda a mão.

— Qual?

— A que quiser, ali à esquerda.

— Aqui, meu senhor?

— Digo-lhe à esquerda e o duque procura à direita: é à esquerda que quero dizer: isso, aí; há de achar o relatório do ministro da Polícia com data de ontem... Mas olhe, aí vem o Sr. Dandré... não é o Sr. Dandré? — interrompeu Luís XVIII dirigindo-se ao reposteiro que acabava efetivamente de anunciar o ministro da Polícia.

— Sim, meu senhor, é o barão Dandré — respondeu o reposteiro respeitosamente.

— É o barão — replicou Luís XVIII com imperceptível sorriso.

— Entre, barão, e conte ao duque o que de mais recente sabe acerca de Bonaparte. Peço-lhe encarecidamente para que nada oculte do que atualmente se passa, por mais sério que seja. Vejamos, a ilha de Elba é um vulcão que vai vomitar a guerra com todo o seu aparato e estrondo: *bella, horrida bella*?

O Sr. Dandré balanceou-se muito graciosamente nas costas de uma poltrona, à qual apoiava as mãos.

— Dignou-se Vossa Majestade consultar o relatório de ontem?

— Sim, sim; mas diga ao duque, que não o encontra, o que ele continha; exponha-lhe o que faz o usurpador na sua ilha.

— Senhor — disse o barão ao duque —, todos os bons servidores de Sua Majestade devem estar satisfeitíssimos com as recentes notícias da ilha de Elba. Bonaparte...

O ministro olhou para o rei, que, ocupado em escrever, nem levantou a cabeça.

— Bonaparte — continuou o barão — vive aborrecidíssimo: passa dias inteiros a ver trabalhar os mineiros de Porto Longone.

— E coça-se para se distrair — disse o rei.

— Coça-se? — perguntou o duque —; que quer Vossa Majestade dizer?

— Ora, meu caro Duque, já se não lembra de que esse grande homem, esse herói, esse semideus sofre de uma moléstia de pele que o devora, *prurigo*?

— Há mais ainda, senhor duque — continuou o ministro da Polícia — temos quase a certeza de que o usurpador está a ponto de enlouquecer.

— De enlouquecer?

— Sim, a cabeça enfraquece-lhe: às vezes põe-se a chorar, e logo desata a rir histericamente: outras vezes, passa horas inteiras na praia a atirar pedras para a água, e quando consegue fazer cinco ou seis ricochetes, mostra-se tão satisfeito como se houvesse ganhado outra vitória como a de Marengo ou de Austerlitz. Quer maiores indícios de loucura?

— Ou de juízo, senhor barão — atalhou Luís XVIII, rindo-se. — Atirar pedras ao mar era um dos divertimentos dos grandes capitães da Antigüidade. Veja Plutarco, na vida de Scipion, o Africano.

O Sr. de Blacas ficou pensativo no meio destes dois descuidados. Villefort, que não quisera dizer-lhe tudo para que outrem não lhe roubasse o que adviria de seu segredo, tinha-lhe dito contudo o suficiente para lhe dar graves inquietações.

— Vamos, vamos, Dandré — disse Luís XVIII —, Blacas não está ainda convencido; passe à conversão do usurpador.

O ministro da Polícia curvou-se.

— Conversão do usurpador! — murmurou o duque, olhando para o rei e para Dandré, que falavam alternadamente como dois pastores de Virgilio. — O usurpador está convertido?

— Completamente, meu caro Duque.

— Aos bons princípios; explique isso, barão.

— Eu vou dizer o que há, senhor duque — disse o ministro com a maior seriedade —; ultimamente Napoleão passou uma revista, e como dois ou três dos seus velhos rabugentos, como ele lhes chama, manifestassem desejos de regressar à França, deu-lhes baixa exortando-os a servirem o seu bom rei; foram as suas próprias palavras, senhor duque, tenho a certeza disso.

— E então, Blacas, o que diz? — prosseguiu o rei, cessando de compulsar o volumoso escoliasta que tinha aberto diante de si.

— Digo, meu Senhor, que ou o Sr. Ministro da Polícia ou eu

estamos enganados; mas como não pode ser o ministro da Polícia, que tem a seu cargo a segurança e a honra de Vossa Majestade, é provável que seja eu. Entretanto, meu senhor, no lugar de Vossa Majestade havia de interrogar a pessoa de quem lhe falei, e insistirei com Vossa Majestade para que lhe conceda essa honra.

— Pois não, duque; debaixo dos seus auspícios receberei a quem quer que seja; quero, porém, recebê-lo com as armas na mão. Senhor ministro, tem algum relatório mais moderno do que este? Este é de 20 de fevereiro, e estamos em 3 de março!

— Não, meu senhor; esperava, porém, um a cada momento. Saí de casa hoje muito cedo, e talvez ele chegasse enquanto estive fora.

— Vá à prefeitura, e se não tiver vindo... então — prosseguiu o rei, rindo-se — forje um; não é esse o costume?

— Oh! meu senhor — disse o ministro —, graças a Deus, nada carecemos de inventar: de dia para dia vemo-nos a braços com multiplicadíssimas denúncias muito circunstanciadas, que provêm de um sem-número de espiões que esperam alguma gratidão pelos serviços que não prestam, mas que desejariam prestar. Ficam a adivinhar, e esperam que algum dia um inesperado acontecimento venha realizar as suas predições.

— Bem, vá, senhor, e lembre-se de que o fico esperando. — Em menos de dez minutos estarei de volta.

— E eu, meu senhor — disse o Sr. de Blacas —, vou buscar o meu mensageiro.

— Espere, espere — disse Luís XVIII — Em verdade, Blacas, vejo-me obrigado a substituir o seu brasão; dar-lhe-ei uma águia de asas abertas, tendo nas garras uma presa que tenta debalde fugir-lhe, com esta divisa: *Tenax*.

— Meu senhor, estou a ouvir — disse o Sr. de Blacas, impaciente. — Queria consultá-lo acerca desta passagem: *Molli fugiens anhelitu*. Sabe que se trata do veado que foge diante do lobo; não é caçador e monteiro-mor? Que tal lhe parece o *molli anhelitu*?

— Admirável; o meu mensageiro está como o veado de que me fala, porque acaba de percorrer duzentas e vinte léguas pela posta em três dias.

— É cansar-se e incomodar-se muito, meu caro Duque, quando temos o telégrafo, que só emprega três ou quatro horas, e isso sem que se perca a respiração ou se tenha o menor incômodo.

— Ah, meu senhor, muito mal recompensa esse pobre rapaz que chega de tão longe e com tanto ardor para dar a Vossa Majestade um útil aviso. E quando mais não fosse, pelo Sr. de Salvieux que me recomenda, peço-lhe que o receba bem.

— O Sr. de Salvieux, o camarista de meu irmão?

— Exatamente.

— Está em Marselha?

— Dali é que me escreveu.

— E também lhe fala da conspiração?

— Não, mas recomenda-me o Sr. de Villefort, e pede-me que o apresente a Vossa Majestade.

— O Sr. de Villefort! — exclamou o rei —; esse mensageiro chama-se Sr. de Villefort?

— Sim, meu senhor.

— E é ele que veio de Marselha?

— Em pessoa.

— Por que não me disse logo o seu nome? — acrescentou o rei, deixando ver no rosto um começo de inquietação.

— Meu senhor, julgava que esse nome era desconhecido de Vossa Majestade.

— Não, Blacas; Villefort é um espírito sério, elevado e sobretudo ambicioso. Não conhece de nome o pai?

— O pai dele?

— Sim, Noirtier.

— Noirtier, o girondino? Noirtier, o senador?

— Esse mesmo.

— E Vossa Majestade empregou o filho de semelhante homem?

— Blacas, meu amigo, você não compreende nada; já não lhe disse que Villefort era ambicioso? Para subir, tudo sacrificará, até o próprio pai.

— Então devo fazê-lo entrar?

— Imediatamente, duque; onde está?

— Espera-me lá em baixo, na minha carruagem.

— Vá buscá-lo.

— A correr.

O duque saiu com a precipitação de um rapaz; o ardor do seu sincero realismo dava-lhe vinte anos.

Luís XVIII ficou só, e fitando os olhos no seu Horácio meio aberto, murmurou:

Justum et tenacem propositi virum.

O Sr. de Blacas subiu com a mesma rapidez com que tinha descido; mas na antecâmara teve de invocar a autoridade do rei. A casaca empoeirada de Villefort, a sua vestimenta em nada conforme ao traje da corte, havia excitado a susceptibilidade do Sr. de Brézé, que pasmou ao ver que esse moço pretendia apresentar-se assim diante do rei. Mas o duque fez desaparecer todas as dificuldades com uma só palavra: — ordem de Sua Majestade. E apesar de todos os protestos que, para salvar o princípio, continuou a fazer o mestre-de-cerimônias, Villefort entrou.

O rei estava sentado no mesmo lugar em que o deixara o duque; ao abrir-se a porta, achou-se Villefort justamente diante dele; o primeiro impulso do magistrado foi estacar.

— Entre, Sr. de Villefort — disse o rei —, entre. Villefort inclinou-se e deu alguns passos para diante, esperando que o rei o interrogasse.

— Sr. de Villefort — prosseguiu Luís XVIII —, assegura-nos o duque de Blacas que tem coisas importantes a nos dizer.

— Meu senhor, o senhor duque tem razão, e espero que Vossa Majestade o reconhecerá.

— Primeiro de tudo, diga-me: o mal é na sua opinião tamanho como me querem fazer persuadir?

— Meu senhor, julgo-o urgente; mas, graças à pressa com que vim, não me parece irreparável.

— Pois fale quanto quiser — disse o rei, que começava a ceder à comoção que havia perturbado as feições do Sr. de Blacas, e que alterava a voz de Villefort. — Fale e comece pelo princípio: gosto de ordem em todas as coisas.

— Meu senhor — disse Villefort —, farei a Vossa Majestade um relatório fiel; mas peço que me desculpe se a perturbação em que estou tornar pouco claras as minhas palavras.

Um olhar lançado sobre o rei depois desse exórdio insinuante assegurou Villefort da benevolência do seu augusto ouvinte, e continuou:

— Meu senhor, vim com quanta pressa pude a Paris para comunicar a Vossa Majestade que no exercício das minhas funções, descobri não um desses conluios vulgares e sem conseqüências como são os que quase todos os dias se tramam nas últimas classes do povo e do exército, mas uma verdadeira conspiração, uma tempestade que ameaça nada menos do que o trono de Vossa Majestade. Meu senhor, o usurpador arma três navios e medita alguma ação talvez insensata, mas terrível. A esta hora deve ter deixado a ilha de Elba, para ir não sei aonde, mas decerto para tentar algum desembarque em Nápoles ou nas costas da Toscana, ou nas da França. Vossa Majestade não ignora que o soberano da ilha de Elba conservou sempre relações com a Itália e com a França.

— Sim — respondeu o rei, bastante comovido —; e ainda

ultimamente tive notícia de que havia reuniões bonapartistas na Rua de Saint-Jacques; continue, porém, e diga-me como obteve essas informações.

— Resultam, meu senhor, de um interrogatório a que sujeitei um homem de Marselha, que de há muito eu vigiava, e a quem fiz prender no próprio dia da minha partida. Esse homem, oficial de marinha turbulento e de um bonapartismo que me era suspeito, tinha ido secretamente à ilha de Elba. Aí viu o marechal, que o encarregou de uma comissão para um bonapartista de Paris, cujo nome nunca me quis dizer; mas essa comissão consistia em que preparasse os espíritos para uma restauração (note Vossa Majestade que é o interrogatório que fala), para uma restauração que não podia vir longe.

— E onde se encontra esse homem? — perguntou Luís XVIII.

— Na cadeia.

— E isso lhe pareceu sério?

— Tão sério, que tendo essa ocorrência me surpreendido no meio de uma festa de família, no dia mesmo dos meus esponsais, tudo deixei, noiva e amigos, tudo guardei para melhores tempos, para vir depor aos pés de Vossa Majestade os meus receios e os protestos da minha profunda dedicação.

— É verdade — disse Luís XVIII —, não havia um projeto de casamento entre o senhor e a filha do marquês de Saint-Méran?

— A filha de um dos mais fiéis servidores de Vossa Majestade.

— Sim, sim; mas voltemos ao conluio, Sr. de Villefort.

— Meu senhor, receio que seja mais do que conluio, receio que seja uma conspiração.

— Uma conspiração neste tempo! — exclamou Luís XVIII, sorrindo-se — é coisa fácil de pensar; porém, muito difícil de realizar, por isso mesmo que, restaurado de ontem no trono dos nossos avós, temos os olhos abertos, tanto a respeito do passado, como acerca do presente e do futuro. Há dez meses que os meus ministros redobram de vigilância para que seja bem guardado o litoral do Mediterrâneo. Se Bonaparte desembarcasse em Nápoles, as forças coligadas estariam todas em cima dele antes que chegasse a Piombino; se desembarcasse na Toscana, poria o pé em território inimigo; se desembarcasse na França, seria com meia dúzia de homens, e facilmente daríamos cabo dele, que tão execrado e detestado é pelo povo. Sossegue, mas nem por isso conte menos com a nossa régia gratidão.

— Aqui está o Sr. Dandré! — exclamou o duque de Blacas.

Com efeito apareceu então no limiar da porta o ministro da

Polícia, pálido, trêmulo e cujo olhar vacilava como o de um alucinado.

Villefort deu um passo para se retirar; porém, um aperto de mão do Sr. de Blacas o fez ficar.

XI. O papão da Córsega

Luís XVIII, ao ver esse semblante cheio de confusão, empurrou com violência a mesa em frente da qual estava.

— Que tem, barão?! — exclamou —; parece-me perturbado. Essa confusão, esse hesitar terão alguma relação com o que nos dizia o Sr. de Blacas, e me acaba de ser confirmado pelo Sr. de Villefort?

O Sr. Blacas tinha-se chegado com vivacidade para o ministro; porém, o terror do cortesão não deixava triunfar o orgulho do estadista. Com efeito, em semelhante circunstância, era-lhe de muito maior vantagem ser humilhado pelo prefeito da Polícia do que humilhá-lo.

— Meu senhor... — balbuciou o barão.

— Então o que há? — disse Luís XVIII.

O ministro, cedendo então a um movimento de desespero, precipitou-se aos pés de Luís XVIII, que recuou um passo franzindo as sobrancelhas.

— Dizia então?..

— Oh, meu senhor, que desgraça horrível! quanto sou digno de lástima! nunca me hei de consolar...

— Senhor — disse Luís XVIII —, ordeno-lhe que se explique.

— Meu senhor, o usurpador saiu da ilha de Elba em 28 de fevereiro, e desembarcou em primeiro de março.

— Onde?... — perguntou o rei com energia.

— Na França, meu senhor, numa enseada perto de Antibes, no golfo Juan, a duzentas e cinqüenta léguas de Paris.

— No dia primeiro de março, e somente hoje, dia três, recebe esta notícia?... O que me diz é impossível; ou lhe deram uma informação falsa, ou está doido.

— Ah! meu senhor, infelizmente é verdade.

Luís XVIII, erguendo-se, fez um gesto de indizível cólera e de espanto; e, como se esse imprevisto golpe lhe houvesse ao mesmo tempo ferido a face e o coração, exclamou:

— Na França?! o usurpador na França?!... Esse homem não era vigiado? estavam de conivência com ele?!

— Oh! meu senhor! — exclamou o duque de Blacas — não é um homem como o Sr. Dandré que pode ser acusado de traidor. Meu senhor, estávamos todos cegos, e o barão partilhou a cegueira geral; nada mais.

— Mas... — disse Villefort, e suspendendo-se, súbito: — Ah! perdão, perdão, senhor — disse ele inclinando-se —, o meu zelo exalta-me; digne-se Vossa Majestade desculpar-me.

— Fale, fale afoito — disse Luís XVIII —; o senhor, que foi o único que adivinhou o mal, ajude-nos a achar-lhe o remédio.

— Meu senhor — disse Villefort —, o usurpador é detestado no Midi; parece-me que, se se arriscar por ali, pode-se facilmente sublevar contra ele a Provença e o Languedoc.

— Não há dúvida — disse o ministro —; ele, porém, marcha por Gap e Sisteron.

— Marcha?! marcha?! então se dirige a Paris? — disse o rei.

O ministro calou-se: o seu silêncio era a mais completa confissão.

— E o Dauphiné, senhor — perguntou o rei a Villefort —, julga poder ser sublevado como a Provença?

— Meu senhor, pesa-me dizer a Vossa Majestade uma verdade cruel; porém, o espírito do Dauphiné é muito diverso do da Provença: os montanheses são bonapartistas.

— Vamos — disse consigo o rei —, ele tinha informações exatas... E quantos homens traz?

— Meu senhor, não sei — disse o ministro da Polícia.

— Não sabe?!... Esqueceu-se de se informar dessa circunstância? é verdade que é de pouca importância — acrescentou com um sorriso sarcástico.

— Meu senhor, o despacho recebido só anunciava o desembarque e o caminho tomado pelo usurpador.

— E como lhe foi ter às mãos esse despacho? — perguntou o rei.

O ministro abaixou a cabeça, assomando-lhe ao rosto vivo rubor.

— Pelo telégrafo, meu senhor — balbuciou.

Luís XVIII deu um passo à frente e cruzou os braços como o teria feito o próprio Napoleão.

— Assim — disse ele, pálido de cólera —, sete exércitos coligados derrubaram esse homem; restituiu-me um milagre do Céu o trono dos meus avós, depois de vinte e cinco anos de exílio; estudei, durante esses vinte e cinco anos, os homens e as coisas desta França que me era prometida, para ao cabo de todos os meus desejos realizados ver uma força, que estava em minhas mãos, estalar e despedaçar-se!...

— Meu senhor, é a fatalidade — disse a meia-voz o ministro, sentindo que semelhante peso, leve para o destino, bastava para esmagar um homem.

— Mas então o que diziam os nossos inimigos é exato: não aprendemos nada, tudo esquecemos. Se eu fosse traído como ele, ainda me consolava, mas sê-la, cercado dos homens que elevei aos altos cargos, que deviam velar por mim mais cuidadosamente do que sobre si próprios, porque a minha fortuna era a sua!... Antes de mim nada eram, depois de mim nada serão. E acabar miseravelmente por incapacidade e por inépcia! Ah! tem razão, a culpa é da fatalidade!

O ministro conservou-se cabisbaixo, ao ouvir esta violenta apóstrofe. O Sr. de Blacas limpava a testa coberta de suor; Villefort sorria-se interiormente, porque via aumentar a sua importância.

— Cair! — continuou Luís XVIII, que, ao primeiro relance, havia rapidamente sondado o abismo à borda do qual estava a monarquia —; cair, e ter notícia da queda pelo telégrafo?! Oh! antes quisera subir ao cadafalso de meu irmão Luís XVI, do que descer assim a escada das Tuileries, enxotado pelo ridículo. O ridículo, senhor! se não sabe o que é na França, deveria sabê-lo.

— Meu senhor! meu senhor! — murmurou o ministro — por piedade!...

— Aproxime-se, Sr. de Villefort — prosseguiu o rei, dirigindo-se para o rapaz, que, em pé, imóvel e afastado, escutava essa conversação em que flutuava perdido o destino de um reino —; chegue-se, e diga aqui a este senhor que se podia saber com antecedência tudo que ele ignorou.

— Meu senhor, era materialmente impossível adivinhar os projetos que esse homem ocultava a todos — balbuciou o ministro.

— Materialmente impossível?! que grande frase! Infelizmente, senhor, as grandes frases são como os grandes homens; medi-os, e sei o que valem. Materialmente impossível a um ministro, que tem uma secretaria, espiões, nuvens de agentes, e um milhão e quinhentos mil francos para despesas secretas, impossível saber o que se passa a sessenta léguas do litoral da França!... Pois olhe: aqui está o Sr. de Villefort, que não dispunha de nenhum desses recursos, o Sr. de Villefort, simples magistrado, sabia mais do que o senhor, com toda a sua polícia, e que me teria salvado a coroa, se tivesse o direito de me dirigir um telégrafo.

O olhar do ministro da Polícia dirigiu-se, exprimindo profundo despeito, para Villefort, que inclinou a cabeça com a modéstia do triunfo.

— Não digo isto por si, meu caro Blacas — prosseguiu o rei —, porque se nada descobriu, ao menos teve a prudência de perseverar nas suspeitas. Outro qualquer teria, talvez, considerado a revelação do Sr. de Villefort como insignificante, ou como sugerida por uma ambição venal, e teria esperado pelas notícias do telégrafo.

Aludiam estas palavras às que, com tanta confiança, tinham sido uma hora antes proferidas pelo ministro. Villefort compreendeu a intenção do rei: outro qualquer se teria deixado arrastar pela lisonja; ele, porém, receava fazer um mortal inimigo do ministro da Polícia, embora percebesse que estava irrevogavelmente perdido.

Com efeito, o ministro, que com todo o seu poder, não soubera penetrar o segredo de Napoleão, podia, nas convulsões da agonia, penetrar o de Villefort; bastava que interrogasse Dantès. Por isso, o delegado, em vez de esmagar o ministro, desculpou-o.

— Meu senhor — disse Villefort —, a rapidez do acontecimento deve provar a Vossa Majestade que só Deus o podia ter evitado, mandando uma tempestade. O que Vossa Majestade julga ter sido em mim o resultado de profunda perspicácia, é pura e simplesmente devido ao acaso; aproveitei-me desse acaso como súdito dedicado; nada mais fiz. Não me conceda, meu senhor, mais do que mereço, para que nunca haja de diminuir no conceito em que Vossa Majestade me houver tido.

O ministro da Polícia agradeceu ao rapaz com um olhar eloqüente; Villefort percebeu que havia conseguido o que pretendera, isto é, que, sem nada perder na gratidão do rei, tinha ganhado um amigo, com que, em qualquer ocasião, podia contar.

— Bem — disse o rei —, agora — e prosseguiu, voltando-se para o Sr. de Blacas e para o ministro — não careço mais dos senhores, podem retirar-se: o que me resta fazer é da alçada do ministro da Guerra.

— Felizmente — disse o Sr. de Blacas —, podemos contar com o exército; todas as informações o dão por dedicadíssimo ao governo de Vossa Majestade.

— Não me fale de informações, duque: sei quanto nelas devo confiar. E já que falamos em informações, senhor barão, o que soube de novo acerca do ocorrido na Rua de Santiago?

— O caso da Rua de Santiago?! — exclamou Villefort, que não pôde conter estas palavras.

Mas, de súbito, suspendendo o que ia dizer:

— Perdão, meu senhor; a minha dedicação para com Vossa Majestade faz-me esquecer constantemente, não o respeito que lhe tenho, pois esse está profundamente gravado no meu coração, mas as regras da etiqueta.

— Diga e proceda como entender — replicou Luís XVIII —; adquiriu hoje o direito de interrogar.

— Meu senhor — respondeu o ministro da Polícia —, vinha hoje precisamente dar a Vossa Majestade as novas informações que obtive desse acontecimento, quando a atenção de Vossa Majestade foi infelizmente desviada pela horrível catástrofe do golfo Juan. No entanto, essas informações não interessariam a Vossa Excelência.

— Pelo contrário, senhor, pelo contrário — disse Luís XVIII —, esse negócio parece-me ligar-se diretamente com o que nos ocupa, e a morte do general Quesnel vai talvez encaminhar-nos à descoberta de uma conspiração.

Ao ouvir o nome do general Quesnel, Villefort estremeceu.

— Com efeito, meu senhor — tornou o ministro da Polícia —, tudo leva a acreditar que essa morte não foi resultado de um suicídio, como a princípio se acreditava, porém um assassinato. O general saía, ao que parece, de um clube bonapartista, quando desapareceu. Um desconhecido foi buscá-lo nessa mesma manhã e convidou-o para uma conferência na Rua de Santiago. Infelizmente, o criado particular do general, que o estava penteando quando o desconhecido entrou no gabinete, lembra-se muito bem de ter ouvido designar a rua, mas não se recorda do número.

Ao passo que o ministro dava ao rei estas informações, Villefort, num completo estado de surpresa, ora corava, ora empalidecia; o rei virou-se para ele.

— Não lhe parece, Sr. de Villefort, que o general Quesnel, que podiam julgar partidário do usurpador, mas que realmente me era todo dedicado, pereceu vítima de uma cilada bonapartista?

— É provável, meu senhor; mas não se sabe mais nada?

— Anda-se na pista do homem que o foi convidar para a entrevista.

— Anda-se na pista? — repetiu Villefort.

— Sim, o criado que deu essas informações, deu também os sinais dele: é um homem de cinqüenta a cinqüenta e dois anos, moreno, com olhos pretos, cobertos de sobrancelhas vastas, e de suíças; trajava sobrecasaca azul, abotoada, e levava uma roseta de oficial da Legião de Honra. Ontem foi seguido um homem cujos sinais são exatamente semelhantes aos que acabo de dizer, mas perderam-no de vista à esquina da Rua Jussienne com a Rua de Coq-Héron.

Villefort tinha-se encostado ao espaldar de uma cadeira; porque sentia vacilarem-lhe as pernas à proporção que o ministro falava; quando, porém, soube que o indivíduo havia escapado aos agentes que o seguiam, respirou.

— Procure esse homem — disse o rei ao ministro —; pois, se,

como tudo me leva a crer, o general Quesnel, que tão útil nos seria agora, foi vítima de um assassinato, quero que sejam severamente punidos os homicidas, sejam ou não bonapartistas.

Villefort careceu de toda a sua presença de espírito para não descobrir o terror que lhe incutia esta recomendação do rei.

— Coisa singular — prosseguiu Luís XVIII, com movimento de enfado —, a polícia julga que desempenhou o seu dever quando diz: "foi cometido um assassinato" e quando acrescenta: "anda-se na pista dos criminosos".

— Meu senhor, nesse ponto espero que fique satisfeita a vontade de Vossa Majestade.

— Bem, veremos. Não quero retê-lo mais, barão... O Sr. de Villefort deve estar fatigado por causa da sua rápida viagem, vá descansar. Sem dúvida já foi à casa de seu pai?

Uma nuvem passou pelos olhos de Villefort.

— Não, meu senhor — disse —; apeei-me no Hotel de Madrid, Rua de Tournon.

— Mas já o viu?

— Meu senhor, antes de mais nada, fui à casa do Sr. de Blacas.

— Mas agora ao menos há de ir visitá-lo?

— Não pretendo.

— Ah! sim — disse Luís XVIII, sorrindo —, se de modo que provava que não eram feitas sem intenção todas essas reiteradas perguntas. — Esquecia-me de que não está em boa inteligência com o Sr. Noirtier, e que isso é mais um sacrifício em prol da causa realista e de que tenho de indenizá-lo.

— Meu senhor, a bondade que Vossa Majestade me dispensa é recompensa que excede muito todas as minhas ambições; nada tenho que pedir ao rei.

— Entretanto, não nos havemos de esquecer. Conte com isso... E por ora (o rei tirou a cruz da Legião de Honra, que de ordinário trazia na casaca ao lado da de Saint-Louis, e deu-a a Villefort), receba esta cruz.

— Meu senhor — disse Villefort —, Vossa Majestade está enganado, este hábito é de oficial.

— Já agora, senhor — disse Luís XVIII —, receba-o tal qual é; não tenho tempo de mandar pedir outro. Blacas, tenha o cuidado de ordenar que passem o decreto ao Sr. de Villefort.

Villefort, os olhos umedecidos com lágrimas de orgulhosa alegria, pegou no hábito e beijou-o.

— E agora — perguntou —, que ordens me dá Vossa Majestade para eu ter a honra de cumprir?

— Descanse o tempo que lhe for preciso, e lembre-se de que, sem força em Paris para me servir, pode em Marselha ser-me de muita utilidade.

— Meu senhor — respondeu Villefort, inclinando-se —, daqui a uma hora estarei a caminho.

— Vá, senhor; e se eu me esquecer, pois é fraca a memória dos reis, não receie despertar-me... Senhor barão, dê ordem para que vão chamar o ministro da Guerra. Blacas, fique.

— Ah! senhor — disse o ministro da Polícia a Villefort, ao sair das Tuileries —, entrou com o pé direito, tem certa a sua fortuna.

— Será duradoura? — perguntou a si próprio o rapaz, cumprimentando o ministro cujo poder tinha naufragado, e procurando com os olhos um trem que o levasse para casa.

Passava um fiacre pelo cais, Villefort meteu-se dentro, entregue aos seus sonhos de ambição. Dez minutos depois estava em casa; ordenou que lhe servissem o almoço e lhe aprontassem para daí a duas horas a carruagem de posta. Ia sentar-se à mesa, quando mão firme e resoluta tocou à campainha. O criado foi abrir, e Villefort ouviu proferir o seu nome.

— Quem pode já saber que eu estou aqui? — disse consigo o magistrado.

Neste momento voltou o criado.

— E então? — disse Villefort — que temos? quem tocou à campainha? quem me quer falar?

Um desconhecido, que não quer dizer como se chama.

— O quê? um desconhecido que não quer dizer o nome? O que me quer?

— Falar-lhe.

— A mim?

— Sim, senhor.

— Disse o meu nome?

— Muito claramente.

— E que aparência tem?

— É um sujeito de cinqüenta anos, mais ou menos.

— Baixo ou alto?

— Alto.

— Louro ou trigueiro?

— Moreno, muito trigueiro; cabelos, olhos e sobrancelhas pretas.

— E a vestimenta — perguntou Villefort —, de que maneira vem vestido?

— Com uma grande sobrecasaca azul, toda abotoada, e com as insígnias da Legião de Honra.

— É ele! — exclamou Villefort, empalidecendo.

— Que tal está — disse aparecendo à porta o indivíduo cujos sinais acabamos de dar —, tanta cerimônia! Será costume, em Paris, os filhos fazerem os pais esperar na escada?..

— Meu pai! — exclamou Villefort. — Não me havia enganado, é meu pai!

— Se pensavas que era eu — replicou o recém-chegado, pondo a bengala a um canto e o chapéu em cima de uma cadeira —, deixa-me dizer-lhe, meu caro Gérard, que não se mostra amável tratando-me por tal maneira.

— Retire-se, Germano — disse Villefort.

O criado saiu mostrando-se deveras espantado.

XII. O pai e o filho

O Sr. Noirtier, pois era ele quem efetivamente havia entrado, acompanhou com os olhos o criado até vê-lo fechar a porta; e depois, sem dúvida receando que ele ficasse escutando na saleta, levantou-se e foi abri-la: a precaução não era inútil, porque a rapidez com que Germano se retirou provou que não era isento do pecado que perdeu os nossos primeiros pais. O Sr. Noirtier deu-se ao trabalho de ir ele próprio fechar a porta da saleta; voltou depois e fechou a do quarto de dormir, feito o que, estendeu a mão para Villefort, que havia acompanhado todos esses movimentos com crescente admiração.

— Sabe que mais, meu caro Gérard — disse ele ao rapaz com um sorriso de inexplicável expressão —, parece-me que não se mostra muito satisfeito de me ver.

— Essa é boa, meu pai — disse Villefort —, estou contentíssimo; mas estava tão longe da sua visita, que me surpreendeu vê-lo.

— Mas, meu caro, julgo que outro tanto lhe poderia eu dizer. Como! anuncia-me os seus esponsais para 28 de fevereiro em Marselha, e em 3 de março está em Paris!

— Se aqui estou, meu pai — disse Gérard, chegando-se para o Sr. Noirtier —, não se queixe; porque foi por sua causa que vim a Paris, e esta viagem talvez o salve.

— Sim?! — disse o Sr. Noirtier, espreguiçando-se negligentemente na poltrona em que se sentara —; deveras? conte-me isso, senhor magistrado, deve ser interessante.

— Meu pai ouviu falar num certo clube bonapartista que há na Rua de Saint-Jacques?

— Número 53? Sim, sou o vice-presidente.

— Meu pai, o seu sangue-frio me faz estremecer.

— Que quer, meu caro? quem foi proscrito pelos montanheses, quem saiu de Paris numa carroça de feno, quem andou encurralado nos matagais de Bordeaux pelos sabujos de Robespierre, acostumou-se muitas coisas... Continua... continua. Então o que houve no clube da Rua de Saint-Jacques?

— Fizeram lá ir o general Quesnel, que tendo saído de casa às nove horas da noite, foi encontrado no dia seguinte no Sena.

— E quem lhe contou essa história?

— O rei, senhor!

— Pois em paga da sua história — continuou Noirtier — vou contar-lhe outra.

— Meu pai, parece-me que já sei o que vai dizer-me.

— Ah! já sabe que o imperador desembarcou?

— Silêncio, meu pai, por quem é, não só por si, como por mim. Sim, eu sabia dessa notícia, e até a soube antes de si; pois há três dias que viajo a toda a brida pela estrada de Marselha, irado por não poder arrojar a duzentas léguas adiante de mim o pensamento que me abrasava o cérebro.

— Há três dias! está louco? há três dias ainda o imperador não tinha embarcado.

— Sim, mas conhecia já o projeto.

— E como?

— Por uma carta que lhe mandaram da ilha de Elba.

— A mim?

— Sim, e que eu surpreendi na carteira do portador. Se essa carta tivesse caído nas mãos de qualquer outro, a estas horas, meu pai, estaria talvez fuzilado.

O pai de Villefort desatou a rir.

— Bom! bom! — exclamou — parece que a Restauração quer imitar o Império no modo expedito de concluir os seus negócios... Fuzilado, meu caro, isso é que é andar depressa!... E onde está a carta? Conheço-o tão bem que não receio que a tenha deixado perder.

— Queimei-a com medo de que aparecesse algum fragmento; essa carta era a sua condenação.

— E a perda do seu futuro — respondeu friamente Noirtier. — Sim, entendo; mas nada tenho que recear, porque você me protege.

— Faço ainda mais, salvo-o

— Oh, a coisa torna-se mais dramática! Explique-se.

— Tornemos a falar no clube da Rua de Saint-Jacques.

— Parece que esse clube preocupa os senhores da polícia; por que não o procuraram melhor? Tê-lo-iam achado.

— Não o acharam; mas andam-lhe na pista.

— É a palavra adotada: quando a polícia está às escuras, diz que anda na pista; e o governo espera tranqüilo o dia em que ela lhe vá dizer ao ouvido que a pista está perdida.

— Sim, mas achou-se um cadáver; mataram o general Quesnel e em todos os países do mundo chama-se isto um assassinato.

— Um homicídio, diz!... Deixa disso: nada prova que o general fosse vítima de um assassinato. Todos os dias se encontra no Sena gente que desesperada se atira ao rio, e que se afoga por não saber nadar.

— Meu pai, bem sabe que o general não se afogou por desespero, e que ninguém vai nadar ao Sena no mês de janeiro. Não, não se iluda, essa morte foi bem qualificada de assassinato.

— E quem a qualificou assim?

— O próprio rei.

— O rei! julgava-o bastante filósofo para compreender que em política não há homicídios. Em política, meu caro, e sabe-o tão bem como eu, não há homens, há idéias; não há sentimentos, há interesses. Em política não se mata um homem, suprime-se um obstáculo. Quer saber como as coisas se passaram? pois eu lhe digo, julgava-se poder contar com o general Quesnel; haviam-no recomendado da ilha de Elba; um de nós procurou-o em casa e convidou-o a ir à Rua de Saint-Jacques, uma reunião onde acharia amigos; expusemos-lhe todo o plano, a partida da ilha de Elba, o projetado desembarque, e, depois de ter ouvido tudo, tudo escutado, quando já não tinha mais o que saber, respondeu-nos que era realista. Então olham todos uns para os outros, e exige-se dele que jure calar-se; jura, mas de tão má vontade que era mais um perjúrio do que um juramento. Pois, apesar disso, deixaram-no sair livre, perfeitamente livre. Não entrou em casa, o que quer, meu caro? Saiu da reunião, enganou-se talvez no caminho, sem dúvida, não é outra coisa. Um homicídio! Na verdade surpreende-me, Villefort, você, delegado do procurador régio, basear uma acusação em tão más provas! Lembrei-me eu alguma vez de lhe dizer, a você, quando exerce o seu ofício de realista, e manda cortar a cabeça de um dos nossos: meu filho, cometeu um homicídio? Não, o que digo é: muito bem, combate vitoriosamente; amanhã a desforra.

— Mas, meu pai, tenha cautela, que a nossa desforra será terrível.

— Não o entendo.

— Conta com a volta do usurpador?

— Confesso que sim.

— Pois engana-se, meu pai: ele não andará dez léguas no interior da França sem se ver perseguido, apanhado, encurralado como uma fera.

— Meu caro amigo, o imperador está neste momento na estrada de Grenoble. A 10 ou a 12 estará em Lyon, a 20 ou a 25 em Paris.

— As populações levantar-se-ão...

— Para irem ao seu encontro.

— Só o acompanham alguns homens, e contra ele irão exércitos...

— Que o escoltarão para entrar na capital. Realmente, meu caro Gérard, é ainda muito criança, julga estar bem informado, porque um telégrafo lhe diz três dias depois do desembarque: o usurpador desembarcou em Cannes com alguns homens; trata-se de persegui-lo. Mas onde está? o que faz? nada sabe: perseguem-no, tudo o mais ignora. Pois hão de persegui-lo assim até Paris sem queimar uma escorva.

— Grenoble e Lyon são cidades leais, que lhe hão de opor uma insuperável barreira.

— Grenoble abrir-lhe-á as portas com entusiasmo, e Lyon inteira irá ao seu encontro. Acredita-me, estamos mais bem informados do que vocês, a nossa polícia vale mais do que a sua. Quer uma prova? Você desejava ocultar-me a sua viagem, e eu soube da sua chegada meia hora depois de haver passado a barreira. A ninguém disse onde ia residir, e eu soube-o logo, e a prova é que cheguei aqui no momento em que ia sentar-se à mesa. Chama o criado, e manda vir mais um talher, jantaremos juntos.

— Com efeito — respondeu Villefort, olhando admirado para seu pai —, com efeito parece-me que está bem informado.

— Oh! meu Deus! a coisa é muito simples: vocês, que possuem o poder, só têm os meios que lhes dá o dinheiro; nós, que o esperamos, temos os que nos dá a dedicação.

— A dedicação? — disse Villefort, rindo-se.

— Sim, a dedicação: é como em termos decentes se designa a ambição do que espera.

E o pai de Villefort levou a mão ao cordão da campainha para chamar o criado que o seu filho não chamara.

Villefort segurou-lhe o braço.

— Espere, meu pai — disse o rapaz —, ainda uma palavra.

— Fale.

— Por malfeita que seja a polícia realista, ela sabe todavia uma coisa terrível.

— E qual é?

— Os sinais do homem que na manhã do dia em que desapareceu o general Quesnel foi à casa dele.

— Sim! A boa da polícia sabe isso! E quais são os sinais?

— Trigueiro, cabelos, suíças e olhos pretos, sobrecasaca azul abotoada até o pescoço, roseta de oficial da Legião de Honra, chapéu de abas largas e bengala de junco.

— Ah! ah! ela sabe isso? e por que é então — disse Noirtier — que não agarrou esse homem?

— Porque se lhe sumiu ontem ou anteontem à esquina da Rua de Coq-Héron.

— Não lhe dizia eu que era uma polícia de papalvos?

— Não o nego; mas, de um momento para o outro, pode tornar a encontrá-lo.

— Sim — disse Noirtier, olhando descuidadamente em torno de si —; sim, se esse homem não tivesse sido avisado, mas foi-o, — acrescentou sorrindo-se — vai mudar de cara e de trajes...

Então se levantou, despiu a sobrecasaca, tirou a gravata, dirigiu-se à mesa onde estavam todas as peças do estojo de barba de seu filho, pegou uma navalha, ensaboou a cara, e, com mão firme, fez desaparecer essas comprometedoras suíças que davam à polícia tão precioso documento.

Villefort contemplava-o com um terror não isento de admiração.

Cortadas as suíças, Noirtier deu outro jeito aos cabelos, pôs, em vez da sua gravata preta, uma gravata de cor, que por acaso divisou ao de cima da mala aberta; e em vez da sua sobrecasaca azul e de abotoar, vestiu uma sobrecasaca cor de castanha e larga de Villefort; pôs ao espelho um chapéu de abas levantadas do filho, mostrou-se contente com o modo porque lhe ficava; e, deixando a bengala de junco ao canto do fogão onde a havia posto, fez silvar na sua mão nervosa uma bengala de cana-da-índia com que o elegante delegado do procurador régio dava a seu andar uma desenvoltura que era uma das suas principais qualidades.

— E então — disse, voltando-se para seu filho estupefato, quando essa espécie de mutação estava concluída —, acha que a sua polícia me reconhecerá agora?

— Não, meu pai — balbuciou Villefort —; ao menos assim o espero.

— Agora, meu caro Gérard — continuou Noirtier —, confio na sua prudência para fazer desaparecer todos os objetos que deixo à sua guarda.

— Oh, pode ficar descansado, meu pai! — disse Villefort.

— Sim, sim, e agora julgo que tem razão, e pode muito bem ser que me salvasse a vida; mas sossega, dentro de pouco tempo lhe pagarei.

Villefort sacudiu a cabeça.

— Não o acredita?

— Pelo menos, espero que se engane.

— Fala outra vez com o rei?

— Talvez.

— Quer passar a seus olhos por profeta?

— Os profetas da desgraça são mal aceitos na corte, meu pai.

— Sim; porém, mais dia menos dia faz-se-lhes justiça, e, desde que houvesse uma segunda restauração, nesse caso passaria por um grande homem.

— O que é que hei de dizer ao rei?

— Diz-lhe: meu Senhor, enganaram-no acerca das disposições da França, acerca da opinião das cidades, acerca do espírito do exército. Aquele, a quem chamam em Paris o lobisomem da Córsega, e a quem em Nevers ainda chamam o usurpador, é já chamado Bonaparte em Lyon, e imperador em Grenoble. Julga que está encurralado, perseguido, fugitivo, e ele marcha rápido como a águia que traz consigo. Os soldados, que julgava morrendo de fome, caindo de cansaço, prestes a desertarem, aumentam como os átomos de neve em torno da bola que se precipita. Meu senhor, parta, deixe a França ao seu verdadeiro chefe, àquele que não a comprou, mas que a conquistou. Parta, meu senhor, não porque tenha de recear perigo algum, o seu adversário tem muita força para lhe perdoar; mas porque é aviltante para um neto de Saint-Louis dever a vida ao homem de Arcole, de Marengo e de Austerlitz! Diz-lhe isto, Gérard; ou não lhe diga nada, dissimula a sua viagem, a ninguém diga o que veio fazer e o que fez em Paris. Se trouxe asas nos pés à vinda, devora o espaço à ida; entra em Marselha de noite; recolha-se a sua casa de modo que ninguém o veja entrar, e deixa-se lá estar, sossegado, humilde, mudo, e mais que tudo muito e muito inofensivo, pois desta vez juro-lhe que obraremos como gente enérgica e que conhece os seus inimigos. Vai, meu filho, meu caro Gérard, e mediante essa obediência às ordens paternas, ou, se lhe parecer melhor, essa deferência para com os conselhos de um amigo, há de ser mantido no seu emprego. Será — acrescentou Noirtier, sorrindo-se — um meio de me salvar outra vez, se a balança política tornar a elevar-lhe e abater-me a mim. Adeus, meu caro Gérard; na sua próxima viagem vem a minha casa.

E, depois de assim ter falado, Noirtier saiu com o sossego que nem um momento havia perdido durante essa conversação.

Villefort, pálido e agitado, correu à janela, levantou a cortina, e viu-o passar tranqüilo e impassível pelo meio de dois ou três homens de má catadura, que estavam de emboscada à esquina da rua, talvez para prenderem o homem de suíças, sobrecasaca azul e chapéu de abas largas.

Villefort ficou assim em pé e desassossegado, até ver seu pai sumir-se na encruzilhada Bussy. Depois, arrebatadamente, lançou mão dos objetos que ele lhe deixara, meteu no fundo da mala a gravata preta e a sobrecasaca azul, amarrotou o chapéu e ocultou-o no fundo de um armário, quebrou a bengala em três pedaços e atirou-os ao fogo, pôs na cabeça um boné de viagem, chamou o criado e proibiu-lhe, com severo olhar, as mil perguntas que a sua curiosidade lhe preparava, pagou o que devia no hotel, saltou para a carruagem que o esperava, soube em Lyon que Bonaparte tinha entrado em Grenoble, e, no meio da agitação que reinava em toda a estrada, chegou a Marselha entregue às mil sensações que se apoderam do coração do homem ambicioso ao receber a primeira honra.

XIII. Os cem dias

O Sr. Noirtier era bom profeta, e as coisas caminharam depressa como ele havia dito. Todos conhecem a história da volta da ilha de Elba, singular, miraculosa, que, sem exemplo no passado, ficará provavelmente sem imitação no futuro.

Luís XVIII só fraca resistência opôs a um golpe tão forte; a sua pouca confiança nos homens tirou-lhe toda a confiança nos acontecimentos. A realeza, ou antes, a monarquia, mal reconstituída por ele, tremeu ainda nos seus ainda pouco firmes alicerces e a um único aceno do imperador desabou todo esse edifício, informe mescla de velhos preconceitos com idéias novas. Villefort não obteve do rei senão uma gratidão que não só lhe era inútil como até perigosa naquela época, o que o obrigou a ter a prudência de não mostrar a cruz de oficial da Legião de Honra, embora o Sr. de Blacas, como lhe fora recomendado pelo monarca, lhe houvesse cuidadosamente mandado passar o decreto.

Decerto que Napoleão teria demitido Villefort se não fosse a proteção de Noirtier, que se tornara onipotente na corte dos Cem Dias, quer pelos perigos a que se expusera, quer pelos serviços que prestara. Assim, como lhe havia prometido, o girondino de 93 e o senador de 1806 protegeu aquele que na véspera o havia protegido.

Todo o poder de Villefort se limitou, pois, durante essa curta ressurreição do Império, cuja pouca duração era fácil de prever, a esconder o segredo que Dantès estivera a ponto de divulgar.

Somente foi demitido o procurador régio por suspeita de frieza no seu bonapartismo.

Entretanto, mal se achou restaurado o poder imperial, isto é, mal o imperador passou a residir nas Tuileries que Luís XVIII acabava de deixar, mal expediu ordens numerosas e divergentes, desse pequeno gabinete em que introduzimos o leitor atrás de Villefort, e em cuja mesa de nogueira achou ainda aberta e quase cheia a caixa de rapé de Luís XVIII, logo Marselha, apesar da atividade dos magistrados, começou a sentir agitarem-se os fachos da guerra civil, nunca de todo aplacada no Midi. Pouco faltou para que da algazarra às portas dos realistas que permaneciam encerrados em casa, e das afrontas públicas com que eram perseguidos aqueles que se atreviam a sair à rua, se passasse às represálias.

Em resultado da mudança, o digno negociante, a quem designamos como pertencendo ao partido popular, achou-se então, não diremos onipotente, pois que o Sr. Morrel era homem prudente e um tanto tímido, como todos quantos com tempo e trabalho conseguiram uma grande fortuna comercial, mas muito no caso, embora excedido pelos bonapartistas, que o acoimavam de moderado, muito no caso, dizemos, de erguer a voz para fazer ouvir uma reclamação que, como facilmente se adivinha, se referia a Dantès.

Villefort tinha ficado em pé, apesar da queda do seu superior, e o seu casamento, conquanto decidido, estava reservado para melhores tempos. Se o imperador se conservasse no trono, outra era a ligação que convinha a Gérard, e seu pai encarregar-se-ia de achá-la. Se uma segunda restauração restituísse Luís XVIII à França, a influência do Sr. Saint-Méran duplicava com a sua, e o projetado consórcio era então mais realizável do que nunca.

O substituto do procurador régio era, pois, provisoriamente o primeiro magistrado de Marselha, quando um dia se abriu a porta e lhe anunciaram a visita do Sr. Morrel.

Outro qualquer se teria apressado a ir receber o negociante e com essa pressa mostrado sua fraqueza; porém Villefort era homem superior, que tinha, senão a prática, ao menos o instinto de todas as coisas. Fez com que o negociante esperasse na saleta, como teria feito no tempo da Restauração, embora não estivesse atendendo a pessoa alguma, mas pela simples razão de que é praxe que um delegado se faça esperar; e, depois de um quarto de hora que empregou em ler dois ou três jornais de diferentes cores políticas, ordenou que o negociante entrasse.

Esperava o Sr. Morrel achá-lo abatido; achou-o, porém, como o tinha visto seis semanas antes, isto é, tranqüilo, firme e cheio dessa fria urbanidade, a mais insuperável de todas as barreiras que separa o homem bem-educado do homem vulgar.

Tinha entrado no gabinete de Villefort persuadido de que, ao vê-lo, o magistrado se perturbaria; e, pelo contrário, era ele quem estremecia e se comovia diante desse personagem inquiridor que o esperava com o cotovelo apoiado à secretária, e segurando o queixo com a mão.

Parou à porta. Villefort olhou o negociante como se o não conhecesse bem. Depois de alguns segundos de exame e de silêncio, durante os quais o digno Sr. Morrel torcia e retorcia nas mãos o seu chapéu, disse Villefort:

— Julgo que é o Sr. Morrel?

— Sim, senhor — respondeu o negociante.

— Aproxime-se — prosseguiu Villefort, fazendo-lhe um sinal de proteção —; e diga-me a que circunstâncias devo a honra da sua visita.

— Pois não o suspeita, senhor? — perguntou Morrel.

— Não, por forma nenhuma: mas isso não obsta a que esteja pronto a ser-lhe agradável naquilo que estiver ao meu alcance.

— O negócio depende inteiramente do senhor — disse Morrel.

— Então, diga-me o que é.

— Senhor — prosseguiu o negociante, recuperando a firmeza à proporção que ia falando, forte pela justiça da sua causa e pela singeleza da sua posição —, há de estar lembrado de que, alguns dias antes de se saber do desembarque de Sua Majestade o Imperador, eu vim reclamar a sua indulgência para um desgraçado rapaz, um marinheiro, imediato a bordo da minha galera. Era acusado, como deve estar lembrado, de ter relações com a ilha de Elba; relações que se então eram crime, são hoje títulos de recomendação. Então o senhor servia a Luís XVIII, e não o poupou: era o seu dever. Hoje, que serve a Napoleão, deve protegê-lo: também é esse o seu dever. Venho, pois, perguntar-lhe o que é feito dele.

Villefort fez um violento esforço para se dominar.

— Como se chama esse homem? — perguntou —; tenha a bondade de me dizer o nome dele.

— Edmond Dantès.

Villefort teria por certo preferido receber um tiro num duelo, à distância de vinte e cinco passos, a ouvir pronunciar esse nome à queima-roupa; todavia, nem pestanejou.

— Deste modo — pensou consigo — não poderei ser acusado de ter feito da prisão deste rapaz uma questão puramente pessoal.

— Dantès? diz que se chama Edmond Dantès?

— Sim, senhor.

Villefort abriu então um registro que estava em cima da mesa, examinou uns autos, e voltando-se para o negociante:

— Está bem certo do nome? — disse-lhe com a maior naturalidade.

Se Morrel fosse homem mais sagaz, ou se estivesse mais inteirado deste assunto, teria achado singular que o delegado do procurador régio se houvesse dignado responder-lhe sobre assuntos de todo alheios à sua alçada, e inquiriria de si porque era que Villefort não o mandava dirigir-se aos registros das cadeias, aos carcereiros ou ao prefeito do Departamento; porém, como só procurava sinais de susto no rosto de Villefort, desde que não os achou, só descobriu condescendência. Villefort tinha ganhado a partida.

— Não, senhor — disse Morrel —, não me engano; além do que, conheço o pobre rapaz há dez anos, e há quatro que está a meu serviço. Deve estar lembrado de que vim há seis semanas pedir-lhe que fosse clemente, como hoje venho pedir-lhe que seja justo; recebeu-me com severidade, e respondeu-me com azedume... Oh, é que então os realistas eram severos para com os bonapartistas!

— Senhor — respondeu Villefort, entrando em fogo com a sua presteza e toda a presença de espírito —, eu era realista então porque supunha que os Bourbons, herdeiros legítimos do trono, eram os eleitos da Nação; provou-me, porém, que estava enganado, a volta milagrosa que acabamos de ver. O gênio de Napoleão venceu, e o monarca legítimo é o monarca amado.

— Ainda bem! — disse Morrel com a sua ingênua franqueza — gosto de ouvi-lo falar desse modo, e daí tiro bom agouro para a sorte do meu Dantès.

— Espere — disse Villefort folheando outro registro —, já achei... é um homem do mar que ia casar-se com uma catalã?... Sim, sim, agora me recordo; o caso é gravíssimo.

— Como assim?

— Sabe que, ao sair de minha casa, o preso foi levado para as prisões do Palácio da Justiça.

— Sim, e daí?

— E daí! Dei parte para Paris, mandei os papéis que se lhe acharam: era o meu dever... e oito dias depois da sua prisão, raptaram o preso.

— Raptaram-no! — exclamou Morrel — mas o que queriam fazer desse pobre rapaz?

— Sossegue. Talvez o levassem para Fenestrelles, para Pignerol ou para as ilhas de Santa Margarida, é o que se chama desnortear; porém, agora, mais dia menos dia, há de vê-lo voltar para tomar conta do comando do seu navio.

— Que venha quando quiser, o seu lugar está guardado... Mas por que não voltaria já?... Parece-me que o primeiro cuidado da justiça bonapartista devia consistir em soltar os que a justiça realista havia encarcerado.

— Não acuse injustamente, meu caro Sr. Morrel — respondeu Villefort —; cumpre em tudo proceder legalmente. A ordem de prisão veio de cima, tem de vir de cima inevitavelmente a ordem de soltura. Ora, Napoleão apenas voltou há quinze dias, e não é muito que o decreto da soltura não tenha sido já expedido.

— Mas — perguntou Morrel — não haverá meio de apressar as formalidades, agora que triunfamos? Tenho alguma influência, e posso obter a revogação da sentença.

— Não houve sentença.

— Do registro da prisão, nesse caso.

— Em assuntos políticos nem sempre há registro. Às vezes, os governos têm interesse em fazer desaparecer um homem, sem que fiquem vestígios da sua passagem; as notas da prisão guiariam as indagações.

— Talvez fosse assim no tempo dos Bourbons, mas agora...

— É como em todos os tempos, meu caro Sr. Morrel; os governos sucedem-se e parecem-se. A máquina penitenciária montada no tempo de Luís XIV continua ainda hoje, é quase a Bastilha. O imperador foi sempre mais rigoroso no regulamento das prisões do que o grande rei, é incalculável o número dos encarcerados de que não há registros.

Tanta benevolência teria abalado certezas, e Morrel nem sequer tinha suspeitas.

— Mas, enfim, Sr. de Villefort — disse —, que conselho me dá para apressar a liberdade de Dantès?

— Um único: dirija uma petição ao ministro da Justiça.

— Oh! senhor, sabemos o que são petições: o ministro recebe duzentas a cada dia, e nem lê quatro.

— Sim — replicou Villefort —, mas há de ler uma petição mandada por mim, visada por mim e diretamente recomendada.

— E o senhor encarrega-se de lhe fazer chegar às mãos?

— Com muito gosto... Dantès podia então ser culpado; hoje,

porém, está inocente; e é do meu dever restituir a liberdade, a quem foi do meu dever prender.

Villefort prevenia assim o perigo de um inquérito pouco provável, porém possível, que o perderia sem recurso.

— E como se escreve ao ministro?

— Sente-se aqui, Sr. Morrel — disse Villefort, cedendo o seu lugar ao negociante — vou ditar o que deve escrever.

— Terá tanta bondade?

— Que dúvida! Não percamos mais tempo, quando já tanto temos perdido.

— Sim, lembremo-nos de que o pobre rapaz padece, desespera talvez.

Villefort estremeceu com a lembrança daquele preso que o amaldiçoava no silêncio e na escuridão; mas já não podia recuar: Dantès devia ser despedaçado na engrenagem da sua ambição.

— Estou à espera, senhor — disse o negociante, sentado na cadeira de Villefort e com uma pena na mão.

Villefort ditou então um requerimento em que, com excelente intenção, não havia que duvidar, exagerava o patriotismo de Dantès e os serviços por ele prestados à causa bonapartista. Nessa súplica, Dantès era apresentado como um dos mais ativos agentes da volta de Napoleão. Era evidente que, ao receber semelhante súplica, o ministro devia fazer imediata justiça, se ainda não estivesse feita.

Acabado o requerimento, Villefort leu-o em voz alta.

— Está bom — disse —, e agora fica por minha conta.

— O requerimento subirá o quanto antes?

— Hoje mesmo.

— Recomendado pelo senhor?

— A melhor recomendação será atestar a verdade de quanto aqui se diz.

E Villefort sentou-se à mesa, e num canto do requerimento lavrou o seu atestado.

— Agora, senhor, o que mais é preciso? — perguntou Morrel.

— Esperar — disse Villefort —; fica tudo por minha conta.

Estas palavras deram confiança a Morrel, que saiu da casa do delegado do procurador régio cheio de satisfação, e foi dizer ao velho Dantès que não tardaria que tornasse a ver o filho.

Mas Villefort, em vez de mandá-lo para Paris, conservou preciosamente em suas mãos o requerimento, que, para salvar Dantès na atualidade, o comprometia a ele horrorosamente no futuro, supondo já uma coisa que o aspecto da Europa e o caminho que os acontecimentos iam tomando davam lugar a crer, e que não tardaria, isto é, uma nova Restauração.

Dantès ficou, pois, preso; perdido nos abismos da sua masmorra, não ouviu o formidável baque do trono de Luís XVIII, nem o estampido medonho do desmoronamento do Império.

Villefort, porém, tudo havia acompanhado com vigilante olhar, com atento ouvido. Duas vezes, durante essa curta aparição imperial a que se chamou os Cem Dias, Morrel voltou, insistindo pela liberdade de Dantès, e de ambas as vezes Villefort o sossegou com promessas e esperanças. Enfim chegou Waterloo; Morrel não se apresentou mais na casa de Villefort. O negociante havia feito pelo seu jovem amigo o quanto era humanamente possível. Tentar novos esforços durante a segunda Restauração, era comprometer-se inutilmente.

Luís XVIII subiu outra vez ao trono; Villefort, para quem Marselha estava cheia de recordações que eram remorsos, pediu e obteve o lugar vago de procurador régio em Toulouse. Quinze dias depois de tomar posse do lugar, casou com Renée de Saint-Méran, cujo pai estava mais do que nunca no favor da corte.

Eis como Dantès, durante os Cem Dias, e depois de Waterloo, ficou preso, esquecido, senão dos homens, ao menos de Deus.

Danglars compreendeu todo o alcance do golpe com que ferira Dantès, vendo voltar Napoleão à França. A sua infame denúncia não tinha falhado; e como todos os homens de certo alcance para o crime e de mediana inteligência para a vida ordinária, chamou a essa coincidência singular um decreto da Providência.

Mas quando Napoleão voltou a Paris e ressoou de novo a sua voz imperiosa e potente, Danglars teve medo. A todo instante esperava ver aparecer Dantès, Dantès de tudo inteirado, Dantès ameaçador e forte para todas as vinganças. Então manifestou ao Sr. Morrel o desejo de deixar a vida do mar, e obteve dele uma recomendação para um negociante espanhol em cuja casa entrou como caixeiro, nos fins de março, isto é, dez ou doze dias depois da entrada de Napoleão nas Tuileries. Foi para Madri, e não se ouviu mais falar dele.

Fernand, esse, nada compreendeu. Dantès estava ausente, era quanto queria; o que dele havia sido feito, nem o procurava saber. Somente, durante o repouso que lhe proporcionava a prisão do seu rival, procurava engenhosos meios de enganar Mercédès acerca dos motivos da sua ausência, e meditando planos de emigração e de rapto. De vez em quando também, e eram as horas mais sombrias da sua vida, sentava-se na ponta do cabo Pharo, e desse lugar de onde se avistam ao mesmo tempo Marselha e a aldeia dos Catalans, olhava, triste e imóvel como a ave de rapina, a ver se por um desses dois caminhos voltaria o belo moço de andar desembaraçado e de cabeça altiva, que para ele também era um mensageiro de vingança. Então o plano de Fernand estava assente: disparava um tiro na cabeça de Dantès, e matava-se depois, dizia ele, para desculpar o assassinato. Mas Fernand enganava-se: esse homem nunca seria morto, porque nunca chegaria.

Neste meio tempo e entre tão doloroso vacilar, o Império chamou às armas, e todos os homens válidos para pegarem em armas saíram da França, à voz estridente do imperador. Fernand partiu como os outros, deixando a sua cabana e Mercédès, atormentado pelo triste e terrível pensamento de que enquanto ele por lá andaria poderia voltar o rival, e casar-se com aquela que ele amava.

Se Fernand tivesse de se suicidar, era ao deixar Mercédès que o teria feito.

As suas atenções para com Mercédès, à compaixão que mostrava para com a sua desventura, o cuidado com que satisfazia os seus menores desejos, tinham produzido o resultado que sempre produzem nos corações generosos as aparências de dedicação. Mercédès sempre tivera amizade a Fernand, e essa amizade aumentou com um novo sentimento, a gratidão.

— Meu irmão! — disse ela, atando o saco de recruta às costas do catalão — meu irmão! meu único amigo! não se deixe matar, não me deixe só neste mundo, em que choro, e em que ficarei só se Fernand deixar de existir.

Estas palavras, ditas à despedida, deram alguma esperança a Fernand. Se Dantès não voltasse, Mercédès poderia um dia pertencer-lhe.

Mercédès ficou sozinha nessa árida terra, que nunca tão árida lhe havia parecido, tendo por horizonte o mar imenso. Debulhada em pranto, como essa louca de quem nos conta a dolorosa história, viam-na divagar constantemente em volta da pequena aldeia dos Catalans, ora parando debaixo do sol ardente do meio-dia, em pé, imóvel, muda como uma estátua e contemplando Marselha; ora sentada à borda da praia ouvindo o rugido do mar, eterno como a sua mágoa, e sem cessar perguntando, a si própria, se não era melhor debruçar-se, deixar-se ir à mercê das ondas, atirar-se ao abismo que a havia de submergir, do que sofrer assim todas essas cruéis alternativas de uma esperança infundada.

Não foi decerto a coragem que faltou a Mercédès para executar esse sinistro projeto, foi a religião que a socorreu e a salvou do suicídio.

Caderousse foi, como Fernand, chamado às armas; porém, como tinha mais oito anos do que o catalão e era casado, apenas lhe coube fazer parte da terceira leva e foi mandado para o litoral.

O velho Dantès, que só vivia pela esperança, essa mesma perdeu-a quando caiu o imperador.

Cinco meses, dia a dia, depois de haver sido separado do filho, e quase à mesma hora em que ele fora preso, deu o último suspiro nos braços de Mercédès.

O Sr. Morrel encarregou-se do funeral, e pagou as pequenas dívidas que o velho tinha contraído durante a enfermidade.

Era mais do que beneficência proceder assim, era coragem. O Midi estava em fogo, e socorrer, embora no leito de morte, o pai de um bonapartista, tão perigoso como Dantès, era um crime.

XIV. O preso furioso e o preso louco

Cerca de um ano depois da volta de Luís XVIII, houve uma visita do inspetor-geral das prisões.

Dantès ouviu rolar e ranger, do fundo da sua masmorra, todos esses preparativos que em cima faziam muita bulha, mas que em baixo teriam sido imperceptíveis para qualquer ouvido que não fosse o de um preso acostumado a escutar, no silêncio da noite, a aranha que tece a teia, e a queda periódica da gota de água que leva uma hora a formar-se no teto da prisão.

Adivinhou entre os vivos o quer que fosse de novidade: havia tanto tempo que habitava um sepulcro, que bem podia considerar-se morto.

Com efeito, o inspetor visitava, uns após outros, quartos, celas e calabouços. Muitos presos foram interrogados, eram os que pela sua mansidão ou pela estupidez, se recomendavam à benevolência da administração; o inspetor perguntou-lhes como eram tratados, e que reclamações apresentavam.

Responderam unanimemente que a comida era detestável, e que reclamavam a liberdade.

O inspetor perguntou-lhes então se nada mais tinham a dizer. Eles sacudiram a cabeça. O que mais podiam pedir homens presos, além de sua liberdade?

O inspetor voltou-se sorrindo, e disse ao governador:

— Não sei por que obrigam a estas visitas inúteis. Quem vê um preso, vê cem; quem ouve um preso, ouve mil; é sempre a mesma coisa; são maltratados e inocentes. Tem outros?

— Temos os presos perigosos ou loucos, que guardamos em masmorras.

— Vejamos — disse o inspetor, dando mostras de profundo cansaço —; desçamos às masmorras.

— Espere — disse o governador —, que ao menos sejamos acompanhados por dois guardas. Às vezes os presos aborrecidos da vida, para serem condenados à morte, cometem atos inúteis de desespero; poderia ser vítima de um deles.

— Pois tome as necessárias precauções — disse o inspetor.

Vieram então dois soldados, e começou-se a descer por uma escada tão úmida, tão infecta e tão bolorenta, que bastava passar por semelhante lugar para que a respiração, a vista e o olfato ficassem incomodados.

— Oh! — disse o inspetor, parando no meio da descida — quem diabo pode aqui habitar?

— Um conspirador dos mais perigosos, e que nos foi particularmente recomendado como homem capaz de tudo.

— Está só?

— Por certo.

— Há quanto tempo?

— Há perto de um ano.

— E foi aqui recolhido logo que para cá veio?

— Não, senhor; mas só depois de ter querido matar o chaveiro que lhe levava a comida.

— Quis matar o chaveiro?

— Sim, senhor, o próprio que aí vem a alumiar-nos; não é assim, Antônio?

— Quis matar-me, não há dúvida.

— Mas então é louco esse homem?

— Pior! — disse o guarda — é um demônio!

— Quer queixar-se dele? — perguntou o inspetor ao governador.

— É inútil — disse este —; está bem castigado: além do que, agora está quase louco; e, pela experiência que nos dão as nossas observações, antes de um ano, estará de todo alienado.

— A falar a verdade, melhor para ele — disse o inspetor —; quando estiver de todo louco, há de sofrer menos.

Era, como se vê, um homem cheio de humanidade este inspetor, e digníssimo das funções filantrópicas que exercia.

— Tem razão — disse o governador —, e a sua reflexão prova que tem profundo estudo da matéria. Assim, temos numa masmorra, que é separada desta somente por vinte pés, e por onde se desce por outra escada, um velho abade, antigo chefe de partido na Itália, que está aqui desde 1811 e que enlouqueceu no fim de 1813, o qual já hoje não é fácil de reconhecer: chorava, definhava-se; agora se ri e engorda. Quer ver antes esse? A sua loucura é divertida, não o há de entristecer.

— Vê-los-ei a ambos — respondeu o inspetor —; convém que desempenhemos as nossas funções com toda a consciência.

Era esta a primeira visita do inspetor, e portanto queria dar boa idéia de si à autoridade.

— Entremos, pois, na prisão deste primeiro — acrescentou.

— Sim — disse o governador, fazendo sinal ao chaveiro para que abrisse a porta.

Ao ranger dos grossos ferrolhos, ao estremecer dos ferrugentos gonzos, Dantès, agachado a um canto da masmorra, em que recebia com indizível ventura o tênue raio de luz que se filtrava por uma fresta engradada, ergueu a cabeça. Ao ver um desconhecido, iluminado por dois guardas com tochas acesas que o precediam, e a quem o governador falava de chapéu na mão, acompanhado por dois soldados, Dantès adivinhou o que era; e vendo apresentar-se, enfim, uma ocasião de implorar a uma autoridade superior, saltou diante dele com as mãos postas.

Os soldados cruzaram imediatamente as baionetas, supondo no preso más intenções.

O próprio inspetor deu um passo para trás.

Dantès viu que o haviam apresentado como um homem perigoso.

Então reuniu no olhar quanta mansidão e humildade pode haver no coração de um homem, e, exprimindo-se com uma espécie de piedosa eloqüência que admirou a todos os circunstantes, procurou abalar a alma do inspetor.

Este ouviu o discurso de Dantès até o fim, e depois, voltando-se para o governador, disse-lhe a meia-voz:

— Há de lhe dar para a beatice; já está disposto a sentimentos mais brandos. Veja, o medo produz nele o seu efeito; recuou diante das baionetas; ora, um louco não recua diante de perigo nenhum: fiz a este respeito curiosas observações em Charenton.

Depois, voltando-se para o preso, disse-lhe:

— Em suma, o que é que pede?

— Peço que me digam que crime cometi; peço que me formem o processo; peço, enfim, que me fuzilem se sou criminoso, ou que me soltem se me acharem inocente.

— Dão-lhe boa comida? — perguntou o inspetor.

— Sim, creio que sim, mas não sei ao certo. Mas isso pouco me importa. O que deve importar, não só a mim, mísero preso, mas também a todos os funcionários que administram a justiça, e até o rei, que nos governa, é que um inocente não seja vítima de uma denúncia infame e não morra num cárcere amaldiçoando os seus algozes...

— Está muito manso hoje — disse o governador —; não esteve sempre assim. Falava de outro modo, meu amigo, no dia em que quis matar o guarda...

— É verdade, senhor — disse Dantès —, e peço humildemente a esse homem, que sempre tem sido tão bom para mim, que queira perdoar-me. Mas que quer? eu estava doido... furioso...

— E já o não está?

— Não, senhor; o cativeiro vergou-me, prostrou-me, aniquiloume; há tanto tempo que aqui estou!...

— Tanto tempo?... e em que época foi preso? — perguntou o inspetor.

— Em 28 de fevereiro de 1815, às duas horas da tarde.

O inspetor calculou.

— Estamos a 30 de julho de 1816; como é que diz que há tanto tempo? há só dezessete meses que está preso.

— Só dezessete meses?! — tornou Dantès —; não sabe o que são dezessete meses de cadeia! dezessete anos, dezessete séculos! Especialmente para quem, como eu, ia ser feliz, para quem, como eu, ia casar-se com uma mulher amada; para quem via brilhar diante de si uma carreira honrosa, e a quem tudo falha no mesmo instante; quem, do meio do mais belo dia, cai na noite mais profunda; quem vê destruída a sua carreira, quem não sabe se ainda o ama aquela que o amava, quem ignora se está vivo ou morto o seu velho pai! Dezessete meses de cadeia, para um homem acostumado ao ar livre do mar, à independência do marinheiro, ao espaço, à imensidade, ao infinito! Senhor, dezessete meses de cadeia é mais do que merecem todos os crimes designados na língua humana com os mais odiosos nomes! Compadeça-se de mim, senhor, e peça em meu favor, não indulgência, porém rigor, não mercê, porém julgamento! juízes, senhor! só peço juízes; não se podem negar juizes a um acusado.

— Bem — disse o inspetor —; hei de ver.

E voltando-se para o governador, disse-lhe:

— Na verdade, o pobre diabo causa-me dó; quando subirmos, há de mostrar-me o seu registro, para eu ver o que se pode fazer.

— Sim — disse o governador —, mas julgo que há de achar contra ele terríveis notas.

— Senhor — prosseguiu Dantès —, sei que me não pode

mandar soltar por seu arbítrio; mas pode transmitir à autoridade o meu pedido, pode provocar um inquérito, pode, enfim, fazer com que me julguem. Um julgamento é o meu único pedido: para saber que crime cometi, a que pena sou condenado; porque a incerteza é o pior de todos os suplícios.

— Iluminem-me — disse o inspetor.

— Senhor! — exclamou Dantès — vejo pelo som da sua voz que está comovido; diga-me ao menos que tenha esperança.

— Não lhe posso dizer — tornou o inspetor —; posso somente prometer-lhe que examinarei os seus papéis.

— Ah! senhor, então estou livre! estou salvo!

— Quem o mandou prender?

— Foi o Sr. de Villefort. Procure-o e entenda-se com ele.

— O Sr. de Villefort há já um ano que não está em Marselha, foi para Toulouse.

— Então nada me espanta — disse Dantès —, visto que o meu único protetor está longe.

— O Sr. de Villefort tinha algum motivo de ódio contra você?

— Nenhum, senhor, até se mostrou bondoso comigo.

— Então posso fiar-me nas notas que a seu respeito ele tiver deixado, e que me hão de ser presentes?

— Completamente.

— Bem, tenha esperança.

Dantès caiu de joelhos, levantando as mãos para o Céu, e repetindo uma oração em que recomendava a Deus esse homem, que tinha descido à sua masmorra semelhante ao Salvador indo livrar do Inferno as almas.

A porta fechou-se, mas a esperança, que descera com o inspetor, ficara também encerrada no cárcere de Dantès.

— Quer ver já o registro desse preso — perguntou o governador —, ou passar ao cárcere do abade?

—Acabemos de uma vez com os cárceres; porque se voltasse para cima, não sei se teria ânimo para continuar a minha triste missão.

— Ah, este não é um preso como o outro! a sua loucura entristece menos do que a razão daquele que acabamos de ver.

— E em que consiste a loucura?

— Julga-se senhor de um imenso tesouro. No primeiro ano de prisão mandou oferecer ao governo um milhão, se o governo o quisesse soltar, no segundo ano, dois milhões; no terceiro, três, e assim por diante. Como está no quinto ano, há de pedir-lhe para lhe falar em particular, e oferecer-lheá cinco milhões.

— Ah, ah, é realmente curioso! — disse o inspetor —; e como se chama esse milionário?

— O abade Faria.

— Número 27 — disse o inspetor.

— É aqui mesmo; abre, Antônio.

O chaveiro obedeceu, e o olhar curioso do inspetor penetrou na masmorra do abade louco.

Era assim que geralmente designavam o preso.

No meio do quarto, num círculo traçado no chão com um pouco de gesso arrancado da parede, estava um homem quase nu, porque a roupa ia caindo aos farrapos. Desenhava nesse círculo linhas geométricas muito exatas, e tão ocupado parecia em resolver o seu problema, quanto o estava Arquimedes quando foi morto por um soldado de Marcelo. Não se moveu com a bulha que fez a porta do cárcere ao abrir-se, nem mostrou despertar, senão quando a luz das tochas levou insólita claridade ao úmido chão em que trabalhava. Então se voltou, e viu com assombro tanta gente no cárcere.

Ergueu-se de pronto com vivacidade, pegou num cobertor que estava aos pés do seu miserável leito, e cobriu-se precipitadamente, para aparecer em estado mais decente aos que o visitavam.

— O que é que pede? — disse o inspetor sem variar a sua fórmula.

— Eu, senhor? — disse o abade como que espantado — eu nada peço.

— Não compreende — tornou o inspetor —; sou o agente do governo encarregado de visitar as prisões e de ouvir as reclamações dos presos.

— Oh, então, senhor, é outro caso! — exclamou com vivacidade o abade — e espero que havemos de nos entender.

— Veja — disse em voz baixa o governador —, não começa como lhe havia anunciado?

— Senhor — prosseguiu o preso —, sou o abade Faria; nasci em Roma; fui vinte anos secretário do cardeal Rospigliosi. Fui preso, não sei por que, no começo do ano de 1811; desde então peço às autoridades italianas e francesas que me dêem a liberdade.

— As autoridades francesas? Por quê?

— Porque fui preso em Piombino, e presumo que, como Milão e Florença, Piombino é hoje capital de algum departamento francês.

O inspetor e o governador olharam um para o outro se rindo.

— Oh! meu caro — disse o inspetor —, não são modernas as suas notícias da Itália.

— São do dia em que fui preso, senhor — disse o abade Faria —, e como Sua Majestade o Imperador havia criado o reino de Roma para o filho que o Céu acabava de lhe dar, presumo que, prosseguindo o curso de suas conquistas, realizou o sonho de Maquiavel e de César Borgia, que era fazer de toda a Itália um só e único reino.

— Senhor — disse o inspetor —, a Providência modificou, felizmente, esse plano gigantesco, de que se mostra tão fervoroso partidário.

— É o único meio de fazer da Itália um Estado forte, independente e feliz — respondeu o abade.

— Pode ser; mas não vim aqui estudar um curso de política ultramontana: venho perguntar-lhe se tem a fazer-me algumas reclamações acerca do modo por que é alimentado e alojado.

— A comida é como em todas as prisões, quero dizer, péssima; o alojamento, como se vê, úmido e pouco sadio, porém, sofrível para um cárcere. Mas não é disso que se trata, porém de revelações do mais alto interesse que tenho a fazer ao governo.

— Lá vem a história — disse baixo o governador ao inspetor.

— É por isso que me felicito de o ver — prosseguiu o abade —, embora me desviasse de um cálculo importantíssimo, e que, se for bem sucedido, talvez mude o sistema de Newton. Pode conceder-me o favor de uma conversação em particular?

— Então, que dizia eu? — disse o governador ao inspetor.

— Conhece a sua gente — respondeu este se sorrindo. Depois, voltando-se para Faria, disse-lhe: — Senhor, o que me pede é impossível.

— Entretanto, se se tratasse de fazer com que o governo ganhasse uma enorme quantia, uns cinco milhões, por exemplo?...

— Bem — disse o inspetor, voltando-se para o governador —; adivinhou até a quantia.

— Vejamos — tornou o abade, vendo que o inspetor fazia um movimento para retirar-se —; não é necessário que estejamos de todo sós: o senhor governador poderá assistir à nossa conversação.

— Meu caro senhor — disse o governador —, já sabemos de cor e salteado o que quer dizer. Trata-se dos seus tesouros, não é assim?

Faria fitou nesse homem olhares em que um observador desinteressado teria visto brilhar a luz da razão e da verdade.

— Decerto — disse —; de que quer que eu fale a não ser disso?...

— Senhor inspetor, posso contar-lhe essa história tão perfeitamente como o senhor abade; há quatro ou cinco anos que ele me tem repetido cem vezes.

— Isso prova, senhor governador — disse o abade —, que é desses de quem fala a Escritura, que têm olhos e não vêem, que têm ouvidos e não ouvem.

— Meu caro senhor — disse o inspetor —, o governo é rico, e, graças a Deus, não carece do seu dinheiro: guarde-o para quando sair daqui.

Os olhos do abade dilataram-se; e ele pegou na mão do inspetor.

— Porém, se eu nunca sair daqui — disse —; se, contra toda a justiça, me conservarem nesta masmorra; se aqui morrer sem ter legado o meu segredo a pessoa alguma, ficará perdido esse tesouro?! Não é melhor que dele se aproveite o governo e eu também? chegarei até seis milhões, senhor inspetor; sim, darei seis milhões, e contentar-me-ei com o resto, se me restituírem à liberdade.

— Palavra de honra! — disse o inspetor a meia-voz — se não soubesse que este homem está louco... fala com um ar de tanta convicção, que acreditaria que fala a verdade.

— Não estou louco, senhor, e o que digo é a verdade — tornou Faria, que, com essa agudeza de ouvido própria dos presos, não tinha perdido uma palavra única das do inspetor. — Esse tesouro existe realmente, e estou pronto a assinar um contrato, em virtude do qual o senhor me leve ao lugar que eu designar; revolverão a terra na nossa presença, e se nada acharmos, se estou louco, como diz, mandar-me-á outra vez para esta masmorra, onde ficarei até morrer, sem nada mais lhe pedir, ou a qualquer outra pessoa.

O governador desatou a rir.

— Está muito longe o seu tesouro? — perguntou.

— A cem léguas daqui, mais ou menos — disse Faria.

— A coisa não é mal pensada — disse o governador —; se todos os presos quisessem divertir-se a passear com os guardas as suas cem léguas, e se os guardas consentissem em tais passeios, que ótima ocasião teriam de se safarem! porque em tais viagens essas ocasiões não haviam de faltar.

— Infelizmente é meio já cediço — disse o inspetor.

Depois, voltando-se para o abade, disse-lhe:

— Perguntei-lhe se era bem tratado.

— Senhor — respondeu Faria —, jure-me por Cristo que me fará soltar se lhe houver falado a verdade, e indicar-lhe-ei o lugar em que está escondido o tesouro.

— É bem tratado? — repetiu o inspetor.

— Senhor, nada arrisca em me fazer a vontade, e bem vê que não quero preparar ocasião para me evadir, porque ficarei preso enquanto forem examinar.

— Não responde à minha pergunta? — tornou com impaciência o inspetor.

— Nem o senhor ao meu pedido — exclamou o abade. — Amaldiçoado seja com os outros insensatos que não me quiseram acreditar! Não quer o meu ouro, ficarei com ele: não me quer soltar, Deus me soltará. Pode ir-se embora, nada mais tenho que dizer-lhe.

E o abade, atirando o cobertor para o lado, apanhou o pedaço de gesso, e foi outra vez sentar-se no meio do círculo, onde continuou a traçar linhas e algarismos.

— O que ele está fazendo? — perguntou o inspetor, retirando-se.

— Está contando os tesouros — respondeu o governador.

Faria respondeu a este sarcasmo com um olhar cheio do mais profundo desprezo.

Saíram. O carcereiro fechou a porta.

— Talvez que realmente possuísse grande riqueza — disse o inspetor, subindo a escada.

— Ou sonhou que a possuía — respondeu o governador —, e no dia seguinte acordou louco.

— A verdade é — disse o inspetor com a franqueza da corrupção — que se ele fosse realmente rico não estava preso.

Assim acabou a aventura do abade Faria. Ficou preso, e, em conseqüência desta visita, a sua reputação de louco divertido aumentou ainda mais.

Calígula ou Nero, esses grandes investigadores de tesouros, esses desejosos do impossível, teriam dado ouvidos às palavras desse pobre homem e ter-lhe-iam concedido o ar que desejava, o espaço que computava em tão alto preço, e a liberdade que oferecia pagar tão caro: mas os reis dos nossos dias, mantidos nos limites do provável, não têm a audácia da vontade; têm medo do ouvido que escuta as ordens que dão, têm medo dos olhos que enxergam as suas ações; não sentem a superioridade da sua essência divina; são homens coroados, e nada mais. Outrora se julgavam, ou pelo menos se diziam, filhos de Júpiter, e tinham algo dos modos do deus seu pai; não se verifica facilmente o que se passa para além das nuvens; atualmente os reis deixam-se acercar com facilidade. Ora, como repugnou sempre ao governo despótico mostrar à luz do dia os efeitos da prisão e da tortura, assim como há poucos exemplos de que uma vítima das Inquisições pudesse tornar a aparecer com os ossos triturados e as chagas em sangue, assim também a loucura, ou a úlcera que nasce no lodo das masmorras em resultado das torturas morais, oculta-se quase sempre cuidadosamente no lugar onde nasceu, ou, se dele sai, vai enterrar-se em qualquer hospital sombrio, onde os médicos não reconhecem nem o homem, nem o pensamento, nos destroços informes que o carcereiro fatigado lhe transmite.

O abade Faria, enlouquecendo na prisão, estava condenado, pela sua própria loucura, à prisão perpétua.

No que diz respeito a Dantès, o inspetor cumpriu o que lhe prometera. Mandou vir os registros da cadeia. A nota respectiva ao preso dizia assim:

EDMOND DANTÈS	Bonapartista exaltado: tomou parte ativa na volta da ilha de Elba. Deve ficar no maior segredo, e sob a mais rigorosa vigilância.

Esta nota era de outra letra e de tinta diversa da do resto do registro, o que provava que havia sido posta depois da prisão de Dantès.

A acusação era tão positiva que nem se podia tentar combatê-la. O inspetor escreveu por baixo:

"Nada se pode fazer."

Esta visita havia, por assim dizer, reanimado Dantès; depois que entrara na cadeia, tinha-se esquecido de contar os dias; mas o inspetor havia-lhe dado uma nova data, e Dantès não a tinha esquecido. Escreveu, pois, na parede, com um pedaço de gesso que tinha caído do teto: 30 de julho de 1816; e daí em diante traçou todos os dias uma linha, para não perder a medida do tempo.

Passaram-se dias, semanas, meses, e Dantès esperava. Tinha a princípio fixado para daí a quinze dias a sua soltura. Empregando ainda que metade do interesse que havia mostrado, o inspetor devia ter tudo concluído em quinze dias. Passados esses quinze dias, julgou que era absurdo persuadir-se de que o inspetor se ocupasse dele antes de voltar para Paris; ora, não podia voltar sem ter concluído as inspeções a todas as prisões, o que podia durar um ou dois meses; pareceu-lhe, pois, que só daí a três meses podia esperar ser solto. Passados os três meses, outras razões lhe vieram à mente, convencendo-o a esperar mais seis meses, e assim foi esperando dez meses e meio. Entretanto, nada havia sido alterado no regime da cadeia; nem uma notícia consoladora lhe havia sido dada; debalde interrogava o carcereiro, que ficava mudo como de costume. Dantès começou a duvidar dos seus sentidos, a julgar que o que tomava por uma recordação da sua memória nada mais era do que uma alucinação do cérebro, e que esse anjo consolador que lhe havia aparecido, tinha vindo nas asas de algum sonho.

Passado um ano, o governador foi mudado: tinha obtido o governo da Fortaleza de Ham e levara consigo muitos dos seus subordinados, entre eles o carcereiro de Dantès. Chegou o novo governador; e como levaria muito tempo para decorar o nome de todos os presos, só os tratou dali por diante por números. Essa horrível hospedaria compunha-se de cinqüenta quartos, e os hóspedes foram chamados pelo número do quarto que ocupavam; o desgraçado moço deixou de ser chamado ou pelo seu nome próprio, Edmond, ou pelo apelido Dantès — ficou a denominar-se n.º 34.

XV. O número 34 e o número 27

Dantès passou por todos os cambiantes da desgraça que sofrem os presos esquecidos na cadeia.

Começou pelo orgulho, que é a conseqüência da esperança e a consciência da inocência; depois chegou a duvidar da sua inocência, o que não deixava de justificar as idéias do governador acerca da sua alucinação; por fim, caiu da altura do orgulho, e dirigiu súplicas, não a Deus, mas aos homens; Deus é o derradeiro recurso. O desgraçado, que por Deus deveria começar, só chega a esperar em Deus depois de exauridas todas as esperanças.

Dantès suplicou que se dignassem tirá-lo daquela masmorra e levá-lo para outra, ainda mais negra e mais profunda. Uma mudança, embora desvantajosa, sempre era uma mudança, e traria a Dantès uma distração de alguns dias. Suplicou que lhe concedessem alguns passeios, ar, livros e instrumentos. Nada disso lhe concederam, e contudo continuava sempre a suplicar. Tinha-se acostumado a falar ao novo guarda, conquanto este fosse, se é possível, ainda mais mudo do que o seu predecessor; mas falar, ainda que seja a um mudo, sempre é um prazer. Dantès falava para ouvir o som da sua própria voz; tinha procurado falar quando estava só, mas então a voz provocava-lhe medo.

Muitas vezes, no tempo em que era livre, causava-lhe espanto a lembrança desses calabouços de presos vagabundos, salteadores, assassinos, vivendo em comum, em ininteligíveis orgias e pavorosas amizades. Agora chegava a desejar ser lançado numa dessas abomináveis salas, para ver outras caras além da daquele impassível guarda que não queria falar; lastimou-se por não estar antes nas galés com o seu traje infamante, corrente ao pé e marca no ombro.

Ao menos os calcetas gozavam da companhia dos seus semelhantes, respiravam o ar livre, viam o céu: os forçados das galés eram muito mais felizes.

Suplicou uma vez ao guarda que pedisse para lhe darem um companheiro, embora fosse o abade louco de quem ouvira falar. Debaixo da pele do carcereiro, por mais duro que seja, há sempre alguma coisa de homem. Este, muitas vezes no fundo do coração, e sem que o revelasse no rosto, lastimara aquele rapaz, para quem era tão rigoroso o cativeiro; transmitiu ao governador o pedido do n.º 34; o governador, porém, prudente, como se fosse um estadista, imaginou que Dantès queria revolucionar os presos, tramar alguma conspiração, alcançar um amigo que o ajudasse em algum plano de fuga, e recusou.

Dantès tinha esgotado todos os recursos humanos. E como dissemos que havia de suceder, pensou então em Deus.

Todas as idéias piedosas espalhadas pelo mundo, que consolam os desgraçados vergados pelo destino, vieram então serenar-lhe o espírito; lembrou-se das orações que sua mãe lhe ensinara e achou-lhes um sentido que até então havia ignorado. Para o homem feliz a oração é uma reunião monótona de palavras sem sentido, até o dia em que a dor venha explicar ao desgraçado essa linguagem sublime por intermédio da qual o homem fala com Deus.

Rezou, não só com fervor, mas com exaltação. Rezando em voz alta, já o não assustava o som das suas palavras. Então caía como em êxtase: via Deus, radiante a cada palavra que proferia; todas as ações da sua vida humilde e perdida referia-as à vontade desse Deus poderoso; delas tirava lição, oferecia promessas, e no fim de cada oração não deixava de insensivelmente renovar o voto egoísta que os homens muitas vezes dirigem uns aos outros, em lugar de o endereçarem a Deus: — "E perdoai-nos as nossas dívidas como nós perdoamos aos nossos devedores."

Apesar de suas fervorosas súplicas, Dantès continuou preso.

Então o espírito se tornou meditabundo, diante dos olhos como que se lhe condensou uma nuvem. Dantès era homem simples e sem educação; o passado estava-lhe escondido com esse escuro véu que só a ciência levanta. Na solidão do cárcere, no deserto do seu pensamento, não podia reconstruir as épocas passadas, reanimar os povos extintos, reedificar as cidades antigas, que a imaginação aumenta e poetiza, e que nos passam diante dos olhos, gigantescas e iluminadas pelo fogo do céu, como os quadros babilônicos de Martin. Só tinha um curto passado, um triste presente, e um futuro incerto; dezenove anos de luz a meditar numa noite talvez eterna!

Nenhuma distração o podia auxiliar; o seu espírito enérgico, e que tão pronto teria tomado vôo através dos séculos, era obrigado a estar preso como a águia dentro de uma gaiola. Agarrava-se então a uma única idéia, a da sua ventura destruída, sem causa aparente e por uma inaudita fatalidade; afervorava-se nesta idéia, volvendo-a e revolvendo-a por todas as suas faces, devorando-a, por assim dizer, com dentes esfaimados, como no Inferno de Dante o desapiedado Ugolino devora o crânio do arcebispo Rogério. A fé que Dantès tivera em Deus fora passageira; perdeu-a como os que a perdem depois de haverem lucrado algum bem; mas a ele de nada lhe servira o poder divino.

Ao ascetismo sucedeu a raiva. Edmond proferia blasfêmias que faziam recuar de horror o próprio carcereiro; batia com o corpo de encontro às paredes do cárcere, irritava-se furioso contra tudo quanto o rodeava, especialmente contra si próprio, à menor contrariedade que lhe fazia sofrer um grão de areia, uma palha, um sopro. Então lhe vinha à idéia a carta delatora que tinha visto, que Villefort lhe mostrara, e em que tinha pegado. Cada linha chamejava na parede como o Mane, Thecel, Phares de Baltasar. Reconhecia que era o ódio dos homens, e não a vingança de Deus, que o sepultava nesse abismo; votava esses homens desconhecidos a toda a casta de suplícios que forjava na sua ardente imaginação, e achava que os mais terríveis ainda eram brandos e pouco demorados, porque ao suplício seguia-se a morte, e na morte havia, senão o descanso, ao menos a insensibilidade, que tanto se lhe assemelha.

À força de repetir consigo mesmo, acerca dos seus inimigos, que o descanso era a morte, e que para um castigo cruel há outros meios além da morte, caiu na triste imobilidade das idéias do suicídio; ai de quem, no declive do infortúnio, pára em tão atroz lembrança! É um desses mares estagnados, que se estendem como o azul das ondas puras, mas onde o nadador sente prenderem-se-lhe os pés em betuminoso lodo, que mais e mais o atrai, o aspira e o submerge. Se, quando se vê assim agarrado, não lhe vale o auxílio divino, tudo está acabado, e cada esforço que tenta mais o arrasta à morte.

Entretanto, esse estado de agonia moral é menos terrível do que o sofrimento que o precedeu, e do que o castigo que talvez se lhe siga; é como que uma consolação vertiginosa que nos mostra o abismo, e no fundo do abismo o nada. Chegado a este ponto, achou Edmond alguma consolação nessa idéia; todas as suas dores, todos os seus sofrimentos, como o cortejo de espectros que trazem consigo, pareceram fugir desse canto da sua prisão, onde o anjo da morte podia pousar o seu pé silencioso. Dantès olhou com placidez para a sua vida passada, com terror para a sua vida futura, e escolheu esse ponto médio, que lhe parecia ser um abrigo.

— Às vezes — dizia então —, nas minhas longínquas viagens, quando eu era ainda um homem, e quando esse homem, livre e poderoso, dava a outros homens ordens que eram executadas, vi o céu a toldar-se e o mar estremecer e bramir, a tempestade nascer num canto do céu, e como uma águia gigantesca abrir os dois horizontes das suas duas asas; então sentia que o meu navio não era mais do que um refúgio impotente, e que, leve como uma pena na mão de um gigante, vacilava, estremecia e bramia também. Em breve, ao ruído enorme das vagas, o sinistro aspecto dos rochedos anunciava-me a morte, e a morte aterrava-me; fazia todos os esforços para lhe escapar, e reunia todas as forças do homem, e toda a inteligência do marinheiro, para lutar com Deus!... É que então era eu feliz, é que voltar à vida era voltar à ventura; é que eu não tinha invocado nem escolhido essa noite; é que o sono, em suma, me parecia triste nesse leito de algas e penedos; é que me indignava a mim, que me supunha criatura feita à margem de Deus, servir de pasto às gaivotas e aos abutres. Mas hoje é outra coisa: perdi tudo quanto me fazia amar a vida; hoje sorri a morte para mim como sorri a ama para a criança que vai embalar; mas hoje morro por minha vontade, adormeço cansado e ralado, como adormecia depois de uma dessas noites de desespero e de raiva, durante as quais dava três mil voltas na cabine, isto é, andava trinta mil passos, ou perto de dez léguas.

Desde que no seu pensamento germinou esta fatal lembrança, o rapaz tornou-se mais dócil, mais risonho; contentou-se com a sua cama tão dura e com o pão tão negro, comeu menos, não dormiu mais, e achou quase suportável esse resto de existência que estava certo de que deixaria quando lhe aprouvesse, como se deixa uma roupa velha.

Havia dois meios de morrer: um era simples: amarrar o lenço a uma das grades da janela e enforcar-se; o outro era fingir que comia, e deixar-se morrer de fome. O primeiro repugnou-lhe: haviam-lhe desde a infância infundido o horror dos piratas que findam a vida ignominiosamente enforcados nas vergas dos navios; morrer enforcado era um suplício infamante que não queria aplicar a si próprio; adotou o segundo meio, e começou desde logo a executá-lo.

Perto de quatro anos tinham decorrido nas alternativas que temos contado; no fim do segundo, Dantès cessara de contar os dias e recaíra na ignorância do tempo de que outrora o tirara o inspetor.

Dantès tinha dito: quero morrer e havia escolhido o gênero de morte; tinha-o então bem considerado, e, para não se arrepender da sua determinação, tinha feito juramento de morrer assim: — Quando me trouxerem a comida pela manhã e à tarde, atirarei os alimentos pela janela afora, e hão de acreditar que os comi.

Cumprira a promessa. Duas vezes por dia, pela pequena abertura gradeada que lhe deixava ver o céu, deitava fora a comida, a princípio alegre, depois pensativo, e por fim pesaroso; era-lhe precisa a recordação do seu juramento para achar forças com que prosseguisse no seu terrível projeto. A fome, com os agudos dentes, fazia-lhe parecer apetitosos à vista e delicados ao olfato esses alimentos que dantes lhe repugnavam; às vezes, quando os recebia, ficava uma hora inteira com o prato na mão e com os olhos fitos num pedaço de carne podre ou no peixe infecto e no pão negro e bolorento. Eram os derradeiros instintos da vida que nele lutavam, e que de vez em quando lhe subjugavam a resolução. Então o calabouço já não lhe parecia tão triste, nem tão desesperada a sua posição; ainda era moço, teria vinte e cinco a vinte e seis anos; viveria ainda talvez cinqüenta anos, talvez o duplo do que tinha vivido. Nesse imenso espaço de tempo, podiam os acontecimentos arrombar as portas, derrubar as muralhas da Fortaleza de If, e restituir-lhe a liberdade! Então chegava aos dentes a comida que, Tântalo voluntário, afastava da boca; ao lembrar-se do seu juramento, a sua alma generosa tanto receava envergonhar-se de si mesma que não era capaz de faltar ao que jurara. Estragou, pois, com desapiedado rigor a pouca existência que ainda tinha, e veio um dia em que já não se sentiu com forças para se levantar e ir deitar fora, pela fresta, a comida.

No dia seguinte já não via e mal ouvia. O carcereiro supôs que era uma grave enfermidade; Edmond esperava uma morte próxima.

O dia assim passou: Edmond sentia um como torpor a que não faltava certo bem-estar. As agitações nervosas do estômago tinham-se aplacado; os ardores da sede haviam desaparecido; e quando fechava os olhos, via um sem-número de luzes brilhantes, como os fogos-fátuos que à noite correm por cima dos terrenos pantanosos: era o crepúsculo dessa incógnita região a que chamam morte. De súbito, à noite, pelas nove horas, ouviu um rumor surdo na parede de encontro à qual estava deitado.

Eram tantos os animais imundos que vinham fazer ruído no seu cárcere, que pouco a pouco Edmond acostumara o sono a não se perturbar com tão pouca coisa; mas, desta vez, ou porque tivesse os sentidos exaltados pela abstinência, ou porque o ruído fosse maior do que o de costume, ou porque nesses supremos momentos tudo adquire importância, Edmond levantou a cabeça para ouvir melhor.

Era um arranhar compassado, mas que denunciava uma enorme

garra ou fortíssimo dente, ou, enfim, a ação de algum instrumento sobre pedras.

Conquanto debilitado, o cérebro do rapaz ficou abalado com essa idéia banal, que preocupa constantemente o espírito dos presos: a liberdade. Esse ruído chegava-lhe tão justamente no momento em que todo o ruído deste mundo ia cessar para ele, que lhe pareceu que Deus se mostrava, enfim, condoído dos seus sofrimentos, e lhe mandava para avisá-lo de que parasse à borda do abismo em que os seus pés já vacilavam. Não seria algum dos seus amigos? algum desses entes estimados, em quem pensara tantas vezes, que nisso consumira o pensamento, não se ocuparia nesse momento dele, procurando fazer desaparecer a distância que os separava?

Mas não, Edmond sem dúvida enganava-se, era um desses sonhos que esvoaçam às portas da morte.

Entretanto, Edmond escutava atento o ruído, que durou perto de três horas; depois, o mísero ouviu uma espécie de desmoronamento, e tudo cessou.

Algumas horas volvidas, começou mais forte e mais próximo. Já Edmond se interessava nesse trabalho, que lhe servia de companhia, quando de súbito entrou o carcereiro.

Havia cerca de oito dias que tinha resolvido morrer, havia quatro dias que tinha começado a executar a sua determinação, e desde então Edmond não dirigira a palavra ao carcereiro, nem para lhe responder, quando ele lhe perguntava do que sofria; e voltava-se para a parede quando ele queria atentamente encará-lo. Agora, porém, podia o carcereiro ouvir o ruído, indagar a causa, e anular esse não sei que raio de esperança, cuja idéia lhe suavizava os últimos momentos.

O carcereiro trazia o almoço.

Dantès levantou-se do leito, e, engrossando a voz, entrou a falar em todos os assuntos possíveis acerca da má qualidade da comida que lhe traziam, acerca do frio que fazia no cárcere, murmurando e ralhando, para ter direito de gritar mais alto, e cansando assim a paciência do carcereiro, que justamente nesse dia tinha solicitado para o preso um caldo e pão fresco, que lhe trazia.

Felizmente, julgou que Dantès estava delirando; deixou a comida em cima da velha mesa em que costumava colocá-la, e retirou-se.

Edmond, livre então, pôs-se de novo a escutar com alegria.

O ruído tornava-se tão distinto que o ouvia sem custo.

— Já não padece dúvida — dizia consigo —; uma vez que esse ruído continua de dia, há de ser algum preso como eu, que trabalha para se evadir. Oh, se estivesse ao pé dele, como havia de ajudá-lo!

Não tardou muito que uma nuvem escura toldasse a aurora de

esperança que surgia nesse cérebro afeito ao infortúnio, e que mal podia entregar-se às humanas alegrias; assaltou-o logo a idéia de que o ruído podia provir do trabalho de alguns operários que estivessem reparando algum cárcere contíguo.

Era fácil de verificar, mas como arriscar uma pergunta? Havia um meio muito simples: esperar que o carcereiro voltasse, fazer-lhe ouvir o ruído, e ver a cara com que ele ficaria; mas proceder assim não era sacrificar preciosíssimos interesses a uma brevíssima satisfação? Infelizmente, a cabeça de Edmond estava tão fraca que o espírito ondeava como o vapor, e não podia condensar-se em volta de um pensamento. Edmond não achou senão um meio de dar certeza a sua reflexão e lucidez a seu juízo: voltou os olhos para o caldo ainda fumegante que o carcereiro acabara de pôr em cima da mesa, levantou-se a custo, foi-se arrastando para a tigela, pegou nela, levou-a à boca, e bebeu, com indizível sensação de prazer, a beberagem que continha.

Mas, corajosamente, ficou por ali: tinha ouvido dizer que míseros náufragos, extenuados de fome, tinham morrido por haverem sofregamente devorado um alimento demasiado substancial. Edmond largou na mesa o pão, que já havia levado à boca, e foi outra vez deitar-se. Já não queria morrer.

Em breve sentiu que a luz da inteligência lhe voltava ao cérebro; todas as suas idéias, incertas e quase imperceptíveis, tomavam o seu lugar nesse tabuleiro de xadrez maravilhoso, onde uma casa mais talvez bastasse para estabelecer a superioridade do homem sobre os animais. Pôde pensar e fortificar o pensamento pelo raciocínio.

Então disse consigo:

— Vamos tentar, mas sem comprometer ninguém. Se o trabalhador é um operário, logo que eu bata na parede, suspenderá o que está fazendo, para saber quem bate e com que fim. Mas como, nesse caso, o trabalho não só é lícito, mas também mandado, continuá-lo-á dentro de pouco tempo. Se, pelo contrário, for um preso, o ruído que eu fizer assustá-lo-á; receará ser descoberto, abandonará o trabalho, e não recomeçará senão de noite, quando se persuadir de que todos estão deitados e dormindo.

Edmond levantou-se logo outra vez; as pernas já não lhe vacilavam, os olhos já não tinham deslumbramentos. Foi para um canto da prisão, tirou uma pedra que a umidade havia solapado, e, voltando, deu com ela três pancadas na parede, no lugar em que o rumor era mais sensível.

A primeira pancada cessou o rumor, como por encanto.

Edmond escutou com toda a atenção. Passou uma hora, passaram duas, nada mais se ouviu; Edmond tinha conseguido que houvesse do outro lado um silêncio absoluto.

Cheio de esperança, comeu alguns bocados de pão, bebeu alguns goles de água, e, graças à valente constituição com que a natureza o dotara, achou-se quase tão forte como anteriormente. O dia passou, e veio a noite sem que o ruído recomeçasse.

— É um preso! — disse Edmond, cheio de alegria.

Então a cabeça se inflamou subitamente e a vida voltou-lhe violenta.

A noite decorreu sem que o menor ruído viesse perturbar aquele silêncio.

Edmond não fechou os olhos toda a noite.

Amanheceu, e o carcereiro veio trazer as provisões. Edmond já tinha devorado as antigas; devorou igualmente as novas, escutando, sem cessar, se se repetia o ruído, temendo que houvesse cessado para sempre, andando dez ou doze léguas no cárcere, sacudindo, por espaço de horas inteiras, as barras de ferro da fresta, restabelecendo a elasticidade e o vigor dos membros com exercícios de que há muito se desacostumara, dispondo-se, enfim, para lutar braço a braço com o destino, como faz, estendendo os braços e friccionando o corpo com óleo, o lutador que vai entrar na arena. Depois, nos intervalos dessa atividade febril, escutava se o ruído não se reproduzia, impacientando-se com a prudência desse preso, que não adivinhava que havia sido distraído na sua obra de liberdade por outro, que tinha tanta pressa como ele de se ver livre.

Três dias passaram; setenta e duas horas mortais, contadas minuto a minuto!

Enfim, uma noite, tendo o carcereiro acabado a sua última visita, e encostando Dantès pela milésima vez o ouvido à parede, pareceu-lhe que imperceptível desmoronamento soava abafado ao seu ouvido encostado às pedras silenciosas.

Dantès recuou para sossegar o cérebro abalado, deu algumas voltas pelo quarto, e encostou de novo o ouvido no mesmo lugar.

Não havia dúvida, fazia-se alguma coisa do outro lado; o preso tinha reconhecido o perigo da sua obra e adotara outro sistema para continuar o trabalho com mais segurança; havia substituído a alavanca ao escopro.

Animado por esta descoberta, Edmond resolveu auxiliar o infatigável trabalhador. Começou por deslocar a cama, detrás da qual parecia que se verificava a obra de salvação, e procurou com os olhos um objeto com que pudesse escavar a parede, fazer cair o úmido cimento, arrancar uma pedra, enfim.

Nada encontrou. Não tinha nem faca nem instrumento cortante, e, a respeito de ferros, havia as grades do cárcere, mas tantas vezes verificara que elas estavam seguras, que nem valia a pena ir ver se as abalava.

Por única mobília, um leito, uma cadeira, uma mesa, um balde e uma bilha. No leito havia parafusos de ferro; mas estavam atarraxados, era preciso uma chave para desapertá-los.

Na mesa e na cadeira nada havia que servisse; no balde tinha antigamente existido uma asa, mas essa fora tirada.

Dantès não tinha, pois, outro recurso senão quebrar a bilha, e com um dos cacos pontiagudos começar a trabalhar.

Atirou a bilha ao chão, fê-la em pedaços e, escolhendo alguns, escondeu-os na enxerga, deixando os outros espalhados no chão. O quebrar-se a bilha era acontecimento tão natural que não lhe devia dar cuidado.

Edmond tinha toda a noite para trabalhar; mas na escuridão o trabalho corria mal, porque tinha de trabalhar às apalpadelas, e em breve percebeu que o informe instrumento se embotava de encontro a uma pedra mais dura do que ele. Colocou o leito no seu lugar e esperou que amanhecesse. Com a esperança tinha-lhe voltado a paciência. Toda a noite escutou e ouviu que o desconhecido mineiro prosseguia na sua obra subterrânea.

Logo que amanheceu, o carcereiro entrou. Dantès disse-lhe que, bebendo na véspera pela bilha, esta lhe caíra das mãos e se quebrara. O carcereiro foi, resmungando, buscar uma bilha nova, sem ao menos ter o trabalho de apanhar os cacos da outra.

Voltou daí a pouco, recomendou ao preso que tivesse mais cuidado, e saiu.

Dantès escutou, com indizível prazer, o ranger da fechadura, que outrora, sempre que o ouvia, lhe fazia apertar o coração. Sentiu afastar-se o ruído dos passos e, quando ele cessou, saltou do leito, desviou-o, e à claridade do débil raio de luz que penetrava no cárcere, pôde ver o trabalho inútil que tinha feito na noite precedente, atacando a massa de pedra em vez de destruir a argamassa que, cercando-a, a segurava.

A umidade tinha tornado a alvenaria quebradiça.

Dantès viu, com um palpitar do coração e de alegria, que a argamassa se desprendia por fragmentos; os fragmentos eram quase átomos; mas, ao cabo de meia hora de trabalho, já tinha tirado uma mão-cheia. Um matemático teria podido calcular que, não encontrando pedra, seriam precisos dois anos de igual trabalho para cavar um vão de dois pés quadrados e de vinte de profundidade.

O preso lastimou então não ter empregado nesse trabalho tantas e tão compridas horas que sucessivamente passara e perdera a esperar, a rezar e a desesperar-se.

Havendo quase seis anos que estava encerrado nesse cárcere, que trabalho, por mais vagaroso que fosse, não teria concluído! E este pensamento deu-lhe novo ardor.

Em três dias conseguiu, com inauditas precauções, tirar todo o cimento e descalçar a pedra: a parede era feita de alvenaria, pelo meio da qual, para maior solidez, haviam disseminado algumas pedras de cantaria. Era uma dessas lajes que havia quase descalçado, e que tinha agora de abalar no seu alvéolo.

Procurou fazê-lo com as unhas, mas as unhas não bastavam para isso. Os cacos da bilha, introduzidos nos intervalos, quebravam-se logo que Dantès se servia deles como alavanca. Depois de uma hora de tentativas inúteis, levantou-se triste e suado.

Teria de ver abortar assim o seu trabalho, logo em começo, e de esperar, inútil e inerte, que o vizinho, que talvez cansasse e esmorecesse, concluísse tudo?!

Então lhe surgiu na mente uma idéia; ficou em pé e sorriu-se; a fronte, úmida de suor, secou-se por si mesma.

O carcereiro trazia todos os dias a sopa de Dantès numa caçarola. A caçarola continha a sua ração e a de outro preso, porque Dantès havia reparado que às vezes vinha cheia, outras vezes só pelo meio, conforme o carcereiro começava a distribuição da comida por ele ou pelo seu vizinho.

A caçarola tinha um cabo de ferro; era esse cabo que Dantès cobiçava, e tê-lo-ia comprado por dez anos de vida.

O carcereiro despejava o conteúdo da caçarola no prato de Dantès. Depois de ter comido a sopa com uma colher de pau, Dantès lavava o prato, que assim todos os dias servia.

À tarde, Dantès pôs o prato no chão, no meio do caminho, entre a porta e a mesa; o carcereiro, ao entrar, pôs-lhe os pés em cima e este se fez em mil pedaços.

Desta vez nada tinha o que dizer contra o preso; fizera mal em deixar o prato no chão, sim, mas também ele o fizera por não ver onde punha os pés.

O carcereiro contentou-se em resmungar.

Depois olhou em torno de si a ver em que podia deitar a sopa; a louça de Dantès era esse único prato, não havia que escolher.

— Deixe a caçarola — disse Dantès —; levá-la-á amanhã quando me trouxer o almoço.

O conselho agradava à preguiça do carcereiro, que assim não carecia de subir e descer e tornar a subir.

Deixou, portanto, a caçarola.

Dantès estremeceu de júbilo.

Desta vez comeu precipitadamente a sopa e a carne, que, como é uso nas prisões, ia dentro da sopa. Depois esperou uma hora, a ver se o carcereiro não mudava de parecer, e quando teve a certeza de que não o faria, afastou a cama, pegou na caçarola, introduziu a ponta do cabo entre a cantaria e a alvenaria que lhe estava pegada, e começou a fazer uso dele como se fora uma alavanca.

Leve oscilação veio provar-lhe que não perdia o tempo.

Com efeito, passada uma hora, a pedra estava fora da parede, em que deixava um vão de pé e meio de diâmetro.

Dantès apanhou com cuidado todo o gesso, levou-o para os cantos do cárcere, rapou a terra negra com um dos fragmentos da bilha, e com a terra cobriu o gesso.

Querendo, depois, aproveitar a noite em que o acaso, ou antes, a sábia combinação que imaginara, tinha posto em suas mãos tão precioso instrumento, continuou a escavar com diligência.

Ao raiar do dia, pôs de novo a pedra no vão, empurrou a cama para a parede e deitou-se.

O almoço consistia num pedaço de pão; o carcereiro entrou e o pôs em cima da mesa.

— Então, não me traz outro prato? — perguntou Dantès.

— Não — respondeu o guarda —; você é um desastrado que quebra tudo: deu cabo da bilha e fez-me quebrar o prato; se todos os presos causassem tanto estrago, o governo não poderia resistir. Deixo-lhe a caçarola, deitar-lhe-á dentro a sopa; assim talvez não quebre a louça.

Dantès levantou os olhos para o Céu, e ergueu as mãos por baixo da roupa do leito.

Agradeceu ao Céu aquele pedaço de ferro como um dos maiores benefícios que em toda a sua vida recebera.

Reparou que desde que começara a escavação o outro preso já não trabalhava.

Não era isso, porém, motivo para cessar a tarefa; se o vizinho não vinha até ele, iria ele até o vizinho.

Toda a manhã trabalhou sem descanso; à noite, graças a seu novo instrumento, tinha tirado da parede mais de dez punhados de alvenaria, gesso e cimento.

Quando chegou a hora da visita, endireitou, como melhor pôde, o cabo da caçarola, que se havia torcido, e a pôs no lugar de costume. O carcereiro despejou a ração ordinária de sopa e carne, ou melhor, de sopa e peixe, porque era dia de peixe, e aos presos impunha-se-lhes por semana três dias de peixe. Isto lhe teria servido também para calcular o tempo, se Dantès não houvesse há muito abandonado esse cálculo.

Despejada a sopa, o carcereiro retirou-se.

Desta vez quis Dantès saber com certeza se o seu vizinho tinha realmente deixado de trabalhar. Escutou.

Tudo estava silencioso como nos três dias em que os trabalhos tinham ficado suspensos.

Dantès suspirou; era evidente que o vizinho desconfiava dele.

Isso, porém, não o desanimou nem o impediu de trabalhar toda a noite. Mas, depois de duas ou três horas de fadiga, encontrou um obstáculo.

O ferro já não mordia, escorregava sobre uma superfície lisa.

Dantès apalpou com as mãos o obstáculo, e viu que era um barrote, que atravessava, ou, para melhor dizer, tapava totalmente o buraco que começara.

Agora tinha de cavar por baixo e por cima.

O desgraçado moço nem tinha pensado nesse obstáculo.

— Oh! meu Deus! meu Deus! — exclamou —; foram tantas as minhas orações, que esperava que me tivésseis ouvido. Meu Deus! depois de me haverdes tirado a liberdade da vida; depois de me haverdes tirado o sossego da morte, e de me chamardes de novo à existência, meu Deus condoei-vos de mim, não me deixeis morrer na desesperação!

— Quem fala ao mesmo tempo de Deus e de desesperação?! — articulou uma voz, que parecia vir debaixo do chão, e que, ensurdecida pela opacidade, chegava ao pobre rapaz como uma inflexão sepulcral.

Edmond sentiu arrepiarem-se-lhe os cabelos, e recuou ajoelhando.

— Ah! — exclamou — ouço a voz de um homem.

Havia quatro ou cinco anos que Edmond só tinha ouvido falar o carcereiro, e para o preso um carcereiro não é um homem, é uma porta viva adida à porta de carvalho; uma grade de carne junto à de ferro.

— Em nome do Céu! — exclamou Dantès — quem falou que torne a falar, embora me assustasse a sua voz; quem é?

— E quem é o senhor? — perguntou a voz.

— Um pobre preso — respondeu Dantès, que não tinha dúvida alguma em responder.

— De que terra?

— Francês.

— O seu nome?

— Edmond Dantès.

— A sua profissão?

— Marítimo.

— Há quanto tempo está aqui?

— Desde 28 de fevereiro de 1815.

— O seu crime?

— Nenhum.

— De que é acusado?

— De ter conspirado para a volta do imperador.

— Como? para a volta do imperador?! pois o imperador já não está no trono?

— Abdicou em Fontainebleau em 1815, e foi mandado para a ilha de Elba... Então há quanto tempo está o senhor aqui, se ignora tudo isso?

— Desde 1811.

Dantès estremeceu: aquele homem tinha mais quatro anos de prisão do que ele.

— Bem; não escave mais — disse a voz, falando muito depressa —; diga-me só a que altura fica a escavação que fez?

— Rente do chão.

— E como a esconde?

— Com a minha cama.

— E desde que está preso não mudaram a cama?

— Nunca.

— Para onde dá o seu quarto?

— Para um corredor?

— E o corredor?

— Termina no pátio.

— Ai! — murmurou a voz

— Meu Deus, o que tem?! — perguntou Dantès.

— Acho que me enganei; iludiu-me a imperfeição dos meus desenhos, perdeu-me a falta de um compasso; o erro de uma linha no meu plano foi correspondido por um erro de quinze pés na realidade; tomei o muro que o senhor escava pelo da fortaleza.

— Mas esse ia dar ao mar?

— Era o que eu queria.

— E se o houvesse conseguido?

— Ia-me a nado, e ia ter a uma das ilhas que cercam o rochedo de If, ou à ilha de Daume, ou à de Tiboulen, ou mesmo à costa do continente, e estava salvo.

— Pois poderia nadar tanto?

— Deus me daria forças. E agora tudo está perdido!...

— Tudo?

— Sim. Tape com precaução o buraco que fez, não trate de mais nada, e espere as minhas ordens.

— Quem é?... ao menos me diga quem é.

— Sou... sou... o n.º 27.

— Então desconfia de mim? — perguntou Dantès.

Edmond julgou ouvir um riso sarcástico romper da abóbada da prisão.

— Oh! sou bom cristão — exclamou, adivinhando instintivamente que esse homem queria abandoná-lo —; juro-lhe por Cristo que mais depressa morreria do que deixaria entrever aos seus e meus algozes a menor sombra da verdade; mas, em nome do Céu! não me prive da sua presença, não me prive da sua voz, ou juro-lhe, pois estou exausto de forças, que quebro a cabeça de encontro à parede, e o senhor será o causador da minha morte.

— Que idade tem? a sua voz parece de um rapaz.

— Não sei que idade tenho, porque não calculei o tempo desde que estou aqui. O que sei é que ia fazer dezenove anos quando fui preso em 28 de fevereiro de 1815.

— Ainda não conta vinte e seis anos — disse a voz —; bem, nessa idade ainda não se é traidor.

— Oh! não! não! juro-lhe — repetiu Dantès —; já disse, e repito, mais depressa me deixaria cortar em pedaços do que o atraiçoaria.

— Fez bem em me falar, fez bem em suplicar — tornou a voz —, porque ia formar outro plano e arredar-me de si; mas a sua idade tranqüiliza-me; espere-me, hei de encontrá-lo.

— E quando?

— Tenho que fazer cálculos de probabilidades; espere que lhe dê o sinal.

— Mas não me há de abandonar, não me há de deixar só?... Virá até mim, ou consentirá que eu vá até você? Fugiremos juntos, e se não pudermos fugir conversaremos. Tem pessoas a quem ame?

— Sou só no mundo.

— Então me amará a mim. Se for ainda moço, serei seu companheiro; se for velho, seu filho. Meu pai há de ter setenta anos, se ainda for vivo. Só a ele amava, e a uma donzela Mercédès. Meu pai não me há de ter esquecido, estou certo; mas... Deus sabe se ela ainda pensa em mim!... Amá-lo-ei como amava meu pai...

— Bem — disse o preso —, até amanhã. Estas palavras foram proferidas com uma inflexão que convenceu Dantès; não quis saber de mais, levantou-se, tomou, para encobrir a abertura que praticara, as mesmas precauções que anteriormente, e encostou a cama à parede.

Entregou-se então todo inteiro à felicidade; deixava de continuar a estar só; talvez mesmo estivesse para ser livre!... Se continuasse preso, pelo menos teria um companheiro; o cativeiro assim é meio cativeiro. Queixas em comum são quase orações, orações em comum são quase ações de graças.

Todo o dia levou Dantès a passear no cárcere, com o coração pulando de alegria. De vez em quando a alegria sufocava-o. Sentava-se então na cama, apertando o peito com as mãos. A menor bulha que ouvia no corredor, corria para a porta. Uma ou duas vezes, o receio de que o separassem desse homem a quem não conhecia, e a quem entretanto já amava como a um amigo, veio espavori-lo. Então estava decidido: no momento em que o carcereiro lhe afastasse a cama e abaixasse a cabeça para examinar a abertura, quebrar-lhe-ia a cabeça com a pedra em cima da qual pousava a bilha.

Condená-lo-iam à morte, não o ignorava; mas não estava ele para morrer de tédio e de desespero, no momento em que o restituirá à vida o milagroso rumor?

À tarde veio o carcereiro; Dantès estava deitado na cama, parecia-lhe que assim melhor escondia a abertura; sem dúvida fitou na importuna visita um olhar de singular expressão, que este lhe disse:

— Vejamos, está outra vez para enlouquecer?

Dantès nada respondeu, porque receava que o atraiçoasse o abalo da sua voz.

O carcereiro retirou-se sacudindo a cabeça.

Chegada a noite, julgou Dantès que o vizinho aproveitaria o silêncio e a escuridão para continuar a conversação, mas enganou-se. A noite passou-se sem que o menor ruído correspondesse à sua febril expectativa. Mas no dia seguinte, depois da visita da manhã, quando ia afastar da parede a cama, ouviu três pancadas com intervalos iguais; e ajoelhou.

— É o senhor? — disse —; aqui estou.

— Já se foi o carcereiro? — perguntou a voz.

— Já — respondeu Dantès —; só volta à noite. Temos doze horas livres.

— Então posso trabalhar? — disse a voz.

— Oh! sim! sim! sem demora, já, no mesmo instante.

De pronto, a porção de terra em que Dantès, meio metido no vão que abrira, encostava as duas mãos, como que cedeu ao peso; deitou-se para trás, enquanto uma massa de terra e de pedras soltas se precipitava num buraco que acabava de se abrir por baixo do vão que ele próprio fizera. Então, no fundo desse buraco escuro e cuja profundidade não podia medir, viu aparecer uma cabeça, uns ombros, e por fim um homem inteiro, que saiu com bastante agilidade dessa escavação.

XVI. Um sábio italiano

Dantès apertou nos braços o novo amigo, tanto tempo e tão impacientemente esperado, e levou-o para perto da fresta, para que a pouca claridade que dela vinha o iluminasse todo.

Era um homem baixo, de cabelos encanecidos, mais pelos desgostos do que pela idade, de olhos penetrantes, ocultos por densas sobrancelhas, que começavam a branquear, de barba ainda negra e descendo até o peito; a magreza do rosto, cavado por profundas rugas, a linha ousada das suas feições características, revelavam um homem mais acostumado a exercer as faculdades morais do que as forças físicas. A fronte do recém-chegado estava inundada de suor.

Com relação ao vestuário, era impossível distinguir-lhe o feitio, porque caía aos pedaços.

Parecia ter sessenta e cinco anos pelo menos, posto que certo vigor nos movimentos anunciasse que tinha talvez menos idade do que a acusada por uma longa prisão.

Acolheu com uma espécie de prazer os protestos cheios de entusiasmo do rapaz. A sua alma enregelada pareceu um momento aquecer-se e derreter-se ao contato dessa alma ardente; agradeceu-lhe a cordialidade com certo calor, embora fosse grande a sua decepção por dar com um novo cárcere, quando julgava encontrar a liberdade.

— Vejamos primeiro — disse ele — se há meio de fazer desaparecer aos olhos do carcereiro os vestígios da minha passagem. Toda a nossa tranqüilidade futura está na completa ignorância do que ocorreu.

Então se inclinou para a abertura, pegou a pedra, levantou-a facilmente, não obstante o peso dela, e fê-la entrar no buraco.

— Esta pedra foi arrancada com pouco cuidado — disse, abanando a cabeça —; então, não tem instrumentos?

— E o senhor tem-nos? — perguntou Dantès com espanto.

— Fiz alguns. Só me falta uma lima; tenho escopro, tenaz, alavanca.

— Oh, tinha muita curiosidade de ver esses produtos da sua paciência e da sua indústria!

— Olhe, aqui está o escopro.

E mostrou-lhe um ferro forte e agudo, metido num cabo de faia.

— Com o que fez isso? — perguntou Dantès.

— Com um dos parafusos do leito. Com este instrumento cavei todo o caminho por onde vim até aqui, coisa de cinqüenta pés!

— Cinqüenta pés! — exclamou Dantès com uma espécie de terror.

— Fale mais baixo, mais baixo; às vezes acontece que estão escutando às portas dos presos.

— Sabem que estou só!

— Porém toda cautela é pouca.

— E diz que cavou cinqüenta pés para aqui vir?

— Sim, tal é a distância que separa os nossos quartos: somente calculei mal a minha curva, por não ter instrumentos de geometria, para formar a escala de proporção; e em vez de quarenta pés de elipse, tem cinqüenta. Julgava, como lhe disse, ir até a muralha exterior, furá-la e atirar-me ao mar. Vim acompanhando o corredor para o qual aponta o seu cárcere em vez de passar por baixo dele. Todo o meu trabalho está perdido, porque o corredor termina num pátio cheio de guardas.

— É verdade — disse Dantès —; mas o corredor toca apenas numa das paredes do meu quarto, e o cárcere tem quatro.

— Sim, por certo, mas aqui está uma que é formada pelo rochedo, e seriam precisos dez anos e dez mineiros com todos os instrumentos para a furarem. Esta outra, está encostada aos alicerces do aposento do governador, e cairíamos nos subterrâneos, que decerto estão fechados à chave, e onde seríamos pilhados. A outra aponta... espere... para onde aponta a outra?...

Nesta parede estava aberta a fresta pela qual entrava a luz no cárcere. A fresta, que se estreitava a ponto de uma criança não poder passar, era, além disso, fortificada por três ordens de grades de ferro, que podiam fazer descansar o carcereiro que mais receasse uma fuga por semelhante abertura.

E o desconhecido, ao fazer a pergunta, puxou a mesa para debaixo da janela.

— Trepe nesta mesa — disse a Dantès.

O rapaz obedeceu, e adivinhando as intenções do seu companheiro, encostou-se à parede e apresentou-lhe as mãos.

Este, que tinha dado o número do quarto, mas de quem Dantès ignorava ainda o verdadeiro nome, trepou mais agilmente do que a sua idade fazia esperar, e com habilidade de gato ou de lagarto, primeiro à mesa, depois às mãos, depois aos ombros de Dantès e curvado, porque a abóbada do cárcere lhe não deixava endireitar-se, meteu a cabeça entre a primeira ordem das grades de ferro, e pôde examinar alguma coisa.

Um instante depois, tirou com presteza a cabeça.

— Oh! oh! — disse — bem o havia suspeitado.

E deixou-se escorregar pelo corpo de Dantès até a mesa, e daí saltou para o chão.

— O que é que havia suspeitado? —perguntou o rapaz, saltando também para o chão.

O velho preso estava meditando.

— Sim — disse —, é isso; a quarta parede deste cárcere aponta para uma galeria exterior, espécie de caminho onde passam as patrulhas, e onde estão as sentinelas.

— Está certo disso?

— Vi a barretina do soldado e a ponta do cano da espingarda, e retirei-me com tanta pressa receando que ele também me visse.

— E agora?

— Assim bem vê que é impossível fugir da fortaleza.

— Então?... — continuou o rapaz no mesmo tom de interrogação.

— Então — disse o outro — seja feita a vontade de Deus!

E profunda resignação se desenhou nas feições do velho.

Dantès olhou para esse homem, que assim, com tanta filosofia, renunciava a uma esperança há tanto tempo alimentada, com um espanto repassado de admiração.

— Agora quer dizer-me quem é? — perguntou Dantès.

— Por que não?! se isso pode interessá-lo; ainda que eu para nada lhe possa prestar.

— Pode ser-me útil, consolando-me e dando-me coragem, porque me parece ser forte entre os fortes.

O padre sorriu-se com tristeza.

— Sou o abade Faria, preso desde 1811, como sabe, na Fortaleza de If; mas o que não sabe é que já tinha estado preso três anos na Fortaleza Fenestrelle. Em 1811 transferiram-me do Piemonte para a França. Então soube que o destino, que nessa época parecia obedecer-lhe submisso, tinha dado a Napoleão um filho, que, ainda no berço, havia sido feito rei de Roma. Longe estava eu então de suspeitar o que o senhor me disse, e que daí a quatro anos o colosso estaria por terra. Quem reina então na França? Será Napoleão II?

— Não, é Luís XVIII.

— Luís XVIII? o irmão de Luís XVI! Os decretos do Céu são singulares e misteriosos! Qual foi pois a intenção da Providência, abatendo o homem que ela própria havia elevado, e elevando aquele a quem abatera?

Dantès acompanhava com os olhos esse homem que, por um instante, se esquecia do seu próprio destino, para assim se preocupar com os destinos do mundo.

— Sim, sim — prosseguiu —, é como na Inglaterra: depois de Charles I, Cromwell; depois de Cromwell, Charles II; e talvez depois de Jacques II, algum genro, algum parente, algum príncipe de Orange, um *stathouder* que se fará rei; e então novas concessões ao povo, então uma constituição, então a liberdade. Há de ver tudo isto, meu rapaz — disse dirigindo-se para Dantès e fitando nele olhos cheios de brilho e cavados como deviam ser os dos profetas. — Está ainda em idade de o ver, e há de vê-lo.

— Sim, se daqui sair.

— Ah, tem razão! — disse o abade Faria. — Estamos presos; há momentos em que disso me esqueço, porque os meus olhos atravessam estas muralhas, e eu persuado-me de que estou livre.

— Mas por que é que está preso?

— Eu? porque em 1807 meditei o projeto que Napoleão quis realizar em 1811; porque, como Maquiavel, no meio de todos esses principelhos que faziam da Itália um ninho de reizinhos tirânicos e fracos, quis um grande e único império compacto e forte; porque julguei achar o meu César Borgia num pateta coroado, que fingiu compreender-me para melhor me atraiçoar. Era o projeto de Emmanuel VI e de Clemente VII; nunca pôde ir avante porque eles o empreenderam inutilmente, e o próprio Napoleão não pôde concluí-lo; decididamente, a Itália está amaldiçoada.

E o velho abaixou a cabeça. Dantès não concebia como um homem podia arriscar a vida por tais interesses; verdade é que, se conhecia Napoleão por o haver visto e lhe ter falado, ignorava completamente quem eram Clemente VII e Emmanuel VI.

— Não é o senhor — disse Dantès, que ia começando a adotar a opinião do carcereiro, e que era geral na fortaleza — o padre a quem julgam... doente?

— A quem julgam louco, não é isso o que quer dizer?

— Não me atrevia a tanto — tornou Dantès, sorrindo-se.

— Sim, sim — disse o padre com um sorriso amarelo —; sim, sou eu esse a quem julgam louco, com quem se divertem as pessoas que vêm a esta prisão, e que divertiria as crianças, se crianças houvesse nesta morada da dor, sem esperança.

Dantès ficou por um momento imóvel e mudo.

— Assim, renuncia a fugir? — disse.

— Vejo que não é possível, seria rebelar-me contra Deus, tentar o que Deus não quer que se consiga.

— Por que desanimar? Também seria exigir muito da Providência querer logo da primeira vez ser bem-sucedido. Não pode recomeçar noutra direção o que fez deste lado?

— Mas sabe o que fiz, para falar assim em recomeçar? Sabe que me foram precisos quatro anos para fabricar os instrumentos que possuo? Sabe que levei dois anos a raspar e cavar uma terra dura como granito? Sabe que tive de arrancar pedras, que nunca podia supor que conseguiria levantar, que dias inteiros empreguei nesse titânico trabalho, e que às vezes à noite me dava por feliz quando tinha aluído uma polegada quadrada deste velho cimento tão duro como a própria pedra? Sabe que, para fazer desaparecer toda essa terra, todas essas pedras que assim desmoronava, me foi preciso abrir a abóbada de uma escada, em cujo vão todo esse entulho foi metido, e que hoje está cheio a ponto de não saber aonde poderia esconder um punhado de terra? Sabe, enfim, que julgava tocar a meta de todos os meus trabalhos, que mal me sentia com a força precisa para desempenhar esta tarefa, quando Deus não só completamente os inutiliza, mas até lhes muda a direção não sei para onde? Ah! digo-lhe e repito, que nada farei de agora em diante para reconquistar a minha liberdade, já que a vontade de Deus é que eu a perca para sempre.

Edmond abaixou a cabeça para não confessar àquele homem que a alegria de ter um companheiro o impedia de condoer-se, tanto quanto deveria, das mágoas que o preso sentia por não ter podido fugir.

O abade Faria reclinou-se na cama de Edmond, enquanto este ficou em pé.

O rapaz nunca tinha pensado em fugir. Há coisas que parecem tão impossíveis que nem passa pelo pensamento tentá-las, e que por instinto se evitam. Cavar cinqüenta pés por baixo da terra; consagrar a essa operação um trabalho de três anos, para chegar, sendo bem sucedido, a um precipício a pique sobre o mar; precipitar-se de cinqüenta, de sessenta, de cem pés de altura, talvez para ir esmagar a cabeça num rochedo, se a bala de alguma sentinela o não matar antes; ser obrigado, ainda quando escapasse a todos esses perigos, a nadar uma légua, era demais para não haver resignação, e vimos que Dantès esteve quase a levar essa resignação até a morte.

Mas agora que o moço tinha visto um velho agarrar-se à vida com tanta energia e dar-lhe o exemplo das resoluções desesperadas, pôs-se a refletir e a medir a sua coragem. Um outro havia tentado o que ele nem tivera a idéia de fazer; outro menos moço, menos forte, menos destro do que ele, tinha, a poder de habilidade e de paciência, arranjado todos os instrumentos precisos para essa incrível operação, que só havia falhado por causa de uma medida mal tomada; outro havia feito tudo isso, portanto nada lhe seria impossível. Faria tinha cavado cinqüenta pés, cavaria cem; Faria, aos cinqüenta anos, tinha consumido na sua obra três anos, ele tinha metade da idade de

Faria, podia empregar dobrado tempo; Faria, padre, sábio, homem de igreja, não tinha receado arriscar-se a nadar da Fortaleza de If para a ilha de Daume, de Ratonneau ou de Lemaire; ele, Edmond, marinheiro, hábil mergulhador, que tantas vezes tinha ido buscar ao fundo do mar um ramo de coral, hesitaria em transpor a nado uma légua? Para nadar uma légua, que tempo era preciso? uma hora. E quantas vezes não tinha estado horas esquecidas nadando sem nunca tomar pé na praia? Não, Dantès só carecia de um exemplo que o animasse; o que outro tinha feito ou poderia fazer, Dantès fá-lo-ia por certo.

O rapaz refletiu por um momento.

— Achei o que o senhor procurava — disse ao velho.

Faria estremeceu.

— O senhor? — disse, levantando a cabeça com ar de satisfação que indicava que, se Dantès falava a verdade, o desalento do seu companheiro pouco duraria —; ora, vejamos o que é que achou.

— O corredor, que abriu para aqui vir, alonga-se na mesma direção que a galeria exterior, não é assim?

— É verdade.

— Deve estar afastado, quando muito, uns quinze pés?

— Se tanto.

— Pois então, no meio do corredor cavaremos um caminho, formando como o braço de uma cruz. Desta vez calcule melhor as medidas. Abrimos uma saída para a galeria exterior. Matamos a sentinela e fugimos. Resta, para que este plano seja bem-sucedido, que tenhamos coragem, que a não abandona ao senhor; a vigor, que a mim não me falta. Não falo de paciência, porque deu provas dela; eu também as darei.

— Ouça — atalhou o padre —; não sabe, meu querido companheiro, de que natureza é a minha coragem, que emprego conto fazer da minha força. Quanto à paciência, creio que fui bastante paciente, recomeçando todas as manhãs a tarefa da noite, e todas as noites o trabalho do dia. Mas ouça, meu rapaz; parecia-me então que servia a Deus, libertando uma das suas criaturas, que, sendo inocente, não podia ter sido condenada.

— Pois as coisas não estão ainda no mesmo pé? — perguntou Dantès —; ou reconheceu-se criminoso depois que me encontrou?

— Não, mas não quero tornar-me tal. Até aqui julgava não ter de haver-me senão com as coisas, e agora me propõe o senhor haver-me com os homens. Pude furar um muro e destruir uma escada, mas não furarei um peito nem destruirei uma existência.

Dantès fez um leve movimento de surpresa.

— Pois, podendo fugir, detê-lo-ia, porventura, semelhante escrúpulo?

— E o senhor? — disse-lhe Faria — por que não matou uma noite o seu carcereiro com o pé desta mesa, não vestiu a roupa dele, e não tentou fugir?

— Foi porque não tive essa idéia.

— É que tinha tão instintivo horror por esse crime, que nem ao menos ele lhe ocorreu — tornou o velho —; pois no que é simples e lícito, a natureza nos avisa que não nos desviemos da linha dos nossos direitos. O tigre que derrama sangue por instinto, é porque o destino assim o determinou; só carece de uma coisa, é que o olfato lhe diga que tem uma presa ao seu alcance. Dá um pulo, salta imediatamente sobre a presa e despedaça-a. É esse o seu instinto, e obedece-lhe. Mas ao homem, pelo contrário, repugna-lhe o sangue; não são as leis sociais que prescrevem o homicídio, são as leis naturais.

Dantès ficou confundido: era realmente a explicação do que, sem que ele o percebesse, se havia passado no seu espírito, ou melhor, na sua alma, porque há pensamentos que vêm da cabeça e outros do coração.

— E demais — prosseguiu Faria —, nos doze anos que tenho estado preso, recordei-me de todas as fugas célebres, e reconheci que raras vezes haviam sido bem-sucedidas. As fugas felizes, as que foram coroadas por admiráveis resultados, são as meditadas com cuidado, e com vagar preparadas: assim fugiu o duque de Beaufort do castelo de Vincenas; o padre Dubuquoi do Fort-L'Evêque, e Latude da Bastilha. Ainda temos as que o acaso pode ministrar, e são estas as melhores; esperemos, pois, uma ocasião, e se ela se oferecer, aproveitemo-la.

— O senhor pôde esperar — disse Dantès suspirando — porque tinha para se ocupar o seu profundo trabalho, e para se distrair as suas consoladoras esperanças.

— Mas — disse o padre — não empregava o tempo só nisso.

— O que fazia mais?

— Escrevia ou estudava.

— Pois lhe dão papel, pena e tinta?

— Não; faço-os eu.

— Faz papel, penas e tinta?! — exclamou Dantès.

— Faço, sim.

Dantès olhou muito admirado para aquele homem singular, acreditando, porém, com dificuldade, no que ele dizia. Faria percebeu essas dúvidas.

— Quando voltar outra vez ao meu cárcere, mostrar-lhe-ei um

livro inteiro, fruto do pensamento, das investigações e da reflexão de toda a minha vida; fi-lo à sombra do Coliseu em Roma, ao pé da coluna de Saint-Marc em Veneza, nas margens do Amo em Florença, e nem suspeitava então que um dia teria de acabá-lo entre as quatro paredes de um cárcere, na Fortaleza de If. É um *Tratado sobre a possibilidade de uma monarquia geral na Itália*, há de dar um volumoso livro in-quarto.

— Escreveu-o?

— Escrevi-o, sim, em duas camisas. Inventei uma preparação que toma o pano liso e impermeável como o pergaminho.

— Então é químico?

— Um pouco: conheci Lavoisier e tenho relações de amizade com Cabanis.

— Mas para semelhante obra carecia de fazer averiguações históricas. Tinha livros?

— Em Roma tinha perto de cinco mil na minha livraria. Tanto os li que descobri que com cento e cinqüenta obras escolhidas se tem, senão o resumo completo dos conhecimentos humanos, pelo menos tudo quanto é útil saber. Consagrei três anos da minha existência a ler e a reler esses cento e cinqüenta volumes, de modo que, quando fui preso, quase que os sabia de cor. Na prisão, com um leve esforço de memória, recordei-me de tudo quanto continham. Deste modo posso recitar-lhe Tucidides, Xenofonte, Plutarco, Tito Livio, Tácito, Strada, Jornandés, Dante, Montaigne, Shakespeare, Camões, Espinosa, Maquiavel e Bossuet. Cito-lhe somente os mais importantes.

— Sabe muitas línguas? — Falo cinco línguas vivas: alemão, francês, italiano, inglês e espanhol; com o auxílio do grego antigo, entendo o grego moderno; é verdade que não o falo bem, mas estou atualmente estudando-o.

— Está a estudá-lo?... — exclamou Dantès.

— Sim, fiz um vocabulário das palavras que sei; arranjei-as, combinei-as, volvi-as e revolvi-as de modo que possam bastar-me para exprimirem todos os meus pensamentos. Sei perto de mil palavras; é quanto em rigor é preciso, embora os dicionários tragam cem mil. Por certo não hei de ser eloqüente, mas far-me-ei entender perfeitamente, e é quanto basta.

Cada vez mais maravilhado, Edmond começava a achar quase sobrenaturais as faculdades daquele homem singular. Quis ver se o achava em falta em algum ponto, e continuou:

— Mas se não lhe deram penas, como pôde escrever tão volumoso tratado?

— Fi-las excelentes com as cartilagens das cabeças dessas enormes pescadas que nos dão aqui nos dias de peixe, e que seriam preferidas às penas comuns, se fossem conhecidas. Vejo chegar às quartas-feiras, às sextas e aos sábados com o maior prazer, pois me dão a esperança de aumentar a minha provisão de penas; e confesso-lhe que os meus trabalhos históricos são a minha mais agradável ocupação. Quando penso no passado, esqueço-me do presente, e, livre e independente na história, esqueço-me até de que estou preso.

— Mas a tinta? — disse Dantès —; de que fez a tinta?

— Havia antigamente uma chaminé no meu cárcere; taparam-na sem dúvida pouco tempo antes da minha chegada, mas como se fizera lume nela por longos anos estava toda coberta de fuligem pela parte de dentro. Dissolvo essa fuligem na ração de vinho que me dão aos domingos, e assim tenho excelente tinta. Para as notas particulares, quando carecem de atrair a vista, pico os dedos e escrevo com sangue.

— E quando poderei ver tudo isso? — disse Dantès.

— Quando quiser — respondeu Faria. — Então já — exclamou o rapaz.

— Pois siga-me — disse o padre.

E entrou no corredor subterrâneo, onde desapareceu. Dantès seguiu-o.

VII. O cárcere do abade

Depois de haver passado, curvando-se, mas com bastante facilidade, pelo subterrâneo, Dantès chegou à extremidade oposta do corredor que ia ter ao quarto do abade. Aí a escavação estreitava-se, e mal dava passagem a um homem agachando-se e arrastando-se. O cárcere do abade era ladrilhado: levantando um desses ladrilhos do canto mais escuro, foi que começara a trabalhosa empresa, cujo fim Dantès tinha visto.

Mal entrou, e em pé o rapaz examinou esse cárcere misterioso com a maior atenção. Ao primeiro aspecto, nada lhe achou de particular.

— Bom — disse o abade —, é um quarto depois do meio-dia, temos ainda algumas horas de que dispor.

Dantès procurou com os olhos o relógio em que o abade vira com tanta exatidão que horas eram.

— Olhe para esse raio de sol, que entra por aquela fresta, e veja aquelas linhas que eu tracei na parede — disse o abade. — Graças a essas linhas que estão combinadas com o duplo movimento da Terra e a elipse que ela descreve em redor do Sol, sei as horas com mais exatidão ainda do que se tivesse um relógio, porque um relógio desarranja-se e o Sol e a Terra nunca se desarranjam.

Dantès nada compreendera dessa explicação; sempre havia acreditado, ao ver o Sol erguer-se por detrás das montanhas e sumir-se no Mediterrâneo, que era ele que girava e não a Terra. Esse duplo movimento do globo, do qual nem dava fé, parecia-lhe quase impossível. Em cada palavra do seu interlocutor via mistérios de ciência como as minas de ouro e de diamantes que numa das viagens que fizera em pequeno tinha visto em Guzarate e em Golconda.

— Vejamos — disse ao padre —, estou ansioso por examinar os seus tesouros.

O abade dirigiu-se para a chaminé, levantou, com o escopro que conservava na mão, a pedra que formara outrora o lar, e que ocultava uma cavidade bastante profunda: era nesse esconderijo que estavam guardados todos os objetos de que falara a Dantès.

— O que quer ver primeiro? — perguntou-lhe.

— Mostre-me a sua grande obra acerca da Itália.

Faria tirou do precioso armário três ou quatro rolos de pano dispostos como folhas de papiro; eram retalhos de pano de linho de perto de quatro polegadas de largura, e dezoito de comprimento. Os retalhos, numerados, estavam cobertos de palavras, que Dantès pôde ler, porque estavam escritas na língua materna do abade, isto é, em italiano, idioma que, como provençal, Dantès entendia perfeitamente.

— Veja — disse-lhe —, está tudo aqui: haverá oito dias que escrevi a palavra fim na extremidade do centésimo sexagésimo oitavo retalho. Duas de minhas camisas e quantos lenços que tinha foram aqui empregados; se algum dia for solto, e houver na Itália um editor que se atreva a publicar esta obra, faço a minha reputação.

— Sim — respondeu Dantès —, bem vejo. E agora lhe peço que me mostre as penas com que escreveu esta obra.

— Aqui estão — disse Faria.

E mostrou ao rapaz uma varinha de seis polegadas, da grossura do cabo de um pincel, tendo na extremidade e em volta atada por um fio uma dessas cartilagens, em que falara a Dantès, ainda suja de tinta; era talhada em bico e fendida como as penas comuns.

Dantès examinou-a, procurando com os olhos o instrumento com que tinha sido possível apará-la tão bem.

— Procura o canivete, não é assim? — disse Faria —; é a minha obra-prima;. fi-lo, assim como esta faca, de um velho castiçal de ferro.

O canivete cortava como uma navalha de barba. A faca tinha a vantagem de poder também servir de punhal.

Dantès examinou esses diversos objetos com a mesma atenção com que nas lojas de curiosidades de Marselha tinha às vezes examinado os instrumentos executados por selvagens e trazidos dos mares do Sul.

— Com a tinta — disse Faria —, sabe como procedo? Faço-a à proporção que preciso dela.

— Agora só de uma coisa me espanto — disse Dantès —, é de que lhe chegassem os dias para todo esse trabalho.

— Também tinha as noites — tornou Faria.

— As noites! Pois é como os gatos, vê às escuras?

— Não; mas Deus deu ao homem a inteligência para auxílio da pobreza dos seus sentidos: arranjei luz.

— De que modo?

— Da carne, que me trazem, separo a gordura, derreto-a, e faço uma espécie de óleo compacto: olhe.

E o abade mostrou a Dantès uma espécie de lampião como os que servem nas iluminações públicas.

— E o fogo?

— Aqui estão duas pedras e pano queimado.

— E as mechas?

— Fingi que tinha uma doença de pele, pedi um pouco de enxofre, e deram-me.

Dantès largou em cima da mesa os objetos que tinha na mão, e abaixou a cabeça como esmagado pela perseverança e ao mesmo tempo pela força daquela inteligência.

— Ainda não é tudo: manda a cautela que não ponhamos todas as nossas riquezas num único esconderijo. Fechemos este.

Puseram a pedra no seu lugar; o abade espalhou algum pó por cima, passou o pé por ela para fazer desaparecer toda a aparência de solução de continuidade, dirigiu-se para o leito e afastou-o.

Detrás da cabeceira, oculto por uma pedra que o tapava quase hermeticamente, havia um buraco, e nele uma escada de corda de vinte e cinco a trinta pés de comprimento.

Dantès examinou-a: era de uma solidez a toda a prova.

— Quem lhe deu a corda precisa para essa obra portentosa? — perguntou Dantès.

— Algumas camisas que tinha e os lençóis da minha cama, de que tirei as bainhas nos três anos de cativeiro que passei em Fenestrelle. Quando me transferiram para a Fortaleza de If, consegui trazer comigo estas tiras; aqui continuei o meu trabalho.

— Mas não reparavam que os seus lençóis não tinham bainhas?

— Tornava a embainhá-los.

— Com quê?

— Com esta agulha.

E o abade, abrindo um dos seus andrajos, mostrou a Dantès uma espinha comprida, aguda e afilada, que tinha consigo.

— Sim — prosseguiu Faria —, a princípio lembrara-me de arrancar estas grades e de fugir pela janela, que é um pouco mais larga do que a do seu quarto, como vê, e que podia alargar mais quando fugisse; mas depois reparei que esta janela dava para um pátio interior, e renunciei a este projeto por muito arriscado. Conservei, porém, a escada para alguma circunstância imprevista, para alguma dessas evasões de que lhe falava, e que o acaso proporciona.

Dantès, sem desviar os olhos da escada, pensava desta vez noutra coisa, uma idéia lhe havia atravessado o espírito. Aquele homem tão inteligente, tão engenhoso, tão profundo, talvez visse claramente na obscuridade da sua própria desgraça, em que ele não tinha podido distinguir coisa alguma.

— Em que pensa? — perguntou-lhe o abade sorrindo-se, e tomando a absorção de Dantès por uma admiração levada ao mais alto grau.

— Penso, em primeiro lugar, na prodigiosa soma de inteligência que lhe foi preciso gastar, para chegar ao fim que alcançou; em segundo, o que não teria conseguido se estivesse livre!

— Nada, talvez: esta exuberância de vida do meu cérebro ter-se-ia evaporado em futilidades. É precisa a desgraça para explorar certas minas misteriosas, ocultas na inteligência humana; é precisa a pressão para que a pólvora faça explosão. O cativeiro reuniu num só ponto todas as minhas faculdades disseminadas; encontraram-se em estreito espaço, e sabe que, do encontro das nuvens resulta a eletricidade, da eletricidade o relâmpago, e do relâmpago a luz.

— Não, nada sei — disse Dantès abatido pela sua ignorância —; parte das palavras que pronuncia para mim carecem de sentido; é bem feliz por saber tanto!

O padre sorriu-se.

— Não me disse há bocado que pensava em duas coisas?

— Disse.

— Não me fez saber senão a primeira; qual é a segunda?

— É que me contou a sua vida, e eu não lhe contei a minha.

— A sua vida, meu rapaz, é tão curta que não pode conter acontecimentos de importância.

— Contém uma imensa desgraça — disse Dantès —, uma

desgraça que não merecia, e quisera, para não blasfemar contra Deus, como às vezes faço, poder atribuí-la aos homens.

— Então sustenta que está inocente do fato que lhe imputam?

— De todo inocente, juro-o sobre as cabeças das duas únicas pessoas que amo, sobre a cabeça de meu pai e a de Mercédès.

— Vejamos — disse o abade, fechando o esconderijo e empurrando a cama para o seu lugar —, conte-me a sua história.

Dantès contou então o que chamava a sua história, e que se limitava a uma viagem à Índia, e a duas ou três ao Levante; chegou, enfim, à sua derradeira viagem, à morte do capitão Leclère, aos papéis destinados para o marechal, à sua entrevista com esse homem, à carta por ele dada e dirigida ao Sr. Noirtier; finalmente, à sua chegada a Marselha, à imediata visita que fez a seu pai, aos seus amores com Mercédès, ao banquete de núpcias, à prisão, ao interrogatório, à sua detenção provisória no Palácio da Justiça, e a sua vinda definitiva para a Fortaleza de If. Depois Dantès nada mais sabia, nem sequer há quanto tempo estava preso. Depois de Dantès acabar esta narração, o abade refletiu profundamente.

— Há — disse, passado um instante — um axioma de direito muito profundo, e que tem relação com o que há pouco lhe dizia, é que o mau pensamento não nasce senão numa má organização, e que a natureza humana tem repugnância para o crime. Entretanto, a civilização deu-nos necessidades, vícios, apetites factícios, que às vezes nos fazem sufocar os bons instintos, e nos conduzem ao mal. Daí a máxima: se queres descobrir o culpado, vê a quem pode o crime ser útil. A quem podia, pois, ser útil o seu desaparecimento?

— A ninguém, meu Deus! eu era tão pouca coisa!

— Não responda assim, pois a resposta é falta de lógica e de filosofia: tudo é relativo, meu caro amigo, desde o rei que incomoda o seu futuro sucessor até o empregado que incomoda o supranumerário. Se o rei morre, o sucessor herda uma coroa; se o empregado morre, o supranumerário herda mil e duzentas libras de rendimento. Essas mil e duzentas libras são a sua lista civil, são-lhe tão preciosas como os doze milhões de um rei. Cada indivíduo, desde o mais baixo até o mais alto degrau da escada social, reúne em redor de si um mundozinho de interesses que têm os seus redemoinhos e os seus átomos curvos como os mundos de Descartes. A diferença é que estes mundos vão-se tornando maiores ao passo que sobem. É uma espiral voltada que se firma no ápice por um assombro de equilíbrio. Voltemos, pois, ao seu mundo. Ia ser nomeado capitão do *Faraó*?

— Ia.

— Ia casar com uma moça bonita?

— Ia.

— Tinha alguém interesse em que o senhor não fosse capitão do *Faraó*? tinha alguém interesse em que não casasse com Mercédès? Responda inicialmente à primeira pergunta: a ordem é a chave de todos os problemas. Tinha alguém interesse em que não fosse capitão do *Faraó*?

— Não; eu era muito estimado a bordo. Se os marinheiros pudessem eleger um chefe, por certo me escolheriam. Só um homem tinha algum motivo para me querer mal; em tempos tivera uma rixa com ele, e propusera-lhe um duelo, que foi rejeitado.

— Ora aí está!... E esse homem como se chamava?

— Danglars.

— O que era a bordo?

— Comissário.

— Se o senhor fosse capitão, conservá-lo-ia no seu cargo?

— Não, se isso dependesse de mim, porque me parece que havia alguma infidelidade nas suas contas.

— Bem. Diga-me agora: assistiu alguém à sua última confidência com o capitão Leclère?

— Não, estávamos sós.

— Podia alguém ouvir a conversa?

— Podia, porque a porta estava aberta, e até... espere... sim, sim, Danglars passou justamente quando o capitão Leclère me entregava a carta para o marechal.

— Muito bem — disse o abade — estamos no caminho... E levou consigo alguém na ocasião do desembarque na ilha de Elba?

— Ninguém.

— Entregaram-lhe uma carta?

— Entregou-me o marechal.

— E o que fez dela?

— Guardei-a na minha carteira.

— Trazia então consigo essa carteira? Como pode uma carteira, que para conter papéis dessa importância deve ser grande, caber na algibeira de um homem do mar?

— Tem razão; a minha carteira estava a bordo.

— Foi então só a bordo que guardou a carta na carteira?

— Foi.

— E de Porto-Ferrajo para bordo onde a levou?

— Na mão.

— Quando tornou a embarcar no *Faraó*, alguém viu que levava essa carta?

— Decerto.

— E Danglars também?

— Danglars também.

— Agora ouça bem, reúna as suas recordações: lembra-se do teor da denúncia?

— Se lembro! li-a três vezes, e ficaram-me de memória todas as palavras.

— Repita-me.

— Ei-la textualmente — disse Dantès depois de breve reflexão: "O senhor procurador régio é avisado por um amigo da religião e do trono, que Edmond Dantès, imediato do navio *Faraó*, chegado esta manhã de Esmirna, depois de ter tocado em Nápoles e em Porto-Ferrajo, foi encarregado por Murat de uma carta para o usurpador e por este encarregado de outra para o centro bonapartista de Paris. Ter-se-á, prendendo-o, a prova do crime, porque encontrarão a carta; se não a tiver consigo, há de estar na casa do pai, ou em sua cabine a bordo do *Faraó*."

O abade encolheu os ombros.

— Está claro como a luz do dia — disse — e é preciso ser muito ingênuo, muito bom para o não adivinhar logo.

— Pois julga? — exclamou Dantès —; oh! isso era infame.

— Qual era a letra ordinária de Danglars?

— Um cursivo bonito.

— E a da carta anônima?

— Uma letra em pé.

O abade sorriu-se.

— Letra disfarçada, não?

— Tão firme que não o parecia.

— Espere.

E o abade pegou no que chamava a sua pena, molhou-a na tinta e escreveu com a mão esquerda num retalho preparado as duas ou três primeiras linhas da denúncia.

Dantès recuou e olhou quase com terror para ele.

— Oh! é de pasmar — exclamou — como se parece essa letra com a da denúncia.

— É que a denúncia foi escrita com a mão esquerda. Tenho reparado numa coisa.

— O que é?

— É que todas as escritas da mão direita diferem, mas as da esquerda quase todas se assemelham.

— Então viu tudo, tudo observou?...

— Prossigamos.

— Oh! sim! sim!
— Passemos à segunda questão.
— Estou a ouvir.
— Tinha alguém interesse em que não casasse com Mercédès?
— Tinha, sim, um rapaz que a amava.
— Como se chamava?
— Fernand.
— É nome espanhol?
— Era catalão.
— Julga-o capaz de escrever essa carta?
— Não; esse me teria dado uma facada e nada mais...
— Está na índole espanhola; um assassínio, sim; uma covardia, não...
— E demais, ele ignorava todas as particularidades referidas na denúncia.
— Não as confiara a ninguém?
— A ninguém...
— Nem à sua amante?
— Nem à minha noiva.
— Então foi Danglars.
— Oh! agora tenho certeza disso.
— Espere: Danglars conhecia Fernand?
— Não... sim... Recordo-me...
— De quê?
— Na antevéspera do meu casamento vi-os debaixo do caramanchão do Pamphile, sentados à mesa. Danglars estava alegre e zombeteiro; Fernand, pálido e perturbado.
— Estavam sós?
— Não, com eles estava outro companheiro muito meu conhecido, e que, sem dúvida, os fizera travar conhecimento: um alfaiate, chamado Caderousse; esse, porém, estava já embriagado... espere!... Meu Deus, e não me tinha lembrado disto! Na mesa a que estavam havia um tinteiro, papel e penas (Dantès levou a mão à testa). Oh! que infames! que infames!
— Quer saber mais alguma coisa? — disse o abade rindo.
— Sim, sim, já que o senhor tudo aprofunda, já que vê todas as coisas como são, quero saber por que só fui interrogado uma vez, por que não me deram juizes, por que me condenaram sem sentença.
— Ah! isso — disse o abade — é mais sério: a justiça tem caminhos escuros e misteriosos, que é difícil penetrar. O que fizemos até aqui para os seus dois inimigos foi um brinquedo de crianças. Agora vão ser-me precisas indicações mais positivas.

— Vamos, interrogue-me, que realmente parece saber mais da minha vida do que eu próprio.

— Quem o interrogou?... Foi o procurador régio, o delegado ou o juiz de instrução?

— Foi o delegado.

— Moço ou velho?

— Moço: de vinte e sete a vinte e oito anos.

— Bem, ainda não corrupto, mas já ambicioso... — disse o abade.

— E como o tratou?

— Mais com brandura, do que com severidade.

— Contou-lhe tudo?

— Tudo.

— E os seus modos não mudaram no decorrer do interrogatório?

— Um momento se alteraram quando leu a carta que me comprometia; mostrou-se muito pesaroso pela minha desgraça.

— Da sua desgraça?

— Sim.

— E acreditou que era a sua desgraça que o afligia?

— Pelo menos me deu uma grande prova da sua simpatia.

— Qual?

— Queimou o único documento que podia comprometer-me.

— Que documento, a denúncia?

— Não, a carta.

— Tem a certeza disso?

— Foi na minha presença.

— Isso é outro caso: esse homem talvez seja mais perverso do que o senhor julga.

— Palavra que me faz estremecer! pois o mundo estará povoado de tigres e de crocodilos?

— Sim: a diferença é que os tigres e os crocodilos de dois pés são mais perigosos do que os outros.

— Continuemos, continuemos.

— De muito boa vontade. Diz que queimou a carta?

— Sim, dizendo-me: Vê, só existe esta prova contra o senhor, e eu faço-a desaparecer.

— Esse proceder é tão sublime que não é natural.

— É esse o seu modo de pensar?

— Tenho certeza disso... A quem era dirigida a carta?

— Ao Sr. Noirtier, Rua do Coq-Héron, n.º 13, Paris.

— Pode presumir que o delegado tivesse algum interesse no desaparecimento dessa carta?

— Pode ser, porque exigiu que lhe prometesse duas ou três vezes, em meu interesse, segundo dizia, não falar a ninguém nessa carta, e fez-me jurar que nunca proferiria o nome da pessoa a quem era dirigida.

— Noirtier? — disse o abade. — Noirtier? conheci um Noirtier na corte da antiga rainha de Etrúria, um Noirtier que tinha sido girondino no tempo da revolução... Como se chamava o delegado?

— De Villefort.

O abade desatou a rir.

Dantès olhou para ele, estupefato.

— O que é? — disse.

— Vê esse raio de sol? — perguntou o abade.

— Vejo.

— Pois agora é tudo tão claro para mim como é transparente e luminoso esse raio de sol... Pobre criança! pobre rapaz!... E esse magistrado mostrou-se-lhe cheio de bondade?

— Não há dúvida.

— Esse digno delegado queimou, destruiu a carta?

— É verdade.

— Esse honrado fornecedor do carrasco o fez jurar que nunca pronunciaria o nome de Noirtier?

— Fez.

— Esse Noirtier, pobre cego que o senhor é, sabe quem é esse Noirtier? Noirtier é o pai dele!

O raio, que caísse aos pés de Dantès, cavando-lhe um abismo em cuja profundidade se lhe abrisse o Inferno, teria produzido um efeito menos rápido, menos elétrico, menos esmagador do que essas inesperadas palavras. Levantou-se apertando nas mãos a cabeça como para impedir que lhe estalasse.

— Seu pai! seu pai! — exclamou.

— Sim, seu pai... que se chama Noirtier de Villefort — tornou o abade.

Então fulgurante luz atravessou o cérebro do preso; tudo quanto até então era para ele obscuro, ficou completamente esclarecido. As tergiversações de Villefort enquanto durou o interrogatório, a carta queimada. O juramento exigido, a voz quase suplicante do magistrado, que em vez de ameaçar como que implorava, tudo lhe veio à memória. Soltou um grito e cambaleou por um momento, como se estivesse embriagado. Depois, precipitando-se pela abertura por onde se safa do cárcere do abade para o seu, exclamou:

— Ah, preciso estar só para poder pensar em tudo isso!

E ao chegar à sua cela, caiu em cima da cama, onde, à noite, o carcereiro o achou sentado, com os olhos fixos, as feições contraídas, porém mudo e imóvel como uma estátua.

Durante essas horas de meditação, que haviam decorrido como segundos, tinha tomado uma resolução terrível e feito um tremendo juramento.

Uma voz arrancou Dantès desta meditação; era a do abade Faria que, depois de haver também recebido a visita do carcereiro, vinha convidar Dantès a cear com ele. A sua qualidade de louco reconhecido, e mais que tudo de louco divertido, dava ao velho preso alguns privilégios, como o de ter pão um pouco mais alvo, e um frasco de vinho aos domingos. Ora, era justamente um domingo, e o abade vinha convidar o seu jovem companheiro para partilhar do seu pão e do vinho.

Dantès seguiu-o; todas as linhas do rosto, já restabelecidas, tinham tomado o seu costumado lugar: mas com uma firmeza e uma rigidez que manifestavam uma decidida resolução. O abade fitou-o demoradamente.

— Sinto havê-lo ajudado nas suas indagações, e ter-lhe dito o que lhe disse.

— Por quê? — perguntou Dantès.

— Porque lhe infiltrei no coração um sentimento que lá não estava: a vingança.

Dantès sorriu-se.

— Falemos em outra — disse.

O abade olhou para ele outra vez, e abanou a cabeça; depois, como Dantès lhe pedira, começou a falar em outra coisa. O velho era desses homens, cuja conversação, como a dos que têm sofrido muito, contém inúmeras lições, e sustenta por muito tempo o interesse que excita; não era, porém, egoísta, e o mísero nunca falava de suas desgraças.

Dantès escutava com admiração cada uma das suas palavras; umas correspondiam a idéias que ele já tinha e a conhecimentos que se ligavam à sua profissão de homem do mar; outras se referiam a coisas desconhecidas, e, como as auroras boreais, que esclarecem os navegantes nas latitudes do norte, mostravam ao rapaz paisagens e horizontes novos iluminados por fantásticos reflexos. Dantès compreendeu que ventura seria para uma organização inteligente acompanhar esse espírito sublime pelas eminências morais, filosóficas ou sociais, pelas quais costumava divagar.

— Podia ensinar-me alguma coisa do que sabe — disse Dantès —, ainda que não fosse senão para não se aborrecer comigo. Parece-me agora que o senhor há de preferir a solidão à companhia de um homem sem educação e rude como eu. Se anuir ao que lhe peço, comprometo-me a não lhe falar mais de fugir.

O abade sorriu-se.

— Ah, meu filho! — disse — a ciência humana é limitadíssima, e quando eu lhe houver ensinado as Matemáticas, a Física, a História e as três ou quatro línguas vivas que falo, saberá o que eu sei. Ora, toda essa ciência levar-me-á apenas dois anos a derramá-la no seu espírito.

— Dois anos! — disse Dantès —; julga que em dois anos poderei aprender tanta coisa?

— Na sua aplicação, não; mas nos princípios, sim. Aprender não é saber: há homens que sabem, e sábios: a memória faz uns, a filosofia faz os outros.

— Mas não se pode aprender a filosofia?

— A filosofia não se aprende; a filosofia é a reunião das ciências adquiridas ao gênio que as aplica; a filosofia é a nuvem brilhante em que Jesus Cristo pôs o pé para subir para o Céu.

— Vejamos — disse Dantès —, o que vai ensinar-me primeiro? tenho pressa de começar, tenho sede de ciência.

— Tudo! — disse o abade.

E, com efeito, nessa mesma noite os dois presos assentaram num plano de estudos, que principiou a ser executado no dia seguinte. Dantès tinha prodigiosa memória, extrema facilidade de concepção; a disposição matemática do seu espírito tornara-o apto a compreender tudo pelo cálculo, e a sua poesia de homem do mar corrigia o que podia ter de demasiado material a demonstração reduzida à aridez das cifras e à retidão das linhas. Sabia já italiano e um pouco de romaico, que aprendera nas suas viagens ao Oriente. Com essas duas línguas compreendeu em breve o mecanismo de todas as outras, e no fim de seis meses começava a falar espanhol, inglês e alemão.

Como tinha dito ao abade Faria, ou porque a distração do estudo lhe substituísse o gozo da liberdade, ou porque, como já vimos, cumpria rigorosamente a sua palavra, já não falava em fugir, e os dias corriam para ele rápidos e instrutivos. Ao cabo de um ano era já outro homem.

E no que respeitava ao abade Faria, Dantès via que apesar da distração que com a sua presença trouxera à sua prisão, cada dia mais se entristecia. Parecia que um pensamento contínuo e eterno lhe cercava o espírito; caía, por vezes, em profunda meditação, suspirava involuntariamente, levantava-se de repente, enervado, cruzava os braços e passeava carrancudo pelo cárcere.

Um dia parou de repente no meio de um desses círculos, cem vezes repetidos, que descrevia em torno da prisão, e exclamou:

— Ah, se não houvesse sentinela!

— Deixará de haver sentinela quando quiser — disse Dantès, que lhe havia seguido o pensamento através da caixa óssea do seu cérebro, como através de um cristal.

— Já lhe disse — respondeu o abade — que tenho repugnância pelo homicídio.

— Mas olhe que se fosse perpetrado, sê-lo-ia pelo instinto de conservação, por um sentimento de defesa pessoal...

— É o mesmo... não quero.

— E entretanto pensa nisso?

— Continuamente... continuamente... — murmurou o abade.

— E tinha descoberto um meio, não é assim? — disse com vivacidade Dantès.

— Sim, se pusessem na galeria uma sentinela cega e surda.

— Há de ser cega, há de ser surda — tornou o rapaz com uns modos de resolução que assustaram o padre.

— Não, não! — exclamou —; não pode ser.

Dantès quis ver se continuava a conversação sobre este assunto; porém o padre abanou a cabeça, e não respondeu. Passaram três meses.

— Tem força? — perguntou uma vez o abade ao rapaz.

Dantès, sem responder, pegou no escopro, entortou-o como uma ferradura, e depois tornou a endireitá-lo.

— Comprometia-se a não matar a sentinela na última extremidade?

— Sim, pela minha honra.

— Então — disse o abade — poderemos executar o nosso projeto.

— E que tempo levaremos?

— Pelo menos um ano.

— E podemos começar o trabalho?

— Sim; já.

— Oh! veja que já perdemos um ano! — exclamou Dantès.

— Acha que o perdemos? — disse o padre.

— Oh! perdão! perdão! — exclamou Dantès, corando.

— Basta! — disse o abade — um homem é sempre um homem, e o senhor ainda assim é um dos melhores que tenho conhecido. Olhe, aqui está o meu plano.

E o abade mostrou então a Dantès um desenho que havia traçado; era a planta do seu cárcere e do de Dantès e do corredor que ia de um para o outro.

No meio dessa galeria, abria ele uma veia como as que se fazem nas minas; essa veia levá-los-ia à galeria em que passeava a sentinela. Tão depressa chegassem ali, abririam uma larga escavação, desprenderiam uma pedra do lajedo da galeria, e ela, no momento dado, desceria com o peso do soldado, que assim desapareceria na escavação. Dantès precipitava-se sobre ele no momento em que, atordoado pela queda, não podia defender-se, amarrava-o, amordaçava-o, e ambos então, passando por uma das janelas dessa galeria, desciam pelo muro exterior, com o auxílio da escada de corda, e fugiam.

Dantès deu palmas e os olhos brilharam-lhe de alegria; esse plano era tão simples que devia ser bem-sucedido.

No mesmo dia começaram a trabalhar com tanto mais ardor quanto o trabalho sucedia a um longo descanso, e correspondia, segundo toda a probabilidade, ao pensamento íntimo e secreto de ambos.

Nada os interrompia senão a hora em que cada um era obrigado a recolher-se para receber a visita do carcereiro. E estavam já tão acostumados a distinguir, pelo imperceptível rumor dos passos, o momento em que ele descia, que nunca nem um nem outro foi surpreendido.

A terra que tiravam da nova galeria, e que teria tapado o antigo corredor, era atirada pouco a pouco, e com inauditas precauções, por uma ou outra das duas janelas dos cárceres de Dantès ou de Faria; espalhava-se sem deixar vestígios.

Mais de um ano se passou nesse trabalho feito com um escopro, uma faca e uma alavanca de pau, por únicos instrumentos. Durante esse ano, e sem interromper o trabalho, Faria continuava a instruir Dantès, falando-lhe já numa língua, já noutra, ensinando-lhe a história das nações e dos grandes homens que deixam às vezes após si esses rastros luminosos a que chamam glória. O abade, homem de boa sociedade, tinha ademais nos modos uma espécie de majestade melancólica, da qual Dantès, graças ao espírito de assimilação de que o dotara a Natureza, soube conquistar a delicadeza elegante que lhe faltava, e os modos aristocráticos que de ordinário só se adquirem freqüentando a alta sociedade ou a companhia dos homens superiores.

Passados quinze meses, a escavação estava feita, já se ouvia o passo regular da sentinela pela galeria; e os dois trabalhadores, obrigados a esperar por uma noite escura e sem luar para tornar mais segura a evasão, só tinham um receio, o de ver o solo, antes do tempo, ceder ao peso do soldado. Obviaram a esse inconveniente, arranjando com um pau, que tinham felizmente achado nas escavações, uma espécie de espeque. Dantès estava-o pondo no seu lugar, quando de súbito ouviu o padre Faria, que tinha ficado no seu quarto preparando uma cavilha destinada a segurar a escada de corda, chamá-lo com uma inflexão de angústia.

Dantès correu precipitadamente, e viu o padre em pé no meio do quarto, pálido, lavado em suor, e com as mãos convulsas.

— Meu Deus! — exclamou o moço — o que é? o que tem?

— Depressa, meu amigo, depressa! — disse o padre — ouça-me!

Dantès olhou para o rosto lívido do padre, que tinha os olhos orlados de um círculo azulado, os lábios brancos, os cabelos arrepiados; e, de pavor, deixou cair no chão o escopro que trazia nas mãos.

— Mas o que é? — exclamou Edmond.

— Estou perdido! — disse Faria —; vai acometer-me uma enfermidade terrível, talvez mortal: chega o ataque, sinto que se aproxima. Já o tive no ano que precedeu a minha prisão. Só há um remédio, que lhe vou dizer. Corra ao meu quarto, levante o pé da cama, que é oco; achará no vão um frasquinho de cristal com um licor vermelho, traga-o; mas não... aqui podiam surpreender-me... ajude-me a ir para o meu cárcere, enquanto ainda me resta alguma força. Quem sabe o que pode acontecer, e quanto tempo durará o ataque?

Sem se perturbar, embora fosse imensa a calamidade, Dantès desceu o corredor levando consigo o seu desgraçado companheiro, e, a muito custo, chegando à extremidade oposta ao cárcere do abade, deitou-o em cima da cama.

— Obrigado — disse o padre, agitado por um grande calafrio, como se saísse de um banho de água gelada —; está próximo o ataque, vou cair em catalepsia. É provável que não faça um movimento, nem solte uma queixa; mas talvez espume, tenha convulsões e grite. Esforce-se para que não ouçam os meus gritos, porque do contrário, se me ouvissem, tirar-me-iam daqui, e ficaríamos separados para sempre. Quando me vir imóvel, cadavérico, então, nesse momento, abra-me a boca, passe-me a faca entre os dentes apertados, e despeje oito ou dez gotas deste licor; pode ser que então volte a mim.

— Pode ser? — exclamou Dantès, dolorosamente.

— Acuda-me! acuda-me! — exclamou o padre — eu mor...

O ataque foi tão súbito e tão forte que o infeliz encarcerado nem pôde acabar a palavra que principiara; cobriu-lhe o rosto uma nuvem, rápida e sombria como as tempestades no oceano. O ataque dilatou-lhe os olhos, torceu-lhe a boca, afogueou-lhe as faces; agitou-se, espumou, bramiu; mas, como ele próprio havia recomendado, Dantès sufocou os gritos com o cobertor. Durou a crise duas horas. Então, mais inerte do que uma massa, mais frio, mais branco que o mármore, mais quebrado do que um caniço calcado aos pés, caiu, teve uma derradeira convulsão e tornou-se lívido.

Edmond esperou que a morte aparente lhe invadisse todo o corpo e lhe enregelasse o coração; pegou então a faca, introduziu o ferro entre os dentes, abriu-lhe a mandíbula com dificuldade infinita, deixou cair na boca, uma após outra, dez gotas do licor vermelho, e esperou.

Passou-se uma hora sem que o velho fizesse o menor movimento. Dantès receava ter esperado muito, e contemplava-o com as mãos metidas pelos cabelos; enfim, leve rubor veio animar-lhe as faces, os olhos, constantemente abertos e amortecidos brilharam, saiu-lhe da boca um ligeiro suspiro e fez um movimento.

— Está salvo! salvo! — exclamou Dantès.

O doente ainda não podia falar; porém, com visível ansiedade, estendeu a mão para a porta. Dantès escutou e ouviu os passos do carcereiro. Eram quase sete horas; Dantès tinha-se esquecido de calcular o tempo.

O rapaz, o mais rápido que pôde, saltou para a entrada do subterrâneo, sumiu-se por ele, pôs o ladrilho no seu lugar por cima da sua cabeça, e foi para o seu quarto.

Um momento depois, abriu-se a porta da cela, e o carcereiro achou, como era costume, o preso sentado em cima da cama.

Mas ainda não tinha voltado as costas, mal se perdera no corredor o ruído dos seus passos, quando Dantès, devorado pela ansiedade, sem se lembrar de comer, meteu-se outra vez pelo subterrâneo, e, levantando com a cabeça o ladrilho, entrou de novo no quarto do seu amigo.

Este tinha voltado a si; mas continuava deitado, prostrado, inerte e sem forças.

— Não esperava tornar a vê-lo.

— Por quê? — perguntou o moço — pois pensava morrer?

— Não; mas estava tudo pronto para a sua fuga, e eu contava que o senhor fugisse.

O rubor da indignação corou as faces de Edmond.

— Sem o senhor! — exclamou. — Pois realmente julgou-me capaz disso?

— Agora vejo que me enganei — disse o enfermo —; ah, estou tão fraco, tão prostrado!

— Ânimo! há de recuperar as forças — disse Dantès, sentando-se ao pé da cama do abade e pegando-lhe as mãos.

O abade sacudiu a cabeça.

— Da outra vez — disse — o ataque durou meia hora, e,

passado ele, tive fome e levantei-me sozinho. Hoje não posso mover a perna nem o braço direito; tenho a cabeça atordoada, o que prova um derramamento no cérebro. A terceira vez ficarei de todo paralítico, ou morrerei.

— Não, não, sossegue, não há de morrer. Se vier terceiro ataque, achá-lo-á livre. Eu o salvarei como desta vez, ou ainda melhor, pois teremos todos os socorros necessários.

— Meu amigo, não se iluda, a crise que acabo de sofrer condenou-me a prisão perpétua: para fugir, é preciso poder andar.

— Pois esperaremos oito dias, um mês, dois meses, se necessário for, e nesse intervalo recobrará forças; tudo está preparado para a nossa fuga, e podemos escolher a oportunidade. No dia em que se sentir com forças para nadar, então, nesse dia, executaremos o nosso projeto.

— Nunca mais posso nadar, este braço está paralítico, não por dias, porém para sempre; levante-o, e veja quanto pesa. O rapaz levantou o braço, que tornou a cair sem sensibilidade. Soltou então um suspiro.

— Está convencido agora, não é assim, Edmond? — dizia Faria —; creia que sei o que digo. Desde o primeiro ataque que tive, não cessei de refletir nele; esperava-o, é uma herança de família. Meu pai morreu no terceiro ataque, e meu avô também. O médico que compôs este remédio, o famoso Cabanis, prognosticou-me igual sorte.

— Os médicos enganam-se — exclamou Dantès; — mas a sua paralisia não é embaraço: levá-lo-ei às costas e nadarei.

— Criança! — disse o abade. — É homem do mar, é nadador, deve portanto saber que um homem com semelhante peso não é capaz de nadar cinqüenta braças. Não se deixe iludir com as quimeras com que o seu excelente coração o engana. Ficarei aqui até que chegue a hora da minha liberdade, que não pode ser já senão a da minha morte. E o senhor, fuja, parta. É moço, destro e forte; não se importe comigo, desobrigo-o da sua palavra.

— Bem — disse Dantès —; pois nesse caso eu também ficarei.

E elevando-se, e estendendo solenemente a mão para o velho, disse:

— Pelo sangue de Jesus Cristo, juro não o deixar senão quando morrer!

Faria olhou para esse moço tão nobre, tão simples, e tão sublime, e leu-lhe nas feições, animadas pela expressão da dedicação mais pura, a sinceridade da sua afeição e a lealdade daquele juramento.

— Bem — disse o enfermo —, aceito; obrigado.

Depois, estendendo-lhe a mão:

— Talvez venha a ser recompensado por essa tão desinteressada dedicação: mas como eu não posso, e o senhor não quer fugir, temos de entulhar o subterrâneo feito por baixo da galeria; porque a sentinela pode descobrir a sonoridade do lugar escavado, chamar a atenção do inspetor, e então seríamos descobertos e separados. Vá pois fazer esse trabalho, no qual infelizmente já o não posso ajudar; empregue toda a noite, se possível for, e não volte senão pela manhã, depois da visita do carcereiro; tenho que lhe dizer uma coisa importante. Dantès pegou a mão do abade, que o tranqüilizou com um sorriso, e saiu, com essa obediência e respeito que consagrava a seu velho amigo.

XVIII. O tesouro

Quando Dantès, no dia seguinte de manhã, entrou no cárcere do seu companheiro, achou Faria sentado, com o rosto sereno.

Ao tênue raio de luz que se filtrava pela estreita janela da cela, descobriu-lhe na mão esquerda, única de que podia fazer uso, um pedaço de papel que por estar enrolado há muito tempo conservava pequeno volume, em forma cilíndrica, e dificilmente se podia endireitar.

Sem dar uma palavra, apresentou o papel a Dantès.

— O que é isto? — perguntou o rapaz.

— Olhe bem — disse o abade, sorrindo-se.

— Estou olhando com muita atenção, mas não vejo senão um papel meio queimado, e em que estão traçados caracteres góticos, com uma tinta esquisita.

— Este papel, meu amigo — agora posso declarar-lhe tudo, porque já o experimentei — este papel é o meu tesouro, e de hoje em diante pertence-lhe metade.

Um suor frio correu pela fronte de Dantès. Até então, e durante quanto tempo! não fugira ele de falar com Faria acerca desse tesouro, origem da acusação de loucura que pesava sobre o pobre abade. Com a sua instintiva delicadeza, Edmond preferira não tocar nessa corda de dolorosa vibração, e Faria tinha-se calado. Atribuíra o silêncio do velho a haver ele recuperado a razão; agora essas poucas palavras proferidas por Faria depois de tão perigosa crise, pareciam anunciar uma grave recaída de alienação mental.

— O seu tesouro? — balbuciou Dantès.

— Sim — disse —, em tudo se patenteia a nobreza do seu coração, Edmond; e pela sua palidez, pelo seu estremecimento, compreendo o que está agora pensando. Não, sossegue, não estou louco. Esse tesouro existe, Dantès, e, se me não for permitido possuí-lo, há de gozar dele o senhor. Ninguém quis ouvir-me, ninguém quis acreditar-me; tomaram-me por louco; mas o senhor sabe decerto que não o sou; ouça-me, e acreditar-me-á depois se quiser.

— Ai de mim! — murmurou Dantès consigo —; ei-lo recaído! faltava-me esta desgraça!

E depois, alto:

— Meu amigo — acrescentou —, talvez o ataque o fatigasse! Não quer descansar um pouco? Amanhã, se quiser, ouvirei a sua história; hoje, porém, quero tratar de si e mais nada. Além do que — prosseguiu sorrindo-se —, teremos assim tanta pressa de um tesouro?

— Muita pressa, Edmond! — respondeu o velho. Quem sabe se amanhã, se depois de amanhã não virá o terceiro ataque? Lembre-se de que tudo então ficaria perdido! Sim, confesso que muitas vezes pensei com amargo prazer nas riquezas que fariam a opulência de dez famílias, perdidas para os homens que me perseguiam; esta idéia servia-me de vingança, e eu saboreava-a lentamente na noite do meu cárcere, no desespero do meu cativeiro. Mas, agora que perdoei ao mundo por sua causa, agora que o vejo ao senhor, moço e cheio de futuro, agora que penso em todas as venturas que podem resultar para si de semelhante revelação, tremo com a demora, e preocupa-me o receio de não assegurar a um proprietário tão digno a posse de tantas riquezas enterradas.

Edmond desviou a cabeça, suspirando.

— Persiste na sua incredulidade, Edmond — prosseguiu Faria —, a minha voz não o convenceu. Vejo que precisa de provas. Pois leia este papel, que nunca mostrei a ninguém.

— Amanhã, meu amigo — disse Edmond, tendo repugnância em alimentar a loucura do velho —; julgava que tínhamos combinado em não falar nisso senão amanhã.

— Falaremos amanhã; mas leia hoje o papel.

— É melhor não o irritar — pensou Edmond.

E pegando o papel, cuja metade havia sido consumida por algum incidente, leu:

> "Este tesouro, que pode montar a dois...
> de escudos romanos do ângulo o mais es...
> da segunda abertura, o qual...
> declara pertencer-lhe em toda a pro...
> deiro.
>
> 25 de abril 149."

— E então? — disse Faria quando o rapaz acabou de ler.

— Mas — respondeu Dantès — vejo somente linhas truncadas, palavras sem seguimento, letras meio consumidas pela ação do fogo, ou ininteligíveis.

— Para si, meu amigo, que as lê pela primeira vez; mas não para mim, que perdi muitas noites a examiná-las, para mim que reconstruí cada frase e completei cada pensamento.

— E julga que achou o sentido?

— Estou certíssimo disso, vai julgar por si mesmo; mas primeiro ouça a história deste papel.

— Silêncio! — exclamou Dantès. — Sinto passos!... Aproximam-se... adeus!

E feliz por assim fugir à história e à explicação que decerto lhe havia de confirmar a desgraça do seu amigo, Dantès introduziu-se, sutil como uma cobra, pelo estreito vão, ao passo que Faria, ministrando-lhe o terror alguma atividade, empurrava com o pé o ladrilho e cobria-o com uma esteira, para esconder a solução de continuidade que não tinha tempo de fazer desaparecer.

Era o governador, que, tendo sido informado pelo carcereiro da moléstia de Faria, vinha verificar pessoalmente a sua gravidade.

Faria recebeu-o sentado, evitou o menor gesto revelador, e conseguiu ocultar a paralisia que lhe invadira metade do corpo. Todo o seu receio era que o governador, compadecendo-se dele, o quisesse mandar para cárcere mais salubre, e assim o separasse do seu amigo. Mas felizmente não aconteceu tal, e o governador retirou-se convencido de que o seu pobre louco, pelo qual no fundo do coração sentia certo afeto, apenas sofrera leve indisposição.

Durante esse tempo, Edmond, sentado na cama e com a cabeça pendida entre as mãos, procurava reunir todos os seus pensamentos: tudo era tão raciocinado, tão elevado, tão lógico em Faria, desde que o conhecera, que não podia compreender essa extrema sabedoria em todos os pontos, ligada com a loucura num só. Seria o abade que se enganava com o seu tesouro, ou seriam todos que se enganavam com o abade?

Dantès ficou todo o dia no seu quarto, não se atrevendo a voltar para o do seu amigo. Procurava retardar assim o momento em que tivesse a certeza da loucura do abade. Essa convicção devia ser horrível para ele.

Mas pela noite, depois da visita ordinária, Faria, não vendo voltar o rapaz, procurou transpor o espaço que dele o separava. Edmond estremeceu ouvindo os dolorosos esforços que o velho fazia para se arrastar: a perna estava inerte, e ele não podia servir-se do braço. Edmond foi obrigado a ir ajudá-lo, pois, por mais esforços que fizesse, não teria podido, por si só, sair da estreita galeria que deitava para o quarto de Dantès.

— Eis-me desapiedadamente encarniçado em persegui-lo — disse com um sorriso cheio de benevolência. — Julgou que podia escapar à minha magnificência, mas não escapa. Ouça.

Edmond viu que não havia meio de recuar; fez sentar o velho em sua cama, e sentou-se ao pé dele no banco.

— Sabe — disse o abade — que fui secretário e particular amigo do cardeal Spada, o derradeiro dos príncipes desse nome. Devo a esse digno príncipe toda a ventura que em minha vida gozei. Ele não era rico, embora fossem proverbiais as riquezas da sua família, e se costuma dizer: rico como um Spada. — Contudo, como era voz pública, vivia com certa reputação de opulência. O seu palácio foi o meu paraíso. Eduquei os seus sobrinhos, que morreram prematuramente, e quando o vi só no mundo, retribui-lhe com dedicação absoluta as suas vontades quanto por mim havia feito por espaço de dez anos.

Em breve em casa do cardeal não houve segredos para mim; eu tinha visto muitas vezes o príncipe compulsar livros antigos, e revolver avidamente o pó dos manuscritos de família. Uma vez, exprobrando-lhe as suas inúteis vigílias, e a espécie de prostração que se seguia, ele olhou para mim sorrindo com tristeza e abriu um livro que era a história da cidade de Roma. Aí, no vigésimo capítulo, a *Vida do Papa Emmanuel*, havia as linhas seguintes, que nunca pude esquecer:

"Estavam terminadas as grandes guerras da *Romania*. César Borgia, que tinha acabado de conquistá-la, carecia de dinheiro para comprar a Itália inteira. O papa carecia igualmente de dinheiro para dar cabo de Luís XII, rei da França, ainda terrível apesar dos seus últimos reveses. Tratava-se, pois, de fazer uma boa especulação, o que era difícil nessa mísera e exausta Itália.

Sua Santidade teve uma idéia. Resolveu criar dois cardeais.

Escolhendo dois grandes personagens de Roma, e especialmente dos mais opulentos, o Santo Padre ganhava com essa especulação o seguinte: primeiro, tinha para vender os altos cargos e os magníficos empregos de que esses dois cardeais estavam de posse, e podia, além disso, contar com um elevado preço pela venda desses dois chapéus.

Havia mais uma terceira vantagem, que logo veremos.

O papa e César Borgia acharam logo os dois futuros cardeais: eram Jean Rospigliosi, que ocupava quatro das mais altas dignidades da Santa Sé, e o outro, César Spada, um dos romanos mais nobres e mais ricos. Ambos conheciam o preço de semelhante favor do papa. Eram ambiciosos. Achados estes, César encontrou logo compradores para os seus empregos.

Daí resultou que Rospigliosi e Spada pagaram para serem cardeais, e que oito pessoas mais pagaram para serem o que eram antes os dois novos cardeais. Entraram para os cofres dos especuladores oitocentos mil escudos romanos.

Agora, a terceira vantagem. O papa, havendo cumulado de carícias Rospigliosi e Spada e tendo-lhes conferido as insígnias do cardinalato, certo de que, para pagarem a dívida não fictícia da sua gratidão, tinham de se aproximar e liquidar a sua fortuna para irem residir em Roma, o papa e César Borgia convidaram-nos para jantar.

Este convite foi objeto de uma discussão entre o Santo Padre e seu filho. César queria empregar qualquer dos meios que tinha sempre à disposição dos seus amigos íntimos, a saber: primeiro, a famosa chave com a qual se pedia a certas pessoas que fossem abrir um certo armário; na chave havia um biquinho de ferro, negligência de quem a havia feito. Quando se fazia força para abrir o armário que tinha a fechadura perra, o biquinho arranhava a mão, e era quanto bastava para se morrer no dia seguinte. Havia também o anel de cabeça de leão, que César trazia no dedo quando queria com certo jeito apertar a mão a alguém. O leão mordia a epiderme dessas mãos privilegiadas. e a mordedura era mortal no fim de vinte e quatro horas.

Propôs pois César a seu pai, ou mandar pelos cardeais abrir o armário, ou apertar-lhes a mão com cordialidade; mas Emmanuel VI respondeu-lhe:

— Não regateemos um jantar a pessoas tão estimáveis como os novos cardeais Spada e Rospigliosi. Está-me parecendo que recuperaremos o dinheiro. Além do que, esquece que uma indigestão é repentina, e um arranhão ou uma mordedura não decidem em menos de um ou dois dias.

César reconheceu a força desse raciocínio. E aí está o motivo por que foram convidados para o jantar os dois cardeais.

Pôs-se a mesa na vila que o papa possuía perto de Saint-Pierre-ès-Liens, encantadora residência, que já de fama era muito conhecida dos cardeais.

Rospigliosi, todo atordoado com a sua nova dignidade, preparou o estômago e uma cara prazenteira. Spada, homem prudente, e que somente amava seu sobrinho, capitão e moço das maiores esperanças, pegou em papel e pena, e fez o seu testamento.

Mandou depois dizer ao sobrinho que o fosse esperar nos arredores da vila; mas parece que o criado não o encontrou.

Spada conhecia o costume dos convites. Desde que o cristianismo, eminentemente civilizador, tinha levado os seus progressos a Roma, já não era um centurião quem da parte do tirano vinha dizer: 'César quer que morras'; era, porém, um mensageiro *a latere* que vinha, com o sorriso nos lábios, dizer da parte do papa: 'Sua Santidade convida-o para jantar'.

Spada partiu pelas duas horas para a vila de Saint-Pierre-ès-Liens; o papa esperava-o. A primeira cara que Spada viu foi a do seu sobrinho graciosamente vestido, todo enfeitado e formoso, e a quem César Borgia prodigalizava afagos. Spada empalideceu, e César, com um olhar cheio de ironia, deixou ver que a tudo havia providenciado, que a cilada estava bem armada.

Jantaram. Spada só havia podido perguntar a seu sobrinho: 'Recebeste o meu recado?' O sobrinho respondeu que não, e conheceu muito bem o valor dessa pergunta. Era tarde, porque acabava de beber um copo de excelente vinho para ele reservado. Spada viu chegar no mesmo instante outra garrafa, que generosamente lhe ofereceram. Uma hora depois declarava um médico que ambos estavam envenenados com cogumelos. Spada morria à saída da vila, e seu sobrinho expirava ao chegar à porta de sua casa, fazendo um sinal que sua mulher não compreendeu.

Imediatamente César e o papa tomaram conta das heranças, sob pretexto de examinar os papéis dos falecidos. Mas a herança consistia num papel, no qual Spada tinha escrito:

Deixo ao meu querido sobrinho os meus cofres e os meus livros, e entre estes o meu breviário de cantos de ouro, desejando que o guarde em memória de seu afetuoso tio."

"Os herdeiros procuraram por toda parte, admiraram o breviário, vasculharam todos os móveis, e admiraram-se de que Spada, o opulento Spada, fosse o mais miserável dos tios; a respeito de tesouros, nada havia senão os tesouros da ciência contidos na biblioteca e nos laboratórios.

Nada mais. César e seu pai procuraram, revolveram, examinaram, e nada ou muito pouca coisa acharam: o valor de mil ou dois mil escudos em jóias, e outro tanto em dinheiro; mas ao entrar em casa, o sobrinho ainda teve tempo de dizer à mulher: 'Procurem entre os papéis do tio, que há um testamento verdadeiro.'

Procuraram, talvez ainda mais ativamente do que os augustos herdeiros. Foi debalde; ficaram dois palácios e uma vila detrás do Palatino. Mas nessa época os imóveis tinham pouco valor; palácios e vila ficaram pertencendo à família como indignos da rapacidade do papa e de seu filho.

Correram os meses e os anos. Emmanuel VI morreu envenenado; como todos sabem, por engano; César, envenenado ao mesmo tempo que ele, salvou-se mudando a pele como uma serpente, mas ficando com umas manchas devidas ao veneno, iguais às que se vêem na pele dos tigres; enfim, obrigado a retirar-se de Roma, foi morrer numa escaramuça noturna quase esquecido pela história.

Depois da morte do papa, depois do desterro do seu filho, esperava-se geralmente ver a família Spada reassumir o fausto que ostentava no tempo do cardeal Spada: não foi, porém, assim. Os Spadas ficaram em duvidosa abastança; eterno mistério pesou sobre este triste negócio; e era fama pública que, melhor político do que seu pai, César arrebatara ao papa a herança dos dois cardeais. Digo os dois, porque o cardeal Rospigliosi, que nenhuma precaução tomara, foi completamente roubado."

— Até aqui — interrompeu Faria, sorrindo-se — não lhe parece isto muito de um louco, não é verdade?

— Oh! meu amigo! — disse Dantès — parece-me que estou lendo uma interessante crônica. Prossiga, por quem é.

— Eu continuo:

"A família acostumou-se a essa obscuridade. Os anos passaram. Dos descendentes, uns foram soldados, outros diplomatas, estes eclesiásticos, aqueles banqueiros, uns enriqueceram, outros acabaram por se arruinarem. Chego ao último da família, àquele de quem fui secretário, ao conde de Spada.

Muitas vezes o ouvira queixar-se da desproporção da sua fortuna com a sua posição; aconselhei-o, pois, a que empregasse os poucos bens, que ainda tinha, em fundos públicos; seguiu o conselho, e duplicou os seus rendimentos.

O famoso breviário tinha ficado na família, e era o conde de Spada quem o possuía: tinham-no transmitido os pais aos filhos; porque a cláusula singular do único testamento, que fora achado, dera-lhe a importância de uma preciosa relíquia conservada na família com supersticiosa veneração. Era um livro ornado das mais belas figuras góticas, e tão pesado pelo ouro que tinha, que um pajem é que o levava ao cardeal nos dias de grande solenidade.

À vista de tantos papéis de toda a casta, títulos, contratos, pergaminhos, guardados nos arquivos da família, e que todos provinham do cardeal envenenado, entrei eu então, com vinte servidores, vinte intendentes e vinte secretários que me haviam precedido, a compulsar esses formidáveis maços de papelada. Apesar da religiosa atenção das minhas pesquisas, nada absolutamente achei. Entretanto tinha lido, tinha até escrito uma história exata, e quase dia a dia, da família Borgia, com o único fim de me assegurar se havia tido algum incremento a riqueza desses príncipes pela morte do cardeal César Spada, e nela só havia achado o aumento proveniente dos bens do cardeal Rospigliosi, seu companheiro de infortúnio.

Estava eu, pois, quase certo de que nem os Borgias nem a família haviam aproveitado a herança, e que esta ficara sem dono, como esses tesouros dos contos árabes, que dormem no seio da terra sob a vigilância de um gênio. Revolvi, contei, calculei mil e mil vezes os rendimentos e as despesas da família nesses trezentos anos; tudo foi baldado, fiquei na minha ignorância, e o conde de Spada na sua pobreza.

O meu patrão morreu. Da sua renda vitalícia, excetuara os papéis de família, a livraria composta de cinco mil volumes, e o seu famoso breviário. Tudo isto me deixou com mil escudos romanos que possuía em dinheiro de contado, sob condição de lhe mandar rezar missas todos os anos e de arranjar uma árvore genealógica e uma história de sua família, o que cumpri religiosamente."

Sossegue, meu caro Edmond, estamos quase no fim.

"Em 1807, um mês antes da minha prisão, e quinze dias depois da morte do conde de Spada, a 25 do mês de dezembro — vai compreender o motivo por que me ficou de lembrança a data desse dia memorável — estava eu lendo, pela milésima vez, esses papéis e pondo-os em ordem, porque, pertencendo de então em diante o palácio a um estranho, tinha de me retirar de Roma para ir residir em Florença, levando umas doze mil libras que possuía, os meus livros e o meu rico breviário quando, cansado desse assíduo trabalho e incomodado porque tinha comido demais ao jantar, encostei a cabeça entre as mãos e adormeci. Eram três horas da tarde.

Despertei ao dar o relógio seis horas.

Levantei a cabeça, estava na mais profunda escuridão. Toquei a campainha para que me trouxessem luz, mas ninguém apareceu; resolvi servir-me a mim mesmo. Era coisa a que, como filósofo, devia ir-me acostumando. Peguei uma vela com uma das mãos e procurei com a outra um papel para acendê-lo nas últimas brasas que ainda chamejavam na lareira; mas, receando no escuro tomar algum papel precioso e não um papel inútil, estava hesitando, quando me lembrei de ter visto no famoso breviário, colocado sobre a mesa, a meu lado, um velho papel amarelado por cima, que parecia ter servido de sinal, e que tinha atravessado os séculos, conservado no seu lugar pela veneração dos herdeiros. Procurei às apalpadelas essa folha inútil, achei-a, torci-a, e, chegando-a ao lume quase apagado, acendi-a.

Mas, debaixo dos meus dedos, como por magia, à proporção que o fogo ia lavrando, vi letras amareladas surgirem e aparecerem na folha. Então me assustei; apertei nas mãos o papel, apaguei o fogo, acendi a vela na lareira, desenrolei com indizível comoção o papel amarrotado, e vi que uma tinta misteriosa tinha traçado essas letras, que o contato de um forte calor fizera aparecer.

Um pouco mais da terça parte do papel tinha sido queimada". É esse o papel que leu esta manhã. Torne a lê-lo, Dantès; depois de o haver lido, completarei eu as frases truncadas e o sentido incompleto.

E Faria, triunfante, apresentou o papel a Dantès, que desta vez tornou a ler com avidez as palavras seguintes:

> "Hoje, 25 de abril de 1498, ten
> Emmanuel VI, e receando que, não
> queira ser meu herdeiro e me re
> e Bentivoglio, mortos envenenados,
> meu legatário universal, que ent
> porque o visitou comigo, isto é, nas
> ilha de Monte Cristo, quanto eu pos
> dras preciosas e jóias. Só
> pode andar por cerca de dois mil
> achará levantando o vigésimo p
> enseada de Leste, em linha reta. Duas abert
> nessas grutas; o tesouro está no canto mais a
> o qual tesouro lhe deixo e lhe cedo em pl
> único herdeiro.
>
> 25 de abril de 1498.
>
> Cés."

— Agora — tornou o abade — leia este outro papel.

E apresentou a Dantès outra folha com outros fragmentos de linhas. Dantès pegou a folha e leu:

> do sido convidado para jantar por Sua Santidade
> contente por me haver feito pagar o chapéu,
> serve a sorte dos cardeais Caprara
> declaro a meu sobrinho Guido Spada,

errei num lugar que ele conhece
grutas da pequena
suja de moedas de ouro pe
eu sei da existência desse tesouro, que
hões de escudos romanos, e que ele
enedo, a partir da pequena
uras foram feitas
fastado da 2.ª,
ena propriedade, como meu

Spada."

Faria seguia-o com os olhos afogueados:

— E agora — disse ele quando viu Dantès chegar à última linha — junte os dois fragmentos e faça o seu juízo.

Dantès obedeceu; os dois fragmentos unidos davam o seguinte conjunto:

"Hoje, 25 de abril de 1498, ten...do sido convidado para jantar por Sua Santidade Emmanuel VI, e receando que, não... contente por me haver feito pagar o chapéu, queira ser meu herdeiro e me re...serve a sorte dos cardeais Caprara e Bentivoglio, mortos envenenados,... declaro a meu sobrinho Guido Spada, meu legatário universal, que ent...errei num lugar que ele conhece porque o visitou comigo, isto é, nas... grutas da pequena ilha de Monte Cristo, quanto eu pos...suía de moedas de ouro, pedras preciosas e jóias. Só... eu sei da existência desse tesouro, que pode andar por cerca de dois milhões de escudos romanos, e que ele achará levantando o vigésimo p...enedo, a partir da pequena enseada de Leste, em linha reta. Duas abert...uras foram feitas nessas grutas; o tesouro está no canto mais a...fastado da 2.ª, o qual tesouro lhe deixo e lhe cedo em pl...ena propriedade como meu único herdeiro.

25 de abril de 1498.

Cés...ar †Spada."

— E agora, compreende todo este negócio? — disse Faria.

— Era a declaração do cardeal e o testamento durante tanto tempo procurado — disse Edmond ainda incrédulo.

— Sim, mil vezes sim. — E quem o completou?

— Eu, que ajudado pelo fragmento que possuía, adivinhei o resto, medindo o comprimento das linhas pelo do papel, e penetrando no sentido oculto por meio do sentido visível, como num subterrâneo nos guia um resto de luz que vem de cima.

— E o que fez, quando julgou ter alcançado essa convicção?

— Quis partir, e parti imediatamente, levando comigo o princípio do meu trabalho acerca da unidade do reino da Itália; havia porém já muito tempo que a polícia imperial — porque Napoleão queria a divisão das províncias, exatamente o contrário do que pensou depois que lhe nasceu um filho — tinha os olhos postos em mim, e a minha partida precipitada, de que não podia adivinhar a causa, aumentou-lhe as suspeitas, e, no momento em que eu ia embarcar para Piombino, fui preso!...

Agora — prosseguiu Faria, olhando para Dantès com expressão quase paterna —, agora, meu amigo, sabe tanto quanto eu. Se algum dia fugirmos juntos, metade do meu tesouro é seu; se eu aqui morrer e o senhor fugir só, pertence-lhe todo.

— Mas — perguntou Dantès hesitando — não haverá quem tenha mais legítimo título a esse tesouro do que nós?

— Não, não, descanse, a família está de todo extinta, e ademais o último conde de Spada fez-me seu herdeiro, e, legando-me esse breviário simbólico, legou-me o que ele continha. Portanto, se pusermos a mão nessa riqueza, podemos gozá-la sem remorso.

— E diz que o tesouro contém...

— Dois milhões de escudos romanos, perto de treze milhões da nossa moeda.

— Impossível! — disse Dantès, assustado com a enormidade da quantia.

— Impossível! E por quê? — replicou o velho. — A família Spada era uma das mais antigas e das mais poderosas do século XV. Além do que, nesses tempos em que não havia especulações nem indústrias, não eram raras as aglomerações de ouro e de jóias; ainda hoje há famílias romanas que morrem de fome e que têm perto de um milhão em diamantes e pedrarias, constituindo morgados, e em que não podem tocar.

Edmond julgava estar sonhando; flutuava entre a incredulidade e a alegria.

— Se guardei tanto tempo este segredo para consigo — prosseguiu Faria — foi para experimentá-lo, e depois surpreendê-lo. Se tivéssemos fugido antes do meu ataque de catalepsia, levava-o a Monte Cristo; agora — acrescentou com um suspiro — será o senhor que aí me levará. E então, Dantès, não me agradece?

— Esse tesouro pertence-lhe, meu amigo, pertence-lhe só a si, e eu não tenho o menor direito a ele, porque não sou seu parente.

— É meu filho — exclamou o velho —; é o filho do meu cativeiro! O meu estado obrigava-me ao celibato, Deus mandou-o em meu socorro, para a um tempo consolar o homem que não podia ser pai, e o prisioneiro que não podia ser livre.

E Faria estendeu o braço que podia mover ao moço, que se lhe levou ao pescoço, a chorar.

XIX. O terceiro ataque

Agora que esse tesouro, por tanto tempo objeto das meditações do abade, podia assegurar a felicidade futura daquele a quem Faria realmente amava como filho, tinha dobrado valor a seus olhos; todos os dias engrandecia ao rapaz a importância do tesouro, explicando-lhe o bem que nos tempos modernos um homem com treze ou catorze milhões pode fazer aos seus amigos. Então o rosto de Dantès entristecia, porque imediatamente lhe vinha ao pensamento a vingança que jurara; e pensava em todo o mal que, no presente século, um homem com treze ou catorze milhões pode fazer aos seus inimigos.

O abade não conhecia a ilha de Monte Cristo; conhecia-a, porém, Dantès; passara mais de uma vez junto daquela ilha, situada a vinte e cinco milhas de Pianosa, entre a Córsega e a ilha de Elba, e nela desembarcara uma vez. A ilha sempre foi e ainda hoje é completamente deserta; é um rochedo de forma quase cônica, que parece haver sido empurrado, por algum cataclismo vulcânico, do fundo do abismo para a superfície do mar.

Dantès fazia a planta da ilha a Faria, e Faria dava conselhos a Dantès acerca dos meios mais convenientes para achar o tesouro.

Mas Dantès estava muito longe de se entusiasmar, e mais ainda de ter tanta confiança como o velho. Estava agora certíssimo de que Faria não era louco, e o modo por que havia chegado à descoberta que tinha feito acreditar na sua loucura, aumentava ainda mais a admiração que lhe consagrava; mas também não podia crer que esse depósito, supondo que tivesse existido, ainda lá se conservasse; se não considerava o tesouro como verdadeira quimera, considerava-o como ausente.

Entretanto, como se o destino houvesse querido tirar aos presos a derradeira esperança e fazer-lhes compreender que estavam condenados a perpétua prisão, nova desgraça os afligiu: a galeria da beira-mar, que de há muito ameaçava ruína, tinha sido reconstruída, tinham tapado com enormes pedregulhos o buraco já meio entulhado por Dantès; e talvez se não fosse essa precaução, sugerida ao rapaz pelo abade, tivesse sido muito maior a sua desgraça, porque se descobrissem a tentativa de fuga, indubitavelmente os separavam: e então uma nova porta, mais forte e mais inexorável do que as outras, se fecharia sobre eles.

— Bem vê — dizia Dantès com doce tristeza a Faria — que Deus quer tirar-me até o mérito do que chama a minha dedicação. Prometi-lhe ficar eternamente consigo e não está já na minha mão não cumprir a promessa; o tesouro não será meu, como não foi seu, e não sairemos daqui nem um nem outro. Mas o meu verdadeiro tesouro, meu amigo, o que me esperava sob os escuros rochedos de Monte Cristo, é a sua presença, é a nossa companhia de cinco ou seis horas por dia, apesar da vigilância dos nossos guardas; são esses raios de inteligência que o senhor derramou no meu cérebro; essas línguas que implantou na minha memória, e que nela se desenvolvem com todas as ramificações filológicas; essas ciências diversas, que tão fáceis me tomou pela profundidade dos conhecimentos que delas tinha, e a simplicidade dos princípios a que as reduziu. Tal é o meu tesouro, meu bom amigo, o que me dá ventura e riqueza. Acredite-me e console-se: vale para mim mais do que tonéis de ouro e caixas de diamantes, ainda que não fossem problemáticos, como essas nuvens que pela manhã se vêem flutuar, ao longe sobre o mar, que tomamos por terras firmes, e que se evaporam, volatilizam e se esvaecem quando nos aproximamos. Tê-lo ao pé de mim o mais tempo possível, ouvir a sua voz eloqüente, ornar o meu espírito, retemperar a minha alma, tomar toda a minha organização capaz de grandes e terríveis coisas se algum dia for solto, e realizá-las por tal forma que a desesperação, a que ia ceder, quando tive a ventura de o conhecer, não possa mais acometer-me, eis aí a minha riqueza, e essa não é quimérica, devo-lhe na realidade, e todos os soberanos da Terra, ainda que fossem Césares Borgias, não a me poderiam roubar.

Assim, para os dois desgraçados, os dias que se seguiram, se não foram felizes, pelo menos passaram depressa. Faria, que durante tantos anos nada tinha dito do tesouro, falava nele agora a cada instante. Como previra, ficara paralítico do braço direito e da perna esquerda e quase perdera toda a esperança de melhoras, mas não deixava nunca de meditar, de pensar na liberdade ou na fuga do seu jovem companheiro. Com medo de que a carta um dia se perdesse, tinha obrigado o moço a decorá-la, e Dantès sabia-a de cor desde a primeira até a última palavra. Então tinha destruído a segunda parte na certeza de que podiam surpreender-lhe a primeira sem adivinhar o que queria dizer. Às vezes empregava Faria horas inteiras em dar a Dantès instruções que lhe servissem no dia em que fosse solto. Quando o conseguisse, no dia, na hora, no momento em que tal sucedesse, devia ter um único pensamento, ir a Monte Cristo por qualquer modo, ficar lá com um pretexto que não causasse a menor suspeita, e logo que se visse só, procurar as grutas maravilhosas, e cavar o lugar indicado, que era como se sabe o canto mais afastado da segunda abertura.

Entretanto as horas iam passando, senão rápidas, pelo menos suportáveis. Faria, sem ter recuperado o uso da mão e do pé, tinha reconquistado toda a lucidez da sua inteligência, e pouco a pouco, além dos conhecimentos morais que especificamos, ensinara ao amigo essa sublime obra de paciência dos presos, que de nada sabem fazer alguma coisa. Estavam sempre entretidos, Faria, com medo de se sentir envelhecer, Dantès, com medo de se recordar do passado quase extinto, que já não lhe afetava a memória senão como uma luz longínqua perdida na escuridão da noite. Ia tudo assim, como nas existências que a desgraça não alterou, e que correm tranqüilas e maquinais debaixo do olhar da Providência.

Mas, debaixo dessa serenidade superficial, havia no coração do rapaz, e talvez no do velho, muitos impulsos refreados, muitos suspiros sufocados, que rompiam quando Faria e Edmond estavam sós nas suas celas.

Uma noite Edmond acordou sobressaltado, julgando ouvir chamar.

Abriu os olhos, e procurou perfurar a densidade das trevas.

O seu nome, ou para melhor dizer, uma voz aflita que procurava articular o seu nome, chegou-lhe aos ouvidos.

Sentou-se na cama, com a fronte inundada de suor, e escutou. Não havia dúvida, as queixas vinham da cela do seu companheiro.

— Meu Deus! — exclamou Dantès — pois será?...

Afastou a cama, tirou a pedra, precipitou-se no subterrâneo, e chegou à extremidade oposta; o ladrilho estava levantado.

À luz dessa lâmpada informe e vacilante, de que falamos, viu Edmond o velho, pálido, em pé, e agarrando-se à borda da cama. As feições estavam transtornadas pelos horríveis sintomas que ele já conhecia, e que tanto o haviam assustado quando pela primeira vez tinham aparecido.

— Então, meu amigo — disse Faria resignado —; compreende, não é assim? Nada tenho a lhe dizer.

Edmond soltou um grito de dor, e perdendo completamente a cabeça, correu para a porta a gritar:

— Socorro! socorro!

Faria teve força para agarrá-lo pelo braço.

— Silêncio — disse — ou está perdido! Tratemos só de si, meu amigo, para lhe tornar suportável a prisão, ou possível a fuga. Ser-lhe-iam precisos anos para fazer outra vez sozinho tudo quanto eu aqui fiz, e que seria imediatamente destruído, se os nossos guardas soubessem das nossas relações. Além do que, sossegue, meu amigo, o cárcere que vou deixar não estará muito tempo vazio, outro desgraçado tomará o meu lugar. A esse outro aparecerá como um anjo salvador. Esse outro, talvez moço, forte, paciente como o senhor, poderá auxiliá-lo na sua fuga, que eu estorvava. Não terá mais metade de um cadáver atado a si, paralisando-lhe todos os movimentos. Decididamente, Deus quer, enfim, fazer alguma coisa em seu favor, restitui-lhe mais do que lhe tira: é tempo que eu morra.

Edmond não pôde fazer mais do que pôr as mãos e exclamar:

— Oh, meu amigo, meu amigo, cale-se!

Depois, recuperando a força abalada instantaneamente por tão imprevisto golpe e o ânimo impressionado pelas palavras do velho, disse:

— Oh, salvei-o já uma vez, hei de salvá-lo uma segunda!

E, levantando o pé da cama, tirou o frasquinho que ainda tinha a terça parte do licor vermelho.

— Olhe — disse —, ainda aqui há dessa bebida salvadora. Depressa, diga-me o que hei de agora fazer. Há desta vez novas instruções? Fale, meu amigo, estou escutando.

— Não há esperança — disse faria sacudindo a cabeça —; mas não importa, Deus quer que o homem por ele criado, e em cujo coração tão profundamente enraizou o amor da vida, faça tudo quanto puder para conservar essa existência tão miserável às vezes, e no entanto, sempre tão querida.

— Oh, sim, sim! — exclamou Dantès — espero salvá-lo.

— Pois tente, então, o frio vai subindo, sinto que o sangue me aflui ao cérebro! esta horrível tremura que me faz ranger os dentes, e parece desconjuntar-me os ossos está a apossar-se de todo o corpo; daqui a cinco minutos, o mal será geral; daqui a um quarto de hora, só de mim restará um cadáver.

— Oh! — exclamou Dantès, com o coração dilacerado pela dor.

— Faça como da outra vez, mas não espere tanto. As molas da vida estão já muito gastas, e a morte — disse mostrando o braço e a perna paralíticos — só terá meia tarefa a cumprir. Se, depois de me haver deitado na boca doze gotas em vez de dez, vir que não torno a mim, deite o resto. Leve-me agora para a cama: já não posso suster-me em pé.

Edmond agarrou o velho e deitou-o na cama.

— Agora, amigo — disse Faria —, único consolo da minha miserável vida, amigo, que o Céu me concedeu um pouco tarde, mas que enfim me deu como presente inapreciável que lhe agradeço; no momento de me separar de si para sempre, desejo-lhe toda a ventura, toda a prosperidade que merece. Meu filho, eu o abençôo!

O rapaz ajoelhou, e encostou a cabeça à cama do velho.

— Mas atente bem ao que lhe digo neste momento supremo: o tesouro dos Spadas existe; e Deus consente que não haja mais para mim nem distância, nem obstáculo. Vejo-o no fundo da segunda gruta, os meus olhos penetram a profundidade da terra, e ficam deslumbrados com tanta riqueza... Se conseguir fugir, lembre-se de que o pobre abade, a quem todos chamavam louco, não o era. Corra a Monte Cristo, aproveite a nossa fortuna, aproveite-a, já que tanto padeceu...

Violento abalo interrompeu as palavras do velho. Dantès levantou a cabeça e viu tornarem-se-lhe encarnados os olhos, parecia que uma onda de sangue acabava de subir-lhe do peito ao rosto.

— Adeus! adeus! — murmurou o velho, apertando convulsamente a mão do amigo — adeus!...

— Oh, ainda não! ainda não! — exclamou este —; não nos abandoneis, ó meu Deus! socorrei-o! Socorro!...

— Silêncio! silêncio! — murmurou o moribundo — que não nos separem, se ainda me puder salvar.

— Tem razão. Sim, sim, descanse, hei de salvá-lo. Além do que, apesar de estar sofrendo muito, parece-me que todavia sofre menos do que da primeira vez.

— Oh, desengane-se! sofro menos, porque tenho menos forças para sofrer. Na sua idade, tem-se fé na vida, é privilégio da mocidade crer e esperar; mas os velhos vêem mais claramente a morte. Oh! ei-la... que chega... perco a vista... foge-me a razão... Dê-me a mão, Dantès... adeus!... adeus!...

E levantando-se por um derradeiro esforço em que reuniu todas as suas faculdades, disse:

— Monte Cristo! não esqueça Monte Cristo!

E tornou a cair na cama.

Foi terrível a crise: os membros torcidos, as pálpebras inchadas, espumando sangue; enfim um corpo inerte, eis o que ficou em cima desse leito de dor, no lugar de um ente cheio de inteligência que um momento antes se tinha deitado.

Dantès pegou na lâmpada, e colocou-a à cabeceira da cama em cima de uma pedra saída, e de onde a sua trêmula luz lançava singular e fantástico reflexo sobre esse rosto decomposto, esse corpo inerte e inteiriçado.

De olhos fixos, esperou intrépido o momento de ministrar o remédio.

Quando julgou chegado esse momento, pegou a faca, descerrou os dentes, que ofereceram menos resistência do que da primeira vez, contou uma após outra doze gotas, e esperou; o frasco ainda tinha quase o dobro do que ele havia deitado.

Esperou dez minutos, um quarto de hora, meia hora; nada se mexeu. Trêmulo, com os cabelos arrepiados, a fronte lavada em suor, contava os segundos pelas palpitações do coração.

Então achou que era tempo de tentar a última prova; chegou o frasco aos lábios azulados de Faria e sem ter necessidade de descerrar a mandíbula, que tinha ficado aberta, despejou todo o licor.

O remédio produziu efeito galvânico; violento tremor sacudiu os membros do velho, os olhos arregalaram-se-lhe tornando-se medonhos, soltou um suspiro que parecia um grito: depois todo o seu corpo, estremecendo, foi pouco a pouco voltando à imobilidade.

Só os olhos ficaram abertos.

Meia hora, uma hora, hora e meia passaram. Nessa hora e meia de angústia, Edmond, com a cabeça inclinada, debruçado sobre o seu amigo, com a mão encostada ao coração dele, sentiu sucessivamente ir-se enregelando esse corpo, e esse coração extinguir-se num palpitar cada vez mais abafado e mais fundo. Por fim já não apresentava sinais de vida: o último estremecer do coração cessou, as faces tornaram-se lívidas, e os olhos continuaram abertos, mas embaçados.

Eram seis horas da manhã, o dia vinha aparecendo, e os raios amortecidos da aurora, invadindo o cárcere, faziam empalidecer a luz moribunda da lâmpada. Singulares reflexos passavam pelo rosto do cadáver, dando-lhe de vez em quando aparências de vida. Enquanto durou essa luta do dia e da noite, Dantès pôde ainda duvidar; mas desde que o dia venceu, compreendeu que estava só com um cadáver.

Então insensível e profundo terror o acometeu; não ousou mais apertar essa mão que pendia fora da cama, não ousou outra vez fitar os olhos nesses olhos mortos, fixos e sem luz; procurou fechá-los, porém debalde, porque logo se abriam. Apagou a lâmpada, ocultou-a cuidadosamente e fugiu, colocando, o melhor que pôde, o ladrilho no seu lugar.

E já era tempo: o carcereiro não podia tardar.

Desta vez começou ele a sua visita por Dantès; e, saindo do seu cárcere, ia passar em seguida ao de Faria para lhe levar o almoço e a roupa.

Nada indicava que ele soubesse o que tinha acontecido.

Saiu.

Dantès sentiu então indizível impaciência de saber o que ia passar-se no cárcere do seu desgraçado amigo; entrou na galeria subterrânea e chegou a tempo de ouvir as exclamações do carcereiro que pedia auxílio.

Em breve entraram outros carcereiros; depois se ouviu esse passo regular e pesado que o soldado não larga nem fora do serviço; e atrás dos soldados chegou o governador.

Edmond ouviu a bulha da cama em que revolviam o corpo; ouviu a voz do governador, ordenando que lhe espargissem o rosto com água, e que, vendo que nem assim o preso dava acordo de si, resolveu ir chamar o médico.

O governador saiu, e algumas palavras de compaixão chegaram aos ouvidos de Dantès, confundidas com risadas de gracejo.

— Vamos! vamos! — dizia um — o louco foi tomar conta dos seus tesouros, boa-viagem!

— Com todos os seus milhões, não tem com que pagar a mortalha — dizia outro.

— Oh! — tornava outro — as muralhas da fortaleza não custam muito caro.

— Como é um eclesiástico — disse o que primeiro falara — talvez façam algum gasto em seu favor.

— Então não terá as honras do saco.

Edmond escutava, não perdia uma única palavra, mas não compreendia muita coisa de tudo isso. Em breve cessaram as vozes, e pareceu-lhe que os assistentes saíam do quarto.

Entretanto não se atreveu a entrar, podia ter ficado alguém a guardar o corpo.

Conservou-se imóvel, mudo e contendo a respiração.

No fim de uma hora, o silêncio foi interrompido por um fraco rumor que aumentava.

Era o governador que voltava, seguido do médico e de muitos oficiais.

Houve um momento de silêncio; era evidente que o médico se chegava à cama e examinava minuciosamente o cadáver.

Começaram as perguntas.

O médico analisou a doença a que o preso tinha sucumbido, e declarou que estava morto.

Perguntas e respostas eram feitas com uma negligência que indignava Dantès. Parecia-lhe que toda a gente devia sentir pelo pobre abade parte da afeição que ele lhe consagrava.

— Sinto muito o que me diz — disse o governador, sem dúvida em resposta à certeza manifestada pelo médico de que o velho estava realmente morto —; era um preso dócil e inofensivo, de loucura divertida, e principalmente fácil de vigiar.

— Oh! — tornou o carcereiro — até podia ficar sem vigilância alguma; cinqüenta anos que aqui estivesse, asseguro que não faria uma única tentativa de fuga.

— Entretanto — tornou o governador —, julgo que seria urgente, apesar da sua convicção, não que eu duvide da sua ciência, mas para salvar a minha responsabilidade, que nos assegurássemos de que o preso está realmente morto.

Houve um momento de silêncio absoluto, durante o qual Dantès, sempre à escuta, percebeu que o médico examinava e apalpava outra vez o cadáver.

— Pode descansar — disse então o médico —, está morto e bem morto, afianço-lhe eu.

— Sabe, senhor doutor — disse o governador insistindo —, que nestes casos não nos contentamos com um simples exame; apesar de todas as aparências, tenha a bondade de completar o exame, preenchendo todas as formalidades prescritas pela lei.

— Aqueçam os ferros — disse o médico —; mas, na verdade, é precaução inteiramente inútil.

Essa ordem de aquecer os ferros fez estremecer Dantès.

Ouviram-se passos apressados, o ranger da porta, algumas idas e vindas, e instantes depois um guarda entrou dizendo:

— Aqui está o braseiro com um ferro.

Houve então um momento de silêncio; depois se ouviu o chiar de carnes que eram queimadas, e cujo cheiro, nauseabundo e forte, atravessava o muro detrás do qual Dantès estava escutando horrorizado.

Com esse cheiro de carne humana carbonizada, cobriu-se de suor a fronte do rapaz que julgou que não tardaria a desmaiar.

— Vê que está morto e bem morto — disse o médico —; esta queimadura no calcanhar é decisiva; o pobre louco está livre da loucura e da prisão!

— Não se chamava Faria? — perguntou um dos oficiais que acompanhavam o governador.

— Sim, senhor; e, ao que dizia, era um nome de família antiga; além disso, era muito sábio e não pouco discreto em todos os pontos que não se referiam a seu tesouro; mas nesse, deve-se confessar, era intratável.

— É o que chamamos monomania — disse o médico.

— Nunca teve dele motivos de queixa? — perguntou o governador ao carcereiro encarregado de levar os alimentos ao abade. — Nunca, Sr. Governador, pela palavra, nunca; pelo contrário, antigamente até me divertia contando-me histórias; e um dia, estando minha mulher doente, deu-me uma receita que a curou.

— Ah, ah! — disse o médico — não sabia que era meu colega; peço-lhe, Sr. Governador —acrescentou rindo —, que por isso o trate como merece.

— Sim, sim, descanse, há de ser decentemente sepultado; e será amortalhado no saco mais novo que acharmos; fica satisfeito?

— Devemos preencher esta última formalidade na sua presença, Sr. Governador? — perguntou um carcereiro.

— Decerto, mas avie-se; não posso ficar aqui toda a manhã.

Novas idas e vindas foram ouvidas por Dantès; seguiu-se-lhe um ruído de pano amarrotado, a cama rangeu nas suas molas, um passo pesado, como o de quem carrega um fardo, soou no ladrilho, depois a cama tornou a ranger com o peso que lhe restituíam.

— Aí estará até a noite — disse o governador.

— Haverá missa? — perguntou um dos oficiais.

— É impossível — respondeu o governador; — o capelão pediu-me ontem licença para ir passar oito dias em Hyères; afiancei-lhe que os meus presos não careciam dele nesse intervalo. Para que teve tanta pressa o pobre abade? É ele que tem a culpa, se fica sem o seu réquiem.

— Pouco importa! — disse o médico com a impiedade familiar aos da sua profissão —; é eclesiástico, e Deus há de atender a isso, para não dar ao Inferno o gostinho de lhe mandar um padre. Seguiu-se uma gargalhada a este torpe gracejo.

Entretanto ia-se acabando de amortalhar o corpo.

— Até a noite! — disse o governador quando tudo estava pronto.

— A que horas? — perguntou o carcereiro.

— Das dez às onze.

— Fica alguém vigiando o corpo?

— Para quê? Fechem o cárcere como se ele estivesse vivo: isso basta.

Então se afastaram os passos, enfraqueceram as vozes pouco a pouco; ouviu-se ranger a porta e os ferrolhos, e um silêncio mais triste do que o da solidão, o silêncio da morte, invadiu tudo, até a alma enregelada do rapaz.

Este levantou então devagar o ladrilho com a cabeça, e lançou os olhos perscrutadores pelo quarto.

O quarto estava vazio. Dantès saiu do subterrâneo.

XX. O cemitério da fortaleza de If

Na cama, deitado ao comprido, e fracamente iluminado por um dia nublado, via-se um saco de serapilheira, em cujas amplas dobras se desenhava confusamente uma forma comprida e inteiriçada: era a mortalha de Faria, essa mortalha que, no dizer do carcereiro, custava uma bagatela. Assim, tudo estava acabado. Existia já uma separação material entre Dantès e o seu velho amigo; não podia tornar a contemplar esses olhos que tinham ficado abertos como para verem ainda depois da morte; não podia tornar a apertar essa mão industriosa, que lhe levantara o véu que cobria tantos mistérios da ciência. Faria, hábil e bom companheiro, a quem com tanta amizade se havia ligado, já não existia senão na sua lembrança! Sentou-se então à cabeceira dessa terrível cama, imerso em profunda e amargurada melancolia.

Só, achava-se outra vez só! outra vez no meio do silêncio, em frente do nada!...

Só, nem já a vista, nem já a voz do único ente humano que o prendia a terra!... Não era melhor ir, como Faria, perguntar a Deus pelo enigma da vida; a risco de passar pela lúgubre porta do sofrimento?

A idéia do suicídio, repelida pelo amigo, afastada pela sua presença, veio então erguer-se outra vez como um fantasma ao pé do cadáver de Faria.

— Se eu pudesse morrer — disse —, iria para onde ele vai, e encontrá-lo-ia por certo. Mas como posso eu morrer? É fácil — disse rindo —; deixo-me ficar aqui, atiro-me ao primeiro que entrar, estrangulo-o e sou guilhotinado.

Mas como acontece que, nas grandes dores, como nas grandes tempestades, está o abismo no meio de duas ondas, Dantès recuou com a idéia dessa morte infamante, e passou precipitadamente desse desespero a uma sede ardente de vida e liberdade.

— Morrer!... oh, não, não! — exclamou —; não valia a pena ter vivido tanto, padecido tanto, para morrer agora! Morrer era bom, quando o resolvi em outro tempo, há muitos anos; mas hoje seria realmente auxiliar muito o meu miserável destino. Não, quero viver; quero lutar até o fim; quero reconquistar a ventura que me foi roubada. Antes de morrer esquecia-me que tenho de vingar-me dos meus algozes, e talvez, quem sabe, de recompensar alguns amigos. Mas agora, aqui vou ficar esquecido, e não sairei do meu cárcere senão como Faria.

Ao proferir estas palavras, Edmond ficou imóvel, os olhos fitos, como quem é inspirado por uma súbita idéia, mas cheio de pavor por essa mesma idéia. De súbito levantou-se, levou a mão ao rosto como se tivesse uma vertigem, deu duas ou três voltas pelo quarto, e tornou a parar diante da cama...

— Oh! oh, quem me manda este pensamento? Sois Vós, meu Deus? Se só os mortos saem daqui, tomemos o lugar dos mortos.

Firme nessa decisão desesperada e para não dar à reflexão lugar de a vir combater, inclinou-se para o horrível saco, abriu-o com a faca que Faria havia feito, tirou o cadáver de dentro, levou-o para o seu quarto; deitou-o na sua cama, cobriu-lhe a cabeça com o andrajo com que costumava cobrir a sua, pôs-lhe o cobertor, beijou pela última vez essa fronte gelada, tentou cerrar os olhos rebeldes, que continuavam abertos, pavorosos pela ausência do pensamento, virou-lhe a cara para a parede, para que o carcereiro, ao trazer-lhe a comida à noite, julgasse que ele estava deitado como era o seu costume; voltou para a galeria, encostou a cama à parede, entrou no outro cárcere, tirou do armário agulha e linha, despiu os seus andrajos, para que lhe sentissem dentro do saco as carnes nuas, colocou-se na posição em que tinha estado o cadáver, e fechou por dentro a costura.

Ter-lhe-iam sentido palpitar o coração se por desgraça entrassem nesse momento.

Bem teria podido Dantès esperar para depois da visita da noite, mas receava que até então o governador mudasse de parecer, e levassem o cadáver.

Então estava perdida a sua última esperança.

Em todo o caso, o seu plano estava agora assente.

Eis o que contava fazer.

Se no trajeto os coveiros reconhecessem que levavam um homem vivo, em vez de um cadáver, Dantès não lhes dava tempo de tomarem as suas medidas: com uma vigorosa facada abria o saco de cima a baixo, aproveitava-se do terror deles e fugia; se o quisessem agarrar, a faca lhe valeria.

Se o levassem ao cemitério e o depositassem em alguma cova, deixava que o cobrissem de terra, e depois, como era noite, mal os coveiros voltassem as costas, abria passagem pela terra mole e fugia; esperava que o seu peso não fosse tanto que a não pudesse levantar.

Se se enganasse, se, ao contrário, o peso da terra fosse muito grande, morreria abafado, e, tanto melhor, estava tudo acabado!

Dantès nada comera desde a véspera, e contudo não tinha fome, nem a comida lhe lembrava. Tão precária era a sua posição que não podia preocupar o seu pensamento com outra qualquer idéia.

O primeiro perigo que o ameaçava era que o carcereiro, levando-lhe a comida às sete horas, desse pela substituição. Felizmente, ou por misantropia ou por cansaço, Dantès quase sempre recebia o carcereiro sem se levantar, e este punha na mesa a comida que trazia e saía sem lhe falar.

Desta vez, porém, podia o carcereiro modificar o seu mutismo habitual, falar a Dantès, e, vendo que este lhe não respondia, chegar-se à cama e descobrir tudo.

Quando iam sendo sete horas da noite, começaram realmente as angústias de Dantès. Com uma das mãos sobre o coração, procurava comprimir-lhe as pulsações, e com a outra enxugava o suor da testa, que lhe corria em bagas pelas fontes; de vez em quando horrível calafrio lhe petrificava os ossos e lhe apertava o coração como um torno gelado; então julgava que ia morrer.

As horas passaram sem trazerem mudança alguma na fortaleza, e Dantès compreendeu que havia escapado do primeiro perigo. Já isto era de bom agouro.

Enfim, por volta da hora marcada pelo governador, ouviram-se passos na escada. Edmond compreendeu que era chegado o momento, e então reuniu toda a sua coragem, reprimindo a respiração; e mais feliz seria se ao mesmo tempo pudesse reprimir, também, as precipitadas pulsações das artérias.

Pararam à porta; os passos indicavam duas pessoas. Dantès adivinhou que eram os dois coveiros que vinham buscá-lo. Transformou-se em certeza essa suspeita quando ouviu a bulha que faziam ao largar a padiola.

A porta abriu-se e uma luz mortiça chegou aos olhos de Dantès. Entre o tecido do saco, viu aproximarem-se da cama duas sombras. Um outro indivíduo ficou à porta com uma lanterna na mão. Os dois homens, que se haviam aproximado da cama, agarraram o saco pelas duas extremidades.

— Não deixa de ter seu peso para um velho tão magro! — disse um deles, levantando-o pela cabeça.

— Dizem que cada ano aumenta meia libra o peso dos ossos — disse o outro, pegando-lhe pelos pés.

— Deste o nó? — perguntou o primeiro.

— Seríamos tolos se carregássemos com um peso inútil — disse o outro —; quando chegarmos lá embaixo arranjaremos isso.

— Tem razão; vamos.

"Qual será o nó a que se referem?", perguntou Dantès a si mesmo.

Puseram o suposto morto na padiola. Edmond entesou-se para melhor figurar de defunto. O cortejo, alumiado pelo homem da lanterna, que ia adiante, subiu a escada.

De súbito, o ar frio e forte da noite banhou o prisioneiro, que logo reconheceu o vento do nordeste. Foi uma repentina sensação, repassada de angústia e de delícias.

Os que o levavam caminharam uns trinta passos, e depois pararam e largaram no chão a padiola.

Um deles afastou-se, e Dantès ouviu o som dos seus sapatos sobre as lajes.

"Onde estarei?", perguntou ele a si mesmo.

— Sabe que não tem nada de leve? — disse o que ficara perto de Dantès, sentando-se na borda da padiola.

O primeiro impulso de Dantès foi escapar-se; felizmente conteve-se.

— Alumia-me, burro — disse o que se afastara —; quando não, é impossível achar o que procuro.

O homem da lanterna anuiu ao convite, embora não fosse concebido em termos muito delicados.

"O que estará ele procurando?", pensou Dantès. "Sem dúvida, alguma enxada."

Uma exclamação de contentamento indicou que o coveiro achara o que procurava.

— Enfim — disse o outro —, não foi sem custo.

— Sim — respondeu-lhe —, mas nada perderá por ter esperado.

Então se chegou a Edmond, que sentiu largar ao pé de si um corpo pesado e sonoro, e ao mesmo tempo enleou-lhe aos pés uma corda, o que lhe causou uma forte dor.

— Então, deste o nó? — perguntou o coveiro, que estivera até ali sem fazer nada.

— E bem dado, digo-lhe eu.

— Então, a caminho.

E carregaram de novo com a padiola.

Deram cerca de cinqüenta passos, depois pararam para abrir uma porta, e continuaram o caminho. A bulha das ondas de encontro aos rochedos sobre os quais está construída a fortaleza, aumentava aos ouvidos de Dantès à proporção que iam avançando.

— Temos mau tempo — disse um dos da padiola —; não há de ser muito divertido ficar esta noite de molho.

— É verdade — disse o outro —; e o abade corre o risco de se molhar muito.

E desataram a rir.

Dantès não percebeu bem o gracejo, mas arrepiaram-se-lhe os cabelos.

— Bom, chegamos — tornou o primeiro.

— Mais longe, mais longe — disse o outro, — bem sabe que o último ficou a meio caminho, esmigalhando-se nos rochedos, e que o governador no dia seguinte chamou-nos mandriões.

Deram mais quatro ou cinco passos, subindo sempre; depois Dantès sentiu que o agarravam pela cabeça e pelos pés.

— Uma... — disseram os coveiros.

— Duas...

— Três!

E logo Dantès sentiu-se atirado para um enorme vácuo, atravessando os ares como um pássaro ferido, caindo, sempre com um terror indescritível que lhe gelava o coração. Embora puxado para baixo por algum objeto que lhe acelerava o rápido vôo, pareceu-lhe, contudo, que essa queda durava um século. Por fim, com pavoroso ruído, entrou como uma seta na água gelada, que lhe fez dar um grito, sufocado imediatamente pela imersão.

Dantès tinha caído ao mar, para o fundo do qual o puxava uma bala de 36 presa aos pés.

O mar era o cemitério da Fortaleza de If.

XXI. A ilha de Tiboulen

Dantès, atordoado, quase sufocado, teve, entretanto, a presença de espírito de conter a respiração; e como na mão direita, preparado, como dissemos que estava, para todas as eventualidades, levava a faca, rasgou rapidamente o saco, tirou o braço e depois a cabeça; apesar, porém, dos seus movimentos para levantar a bala, continuou a sentir-se puxado para baixo; então vergou o corpo, procurando a corda que lhe amarrava as pernas, e com um esforço supremo conseguiu cortá-la no momento em que se sentia asfixiar. Depois, dando-lhe um pontapé, subiu livre à tona da água, enquanto a bala levava para desconhecidos abismos a serapilheira que ia sendo a sua mortalha. Dantès só teve tempo de respirar, porque mergulhou outra vez; a primeira precaução que tinha de tomar era evitar ser visto.

Quando surgiu pela segunda vez, já estava, pelo menos, a cinqüenta passos do lugar da queda; viu por cima da cabeça um céu negro e tempestuoso, em cuja superfície o vento varria algumas nuvens que descobriam às vezes um cantinho azul, realçado por uma estrela. Diante dele estendia-se a planície medonha e gemebunda, cujas ondas começavam a ferver como quando chega o temporal; e por detrás, mais negro do que o mar, mais negro do que o céu, erguia-se, como um fantasma ameaçador, o gigante de granito, cuja ponta escura parecia um braço estendido para a presa que lhe fugia. No mais alto rochedo havia uma lanterna alumiando duas sombras.

Pareceu-lhe que aquelas duas sombras se debruçavam inquietas para o mar. Com efeito, esses singulares coveiros deviam ter ouvido o grito que dera ao atravessar o espaço.

Dantès mergulhou outra vez, e nadou não pouca distância por debaixo da água. Esse exercício lhe era outrora familiar, e de ordinário chamava em redor dele, na enseada de Pharo, inúmeros admiradores, que o proclamavam o mais hábil nadador de Marselha.

Quando voltou à tona da água, a lanterna tinha desaparecido. Cumpria orientar-se. De todas as ilhas que cercam a Fortaleza de If, as mais próximas são Ratonneau e Pomègue; mas Ratonneau e Pomègue são habitadas; o mesmo sucede à pequena ilha de Daume; as mais seguras eram, pois, a de Tiboulen ou a de Lemaire, que ficam a uma légua da Fortaleza de If.

Dantès resolveu ainda assim acolher-se em uma delas. Mas como achá-las no meio das trevas que cada vez mais se condensavam em volta de si?

Nesse momento viu brilhar, como uma estrela, o farol de Planier. Dirigindo-se para o farol, deixava a ilha de Tiboulen um pouco à esquerda. Inclinando-se, pois, um pouco para a esquerda, devia encontrar a ilha no caminho. Mas, como dissemos, o menos que a ilha podia distar da fortaleza era uma légua.

Muitas vezes, na prisão, vendo-o prostrado e indolente, Faria lhe tinha dito:

"Dantès, não ceda a essa prostração: afogar-se-ia, se tentasse fugir não tendo conservado as suas forças."

Sobre as ondas pesadas e agitadas, vieram essas palavras ecoar aos ouvidos de Dantès. Então subia, diligente, cortava a água, para ver se realmente não tinha perdido a força, e via com alegria que essa inação forçada nada lhe havia tirado da sua antiga robustez e agilidade; sentiu que ainda era senhor do elemento com que desde a infância brincara.

Além do que, o medo, esse rápido perseguidor, dobrava-lhe as forças; ao cimo da água escutava atento se algum rumor o impressionaria. Cada vez que se elevava no cimo de uma vaga, deitava rápido olhar para o horizonte e procurava ver na escuridão. Cada vaga um pouco mais elevada do que as outras lhe parecia uma barca que o procurava, e então dobrava os esforços, que o afastavam, mas cuja repetição devia de pronto deixá-lo sem forças.

Nadava sempre, e já a terrível fortaleza se ia pouco a pouco confundindo com o vapor noturno. Já não a distinguia, porém, como que ainda a sentia.

Uma hora passou, durante a qual Dantès, exaltado pelo sentimento de liberdade de que estava possuído, continuou a cortar as ondas na direção que delineara.

"Vejamos, dizia consigo, há quase uma hora que estou nadando, mas, como o vento me é contrário, devo ter perdido a quarta parte da minha velocidade. Todavia, se não me enganei na direção, não devo estar longe de Tiboulen. Mas se me enganei!..."

Um calafrio abalou todo o corpo do nadador. Procurou um momento deitar-se de costas para descansar; o mar estava, porém, tão agitado, que viu que era impossível esse alívio.

"Hei de ir até o fim, até que os braços cansem, até que me dêem cãibras por todo o corpo, e só então irei ao fundo."

E começou a nadar com todas as forças e com todo o impulso do desespero.

De súbito, pareceu-lhe que o céu, já tão escuro, ainda mais escurecia, que uma nuvem densa, pesada e compacta, ia cair sobre ele; e ao mesmo tempo sentiu uma dor violenta no joelho. A imaginação, com a sua incalculável rapidez, disse-lhe então que era o choque de uma bala e que ia imediatamente ouvir a explosão de um tiro de espingarda; mas a explosão não se fez ouvir. Dantès estendeu a mão, e sentiu resistência, moveu a outra perna, e tocou em terra. Viu então qual era o objeto que tomara por uma nuvem.

A vinte passos de distância erguia-se um grupo de rochedos de singular aspecto, que parecia uma imensa cratera petrificada no momento da sua mais ativa combustão. Era a ilha de Tiboulen.

Dantès levantou-se, deu alguns passos para a frente; e, dando graças a Deus, deitou-se numa dessas pontas de granito, que lhe pareceu mais macia do que a melhor das camas. Depois, apesar do vento, apesar da tempestade, apesar da chuva, que começava a cair, vencido pelo cansaço, dormiu esse delicioso sono do homem cujo corpo se entorpece, mas cuja alma se embala nas sensações de uma grande ventura inesperada.

Passada uma hora, Edmond acordou ao ribombo de um imenso trovão: a tempestade, desencadeada no espaço, agitava os ares com o seu furor medonho; de vez em quando fuzilavam os relâmpagos como serpentes de fogo, iluminando as ondas e as nuvens, que corriam umas ao encontro das outras como as vagas do imenso caos.

Com o olhar de marinheiro experimentado, Dantès não se havia iludido; tinha aportado à primeira das duas ilhas, que é realmente a de Tiboulen. Sabia que era nua, descoberta, não desabrigada, não oferecendo o menor asilo; mas, quando a tempestade serenasse, atirar-se-ia de novo ao mar, e iria à ilha de Lemaire, tão árida como essa, porém mais vasta, e portanto mais hospitaleira.

Um rochedo desaprumado ofereceu-lhe momentâneo abrigo, debaixo do qual se acolheu: e quase ao mesmo tempo estalou a tempestade com toda a sua fúria.

Edmond sentiu tremer o rochedo a que se abrigara; as ondas, quebrando-se de encontro à base da gigantesca pirâmide, iam salpicá-lo. Embora estivesse em lugar seguro, no meio desse profundo estrondo, desses deslumbrantes lampejos, sentiu uma espécie de vertigem; parecia-lhe que a ilha se abalava, e que de um momento para o outro, como um navio ancorado a que rebentam as correntes, seria arrastado por água abaixo no meio de imenso turbilhão.

Recordou-se então de que havia vinte e quatro horas que não comia; tinha fome e sede.

Estendeu as mãos e a cabeça, e bebeu a água da chuva na cavidade do rochedo.

Na ocasião em que acabava de fazê-lo, um relâmpago, que parecia abrir o céu até os pés do trono deslumbrante do Altíssimo, iluminou o espaço. A luz desse relâmpago, entre a ilha de Lemaire e o cabo Croisille, a um quarto de légua de distância, pareceu-lhe ver um espectro, escorregando do alto de uma vaga para um abismo; era um barquinho de pesca, levado ao mesmo tempo pela tempestade e pelas ondas. Um segundo depois, no cimo de outra vaga, reapareceu o fantasma, aproximando-se com pavorosa rapidez. Dantès quis gritar; procurou algum pedaço de pano com que pudesse fazer sinal aos pescadores de que se perdiam, mas eles mesmos também o viam. Ao luzir de outro relâmpago, viu o rapaz quatro homens agarrados ao mastro e aos cabos, e outro ao leme, já partido. Esses homens, que viu, também sem dúvida o viram, porque a seus ouvidos chegaram os gritos de desespero, levados pela sibilante refrega. Acima do mastro, torcido como um vime, estalava no ar uma vela em farrapos. De súbito, as cordas que ainda a seguravam rebentaram, e ela desapareceu, arrebatada para as profundezas sombrias do céu, assemelhando-se às grandes aves brancas que se destacam nas nuvens negras.

Ao mesmo tempo ouviu-se um estalido, e Dantès distinguiu gritos de agonia. Agarrado como uma esfinge a seu rochedo, do qual pendia sobre o abismo, um outro relâmpago lhe mostrou o barco despedaçado, e, entre os seus destroços, uns rostos desesperados e braços levantados para o Céu.

Depois tudo ficou em trevas; o pavoroso espetáculo tinha tido a duração do relâmpago.

Dantès precipitou-se pelo declive escorregadio do rochedo, em risco de cair ao mar. Olhou, escutou, nada mais viu e nada mais ouviu; nem gritos, nem esforços humanos; só a tempestade, essa grande obra de Deus continuava a bramir com os ventos, a espumar com as ondas.

Pouco a pouco o vento abrandou, e no céu rolaram para o ocidente grossas nuvens cinzentas. O azul reapareceu com estrelas mais brilhantes do que nunca; em breve, para leste, uma comprida faixa avermelhada desenhou no horizonte as ondulações de um azul-escuro; as ondas pulavam e súbito brilho lhes cobriu os cimos e os transformou em madeixas de ouro.

Era dia.

Dantès ficou imóvel e mudo ante esse grande espetáculo, como se o visse pela primeira vez; e, realmente, tanto tempo estivera na Fortaleza de If, que o havia esquecido.

Voltou-se para a fortaleza, interrogando com penetrante olhar, em torno de si, a terra e o mar.

O sombrio edifício saía do meio das ondas com a imponente majestade das coisas imóveis, que parece, ao mesmo tempo, vigiar e ordenar.

Poderiam ser cinco horas da manhã; o mar continuava a acalmar-se.

"Daqui a duas ou três horas, disse Dantès, o carcereiro entrará na minha prisão, achará o cadáver do meu pobre amigo, reconhecê-lo-á, procurar-me-á debalde, e porá tudo em alvoroço. Então se achará o buraco, a galeria; serão interrogados os homens que me atiraram ao mar, e que por certo ouviram o grito que dei. E logo barcos cheios de soldados armados correrão atrás do mísero fugitivo, que bem sabem que não pode estar longe. A artilharia advertirá todos os habitantes da costa de que não dêem asilo a um homem que encontrem nu, esfaimado e vagabundo. Os espiões e malsins de Marselha serão avisados e explorarão os arredores, enquanto o governador da Fortaleza de If mandará pesquisar as ilhas mais remotas. Então, bloqueado pelo mar, cercado por terra, o que há de ser de mim? Tenho fome, tenho sede, tenho frio, estou abandonado; larguei até a salvadora faca que me incomodava para nadar; estou à mercê do primeiro que quiser ganhar vinte francos entregando-me; já não tenho forças, nem idéias, nem resolução. Oh, meu Deus, meu Deus! tenho padecido tanto, vede, Senhor, se podeis fazer por mim o que eu já não posso executar!"

No momento em que Edmond, numa espécie de delírio causado pela perda da força e pelo vácuo do seu cérebro, proferia ansiosamente, voltado para a Fortaleza de If, essa ardente súplica, viu aparecer, na ponta da ilha de Pomègue, desenhando no horizonte a sua vela latina e semelhante a uma gaivota que voa à flor da água, um navio que só o olhar de um marinheiro podia conhecer como uma tartana genovesa, na linha ainda meio escura do mar. Vinha do porto de Marselha e dirigia-se para o alto mar, impelindo a espuma brilhante com a proa aguda, que abria fácil caminho a seu bojudo costado.

"Oh, exclamou Edmond, lembrar-me de que daqui a meia hora podia estar naquele navio, se não receasse ser interrogado, reconhecido como fugitivo e levado outra vez para Marselha! Que fazer? Que dizer-lhes? Que história inventar que os possa iludir? São contrabandistas, meio piratas. A pretexto de cabotagem, exercem toda a casta de pirataria; preferirão vender-me a praticarem uma boa ação. Esperemos.

Mas esperar mais é impossível: morro de fome; daqui a poucas horas, o resto das minhas forças terá desaparecido. Além do que, vai sendo a hora da visita; ainda não se deu pela minha falta; talvez ainda nada saibam; posso apresentar-me como um dos tripulantes do barco que naufragou esta noite. A mentira não deixará de ter verossimilhança; ninguém poderá contradizer-me, morreram todos."

E, dizendo isto, Dantès voltou os olhos para o lugar em que naufragara o barco, e estremeceu. Na aresta de um rochedo tinha ficado seguro o barrete frígio de um dos náufragos, e ao pé boiavam alguns destroços da querena, inertes madeiros que o mar empurrava e repelia de encontro à base da ilha, e nela batiam como impotentes aríetes.

Num momento Dantès resolveu-se; atirou-se ao mar, nadou para o barrete frígio, pô-lo na cabeça, agarrou-se a um dos madeiros, e dirigiu-se para cortar a linha seguida pelo navio.

"Agora estou salvo!", disse consigo.

Esta convicção restituiu-lhe as forças.

Em breve avistou a tartana, que, tendo vento pela proa, bordejava entre a Fortaleza de If e a torre de Planier. Um instante receou Dantès que, em vez de encostar a terra, o navio se fizesse ao largo, como devia, se se destinasse à Córsega ou à Sardenha; mas, pelo modo como manobrava, reconheceu o nadador que desejava passar, como é costume dos navios que vão para a Itália, entre a ilha de Jaros e a ilha de Calasareigne.

Entretanto, navio e nadador aproximavam-se insensivelmente um do outro; numa das abordadas, o navio achou-se a um quarto de légua de Dantès. Levantou-se este então nas ondas, agitando o barrete para implorar socorro, mas ninguém o viu; e o navio, virando de bordo, seguiu outra direção. Dantès lembrou-se de gritar; mediu, porém, com os olhos a distância, e compreendeu que a sua voz não chegaria ao navio, porque seria abafada pela brisa do mar e pelo bramir das ondas.

Então se felicitou pela precaução que tivera de se estender sobre o pau; porque, enfraquecido como estava, talvez não pudesse sustentar-se na água até alcançar o barco: e decerto, se este, o que era possível, passasse sem o ver, não poderia então voltar para terra, em conseqüência da grande distância.

Conquanto tivesse quase a certeza da derrota seguida pela tartana, Dantès acompanhou-a com os olhos com certa ansiedade, até que a viu virar de bordo e dirigir-se para ele.

Então nadou para ela; mas, antes de alcançá-la, viu que se preparavam novamente para virar de bordo.

E logo Dantès, por um esforço supremo, levantou-se até ficar quase em pé na água, agitando o barrete e dando um desses gritos lamentáveis, familiar aos marinheiros quando perdidos, e que parecem ser o gemido de algum fantasma marinho.

Desta vez viram-no e ouviram-no. A tartana suspendeu a manobra, e aproou para ele. Ao mesmo tempo viu que se preparavam para deitar ao mar um escaler.

Um momento depois, aproximou-se o escaler, tripulado por dois homens cortando o mar ao impulso de dois remos. Dantès largou então o madeiro, de que julgava não carecer mais, e nadou vigorosamente para poupar metade do caminho aos que o vinham salvar.

Contava, porém, o nadador com forças que já não tinha; e foi então que compreendeu quanto auxílio lhe prestara esse pau que boiava inerte a cem palmos de distância. Os braços começavam a inteiriçar-se-lhe, as pernas tinham perdido a flexibilidade, os seus movimentos já eram irregulares e frouxos, e o peito arquejava-lhe.

Deu segundo grito; os dois remadores redobraram de energia, e um deles bradou-lhe em italiano: "Ânimo!"

Chegou-lhe essa palavra no momento em que uma onda, que ele já não tinha força para vencer, lhe passou por cima da cabeça e o cobriu de espuma.

Tornou a aparecer, agitando a água com os movimentos desiguais e desesperados de um homem que se afoga, deu terceiro grito, e sentiu-se puxado para o fundo, como se ainda tivesse presa aos pés a bala fatal.

A água passou-lhe por cima da cabeça, e através da água viu o céu lívido com manchas negras.

Violento esforço o trouxe de novo à superfície.

Pareceu-lhe então que o agarravam pelos cabelos; nada mais viu, nada mais ouviu: tinha perdido os sentidos.

Quando tornou a abrir os olhos, achou-se no convés da tartana, que prosseguia o caminho; o seu primeiro olhar foi para conhecer a direção que levava: continuava a afastar-se da Fortaleza de If.

Dantès estava tão exausto que a exclamação de alegria que soltou foi tomada por um suspiro de dor.

Como dissemos, Edmond estava deitado no convés; um marinheiro friccionava-lhe o corpo com um cobertor de lã; outro, que ele reconheceu porque fora o que lhe gritara "ânimo!", introduzia-lhe na boca o orifício de uma cabaça; um marinheiro velho, que era ao mesmo tempo patrão e mestre do barco, contemplava-o com o sentimento egoístico que em geral sentem os homens por uma desgraça a que escaparam na véspera e que lhes pode suceder no dia seguinte.

Algumas gotas de rum que estavam na cabaça reanimaram o coração desfalecido do rapaz, e as fricções que o marinheiro, ajoelhado ao pé dele, continuava a fazer-lhe com a lã, restituíam-lhe o calor a todo o corpo.

— Quem é? — perguntou-lhe o mestre em mau francês.

— Sou — respondeu Dantès em mau italiano — um marinheiro maltês; vínhamos de Siracusa, trazíamos uma carga de vinho. O temporal desta noite apanhou-nos no cabo Morgion, e naufragamos nos rochedos que ali estão.

— De onde vem? — Daqueles rochedos, em que tive a felicidade de me agarrar, enquanto o meu pobre capitão neles despedaçava a cabeça. Os nossos três companheiros afogaram-se. Julgo que sou o único que escapou; vi o seu navio, e receando ter muito que esperar nesta ilha deserta, arrisquei-me, aproveitando um dos destroços do nosso navio, a ver se alcançava este. Obrigado. Salvaram-me; estava quase a afogar-me quando um dos seus marinheiros me agarrou pelos cabelos.

— Fui eu — disse um marinheiro de fisionomia aberta e franca, e de compridas suíças pretas —; e era tempo: ia já para o fundo.

— Sim — disse Dantès, estendendo-lhe a mão —, sim, meu amigo, pela segunda vez lhe agradeço.

— A falar a verdade — disse o marinheiro —, quase que hesitei, porque com essa barba de palmo, e os cabelos de palmo e meio, mais me parecia um salteador do que um homem de bem.

Dantès lembrou-se de que, efetivamente, desde que tinha ido para a Fortaleza de If, nunca mais cortara o cabelo, nem fizera a barba.

— Sim — disse —, fiz voto a Nossa Senhora del Pie de la Grotta, num momento de perigo, de passar dez anos sem fazer a barba nem cortar o cabelo. Hoje acabei a promessa, e por aniversário ia-me afogando.

— Agora o que havemos de fazer do senhor? — perguntou o patrão.

— O que quiser — respondeu Dantès —; a embarcação em que servia perdeu-se, o capitão morreu; como vê, escapei ao perigo, mas estou nu. Felizmente sou sofrível marinheiro. Deixe-me no primeiro porto em que tocar, e acharei emprego em qualquer navio mercante.

Conhece o Mediterrâneo?

— Desde pequeno que navego nele.

— Sabe dos seus bons ancoradouros?

— Poucos portos há, ainda os mais difíceis, em que eu não possa entrar e de que não possa sair, com os olhos fechados.

— Então, patrão — perguntou o marinheiro que havia encorajado Dantès —, se o camarada não mente, porque não há de ficar conosco?

— Sim, se não mente — disse o patrão com modos de dúvida —; mas, no estado em que está, promete-se muito e cumpre-se pouco.

— Hei de fazer mais do que prometo — disse Dantès.

— Oh, oh, veremos isso! — disse o patrão, rindo-se.

— Quando quiser — disse Dantès levantando-se. — Para onde vai?

— Para Livourne.

— Pois então, em vez de perder um tempo precioso a bordejar, porque não se deixa ir com o vento? — Iríamos cair na ilha de Rion.

— Passará a mais de vinte braças dela.

— Pois tome lá o leme — disse o patrão —; assim avaliaremos a sua ciência.

Dantès foi sentar-se ao leme; assegurou-se, por uma leve pressão, da docilidade do navio, e, vendo que, sem ser dos superiores, era dos bons, disse:

— A braços e bolinas!

Os quatro marinheiros que compunham a tripulação correram imediatamente aos postos, enquanto o patrão os acompanhava com os olhos.

— Ala! — continuou Dantès.

Os marinheiros obedeceram com alguma precisão.

— E agora, amarra; bem!

Esta ordem foi executada como as anteriores, e o navio, em vez de continuar a bordejar, começou a dirigir-se para a ilha de Rion, perto da qual passou, como Dantès previra, deixando-a a umas vinte braças de estibordo.

— Bravo! — disse o patrão.

— Bravo! — repetiram os marinheiros.

E todos olharam maravilhados para esse homem, cujo olhar tinha recuperado uma inteligência e o corpo um vigor que estavam longe de suspeitar nele.

—Vê — disse Dantès deixando o leme — como posso ser-lhe de algum préstimo, ao menos nesta viagem? Se não precisar de mim em Livourne, deixar-me-á, e com as minhas primeiras soldadas pagar-lhe-ei a comida que me der e a roupa que me emprestar.

— Bem! bem! — disse o patrão — havemos de nos entender, se não for muito exigente.

— Um homem vale outro homem, dar-me-á o que dá aos camaradas, e fico satisfeito.

— Não é justo — disse o marinheiro que salvara a vida a Dantès —, porque sabe mais do que nós.

— Para que diabo se intromete você, Jacopo? tem alguma coisa com isso? — disse o patrão —; cada qual se ajusta pela quantia que lhe parece.

— Isso é verdade — disse Jacopo —; era uma simples observação que eu fazia.

— Pois melhor seria que tratasse de emprestar a este pobre rapaz, que está nu, uma calça e um gabão, se tem de sobra.

— Tanto não — disse Jacopo —; mas sempre poderei dispensar uma camisa e uma calça.

— É o suficiente — disse Dantès —; obrigado, meu amigo.

Jacopo desceu ao porão, e voltou daí a pouco com a roupa, que Dantès vestiu com indizível prazer.

— E agora, que mais quer? — perguntou o patrão.

— Um bocado de pão e outra gota desse excelente rum de que já provei; porque há muito tempo que nada como.

Com efeito, havia perto de quarenta horas.

Deram-lhe um pedaço de pão, e Jacopo apresentou-lhe a cabaça.

— O leme a bombordo! — gritou o mestre, voltando-se para o timoneiro.

Dantès lançou os olhos para o mesmo lado levando a cabaça à boca; a cabaça, porém, ficou em meio caminho.

— Olhem — disse o patrão —, que diabo haverá na Fortaleza de If?

Com efeito, uma nuvenzinha branca, que atraíra a atenção de Dantès, acabava de aparecer cobrindo a bateria do sul da fortaleza.

Um segundo depois, o ruído de uma longínqua explosão veio morrer a bordo da tartana.

Os marinheiros levantaram a cabeça, olhando uns para os outros.

— O que quer dizer isto? — perguntou o patrão.

— Talvez fugisse esta noite algum preso — disse Dantès —, e o tiro será para dar aviso.

O patrão lançou os olhos para o rapaz, que, proferidas essas palavras, levara a cabaça à boca; viu-o, porém, saborear o líquido com tanto sossego e tanta satisfação que, se teve alguma suspeita, foi ligeira, porque lhe atravessou o espírito desaparecendo logo.

— Este rum é forte, como todos os diabos! — disse Dantès, enxugando com a manga da camisa a testa inundada de suor.

— Em todo o caso — murmurou o patrão fitando Dantès —, se for ele, melhor; apanhei um homenzarrão.

A pretexto de estar cansado, o náufrago pediu então para ir sentar-se ao leme. Encantado de ter quem o substituísse, o timoneiro consultou com os olhos o patrão, que com a cabeça lhe fez sinal de que podia entregar a direção do barco a seu novo camarada. Dantès, assim colocado, pôde ficar com os olhos fixos em Marselha.

— Quantos são hoje do mês? — perguntou Dantès a Jacopo, que tinha vindo sentar-se ao pé dele, ao perder de vista a Fortaleza de If.

— 28 de fevereiro — respondeu-lhe este.

— E de que ano?

— De que ano?! pergunta de que ano?

— Sim — tornou Dantès —, pergunto de que ano.

— Pois esqueceu em que ano estamos?

— Que quer? tive tanto medo esta noite — disse Dantès rindo-se — que ia enlouquecendo, e fiquei com a memória tão perturbada que é por isso que pergunto em que ano estamos.

— Do ano de 1829 — disse Jacopo.

Havia catorze anos, dia a dia, que Dantès tinha sido preso. Tinha entrado aos dezenove na Fortaleza de If, saíra dela aos trinta e três.

Doloroso sorriso lhe pairou nos lábios; perguntou a si próprio que seria de Mercédès em todo esse tempo em que devia supô-lo morto.

Depois lhe passou pelos olhos um relâmpago de ódio e de cólera, ao pensar nesses três homens a quem devia tão longo e cruel cativeiro.

E renovou contra Danglars, Fernand, e Villefort, esse juramento de implacável vingança que proferira na prisão.

E esse juramento já não era uma vã ameaça, porque a essa hora o navio mais veleiro do Mediterrâneo não seria capaz de alcançar a tartana que singrava a todo o pano para Livourne.

XXII. Os contrabandistas

Ainda não tinha passado um dia a bordo, e já Dantès sabia com quem lidava. Sem ter andado na escola como o abade Faria, o digno patrão da *Jovem-Amélia*, que assim se chamava a tartana genovesa, sabia quase todas as línguas faladas em volta desse grande lago a que chamam Mediterrâneo, desde o árabe até o provençal; e isso, poupando-lhe os intérpretes, gente sempre aborrecida e às vezes indiscreta, dava-lhe grandes facilidades de comunicação, ou com os navios que encontrava no alto mar, ou com os barcos com que deparava ao correr das costas, ou, enfim, com essa gente sem nome, sem pátria, sem profissão aparente, que sempre se encontra nos cais de todos os portos, vivendo de recursos misteriosos e ocultos, que é de crer sejam dados diretamente pela Providência, pois que não têm meio algum de vida que à simples vista se possa descobrir. Fácil foi, pois, a Edmond adivinhar que estava a bordo de um navio contrabandista.

Por isso havia o patrão recebido Dantès com uma espécie de desconfiança; era conhecidíssimo de todos os guardas da Alfândega da costa, e como entre esses senhores e ele havia uma troca de astúcias, qual delas mais hábil, tinha a princípio julgado que Dantès era um simples emissário do fisco, que empregava esse meio engenhoso para descobrir os segredos do ofício. Mas o modo brilhante por que Dantès se tinha saído da hábil manobra que ordenara, havia-o de todo convencido; e depois, quando vira essa nuvem de fumo ondear como um penacho acima do baluarte da Fortaleza de If, e ouvira a longínqua explosão, tinha tido por um momento a idéia de que acabava de receber a bordo esse a quem, como aos reis, acabavam de conferir as honras de uma salva. Isso já o inquietava menos, devemos dizê-lo, do que se o recém-chegado fosse algum guarda da Alfândega: mas esta segunda suposição tinha, como a primeira, desaparecido igualmente, à vista da perfeita tranqüilidade do náufrago.

Edmond teve, pois, a vantagem de saber o que era o patrão, sem que o outro soubesse o que ele era. Por qualquer lado que o apertassem os camaradas, resistiu-lhes e não fez declaração nenhuma, dando aliás muitas explicações acerca de Nápoles e Malta, que conhecia como Marselha, e mantendo a sua primeira narração, de modo que fazia honra à sua memória. Foi, pois, o genovês, embora sagacíssimo, quem ficou iludido pela amenidade, pela experiência náutica, e mais do que tudo pela discreta dissimulação de Edmond.

E demais, talvez que o genovês fosse como algumas pessoas que nunca sabem senão o que devem saber, e não acreditam senão no que têm interesse em acreditar.

Nessa situação recíproca foi que chegaram a Livourne.

Aí devia Edmond tentar uma nova prova; era saber se se reconheceria a si mesmo, havendo catorze anos que não se tinha visto. Como conservava uma idéia bastante exata do que tinha sido em rapaz, ia ver o que era agora em homem. Aos olhos dos seus camaradas, era um homem perfeito; vinte vezes havia aportado a Livourne; conhecia um barbeiro residente na Rua de S. Fernand, entrou na casa dele para fazer a barba e cortar o cabelo.

O barbeiro olhou com espanto para esse homem de cabelos compridos e barba densa e preta, que se parecia com uma das belas cabeças de Ticiano. Não era ainda então moda trazer tão crescidos os cabelos e a barba; hoje um barbeiro espantar-se-ia de ver um homem dotado de tais perfeições físicas, que consentisse voluntariamente em ser privado delas.

O barbeiro liornês pôs-se a trabalhar sem observações.

Acabada a operação, quando Edmond sentiu o queixo de todo rapado e os cabelos reduzidos ao comprimento ordinário, pediu um espelho e mirou-se.

Tinha então trinta e três anos como já dissemos, e esses catorze anos de cárcere haviam operado, por assim dizer, uma grande mudança moral na sua fisionomia.

Dantès entrara para a Fortaleza de If com a cara redonda, risonha, com todos os sinais de rapaz feliz para quem os primeiros passos na vida foram fáceis, e que espera pelo futuro como uma dedução natural do passado. Tudo isso havia completamente mudado.

O rosto tinha-se-lhe tornado comprido, a boca risonha tinha adquirido as linhas firmes e fixas que indicam a decisão; as sobrancelhas haviam-se arqueado debaixo de uma ruga, única e pensativa; os olhos tinham o cunho de uma profunda tristeza, e por vezes expeliam relâmpagos de ódio; a tez, tanto tempo afastada da luz do dia e dos raios de sol, tinha tomado a cor baça que constitui, quando o rosto é cercado de cabelos pretos, a beleza aristocrática dos homens do Norte. A ciência profunda que tinha adquirido dava ao todo do seu semblante como um reflexo de profunda inteligência. Embora de alta estatura, tinha adquirido a robustez de um corpo que concentra em si todas as suas forças.

A elegância das formas nervosas e delgadas tinha sucedido a solidez das formas arredondadas e musculosas. A voz, tinham-na mudado as súplicas, os soluços, as imprecações, ora em timbre de singular doçura, ora em acentuação severa e quase rouca. Os olhos, acostumados a pouca luz e à escuridão, tinham adquirido a singular faculdade de distinguir os objetos de noite, tal qual como os da hiena e do lobo.

Edmond sorriu-se ao ver-se: era impossível que o seu mais íntimo amigo o reconhecesse, porque ele próprio não se reconhecia.

O patrão da *Jovem-Amélia*, que muito desejava conservar consigo um homem do valor de Edmond, ofereceu-lhe algum dinheiro adiantado sobre a sua parte nos futuros lucros, o que Edmond aceitou. Portanto, o seu primeiro cuidado, ao sair da loja do barbeiro, que realizara a sua primeira metamorfose, foi entrar noutra loja, e comprar um vestuário completo de marujo. Vestuário que, como sabem, é muito simples: compõe-se de uma calça branca, uma camisa riscada e um barrete frígio.

Assim vestido, e levando a Jacopo a camisa e a calça que lhe emprestara, tornou Edmond a apresentar-se ao patrão da *Jovem-Amélia*, a quem foi obrigado a repetir a sua história, porque o patrão não queria reconhecer no marujo elegante e peralta o homem de barba espessa, de cabelos cheios de algas e o corpo destilando água salgada que recebera nu e moribundo a bordo do seu navio.

Impelido pela boa presença de Dantès, repetiu-lhe as suas propostas; mas Dantès, que tinha os seus projetos, não quis aceitá-las senão por três meses.

Era ativíssima a tripulação da *Jovem-Amélia* e sujeita às ordens de um patrão que tomara o costume de não perder o tempo. Ainda não havia oito dias que tinha chegado a Livourne, e já o navio estava carregado de cassas pintadas, algodões proibidos, pólvora inglesa e tabaco, a que a *régie* se havia esquecido de pôr a marca. Tratava-se de fazer sair tudo isso de Livourne, porto franco, e de desembarcar nas costas da Córsega, onde certos especuladores iriam buscar a carga para a introduzirem na França. A tartana partiu. Edmond sulcou outra vez esse mar azulado, primeiro horizonte da sua mocidade e que lhe havia tantas vezes aparecido nos sonhos da prisão. Deixou à direita Gorgone, à esquerda Pianosa, e dirigiu-se para a pátria de Paoli e de Napoleão. No dia seguinte, subindo ao convés, o que fazia sempre cedo, o patrão achou Dantès encostado à amurada, olhando com singular expressão para um grupo de rochedos graníticos; que o Sol no oriente inundava de luz rosada: era a ilha de Monte Cristo.

A *Jovem-Amélia* deixou-a perto de três quartos de légua a estibordo, e continuou a sua derrota para a Córsega.

Dantès meditava, ao desviar-se da ilha de nome tão sonoro para ele, que bastaria atirar-se ao mar, para em meia hora estar nessa terra de promissão. Mas o que faria ali, sem instrumentos para descobrir o seu tesouro, e sem armas para defendê-lo? E o que diriam os marinheiros? o que pensaria o patrão? Cumpria, portanto, esperar.

Felizmente Dantès tinha aprendido a esperar. Esperara catorze anos a sua liberdade; bem podia agora, que estava livre, esperar seis meses ou um ano a riqueza.

Não teria aceitado a liberdade sem riqueza se porventura lhe houvessem proposto?

E demais, não seria quimérica aquela riqueza? Nascida no cérebro enfermo do pobre abade Faria, não teria acabado com ele?

É verdade que a carta do cardeal Spada era singularmente positiva.

E Edmond repetia de princípio a fim, na sua memória, essa carta, de que não esquecera uma só palavra.

Veio a noite. Dantès viu a ilha passar por todos os cambiantes que o crepúsculo traz consigo, e perder-se para todos na escuridão; menos para ele, que com o olhar acostumado às trevas da masmorra, continuou, sem dúvida, a vê-la, porque foi o último que se deixou ficar no convés.

Ao romper do dia seguinte estavam na altura de Aleria. Bordejaram todo o dia e à noite apareceram fogos na costa; pela sua disposição, reconheceu-se que se podia desembarcar; a bordo içou-se um farol, e a tartana aproximou-se da praia, ao alcance de um tiro de espingarda.

Dantès notara que, sem dúvida para essas circunstâncias solenes, o patrão da *Jovem-Amélia*, ao chegar-se a terra, tinha posto no convés duas peças de pequeno calibre, semelhantes às espingardas de trincheiras, e que sem fazer muita bulha, podem atirar a mil passos de distância a sua balazinha de um quarto de libra.

Mas por essa vez a precaução foi supérflua; tudo se passou da melhor forma. Quatro escaleres chegaram-se de manso ao navio, que, sem dúvida para lhes fazer honra, lançou o seu próprio escaler ao mar; e de tal arte se houveram esses cinco barquinhos que às duas horas da manhã toda a carga da *Jovem-Amélia* tinha passado de bordo para terra.

Nessa mesma noite, de tão boas contas era o patrão da *Jovem-Amélia*, ficou feita a partilha dos lucros: cada homem teve de quinhão cem libras toscanas, isto é, perto de oitenta francos.

Não estava, porém, acabada a expedição: aproou-se para a Sardenha, para ir carregar o navio, que acabava de ser descarregado.

Esta segunda operação fez-se com tanta felicidade como a primeira: a *Jovem-Amélia* estava com sorte.

O novo carregamento era para Luca; compunha-se quase todo de charutos de Havana e de vinhos de Xerez e Málaga.

Aí houve seus dares e tomares com o fisco, esse eterno inimigo do patrão da *Jovem-Amélia*. Um guarda da Alfândega morreu, e dois marinheiros ficaram feridos; desses dois, um foi Dantès; uma bala atravessou-lhe o ombro esquerdo.

Dantès quase que dava parabéns à sua fortuna por essa escaramuça, e quase que se regozijava com a ferida; tinha mostrado como encarava o perigo, como suportava a dor. Durante o perigo sorria-se; e, ao receber o tiro, exclamou como o filósofo grego: "Oh, dor, tu não és um mal!"

Além disso, examinou o cadáver do guarda da Alfândega, e, ou fosse pela escandecência do combate ou por um esfriamento do sentimento de humanidade, aquele exame só lhe havia causado uma ligeira impressão. Dantès estava na senda que queria trilhar, e caminhava para a meta a que queria chegar; o coração ia a caminho de se lhe petrificar no peito.

De resto, Jacopo que, ao vê-lo cair, o supusera morto, tinha corrido para ele, tinha-o levantado e tratado com o carinho de excelente camarada.

Este mundo não era, pois, tão bom como o via o Dr. Pangloss, mas também não era tão mau como o via Dantès, porque esse homem, que nada tinha o que esperar de seu companheiro senão a herança da sua parte nos lucros, sentia tão viva comoção por vê-lo cair morto.

Felizmente, como dissemos, Edmond só estava ferido; e, graças a certas plantas, colhidas em certa época e vendidas aos contrabandistas por umas velhas da Sardenha, a ferida cicatrizou depressa. Edmond quis então experimentar Jacopo, e ofereceu-lhe, em troca dos seus desvelos, a sua parte nos lucros; mas Jacopo, indignado, rejeitou o oferecimento.

Tinha resultado dessa espécie de simpática dedicação votada por Jacopo a Edmond desde o momento em que o vira, o conceder Edmond a Jacopo certa afeição. Jacopo não pedia mais do que isso, porque tinha adivinhado em Edmond essa imensa superioridade relativamente à sua posição, superioridade que Edmond havia conseguido ocultar aos mais. E o velho marujo contentava-se com esse pouco que Edmond lhe dava.

Por isso, durante os compridos dias de viagem, quando o navio, singrando com segurança nesse mar azulado, não carecia, graças ao vento favorável que lhe enfunava as velas, senão do auxílio do homem do leme, Edmond, com uma carta marítima na mão, fazia-se mestre de Jacopo, como o pobre abade Faria havia sido seu mestre. Mostrava-lhe a direção das costas, explicava-lhe as variações da bússola, ensinava-lhe a ler nesse grande livro aberto por cima de nossas cabeças que se chama céu, e em que Deus escreveu no azul letras de diamantes.

E quando Jacopo lhe perguntava:

— De que servem todos esses conhecimentos a um pobre marinheiro como eu?

Edmond respondia:

— Quem sabe? Talvez um dia venha a ser capitão de navio: o seu compatriota Bonaparte chegou a ser imperador!

Esquecemo-nos de dizer que Jacopo era da Córsega.

Dois meses e meio tinham já passado nessas sucessivas viagens. Edmond tinha conseguido ser tão hábil costeiro, quanto era ousado capitão de alto mar. Tinha travado conhecimento com todos os contrabandistas da costa; sabia todos os sinais maçônicos com que esses semipiratas se reconhecem.

Tinha passado e tornado a passar vinte vezes pela ilha de Monte Cristo; mas nem uma só vez achara ocasião de nela desembarcar. Tinha, portanto, tomado uma resolução.

Concluído o prazo do seu ajuste com o patrão da *Jovem-Amélia*, alugaria uma barquinha por sua conta e risco (podia fazê-lo, pois das suas diversas viagens tinha juntado umas cem piastras), e, com qualquer pretexto, iria à ilha de Monte Cristo.

Aí, com toda a liberdade, faria as pesquisas.

Não com toda a liberdade, pois decerto seria, sem a menor dúvida, vigiado por aqueles que o tivessem levado.

Mas neste mundo é sempre necessário arriscar alguma coisa. A prisão tinha dado prudência a Dantès; e ele desejaria muito nada arriscar.

Mas por mais que procurasse na sua imaginação, embora ela fosse fecundíssima, não achava outro meio de ir à ilha tão desejada, senão conseguir que lá o levassem.

Estava, pois, nesta hesitação, quando o patrão, que tinha nele grande confiança e muita vontade de conservá-lo a seu serviço, lhe enfiou uma noite o braço, e o levou a uma taberna da Via del Oglio, onde costumava reunir-se a nata dos contrabandistas de Livourne.

Era aí que se tratavam os negócios da costa. Já por duas ou três vezes Dantès havia entrado nessa bolsa marítima, e vendo aqueles atrevidos aventureiros, fornecidos por um litoral de perto de duas mil léguas, tinha de si inquirido de que imenso poder disporia o homem que conseguisse dar o impulso da sua vontade a todas essas linhas reunidas ou divergentes.

Tratava-se desta vez de um grande negócio: um navio carregado de tapetes turcos, estofos do Levante e caxemiras; e era preciso achar um território neutro onde pudesse ser efetuada a troca, para depois se irem lançando esses objetos nas costas da França.

O lucro seria enorme caso a empresa fosse bem-sucedida: cinqüenta ou sessenta piastras para cada homem.

O patrão da *Jovem-Amélia* propôs, como lugar de desembarque, a ilha de Monte Cristo, que era deserta, e que, não tendo nem soldados, nem guardas da Alfândega, parecia colocada no meio do mar desde os tempos do Olimpo pagão por Mercúrio, esse deus dos negociantes e dos ladrões, classes que nós separamos, se é que não as distinguimos, e que a Antigüidade, ao que parece, colocava na mesma categoria.

Ao ouvir esse nome de Monte Cristo, Dantès estremeceu de alegria, levantou-se para disfarçar a sua comoção e deu uma volta pela taberna cheia de fumo, na qual todos os idiomas do mundo conhecido vinham fundir-se na língua francesa.

Quando se chegou aos dois interlocutores, estava já decidido que desembarcariam em Monte Cristo, e que a expedição principiaria na noite seguinte.

Edmond, a quem consultaram, foi de parecer que a ilha oferecia toda a segurança, e que as grandes empresas, para serem bem-sucedidas, devem ser feitas depressa.

Nada foi, pois, mudado no projeto; assentou-se em partir na noite seguinte, e que, com vento favorável e mar chão, diligenciariam achar-se no dia imediato nas águas da ilha neutra.

XXIII. A ilha de Monte Cristo

Por uma dessas venturas inesperadas, que às vezes acontecem aos que o rigor da sorte se cansou de perseguir, ia, enfim, Dantès chegar à desejada ilha por um meio tão simples e tão natural que a ninguém devia inspirar suspeita. Somente uma noite o separava dessa tão esperada viagem.

Foi uma das noites mais inquietas que Dantès passou. Durante toda a noite, todas as probabilidades boas e más se apresentaram sucessivamente a seu espírito; se fechava os olhos, via a carta do cardeal Spada, escrita em letras de fogo na parede; se dormia um momento, os sonhos mais loucos vinham redemoinhar-lhe no espírito. Descia às grutas, calçadas de esmeraldas, com paredes de rubis, com estalactites de diamantes. Pérolas caíam gota a gota, como costuma filtrar a água subterrânea.

Encantado, maravilhado, Edmond enchia as algibeiras com essas pedras preciosas; e depois, saindo da gruta as pedras preciosas transformavam-se em calhaus. Então procurava voltar às maravilhosas grutas que mal entrevira; mas o caminho torcia-se em espirais infindas, a entrada tornara-se invisível. Debalde procurava na memória cansada essa palavra mágica e misteriosa que ao pescador árabe abria as esplêndidas cavernas de Ali-Babá. Tudo era inútil: o tesouro desaparecido tornara-se propriedade dos fantasmas terrestres a que ele tivera a momentânea esperança de roubá-lo.

Raiou o dia quase tão febril como a noite, mas o raciocínio veio retemperar a imaginação; e então Dantès pôde assentar num plano até então flutuante e incerto no seu cérebro.

Veio a noite, e com ela os preparativos da viagem que lhe serviram para encobrir a agitação em que estava. Pouco a pouco tinha tomado sobre os companheiros certa preponderância, dando já ordens como se fosse mestre do navio, que no entanto eram sempre cumpridas, por serem claras, precisas e de fácil execução. Os companheiros obedeciam-lhe não só com prontidão, mas até com prazer.

O velho patrão deixava-o mandar, porque também havia reconhecido a superioridade de Dantès. Via nele o seu sucessor natural, e já sentia não ter uma filha para prender Edmond com essa aliança.

Às sete horas tudo estava pronto; às sete e dez minutos dobrava-se a ponta do farol, que nesse momento estavam acendendo.

O mar estava calmo, soprava do sueste um vento fresco; navegavam debaixo de um céu azulado, onde Deus acende também os seus faróis, dos quais cada um é um mundo. Dantès declarou que podiam todos deitar-se, porque ele tomava conta do leme.

Quando o Maltês (era como chamavam a Dantès) fazia semelhante declaração, isso bastava para que cada qual fosse dormir descansado. Isso sucedia às vezes. Atirado da solidão para o mundo, Dantès sentia em diversas ocasiões a necessidade imperiosa de solidão. E que solidão tão grande e tão poética não é a de um navio que flutua isolado nos mares, na escuridão da noite, no silêncio da imensidade e debaixo das vistas do Altíssimo?

Desta vez, foi a solidão povoada pelos seus pensamentos, a noite alumiada pelas ilusões, o silêncio animado pela esperança.

Quando o patrão acordou, o navio corria a todo o pano; não havia um só pedaço de vela que não estivesse tufado pelo vento. Andava-se mais de duas léguas e meia por hora. A ilha de Monte Cristo começava a descobrir-se no horizonte. Edmond entregou o leme ao mestre, e foi estender-se na maca; mas, apesar da noite de insônia que passara, não pôde pregar olho. Duas horas depois subiu ao convés; quando o navio ia dobrar a ilha de Elba, estavam já na altura de Mereciana e além da ilha rasa e verde de Pianosa. Já aparecia, confundido no azul do céu, o cume radiante de Monte Cristo.

Dantès ordenou ao homem do leme para carregar a bombordo para deixar a Pianosa; tinha calculado que essa manobra encurtaria o caminho duas ou três milhas.

Pelas cinco horas da tarde avistava-se completamente a ilha. Viam-se as suas menores particularidades, graças a essa limpidez atmosférica, própria da luz que é derramada pelos raios de sol no ocaso.

Edmond devorava com os olhos essa massa de rochedos que passava por todas as cores crepusculares, desde a rosa-viva até o azul-escuro. De vez em quando lhe subia à face um calor extraordinário, tornava-se-lhe vermelha a testa, e passava-lhe pelos olhos uma nuvem.

Nunca o jogador, cuja fortuna está arriscada, sentiu, ao lançar dos dados, as angústias que Edmond experimentou nos seus paroxismos de esperança.

Veio a noite: às dez horas aportou-se. A *Jovem-Amélia* era a primeira a chegar ao lugar ajustado.

Apesar do império que de ordinário em si exercia, Dantès não se pôde conter, e foi o primeiro que saltou em terra; se fosse mais ousado, como Bruto, tê-la-ia beijado.

Era noite fechada; mas às onze horas a Lua surgiu do meio do oceano prateando o cume das vagas à menor ondulação; depois os seus raios, à medida que ela se erguia, começaram a brilhar, em catadupas de luz, sobre as rochas amontoadas desse novo Pélion.

A ilha era muito conhecida da tripulação da *Jovem-Amélia*, era uma das suas estações ordinárias. Dantès tinha-a avistado em todas as suas viagens ao Levante, mas nunca desembarcara.

Interrogou Jacopo:

— Aonde vamos passar a noite?

— A bordo da tartana — respondeu o marinheiro.

— Não ficaríamos melhor em alguma das grutas?

— Que grutas?

— As da ilha.

— Nunca lhe conheci grutas — disse Jacopo.

Um suor frio correu pela testa de Dantès.

— Pois não há grutas em Monte Cristo? — perguntou.

— Não.

Dantès ficou um momento atordoado; lembrou-se, porém, que as grutas podiam ter sido entulhadas por algum acontecimento, ou mesmo tapadas pelo cardeal Spada para maior cautela.

Em todo caso, era preciso achar a abertura perdida. Era inútil procurá-la de noite. Dantès guardou para o dia seguinte o exame. Além do que, um sinal arvorado a meia légua, no mar, e a que a *Jovem-Amélia* correspondeu com idêntico sinal, indicou que era chegada a hora do trabalho.

O navio atrasado, vendo o sinal que devia fazer saber ao último que chegasse, que havia plena segurança, apareceu logo branco e silencioso como um fantasma, e veio ancorar à praia.

Então começou a descarga.

Dantès pensava, enquanto trabalhava, no ímpeto de alegria que com uma palavra podia provocar em toda essa gente, se revelasse o pensamento que de contínuo lhe zunia na cabeça e no coração; longe, porém, de querer descobrir esse magnífico segredo, até receava já ter falado mais do que convinha, e ter despertado suspeitas com as suas reiteradas perguntas, com as suas minuciosas observações, e com a sua preocupação. Felizmente, nessa circunstância, pelo menos, o seu doloroso passado refletia-lhe no rosto indelével tristeza, e os lampejos da alegria vistos entre essa nuvem não eram senão relâmpagos.

Ninguém tinha, pois, a menor suspeita; e quando no dia seguinte, pegando numa espingarda, chumbo e pólvora, Dantès manifestou desejos de ir caçar algumas das cabras silvestres que via saltar de pedra em pedra, essa excursão não foi atribuída senão ao amor da caça e ao desejo da solidão. Só Jacopo insistiu em acompanhá-lo; Dantès não quis opor-se-lhe, receando que o fato de não querer companhia inspirasse alguma suspeita. Mal, porém, havia andado uma légua, achando ocasião de atirar em um cabrito e de matá-lo, mandou Jacopo levá-lo aos companheiros, dizendo-lhes que o preparassem e quando estivesse pronto que dessem um tiro como sinal. Algumas frutas secas e uma borracha de vinho de Monte Pulciano deviam completar o banquete.

Dantès continuou o caminho voltando-se de vez em quando. Chegado ao cimo de um rochedo, viu a mil pés abaixo de si os companheiros que tinham ido ao encontro de Jacopo, e que já se ocupavam diligentes nos preparativos do almoço, aumentado, graças à destreza de Edmond, com uma peça de tanta importância. Edmond olhou para eles um momento com o sorriso doce e triste do homem superior.

— Daqui a duas horas, essa gente retirar-se-á rica com as suas cinqüenta piastras, para ir, arriscando a vida, ver se ganham outras cinqüenta, e depois, ricos com essas seiscentas libras, irão extravaganciar em qualquer cidade esse tesouro, com uma altivez de sultões e uma confiança de nababos! Hoje a esperança faz-me desprezar uma riqueza que me parece profunda miséria; amanhã o desengano fará talvez com que olhe essa profunda miséria como a suprema ventura!... Oh, não, não! — exclamou —; o sábio, o infalível Faria, não se havia de ter enganado neste único ponto. Mas, se assim sucedesse, mais valeria morrer do que continuar esta vida de miséria e de baixeza. Assim Dantès, que havia três meses só aspirava à liberdade, já não se contentava com a liberdade e aspirava à riqueza; a culpa não era de Dantès, mas de Deus, que limitando o poder do homem, deu-lhe desejos infindos.

Continuando por um caminho perdido entre duas muralhas de rochedos, seguindo a trilha cavada por uma corrente e que provavelmente nunca havia sido pisada por pé de homem, Dantès estava próximo do lugar em que supunha que deviam existir as grutas. Seguindo a praia e examinando os menores objetos com séria atenção, pareceu-lhe notar profundas incisões feitas por mão de homem em certos rochedos.

O tempo, que estende sobre todas as coisas físicas o manto de musgo, como sobre tudo o que é moral o manto do esquecimento, parecia ter respeitado esses sinais, traçados com certa regularidade, e provavelmente com o fim de indicar algum vestígio.

Todavia, de vez em quando os sinais desapareciam debaixo da folhagem da murta que se dilatava, carregada de flores, ou debaixo dos líquenes parasitas. Era então necessário que Dantès levantasse a folhagem e arrancasse o musgo para achar os sinais que o guiavam nessa espécie de labirinto, sinais que lhe haviam dado esperança. Por que não havia de ser o cardeal quem os houvesse traçado para que pudessem em caso de catástrofe, que ele não tinha por certo previsto tão completa, servir de guia ao sobrinho? Esse lugar ermo era exatamente o que convinha a quem tratasse de esconder um tesouro. Não teriam, porém, esses sinais infiéis atraído outros olhos que não aqueles para quem eram destinados, e a ilha das terríveis maravilhas teria fielmente guardado o seu magnífico segredo?

Entretanto, perto de sessenta passos do porto, pareceu a Edmond, sempre oculto aos seus companheiros pelos acidentes do terreno, que as incisões cessavam e não levavam a nenhuma gruta. Um grande rochedo redondo, colocado sobre sólida base, era a meta única a que pareciam conduzir. Edmond pensou que, em vez de ter parado no fim, talvez estivesse no princípio; voltou, pois, por onde tinha vindo.

Nesse meio tempo os seus companheiros preparavam o almoço, iam buscar água à fonte, traziam para terra o pão e a fruta, e assavam o cabrito. No momento em que o tiravam do espeto improvisado, viram Edmond que, leve e atrevido como um gamo, saltava de rochedo em rochedo. Deram um tiro, como fora ajustado. O caçador mudou logo de direção e veio correndo para eles. Mas no momento em que o seguiam com os olhos na espécie de vôo que executava, condenando por temerária a sua agilidade, como para dar-lhes razão, faltou o pé a Edmond, viram-no vacilar no cimo de um rochedo, dar um grito e desaparecer.

Todos saltaram com um só impulso, porque todos estimavam Edmond, apesar da sua superioridade; foi todavia Jacopo o que primeiro chegou.

Achou Edmond estendido no chão, ensangüentado e quase sem sentidos; tinha-o visto rolar de uma altura de doze a quinze pés. Deitaram-lhe algumas gotas de rum na boca, e esse remédio, que já uma vez tivera tanta eficácia, produziu o mesmo efeito.

Edmond abriu os olhos, queixou-se de uma dor vivíssima no joelho, de grande peso na cabeça e de insuportáveis picadas nos rins. Queriam levá-lo para a praia; mas quando lhe tocaram, embora fosse Jacopo quem dirigiu a operação, declarou, gemendo, que não se achava com forças para suportar a ida.

É fácil de acreditar que Dantès não quis mais saber do almoço; exigiu, porém, que os camaradas, que não tinham as mesmas razões que ele para estarem de dieta, voltassem para o seu posto; assegurou-lhes que somente carecia de algum descanso, e quando voltassem o achariam aliviado.

Os marujos não se fizeram rogar; tinham fome, o cheiro do cabrito ainda mais a aguçava, e essa gente não é de cerimônias.

Uma hora depois estavam de volta. O que Edmond tinha conseguido era arrastar-se uns dez passos para uma rocha coberta de musgo.

Mas longe de se lhe acalmarem as dores, parecia que tinham crescido em violência. O velho patrão, obrigado a partir nessa mesma manhã para ir largar o seu carregamento nas fronteiras do Piemonte e da França, entre Nice e Frejus, insistiu em que Dantès diligenciasse levantar-se. Dantès fez, para consegui-lo, esforços sobre-humanos; mas sucumbia a cada esforço, gemendo e empalidecendo.

— O desgraçado quebrou as costelas — disse em voz baixa o

patrão —; todavia, é bom companheiro, não o devo abandonar, levemo-lo para a tartana.

Mas Dantès declarou que antes queria morrer, do que suportar as dores atrozes que o menor movimento lhe causava.

— Pois então — disse o patrão — aconteça o que acontecer, não se há de dizer que abandonamos, sem socorro, um bom companheiro como você. Só à noite partiremos.

Esta proposta espantou os marinheiros, e nenhum deles ousou combatê-la. O patrão era homem tão rígido e tão imutável que era a primeira vez que o viam renunciar a uma empresa, ou demorar-lhe a execução.

Por isso Dantès não quis que em seu favor fossem tão gravemente infringidas as regras da disciplina estabelecida a bordo.

— Não — disse ao patrão —, foi culpa minha, é justo que eu sofra o castigo da minha pouca destreza. Deixem-me uma pequena provisão de bolacha, uma espingarda, pólvora e balas para matar cabritos e para me defender, e uma enxada para construir um abrigo se se demorarem muito em virem buscar-me.

— Mas vai morrer de fome — disse o patrão.

— Antes isso que sofrer as inauditas dores que me causa o menor movimento.

O patrão voltava-se para o barco, que se balançava preguiçosamente na enseada, pronto para seguir viagem mal acabassem de prepará-lo para isso.

— Então o que quer que façamos, Maltês? Não podemos abandoná-lo assim, nem podemos ficar.

— Partam! partam! — exclamou Dantès.

— Estaremos, pelo menos, oito dias ausentes — disse o patrão —; e teremos de nos desviar do nosso caminho para virmos buscá-lo.

— Ouça — disse Dantès —, se daqui a dois ou três dias encontrar algum barco de pesca, ou outro qualquer que venha para cá, recomende-lhe que me procure; darei, para que me leve a Livourne, vinte e cinco piastras; se não encontrarem nenhum, venham então buscar-me.

O patrão sacudiu a cabeça.

— Ouça, mestre Baldi, há um meio de conciliar tudo — disse Jacopo —, vão todos e fico eu para tratar do doente.

— E renuncia assim aos seus lucros — disse Dantès — para ficar comigo?

— Renuncio — disse Jacopo — e sem pesar.

— Com efeito, é um excelente rapaz e Deus há de recompensar a sua vontade, mas de ninguém careço, obrigado. Um dia ou dois de sossego restabelecer-me-ão, e espero achar por estes rochedos certas plantas muito boas para contusões.

Um sorriso passou pelos lábios de Dantès; apertou com ternura a mão de Jacopo; mostrou-se, porém, inabalável na resolução de não embarcar, e de ficar só.

Os contrabandistas deixaram-lhe o que ele lhes pedira; e partiram, não sem se voltarem muitas vezes, fazendo-lhe de cada vez que se voltavam todos os sinais de um cordial adeus, a que correspondia com a mão, como se não pudesse mover o resto do corpo. Depois, quando desapareceram, exclamou, rindo-se:

— É singular que só entre esta qualidade de homens é que se acham provas de amizade e atos de dedicação.

Acabando de proferir estas palavras, arrastou-se com precaução até o cimo de um rochedo que o privava de ver o mar, e daí assistiu a todos os preparativos da saída da tartana, viu-a levantar graciosamente o ferro, balancear-se como uma garça que vai desprender o vôo, e partir.

Daí a meia hora havia-se sumido completamente: pelo menos do lugar em que o ferido ficara, era impossível vê-la.

Então Dantès levantou-se mais ágil, mais leve do que um cabrito entre as murtas dos rochedos agrestes, pegou na espingarda com uma das mãos, na enxada com a outra, e correu ao rochedo, em que terminavam os sinais que tinha visto.

— E agora — exclamou lembrando-se da história árabe que Faria lhe contara —, agora, Sésamo, abre-te!

XXIV. Deslumbramento

O sol tinha chegado ao terço da sua carreira, e os seus raios de maio batiam, quentes e vivificantes, nesses rochedos que também pareciam sensíveis ao calor do astro do dia. Milhares de cigarras, escondidas entre as urzes, faziam ouvir o seu contínuo e monótono sussurro. As folhas das murtas e das oliveiras agitavam-se trêmulas e produziam um som quase metálico. A cada passo que Edmond dava no granito escandecido, afugentava lagartos que pareciam esmeraldas; via saltar ao longe nas ladeiras da ilha as cabras silvestres que às vezes atraem os caçadores. Em suma, a ilha estava habitada, viva, animada, e todavia Edmond reconhecia que estava só, à mercê de Deus. Sentia não sei que abalo muito parecido com o medo; era a desconfiança que nos faz supor, que de dia, até nos desertos, estão fitos em nós olhos perscrutadores.

Tão forte foi esse sentimento que, quando ia começar o trabalho, Edmond parou, largou a enxada, pegou na espingarda, subiu outra vez ao rochedo mais alto da ilha, e daí lançou um vasto olhar para tudo quanto o cercava.

Mas, devemos dizê-lo, o que chamou a sua atenção não foi essa poética Córsega, de que podia distinguir as casas, nem a Sardenha, quase encoberta, que lhe fica ao pé, nem a ilha de Elba, de gigantescas recordações, nem, enfim, essa linha imperceptível que terminava o horizonte, e que, aos olhos experientes do homem do mar, revelava a soberba Gênova e a comerciante Livourne, não; foi o bergantim que tinha saído ao romper do dia, e a tartana que acabava de partir.

O primeiro ia-se sumindo pelo estreito de Bonifácio; a outra, seguindo derrota oposta, costeava a Córsega, e preparava-se para dobrá-la.

Esta observação tranqüilizou Edmond. Dirigiu então os olhos para os objetos que mais de perto o cercavam: viu-se no ponto culminante da ilha cônica, mesquinha estátua desse imenso pedestal; abaixo dele nenhum homem; ao redor nenhum barco; nada senão o azulado mar que lambia as areias da ilha e as bordava com uma permanente franja de prata.

Então desceu rápido, porém ainda circunspecto e prudente, porque muito receava em tal momento um desastre igual ao que com tanta habilidade tinha fingido.

Dantès, como dissemos, seguira em sentido contrário os sinais deixados nos rochedos, e certificara-se que essa linha ia ter a uma espécie de angra escondida como um banho de ninfas dos tempos antigos; a enseada era bastante larga na abertura e bastante profunda no centro para que um barco pequeno nela pudesse entrar e ocultar-se. Então, seguindo o fio das induções, esse fio que, nas mãos do abade Faria, virar guiar o espírito por modo tão engenhoso no dédalo de tantas probabilidades, pensou que o cardeal Spada, querendo manter-se invisível, entrara na angra, e aí ocultara o seu barco; seguira a linha indicada pelos sinais e, na extremidade, escondera o tesouro.

Fora esta suposição que tornara a levar Dantès ao rochedo circular.

Uma coisa somente inquietava Edmond, e confundia todas as suas idéias de dinâmica. Como é que o cardeal teria podido, sem empregar forças consideráveis, levantar esse rochedo, que tinha um peso enorme, e que assentava numa base tão pequena?

Nisto, assaltou-o uma idéia.

Em vez de fazê-lo subir, talvez o tivesse descido.

Então subiu apressado acima do rochedo para procurar o lugar da sua primeira base.

Com efeito, viu que tinham praticado uma leve inclinação; por ela haviam descido a enorme pedra, que tinha ido parar ao lugar em que estava e que um outro rochedo lhe fora servir de calço. Pedras e seixos tinham sido cuidadosamente arranjados para esconder todos os intervalos; tinham coberto tudo com terra vegetal, nascera a erva, o musgo estendera-se e algumas sementes de murta germinaram de modo que o velho rochedo parecia sair do chão.

Dantès levantou cauteloso a terra, e reconheceu, ou pensou reconhecer, todo esse engenhoso artifício.

Então se pôs a acometer com a enxada a muralha intermédia cimentada pelo tempo.

Depois de um trabalho de dez minutos, a muralha cedeu e abriu-se um buraco por onde podia passar a mão.

Dantès cortou a mais forte oliveira que pôde achar, arrancou-lhe os galhos, introduziu-a no vão, e fez dela uma alavanca.

Mas o rochedo era tão duro, e estava tão solidamente assente na rocha inferior, que nem força humana, nem o próprio Hércules podia abalá-lo.

Dantès refletiu então que era o rochedo que servia de calço o que devia ser abalado.

Mas de que modo?

Lançou os olhos ao redor de si, como fazem quantos estão embaraçados, e o seu olhar caiu num polvorinho que lhe havia deixado o amigo Jacopo.

Sorriu-se: a invenção infernal ia dar o seu resultado. Com o auxílio da enxada abriu Dantès, entre o rochedo de cima e o que lhe servia de base, um sulco de mina como costumam fazer os mineiros que querem poupar ao braço do homem demasiado trabalho; encheu-o de pólvora; e logo, rasgando o lenço e embebendo-o em salitre, fez um morrão.

Aceso este, Dantès afastou-se.

A explosão não tardou; o rochedo superior foi imediatamente levantado pela incalculável força, e o de baixo voou em pedaços. Pela pequena abertura que Edmond fizera a princípio, saíram nuvens de insetos, e uma enorme cobra, guarda desse caminho misterioso, rolou e desapareceu.

Dantès chegou-se. Já sem apoio, o rochedo de cima inclinava-se para o abismo. O intrépido aventureiro percorreu-o em torno, escolheu o lugar mais vacilante, encostou a alavanca a uma das arestas, e qual Sísifo, empregou toda a sua força contra o rochedo.

O rochedo, abalado já pela explosão, vacilou; Dantès redobrou as forças. Ter-se-ia dito que era um desses titãs que arrancavam montanhas para fazerem a guerra ao rei dos deuses. Enfim, o rochedo cedeu, rolou, saltou, precipitou-se, e desapareceu pelo mar adentro.

Deixava a descoberto um vão em forma de círculo e mostrava um anel de ferro pregado no meio de uma laje de forma quadrada.

Dantès deu um grito de surpresa e de alegria. Nunca uma primeira tentativa havia sido coroada de melhor resultado.

Quis continuar; mas tanto lhe tremiam as pernas, tanto lhe batia o coração, tão abrasadora nuvem se lhe estendia pelos olhos, que foi obrigado a parar.

Esse momento de hesitação teve a duração de um relâmpago. Edmond enfiou a alavanca no anel, e levantou a laje, que lhe descobriu então o rápido declive de uma espécie de escada que se ia afundando na sombra de uma gruta mais e mais escura.

Outro qualquer se teria precipitado, teria proferido exclamações de júbilo; Dantès, porém, empalideceu, duvidou.

"Eia, disse, sejamos homem! Acostumado à adversidade, não nos deixemos acabrunhar por uma decepção, porque, nesse caso, ser-me-ia improfícuo tudo quanto sofri! O coração despedaça-se, quando, depois de se haver dilatado mais do que deve, pelo cálido bafejo da esperança, tem de entrar e conter-se na fria realidade! Faria teve um sonho; o cardeal Spada não ocultou coisa alguma nesta gruta: talvez nunca aqui viesse, ou, se veio, César Borgia, o intrépido aventureiro, o incansável e terrível ladrão, veio também depois, descobriu-lhe os vestígios, seguiu o mesmo trilho que eu, levantou, como eu, esta laje, e, tendo descido antes de mim, nada deixou."

Ficou por um momento imóvel, pensativo, com os olhos pregados nessa abertura sombria.

"Ora, agora, que eu já não conto com coisa nenhuma, agora, que disse comigo que era loucura ter alguma esperança, o seguimento desta aventura é para mim uma curiosidade e nada mais."

E permaneceu ainda imóvel e pensativo.

"Sim, sim, é uma aventura digna de tomar lugar na vida, misturada de sombra e luz, desse régio salteador. Nesse tecido de acontecimentos, que compõem a trama multicolorida da existência desse homem, esta fabulosa ocorrência devia invencivelmente ligar-se às mais. Sim, Borgia veio aqui uma noite, com um archote numa das mãos, e na outra a espada, e a vinte passos dele, ao pé deste rochedo, sem dúvida, mudos e ameaçadores, ficaram dois esbirros, interrogando a terra, o céu e o mar, enquanto seu amo entrava, como eu vou entrar, afugentando as trevas com o seu braço temível e chamejante."

"Sim, mas dos esbirros a que assim houvesse confiado esse segredo, o que teria feito César?" perguntou Dantès.

"Oh! — respondeu sorrindo, o que se fez dos coveiros de Alarico, que foram enterrados ao pé do que haviam sepultado."

"Mas se ele aqui tivesse vindo, prosseguiu Dantès, e tivesse achado e tirado o tesouro, Borgia, o homem que comparava a Itália a uma alcachofra, e que a comia folha por folha, Borgia sabia muito bem o valor do tempo, e não o havia de perder para colocar outra vez esse rochedo sobre a sua base."

Então desceu, com o sorriso da dúvida nos lábios, e murmurando essa palavra final da sabedoria humana: "Talvez!..."

Mas, em vez das trevas que esperava achar, em vez dessa atmosfera opaca e viciada, Edmond não via senão a suave claridade de um dia azulado: o ar e a luz filtravam não só pela abertura que ele descobrira, senão também pelos intervalos dos rochedos, invisíveis de fora, através dos quais se via o azul do céu ou se mexiam as folhas trêmulas dos arbustos e os liames espinhosos das sebes.

Depois de alguns segundos de estada na gruta, cuja atmosfera, mais balsâmica do que abafada, era para a temperatura da ilha o que a límpida luz era para o Sol, o olhar de Dantès, aliás afeito às trevas, pôde sondar os cantos mais remotos da caverna: era de granito, e as facetas prismáticas cintilavam-lhe como diamantes.

— Ah! — disse Edmond — eis aí sem dúvida todos quantos tesouros foram deixados pelo cardeal; e o bom abade, vendo em sonhos estas paredes resplandecentes, alimentou com isso suas ricas esperanças.

Lembrou-se, porém, dos termos do testamento, que sabia de cor: "No canto mais afastado da segunda abertura", dizia esse testamento.

Ora, Dantès tinha entrado somente na primeira gruta, e devia procurar agora a segunda.

Dantès orientou-se. Essa segunda gruta devia naturalmente entranhar-se pelo interior da ilha. Examinou as camadas de pedra, e foi bater numa das paredes que lhe pareceu a que teria essa abertura, encoberta sem dúvida para maior cautela.

A enxada soou por alguns minutos, tirando do rochedo um som abafado, cuja compacidade fez borbulhar o suor na fronte de Dantès. Por fim, pareceu ao perseverante mineiro que uma parte da muralha granítica respondia com um eco mais surdo e mais profundo ao toque que se lhe dava. Chegou à muralha o seu ardente olhar, e, com a sagacidade do preso, reconheceu o que ninguém mais talvez houvesse reconhecido; devia haver por aí uma abertura.

Entretanto, para não fazer trabalho inútil, Dantès, que, como

César Borgia, sabia o valor do tempo, sondou com a enxada as outras paredes, bateu no chão com a coronha da espingarda, abriu a areia nos lugares suspeitos, e. nada tendo achado nem reconhecido, voltou ao lugar que dava esse som consolador.

Bateu de novo e com mais força.

Viu então uma coisa singular: a cada uma das suas enxadadas, uma espécie de reboco, como o que se aplica às paredes que se querem pintar a fresco, levantava-se e caía como escamas, descobrindo uma pedra esbranquiçada e mole como a nossa cantaria ordinária. Tinham fechado a abertura do rochedo com pedras de outra qualidade, e depois rebocado essas pedras, e sobre esse reboco imitado a cor e o cristalino do granito.

Dantès bateu então com uma das pontas da enxada, que se cravou mais de uma polegada naquela espécie de porta.

Era aí que devia escavar.

Por um singular mistério da organização humana, quanto mais se acumulavam as provas de que Faria se não havia enganado, e quanto maior esperança Dantès devia ter, tanto mais lhe desfalecia o coração e mais cedia à dúvida, e quase ao desalento. Esta nova experiência, que devia dar-lhe nova força, tirou-lhe a que tinha; caiu-lhe a enxada da mão, largou-a no chão, enxugou o rosto, subiu para ver o sol, dando-se a si mesmo por pretexto ir ver se alguém o espiava, mas era que na realidade carecia de ar, porque se sentia desfalecer.

A ilha estava deserta, e o Sol, no seu zênite, parecia cobri-la com o seu olhar de fogo; ao longe, barcos de pesca navegavam num mar cor de safira.

Dantès nada tinha comido, mas perderia muito tempo comendo em semelhante ocasião; bebeu um gole de rum, e tornou a entrar na gruta com o coração fortificado.

A enxada, que lhe havia parecido tão pesada, tinha-se tornado leve; levantou-a como se fosse uma pena, e pôs-se a trabalhar com vigor.

Depois de algumas enxadadas, viu que as pedras não estavam presas umas às outras, mas simplesmente sobrepostas e cobertas do reboco de que falamos; introduziu, numa das fendas, o ferro da enxada, carregou no cabo, e viu, com alegria, rolar a pedra como sobre gonzos e cair-lhe aos pés.

Bastou que puxasse cada pedra para si com o ferro da enxada, e as pedras foram caindo como as primeiras.

Logo que algumas caíram, Dantès teria podido entrar; mas, demorando-se mais um instante, obtinha espaçar a certeza e firmar-se na esperança.

Enfim, depois de novas hesitações, Dantès passou da primeira gruta para a segunda.

Era a segunda gruta mais baixa, mais escura, e de aspecto mais medonho do que a primeira; o ar, que só nela penetrava pela abertura que acabava de ser feita, tinha um cheiro mefítico, que Dantès se admirava de não ter achado na primeira. Deu tempo ao ar exterior para ir vivificar essa atmosfera morta, e entrou.

À esquerda da abertura havia um recanto profundo e escuro.

Mas para os olhos de Dantès não havia trevas.

Perscrutou, atento, essa segunda gruta: estava vazia como a primeira.

O tesouro, se existia, estava enterrado num recanto escuro.

A hora da angústia tinha chegado; dois pés de terra, que devia cavar, eram o que separava Edmond da suprema alegria, ou do auge da desesperação.

Dirigiu-se para um canto, e, como impelido por súbita resolução, pôs-se a cavar com afã.

À quinta ou sexta enxadada, o ferro resvalou em ferro.

Nunca rebate fúnebre, nunca dobre de agonia produziu efeito igual ao que Dantès sentiu. Se nada tivesse achado, não teria decerto empalidecido tanto.

Sondou ao lado do lugar em que havia cavado e encontrou a mesma resistência, mas não o mesmo som.

"É um cofre de pau chapeado de ferro", disse.

Então uma sombra rápida passou, interceptando a luz do dia. Dantès deixou cair a enxada, pegou na espingarda e saiu da gruta.

Um cabrito-montês tinha passado pela primeira entrada da gruta, e estava pastando a pouca distância.

Era bela ocasião de arranjar o jantar; mas Edmond teve medo de que a detonação da espingarda atraísse alguém.

Refletiu um instante, cortou um galho de árvore resinoso, foi acendê-lo ao fogo em que os contrabandistas tinham preparado o almoço, e que ainda ardia, e voltou com esse archote.

Não queria perder coisa alguma do que ia ver.

Chegou o archote ao buraco informe e ainda não concluído, e viu que não se havia enganado: tinha batido alternadamente em ferro e em madeira.

Num instante foi posto a descoberto um espaço de três pés de comprimento e dois de largura, e Dantès pôde ver um cofre de carvalho, chapeado de ferro lavrado. No meio da tampa brilhavam, em chapa de prata, que a terra não pudera manchar, as armas da família Spada, isto é, uma espada colocada em pala sobre um escudo oval, como são os escudos italianos, e tendo em cima um chapéu de cardeal.

Dantès facilmente as reconheceu, porque o abade Faria havia-lhes muitas vezes desenhado.

Desde então cessaram todas as suas dúvidas: o tesouro estava ali; ninguém teria tomado tantas precauções para pôr nesse lugar um cofre vazio.

Num momento ficou o cofre livre da terra que o escondia, e Dantès viu aparecer sucessivamente a fechadura, colocada entre dois fortes cadeados, e as argolas dos lados; tudo isso muito lavrado, como se lavrava naqueles tempos, em que a arte tornava preciosos os mais vis metais.

Dantès pegou no cofre pelas argolas e tentou levantá-lo: foi-lhe impossível.

Tentou abri-lo: a fechadura e os cadeados estavam fechados; e, como guardas fiéis, parecia que não queriam entregar o tesouro.

Dantès introduziu o corte da enxada entre o cofre e a tampa, carregou no cabo da enxada, e a tampa estalou.

Uma larga abertura de madeira inutilizou todas as ferragens, que afinal caíram, cessando de apertar tenazmente com as suas garras as tábuas já estaladas, e o cofre abriu-se.

Vertiginosa febre acometeu Dantès: pegou na espingarda, engatilhou-a e a pôs ao pé de si. Primeiro fechou os olhos, como fazem as crianças para verem na esplêndida noite da sua imaginação mais estrelas do que se podem contar no céu em noite serena; depois tornou a abri-los, e ficou deslumbrado com o que se lhe deparava.

Três compartimentos dividiam o cofre:

No primeiro, rutilavam escudos de ouro.

No segundo, barras mal polidas, mas arrumadas, e que não tinham senão o peso e o valor do ouro.

No terceiro, enfim, muito cheio, Edmond encontrou, aos punhados, diamantes, pérolas, rubis, que, qual deslumbrante cascata, faziam, caindo uns sobre os outros, uma bulha semelhante à chuva de pedra batendo nos vidros.

Depois de haver tocado, apalpado, metido nas mãos pelo ouro e pelas jóias, Edmond levantou-se e desatou a correr pelas cavernas com a trêmula exaltação do homem que está a ponto de enlouquecer. Saltou a um rochedo de onde podia descobrir o mar, e nada viu; estava só, com todas essas riquezas incalculáveis, inauditas, fabulosas, que lhe pertenciam; mas sonhava ou estava acordado? era uma ilusão passageira ou a realidade!?

Carecia de tornar a ver aquele ouro, e entretanto reconhecia que não teria força nesse momento para resistir à vista dele. Levou por um momento as mãos à cabeça, como para impedir que lhe fugisse a razão. Depois desatou a correr pela ilha sem seguir, não caminho, pois não os há na ilha de Monte Cristo, porém direção regular, fazendo fugir as cabras silvestres e assustando as aves aquáticas com os seus gritos e gestos. Terminada esta alucinação momentânea, voltou, ainda duvidoso, e precipitando-se da primeira na segunda gruta, achou-se outra vez em frente dessa mina de ouro e de diamantes.

Desta vez caiu de joelhos, comprimindo com as mãos convulsas o coração palpitante, e murmurando uma oração inteligível só para Deus.

Sentiu-se em breve mais sossegado, e portanto mais feliz; pois só agora começava a acreditar na sua felicidade.

Pôs-se então a contar a sua fortuna: havia mil barras de ouro, de duas a três libras cada uma; depois empilhou até vinte e cinco mil escudos, podendo valer cada um oitenta francos, todos com a efígie do papa Emmanuel VI e dos seus predecessores, e viu que do compartimento ainda não havia tirado senão metade das moedas que continha. Enfim, encheu dez vezes a capacidade das suas duas mãos, de pérolas e pedras preciosas, muitas das quais, trabalhadas pelos melhores ourives daquele tempo, tinham um valor de execução igual a seu valor intrínseco.

Dantès viu o dia declinar e extinguir-se pouco a pouco. Receou ser surpreendido se ficasse na caverna, e saiu com a espingarda na mão. Um bocado de bolacha e alguns goles de vinho foram a sua ceia. Depois colocou a laje no seu lugar, deitou-se em cima dela, e mal dormiu algumas horas, tapando com o corpo a entrada da gruta.

Essa noite foi ao mesmo tempo uma dessas noites deliciosas e terríveis, como já tinha tido duas ou três em sua vida esse homem destinado a comoções fulminantes.

XXV. O incógnito

Surgiu o dia. Dantès esperava-o há muito com os olhos abertos.

Ao primeiro raiar, levantou-se, subiu, como na véspera, ao rochedo mais elevado da ilha, para explorar os arredores. Como na véspera, estava tudo deserto.

Edmond desceu, levantou a pedra, encheu as algibeiras de jóias, dispôs o melhor que pôde as tábuas e ferros do cofre, cobriu-o de terra, calcou-a com os pés, espalhou areia por cima, para tornar semelhante ao resto o chão que havia cavado; saiu da gruta, pôs no seu lugar a laje, cobriu-a de pedras de diversos tamanhos, meteu terra nos intervalos, plantou-lhe murtas e sarças, regou essas plantações novas para que parecessem antigas, apagou as suas pegadas, que se multiplicavam em torno, e esperou impaciente a volta dos seus companheiros. Com efeito, já não era preciso passar o tempo a olhar para esse ouro e para esses diamantes e ficar em Monte Cristo como o dragão que vigia inúteis tesouros. Agora era precioso voltar à vida no meio dos homens, e tomar na sociedade a posição que dá neste mundo a riqueza, a primeira e a maior das forças de que dispor a criatura humana.

Ao sexto dia, voltaram os contrabandistas. De longe reconheceu Dantès o porte e marcha da *Jovem-Amélia*; arrastou-se ao porto como Filoctetes ferido, e quando os seus companheiros abordaram, anunciou-lhes, embora ainda se queixasse, que estava muito melhor; e depois lhe tocou a vez de ouvir a narração dos aventureiros. Tinham sido bem sucedidos, sim; mas mal haviam largado o carregamento foram avisados de que o brigue de vigia em Tulono acabava de sair do porto, com direção igual à deles. Tinham fugido então a todo o pano, lastimando que Dantès, que sabia dar tanta velocidade ao navio, não estivesse a bordo para dirigi-lo. Em breve avistaram o brigue que lhes dava caça; porém, ajudados pela noite e dobrando o cabo Corso, tinham-lhe escapado.

Em suma, a viagem não tinha sido má, e todos, e mais que todos Jacopo, lastimavam que Dantès não houvesse feito parte dela, para ganhar tanto quanto eles haviam ganhado, e que subia a cinqüenta piastras.

Edmond ficou impenetrável e até se sorriu com a enumeração das vantagens de que teria participado se houvesse podido acompanhá-los; e como a *Jovem-Amélia* não tinha vindo a Monte Cristo senão buscá-lo, nessa mesma noite embarcou e foi com o seu patrão para Livourne.

Aí se dirigiu a um judeu e vendeu-lhe por cinco mil francos cada um dos seus quatro menores diamantes. O judeu poderia ter querido saber como ele se achava de posse de tais objetos, mas não caiu nessa, pois ganhava mil francos em cada um.

No dia seguinte comprou uma barca nova e deu-a a Jacopo, acrescentando a essa dádiva a de cem piastras para que pudesse contratar marinheiros que a tripulassem. A condição era ir Jacopo a Marselha saber notícias de um velho chamado Luís Dantès, que morava na Alameda de Meilhan, e de uma rapariga que morava no bairro dos Catalans e a quem chamavam Mercédès.

Jacopo julgou que estava sonhando. Edmond contou-lhe então que se fizera marinheiro por uma extravagância, e porque sua família não lhe dava o dinheiro preciso para se divertir; mas que, ao chegar a Livourne, recebera a herança de um tio, que o havia constituído seu único herdeiro. A elevada educação de Dantès dava a esta narrativa tanta verossimilhança que Jacopo nem por um só momento duvidou de que o seu companheiro lhe dissesse a verdade.

Por outro lado, como o contrato de Edmond a bordo da *Jovem-Amélia* estava findo, despediu-se do patrão, que a princípio forcejou por conservá-lo; mas, logo que ouviu, como Jacopo, a história da herança, renunciou à esperança de vencer tão fundada resolução.

No dia seguinte, Jacopo fez-se de vela para Marselha, devendo ir encontrar-se com Edmond em Monte Cristo.

No mesmo dia, sem dizer a pessoa alguma aonde ia, despediu-se da tripulação da *Jovem-Amélia*, com esplêndida gratificação, e do patrão, com a promessa de lhe dar um dia notícias suas.

Dantès foi para Gênova.

No momento em que chegava, experimentavam um pequeno iate, encomendado por um inglês, que informado de que os genoveses eram os melhores construtores do Mediterrâneo, tinha querido possuir um iate feito em Gênova. O inglês tinha-o ajustado por quarenta mil francos; Dantès ofereceu sessenta mil, com a condição de lhe ser entregue nesse mesmo dia. O inglês tinha ido fazer uma viagem à Suíça enquanto o iate se não acabava, e não voltava senão daí a três semanas ou um mês. O construtor pensou que teria tempo de pôr outro no estaleiro. Dantès levou o construtor a casa de um judeu, entrou com ele para o interior da loja, e o judeu pagou ao construtor os sessenta mil francos.

O construtor ofereceu a Dantès os seus serviços para contratar a tripulação necessária; porém ele, agradecendo-lhe, disse-lhe que costumava navegar só, e que a única coisa que desejava era que na cabine, à cabeceira da cama, se construísse um armário de segredo, com três divisões também de segredo; deu a medida dessas divisões, que no dia seguinte ficaram prontas.

Duas horas depois, largava Dantès do porto de Gênova, acompanhado pelos olhares dos curiosos, que queriam ver o fidalgo espanhol que tinha por costume navegar só.

Dantès saiu-se admiravelmente: com a ajuda do leme, e sem ter de deixá-lo um só momento, fez manobrar o seu iate com toda a perfeição; parecia ser um ente inteligente, pronto para obedecer ao menor impulso dado; e Dantès reconheceu que os genoveses mereciam a fama de primeiros construtores do mundo.

Os olhos dos curiosos não se desviaram do barco senão quando este sumiu; e então se travaram discussões acerca do seu destino: uns diziam que ia para a Córsega, outros para a ilha de Elba, estes apostavam que para a Espanha, aqueles afirmavam que para a África; ninguém se lembrou de dizer que ia para a ilha de Monte Cristo.

Era contudo para Monte Cristo que Dantès se dirigia.

Chegou ali no fim do segundo dia de viagem; o navio era excelente de vela e tinha percorrido a distância em trinta e cinco horas. Dantès havia perfeitamente examinado todo o litoral, e em vez de ancorar no porto do costume, foi ancorar na pequena enseada. A ilha estava deserta; não havia indício algum de que alguém houvesse desembarcado nela depois de sua retirada; foi, pois, direto a seu tesouro: estava tudo no estado em que o deixara.

No dia seguinte a sua imensa fortuna achava-se toda depositada a bordo do iate, e fechada nas três divisões do armário de segredo.

Dantès esperou mais oito dias. Nesses oito dias fez manobrar o iate ao redor da ilha, estudando-o como o bom cavaleiro estuda o cavalo; conseguiu conhecer-lhe todas as boas qualidades e os defeitos; e assentou em aumentar aquelas e remediar estes.

Ao oitavo dia, viu um navio que vinha a todo o pano; era o de Jacopo. Fez um sinal, a que Jacopo respondeu, e daí a duas horas estava o barco ao pé do iate.

Trazia uma triste resposta a cada uma das duas perguntas feitas por Edmond.

O velho Dantès já não existia.

Mercédès tinha desaparecido.

Edmond recebeu ambas estas notícias com o rosto sereno; imediatamente desembarcou, mas proibindo que o acompanhassem.

Duas horas depois voltou; dois homens da barca de Jacopo passaram para o iate, para o ajudarem na manobra; e deu ordem para aproar a Marselha.

Previra a morte de seu pai; mas o que era feito de Mercédès?

Sem divulgar o seu segredo, Edmond não podia dar suficientes instruções a um agente; havia, além disso, outras informações de que precisava e para as quais só em si confiava.

O seu espelho assegurara-lhe em Livourne que não corria perigo de ser conhecido, e ademais, tinha a seu dispor todos os meios para se disfarçar. Uma manhã, pois, o iate, acompanhado pela barquinha, entrou ousado no porto de Marselha, e parou exatamente defronte do lugar em que nessa noite, de fatal recordação, Dantès embarcara para a Fortaleza de If.

Não foi sem certo estremecimento que no bote de saúde Dantès viu vir um soldado; mas, com a profunda dissimulação que tinha adquirido, apresentou-lhe um passaporte inglês comprado em Livourne; e com essa salvaguarda estrangeira, muito mais respeitada na França do que a nacional, desembarcou sem dificuldade.

A primeira pessoa que viu ao pisar a Cannebière foi um dos antigos marinheiros do *Faraó*. Esse homem tinha servido sob as suas ordens, e estava ali para tranqüilizar Dantès acerca das alterações que nele se haviam realizado. Foi direto ao marinheiro, e fez-lhe algumas perguntas, a que este respondeu sem mostrar nas palavras ou na fisionomia que tivesse a menor lembrança de ter visto aquele que lhe dirigia a palavra.

Dantès deu ao marinheiro uma moeda como recompensa pelas informações que dele recebera; e um momento depois, sentiu o pobre homem correr atrás dele.

Dantès voltou-se.

— Perdoe, senhor — disse o marinheiro — enganou-se por certo; julgou que me dava uma moeda de quarenta soldos e deu-me um dobrão.

— Com efeito, meu amigo, tinha-me enganado; mas, como a sua honradez merece recompensa, aqui tem outro, e rogo-lhe que o aceite, para beber à minha saúde com os seus camaradas.

O marinheiro olhou para Edmond com tamanha admiração, que nem se lembrou de agradecer e viu-o afastar-se dizendo:

— É algum nababo que chega da Índia.

Dantès continuou a andar: a cada passo oprimia-se-lhe o coração com as maiores comoções; todas as suas recordações da infância, recordações indeléveis, eternamente presentes no pensamento, ali se erguiam ao canto de cada rua, em cada praça, em cada encruzilhada. Quando chegou ao fim da Rua de Noailles, e viu a Alameda de Meilhan, tremeram-lhe as pernas e ia caindo, ficando quase debaixo das rodas de um trem. Por fim, chegou à casa em que morava o pai. As chagas e as outras trepadeiras tinham desaparecido da trapeira, onde outrora a mão do bom velho as cultivava com tanto cuidado.

Encostou-se em uma árvore, e ficou algum tempo pensativo a olhar para os outros andares daquela pobre casinha. Por fim, dirigiu-se para a porta, entrou, perguntou se não havia algum aposento para alugar, e embora todo o edifício estivesse ocupado, tanto insistiu para ir visitar o quinto andar, que o porteiro foi pedir, da parte de um estrangeiro, aos que nele residiam, licença para ir vê-lo.

As pessoas que o habitavam eram um rapaz e uma menina, que tinham casado havia oito dias.

Ao vê-los, Dantès deu um profundo suspiro.

Por fim, nada lhe recordava a residência de seu pai: já não existia o mesmo papel; todos os trastes velhos, esses amigos da infância de Edmond, presentes à sua memória com todas as suas particularidades, tinham desaparecido. Só as paredes eram as mesmas.

Dantès deitou os olhos para a cama; estava no mesmo lugar que a do antigo inquilino; sem querer, encheram-se-lhe os olhos de lágrimas; devia ter sido naquele lugar que o pobre velho expirou proferindo o nome do filho.

Os noivos olharam com admiração para esse homem de aspecto severo, em cujas faces corriam duas lágrimas, sem que as feições se lhe alterassem. Mas, como todas as dores infundem respeito, não fizeram a menor pergunta ao desconhecido; foram-se afastando, para o deixarem chorar sem constrangimento; e quando saiu, acompanharam-no dizendo-lhe que podia voltar quando quisesse, e que sempre seria bem recebido na sua pobre casa.

Ao passar pelo andar de baixo, Edmond parou e perguntou se ainda ali residia o alfaiate Caderousse. Mas o porteiro disse-lhe que o homem de quem falava se arruinara e tinha agora uma estalagem na estrada de Bellegarde a Beaucaire.

Dantès desceu, perguntou onde morava o proprietário da casa da Alameda de Meilhan, foi vê-lo, deu o nome de Lorde Wilmore (era o nome e o título que trazia no passaporte), e comprou-lhe aquela casinha por vinte e cinco mil francos, mais dez mil francos, por certo, do que valia. Mas se ele lhe tivesse pedido meio milhão, tê-lo-ia dado.

Nesse mesmo dia, os noivos do quinto andar foram prevenidos pelo tabelião que havia feito o contrato, de que o novo proprietário lhes dava a escolha de um aposento em todo o edifício, sem lhes aumentar o aluguel, com a condição de lhe cederem os dois quartos que ocupavam.

Esse singular acontecimento preocupou, por espaço de oito dias, todos os freqüentadores da alameda de Meilhan e deu lugar a mil conjecturas, de que nem uma só era exata.

O que, porém, mais ainda confundiu todas as cabeças, foi ver à noite o mesmo indivíduo, que de dia entrara na casa da alameda de Meilhan, passear pela aldeola dos Catalans, entrar num mísero albergue de pescadores e demorar-se lá mais de uma hora, perguntando por várias pessoas, que ou tinham morrido ou desaparecido havia quinze ou dezesseis anos.

No dia seguinte a pobre gente, em cuja casa tinha feito todas essas perguntas, recebeu de presente uma barca catalã completamente nova, guarnecida de três boas redes.

Aquela boa gente quisera agradecer ao generoso perguntador; mas ao deixá-la, tinham-no visto, depois de haver dado algumas ordens a um marinheiro, montar a cavalo e sair de Marselha pela Porta de Aix.

XXVI. A estalagem da Ponte de Gard

Os que, como o autor deste livro, tivessem percorrido a pé o Midi da França, na época em que decorreram os acontecimentos que estamos narrando, teriam visto entre Bellegarde e Beaucaire, quase a meio caminho da aldeia à cidade, porém mais próximo de Beaucaire do que de Bellegarde, uma pequena estalagem, que tinha pendurada uma tabuleta que rangia à menor viração, representando a Ponte de Gard. Essa pequena estalagem, tomando como regra o curso do Rhône, ficava situada do lado esquerdo da estrada, dando as costas ao rio; tinha o que no Languedoc chamam jardim; isto é, o lado oposto àquele em que ficava a porta da entrada dava para um recinto onde vegetavam algumas oliveiras enfezadas e algumas figueiras bravas, de folhas prateadas pela poeira; nos intervalos cresciam, por únicos legumes, alhos, pimentas e cebolas; enfim, num dos cantos, como sentinela esquecida, um alto pinheiro erguia melancólico o tronco flexível, enquanto o cimo, aberto em forma de leque, estalava debaixo de um sol de trinta graus.

Todas essas plantas, altas ou rasteiras, inclinavam-se naturalmente na direção em que sopra o nordeste, um dos três flagelos da Provença. Os outros dois, como é ou não sabido, eram o Durance e o Parlamento.

Aqui e ali, na planície ao redor, que se assemelha a um grande lago de poeira, vegetam algumas hastes de trigo, que os horticultores do país plantam sem dúvida por curiosidade, isto é, por distração. Em cada uma delas pousa uma cigarra, que atormenta, com o seu cantar áspero e monótono, os viajantes perdidos nessa tebaida.

Havia perto de sete ou oito anos que essa pequena estalagem era administrada por um homem e uma mulher, tendo por únicos criados uma moça chamada Toinette e um moço de estrebaria, que atendia pelo nome de Pacaud; dobrada cooperação, que muito de sobejo satisfazia às necessidades do serviço, depois que um canal aberto entre Beaucaire e Aigues-Mortes tinha feito suceder vitoriosamente os barcos aos carros, e o batel à diligência.

Para aumentar o mal do mísero estalajadeiro, a quem arruinava, o canal passava entre o Rhône, que o alimenta, e a estrada, que o exaure, a cerca de cem passos da estalagem de que acabamos de dar breve mas fiel descrição.

O dono da estalagem era um homem de quarenta a quarenta e cinco anos, alto, seco e nervoso, verdadeiro tipo meridional, com os olhos encovados e brilhantes, nariz em forma de bico de águia e dentes brancos como os de um animal carnívoro. Os cabelos, que a despeito da idade parecia que não queriam decidir-se a embranquecer, eram, como a barba que deixava crescer por baixo do queixo, vastos e crespos e apenas salpicados de alguns grisalhos. A tez, naturalmente morena, tinha-se ainda tornado mais escura, pela freqüência com que o pobre homem se expunha ao sol desde o amanhecer até a noite no limiar da porta, a ver se, ou a pé ou a cavalo, chegava algum freguês; espera quase sempre baldada, e durante a qual, para preservar o rosto, não opunha ao ardor do sol senão um lenço encarnado, atado na cabeça à moda dos arrieiros espanhóis. Esse homem era o nosso antigo conhecido Gaspar Caderousse.

A mulher, pelo contrário, que em solteira se chamava Madeleine Radelle, era pálida, magra e doente. Natural dos arredores de Arles, tinha conservado, aliás, os primitivos vestígios da beleza tradicional das suas patrícias, visto arruinarem-se-lhe lentamente as feições no acesso quase contínuo de uma dessas febres tão freqüentes nas populações vizinhas dos pauis de Aigues-Mortes e das lagoas de Camargue. Conservava-se quase sempre sentada, tiritando de frio, no fundo de um quarto situado no primeiro andar, ou prostrada numa poltrona; ou encostada à cama, enquanto o marido se conservava de sentinela à porta, serviço que ele prolongava, de muito bom grado, porque todas as vezes que estava com a sua rabugenta metade, esta o perseguia com eternas queixas contra a sua sorte, queixas a que o marido não costumava responder senão com estas palavras filosóficas:

— Cale-se, Carconte! é Deus que assim o quer.

Esta alcunha provinha de ser Madeleine Radelle natural da aldeia de Carconte, situada entre Salon e Lambesc. Ora, conforme um costume daquela terra, que obriga a designar quase todas as pessoas por uma alcunha, tinha-lhe o marido substituído pela alcunha o nome de Madeleine, talvez por ser eufônico e suave demais para o seu áspero falar.

Entretanto, apesar dessa alegada resignação aos decretos da Providência, não pensem que o nosso estalajadeiro não sentisse profundamente o estado de miséria a que o havia reduzido o maldito canal, e que fosse invulnerável às contínuas queixas com que o perseguia a mulher. Era, como todos os meridionais, homem sóbrio, sem grandes necessidades, mas vaidoso relativamente a exterioridades. Por isso, no tempo da sua prosperidade, não deixava passar nem feira nem romaria em que não aparecesse com Carconte: ele, com o traje pitoresco do Midi, que é um misto do catalão e do andaluz, ela com o vestuário encantador das mulheres de Arles, que parece que o foram buscar à Grécia e à Arábia. Pouco a pouco, porém, desapareceram correntes de relógio, colares, cintos de mil cores, corpetes bordados, coletes de veludo, meias elegantes de cores, polainas, sapatos de fivela de prata, e Gaspar Caderousse, não podendo tornar a mostrar-se na altura do seu antigo esplendor, tinha, bem como a mulher, renunciado para sempre a todas as pompas mundanas, de que ouvia, mordendo-se com desejos, o alegre rumor ecoar na sua mísera estalagem, que conservava mais como abrigo do que como especulação.

Caderousse tinha ficado, como era costume, parte da manhã diante da porta, olhando melancolicamente para a relva, em que debicavam algumas galinhas, e para as duas extremidades da deserta estrada que se perdia ao sul e ao norte, quando de repente a áspera voz da mulher o obrigou a deixar o posto. Entrou em casa resmungando, e subiu ao primeiro andar, deixando, todavia, escancarada a porta, como para convidar os viajantes a não o esquecerem ao passar.

No momento em que Caderousse entrou em casa, a estrada de que falamos, para onde ele tanto tinha olhado, estava tão nua e tão solitária como o deserto ao meio-dia. Estendia-se branca e infinita, entre dois renques de árvores esgrouviadas, e facilmente se compreendia que nenhum viajante, que pudesse escolher outra hora, se arriscaria então a transitar por aquele medonho Sara.

Entretanto, contra todas as probabilidades, se Caderousse houvesse ficado no seu posto, teria visto aparecerem do lado de Bellegarde um cavaleiro e um cavalo, vindo num passo que indicava as melhores relações de amizade entre o cavalo e o cavaleiro. O cavalo era um castrado e andava bem a passo travado; o cavaleiro era um padre vestido de preto e com um chapéu de três bicos. Apesar do calor tórrido, não passavam ambos de um trote razoável.

Chegado à porta, o grupo parou; seria difícil decidir se foi o homem que fez parar o cavalo ou o cavalo que fez parar o homem; o certo é, porém, que o homem se apeou, puxou o animal pela rédea, amarrou-o a uma argola mal segura, e chegando-se para a porta, enxugando com um lenço de algodão encarnado o rosto coberto de suor, bateu três vezes com a bengala de ponteira de ferro.

Levantou-se imediatamente um canzarrão preto, deu alguns

passos ladrando e mostrando os dentes alvos e agudos, dupla demonstração hostil, que revelava o pouco que estava costumado à sociedade. E logo um passo pesado fez tremer a escada de madeira, que corria encostada à parede, porque descia por ela, curvando-se e de costas, o dono do pobre albergue, a cuja porta ficara o padre.

— Já vou — disse Caderousse espantado —, já vou! Cala a boca, Margotin! Não tenha medo, ele ladra, mas não morde. Quer vinho, não é assim? está caindo um calor dos demônios... Ah, desculpe! — prosseguiu vendo com que casta de freguês estava falando —; desculpe, não sabia a quem tinha a honra de receber. O que deseja? o que manda, senhor abade? Estou às suas ordens.

O padre olhou para aquele homem dois ou três segundos com singular atenção, e pareceu até querer chamar sobre si a atenção do estalajadeiro; vendo, porém, que as feições deste não exprimiam outro sentimento além da admiração de não receber resposta, julgou que convinha fazer acabar a admiração, e disse com pronúncia italiana muito carregada:

— Não é o Sr. Caderousse?

— Sim, senhor — disse o estalajadeiro, a quem talvez causava mais admiração a pergunta do que tinha causado o silêncio —; sou realmente Gaspar Caderousse, um seu criado.

— Gaspar Caderousse?... Sim, julgo que é esse mesmo o nome e o apelido... Morou um tempo na Alameda de Meilhan, não é assim? num quarto andar?

— Sim, senhor.

— Era alfaiate?

— É verdade; mas o ofício deu em droga. Faz tanto calor naquela maldita Marselha, que me parece que há de vir tempo em que ninguém lá se vista; mas, por falar em calor, quer tomar algum refresco, senhor abade?

— Sim, traga-me uma garrafa do seu melhor vinho, e, se quiser, continuaremos a conversação, no ponto em que a deixamos.

— Como quiser, senhor abade — disse Caderousse. E para não perder ocasião de vender uma das últimas garrafas de vinho de Cahors, que tinha, Caderousse levantou o alçapão que havia no sobrado da casa ao rés-do-chão e que servia ao mesmo tempo de sala e de cozinha.

Quando daí a cinco minutos voltou, achou o abade sentado num banco, com o cotovelo encostado em uma mesa comprida; e Margotin, que mostrava estar às boas com ele, vendo que, contra o costume, esse viajante singular ia tomar alguma coisa, estendia pela perna do abade o pescoço descamado e o seu lânguido olhar.

— É só? — perguntou o abade ao estalajadeiro, enquanto este punha em cima da mesa a garrafa e um copo.

— Sou, sim, senhor, sou só ou quase só, senhor abade; pois tenho minha mulher que, coitada, em nada me pode ajudar por estar sempre doente, a pobre Carconte!

— Ah, é casado! — disse o abade, mostrando uma espécie de interesse e lançando em torno de si um olhar que parecia avaliar a pobreza do mísero casal.

— Acha que não sou rico, não é assim, senhor abade? — disse Caderousse, suspirando —; mas que quer? não basta ser honrado neste mundo para prosperar.

O abade fitou nele olhos penetrantes.

— Sim, honrado, disso me posso gabar, senhor — disse o estalajadeiro afrontando o olhar do abade, com uma das mãos no peito e movendo a cabeça de cima para baixo —; hoje nem todos podem dizer o mesmo.

— Tanto melhor, se for verdade o que diz; pois estou certíssimo de que cedo ou tarde o homem de bem é premiado e o mau, punido.

— A sua profissão é que o faz falar assim, senhor abade — disse Caderousse com azedume —; mas eu não sou da sua opinião.

— Faz mal em falar assim — disse o abade —, porque talvez eu mesmo possa servir para lhe provar o contrário.

— Que quer dizer? — perguntou Caderousse, espantado.

— Quero dizer que tenho de me convencer primeiro de que é realmente quem procuro.

— Que provas quer que lhe dê?

— Conheceu em 1814 ou 1815 um marítimo chamado Dantès?

— Dantès! se o conheci, o pobre Edmond! e até era um dos meus mais íntimos amigos! — exclamou Caderousse, corando repentinamente, enquanto os olhos perscrutadores do padre pareciam dilatar-se para examinarem da cabeça aos pés aquele a quem interrogava.

— Sim, julgo que realmente se chamava Edmond.

— Ora, se se chamava Edmond, o pequeno! é tão certo como eu chamar-me Gaspar. E o que foi feito dele, senhor abade? conheceu-o? ainda está vivo? está solto? é feliz?

— Morreu preso, mais desesperado e mais miserável do que os forçados das galés, que arrastam as grilhetas em Tulono — respondeu o abade.

Mortal palidez sucedeu no rosto de Caderousse ao rubor que o tinha invadido. Voltou-se e o abade viu-o limpar uma lágrima com a ponta do lenço encarnado que tinha na cabeça.

— Pobre criança! — murmurou Caderousse. — Então, aí tem mais uma prova do que eu lhe dizia, que Deus só é bom para os maus! Ah! — prosseguiu com a linguagem animada dos meridionais — este mundo vai de mal a pior. Caiam, pois, do Céu dois dias de pólvora e uma hora de fogo, e acabe-se com isto tudo.

— Parece que era muito amigo desse moço — disse o abade.

— Oh, sim, fui sempre amigo dele, conquanto me arrependesse de ter tido uma vez inveja da sua felicidade. Mas depois, juro-lhe, palavra de Caderousse, lastimei bastante a mísera sorte do pobre moço.

Houve um momento de silêncio, durante o qual o olhar fixo do padre não cessou de interrogar a fisionomia do estalajadeiro.

— E conheceu esse pobre rapaz? — prosseguiu Caderousse.

— Fui chamado para levar-lhe os últimos socorros da religião.

— E de que morreu? — perguntou Caderousse com voz sufocada.

— De que é que se morre na prisão, quando se morre lá aos trinta anos, senão da própria prisão?

Caderousse enxugou o suor, que lhe inundava o rosto.

— O que há de singular em tudo isso — disse o padre — é que Dantès, na hora da morte, me jurou pela imagem do Crucificado que ignorava qual tinha sido a causa da sua prisão.

— Sim, assim deve ser — disse Caderousse —, não podia sabê-la; não, senhor abade, o pobre rapaz não mentia.

— E por isso me incumbiu de indagar as causas da sua desgraça, o que ele não pôde fazer, e reabilitar a sua memória, se nela tivesse caído alguma nódoa.

E o olhar do abade, tornando-se cada vez mais penetrante, devorou a expressão quase sombria que apareceu no rosto de Caderousse.

— Um inglês rico — prosseguiu o abade —, seu companheiro de infortúnio, e que saiu da prisão na segunda restauração, possuía um brilhante de grande valor. Ao ficar livre, deixou-o como sinal de gratidão a Dantès, que numa doença que ele tivera, o tratara como irmão. Dantès, em vez de se servir dele para seduzir os carcereiros, que podiam apanhá-lo e atraiçoá-lo, conservou-o preciosamente, para quando o soltassem, porque então teria feito a sua fortuna só com a venda desse brilhante.

— Então era, como diz, de grande valor? — perguntou Caderousse com os olhos ardentes.

— Tudo é relativo — tornou o abade —; de grande valor para Edmond; o brilhante era avaliado em cinqüenta mil francos.

— Cinqüenta mil francos! — disse Caderousse. — Então era do tamanho de uma noz?

— Nem tanto: pode avaliar por si mesmo, porque o trago comigo. Caderousse parecia procurar debaixo das vestes do padre a preciosidade de que falava.

O padre tirou da algibeira uma caixinha de chagrém preto, e fez brilhar aos olhos deslumbrados de Caderousse a cintilante maravilha cravada num anel de admirável trabalho.

— E isso vale cinqüenta mil francos?

— Sem o anel, que também tem certo valor — disse o padre.

Fechou a caixinha, e meteu na algibeira o brilhante, que continuou a cintilar no pensamento de Caderousse.

— E como é que está de posse desse brilhante? — disse Caderousse. — Edmond instituiu-o seu herdeiro?

— Não, mas seu testamenteiro. Tinha três íntimos amigos e uma noiva, disse-me ele: estou certo de que todos os quatro me lastimam sinceramente: um deles chamava-se Caderousse.

Caderousse estremeceu.

— O outro — prosseguiu o abade sem parecer ter reparado na comoção de Caderousse —, o outro se chamava Danglars: o terceiro — acrescentou —, embora meu rival, também era meu amigo.

Um sorriso diabólico iluminou as feições de Caderousse, que fez um movimento para interromper o abade.

— Espere — disse este —, deixe-me acabar, e, se tiver alguma observação a fazer, fá-la-á depois. O outro, embora meu rival, também era meu amigo, e chamava-se Fernand. A minha noiva chamava-se... não me recordo agora do nome — disse o abade.

— Mercédès — disse o estalajadeiro.

— Ah, sim, é isso! — tornou o abade, sufocando um suspiro — Mercédès!

— E então? — perguntou Caderousse.

— Dê-me uma garrafa com água — disse o abade.

Caderousse obedeceu prontamente.

O padre encheu o copo e bebeu alguns goles.

— Onde estávamos? — perguntou, pondo o copo na mesa.

— A noiva chamava-se Mercédès.

— Sim, é isso. Vá a Marselha... É Dantès quem continua a falar, compreende?

— Perfeitamente.

— Venda esse brilhante; do produto faça cinco partes, e divida-as entre esses bons amigos, únicos entes que me queriam neste mundo.

— Como, cinco partes? — disse Caderousse —; não nomeou senão quatro pessoas.

— Porque a quinta morreu, ao que me disseram. Era o pai de Dantès.

— Ah, sim! — disse Caderousse comovido — o pobre velho morreu.

— Soube desse acontecimento em Marselha — respondeu o abade, fazendo um esforço para se mostrar indiferente. — Há, porém, tanto tempo que o pobre velho morreu, que não pude obter informação nenhuma a esse respeito. Sabe alguma?

— E quem melhor do que eu pode sabê-lo?... Morava ao pé dele, porta com porta... Ai, meu Deus, o pobre homem morreu um ano depois que o filho desapareceu!

— E de que morreu?

— Os médicos deram à doença o nome de... gastroenterite, se não me engano; os que o conheciam disseram que tinha morrido de desgosto, e eu, que o vi morrer, digo que morreu...

Caderousse interrompeu-se.

— Morreu de quê? — perguntou ansioso o abade.

— Morreu de fome.

— De fome! — exclamou o abade, dando um pulo no banco —; de fome! Os mais vis animais não morrem de fome! os cães que vagueiam nas ruas acham mão compadecida que lhes atire um pedaço de pão; e um homem, um cristão morre de fome no meio de outros homens que se dizem cristãos como ele? Não pode ser! não pode ser!

— Pois olhe que é exato — tornou Caderousse.

— O que tem você com isso? — disse uma voz na escada.

Os dois homens voltaram-se e viram entre as grades do corrimão a cabeça doentia de Carconte, que para aí se tinha arrastado, e estava escutando a conversação, sentada no último degrau da escada, com a cabeça descansando nos joelhos.

— E você também o que tem com isso, mulher? — disse Caderousse. — Este senhor pede-me informações, manda a delicadeza que lhe as dê.

— Sim; mas a prudência aconselha-o a que as recuse. Sabe com que intenção lhe querem fazer falar, pateta?

— Asseguro-lhe, senhora, que é com as melhores intenções — disse o abade. — O seu marido nada tem que recear, contanto que fale francamente.

— Nada que recear!... Isso é muito bom de dizer; mas o caso é que as mais das vezes começam com boas promessas, depois se contentam com dizer que nada há que recear, safam-se sem cumprir o que prometeram, e chega um dia em que a desgraça cai sobre a gente, sem que se saiba de onde ela vem.

— Descanse, boa mulher — disse o padre —, nunca de mim lhe há de vir desgraça, afianço-lhe.

A Carconte resmungou algumas palavras, que não se puderam ouvir, deixou cair sobre os joelhos a cabeça, que um momento levantara, e continuou a tremer de febre, mas, deixando o marido continuar a conversa, colocou-se de modo que não perdesse uma única palavra do que dissessem.

Nesse meio tempo o abade bebeu alguns goles de água e acalmou assim a sua agitação.

— Mas — prosseguiu ele — então toda a gente tinha abandonado esse mísero velho, para deixá-lo morrer de semelhante forma?

— Ai, senhor! não foi porque a catalã Mercédès e o negociante Morrel o houvessem abandonado, não, senhor; mas o pobre velho tinha tomado tanta antipatia a Fernand, a esse mesmo — prosseguiu Caderousse com sorriso de ironia — que Dantès lhe disse que era um dos seus amigos...

— Pois não o era? — perguntou o padre.

— Gaspar! Gaspar! — bradou a mulher do cimo da escada — repara no que vai dizer.

Caderousse fez um movimento de impaciência, e, sem dar mais resposta a quem o interrompia, continuou:

— Pode-se, porventura, ser amigo daquele cuja noiva se cobiça? Dantès, que tinha um coração de ouro chamava a toda essa gente seus amigos!... Pobre Edmond! Melhor foi que morresse sem saber nada; pois na hora da morte muito lhe teria custado a perdoar-lhes... E digam o que quiserem — prosseguiu Caderousse na sua linguagem, que não era destituída de certa poesia rude — ainda tenho mais medo da maldição dos mortos, do que do ódio dos vivos.

— Pateta! — disse a mulher.

— Pois sabe — disse o abade — o que Fernand fez a Dantès?

— Se o sei! que dúvida!

— Então me conte.

— Gaspar, faz o que lhe parecer, é senhor de você — disse a mulher —; mas, se quer o meu conselho, não diga nada.

— Desta vez julgo que tem razão, mulher — disse Caderousse.

— Visto isso, nada quer dizer? — tornou o abade.

— E para quê? — disse Caderousse. — Se o rapaz estivesse vivo, e viesse até mim para conhecer bem os seus amigos e os seus inimigos, não digo que não; mas, como disse, está enterrado e bem enterrado, já não pode ter ódio nem vingar-se; e então o melhor é ficarmos por aqui.

— Quer então — disse o abade — que eu dê a esses indivíduos, que apresenta como indignos e falsos amigos, uma recompensa destinada para o amigo fiel?

— É verdade... tem razão — disse Caderousse. — Além do que, o que seria agora para eles o legado do mísero Edmond? uma gota de água no oceano!

— Mas olha que essa gente pode esmagá-lo com um simples aceno — tornou a mulher.

— Como assim? pois estão ricos e poderosos?

— Então não sabe a história deles?

— Não; conte-me.

Caderousse pareceu refletir um momento.

— Não, não, levaria muito tempo.

— Como quiser, meu amigo — disse o abade mostrando a mais profunda indiferença —; respeito os seus escrúpulos e não deixo de conhecer que o seu procedimento é realmente de uma boa alma; não falemos, pois, mais disso. De que estava eu incumbido? de uma simples formalidade. Vou vender o brilhante.

E tirou novamente da algibeira o brilhante, abriu em seguida a caixinha, tomou o anel e o fez cintilar aos olhos deslumbrados de Caderousse.

— Vem ver, mulher — disse este com voz rouca.

— Um brilhante! — disse a mulher levantando-se e descendo a escada com bastante firmeza. — O que é este brilhante?

— Pois não ouviu? é um brilhante que o Edmond deixou ao pai, aos seus três amigos Fernand, Danglars e eu, e à sua noiva, a Mercédès. Vale cinqüenta mil francos.

— Que bonita jóia! — disse a mulher.

— Então me pertence a quinta parte dessa quantia? — tornou Caderousse.

— Sim — respondeu o abade — e mais a parte que devia ser do pai, e que me julgo autorizado a repartir pelos quatro.

— E porque há de ser pelos quatro? — replicou a mulher.

— Porque eram os quatro amigos de Edmond.

— Essa é boa! os que atraiçoam não são amigos — resmungou a mulher.

— Sim, sim — disse Caderousse —, é o que eu dizia: é quase uma profanação, quase um sacrilégio, que se recompense a traição, e quem sabe, talvez, o crime!

— O senhor é que assim o quer — tornou tranqüilamente o abade, metendo outra vez na algibeira da sotaina o brilhante —; diga-me onde moram esses amigos de Edmond, para que possa executar as suas últimas vontades.

Da testa de Caderousse corriam pesadas gotas de suor; ele viu o abade levantar-se, dirigir-se para a porta, dar uma vista de olhos ao cavalo e voltar.

Caderousse e sua mulher olhavam-se reciprocamente com indizível expressão.

— O brilhante seria todo para nós — disse Caderousse.

— Julga que sim? — respondeu a mulher.

— Um sacerdote não era capaz de nos enganar.

— Faz o que lhe parecer: eu cá não me meto nisso.

E tomou o caminho da escada, toda trêmula batendo-lhe os dentes apesar do grande calor que fazia.

No último degrau parou um momento.

— Vê bem o que faz, Gaspar — disse ela.

— Estou decidido — disse Caderousse.

A Carconte voltou para o quarto, dando um suspiro.

— Ao que é que está decidido? — perguntou o abade.

— A dizer-lhe tudo.

— Realmente, julgo que é a melhor coisa que pode fazer; não que eu queira saber o que me queria ocultar; mas, enfim, melhor será se puder guiar-me na distribuição do legado de modo mais conforme à intenção do testador.

— Assim o espero — disse Caderousse, com as faces inflamadas pelo rubor da esperança e da cobiça.

— Estou-o ouvindo — disse o abade.

— Espere — tornou Caderousse —, poderíamos ser interrompidos no ponto mais importante, o que seria desagradável; e demais, é inútil que se saiba que o senhor abade veio aqui hoje.

Foi fechar a porta da estalagem, e, para mais cautela, pôs-lhe a tranca de ferro com que de noite a segurava.

Entretanto o abade, que se havia sentado a um canto, preparou-se para ouvir com toda a atenção.

Caderousse chegou um banco e sentou-se defronte dele.

— Olha... lembra-se de que nada o aconselho! — tornou a voz trêmula da mulher, como se através do sobrado pudesse ver a cena que se preparava.

— Bem, bem — disse Caderousse —, fica tudo por minha conta; não falemos mais nisso. E começou.

XXVII. A narração

Antes de mais nada — disse Caderousse —, tenho de lhe pedir que me prometa uma coisa.

— Que vem a ser? — perguntou o abade.

— Que se fizer uso do que vou contar-lhe, nunca diga que o soube de mim, porque as pessoas de que vou falar são ricas e poderosas e bastaria tocarem-me com a ponta do dedo para me quebrar como vidro.

— Descanse, meu amigo — disse o abade —; sou padre, e as confissões morrem no meu seio. Lembre-se de que o nosso único fim é desempenhar dignamente as últimas vontades do nosso amigo; portanto, fale sem susto, nem ódio; diga a verdade, toda a verdade. Não conheço, e é provável que nunca venha a conhecer, as pessoas de quem me vai falar; além do que, sou italiano, e não francês, pertenço a Deus, e não aos homens, e vou recolher-me ao meu convento, do qual tão-somente saí para desempenhar as últimas vontades de um moribundo.

Esta promessa positiva pareceu dar a Caderousse alguma segurança.

— Pois nesse caso — disse ele — quero, e, até direi, devo desenganá-lo acerca dessas amizades, que o pobre Edmond supunha sinceras e dedicadas.

— Comecemos pelo pai — disse o abade. Edmond falou-me muito desse velho, de quem era amicíssimo.

— A história é triste — disse Caderousse, sacudindo a cabeça —; provavelmente o senhor sabe o princípio dela.

— Sei — respondeu o abade —; Edmond contou-me tudo até o momento em que foi preso numa taberna perto de Marselha.

— Na Reserva... Oh, meu Deus! Sim!... Vejo ainda tudo como se fosse agora.

— Não foi no banquete do noivado?

— Foi, e o banquete, que começara tão alegre, teve um fim tristíssimo. Um comissário de polícia, acompanhado por quatro soldados, entrou, e Dantès foi preso...

— Até aí eu sei — disse o abade —; e o próprio Dantès nada mais sabia, porque não tornou a ver nenhuma das cinco pessoas de que fiz menção, nem mais ouviu falar delas.

— Pois bem! preso Dantès, o Sr. Morrel correu a colher informações; foram tristíssimas. O velho voltou só para casa; dobrou, chorando; a sua roupa de festa, levou todo o dia a passear inquieto no quarto, à noite não se deitou, e, como eu morava por baixo dele, notei que a passou andando de um lado para outro; eu não pude pregar olho, porque me afligia muito a dor daquele pobre pai, e cada um daqueles passos magoava-me o coração, como se ele me caminhasse por cima do peito.

No dia seguinte, foi a Mercédès a Marselha implorar a proteção do Sr. de Villefort, mas nada a obteve; no caminho, porém, foi visitar o velho. Quando o viu tão triste e tão prostrado, soube que tinha passado a noite sem se deitar, e que desde a véspera nada tinha comido; quis levá-lo consigo para tratar dele, mas o velho não anuiu.

"Não, dizia, não saio desta casa, porque é a mim que o meu pobre filho ama acima de todas as coisas, e, se for solto, vem logo aqui, e que diria ele, se eu não o esperasse onde me deixou?"

Eu ouvia tudo isto, porque desejava que a Mercédès determinasse o velho a acompanhá-la; aqueles passos continuados noite e dia por cima da minha cabeça não me deixavam um momento de sossego.

— Mas por que não ia consolar o velho? — perguntou-lhe o padre.

— Ai, senhor! — respondeu Caderousse — só se podem consolar os que querem ser consolados, e ele não admitia consolação alguma. Além disso, não sei por que, parecia-me que o velho tinha repugnância em me ver. Todavia, uma noite, ouvindo-lhe os soluços, não pude resistir, e subi; quando, porém, cheguei à porta, já ele não soluçava, estava rezando. E tão eloqüentes palavras, tão piedosas súplicas fazia, que nem as sei repetir; era mais que devoção, era mais que dor! E tanto que eu, não sendo beato nem gostando de jesuítas, disse comigo: "Realmente sou felicíssimo por estar só e por não me ter Deus dado filhos; pois se fosse pai, e sentisse o que sente aquele pobre ancião, não podendo achar na memória nem no coração o que ele está dizendo a Deus, iria direitinho atirar-me ao mar, para não continuar a padecer".

— Pobre pai! — murmurou o abade.

— De dia para dia vivia ele mais só, mais isolado; muitas vezes vinham para o ver o Sr. Morrel e a Mercédès, mas a porta conservava-se fechada, e, conquanto eu tivesse a certeza de que o homem estava em casa, ele nada respondia.

Um dia em que, contra o seu costume, recebeu a Mercédès, procurando a pobre menina consolá-lo, embora também ela estivesse entregue à desesperação, disse-lhe ele:

"Acredita-me, minha filha, morreu; e em vez de sermos nós que o esperamos, é ele que nos espera... Sou feliz, pois sou o mais velho, e hei de ser o primeiro que o há de ver".

Por melhor coração que se tenha, uma pessoa cansa-se de visitar quem a entristece; passados tempos, o velho Dantès ficou de todo só. Já não se via subir a seu quarto senão, de vez em quando, alguns desconhecidos, que desciam com mal encobertos embrulhos. Soube depois o que eram esses embrulhos; para viver, o desgraçado ia vendendo quanto tinha.

Por fim, chegou o pobre homem ao último dos seus trapos. Devia três semestres de renda de casa; ameaçaram-no com uma penhora; pediu oito dias de espera, concederam-lhes. Soube dessa particularidade, pois o senhorio veio a minha casa quando saiu da dele.

Nos três primeiros dias, ouvi-o andar como costumava; no quarto, porém, não senti mais bulha. Aventurei-me a subir; a porta estava fechada, mas, pelo buraco da chave, vi-o tão pálido e tão abatido, que, considerando-o muito doente, preveni o Sr. Morrel e corri à casa de Mercédès. Ambos vieram logo. O Sr. Morrel trouxe um médico, que disse que o doente tinha uma gastroenterite, e mandou-o pôr a dieta.

O abade soltou uma espécie de gemido.

— Interessa-o esta história? — perguntou Caderousse.

— Muito — respondeu o abade —; é de enternecer.

— A Mercédès voltou, e tão transtornado o achou, que quis, como da primeira vez, levá-lo para sua casa. Era também o parecer do Sr. Morrel, que até queria obrigá-lo a ir à força; mas o velho gritou tanto, que tiveram medo. A Mercédès ficou-lhe à cabeceira da cama. O Sr. Morrel retirou-se, fazendo sinal à catalã de que deixava uma bolsa com dinheiro em cima do fogão. Mas o velho, fazendo finca-pé na prescrição do médico, nada queria tomar. Enfim, depois de nove dias de desesperação e abstinência, expirou, amaldiçoando os que tinham sido causa da sua desgraça, e dizendo a Mercédès:

"Se tornares a ver o meu Edmond, diz-lhe que morro abençoando-o".

O abade levantou-se e deu duas voltas pela casa, levando a mão trêmula à garganta seca.

— E julga que morreu...

— De fome, senhor, de fome — disse Caderousse —; afianço-o, como é verdade estarmos aqui dois cristãos.

O abade, com mão convulsa, pegou no copo de água, ainda quase cheio, bebeu-o de um só trago, e tornou a sentar-se com os olhos vermelhos e as faces pálidas.

— Confesse que é uma grande desgraça! — disse com voz rouca.

— E tanto maior, senhor, que não foi Deus quem o matou, mas os homens que lhe prepararam a morte.

— Vamos, então, a esses homens — disse o abade —; mas

lembre-se — disse com voz quase ameaçadora — de que se comprometeu a dizer-me tudo. Vejamos! quem são os homens que fizeram morrer o filho de desesperação e o pai de fome?

— Dois invejosos, um por amor, o outro por ambição, Fernand e Danglars.

— E de que modo manifestaram essa inveja?

— Denunciaram Edmond como agente bonapartista.

— Mas qual deles o denunciou? qual foi o verdadeiro culpado?

— Ambos; um escreveu a carta, o outro a postou no correio.

— E onde foi escrita essa carta?

— Na Reserva, na véspera do casamento.

— Isso mesmo! isso mesmo! — murmurou o abade. — Ó Faria! Faria! como conhecias os homens e as coisas.

— O que diz, senhor? — perguntou Caderousse.

— Nada — respondeu o padre —, continue.

— Danglars escreveu a denúncia com a mão esquerda, para que a letra não fosse conhecida; e Fernand levou-a.

— Mas — exclamou de repente o padre — o senhor também lá estava!

— Eu?! — disse Caderousse, atônito —; quem lhe disse que eu estava lá?

O abade viu que se adiantara muito.

— Ninguém — disse —; mas, para estar tão inteirado, deve ter sido testemunha de tudo isso.

— É verdade — disse Caderousse com voz sufocada —, estava lá!

— E não se opôs a essa infâmia? — disse o abade —; então é cúmplice deles.

— Senhor — disse Caderousse —, fizeram-me ambos beber tanto, que perdi a razão. Já não via senão entre uma nuvem. Disse quanto pode dizer um homem nesse estado; mas responderam-me que era uma brincadeira que tinham querido fazer, e que essa brincadeira não ia avante.

— E no dia seguinte, senhor, no dia seguinte, viu que ela tinha ido avante, mas não disse nada, e estava presente quando ele foi preso!

— Estava sim, senhor, estava presente, e quis falar, quis dizer tudo; Danglars impediu-me que o fizesse.

"E, se porventura for culpado, disse-me, se realmente aportou à ilha de Elba, se efetivamente traz uma carta para o clube bonapartista de Paris, e lhe acharem essa carta, os que o tiverem defendido serão tidos como cúmplices."

Tive medo da política, como então era feita, confesso-o; calei-me, foi uma covardia, sim, mas não um crime!

— Compreendo; deixou-os proceder e nada mais.

— Sim, senhor — respondeu Caderousse —, e o remorso persegue-me dia e noite... Muitas vezes peço perdão a Deus, juro-lhe, e tanto mais quanto essa má ação, a única de que em toda a minha vida tenho de que me acusar, é sem dúvida a causa de toda a minha adversidade. Estou pagando um instante de egoísmo, e por isso não deixo de dizer a Carconte, quando ela se lastima: "Cale-se, mulher, é Deus que assim o quer".

Caderousse baixou a cabeça com todos os sinais de sincero arrependimento.

— Bem, senhor — disse o abade —, falou com franqueza; quem assim se acusa, merece perdão.

— Infelizmente — disse Caderousse — Edmond morreu, e não me perdoou.

— Ele nada sabia — disse o abade.

— Mas sabe agora tudo; dizem que os mortos sabem tudo.

Houve um momento de silêncio; o abade tinha-se levantado, e passeava pensativo; voltou para o seu lugar e tornou a sentar-se.

— Duas ou três vezes me falou no Sr. Morrel — disse. — Quem é esse homem?

— Era o dono do *Faraó*, o patrão de Dantès.

— E que papel representou esse homem em toda essa triste ocorrência?

— O de um homem de bem, corajoso e afeiçoado. Vinte vezes intercedeu por Edmond; quando o imperador voltou, ele escreveu, pediu, ameaçou, e tanto fez que, na segunda restauração, foi perseguido como bonapartista. Muitas vezes, como lhe disse, foi visitar o pai de Dantès para levá-lo para sua casa, e na véspera ou na antevéspera da morte dele, já também lhe disse, deixou sobre o fogão uma bolsa, com a qual foram pagas as dívidas do pobre homem e se lhe fez o enterro; de modo que o mísero velho pôde morrer como tinha vivido, sem ser pesado a ninguém. Tenho em meu poder a bolsa, é de rede feita de retrós encarnado.

— E — perguntou o abade — esse Sr. Morrel ainda vive?

— Vive, sim, senhor — disse Caderousse.

— Nesse caso — tornou o abade — deve ser um homem abençoado de Deus, rico, feliz?...

Caderousse sorriu com amargura.

— Sim, feliz como eu — disse.

— Pois que, o Sr. Morrel está desgraçado?

— Quase reduzido à miséria! E, o que é pior, quase desonrado.

— Como assim?

— Depois de vinte e cinco anos de trabalho, depois de ter ganhado a mais honrosa posição no comércio de Marselha, o Sr. Morrel está de todo arruinado. Perdeu cinco navios em dois anos, ficou prejudicado em três assombrosas quebras, e a sua única esperança está no mesmo *Faraó*, que era comandado pelo pobre Dantès, e que deve voltar da Índia com um carregamento de cochonilha e anil. Se esse navio se perder como os mais, fica arruinado.

— Ah! — disse o abade — tem mulher e filhos o desgraçado?

— É casado com uma mulher, que é uma santa: tem uma filha, que estava para casar com um homem a quem amava, mas a família dele já não consente que case com ela, por estar pobre: tem também um filho que é tenente do exército: bem vê que tudo isso lhe aumenta os desgostos em vez de suavizá-los. Se fosse só, dava um tiro na cabeça e estava tudo acabado.

— É horrível! — disse o abade.

— Aí está como Deus recompensa a virtude, senhor. Olhe: eu, que nunca cometi uma ação má, exceto essa que lhe contei, estou na miséria: eu, depois de ver morrer minha pobre mulher de febre sem poder valer-lhe, morrerei de fome como o pai de Dantès; e Fernand e Danglars nadam em ouro.

— Como assim?

— Porque tudo lhes correu bem, ao passo que à gente honrada tudo corre mal.

— O que é feito de Danglars? o mais culpado sem dúvida, visto que foi ele o instigador?

— O que é feito dele? Saiu de Marselha; e, recomendado pelo Sr. Morrel, que ignorava o crime que cometera, entrou como primeiro caixeiro na casa de um banqueiro espanhol. Na época da guerra da Espanha, encarregou-se de fornecimentos para o exército francês, e enriqueceu; com esse dinheiro jogou nos fundos e triplicou, quadruplicou os seus capitais; e, enviuvando da filha do seu antigo patrão, casou com uma viúva, a Sr.ª de Nargonne, filha do Sr. Salvieux, camarista do rei atual e seu valido. Tinha-se tornado milionário, fizeram-no barão, de modo que é hoje barão de Danglars; tem um palácio na Rua de Mont-Blanc, dez cavalos nas estrebarias, seis lacaios na antecâmara, e não sei quantos milhões na burra.

— Ah! — disse o abade, com singular inflexão de voz — e é feliz?

— Feliz? quem pode sabê-lo? A desgraça ou a felicidade são o segredo das paredes; as paredes têm ouvidos, mas não têm língua. Se é feliz quem tem grande fortuna, Danglars é feliz.

— E Fernand?

— Fernand? é outra maravilha!

— Como pode ter prosperado um pobre pescador catalão, sem recursos nem educação? Confesso que não entendo.

— Ninguém entende: há decerto na sua vida algum segredo singular, que todos ignoram.

— Mas, enfim, por que degraus visíveis ele subiu a essa grande riqueza, ou a essa alta posição?

— A uma e outra coisa, senhor: tem fortuna e posição.

— É uma anedota que está me contando?

— Assim parece; mas ouça e compreenderá.

Alguns dias antes da volta de Dantès, Fernand havia sido sorteado para o exército. Os Bourbons deixaram-no ficar sossegado nos Catalans: mas com a volta de Napoleão, foi decretada uma leva extraordinária, e Fernand teve de partir. Eu também parti, mas, como era mais velho do que Fernand, e acabava de casar, fui mandado guardar o litoral.

Fernand assentou praça num dos corpos ativos, foi para a fronteira e assistiu à batalha de Ligny.

Na noite que se seguiu à batalha, estava de sentinela à porta de um general, que tinha relações secretas com o inimigo. Nessa mesma noite o general devia passar-se para os ingleses; propôs a Fernand acompanhá-lo; Fernand aceitou, deixou o seu posto e seguiu o general. O que o teria levado a conselho de guerra, se Napoleão houvesse triunfado, serviu-lhe de recomendação para com os Bourbons. Voltou à França com as dragonas de segundo tenente; e, como a proteção do general, então no auge do favor, não o abandonasse, era capitão em 1823, no tempo da guerra da Espanha, isto é, no momento em que Danglars arriscava as suas primeiras especulações. Fernand era espanhol; foi mandado a Madri estudar o espírito dos seus compatriotas, encontrou aí Danglars, falou com ele, prometeu a seu general um apoio entre os realistas da capital e das províncias, recebeu promessas, contraiu obrigações, conduziu o seu regimento por caminhos que só ele conhecia, em desfiladeiros guardados pelos realistas, e prestou nessa rápida campanha tais serviços, que, depois da tomada de Trocadero, foi despachado coronel, e recebeu a cruz de oficial da Legião de Honra com o título de conde.

— Oh, destino! — murmurou o abade.

— Ouça o resto, ainda falta. Acabada a guerra da Espanha, a carreira de Fernand achava-se comprometida pela longa paz que parecia ter de reinar na Europa; só a Grécia estava sublevada contra a Turquia, e começava a guerra da sua independência; todos os olhos estavam voltados para Atenas; era moda deplorar e socorrer os gregos. O governo francês, sem os proteger abertamente, como sabe, tolerava as emigrações parciais. Fernand solicitou e obteve licença para ir servir na Grécia, mas ficando pertencendo ao quadro do exército.

Algum tempo depois, soube-se que o conde de Morcerf, era o título que usava, tinha entrado para o serviço de Ali-Paxá com o posto de general instrutor.

Ali-Paxá foi morto; mas recompensou os serviços de Fernand, deixando-lhe considerável soma, com a qual Fernand voltou à França, onde o seu posto de tenente-general lhe foi confirmado.

— De modo que hoje?... — perguntou o padre.

— Hoje tem um palácio magnífico em Paris, Rua do Helder, n.º 27. O abade abriu a boca, ficou por um momento como quem hesita, mas, fazendo um esforço sobre si, disse:

— E a Mercédès? asseguraram-me que desapareceu.

— Desapareceu como desaparece o Sol, para se erguer no dia seguinte mais brilhante.

— Pois também fez fortuna? — perguntou o abade, com sorriso irônico.

— A Mercédès é hoje uma das primeiras senhoras de Paris — respondeu Caderousse.

— Continue — disse o abade —, parece-me que estou ouvindo contar um sonho. Mas eu também vi coisas tão extraordinárias, que as que me diz menos me espantam.

— A Mercédès de princípio ficou desesperada com o acontecimento que lhe roubava Edmond. Contei-lhe as suas instâncias para mover o Sr. de Villefort e a sua dedicação ao pai de Dantès. No meio da sua desesperação, nova dor veio acabrunhá-la, e foi a partida de Fernand, cujo crime ignorava, e a quem considerava como irmão.

Fernand partiu, e a Mercédès ficou só.

Decorreram três meses entre lágrimas; sem notícias de Edmond, e sem notícias de Fernand, e tendo apenas só diante dos olhos um velho, que ia morrendo de desesperação.

Uma noite, depois de ter estado todo o dia sentada, como costumava, no encontro das duas estradas que vão de Marselha aos Catalans, recolheu-se mais abatida do que nunca; nem o amante nem o amigo voltavam por algum desses caminhos, e de nenhum dos dois tinha notícia.

De repente, pareceu-lhe ouvir um passo conhecido; voltou-se ansiosa, a porta abriu-se, e ela viu aparecer Fernand com a sua farda de tenente.

Era só a metade do que chorava: mas era uma porção da sua vida passada que recuperava.

A Mercédès pegou nas mãos de Fernand com um transporte que ele atribuiu a amor, e que não era mais do que a alegria de não se achar só no mundo, e de tornar a ver um amigo depois de longas horas de solitária tristeza. E ademais, devemos dizê-lo, Fernand nunca fora detestado, conquanto não fosse amado: outro possuía o coração de Mercédès, e esse outro estava ausente... desaparecera... talvez estivesse morto. Com essa última idéia, a Mercédès desfazia-se em soluços, arrepelava-se, mas essa idéia, que outrora repelia, quando por outrem lhe era sugerida, voltava-lhe então por si mesma ao espírito. E além disso o velho Dantès continuamente lhe dizia: "O nosso Edmond morreu; pois se não tivesse morrido, já nos tinha aparecido".

O velho morreu, como já disse: se ele tivesse vivido, talvez Mercédès nunca houvesse casado com outra pessoa, pois ele estaria aí para lhe exprobrar a infidelidade. Fernand percebeu isso. Quando soube da morte do velho, voltou. Era já primeiro-tenente. Da primeira viagem não disse à moça uma palavra de amor; na segunda, confessou-lhe que a amava.

A Mercédès pediu-lhe seis meses, para ainda esperar e chorar por Edmond.

— Isso fazia dezoito meses — disse o abade, com um sorriso de amargura. — Que mais pode querer o amante mais adorado?

E murmurou as palavras do vate inglês: *Frailty, thy name is woman!*

Daí a seis meses verificou-se o casamento na igreja dos Accoules.

— Era nessa mesma igreja que tinha de verificar-se o casamento de Edmond — disse a meia-voz o padre —; assim nada havia demudado senão o noivo!

— A Mercédès casou-se, então; e, embora aos olhos de todos parecesse sossegada, esteve a ponto de desmaiar ao passar pela Reserva, onde dezoito meses antes tinha celebrado os esponsais com o homem a quem veria que ainda amava, se ousasse olhar para o fundo do coração.

Fernand mais feliz, porém não mais tranqüilo (eu vi-o então), porque receava constantemente a volta de Edmond, Fernand tratou logo de fazer mudar de terra sua mulher e de se expatriar a si: ficar nos Catalans tinha ao mesmo tempo muitos perigos e recordações. Oito dias depois de casados, retiraram-se.

— E tornou a ver a Mercédès? — perguntou o padre.

— Tornei, na época da guerra da Espanha, em Perpignan, onde Fernand a deixou; tratava então de educar o filho.

O abade estremeceu.

— O filho? — disse.

— Sim — respondeu Caderousse —, o Albertinho.

— Mas para educar o filho, era indispensável que ela fosse instruída; e parece-me que ouvi dizer a Edmond que era filha de um pescador, formosa sim, mas sem educação.

— Oh! — disse Caderousse — pois tão mal conhecia ele a sua noiva! A Mercédès poderia ser rainha, senhor, se a coroa só descansasse nas cabeças mais belas e mais inteligentes. Crescia a sua fortuna, e ela crescia com a sua fortuna; aprendia desenho, aprendia música, aprendia tudo. Ademais, julgo que não fazia tudo isso senão para se distrair, para esquecer, e que não metia tanta coisa na cabeça senão para combater o que tinha no coração. Mas agora todas as mágoas devem ter acabado; a riqueza e as honras devem tê-la consolado. Está rica, é condessa, e entretanto...

Caderousse parou.

— Entretanto o quê? — perguntou o abade.

— Entretanto, estou certo de que não é ditosa.

— E o que é que lhe faz crer?

— Olhe: quando eu me vi na miséria, pensei que os meus antigos amigos me ajudariam em alguma coisa. Apresentei-me na casa de Danglars, que nem me recebeu. Fui à casa de Fernand, que me mandou entregar cem francos por um criado.

— Então não viu nem um nem outro?

— Não; mas vi a Sr.ª de Morcerf.

— Como assim?

— Quando sai, caiu-me aos pés uma bolsa, que continha vinte e cinco luíses. Levantei a cabeça, e vi a Mercédès fechar a persiana.

— E o Sr. de Villefort? — perguntou o abade.

— Oh, esse nunca foi meu amigo, não era meu conhecido, nada tinha o que lhe pedir.

— Mas não sabe o que é feito dele, nem que parte teve na desgraça de Edmond?

— Não; só sei que, algum tempo depois de mandá-lo prender, casou com a menina de Saint-Méran, e saiu de Marselha. Bafejou-o sem dúvida a fortuna como aos outros; naturalmente está rico como Danglars, bem conceituado como Fernand. Só eu, como vê, fiquei pobre, miserável, esquecido de Deus!

— Engana-se, meu amigo — disse o abade —, pode às vezes parecer que Deus esquece, quando a sua justiça descansa; mas chega um momento em que ele se lembra, e a prova é esta.

E o abade tirou o brilhante da algibeira, e, oferecendo-o a Caderousse, disse-lhe:

— Tome, tome este brilhante, que é seu.

— Como, senhor! Só para mim? Oh, não escarneça da minha miséria!

— Este brilhante devia ser repartido pelos amigos de Edmond; ele só tinha um amigo, a divisão é inútil. Receba esse brilhante e venda-o; torno a dizer-lhe que vale cinqüenta mil francos; espero que essa quantia baste para tirá-lo da miséria.

— Oh, senhor! — disse Caderousse, estendendo timidamente uma das mãos e enxugando com a outra as gotas de suor que lhe corriam pela testa —; oh, senhor, não tome por divertimento a ventura ou a desesperação de um homem!

— Sei o que é ventura e desesperação, e nunca brincarei com tais sentimentos. Aqui tem, pois, mas em troca...

Caderousse, que já ia pegar o brilhante, retirou a mão.

O abade sorriu.

— Em troca — prosseguiu — dê-me a bolsa de retrós encarnado que o Sr. Morrel deixou no fogão do velho Dantès, e que me disse ter em seu poder.

Caderousse, cada vez mais admirado, dirigiu-se para um grande armário de carvalho, abriu-o, e deu ao abade uma bolsa comprida de retrós encarnado já desbotado, e ao longo da qual corriam dois anéis de cobre, outrora dourados.

O abade pegou-a e, em seu lugar, deu o brilhante a Caderousse.

— Oh, o senhor é um homem de Deus! — exclamou o estalajadeiro — pois ninguém sabia que Edmond lhe tinha dado este brilhante, e podia ter ficado com ele.

— Bem — disse consigo o abade —, dá a entender que assim você o teria feito.

O abade levantou-se, pegou o chapéu e as luvas.

— Diga-me: tudo o que me disse é a pura verdade? posso acreditar, ponto por ponto, ou não?

— Olhe, senhor abade — disse Caderousse —, aqui está nesta parede um crucifixo bento; ali em cima daquele baú o livro do Evangelho pertencente a minha mulher. Abra o livro, vou jurar sobre ele, e com a mão estendida para o Crucificado, vou jurar pela minha salvação eterna, pela minha fé, como cristão, que tudo disse como se passou, como no dia do juízo final há de o anjo dos homens dizê-lo ao ouvido de Deus.

— Bem — disse o abade, convencido pelo modo por que Caderousse falava —, bem. Que lhe aproveite esse dinheiro. Adeus, volto para longe dos homens, que tanto mal fazem uns aos outros.

E, fugindo a custo dos entusiásticos agradecimentos de Caderousse, o abade levantou a aldraba da porta, saiu, montou a cavalo, cortejou mais uma vez o estalajadeiro, que se confundia em estrepitosos cumprimentos, e partiu, seguindo a mesma direção que trouxera. Quando Caderousse se voltou, viu por detrás de si a Carconte, mais pálida e mais trêmula do que nunca.

— É verdade o que ouvi? — perguntou ela.

— O quê? que nos dava para nós sós o brilhante? — disse Caderousse, quase doido de alegria.

— Sim.

— É tão verdade, que ele aqui está.

A mulher olhou para a dádiva, e, depois, com voz abafada:

— E se for falso? — disse.

Caderousse empalideceu e tremeu.

— Falso! — exclamou — falso!... E por que me daria aquele homem um brilhante falso?

— Para saber o seu segredo sem pagá-lo, pateta!

Caderousse ficou por um momento aturdido pelo peso daquela suposição.

— Oh! — disse por fim, pegando o chapéu e pondo-o por cima do lenço encarnado, que tinha atado na cabeça — vou já sabê-lo.

— Como?

— Há feira em Beaucaire; aí não faltam ourives de Paris; vou mostrar-lhes a pedra. Você, mulher, fica de guarda em casa; daqui a duas horas estarei de volta.

Caderousse saiu diligente, e tornou a correr pela estrada oposta àquela por onde tinha vindo o desconhecido.

— Cinqüenta mil francos! — murmurou Carconte quando se viu só — dinheiro... mas não é uma fortuna.

XXVIII. Os registros das prisões

No dia seguinte àquele em que se deu na estrada de Bellegarde para Beaucaire a cena que acabamos de contar, um homem de trinta e dois anos, vestido de fraque azul escuro, calça de ganga e colete branco, de maneiras e pronúncia britânicas, apresentou-se na casa do *maire* de Marselha.

— Senhor — disse-lhe —, sou o primeiro caixeiro da casa Thomson & French, de Roma. Há dez anos que temos relações com a casa Morrel & Filhos, de Marselha. Temos uns cem mil francos comprometidos nessas relações, e não deixamos de estar inquietos, por nos dizerem que essa casa ameaça ruína. Vim de propósito de

Roma pedir-lhe informações acerca dessa casa.

— Senhor — respondeu o *maire* —, sei que efetivamente há quatro ou cinco anos parece que a desgraça persegue o Sr. Morrel: perdeu sucessivamente quatro ou cinco navios, e sofreu três ou quatro quebras; não me cabe, contudo, embora eu seja também seu credor por uns dez mil francos, dar informações acerca do estado da sua fortuna. Pergunte-me o que, como *maire*, penso do Sr. Morrel, e responder-lhe-ei que é um homem rigidamente probo, e que sempre desempenhou com perfeita exatidão as suas obrigações. É o que posso dizer-lhe; se mais quer saber, procure o Sr. de Boville, inspetor das prisões, na Rua de Noailes, n.º 15. Ele tem, creio eu, uns duzentos mil francos na casa Morrel, e se há realmente que recear, como esse crédito excede muito o meu, achá-lo-á provavelmente mais bem informado do que eu a esse respeito.

O inglês mostrou apreciar essa suma delicadeza, despediu-se, saiu e encaminhou-se, com o andar próprio dos filhos da Grã-Bretanha, para a rua indicada.

O Sr. de Boville estava no seu gabinete; ao vê-lo, o inglês fez um movimento de surpresa, que parecia indicar que não era a primeira vez que se achava cara a cara com o homem que procurava. O Sr. de Boville, porém, estava tão desesperado, que era evidente que todas as faculdades do seu espírito, absortas pelo pensamento que nesse momento o preocupava, não deixavam nem à sua memória nem à sua imaginação tempo para se perderem no passado.

O inglês, com a fleuma da sua nação, fez-lhe, quase nos mesmos termos, a pergunta que fizera ao *maire* de Marselha.

— Ah, senhor! — exclamou o Sr. de Boville — os seus receios são infelizmente fundados, e está vendo um homem desesperado. Eu tinha duzentos mil francos na casa Morrel, eram o dote de minha filha, que devia casar daqui a quinze dias; a quantia devia ser paga, metade a quinze do corrente, metade a quinze do mês que vem. Participei ao Sr. Morrel que desejava que fosse efetivo esse pagamento, e ele veio aqui, haverá meia hora, dizer-me que, se o seu navio *Faraó* não entrar até o dia quinze, ser-lhe-á impossível fazer esse pagamento.

— Mas — disse o inglês — isso se parece muito com uma verdadeira suspensão de pagamentos.

— Diga, senhor, que é uma bancarrota! — exclamou o Sr. de Boville, desesperado.

O inglês pareceu refletir um momento, e depois disse:

— Assim, senhor, esse crédito inspira-lhe receios?

— Considero-o quase perdido.

— Pois compro-lhe eu.

— O senhor?

— Sim, eu.

— Com enorme desfalque?

— Não, por duzentos mil francos; a nossa casa — acrescentou o inglês, rindo — nunca faz negócios desses...

— E paga?

— À vista.

E o inglês tirou da algibeira um maço de notas do banco, que poderiam importar no dobro da quantia que o Sr. de Boville receava perder.

Um relâmpago de alegria passou pelo rosto do Sr. de Boville: mas fez um esforço sobre si, e disse:

— Senhor, devo preveni-lo de que, segundo todas as probabilidades, não recebe nem seis por cento dessa quantia.

— Isso não é comigo — respondeu o inglês —; é com a casa Thomson & French, em cujo nome procedo. Pode ser que ela tenha interesse em apressar a ruína de uma casa rival. Só sei que estou pronto para lhe pagar essa quantia, transferindo-me o crédito: exijo, porém, a corretagem.

— Pois não, senhor, é justíssimo! — disse o Sr. de Boville. — A comissão é de ordinário de um e meio por cento; quer dois? quer três? quer cinco? quer mais? Fale!

— Senhor — tornou o inglês, rindo —, sou como a minha casa; não faço desses negócios; a minha corretagem é de outra espécie.

— Fale, senhor, que eu o ouço.

— É inspetor das prisões?

— Há mais de catorze anos.

— Tem registros das entradas e saídas dos presos?

— Por certo.

— Nesses registros há certamente notas relativas a cada preso?

— Há, a respeito de todos.

— Pois, senhor, fui educado em Roma por um pobre abade, que desapareceu de repente. Soube algum tempo depois que o abade tinha estado preso na Fortaleza de If; e gostaria de saber algumas circunstâncias da sua morte.

— Como se chamava?

— O abade Faria.

— Oh, lembro-me muito bem; estava louco.

— Assim diziam.

— E não se enganavam.

— Pode ser; mas qual era a sua loucura?

— Tinha a pretensão de saber onde existia um tesouro imenso. Ele oferecia quantias loucas ao governo, se o quisesse soltar.

— Coitado! E morreu?

— Sim, senhor; há de haver cinco ou seis meses, em fevereiro passado.

— Tem excelente memória, senhor, para assim tão de pronto se recordar das datas.

— Lembro-me dessa, porque a morte daquele pobre diabo foi acompanhada de uma circunstância singular.

— Posso saber que circunstância? — perguntou o inglês, com expressão de curiosidade, que um profundo observador se admiraria de ver-lhe no rosto fleumático.

— Por que não? O cárcere do padre distava quarenta e cinco a cinqüenta pés do de um antigo agente bonapartista, um dos que mais havia contribuído para o regresso do usurpador em 1815, homem muito resoluto e perigosíssimo.

— Deveras? — disse o inglês.

— Sim — respondeu o Sr. de Boville —; tive eu próprio ocasião de ver esse homem em 1816 ou 1817, e não se ia a seu cárcere senão cercado de soldados; esse homem causou-me profunda impressão, e nunca hei de esquecer-lhe as feições.

O inglês sorriu imperceptivelmente.

— E diz, senhor, que os dois cárceres...

— Eram separados por uns cinqüenta pés de distância; mas parece que o tal Edmond Dantès...

— O homem perigoso chamava-se?...

— Edmond Dantès. Parece que esse homem tinha alcançado alguns instrumentos ou os tinha fabricado: pois se achou aberto um corredor subterrâneo, pelo qual os presos se comunicavam.

— Naturalmente, o corredor foi feito para facilitar alguma fuga?

— Isso mesmo; mas, infelizmente para os presos, o abade Faria teve certo dia um ataque de catalepsia e morreu.

— E isso decerto lhe tornou baldado todo o plano de fuga?

— Para o morto, sim; mas não para o vivo: pelo contrário, o tal Dantès que ele pensasse que os presos que morriam eram enterrados em algum cemitério: portanto, levou o defunto para o seu quarto, tomou o lugar dele na serapilheira em que o haviam cosido, e esperou pelo momento do enterro.

— Era um meio arriscado, e que indicava alguma coragem.

— Já lhe disse que era um homem perigosíssimo; por felicidade, ele próprio livrou o governo dos cuidados que lhe dava.

— Como assim?

— Pois não percebe?

— Não.

— A fortaleza de If não tem cemitério, atiram-se os mortos ao mar com uma bala de trinta e seis atada aos pés.

— E daí? — disse o inglês, como se não pudesse compreender.

— Amarraram-lhe aos pés uma bala de trinta e seis e atiraram-no ao mar.

— Sim! — exclamou o inglês.

— Sim, senhor... Imagine qual não seria o espanto do fugitivo quando se sentiu atirado de cima dos rochedos. Muito gostava de lhe ver a cara nessa ocasião!

— Havia de ser difícil.

— Mas — disse o Sr. de Boville, a quem a certeza de receber os seus duzentos mil francos tornava jovial — faço idéia.

E desatou a rir.

— E eu também — disse o inglês.

E pôs-se também a rir.

— Então — continuou o inglês, que primeiro recobrou a sua seriedade — o preso afogou-se?

— Afogou.

— Dessa forma, o governador achou-se ao mesmo tempo livre do louco e do furioso?

— Justamente.

— Decerto lavrou-se termo dessa ocorrência?

— Sim, termo de óbito... Bem vê que os parentes do tal Dantès, se os tiver, podem ter interesse em saber se está morto ou vivo.

— De modo que podem agora estar descansados, se dele herdaram. Está morto e bem morto.

— Oh, meu Deus!... Passa-se-lhes o atestado quando quiserem.

— Amém! — disse o inglês. — Mas tornemos a falar dos registros.

— É verdade, essa história desviou-nos; perdoe.

— Perdoar o quê? essa história? Achei-a curiosíssima.

— E realmente o é. Assim, quer ver, senhor, tudo o que é relativo ao seu pobre abade, que era a doçura em pessoa.

— Dar-me-ia muito prazer.

E entraram ambos no gabinete do Sr. de Boville.

Tudo estava realmente em perfeita ordem; cada registro tinha o seu número, cada maço de papéis o seu lugar. O inspetor fez sentar o inglês na sua poltrona, abriu diante dele o registro da Fortaleza de If, e, para lhe dar tempo de examiná-lo, sentou-se a um canto, e principiou a ler um jornal.

O inglês facilmente achou os papéis relativos ao abade Faria: mas parece que a história que lhe havia contado o Sr. de Boville o interessara muito, pois, tendo passado pelos olhos esses primeiros documentos, continuou a folhear, até que chegou ao maço de Edmond Dantès. Aí tudo achou no seu lugar: denúncia, interrogatório, petição de Morrel e atestado do Sr. de Villefort. Dobrou cautelosamente a denúncia e meteu-a na algibeira; leu o interrogatório, e viu que nele não figurava o nome de Noirtier; percorreu o requerimento datado em 10 de abril de 1815, em que Morrel, por conselho do delegado, havia exagerado, com ótima intenção, pois então reinava Napoleão, os serviços prestados por Dantès à causa imperial, serviços que o atestado de Villefort tornava incontestáveis. Compreendeu tudo então: esse requerimento, guardado por Villefort, tinha sido, na segunda restauração, terrível arma nas mãos do procurador régio contra Edmond. Não o surpreendeu, pois, ao folhear o registro, a nota ao lado do seu nome:

EDMOND DANTÈS	Bonapartista exaltado: tomou parte na na volta da ilha de Elba. Conservado incomunicável, e debaixo da mais rigorosa vigilância.

Logo por baixo dessas linhas estava escrito com outra letra:

"Em vista da nota supra, *nada há que fazer*."

Mas, comparando a letra com a da nota do atestado, que acompanhava o requerimento de Morrel, adquiriu a certeza de que eram do mesmo punho, isto é, ambas de Villefort.

No que dizia respeito às últimas palavras, o inglês entendeu que tinham sido escritas por algum inspetor, que tomara interesse transitório pela situação de Dantès; mas que, em vista das informações que tinha lido, nada pudera fazer em favor dele. Como dissemos, por discrição, e para não incomodar o discípulo do abade Faria no seu exame, o inspetor havia-se retirado, e estava lendo o *Drapeau Blanc*. Não viu, pois, o inglês dobrar e meter na algibeira a denúncia escrita por Danglars no caramanchão da Reserva, e que tinha a marca do correio de Marselha, em 27 de fevereiro às seis horas da tarde.

Cumpre, porém, dizê-lo, ainda que o visse, dava tão pouca importância a esse papel e tanta aos seus duzentos mil francos, que decerto não se oporia ao procedimento do inglês, por mais incorreto que fosse.

— Obrigado — disse este, fechando ruidosamente o registro —, já vi o que queria; agora cumprirei a minha promessa: queira endereçar-me as letras, por valor recebido, enquanto eu conto o dinheiro.

Cedeu o seu lugar na carteira ao Sr. de Boville, que se sentou sem cerimônia, e escreveu diligente o que se lhe determinava, enquanto o inglês contava as notas de banco à borda da mesa.

XXIX. A Casa Morrel

Quem tivesse saído de Marselha alguns anos antes, conhecendo o interior da casa Morrel, e lá voltasse na época a que somos chegados, acharia grande mudança.

Em vez do ar de vida, felicidade e ventura que se exala, por assim dizer, de uma grande casa que prospera; em vez dos rostos alegres mostrando-se por detrás das cortinas das janelas, e dos caixeiros azafamados, atravessando os corredores com a pena atrás da orelha; em vez do pátio atravancado de fardos e animado pelos gritos e risadas dos que os recolhiam, acharia, logo à primeira vista, não sei o que de triste e morto nos corredores desertos e no pátio vazio.

Dos numerosos empregados, que outrora povoavam os escritórios, dois únicos se conservavam. Um era um rapaz de vinte e três para vinte e quatro anos, chamado Emmanuel Raymond, que estava enamorado da filha do Sr. Morrel e que ficara na casa dele, por mais que os parentes se tivessem esforçado para tirá-lo dali. O outro era um velho encarregado da caixa, vesgo e a quem os rapazes, que outrora povoavam a grande colméia zumbidora, hoje quase deserta tinham posto a alcunha de Coclès, alcunha que tão perfeita e completamente substituíra o seu verdadeiro nome, que era muito provável que se por ele o chamassem nem já voltasse a cabeça.

Coclès ficara a serviço do Sr. Morrel, e na sua situação houvera singular mudança: da posição de caixa a que subira, descera agora ao lugar de criado. Não deixara, porém, de ser o mesmo Coclès: bom, cheio de paciência e dedicado; porém inflexível na aritmética, único ponto em que teimaria com toda a gente, até com o Sr. Morrel, pois sabia tão bem a tabuada que, quanto mais argumentassem e o quisessem fazer cair em erro, tanto mais se mostrava certo nela.

No meio da tristeza geral, que invadira a casa de Morrel, fora Coclès o único que ficara impassível. Mas não haja engano: essa impassibilidade não provinha de falta de afeição, provinha de inabalável convicção.

Assim como os ratos, segundo se diz, desamparam pouco a pouco o navio condenado de antemão pelo destino a perecer no mar, de sorte que esses hóspedes egoístas o têm de todo abandonado quando suspende ferro, assim também, conforme já dissemos, toda aquela turba de caixeiros e de empregados, que tirava a subsistência da casa do negociante, tinha pouco a pouco desertado do escritório e das lojas.

Ora, Coclès vira-os retirar todos, sem indagar a causa disso: tudo para ele se reduzia a uma questão de algarismos, e, desde vinte anos que estava na casa de Morrel, tinha sempre visto fazer os pagamentos com tanta regularidade, que não admitia que esta pudesse cessar, suspendendo-se os pagamentos, como o moleiro, que possui um moinho, movido pelas águas de abundante rio, não admite que esse rio possa deixar de correr.

Com efeito, nada até então abalara a convicção de Coclès. O último fim de mês passara mantendo-se a mesma rigorosa pontualidade. Coclès tinha até achado um erro de setenta cêntimos, cometido pelo Sr. Morrel em seu prejuízo, e nesse mesmo dia levara os catorze soldos de excesso ao Sr. Morrel, que, com melancólico sorriso, pegou neles e os deixou cair numa gaveta quase vazia, dizendo:

— Bem, Coclès, é a pérola dos caixeiros.

E Coclès retirara-se satisfeitíssimo, pois essas palavras de elogio do Sr. Morrel, que era a pérola dos negociantes de Marselha, agradavam-lhe mais do que uma gratificação de cinqüenta escudos.

Mas, depois desse tão glorioso fim de mês, cruéis horas tinha passado o Sr. Morrel: para fazer frente a esse fim de mês, reunira todos os seus recursos, e receando que o boato dos seus apuros se espalhasse em Marselha, se o vissem recorrer a tais extremos, tinha feito uma viagem à feira de Beaucaire para vender algumas jóias pertencentes a sua mulher e a sua filha, e alguma prata.

Com esse sacrifício, tudo se arranjara sem quebra nem desdouro da casa Morrel; a caixa, porém, ficara vazia. O crédito, espavorido pelos boatos que corriam, retirara com o seu costumado egoísmo: e para fazer frente aos cem mil francos devidos para 15 do mês ao Sr. de Boville e aos outros cem mil francos que tinha de lhe pagar no mês seguinte, só possuía a esperança da volta do *Faraó*, cuja partida da Índia lhe anunciara um navio, que saíra depois dele. Mas já esse navio, saído depois dele de Calcutá, estava em Marselha havia mais de quinze dias, sem que do *Faraó* houvesse mais notícia.

Nessas circunstâncias, no dia seguinte àquele em que terminara com o Sr. de Boville o importante negócio de que demos conta, apresentou-se na casa do Sr. Morrel o enviado da casa Thomson & French, de Roma; Emmanuel recebeu-o.

O rapaz, a quem todas as caras novas assustavam, pois anunciavam novo credor, que, inquieto, vinha interrogar o patrão; o rapaz, dizemos, quis poupar-lhe o desgosto da visita; mas o recém-chegado declarou que nada tinha o que tratar com ele, e que era ao próprio Sr. Morrel que queria falar.

Emmanuel chamou, suspirando, por Coclès; este apareceu, e o rapaz ordenou-lhe que levasse o estrangeiro à presença do patrão.

Coclès e o estrangeiro saíram; na escada estava uma linda menina de dezessete anos, que olhou inquieta para o estrangeiro. Coclès não reparou nessa expressão de rosto, que todavia não escapou ao outro.

— Diga-me, menina Julie, o Sr. Morrel está no seu gabinete?

—Está, sim... parece-me que está... — disse a menina, hesitando —; mas talvez me engane... veja primeiro.

— Anunciar-me seria inútil, minha senhora — disse o estrangeiro — o Sr. Morrel não sabe o meu nome. O colega dirá apenas que sou o primeiro caixeiro da casa dos Srs. Thomson & French, com quem a casa do senhor seu pai está relacionada.

A menina empalideceu, e continuando a descer, enquanto iam subindo Coclès e o estrangeiro, entrou no escritório onde estava Emmanuel.

Coclès, com a chave que possuía, e que provava a confiança que o patrão nele tinha, abriu uma porta ao canto do segundo andar, fez entrar o estrangeiro para uma saleta, abriu outra porta, que fechou depois de ter passado, e, tendo deixado um momento só o enviado da casa de Thomson & French, voltou, fazendo-lhe sinal para que entrasse.

O inglês entrou; achou o Sr. Morrel sentado à carteira, e empalidecendo diante das assustadoras colunas do livro onde estava lançado o seu passivo.

Ao ver o estrangeiro, o Sr. Morrel fechou o livro, levantou-se, chegou uma cadeira, e depois de o ver tomar lugar, sentou-se também.

Catorze anos tinham mudado muito o digno negociante, que, tendo trinta e seis anos quando a história começou, estava nos seus cinqüenta. Os cabelos tinham embranquecido, a testa sulcara-se de rugas, enfim, o olhar, outrora tão firme e resoluto, parecia incerto e receoso de se fitar em algum homem ou em alguma coisa.

O inglês observou-o com um sentimento de curiosidade evidentemente repassado de compaixão.

— Senhor — disse Morrel, cujo mal-estar aquele exame parecia aumentar — deseja falar-me?

— Sim, senhor; sabe da parte de quem venho?

— Da dos Srs. Thomson & French, segundo me disse o meu caixeiro.

— É tal qual, senhor. A casa Thomson & French tinha, no correr deste mês e do que vem, trezentos ou quatrocentos mil francos que pagar na França; conhecendo a sua pontualidade, reuniu todo o papel que pôde achar com a sua firma, e encarregou-me de, à proporção que se fossem vencendo essas obrigações, receber os fundos ei-los empregando.

Morrel deu um profundo suspiro, e passou a mão pela testa coberta de suor.

— Assim — perguntou Morrel —, tem letras assinadas por mim?

— Sim, senhor, por considerável quantia.

— Por quanto? — perguntou Morrel, com voz a que procurava dar firmeza.

— Aqui estão, primeiro — disse o inglês tirando da algibeira um maço de papel — duzentos mil francos, que nos passou o Sr. de Boville, inspetor das prisões; reconhece ser-lhe devedor dessa quantia?

— Sim, senhor, entregou-a ele a minha casa e a quatro e meio por cento, vai para cinco anos.

— E tem de restituí-la...

— Metade a 15 deste mês, metade a 15 do que vem.

— Isso mesmo. Aqui tem mais trinta e dois mil e quinhentos francos para o fim do corrente; são letras suas, e endossadas à nossa ordem pelos sacadores.

— Reconheço-as, senhor — disse Morrel, a quem o rubor da vergonha subia ao rosto, pensando que, pela primeira vez em sua vida, talvez não honrasse a sua firma. — É só isso?

— Não, senhor, tenho mais, para o fim do mês que vem, estes valores, que nos passaram as casas de Pascal e de Wild & Turner de Marselha; são cinqüenta e cinco mil francos, que com o mais perfazem um total de duzentos e oitenta e sete mil e quinhentos francos.

Impossível é descrever o que Morrel sofria durante essa enumeração.

— Duzentos e oitenta e sete mil e quinhentos francos! — repetiu maquinalmente.

— Sim, senhor — disse o inglês. Ora — prosseguiu depois de breve silêncio —, não lhe ocultarei, Sr. Morrel, que, conquanto ninguém ponha em dúvida a sua probidade sem mácula até hoje, é voz geral em Marselha que não poderá fazer frente aos seus compromissos.

A esta quase brutal explicação, Morrel tornou-se horrivelmente pálido.

— Senhor, até agora, e há mais de vinte e quatro anos, que recebi esta casa das mãos de meu pai, o qual também a administrara trinta e cinco anos; até agora, ainda uma só letra, assinada Morrel & Filhos, se apresentou à caixa que não fosse paga.

— Sim, sei que é verdade — respondeu o inglês —; mas, como homem de honra, que se explica com outro homem honrado, fale francamente, senhor: pagará estas com a mesma exatidão?

Morrel estremeceu, e olhou para quem assim lhe falava com mais firmeza do que até então.

— A questões apresentadas com essa franqueza — disse — cumpre responder com franqueza. Sim, senhor, pagarei, se, como espero, chegar o meu navio a bom porto; pois a sua chegada me restituirá o crédito que me tiraram os sucessivos desastres de que tenho sido vitima; se por desgraça, porém, o *Faraó*, meu único recurso, me falhar...

Os olhos arrasaram-se-lhe de água.

— E então — perguntou o seu interlocutor —, se lhe falhar esse último recurso?...

— Então — prosseguiu Morrel — é doloroso dizê-lo... mas, já acostumado à desgraça, terei de acostumar-me ao opróbrio... serei obrigado a cessar pagamentos.

— Pois não tem amigos que o ajudem nesse apuro?

Morrel sorriu com tristeza.

— Em negócios, senhor, saiba que não se têm amigos, têm-se correspondentes.

— É verdade — murmurou o inglês. — Então só lhe resta uma única esperança?

— Uma única.

— A última?

— A última.

— E se essa esperança lhe falhar?

— Estou perdido, senhor, de todo perdido...

— Quando eu vinha para sua casa, entrava no porto um navio.

— Já sei, senhor. Um moço que se me conservou fiel na adversidade, passa quase todo o seu tempo num mirante desta casa, esperando ser o primeiro que me traga uma feliz notícia. Por ele soube da entrada desse navio.

— Não é seu?

— Não, é a Gironda; vem também da Índia, mas não é o que eu esperava.

— Talvez traga notícias do *Faraó*.

— Quer que lhe diga a verdade? receio quase tanto ter notícias do meu navio, como ficar na incerteza. A incerteza ainda é uma esperança.

Depois o Sr. Morrel acrescentou com voz abafada:

— Aquela demora não é natural; o *Faraó* saiu de Calcutá a 5 de fevereiro; há mais de um mês que devia ter chegado.

— O que é isto? — disse o inglês, apurando o ouvido — que quer dizer esta bulha?

— Santo Deus! — exclamou Morrel empalidecendo —; para que mais estarei eu reservado?

Efetivamente havia grande rumor na escada; sentiam-se repetidos passos, e chegou a ouvir-se um grito de dor.

Morrel levantou-se para abrir a porta; faltaram-lhe, porém, as forças necessárias, e tornou a cair na cadeira.

Os dois homens ficaram um diante do outro: Morrel todo trêmulo, o estrangeiro olhando para ele com expressão de profunda mágoa. A bulha havia cessado; todavia, parecia que Morrel esperava o quer que fosse; essa bulha era efeito de alguma causa; devia ter algum seguimento.

Pareceu ao estrangeiro que subiam devagar a escada, e que passos de muitas pessoas paravam no patamar.

Introduziu-se uma chave na fechadura da primeira porta, e ouviu-se esta ranger nos gonzos.

— Só duas pessoas têm a chave dessa porta — murmurou Morrel —, Coclès e Julie.

Ao mesmo tempo abriu-se a segunda porta, e viu-se aparecer a menina, muito descorada e desfeita em pranto.

Morrel levantou-se todo trêmulo, e agarrou-se aos braços da cadeira, pois não podia suster-se em pé. Quis interrogar, porém sumiu-lhe a voz.

— Ai, meu pai! — disse a menina pondo as mãos —; perdoe à sua filha o trazer-lhe tão infausta notícia.

Morrel tornou-se lívido: Julie lançou-se-lhe nos braços.

— Ai, meu pai, meu pai! ânimo! — disse.

— Entendo... Perdeu-se o *Faraó*? — perguntou Morrel, com voz sufocada.

A menina não respondeu, mas fez sinal afirmativo, encostando a cabeça ao peito do pai.

— E a tripulação? — perguntou Morrel.

— Foi salva — disse a filha —, salva por um navio que acaba de entrar.

Morrel levantou as mãos para o Céu com expressão de resignação e de reconhecimento sublime.

— Graças Vos sejam dadas, meu Deus! pois ao menos sou eu a única vítima! — exclamou.

Por mais fleumático que fosse o inglês, umedeceu-lhe os olhos uma lágrima.

— Entrem — disse Morrel —, entrem, pois presumo que estão todos aí à porta.

Com efeito, mal proferira essas palavras, entrou, soluçando, a Sr.ª Morrel; Emmanuel seguiu-a; no fundo da saleta viam-se as grosseiras caras de sete ou oito marinheiros meio nus.

À vista desses homens, o inglês estremeceu, deu um passo para eles, de que depois se arrependeu, recuando e ocultando-se no canto mais escuso do gabinete.

A Sr.ª Morrel foi sentar-se na cadeira, pegou numa das mãos do marido, que apertava entre as suas, ao passo que Julie ficava em pé, encostada ao peito do pai. Emmanuel parou a meio da casa e parecia servir de elo entre o grupo da família Morrel e os marinheiros que estavam à porta.

— Como aconteceu isso? — perguntou Morrel.

— Chegue-se, Penelon — disse o rapaz —, e conte tudo.

Um velho marinheiro, ustulado pelo sol do Equador, chegou-se enrolando nas mãos o resto de um chapéu.

— Bons-dias, Sr. Morrel — disse, como se houvesse saído de Marselha na véspera, e chegasse de Aix ou de Tulono.

— Bons-dias, meu amigo — disse o negociante, não podendo deixar de sorrir no meio das suas lágrimas —; mas onde está o capitão?

— O capitão, Sr. Morrel, ficou doente em Palma; mas se Deus quiser, não há de ser coisa de cuidado, e vê-lo-á aparecer mais dia menos dia com tanta saúde como eu e o senhor.

— Bem... Agora fale, Penelon — disse o Sr. Morrel.

Penelon, que estava mascando tabaco, fê-lo passar do lado direito para o esquerdo, pôs a mão diante da boca, voltou-se, cuspiu no chão, estendeu a perna, e, balanceando o corpo, disse:

— Estávamos, Sr. Morrel, a modos que entre o cabo Blanc e o cabo Boyador, andando com vento fresco, su-sudoeste, depois de nos termos enfadado com oito dias de calmaria, quando o capitão Gaumard se chegou a mim, porque eu era quem estava ao leme, e me diz:

— Mestre Penelon, o que me diz àquelas nuvens que se vêem ali no horizonte?

Estava eu então olhando para elas.

— O que lhe digo, capitão? digo que sobem mais do que deviam subir e que são mais escuras do que o devem ser nuvens que não sejam mal-intencionadas.

— Também eu penso o mesmo — disse o capitão — e vou já tomar as devidas precauções. Temos pano de mais para o vento que aí vem. Olá! ferra os sobres, e abafa a giba.

Era tempo; ainda bem se não executava a ordem, já o vento estava em cima de nós e o navio dava a borda.

— Bom — diz o capitão —, ainda temos pano de mais: ferra a vela grande!

Cinco minutos depois, a vela grande estava ferrada, e caminhávamos com o traquete, gáveas e joanetes.

— E então, mestre Penelon — diz-me o capitão —, por que é que sacode a cabeça?

— No seu lugar não parava em tão bom caminho.

— Creio que tem razão, velho; vamos ter um pé-de-vento.

— Qual história! capitão, quem nos comprasse o que se está ali arranjando por um pé-de-vento ganharia na compra: é um temporal desfeito, ou eu não entendo do ofício!

Quer dizer que se via chegar o vento como a poeira em Montredon: felizmente, lidava com quem o conhecia.

— Toma dois rizes nas gáveas — grita de repente o capitão —, larga as bolinas, braceia ao vento, amaina as gáveas, carrega as talhas nas vergas!

— Não bastava; nessas paragens — disse o inglês — eu teria tomado quatro rizes, e ferrado o traquete.

Essa voz, firme, sonora e inesperada, fez estremecer a todos. Penelon pôs a mão por cima dos olhos, para melhor ver quem com tanta firmeza criticava as manobras do seu capitão.

— Fizemos ainda mais, senhor — disse o velho marujo, com certo respeito — carregamos a mezena, e demos a popa ao vento para correr diante da tempestade. Dez minutos depois carregamos as gáveas, e corremos em árvore seca.

O inglês sacudiu a cabeça.

— O navio era velho, não se devia arriscar essa manobra — disse o inglês.

— E foi justamente isso o que nos perdeu. Ao cabo de doze horas de termos sido tão sacudidos que o Diabo teria cansado, declarou-se água a bordo. Penelon — diz o capitão —, julgo que vamos a pique, meu velho; dá cá o leme, e vai ver o porão.

Entrego-lhe o leme e desço; já achei três pés de água. Subo

gritando: às bombas! às bombas! Pois sim, era tarde! Pusemo-nos a trabalhar; mas creio que quanto mais água tirávamos, mais entrava.

— Por minha alma, no fim de quatro horas de trabalho, vendo que nada vencíamos, disse eu: pois se vamos ao fundo, deixá-lo ir! não se morre senão uma vez!

— É assim que dá o exemplo, mestre Penelon? — diz o capitão — pois espera!... espera!

E foi buscar um par de pistolas na cabine.

— O primeiro que largar a bomba, morre! — bradou.

— Bem — disse o inglês.

— Nada há que dê tanto ânimo como boas razões — prosseguiu o marujo —, e tanto mais que o tempo ia melhorando e o vento caindo; não é, porém, menos verdade que a água subia sempre, não muito, duas polegadas por hora. Olhe, duas polegadas por hora parece que não é nada, mas em doze horas são vinte e quatro polegadas, e vinte e quatro polegadas, são dois pés. Dois pés e mais três que nós tínhamos já, são cinco. Ora, quando um navio tem no papo cinco pés de água, pode passar por hidrópico.

— Vamos — disse o capitão —, basta: o Sr. Morrel nada terá que nos exprobrar. Fizemos o que pudemos para salvar o navio; agora vamos a ver se se podem salvar os homens. Às lanchas, filhos, e depressa!

— Ouça, Sr. Morrel — continuou Penelon —, éramos muito afeiçoados ao *Faraó*; mas, por muito que o marinheiro estime o seu navio, mais estima a pele. Por isso não esperamos que o dissesse segunda vez, tanto mais que o navio se queixava, e parecia dizer-nos: Vão-se embora, com os diabos, safem-se! E não mentia o pobre *Faraó*, pois sentíamos que se ia afundando. Deste modo, a lancha, num momento, estava na água, e nós oito dentro dela.

O capitão foi o último que desceu, ou melhor, não... não desceu... pois não queria deixar o navio; fui eu que o agarrei pelo corpo e o atirei aos camaradas, depois do que saltei também. Era tempo. Mal estava na lancha, o convés rebentou com um estrondo que parecia a salva de uma nau.

Daí a dez minutos o navio mergulhou a proa, depois a popa, deu uma volta como um cão que quer agarrar o rabo com a boca, e boas-noites, tio Pedro!... Acabou-se a história. Era uma vez o *Faraó*!

Estivemos três dias sem comer nem beber, e íamos desesperados para tirar à sorte qual havia de servir de pasto aos outros, quando vimos a Gironda, fizemos-lhe sinais, ela avistou-nos, dirigiu-se para nós e recebeu-nos a seu bordo. Aí está como as coisas se passaram,

Sr. Morrel, palavra de honra! à fé de marinheiro! Digam lá vocês: não foi assim?

Um sussurro de geral aprovação indicou que o narrador reunira todos os sufrágios pela verdade do fato e pelo pitoresco da exposição.

— Bem, meus amigos — disse o Sr. Morrel —, são uns valentes e eu de antemão sabia que no desastre que me sucedeu não havia outro culpado senão o destino. Foi vontade de Deus e não culpa dos homens... Agora quanto é que se lhes deve de soldadas?

— Ora! nem falemos nisso, Sr. Morrel.

— Menos isso! temos de falar — disse o negociante com triste sorriso.

— Pois deve-nos três meses — disse Penelon.

— Coclès, dê duzentos francos a cada um desses valentes. Noutros tempos, meus amigos, teria eu acrescentado: dê mais duzentos francos de gratificação a cada um; porém os tempos andam desgraçados e o pouco dinheiro que me resta, verdadeiramente já não me pertence. Desculpem-me, pois, e não deixem de ser meus amigos.

Penelon fez uma careta de enternecimento, voltou-se para os companheiros e trocou algumas palavras com eles.

— Quanto a isso, Sr. Morrel — disse, fazendo passar o tabaco para o outro lado da boca, e tornando a cuspir —, quanto a isso...

— Ao quê?

— Ao dinheiro.

— E então?

— Então, Sr. Morrel, os camaradas dizem que por agora se contentam com cinqüenta francos cada um, e que esperarão pelo resto.

— Obrigado, meus amigos, obrigado — disse Morrel, comovido até o íntimo do coração —; são bons como eu esperava; mas recebam, recebam; e se acharem bom cômodo, aceitem-no, pois estão comigo desobrigados.

Estas últimas palavras produziram prodigioso abalo nos bons marinheiros; olharam uns para os outros com espanto. Penelon, a quem faltou a respiração, quase que engoliu o tabaco; felizmente, levou a tempo a mão à garganta.

— Como, Sr. Morrel! — disse com voz sufocada — como! manda-nos embora? pois está descontente conosco?

— Não, meus filhos — disse o negociante —, não estou descontente. Mas, que querem? Já não tenho navios, não preciso de marujos.

— Pois quê! já não tem navios! — disse Penelon —; mas há de mandar construir outros! nesse caso esperaremos. Oh, bem sabemos o que é esperar!

— Já não tenho dinheiro para mandar construir navios, Penelon —

disse o negociante, com triste sorriso —; não posso, pois, aceitar o seu oferecimento, embora muito obsequioso.

— Pois, se já não tem dinheiro, não nos deve pagar, faremos como o *Faraó*, correremos em árvore seca!

— Basta, basta, meus amigos — disse Morrel, sufocando-se de comovido — basta, por quem são. Adeus! Tornaremos a encontrar-nos em melhores tempos. Emmanuel — acrescentou —, faça o que lhe determinei.

— Ao menos, Sr. Morrel, até outra ocasião? — disse Penelon.

— Sim, meus amigos, assim o espero. Adeus.

E fez um sinal a Coclès, que saiu adiante; os marinheiros acompanharam-no e Emmanuel foi atrás deles.

— Agora — disse o negociante a sua mulher e a sua filha —, deixem-me por um momento, tenho que falar com este senhor.

E com os olhos indicou o mandatário da casa de Thomson & French, que se conservara em pé, imóvel, a um canto, durante toda esta cena, na qual só tomara parte com as poucas palavras que referimos.

As mulheres levantaram os olhos para o estrangeiro, que tinham completamente esquecido, e retiraram-se; mas, ao retirar-se, a menina lançou a esse homem um tão sublime olhar de súplica, a que ele respondeu com um sorriso, que um observador desapaixonado se espantaria de ver aparecer naquele rosto de mármore.

Os dois homens ficaram sós.

— E então, senhor — disse Morrel, deixando-se cair na sua poltrona —, viu tudo, ouviu tudo, nada me resta a dizer-lhe.

— Vi, senhor — disse o inglês —, que foi vítima de um novo desastre, imerecido como os outros, e isso ainda mais me confirmou no desejo em que estava de obsequiá-lo.

— Oh, senhor — disse Morrel.

— Vejamos — continuou o estrangeiro —, sou um dos seus principais credores, não é verdade?

— É, pelo menos, o que possui valores a vencer em mais breve prazo.

— Deseja uma mora para me pagar?

— Uma mora poderia salvar-me a honra, e portanto a vida.

— Que tempo quer?

— Dois meses — disse.

— Bem — disse o estrangeiro —, dou-lhe três meses.

— Mas — disse Morrel — crê que a casa Thomson & French...

— Descanse, senhor, isso fica por minha conta. Estamos hoje em 5 de junho.

— Sim.

— Bem! Reforme todas essas letras para o dia 5 de setembro, e em 5 de setembro, às 11 horas da manhã (o relógio marcava então justamente 11 horas), apresentar-me-ei em sua casa.

— Esperá-lo-ei, senhor, e será pago, ou me achará morto.

Estas últimas palavras foram proferidas em voz tão baixa que o estrangeiro não pôde ouvi-las.

As letras foram reformadas, trancaram-se as outras, e o pobre negociante ficou tendo ao menos três meses diante de si para reunir os seus últimos recursos.

O inglês recebeu os seus agradecimentos com a fleuma particular aos da sua nação, e despediu-se de Morrel, que o acompanhou, bendizendo-o, até a porta.

Na escada encontrou Julie, que parecia descer, mas que, na verdade, o esperava.

— Oh, senhor! — disse, pondo as mãos.

— senhora — disse o estrangeiro —, há de um dia receber uma carta assinada — Simbad, o *Marítimo*. Faça quanto se lhe disser nessa carta por mais extravagante que lhe pareça a recomendação.

— Sim, senhor — respondeu Julie.

— Promete-me fazê-lo?

— Juro que sim.

— Bem, adeus, minha senhora! Continue a ser, como é, uma boa e santa filha, e eu tenho a firme esperança de que Deus a há de recompensar dando-lhe Emmanuel por esposo.

Julie soltou uma exclamação, fez-se encarnada como uma cereja, e segurou-se ao corrimão para não cair. O estrangeiro continuou a descer, dizendo-lhe adeus com a mão.

No pátio encontrou Penelon, que tinha em cada mão um rolo de cem francos, e parecia não poder resolver-se a sair com eles.

— Venha comigo, meu amigo — disse ele —, tenho que lhe falar.

XXX. O dia 5 de setembro

A mora concedida pelo agente da casa Thomson & French, no momento em que Morrel menos o esperava, pareceu ao pobre negociante uma dessas voltas da fortuna, que anunciam ao homem que o destino se cansou enfim de persegui-lo.

No mesmo dia contou à sua filha, à sua mulher e a Emmanuel o que lhe havia sucedido, e tal ou qual esperança, senão perfeita tranqüilidade, se restabeleceu na família.

Infelizmente, porém, Morrel não tinha negócios só com a casa

Thomson & French, que de tanta generosidade lhe havia dado provas. Como ele tinha dito, em comércio têm-se unicamente correspondentes e não amigos.

Quando refletia profundamente, não chegava a compreender o generoso proceder dos Srs. Thomson & French, e não o explicava senão pela seguinte reflexão de inteligente egoísmo que podiam ter feito: mais vale amparar um homem que nos deve trezentos mil francos, e haver esses trezentos mil francos no fim de alguns meses, do que apressar a sua ruína e receber seis ou oito por cento do capital.

Infelizmente, fosse por ódio, fosse por cegueira, os outros correspondentes de Morrel não fizeram a mesma reflexão: antes alguns fizeram a reflexão contrária. As letras de Morrel foram apresentadas à caixa com escrúpulo rigoroso, e, graças à mora concedida pelo inglês, exatamente pagas. Coclès continuou, pois, a ficar na sua tranqüilidade fatídica. Só o Sr. Morrel viu com terror que, se tivesse tido que pagar, a 15, os cinqüenta mil francos do Sr. de Boville, e, a 30, os trinta e dois mil e quinhentos francos, ia ter sido imediata e infalível a sua ruína.

A opinião de todo o corpo comercial de Marselha, era que o Sr. Morrel não poderia resistir aos reveses sucessivos que o esmagavam. Portanto, foi grande o assombro quando o viram, no fim do mês, desempenhar-se das suas obrigações com a costumada pontualidade. Isso não fez, todavia, renascer a confiança, e unanimemente se adiou para o fim do mês seguinte a declaração de quebra do mísero negociante.

O mês passou-se em esforços inauditos da parte de Morrel para reunir todos os seus recursos. Noutro tempo, as suas letras, fosse qual fosse o prazo, eram descontadas com toda a confiança, e até procuradas. Morrel diligenciou descontar letras em noventa dias, e achou todos os bancos fechados. Felizmente, tinha de receber alguns pagamentos, com que podia contar; esses pagamentos realizaram-se e Morrel com eles pôde fazer face aos seus compromissos quando chegou o fim de julho.

De resto, não se tornara a ver em Marselha o agente da casa Thomson & French. Logo no dia seguinte ao da sua visita a Morrel desaparecera, e, como não travara relações senão com o *maire*, com o inspetor das prisões e com o Sr. Morrel, a sua estada não deixara outro vestígio senão as diferentes reminiscências que dele tinham essas três pessoas. Quanto aos marinheiros do *Faraó*, parece que tinham achado bom cômodo, porque haviam desaparecido.

O capitão Gaumard, restabelecido da doença que o fizera ficar em Palma, voltou também. Hesitava em apresentar-se ao Sr. Morrel;

mas este, logo que soube da sua chegada, foi vê-lo. O digno negociante já sabia, pela narração de Penelon, qual fora o corajoso comportamento do capitão durante todo o sinistro, e foi ele quem procurou consolá-lo. Levou-lhe a importância da sua soldada, que o capitão Gaumard a custo se decidiu receber.

Ao descer a escada, o Sr. Morrel encontrou Penelon, que ia subindo. Penelon tinha, ao que parecia, feito bom uso do seu dinheiro, pois estava todo vestido de novo. Vendo o seu patrão, o digno timoneiro achou-se embaraçadíssimo, e encostou-se ao canto mais afastado do patamar; passou alternadamente da direita para a esquerda e da esquerda para a direita o pedaço de tabaco que mascava, e só correspondeu com timidez ao aperto de mão que o Sr. Morrel lhe ofereceu com a sua costumada cordialidade. Morrel atribuiu o acanhamento de Penelon à elegância de sua vestimenta; era evidente que aquele luxo no trajar não era do gosto do bom timoneiro: estava, sem dúvida, contratado a bordo de algum navio, e o seu acanhamento provinha, se assim se pode dizer, de não ter trazido por mais tempo luto pelo *Faraó*. E podia ser que viesse dar parte ao capitão Gaumard da sua boa fortuna, e fazer-lhe algum oferecimento em nome do seu novo patrão.

— Boa gente — disse Morrel, retirando-se —, que o seu novo patrão possa amá-los como eu os amava, e ser mais feliz do que eu. Agosto passou-se em tentativas, continuamente multiplicadas por Morrel, para restabelecer o antigo crédito ou abrir um novo. Em 20 de agosto, soube-se em Marselha que o negociante tomara lugar na mala-posta; disse-se então que seria no fim desse mês que faria ponto, e que se retirara para não assistir a esse ato cruel, delegando, sem dúvida, todos os poderes nos seus caixeiros Emmanuel e Coclès. Mas, contra todas as previsões, no dia 31 de agosto a caixa abriu-se, como de costume. Coclès apareceu detrás da grade, sereno como o justo de Horácio, examinou com a mesma atenção o papel que lhe apresentavam e desde o primeiro até o último, pagou com igual pontualidade todos os saques. Houve até dois reembolsos que o Sr. Morrel tinha previsto, e que Coclès efetuou com igual pontualidade à dos saques pessoais do negociante. Ninguém podia explicar aquilo, e, com a tenacidade própria dos profetas de más novas, adiaram a quebra para o fim de setembro.

No primeiro desse mês, voltou Morrel; esperava-o com grande ansiedade toda a sua família; dessa viagem a Paris devia surgir a sua última via de salvação. Morrel havia-se lembrado de Danglars, então milionário e outrora seu protegido, pois fora em virtude da recomendação de Morrel, que tinha sido admitido em casa do banqueiro espanhol, onde começara a sua imensa fortuna. Hoje, ao que diziam, Danglars possuía seis ou sete milhões e ilimitado crédito; podia, pois, sem tirar da algibeira um escudo, salvar Morrel; bastava que o afiançasse num empréstimo. Há muito já que ele pensava em Danglars; mas dão-se repugnâncias instintivas, de que se não é senhor, e por isso se demorara tanto em recorrer a esse meio supremo. E tivera razão, pois voltava de Paris prostrado com a humilhação de uma recusa.

Por isso, quando voltou, não exalou sequer uma queixa, não proferiu uma única recriminação. Abraçou, chorando, a mulher e a filha, apertou com amizade a mão de Emmanuel, foi depois fechar-se no seu gabinete, e mandou chamar Coclès.

— Desta vez — disseram as duas senhoras a Emmanuel — estamos perdidos.

Depois, em breve conciliábulo entre elas, tinha-se concordado em que Julie escreveria ao irmão, que estava de guarnição em Nîmes, pedindo-lhe que viesse imediatamente.

As pobres senhoras sentiam instintivamente que precisavam de todas as suas forças para resistir ao golpe que estava iminente.

Além disso, conquanto contasse apenas vinte e um anos, Maximiliano Morrel já tinha grande influência no pai.

Era um rapaz cheio de firmeza e retidão. Quando se tratara de lhe escolher profissão, o pai não quisera impor-lhe um futuro, e consultara o gosto de Maximiliano. Este declarara que preferia a vida militar; seguira, pois, excelentes estudos, entrara por concurso na Escola Politécnica, e dela saíra segundo-tenente do 53.º de linha. Havia um ano que servia nesse posto, com promessa de ser promovido na primeira vaga. No regimento era Maximiliano Morrel citado como rígido observador, não só de todas as obrigações impostas ao soldado, senão também de todos os deveres impostos ao homem, a ponto de lhe chamarem *O Estóico*. Escusado é dizer que muitos dos que lhe davam esse epíteto o repetiam por terem-no ouvido, sem que soubessem o que significava. Era esse rapaz que a mãe e a irmã chamavam para ampará-las na triste ocorrência em que sentiam que iam achar-se.

Não se haviam enganado acerca da gravidade dessa circunstância, porque, um momento depois de Morrel ter entrado no gabinete com Coclès, Julie viu sair este último pálido, trêmulo e com as feições alteradas.

Quis interrogá-lo quando passou ao pé dela; mas o pobre homem, continuando a descer a escada com precipitação que lhe não era habitual, contentou-se em exclamar, levantando as mãos para o céu:

— Oh, menina, menina! que horrível desgraça! e quem tal poderia acreditar!

Um momento depois, Julie viu-o subir levando na mão dois ou três livros volumosos, uma carteira e um saco de dinheiro.

Morrel consultou os livros, abriu a carteira e contou o dinheiro.

Todos os seus recursos andavam por seis a oito mil francos, as cobranças até 5 do mês poderiam chegar a quatro ou cinco mil, o que fazia, orçando pelo máximo, um ativo de catorze mil francos para opor a um passivo de duzentos e oitenta e sete mil e quinhentos francos. Não havia meio de oferecer tão ridícula quantia por conta.

Entretanto, quando Morrel desceu para jantar, parecia estar sossegado. Esse sossego ainda assustou mais a mulher e a filha do que o teria feito a mais profunda prostração.

Depois do jantar, Morrel costumava sair, ia tomar café no clube dos Phocéens e ler o *Sémaphore*; nesse dia não saiu, e voltou para o escritório.

Coclès parecia completamente apatetado. Durante parte do dia, estivera no pátio sentado numa pedra, com a cabeça descoberta, debaixo de um sol abrasador.

Emmanuel procurava tranqüilizar as senhoras; nada, porém, conseguia com a sua eloqüência. O rapaz estava tão inteirado dos negócios da casa, que bem sabia que uma catástrofe pairava iminente sobre a família Morrel.

Chegou a noite: as duas mulheres ficaram acordadas, esperando que, ao descer do seu gabinete, Morrel fosse vê-las; ouviram-no, porém, passar diante da porta, procurando abafar os passos para que não o chamassem.

Prestaram atenção, e ouviram-no entrar no quarto e fechar a porta por dentro.

A Sr.ª Morrel mandou a filha se deitar: e meia hora depois de Julie se haver recolhido, levantou-se, descalçou os sapatos, e foi pé ante pé pelo corredor espreitar pelo buraco da fechadura o que o marido estava fazendo.

No corredor viu uma sombra retirar-se: era Julie, que, também inquieta, precedera a mãe.

A menina chegou-se para a Sr.ª Morrel.

— Está escrevendo — disse.

Tinham-se adivinhado sem se falar.

A Sr.ª Morrel curvou-se para olhar pelo buraco da fechadura; com efeito, o marido estava escrevendo; mas o que a filha não notara, e no que ela reparou, foi que escrevia em papel selado.

Ocorreu-lhe a terrível lembrança de que estava fazendo testamento: toda ela tremeu, e todavia teve força para não dizer nada.

No dia seguinte, o Sr. Morrel parecia estar de todo sossegado; foi, como costumava, para o escritório, desceu para almoçar; mas, depois do jantar, fez sentar a filha ao pé de si, cingiu-lhe a cabeça com os braços e apertou-a muito tempo de encontro ao peito. À noite, disse Julie à mãe que, apesar daquele aparente sossego, tinha reparado em que o coração do pai batia com força.

Os dois dias seguintes passaram-se da mesma forma. Em 4 de setembro, à noite, o Sr. Morrel pediu à filha que lhe entregasse a chave do gabinete.

Julie estremeceu, por lhe parecer de mau agouro o pedido. Por que quereria o pai aquela chave, de que ela sempre estivera de posse, e que desde a infância lhe não tiravam, senão quando a queriam castigar?

A menina olhou para o Sr. Morrel.

— Que mal fiz, meu pai — disse — para me tirar a chave?

— Nenhum, minha filha — respondeu o mísero Morrel, a quem aquela pergunta tão simples fez saltar as lágrimas dos olhos —; nada, é que preciso dela.

Julie fingiu procurar a chave.

— Deixei-a talvez no meu quarto — disse.

E saiu; mas, em vez de ir ao quarto, desceu e foi consultar Emmanuel.

— Não entregue a chave a seu pai — disse-lhe ele —, e amanhã de manhã, se for possível, não o deixe nem um instante.

Ela interrogou Emmanuel; mas este, ou não sabia, ou não queria dizer mais.

Toda a noite de 4 para 5 de setembro esteve a Sr.ª Morrel de ouvido encostado à porta do quarto do marido. Até as 3 horas da madrugada ouviu-o caminhar agitado.

Às três horas atirou consigo para cima da cama.

A mãe e a filha passaram a noite juntas.

A cada momento, esperavam Maximiliano.

Às 8 horas, entrou o Sr. Morrel no quarto delas.

Estava sereno, mas no rosto, pálido e abatido, lia-se a agitação da noite.

As pobres senhoras não se animaram a perguntar-lhe se tinha dormido bem.

Morrel mostrou-se mais fagueiro para com a mulher, mais paternal para com a filha do que nunca: não se fartava de beijar e encarar a pobre menina.

Julie lembrou-se da recomendação de Emmanuel, e quis acompanhar o pai quando este saiu; porém ele, repelindo-a brandamente, disse-lhe:

— Fica com sua mãe.

Julie quis insistir.

— Mando eu! — disse Morrel.

Era a primeira vez que Morrel dizia à filha: Mando eu! Disse-o, porém, com modo tão repassado de bondade paternal, que Julie não se animou a dar um passo.

Ficou pois no mesmo lugar, em pé, muda, imóvel. Um momento depois, a porta abriu-se, e Julie sentiu dois braços que a abraçavam e uma boca que se lhe colava na testa.

Levantou os olhos e deu um grito de alegria.

— Maximiliano! meu irmão!

A esse grito, a Sr.ª Morrel veio apressada e deitou-se nos braços do filho.

— Minha mãe! — disse o rapaz, olhando alternadamente para a Sr.ª Morrel e para a irmã —; o que há? o que acontece? A sua carta encheu-me de susto, e aqui estou.

— Julie — disse a Sr.ª Morrel —, vai dizer a seu pai que chegou o Maximiliano.

A menina saiu precipitadamente do quarto, mas, no primeiro degrau da escada, encontrou um homem que tinha na mão uma carta.

— Não é a menina Julie Morrel? — disse ele, com pronúncia italiana muito carregada.

— Sim, senhor — respondeu a menina, balbuciante —; mas o que quer de mim? não o conheço.

— Queira ler esta carta — disse-lhe o homem, apresentando-a.

Julie hesitou.

— Leia-a, pois disso depende a salvação do seu pai! — disse o mensageiro.

A menina arrancou-lhe o papel das mãos, abriu-o com vivacidade, e leu o seguinte:

> "Dirija-se imediatamente à Alameda de Meilhan, entre no prédio n.º 15, peça ao porteiro a chave do quinto andar, entre na casa, pegue uma bolsa de retrós encarnado que está sobre o fogão, e leve-a a seu pai.
>
> É de muita importância que ele a receba antes das onze horas.
>
> Prometeu obedecer-me cegamente, lembro-lhe a sua promessa.
>
> *Simbad, o* Marítimo."

A menina deu um grito de alegria, levantou os olhos, e procurou, para interrogá-lo, o homem que lhe dera a carta, mas havia desaparecido.

Fitou então os olhos na carta para lê-la outra vez, e viu que nela havia um pós-escrito.

Leu:

> "É importante que desempenhe esta missão pessoalmente e sozinha; se for acompanhada, ou se em seu lugar for outra pessoa, o porteiro responderá que não sabe o que querem dizer-lhe."

Este pós-escrito destruiu toda a alegria da menina. Não teria ela que recear? não seria alguma cilada? A sua inocência deixava-lhe ignorar quais os perigos que corre uma menina da sua idade; mas não é preciso conhecer o perigo para temê-lo; e até se observa que os perigos desconhecidos são justamente os que mais sérios terrores inspiram.

Julie hesitava; resolveu pedir conselho.

Mas, por um sentimento singular, não foi com a mãe nem com o irmão que se foi aconselhar, foi com Emmanuel.

Desceu, contou-lhe o que lhe havia acontecido no dia em que o agente da casa Thomson & French viera falar com o pai, expôs-lhe o encontro na escada, repetiu-lhe a promessa que fizera, e mostrou-lhe a carta.

— Deve ir, menina — disse Emmanuel.

— Ir! — exclamou Julie.

— Sim, eu a acompanharei.

— Mas não vê que devo ir só?

— Mas é que vai só — tornou o rapaz —; esperá-la-ei na esquina da Rua do Museu; e se se demorar de modo que me inquiete, irei atrás de você, e ai dos que lhe houverem dado motivos de queixa.

— Assim, Emmanuel — tornou a menina hesitando —, é de parecer que eu anua a este convite?

— Sou, sim. Não lhe disse o portador que disso dependia a salvação de seu pai?

— Mas então, Emmanuel, que perigo corre ele? — perguntou a menina.

Emmanuel hesitou um momento; mas o desejo de decidir a menina de pronto e sem demora venceu.

— Ouça — disse-lhe —, é hoje o dia 5 de setembro, não é?

— É, sim.

— Hoje, às onze horas, seu pai tem de pagar cerca de trezentos mil francos.

— Bem sabemos isso.

— Pois saiba mais que não tem em caixa nem quinze mil.

— Então o que há de acontecer?

— Há de acontecer que, se hoje às onze horas seu pai não tiver achado quem o socorra, ao meio-dia será obrigado a declarar-se falido.

— Ah, venha comigo! — exclamou a menina, arrastando consigo Emmanuel.

Nesse meio tempo, a Sr.ª Morrel tinha contado tudo ao filho. O rapaz bem sabia que, em conseqüência dos sucessivos desastres de seu pai, grandes reformas tinham sido feitas nas despesas da casa; ignorava, porém, que as coisas tivessem chegado àquele ponto.

Ficou consternado.

Mas, de repente, saindo do quarto, subiu com rapidez a escada, supondo que o pai estivesse no gabinete; bateu, mas baldadamente.

Enquanto batia, ouviu abrir-se a porta do quarto, voltou-se e viu o pai.

Em vez de ir para o gabinete, o Sr. Morrel tinha-se recolhido ao quarto, e só então saíra dele.

O Sr. Morrel deu um grito de surpresa ao ver Maximiliano, cuja chegada ignorava.

Ficou imóvel, apertando com o braço esquerdo uma coisa que trazia escondida debaixo da sobrecasaca.

Maximiliano desceu à pressa a escada, e lançou-se ao pescoço do pai; mas subitamente recuou, deixando somente a mão direita encostada ao peito de Morrel.

— Meu pai — disse, tornando-se lívido como um cadáver — para que é esse par de pistolas?

— Oh, era o que eu receava! — disse Morrel.

— Meu pai! meu pai, em nome do Céu! — exclamou o rapaz — para que são essas armas?

— Maximiliano — respondeu Morrel, cravando os olhos no filho —; você é homem, e homem honrado; vou dizer-lhe tudo.

E Morrel subiu com passo firme a seu gabinete, enquanto Maximiliano o acompanhava cambaleando.

Morrel abriu a porta, e fechou-a depois de o filho ter entrado, atravessou a saleta, chegou ao escritório, pôs as pistolas em cima da mesa, e mostrou com o dedo ao rapaz um livro comercial aberto.

Nesse livro via-se o estado exato da sua situação.

Morrel tinha de pagar daí a meia hora duzentos e oitenta e sete mil e quinhentos francos.

Maximiliano leu, e ficou por um momento como esmagado.

Morrel nada dizia; o que podia acrescentar à inexorável sentença dos algarismos?

— E fez todos os esforços, meu pai — disse o rapaz passado um momento —, para obviar a essa desgraça?

— Fiz — respondeu Morrel.

— E não conta com entrada nenhuma?

— Nenhuma.

— Esgotou todos os recursos?

— Todos.

— E daqui a meia hora — disse Maximiliano com tristeza — o nosso nome estará desonrado.

— O sangue, porém, lava a desonra — disse Morrel.

— Tem razão, meu pai, e compreendo-o.

Depois estendendo a mão para as pistolas:

— É uma para o senhor — disse — e outra para mim.

Morrel agarrou-lhe a mão.

— E sua mãe?... e sua irmã?... Quem há de sustentá-las?

Um calafrio percorreu todo o corpo do rapaz.

— Meu pai! — disse — pense no que me diz! Quer que eu viva?

— Sim, digo-lhe, pois é dever seu: tem o espírito sereno e forte, Maximiliano... você não é um homem vulgar; nada lhe recomendo, nada lhe ordeno; o que lhe digo é: examina a situação como se fosse estranho a ela, e julgue-a você mesmo.

O filho refletiu por um momento; depois lhe passou pelos olhos uma expressão de resignação sublime; mas, com vagaroso e triste movimento, foi tirando as dragonas, insígnias do seu posto.

— Bem — disse, estendendo a mão a Morrel —, morra em paz, meu pai, que eu viverei.

Morrel fez um movimento para se deitar aos pés do filho: Maximiliano tomou-o nos braços, e esses dois nobres corações palpitaram por um momento um de encontro ao outro.

— Sabe que a culpa não é minha? — disse Morrel.

Maximiliano sorriu.

— Sei, meu pai, que é o homem mais honrado que conheço.

— Bem, acabou-se tudo; agora vai para junto de sua mãe e de sua irmã.

Morrel tomou nas mãos a cabeça do filho, chegou-a a si, e imprimindo nela repetidas vezes os lábios:

— Oh! sim... sim!... — disse — abençoo-o em meu nome e no de três gerações de homens irrepreensíveis. Ouça o que eles lhe dizem pela minha voz: O edifício que a desgraça destruiu pode a

Providência reconstruí-lo. Vendo que tomei semelhante resolução, os mais inexoráveis condoer-se-ão de mim; a você talvez lhe concedam os prazos que me negariam; procura então que a palavra infame não seja pronunciada; trabalha, meu filho, luta com valor; vive você, e sua mãe, e sua irmã com o rigorosamente necessário, para que de dia para dia a fortuna daqueles a quem eu devo aumente e frutifique em suas mãos. Lembre-se de que há de ser um belo dia, um grande dia, um solene dia o da reabilitação, o dia em que neste escritório disser: Meu pai morreu, porque não podia fazer o que hoje faço; morreu, porém, sereno e descansado, por saber que eu o faria.

— Oh, meu pai!... meu pai!... mas se pudesse viver!

— Se eu viver, tudo está perdido; se eu viver, o interesse muda-se em dúvida, a compaixão transforma-se em encarniçamento: se eu viver, serei apenas um homem que faltou à sua palavra, que não cumpriu as suas obrigações: não passo de um falido! Se, pelo contrário, morrer (pensa bem nisto, Maximiliano), o meu cadáver é o de um homem de bem, mas desgraçado. Se vivo, os meus melhores amigos abandonarão a minha casa; se morro, Marselha toda me acompanhará à minha última morada. Se vivo, tem você vergonha do meu nome; se morro, ergue a cabeça e diz: "Sou o filho daquele que se matou, porque, pela primeira vez, foi obrigado a faltar à sua palavra".

Maximiliano soltou um gemido, mostrando-se, porém, resignado. Pela segunda vez, entrava a convicção, não no seu coração, mas no seu espírito.

— E agora — disse Morrel — deixa-me só, toma sentido não entrem sua mãe e sua irmã.

— Pois não quer ver ainda uma vez minha irmã? — perguntou Maximiliano.

Última e recôndita esperança tinha o pobre moço naquela entrevista, e por isso a propunha.

O Sr. Morrel abanou a cabeça.

— Já a vi esta manhã — disse — e despedi-me dela.

— Não tem recomendação nenhuma especial que me faça, meu pai? — perguntou Maximiliano com voz alterada.

— Tenho, sim, tenho uma recomendação sagrada.

— Qual é, meu pai?

— A casa Thomson & French é a única que, por humanidade, ou talvez por egoísmo, não me cumpre ler no coração dos homens, se compadeceu de mim. O seu mandatário, o mesmo que daqui a dez minutos há de apresentar-se para receber o importe de uma letra de duzentos e oitenta e sete mil e quinhentos francos, não direi que me concedeu, ofereceu-me três meses de espera. Seja essa casa a primeira reembolsada, meu filho, seja esse homem sagrado para você.

— Sim, meu pai — disse Maximiliano.

— E agora ainda uma vez adeus — disse Morrel. — Vai-se, vai-se, preciso ficar só: achará o meu testamento na secretária do meu quarto de dormir.

O rapaz ficou em pé e inerte, tendo sim vontade, mas faltando-lhe a força para executá-la.

— Escuta, Maximiliano — disse-lhe o pai —, supõe que sou soldado como você, que tive ordem de tomar um reduto, e que sabe que hei de infalivelmente ser morto nessa empresa, não me diria o que ainda agora me disse: Vá, meu pai, porque ficando desonra-se, e mais vale a morte que a vergonha!

— Sim!... sim!... — disse o rapaz — sim!...

E apertando o pai nos braços convulsos:

— Vá, meu pai — disse.

E abandonou imediatamente o gabinete.

Quando o filho saiu, Morrel ficou um instante em pé, com os olhos pregados na porta: depois, estendeu a mão e puxou o cordão da campainha.

Passado um momento, apareceu Coclès.

Já não era o mesmo homem; aqueles três dias de convicção tinham-no esmagado. Este pensamento: a casa Morrel vai cessar pagamentos, curvara-o mais do que o peso de outros vinte invernos que por cima dele tivessem passado.

— Meu bom Coclès — disse Morrel, com expressão impossível de descrever — fica aí na saleta. Quando aparecer esse sujeito que esteve cá há três meses, sabe quem é? o agente da casa Thomson & French, anunciar-me-á.

Coclès não respondeu, fez um sinal com a cabeça, foi sentar-se na saleta e esperou.

Morrel caiu em sua poltrona. Os olhos dirigiram-se para o relógio; faltavam sete minutos.

O ponteiro andava com incrível rapidez, parecia-lhe que o via correr.

O que se passou então, naquele momento supremo, no espírito daquele homem, que, ainda novo, em conseqüência de um raciocínio talvez falso, mas decerto especioso, ia separar-se de tudo quanto no mundo amava, e deixar a vida, que para ele tinha todas as doçuras da família, é impossível de descrever; para ter uma idéia disso, cumpria ver aquela fronte coberta de suor, e talvez com sinais de resignação, aqueles olhos cheios de lágrimas, e todavia erguidos para o Céu.

O ponteiro ia caminhando, as pistolas estavam carregadas, ele estendeu a mão, pegou uma e murmurou o nome da filha.

Depois, largou a arma mortal, pegou a pena e escreveu algumas palavras.

Parecia-lhe então que se não despedira da filha.

Em seguida, voltou-se para o relógio; não contava já minutos, mas segundos.

Tornou a pegar a arma, com a boca entreaberta e os olhos fitos no ponteiro; depois estremeceu com a bulha que ele próprio fazia engatilhando-a.

Naquele momento passou-lhe pela fronte suor mais frio, apertou-lhe o coração angústia mais mortal.

Ouviu ranger a porta da escada.

Depois se abriu a do gabinete.

O relógio ia dar onze horas.

Morrel não se voltou; esperava que Coclès dissesse:

"Aí está o agente da casa Thomson & French."

E chegava a arma à boca...

De repente, ouviu um grito... Era a voz da filha.

Voltou-se e viu Julie: a pistola caiu-lhe das mãos.

— Meu pai! — exclamou a menina anelante e quase morta de alegria — está salvo! Salvo!

E lançou-se-lhe nos braços mostrando no ar uma bolsa de retrós encarnado.

— Salvo, minha filha! o que quer dizer?

— Sim, salvo! veja! veja!

Morrel pegou a bolsa e estremeceu, porque teve uma fraca reminiscência de que aquela bolsa tinha sido sua. Abriu-a.

De um lado estava a letra de duzentos e oitenta e sete mil e quinhentos francos.

Tinha o recibo.

Do outro um brilhante do tamanho de uma avelã, com estas palavras escritas num pedaço de pergaminho:

"Dote de Julie."

Morrel passou a mão pela testa, julgava estar sonhando.

Então o relógio deu onze horas.

A campainha do relógio vibrava para ele, como se cada pancada do martelo de aço lhe batesse no coração.

— Vejamos, minha filha — disse —, explique-se. Onde achou essa bolsa?

— Numa casa da Alameda de Meilhan, n.º 15, em cima do fogão de um quarto do quinto andar.

— Mas — exclamou Morrel — esta bolsa não é sua.

Julie apresentou ao pai a carta, que de manhã recebera.

— E foi sozinha a essa casa? — disse Morrel, depois de lê-la.

— Emmanuel acompanhava-me, meu pai. Devia esperar-me à esquina da Rua do Museu; mas, coisa singular, quando sai, já lá não estava!

— Sr. Morrel — exclamava uma voz na escada — Sr. Morrel!

— É a voz dele — disse Julie.

Ao mesmo tempo, entrou Emmanuel, com o rosto demudado pela alegria e pela comoção, exclamando:

— O *Faraó*! o *Faraó*!

— Que diz? o *Faraó*! Está doido, Emmanuel? Bem sabe que naufragou!

— O *Faraó*! senhor, o *Faraó* acaba de entrar no porto!

Morrel caiu na cadeira, faltavam-lhe as forças; a sua inteligência negava-se a classificar aquela série de acontecimentos incríveis, inauditos, fabulosos.

Mas o filho entrou também, e exclamou:

— Meu pai! então dizia que o *Faraó* estava perdido, e ele está entrando no porto!

— Meus amigos — disse Morrel —, tínhamos de crer num milagre de Deus. É impossível!... impossível!...

— Ai, senhor — disse Coclès —, o que isto quer dizer? o *Faraó*!... Mas o que era real e não menos incrível era aquela bolsa que tinha na mão, era aquela letra paga, era aquele magnífico brilhante.

— Vamos, meus filhos — disse Morrel, levantando-se — vamos ver, e que Deus de nós se compadeça, se é falsa a notícia.

Desceram. No meio da escada esperava a Sr.ª Morrel. A pobre senhora não tinha tido ânimo de subir.

Num momento chegaram à Cannebière.

Havia grande multidão no porto.

Toda essa multidão se arredou, para Morrel poder passar.

— O *Faraó*! o *Faraó*! — diziam todas aquelas vozes.

Com efeito, coisa prodigiosa e inaudita! em frente da torre de San-Giovanni via-se ancorar e ferrar as velas um navio, que tinha na popa estas palavras: — *Faraó*, Morrel & Filhos, de Marselha — absolutamente do mesmo lote do outro *Faraó* e como o outro carregado de cochinilha e anil. No convés o capitão Gaumard dava ordens e o mestre Penelon fazia sinais ao Sr. Morrel.

Não havia que duvidar; o testemunho dos sentidos ali estava, e dez mil pessoas o confirmavam.

Enquanto Morrel e seu filho se abraçavam no cais, no meio dos aplausos de toda a cidade, testemunha daquele prodígio, um homem, que tinha o rosto meio coberto por densa barba preta, e que, oculto por detrás da guarita de uma sentinela, contemplava enternecido esta cena, murmurou estas palavras:

— Sê feliz, coração cheio de nobreza, sê abençoado por todo o bem que tem feito e ainda pode fazer, e fique a minha gratidão oculta como a sua beneficência.

E com um sorriso, em que se revelavam alegria e ventura, deixou o abrigo em que se ocultara, e, sem que nele reparassem, pois estavam todos preocupados com o acontecimento do dia, desceu uma das escadas que servem de desembarque, e três vezes chamou:

— Jacopo! Jacopo! Jacopo!

Aproximou-se então uma lancha, que o acolheu e levou a um iate ricamente aparelhado, em cujo convés saltou com ligeireza de marinheiro. Daí olhou ainda uma vez para Morrel, que, chorando de alegria, apertava cordialmente a mão a uns e a outros, e agradecia, com incerto olhar, o invisível benfeitor, que parecia procurar no Céu.

— Muito bem — disse o desconhecido —, adeus bondade, humanidade, gratidão!... Tomei o lugar da Providência para premiar os bons... agora me ceda Deus vingador o seu lugar para castigar os maus!

Ditas estas palavras, fez um sinal, e, como se para partir só por esse sinal esperasse, o iate levantou ferro.

XXXI. Itália — Simbad, o *marítimo*

Pelo começo do ano de 1838, estavam em Florença dois rapazes da mais elegante sociedade de Paris, um, o visconde Albert de Morcerf, o outro, o barão Franz d'Épinay. Tinham combinado ir passar o carnaval desse ano em Roma, onde Franz, que havia perto de quatro anos residia na Itália, servia de cicerone a Albert.

Ora, como não é coisa de pouca monta ir passar o carnaval em Roma, especialmente quando não se tem grandes desejos de dormir na Praça del Populo, ou no Campo Vaccino, escreveram a mestre Pastrini, dono do hotel de Londres, na Praça de Espanha, pedindo que lhes aprontasse um aposento cômodo.

Mestre Pastrini respondeu-lhes que apenas tinha à sua disposição dois quartos e um gabinete, *al secondo plano*, e que os cedia mediante a módica retribuição de um luís por dia. Aceitaram. Querendo aproveitar o tempo que lhe restava, Albert partiu para Nápoles. Franz ficou em Florença.

Depois de se fartar da vida que se leva na cidade dos Médicis, depois de se fartar de passear nesse Éden a que chamam os Casines, depois de ter sido recebido nas magníficas casas que fazem as honras de Florença, deu-lhe vontade, já tendo visto a Córsega, berço de Bonaparte, de ir ver a ilha de Elba, grande pouso de Napoleão.

Uma tarde, pois, desprendeu uma *barcheta* do anel de ferro que a segurava ao porto de Livourne, e deitou-se no fundo, embrulhado no seu capote, dizendo aos marinheiros estas únicas palavras: "Para a ilha de Elba".

A barca deixou o porto, como a ave aquática deixa o ninho, e no dia seguinte desembarcava Franz em Porto-Ferrajo.

Franz atravessou a ilha imperial, depois de ter seguido quantas pegadas nela deixaram os passos do gigante, e foi embarcar em Marciana.

Duas horas depois de haver deixado a terra, foi a Pianosa, onde, segundo lhe afirmavam, devia achar grandes nuvens de perdizes vermelhas.

A caçada foi má, Franz mal pôde matar algumas perdizes magras, e como todo caçador, que se cansou para nada, voltou para a barca aborrecidíssimo.

— Se Vossa Excelência quisesse — disse-lhe o arrais —, faria uma boa caçada.

— Onde?

— Vê aquela ilha?

E com o dedo mostrou-lhe ao sul um monte, que surgia no meio do mar, tinto pelo mais lindo azul.

— Que ilha é aquela? — perguntou Franz.

— É a ilha de Monte Cristo — respondeu o liornês.

— Mas eu não tenho licença para caçar nela.

— Não é preciso; a ilha é deserta.

— Oh! Oh, uma ilha deserta no meio do Mediterrâneo, é coisa curiosa!

— É curiosa, mas natural, Excelentíssimo, porque aquela ilha é um banco de rochedos, em que talvez se não ache uma jeira de terra arável.

— E a que país pertence?

— À Toscana.

— E qual é a caça que lá aparece?

— Milheiros de cabras silvestres.

— Que vivem de lamber as pedras? — disse Franz, com riso de incredulidade.

— Não, mas roem as murtas e as sarças que lhes crescem nos intervalos.

— E onde hei de dormir?

— Em terra, em alguma gruta, ou a bordo, embrulhado no capote. Além do que, se Vossa Excelência quiser, poderemos partir imediatamente depois da caçada. Vossa Excelência sabe que tanto nos fazemos de vela de noite como de dia, e que, se faltar vento, temos os remos. Franz, como ainda tivesse algum tempo antes de ir encontrar-se com o amigo, e já lhe não desse cuidado o alojamento em Roma, aceitou a proposta para se desforrar da primeira caçada.

Anuiu, portanto, mas vendo os marinheiros trocarem algumas palavras em voz baixa:

— O que há? — perguntou — temos algo de novo? haverá alguma dificuldade?

— Não — disse o patrão —; mas devemos prevenir Vossa Excelência de que a ilha está em contumácia.

— O que quer isso dizer?

— Quer dizer que, como Monte Cristo não é habitada, serve algumas vezes de escala aos contrabandistas e piratas da Córsega, da Sardenha e da África, e se qualquer indício denuncia a nossa estada nela, de volta a Livourne, teremos que fazer uma quarentena de seis dias.

— Mau! o caso muda muito de figura! Seis dias! tantos quantos Deus levou a formar o mundo! É demais, meus rapazes.

— Mas quem há de dizer que Vossa Excelência esteve em Monte Cristo?

— Eu não hei de ser! — exclamou Franz.

— E nós menos.

— Então toca para Monte Cristo!

O patrão comandou a manobra, e a barca começou a dirigir-se para a ilha.

Franz, quando viu concluídos esses aprestos, cheia de vento a vela, e os marinheiros nos seus lugares, três à proa e um ao leme, recomeçou a conversação.

— Meu caro Gaetano — disse ao patrão —, creio que me disse que a ilha de Monte Cristo serve de refúgio a piratas, o que me parece caça diversa de cabras.

— Sim, Excelentíssimo, é a pura verdade.

— Eu sabia da existência de contrabandistas, mas pensava que, depois da tomada de Argel e da destruição da regência, já não havia piratas senão nos romances de Cooper e do Capitão Marryat.

— Pois Vossa Excelência engana-se. Acontece aos piratas o mesmo que aos salteadores, que se julgam exterminados pelo papa Leão XII, e que, entretanto, vão todos os dias agarrando os viajantes até as portas de Roma. Não ouviu dizer que há seis meses o encarregado de Negócios da França junto da Santa Sé foi roubado a quinhentos passos de Velletri?

— Ouvi, sim.

— Pois, se Vossa Excelência residisse como nós em Livourne, ouviria dizer de vez em quando que algum bergantim carregado de fazendas, ou algum bonito iate inglês, que era esperado em Bastia, em Porto-Ferrajo ou em Civita Vecchia, não chegou lá, que não se sabe o que é feito dele, e que é de presumir que naufragasse dando em algum cachopo. Ora, esse cachopo que encontrou é uma barca baixa e estreita, tripulada por seis ou oito homens, que o surpreenderam e roubaram em alguma noite escura ou tempestuosa, ao voltar de alguma ilhota selvagem e despovoada, como os salteadores surpreendem e roubam uma sege de posta ao canto de um bosque.

— Mas, enfim — tornou Franz, continuando deitado no fundo da barca —, por que é que os que sofrem esses desastres não se queixam e não invocam contra esses piratas a vingança do governo francês, ou sardo, ou toscano?

— Por quê? — disse Gaetano, sorrindo.

— Sim, por quê?

— Porque os piratas começam por transportar do bergantim ou do iate para a barca quanto podem apanhar; depois atam de pés e mãos a gente de bordo, põem ao pescoço de cada homem uma bala de 24, abrem um buraco do tamanho de uma barrica na quilha do navio apresado, sobem ao convés, fecham as escotilhas; e voltam para a barca. Passados dez minutos, o navio começa a queixar-se e a gemer, e pouco a pouco se afunda. Um dos lados mergulha, depois outro, depois torna a erguer-se, mergulha de novo, afundando-se cada vez mais. De repente ouve-se um ruído semelhante ao de um tiro de peça; é o ar que destrói o porão. Então o navio agita-se como um afogado nas ânsias da morte, tornando-se a cada momento mais pesado. Em breve a água, demasiadamente comprimida nas cavidades, salta pelas abertas semelhante às colunas líquidas que alguma gigantesca baleia arrojasse pelos seus monstruosos respiradouros. Enfim, dá um último arquejo, volteia sobre si e precipita-se, cavando no abismo um vasto funil, que, redemoinhando por um momento, se enche pouco a pouco e acaba por se sumir, e tanto que daí a cinco minutos só os olhos de Deus poderiam ir buscar ao fundo desse mar tranqüilo o navio desaparecido. Entende agora — acrescentou o patrão sorrindo-se — por que o navio não entra no porto e a tripulação não se queixa?

Se Gaetano houvesse contado essa história antes de propor a viagem, é provável que Franz tivesse pensado duas vezes antes de empreendê-la; mas a barca navegava para a ilha, e pareceu-lhe covardia recuar. Era um desses homens que não andam em busca do perigo, mas que, quando o perigo os busca a eles, conservam inalterável sangue-frio para combatê-lo; era um desses homens de vontade firme, para quem um perigo na vida não é mais do que um adversário num duelo, e que calculam os seus movimentos, estudam a sua força, desviam-se quanto baste para respirar, mas não tanto que pareçam covardes, e, compreendendo com um só olhar todas as suas vantagens, matam-no de um só golpe.

— Bom! — disse ele — atravessei a Sicília e a Calábria, naveguei dois meses no Arquipélago, e nunca vi a sombra de um salteador nem de um pirata.

— Eu também não disse isso a Vossa Excelência — tornou Gaetano — para fazê-lo renunciar ao seu projeto. Vossa Excelência interrogou-me e eu respondi-lhe, mais nada.

— Sim, meu caro Gaetano, e a sua conversação é das mais interessantes; como, pois, desejo gozar dela o máximo tempo possível, vamos para Monte Cristo.

Entretanto, chegavam rapidamente ao termo da viagem; o vento era favorável e fresco e a barca caminhava seis a sete milhas por hora.

Ao passo que se iam aproximando, a ilha parecia crescer do seio das ondas, e entre a límpida atmosfera dos últimos raios do dia distinguia-se, como um montão de balas num arsenal, o monte de rochedos sobrepostos uns aos outros, em cujos intervalos se viam avermelhar as sarças e verdejar as árvores. Os marinheiros, embora parecessem de todo sossegados, empregavam a maior vigilância, pois o seu olhar interrogava o vasto espelho em que resvalavam, e alguns barcos de pesca, com as suas velas fracas, eram unicamente o que povoava o horizonte, balançando-se como garças na extremidade das ondas.

Não estavam a mais de quinze milhas de Monte Cristo, quando o Sol começou a recolher-se por detrás da Córsega, cujas montanhas apareciam à direita, recortando no céu os seus escuros picos; aquela massa de pedras, semelhante ao gigante Adamastor, erguia-se ameaçadora diante da barca, a que roubara o sol, que a dourava na parte superior. Pouco a pouco, a sombra surgiu do mar, e pareceu expelir diante de si o último reflexo do dia, que ia extinguir-se. O raio luminoso foi repelido até a crista da ilha, onde parou um instante como o penacho inflamado de um vulcão. Até que a sombra, subindo sempre, invadiu progressivamente o cume, como tinha invadido a base, e a ilha apareceu como uma montanha negra, que cada vez mais escurecia. Meia hora depois era noite fechada.

Felizmente, os marinheiros estavam em paragens que lhes eram familiares, pois conheciam palmo a palmo o arquipélago toscano; e se não fosse isso, Franz, no meio da escuridão que envolvia a barca, não deixaria de ter alguma inquietação. A Córsega havia de todo desaparecido, a ilha de Monte Cristo estava totalmente invisível; mas os marinheiros pareciam ter, como o lince, a faculdade de ver nas trevas, e o piloto, que estava ao leme, não mostrava a menor hesitação.

Tinha passado perto de uma hora depois de se pôr o sol, quando Franz julgou ver, a um quarto de milha à esquerda, uma massa escura; era-lhe, porém, tão impossível distinguir o que fosse, que receando excitar a hilaridade dos marinheiros tomando algumas nuvens flutuantes por terra firme, ficou calado. Mas, de repente, apareceu um grande clarão na praia; a terra parecia assemelhar-se a uma nuvem, mas o fogo não era um meteoro.

— Que luz é aquela? — perguntou Franz.

— Silêncio! — disse o patrão —; é uma fogueira.

— Tinha-me dito que a ilha não era habitada.

— Disse que não tinha população fixa; mas disse também que era um ponto de refúgio para os contrabandistas.

— E para os piratas?

— E para os piratas. Por isso dei ordem de passar além; pois, como vê, o fogo fica por detrás de nós.

— Mas esse fogo — disse Franz — mais me parece motivo de confiança do que de inquietação; quem receasse ser visto não o acenderia.

— Ora, isso não quer dizer nada! — tornou Gaetano —; se pudesse, no meio da escuridão, ajuizar qual é a posição da ilha, veria que, colocado como está, o fogo não pode ser visto nem da costa nem de Pianosa, mas só do alto mar.

— Receia, pois, que aquele fogo seja sinal de má companhia?

— É o que devemos verificar — tornou Gaetano, com os olhos sempre fixos naquela estrela terrestre.

— E como?

— Vai ver.

Gaetano chamou os seus companheiros, e, depois de cinco minutos de discussão, foi executada em silêncio uma manobra, em virtude da qual, num momento, viraram de bordo, tornaram a andar o caminho que acabaram de percorrer, e alguns segundos depois dessa mudança de direção, o fogo desapareceu oculto por alguma sinuosidade do terreno.

Então o piloto deu com o leme nova direção à barca, que se aproximou da ilha, e que em breve apenas se achou à distância de uns cinqüenta passos.

Gaetano fez descer a vela, e a barca ficou estacionária.

Tudo tinha sido feito no maior silêncio, e demais, desde que a direção da barca mudara, nem uma palavra havia sido proferida a bordo. Gaetano, que tinha proposto a excursão, assumira a responsabilidade dela. Os quatro marinheiros não o perdiam de vista, preparando os remos, e mostrando-se prontos para fugir, o que, graças à escuridão, não era difícil.

Franz deitava mão às suas armas com a presença de espírito de que falávamos: tinha duas espingardas de dois canos e uma carabina, carregou-as, examinou-lhes os fechos, e esperou.

Nesse meio-tempo, despira o patrão a véstia e a camisa, enrolara as calças em volta da cintura; e como estava descalço, não tivera que tirar meias nem sapatos. Assim arranjado, pôs o dedo nos lábios, fazendo sinal para que se conservassem no maior silêncio, e atirando-se à água, nadou para a praia, com tanta cautela que era impossível ouvir o menor ruído. Só pela esteira fosforescente que os seus movimentos desenvolviam, se lhe podiam seguir os vestígios, mas em breve até essa esteira desapareceu; era evidente que Gaetano chegara a terra.

Os que estavam na barca conservaram-se imóveis durante meia hora, no fim da qual se viu reaparecer perto da praia e aproximar-se da barca o mesmo sulco luminoso. Em breve Gaetano estava outra vez a bordo.

— E então? — disseram ao mesmo tempo Franz e os marinheiros.

— Então! São contrabandistas espanhóis, e só têm consigo dois salteadores corsos.

— E o que fazem esses dois salteadores no meio dos contrabandistas espanhóis?

— Ora! Excelentíssimo — tornou Gaetano, em tom de profunda caridade cristã —, devemos ajudar-nos uns aos outros. Muitas vezes os salteadores vêem-se apertados demais em terra pelos gendarmes, e carabineiros, e então acham uma barca, e nessa barca boa gente como nós. Vêm pedir-nos que os acolhamos no nosso asilo flutuante.

Como negar socorro a um desgraçado a quem perseguem? Recebemo-lo, e, para maior segurança, pomo-nos ao largo. Isso nada nos custa, e salva-se a vida, ou quando menos a liberdade, a um dos nossos semelhantes, que em tempo nos paga esse serviço indicando-nos um lugar onde possamos desembarcar as nossas fazendas a salvo.

— Então — disse Franz — também você é contrabandista, meu caro Gaetano?

— Ora, que se há de fazer? — respondeu Gaetano, com um sorriso — há que ganhar a vida.

— Então, entre os que estão agora na ilha de Monte Cristo, há gente conhecida?

— Há, sim, Excelência; nós, homens do mar, somos como os pedreiros-livres, conhecemo-nos por certos sinais.

— E nada temos que recear desembarcando?

— Nada, os contrabandistas não são ladrões.

— Mas e os tais dois salteadores corsos? — tornou Franz, calculando todos os perigos.

— Ora, se são salteadores, a culpa não é deles, é da autoridade!

— Como assim?

— Perseguem-nos por terem feito uma pele, e só por isso, como se não fosse da natureza do corso vingar-se.

— O que quer dizer uma pele? É ter assassinado um homem?

— Não, senhor, é ter matado um inimigo — respondeu o patrão —, o que é muito diverso.

— Bem, vamos pedir aos contrabandistas e aos salteadores hospitalidade... Julga que a nos dêem?

— Por certo.

— Quantos são?

— Quatro, Excelentíssimo; mas, com os dois salteadores, fazem seis.

— Bem; outros tantos somos nós; e se esses senhores mostrarem más intenções, estamos em força igual, e portanto em estado de lhes resistir. Vamos, pois, para Monte Cristo.

— Sim, Excelentíssimo; mas há de permitir que tomemos mais algumas precauções.

— Oh, meu caro, seja sábio como Nestor, e prudente como Ulisses! Não só consinto, mas até lhe peço que tome todas as precauções.

— Pois então, silêncio!

Calaram-se todos.

Para quem, como Franz, tudo encarava sob o verdadeiro ponto de vista, a situação, sem ser perigosa, não deixava de ter certa gravidade. Achava-se na escuridão mais profunda, isolado no meio do mar, com marinheiros que não o conheciam e que não tinham motivo algum para lhe serem dedicados, que sabiam que trazia na cintura alguns milhares de francos, e que dez vezes, senão por cobiça, pelo menos por curiosidade, lhe haviam examinado as armas, que eram belíssimas. Ia, ademais, aportar, sem outra escolta mais que aqueles homens, em uma ilha, que tinha, é certo, um nome muito religioso, mas que não parecia prometer-lhe hospitalidade superior à que o Calvário ofereceu a Cristo, graças aos seus contrabandistas e ladrões. E a história dos navios metidos no fundo, se de dia lhe pareceu exagerada, de noite afigurou-se-lhe muito verossímil. Colocado, pois, no meio dos dois perigos, talvez imaginários, mas talvez reais, não perdia os seus homens de vista, nem largava a mão da espingarda. Os marinheiros tinham, entretanto, içado de novo as velas e continuado a sulcar a esteira já cavada nas idas e voltas.

Entre a escuridão, Franz, já um pouco acostumado a ela, distinguia o gigante de granito, que a barca ia costeando; até que, tendo o barco vencido novamente o ângulo de um rochedo, viu o fogo melhor que anteriormente, e em volta dele sentadas cinco ou seis pessoas. A reverberação da chama sentia-se a um cento de passos pelo mar. Gaetano costeou a luz, mantendo todavia a barca na parte não alumiada; depois, logo que se achou em frente do fogo, dirigiu-se para ele, e entrou animoso no círculo de luz, entoando uma cantiga de pescadores, cujo estribilho os companheiros repetiam em coro.

À primeira palavra da cantiga, os homens sentados ao redor do fogo levantaram-se, chegaram-se ao ponto do desembarque, com os olhos fitos na barca, cujas forças e intenções davam mostras de querer avaliar.

Depois de suficiente exame, foram todos, menos um, que ficou em pé na praia, sentar-se novamente em torno do fogo, a que estavam assando um cabrito.

Quando a barca chegou a vinte passos da terra, o homem que estava na praia fez de pronto com a sua carabina o gesto da sentinela que espera uma patrulha, e gritou em língua sarda:

— Quem se aproxima?

Franz engatilhou a espingarda de dois canos.

Gaetano trocou com o homem algumas palavras, que o viajante não pôde compreender, mas que evidentemente se lhe referiam.

— Sua Excelência — perguntou o patrão — quer conservar o incógnito ou dizer o seu nome?

— Desejo que o meu nome seja perfeitamente desconhecido desses senhores; diga-lhes somente que sou um francês que viaja por divertimento.

Quando Gaetano transmitiu essa resposta, a sentinela deu uma ordem a um dos homens sentados ao pé do fogo, e que desapareceu entre os rochedos.

Houve algum silêncio.

Cada qual parecia preocupado com os seus negócios: Franz com o desembarque, os marinheiros com as velas, os contrabandistas com o cabrito; mas, no meio da aparente serenidade, observavam-se mutuamente.

O homem que se retirara reapareceu subitamente pelo lado oposto por onde desaparecera, fez com a cabeça um sinal à sentinela, que se voltou para a barca, e se contentou em proferir estas palavras: *"S'accommodi."*

Não se pode traduzir o *s'accommodi* italiano: quer dizer ao mesmo tempo venha, entre, seja bem-vindo, está em sua casa, é quem aqui manda. É a frase turca de Molière, que tanto espanto causava no burguês fidalgo, pela quantidade de coisas que continha.

Os marinheiros não esperaram mais, deram algum impulso aos remos, e a barca tocou em terra. Gaetano saltou na praia, disse algumas palavras em voz baixa à sentinela; os companheiros desceram uns atrás dos outros, até que chegou a vez de Franz.

Levava uma das espingardas segura pela bandoleira, Gaetano levava a outra, e um dos marinheiros a carabina; o traje era ao mesmo tempo de artista e de dândi, o que não inspirou o menor receio aos contrabandistas, e por conseqüência a menor inquietação.

Amarraram a barca à praia, deram alguns passos em busca de um pouso cômodo; mas, sem dúvida, a direção que tomavam não convinha muito ao contrabandista que estava de vigia, pois gritou para Gaetano:

— Por aí não!

Gaetano balbuciou uma desculpa e, sem mais insistir, dirigiu-se para o lado oposto, enquanto dois marinheiros, para alumiar o caminho, iam acender archotes ao fogo.

Deram cerca de trinta passos, e pararam numa pequena esplanada cercada de rochas, em que estavam cavados assentos semelhantes a pequenas guaritas onde se fizesse sentinela sentado.

Em volta cresciam, em veios de terra vegetal, alguns carrasqueiros e densas murtas.

Franz abaixou um dos archotes, e, vendo um montão de cinzas, conheceu não ser ele o primeiro que sentisse quanto era cômodo aquele lugar, que devia ser um dos acostumados pousos dos visitantes nômades da ilha de Monte Cristo.

A sua expectativa de acontecimentos graves havia cessado desde que desembarcara e vira as disposições, senão de amizade, de indiferença dos que o recebiam; desaparecera, portanto, toda a sua preocupação, que, ao cheiro do cabrito que se assava no bivaque vizinho, se lhe transformara em apetite.

Disse duas palavras acerca disso a Gaetano, que lhe respondeu que nada era mais fácil do que cear quem tinha na barca, como eles, pão, vinho, seis perdizes e bom fogo para assá-las.

— Ademais — acrescentou —, se Vossa Excelência acha tão apetitoso o cheiro do cabrito, posso ir oferecer aos nossos vizinhos duas destas aves por um pedaço do seu quadrúpede.

— Vá, Gaetano, vá — disse Franz.

Entretanto, tinham os marinheiros arrancado alguns ramos de murta, alguns galhos de carrasqueiro, e apanhado algumas sarças secas, a que lançaram fogo.

Franz esperava, pois, com impaciência, aspirando sempre o cheiro do cabrito, a volta do patrão, quando este reapareceu, e veio lhe falar, mostrando-se muito preocupado.

— E então? — perguntou ele — o que há de novo? Rejeitam o nosso oferecimento?

— Pelo contrário — disse Gaetano —; o chefe, a quem disseram que o senhor era um fidalgo francês, convida-o para cear com ele.

— Bem! — disse Franz — mostra ser homem muito polido o tal chefe, e não vejo motivo para deixar de aceitar, tanto mais que levo o meu quinhão da ceia.

— Oh, não é isso! ceia tem ele de sobra; mas é que impõe à sua apresentação na casa dele uma condição singular.

— Na casa dele! — disse Franz —; pois mandou edificar aqui alguma casa?

— Não; mas nem por isso deixa de ter, ao que me asseguram, sofrível e cômoda moradia.

— Então conhece o chefe?

— Ouvi falar dele.

— Bem ou mal?

— De ambos os modos.

— Diabo! E que condição impõe?

— A de consentirem que lhe ponham uma venda nos olhos, e não a tirar sem que ele o diga.

Franz sondou o quanto pôde o olhar de Gaetano, para saber o que essa proposta ocultava.

— Ah, senhor! — tornou este, respondendo ao pensamento de Franz — bem sei que o caso é digno de séria reflexão.

— O que faria no meu lugar? — disse o francês.

— Eu, como nada tenho que perder, iria.

— Aceitaria?

— Sim, ainda que não fosse senão por curiosidade.

— Pois há que ver alguma coisa de curioso?

— Escute — disse Gaetano, abaixando a voz — não sei se é verdade o que se diz...

E pôs-se a examinar se alguém estava escutando.

— E o que é que se diz?

— Diz-se que o tal chefe mora num palácio subterrâneo, à vista do qual o palácio Pítti nada vale.

— Que sonho! — disse Franz, sentando-se.

— Não é sonho — prosseguiu o patrão —, é uma realidade. Cama, piloto do *S. Fernand*, entrou lá uma vez, e saiu todo maravilhado, dizendo que não há tesouros iguais senão nos contos de fadas.

— Ora essa! — disse Franz — o que me diz faria com que eu descesse até a caverna de Ali-Babá.

— Digo-lhe o que me disseram, Excelentíssimo.

— Então me aconselha que aceite?

— Não, senhor. Vossa Excelência fará o que lhe aprouver: não quero ser conselheiro em pontos destes.

Franz refletiu por alguns instantes, compreendeu que homem tão rico não podia ter cobiça de alguns mil francos que levava, e só vendo em tudo aquilo uma ceia, aceitou.

Gaetano foi levar a resposta. Todavia, como dissemos, Franz era prudente, e por isso quis ter as mais minuciosas informações possíveis acerca de quem com tanto mistério e singularidade o hospedava. Voltou-se, pois, para o marinheiro, que havia depenado as perdizes, com a gravidade de um homem penetrado da importância das suas funções, e perguntou-lhe por que meios tinha vindo à ilha aquela gente, uma vez que não apareciam nem barcas nem tartanas.

— Não se admire disso, eu sei em que navio viajam.

— É bonito o navio?

— Desejo a Vossa Excelência um assim, para dar a volta ao mundo.

— De perto de cem toneladas; mas é um navio de gosto, um iate, como lhe chamam os ingleses; é feito, porém, para resistir ao mar em todos os tempos.

— É grande?

— É.

— E onde foi construído?

— Não sei: mas suspeito que em Gênova.

— E como é que um chefe contrabandista ousou mandar construir no porto de Gênova um iate para o seu comércio?

— Eu não disse que o dono do iate fosse um contrabandista.

— Não, mas creio que me disse o Gaetano.

— O Gaetano tinha visto a tripulação de longe, mas ainda não tinha falado a ninguém.

— Mas, se o homem não é chefe de contrabandistas, então o que é?

— Um fidalgo rico, que viaja para se divertir.

— Vamos — pensou Franz —, a personagem é cada vez mais misteriosa, pois são diversas as versões. E como se chama?

— Quando lhe perguntam, diz que se chama Simbad, o *Marítimo*; mas penso que não é esse o nome dele.

— Simbad, o *Marítimo*?

— Sim.

— E onde reside?

— No mar.

— De onde é?

— Não sei.

— Já o viu?

— Algumas vezes.

— Que homem é?

— Vossa Excelência ajuizará.

— E onde me receberá?

— Sem dúvida no palácio subterrâneo, de que lhe falou o Gaetano.

— E nunca teve curiosidade, quando aqui veio e achou abandonada a ilha, de entrar no tal palácio encantado?...

— Se tive, Excelentíssimo, e mais de uma vez! foram, porém, sempre inúteis as minhas pesquisas. Revolvemos a gruta em todos os sentidos, e não achamos a menor passagem. Dizem que a porta não se abre com chave, mas com uma palavra mágica.

— Vamos, está dito, acho-me envolvido numa história de *As Mil e uma Noites*!

— Sua Excelência espera-o — disse por detrás dele uma voz, que conheceu ser a da sentinela.

O recém-chegado era acompanhado por dois homens da tripulação do iate.

Por única resposta, Franz tirou da algibeira o lenço, e apresentou-o a quem se lhe havia dirigido.

Sem mais uma única palavra, amarraram-lhe o lenço com um cuidado, que mostrava quanto era o receio de alguma indiscrição, depois do que lhe fizeram jurar que não procuraria tirar a venda sem que para isso fosse convidado.

Jurou.

Então os dois homens tomaram-no cada um por seu braço, e assim caminhou, guiado por eles e precedido pela sentinela.

Dados uns trinta passos, Franz conheceu, pelo cheiro cada vez mais apetitoso do cabrito, que tornava a passar por diante do bivaque; fizeram-lhe então continuar o seu caminho, coisa de cinqüenta passos evidentemente do lado por onde não haviam deixado entrar Gaetano, proibição que se explicava agora. Em breve, pela mudança da atmosfera, percebeu que entrava num subterrâneo; passados alguns segundos, ouviu uma espécie de estalo, e pareceu-lhe que a atmosfera mudava outra vez de natureza e se tornava tépida e perfumada; sentiu por fim que os seus pés pisavam mole e aveludado tapete. Os guias deixaram-no aí. Depois de um instante de silêncio, uma voz disse-lhe em bom francês, embora com pronúncia estrangeira:

— Bem-vindo seja a minha casa, senhor; agora pode tirar o seu lenço.

Como se pode supor, Franz não esperou que repetissem o convite; desatou o lenço e achou-se diante de um homem de trinta e oito a quarenta anos, trajando à mourisca, isto é, um barrete vermelho com borla comprida de seda azul, véstia de pano preto toda bordada em ouro, calças largas cor de sangue de boi, polainas da mesma cor bordadas em ouro como a véstia, e chinelas amarelas; num magnífico cinto de caxemira, estava metido um cangiar agudo e curvo.

Embora de uma palidez quase lívida, o rosto daquele homem era de admirável beleza; os olhos eram vivos e penetrantes; o nariz, reto e quase ao nível com a testa, indicava o tipo grego em toda a sua pureza: e os dentes, alvos como pérolas, brilhavam admiravelmente por baixo do bigode preto que os emoldurava.

Mas era singular aquela palidez; dir-se-ia um homem que, tendo estado muito tempo fechado num túmulo, não pudera readquirir mais a carnação dos vivos.

Sem ser de grande estatura, era, contudo, muito bem feito, e, como os homens do Midi, tinha as mãos e os pés pequenos.

Mas o que motivou a admiração de Franz, que reputara um sonho a narração de Caetano, foi a suntuosidade da mobília.

A sala era forrada de estofo turco carmesim, bordado de flores de ouro. Num recanto havia uma espécie de divã, coroado por um troféu de armas árabes, com bainhas de prata dourada e copos radiantes de pedras preciosas: do teto pendia uma lâmpada de vidro de Veneza, de forma e cor encantadoras; e no chão um tapete da Turquia, em que os pés se enterravam até o tornozelo. Reposteiros tapavam a porta pela qual Franz tinha entrado e outra porta que dava passagem para outra sala, esplendidamente alumiada.

O dono da casa deixou Franz entregue por um momento à sua surpresa, e, pagando-lhe exame por exame também dele não arredava a vista.

— Senhor — disse-lhe por fim —, peço-lhe mil perdões pelas precauções que lhe exigi para introduzi-lo em minha casa; mas, como a máxima parte do tempo esta ilha está deserta, se fosse conhecido o segredo desta residência, eu acharia sem dúvida, quando voltasse, em muito mau estado o meu retiro, o que para mim seria bem desagradável, não pela perda que sofresse, mas por não ter a certeza de poder, quando quero, separar-me do resto da terra. Agora vou tratar de lhe fazer esquecer este incômodo, oferecendo-lhe, o que decerto não esperava aqui encontrar, ceia sofrível e boa cama.

— Por minha alma, meu caro senhor — respondeu Franz —, não tem de que me pedir desculpa. Sempre vi que vendavam os olhos aos que penetravam nos palácios encantados: seja exemplo o Raul dos *Huguenots*, e realmente não tenho do que me queixar, pois o que me mostra corre parelhas com as maravilhas de *As Mil e uma Noites*.

— Ah! dir-lhe-ei como Lucullus: Se soubesse que teria a honra da sua visita, ter-me-ia preparado para ela. Mas, enfim, tal qual é, o meu eremitério, está ao seu dispor; tal qual é, a minha ceia de muito boa vontade lhe é oferecida. Ali! na sala de jantar está tudo pronto?

Quase no mesmo instante se levantou o reposteiro, e um preto da Núbia, negro como o ébano e coberto com uma túnica branca, fez sinal ao amo de que podia passar àquele aposento.

— Agora — disse o desconhecido a Franz —, não sei se é da minha opinião; nada acho mais incômodo do que estarmos duas ou três horas a sós sem saber por que nome ou por que título nos havemos de tratar. São para mim tão respeitáveis as leis da hospitalidade, que não ouso perguntar-lhe o seu nome ou o seu título; peço-lhe, porém, que me designe um apelido, com o qual possa dirigir-me à sua pessoa. De mim, para lhe dar igual facilidade, dir-lhe-ei que me chamo Simbad, o *Marítimo*.

— E eu — tornou Franz —, como só me falta para estar na posição de Aladino a lâmpada maravilhosa, não vejo dificuldade alguma em que, por agora, me chame Aladino. Deste modo não sairemos do Oriente, e julgar-me-ei a ele transportado pelo poder de algum gênio bom.

— Bem, Sr. Aladino — disse o singular anfitrião —; não ouviu dizer que estava tudo pronto? tenha pois a bondade de vir para a casa de jantar; o seu humílimo servo irá adiante, para lhe mostrar o caminho.

E então, levantando o reposteiro, Simbad caminhou diante de Franz.

Ia este de encantamento em encantamento; a mesa estava esplendidamente servida. Logo que se convenceu deste ponto importante, deitou os olhos em volta de si. A sala de jantar, conquanto fosse menos suntuosa do que o camarim onde fora recebido, era toda de mármore, com baixos-relevos antigos do mais alto preço, e nos quatro cantos dessa sala, que era oblonga, quatro magníficas estátuas suportavam açafates à cabeça. Nesses açafates erguiam-se pirâmides de magníficas frutas, ananases da Sicília, romãs de Málaga, laranjas das ilhas Baleares, pêssegos da França e tâmaras de Tunes.

A ceia compunha-se de um faisão assado, guarnecido de melros da Córsega, um presunto de javali com geléia, um quarto de cabrito à tártara, um magnífico rodovalho e uma gigantesca lagosta.

Nos intervalos das travessas havia pratos contendo multiplicadas iguarias.

As travessas eram de prata, e os pratos de porcelana do Japão. Franz esfregou os olhos, para ter certeza de não estar sonhando.

Ali era o único que servia à mesa, e fazia esse serviço otimamente. Franz fez-lhe elogios.

— É um pobre diabo — disse Simbad —, muito meu afeiçoado, e faz quanto pode para me agradar. Lembra-se de que lhe salvei a vida, e como, ao que parece, gostava da cabeça, ficou-me sempre muito grato por tê-la conservado.

Ali acercou-se do amo, pegou-lhe a mão e beijou-a terna e respeitosamente.

— E passaria eu por indiscreto, Sr. Simbad — disse Franz —, se lhe perguntasse em que circunstâncias fez essa boa ação?

— Ora, foi coisa bem simples! Parece que o maganão andara rondando muito mais de perto o serralho do bei de Tunes do que era permitido a um figurão daquela cor e por isso tinha sido condenado pelo bei a cortarem-lhe a língua no primeiro dia, uma das mãos no segundo, e a cabeça no terceiro. Sempre desejei ter um mudo ao meu serviço; esperei, portanto, que lhe cortassem a língua, e fui logo propor ao bei que me o desse por uma soberba espingarda de dois canos, que na véspera parecia ter agradado muito a Sua Alteza. Hesitou por um momento, pois desejava muito dar cabo do pobre diabo. Ajuntei, porém, à espingarda uma faca de mato inglesa, com a qual eu tinha feito em pedaços o iatagã de Sua Alteza, e então o bei decidiu-se a poupar-lhe a mão e a cabeça, sob a condição de ele nunca mais tornar a pôr os pés em Tunes. Inútil era a recomendação. O negro, mal avista as costas da África, esconde-se no porão, e não há meio de tirá-lo de lá senão quando se perde de vista a terceira parte do mundo.

Franz ficou por um momento mudo e pensativo, sem saber o que deveria pensar da cruel bonomia com que Simbad lhe fizera aquela narração.

— E à imitação do distinto marítimo, de quem tomou o nome — disse, mudando de conversa —, passa a vida viajando?

— Sim; é voto que fiz num tempo em que não pensava que pudesse cumpri-lo — disse o desconhecido, sorrindo. — Fiz mais algumas promessas, que espero também cumprir.

Embora Simbad pronunciasse estas palavras com a maior serenidade, nos seus olhos como que brilhou singular ferocidade.

— Tem sofrido muito, senhor? — perguntou Franz. Simbad estremeceu e olhou para ele fixamente.

— Como conhece isso? — perguntou.

— Por tudo — respondeu Franz —; na sua voz, no modo de olhar, na sua palidez, e na vida que passa.

— Eu passo a vida mais feliz do que se possa imaginar! uma perfeita vida de paxá; sou o rei da criação; se gosto de um lugar, demoro-me nele; farto-me dele, retiro-me; sou livre como o pássaro, tenho asas como ele. As pessoas, que me cercam, obedecem-me por acenos. Divirto-me, de tempos em tempos, em zombar da justiça humana, roubando-lhe um bandido, que ela procura, um criminoso que persegue. Tenho uma justiça propriamente minha, baixa e alta, sem apelação nem agravo, que condena e absolve, independentemente de todos. Ah, se o senhor experimentasse este gênero de vida, juro-lhe que não quereria outro e não mais voltaria ao mundo, a não ser que tivesse algum grande projeto para nele executar!

— Por exemplo, uma vingança — disse Franz. O desconhecido olhou para ele de um modo que parecia querer descobrir o que se lhe passava no coração, e perguntou:

— E por que havia de ser uma vingança?

— Porque me parece um homem que foi perseguido pela sociedade, e que tem contas terríveis a pedir-lhe.

— Pois — disse Simbad, rindo com o seu riso singular, que deixava ver-lhe os dentes brancos e agudos — não acertou; aqui onde me vê, sou uma espécie de filantropo, e talvez vá algum dia a Paris concorrer com o Sr. Appert e o homem da capinha azul.

— E será a primeira vez que lá vai? — perguntou Franz.

— Por certo que sim. Dou-lhe mostras de ser pouco curioso,

não é verdade? mas asseguro-lhe que não é culpa minha; se tenho tardado tanto, qualquer dia o farei.

— E tenciona fazer brevemente essa viagem?

— Ainda não sei, depende de circunstâncias.

— Eu desejaria lá estar nessa ocasião, para diligenciar pagar-lhe, quanto possível me fosse, a sua generosa hospitalidade na ilha de Monte Cristo.

A ceia ia entretanto terminando, e parecia ter sido só destinada para Franz, porque o desconhecido mal provou de uma ou duas iguarias do esplêndido banquete que lhe oferecia e que o seu hóspede honrou muito. Finalmente, Ali trouxe a sobremesa, ou melhor, pegou os açafates de frutas das estátuas e os pôs na mesa.

Entre os açafates, pôs uma pequena taça de prata sobredourada com tampa do mesmo metal.

O respeito com que Ali trouxe aquela taça despertou a curiosidade de Franz, que a destapou e viu dentro dela uma espécie de doce esverdeado, que não conheceu.

Tornou a pôr a tampa, ignorando o que a taça continha, tanto depois de tapá-la como antes de destapá-la, e dirigindo os olhos para Simbad, viu-o sorrir.

— Não pode adivinhar — disse-lhe este — que qualidade de iguaria contém essa taça, e isso lhe dá o que cismar, não é verdade?

— Confesso que sim.

— Pois bem! É nada menos do que ambrosia, que Hebe servia à mesa de Júpiter.

— Mas esta ambrosia — disse Franz — há de ter, ao passar pelas mãos dos homens, perdido o seu nome celeste e tomado um nome humano. Como se chama então, em língua vulgar, este ingrediente, pelo qual, aliás, não sinto muita simpatia?

— Aí está o que revela a nossa origem material! — exclamou Simbad —; muitas vezes passamos assim por pé da felicidade, sem a ver, sem olhar para ela, ou, se a olhamos e a vemos, sem a conhecer... Se é homem positivo e o seu deus é o ouro, prove isto, e ser-lhe-ão franqueadas as minas do Peru, de Guzerate e de Golconda. Se é homem de imaginação, se é poeta, prove isto, e as barreiras do possível desaparecerão; abrir-se-lhe-ão os campos do impossível e o senhor passeará livre de coração, livre de espírito, no domínio sem limites da meditação. Se é ambicioso e corre atrás das grandezas da Terra, prove isto, e dentro de uma hora será rei, não de um pequeno reino escondido em um canto da Europa, como a França, a Espanha, a Inglaterra, mas rei do Mundo, rei do Universo, rei da Criação. O seu trono erguer-se-á na montanha onde Satanás levou

Jesus, e, sem carecer prestar-lhe homenagem, sem ser forçado a beijar-lhe as garras, será soberano de todos os reinos da Terra. Não é tentador o que lhe ofereço, diga? pois não há coisa mais fácil, uma vez que não há o que fazer senão o que eu faço. Veja.

Acabando de dizer isto, destapou a taça, tirou uma colher da substância tão elogiada, meteu-a na boca, e saboreou-a muito devagar, com os olhos meio fechados e a cabeça deitada para trás.

Mas, enfim — disse Franz —, o que vem a ser esta preciosa iguaria?

— Tem ouvido falar do Velho da Montanha, que quis mandar assassinar Filipe Augusto?

— Tenho.

— Então sabe que ele reinava num rico vale, dominado pela montanha, de que tinha tomado o nome. Havia naquele vale jardins lindíssimos, plantados por Hassen ben Sabah, e nos jardins pavilhões isolados. Nesses pavilhões ele fazia entrar os seus escolhidos, e ministrava-lhes, diz Marco Pólo, certa erva, que os transportava ao Paraíso, onde gozavam a vista de arbustos sempre floridos, frutas sempre maduras, e mulheres sempre formosas. Ora, o que eles supunham realidade, não era mais do que um sonho, mas um sonho tão belo, tão inebriante, tão voluptuoso, que vendiam corpo e alma, e obedeciam às ordens do Velho da Montanha como às de um deus, indo ferir ao fim do mundo a vítima que ele lhes designava, só com a idéia de que a morte não passava de uma transição para aquela vida de delícias, de que esta erva sagrada, que o senhor tem diante dos olhos, lhes dava o antegosto.

— Então — disse Franz — é o haxixe. Sim, conheço essa substância de nome.

— Adivinhou, Sr. Aladino: é haxixe do mais puro e melhor da Alexandria, é haxixe de Abougor, o grande fabricante, o homem único, o homem a quem se devia edificar um palácio, com esta inscrição — Ao fabricante da ventura, o mundo reconhecido.

— Sabe — disse Franz — que tenho vontade de ajuizar da verdade ou do exagero dos seus elogios?

— Ajuíze, meu caro hóspede; mas não fique na primeira experiência. Como em todas as coisas, é preciso habituar os sentidos a uma nova impressão, doce ou violenta, triste ou alegre. Há uma luta da natureza contra esta divina substância, da natureza, que não é feita para a alegria e que se agarra à dor, e é preciso que a natureza seja vencida e sucumba no combate, é preciso que a realidade suceda ao sonho; então fica o sonho sendo vida, e a vida sonho: mas que diferença nesta transfiguração! quer dizer, comparando as dores da existência real com os gozos da existência fictícia, o senhor nunca mais quererá viver, mas sim sonhar sempre. Quando deixar o seu mundo pelo mundo de todos, julgará passar da primavera de Nápoles para o inverno da Lapônia, do Paraíso para a Terra, do Céu para o Inferno. Prove este haxixe, meu caro hóspede, prove.

Franz tomou uma colher da substância maravilhosa, medida pela que o seu anfitrião tinha tomado, e levou-a à boca.

— Demônio! — disse ele, depois de ter engolido essa iguaria sublime — não sei se o resultado será tão agradável como diz, mas o gosto não me parece tão bom como me fez crer.

— É porque o seu paladar não está afeito à sublimidade da substância. Diga-me: souberam-lhe desde a primeira vez tão bem como agora as ostras, o chá, a cerveja, as trufas? Pode compreender como eram saborosos para os romanos, faisões temperados com assa-fétida? e o são para os chineses os ninhos de andorinhas? Por certo que não. Pois o mesmo sucede com o haxixe! coma dele oito dias seguidos, e nenhuma comida achará de gosto mais delicado. Passemos agora à casa imediata, que é o seu quarto, e Ali nos servirá e nos dará cachimbos.

A casa imediata estava mobiliada com mais simplicidade, mas não com menos riqueza. Era de forma circular, e rodeada por um grande divã; mas tanto este como as paredes, o teto e o chão estavam cobertos de magníficas peles de leões do Atlas, de vastas jubas, peles de tigres de Bengala de listras largas, peles de panteras do Cabo mosqueadas como a que aparece ao Dante, e peles de ursos da Sibéria, e de raposas da Noruega, e todas aquelas peles estavam deitadas com profusão umas sobre as outras, de modo que parecia que se andava por cima da relva mais espessa ou se repousava no leito mais fofo.

Estiraram-se ambos no divã. Havia cachimbos, com tubos de jasmineiros e bocais de âmbar, ao alcance da mão, e preparados de modo que não fosse necessário fumar duas vezes no mesmo. Cada qual pegou o seu. Ali acendeu-os, e saiu para ir buscar o café.

Houve um momento de silêncio durante o qual Simbad se entregou aos pensamentos que pareciam ocupá-lo unicamente, mesmo no meio da conversação. E Franz deu-se a essa meditação muda em que se cai quase sempre que se fuma excelente tabaco, que parece levar com o fumo todos os cuidados do espírito e dar em troca aos fumantes todos os sonhos da alma.

Ali trouxe o café.

— Como quer tomá-lo? — perguntou o desconhecido —; à francesa ou à turca, forte ou fraco, com açúcar ou sem ele, morno ou a ferver? escolha: temo-lo preparado de todos os modos.

— Tomá-lo-ei à turca — respondeu Franz.

— E tem razão — exclamou o que o hospedava —; isso prova que o senhor tem disposição para a vida oriental. Ah, os orientais são os únicos homens que sabem viver! Eu — acrescentou com um desses singulares sorrisos que não escapam a Franz —, quando tiver concluído os meus negócios em Paris, hei de ir morrer no Oriente, e o senhor, se quiser encontrar-me então, terá de ir ao Cairo, a Bagdá, ou a Ispaão.

— Palavra! — disse Franz — que é a coisa mais fácil deste mundo, porque creio que me estão nascendo asas de águia, e, com essas asas, eu daria a volta ao mundo em vinte e quatro horas.

— Ah! ah! é o haxixe que começa a trabalhar; pois abra as suas asas e voe para as regiões sobre-humanas; não tenha receio, há quem vele pelo senhor, e se, como as de Ícaro, as suas asas se derreterem ao sol, nós cá estamos para apará-lo.

Disse então algumas palavras a Ali, que fez um gesto de obediência e se retirou, não para longe.

Operava-se em Franz uma transformação singular. Toda a fadiga física do dia, e toda a preocupação de espírito, que os acontecimentos da noite haviam originado, desapareciam como no primeiro momento de repouso em que se vive ainda o suficiente para se sentir chegar o sono. Parecia que o corpo lhe adquiria uma leveza imaterial, o espírito iluminava-se-lhe de um modo inaudito, e os sentidos pareciam duplicar-lhe as faculdades; o horizonte ia-se-lhe alargando; mas não era esse horizonte sombrio, em que um vago terror pairava e que ele tinha visto antes do sono, era um horizonte azul, transparente, vasto, com todo o azul que tem o mar, com todos os dourados que tem o sol, com todos os aromas que tem a brisa; e depois, no meio dos cantos dos seus marinheiros, cantos tão límpidos e tão claros, que se faria deles uma harmonia divina, se fosse possível escrevê-los, via-se aparecer a ilha de Monte Cristo, não como um escolho ameaçador no meio das vagas, mas como um oásis perdido no deserto; à proporção, porém, que a barca se aproximava, os cantos tornavam-se mais numerosos, porque da ilha se elevava até Deus, uma harmonia encantadora e misteriosa, como se alguma fada, qual Lorelay, ou algum feiticeiro, qual Amphion, quisesse atrair para lá uma alma ou edificar uma cidade.

A barca por fim abordou à praia, mas sem esforço, sem abalo, como os lábios tocam os lábios, e entrou na gruta sem que essa música encantadora cessasse. Ele desceu, ou melhor, supôs que descia alguns degraus, respirando aquele ar fresco e embalsamado como o que devia haver na gruta de Circe, composto de aromas que fazem sonhar o espírito e de ardores que incendem os sentidos, e tornou a ver tudo quanto vira antes do sono, desde Simbad, o seu hóspede fantástico, até Ali, o servo mudo; e depois lhe pareceu que tudo se esvaecia, e se lhe confundia debaixo dos olhos como as últimas sombras de uma lanterna mágica que se apaga, e tornou a achar-se na casa das estátuas, alumiada tão-somente por uma dessas lâmpadas antigas e mortiças que, no meio da noite, brilham sobre o sono ou a voluptuosidade.

Eram as mesmas estátuas ricas de formas, de luxúria e de poesia, com olhos magnéticos, sorrisos lascivos, e madeixas opulentas. Eram Phryné, Cleópatra, Messalina, essas três grandes cortesãs; depois, no meio daquelas sombras impudicas, como um raio puro, como um anjo cristão no meio do Olimpo, uma doce visão, que parecia velar a fronte virginal sob todas as impurezas do mármore.

Pareceu-lhe então que as três estátuas tinham reunido os seus três amores para um só homem, e que esse homem era ele, que se aproximavam do leito onde dormia segundo sono, com os pés escondidos nas suas compridas túnicas, os seios nus, os cabelos flutuando como uma onda, com uma garridice daquelas a que os deuses sucumbiam, mas a que resistiam os santos, com olhares inflexíveis e ardentes como o da serpente sobre a ave, e que ele se abandonava a esses olhares dolorosos como um aperto, voluptuosos como um beijo.

Pareceu a Franz que fechava os olhos, e que, através do último olhar que lançava em volta de si, entrevia a estátua pudica, que se velava inteiramente; e depois, fechados os olhos para as coisas reais, abriram-se-lhe os sentidos para as coisas impossíveis.

Foi então uma voluptuosidade sem tréguas, um amor sem repouso como o que o profeta prometia aos seus escolhidos. Todas aquelas bocas de mármore se tornaram vivas, todos aqueles peitos se tornaram quentes, a ponto de ser para Franz, que sentia pela primeira vez o império do haxixe, quase uma dor aquele amor, quase uma tortura aquela voluptuosidade, quando sentia passar pela boca sequiosa os lábios das estátuas, flexíveis e frios como os anéis de uma cobra. Mas, quanto mais os braços tentavam repelir esse amor desconhecido, tanto mais os sentidos cediam ao encanto daquele sonho misterioso, de sorte que, depois de uma luta, para a qual teria dado a alma, entregou-se sem reserva e acabou por cair arquejante, quebrado de fadiga, extenuado de voluptuosidade, aos beijos daquelas amantes de mármore e aos encantamentos daquele sonho inaudito.

XXXII. O despertar

Quando Franz voltou a si, os objetos externos pareciam-lhe uma segunda parte do sonho; julgou-se num sepulcro, onde mal penetrava, como um olhar de compaixão, um raio de sol; estendeu a mão e sentiu pedra; sentou-se; estava deitado em seu albornoz, em cima de uma cama de urzes secas, muito macia e odorífera.

A visão desaparecera, e as estátuas, como se não fossem senão sombras saídas dos túmulos durante o sonho, fugiram-lhe ao despertar.

Deu alguns passos para o ponto de onde vinha a claridade; à agitação do sonho sucedia o sossego da realidade. Viu-se numa gruta; avançou para o lado da abertura, e através da porta arqueada viu o céu azul e o mar de anil. O ar e a água esplendiam os raios do Sol da manhã; na praia, estavam os marinheiros sentados, conversando e rindo; a dez passos, no mar, a barca ancorada balanceava graciosamente.

Saboreou então por algum tempo aquela brisa fresca que lhe dava no rosto; escutou o rumorejar enfraquecido da vaga, que ia morrer na praia e deixava nas rochas uma renda de espuma branca como prata; deixou-se cativar sem refletir, sem pensar, pelo encanto divino que há nas coisas da natureza, principalmente quando se sai de um sonho fantástico: e depois, pouco a pouco, a vida extrema, tão serena, tão pura, tão grande, lembrou-lhe a inverosimilhança do seu sonho, e começaram a entrar-lhe na memória as recordações.

Lembrou-se da sua chegada à ilha, da sua apresentação a um chefe de contrabandistas, de um palácio subterrâneo cheio de esplendores, de uma ceia excelente e de uma colher de haxixe.

Mas, em presença desta realidade claríssima, parecia-lhe que o menos que podia haver era um ano que todas essas coisas se haviam passado, tão vivo lhe estava no pensamento e tanta importância tinha para o seu espírito o sonho que tivera. Por isso, de tempos em tempos, a sua imaginação fazia assentar no meio dos marinheiros, ou atravessar um rochedo, ou balouçar no barco, uma das sombras que lhe haviam estrelado a noite com os seus olhares e os seus beijos. De resto, tinha a cabeça perfeitamente repousada, sem peso nenhum no cérebro: sentia, pelo contrário, certo bem-estar geral, e maior faculdade de absorver o ar e o sol do que nunca.

Acercou-se pois alegremente dos marinheiros.

Logo que o viram, levantaram-se e o patrão aproximou-se dele.

— O Sr. Simbad — disse — encarregou-nos de muitos cumprimentos para Vossa Excelência, disse-nos que lhe manifestássemos o pesar que teve de não poder despedir-se; mas espera que Vossa Excelência o desculpe quando souber que um negócio de muita urgência o chamou a Málaga.

— Ora essa, meu caro Gaetano! — exclamou Franz —, então é tudo realidade? existe um homem que me recebeu nesta ilha, que me deu uma hospitalidade real, e que partiu enquanto eu dormia?

— Tanto existe que lá se vai afastando o seu iatezinho, de velas enfunadas, e que, se o senhor quiser dar-se ao trabalho de pegar no óculo, há de conhecer, segundo todas as probabilidades, o seu hospedeiro entre a tripulação.

E, dizendo estas palavras, Gaetano estendia o braço na direção de um pequeno navio que se fazia de vela para a ponta meridional da Córsega.

Franz tirou o óculo, regulou-o para a sua vista e dirigiu-o para o local indicado.

Gaetano não se enganara. O misterioso desconhecido estava à popa do navio, em pé, voltado para o seu lado, e tinha como ele um óculo na mão: vestia a mesma roupa com que na véspera aparecera a seu convidado, e agitava um lenço em sinal de adeus.

Franz correspondeu-lhe à saudação, tirando também o lenço e agitando-o como ele agitava o seu.

Ao cabo de um segundo desenhou-se na popa da embarcação uma leve nuvem de fumo, desprendeu-se graciosamente da ré, subiu lentamente para o céu, e Franz ouviu uma detonação.

— Ouve? — disse Gaetano — é ele que lhe diz adeus.

Franz pegou na carabina e descarregou-a para o ar, mas sem esperança de que o som pudesse galgar a distância que separava o iate da costa.

— O que manda Vossa Excelência? — disse Gaetano.

— Inicialmente, que me acenda um archote.

— Ah! sim, compreendo — tornou o patrão —, quer procurar a entrada do palácio encantado. Com muito gosto, Excelentíssimo, se isso pode ser-lhe agradável, e vou dar-lhe o archote pedido. Também eu já fui atacado da mesma idéia e tive essa fantasia três ou quatro vezes; mas acabei por me deixar disso. Jean — acrescentou —, acenda um archote e traga-o a Sua Excelência.

Jean obedeceu. Franz pegou o archote e entrou no subterrâneo acompanhado de Gaetano.

Viu o lugar onde acordara na sua cama de urzes, ainda calcada; mas, por mais que chegasse o archote a toda a superfície exterior da gruta, não conseguiu ver senão vestígios de fumo, prova de que outros antes dele tinham tentado inutilmente a mesma investigação.

Entretanto, não lhe ficou por examinar um pé só que fosse daquela parede granítica, impenetrável como o futuro; não viu uma única fenda em que não introduzisse a folha da sua faca de mato; não notou um único ponto saliente em que não carregasse, com a esperança de que cedesse; mas foi tudo inútil, e perdeu, sem resultado, duas horas nesse exame.

Por fim, teve que renunciar a essa empresa. Gaetano mostrava-se triunfante.

Quando Franz voltou à praia, o iate não aparecia já senão como um ponto branco no horizonte; recorreu ao óculo, mas nem com ele era possível distinguir coisa alguma.

Gaetano lembrou-lhe que tinha ido ali para caçar cabras, o que esquecera completamente. Pegou a espingarda e começou a percorrer a ilha, mais com ares de quem cumpre um dever do que de quem se diverte, e passado um quarto de hora tinha matado uma cabra e dois cabritos. Mas as cabras, embora silvestres e vivas como camurças, tinham muita semelhança com as nossas cabras domésticas, e Franz não as considerava caça.

Idéias de muito mais peso lhe preocupavam o espírito. Desde a véspera que era verdadeiramente o herói de um conto de *As Mil e Uma Noites*, e sentia-se atraído para a gruta.

Então, a despeito da inutilidade da sua primeira pesquisa, recomeçou segunda, depois de ter dito a Gaetano que mandasse assar um dos dois cabritos. Essa segunda visita durou muito tempo, visto que, quando voltou, o cabrito estava assado e o almoço pronto.

Franz sentou-se no lugar onde na véspera tinham ido convidá-lo da parte do hóspede maravilhoso para cear, e tornou a ver, como uma gaivota embalada no cimo das vagas, o iatezinho, que continuava a avançar para a Córsega.

— Mas — disse a Gaetano — você disse-me que o Sr. Simbad se fazia de vela para Málaga, e quer-me parecer que vai direito para Porto Vecchio.

— Já não se recorda de que lhe disse também que no meio das pessoas que compunham a tripulação havia naquele momento dois salteadores corsos?

— É verdade! e vai deixá-los na costa? — disse Franz.

— Justamente. Ah! é um sujeito — exclamou Gaetano — que não teme Deus nem o Diabo, ouço dizer, e é capaz de se desviar cinqüenta léguas do seu caminho para obsequiar um pobre diabo.

— Mas essa casta de obséquios pode indispô-lo com as autoridades da terra onde exerça esse gênero de filantropia — disse Franz.

— Ora! — disse Gaetano, rindo — ele importa-se lá com as

autoridades! Brinca com elas! Tentem persegui-lo!... Em primeiro lugar, o iate não é um navio, é um pássaro, e em doze nós daria três de partido a uma fragata; e depois, não teria mais do que dirigir-se para a costa, que em toda parte acharia amigos.

O que havia de mais claro em tudo isto era que o Sr. Simbad, o hospedeiro de Franz, tinha a honra de estar em boas relações com os contrabandistas e com os bandidos de todas as costas do Mediterrâneo, o que não deixava de estabelecer para ele uma posição bastante singular.

Nada mais havia que fizesse reter Franz em Monte Cristo, e perdera a esperança de descobrir o segredo da gruta; deu-se pois pressa em almoçar, ordenando à sua gente que tivesse a barca pronta depois do almoço.

Meia hora depois, estava a bordo.

Deitou um derradeiro olhar para o iate, que ia sumir-se no golfo de Porto Vecchio.

Deu o sinal de partida.

No momento em que a barca se punha em movimento, desaparecia o iate.

Desvanecia-se com ele a última realidade da noite precedente: por isso, ceia, Simbad, haxixe e estátuas, tudo começava a fundir-se no mesmo sonho.

A barca andou todo o dia e toda a noite; e no dia seguinte, quando o Sol nasceu, tinha desaparecido a ilha de Monte Cristo. Franz, mal pôs pé em terra, esqueceu, momentaneamente pelo menos, os acontecimentos que acabavam de se passar, para terminar os seus negócios de recreio e delicadeza em Florença, e tratar de ir ver o companheiro, que o esperava em Roma.

Partiu, pois, e no sábado à noite chegou a mala-posta à Praça da Alfândega.

Como o alojamento, segundo dissemos, havia sido tomado com antecipação, só tinha de se dirigir ao hotel de mestre Pastrini, o que não era coisa em extremo fácil porque a multidão atulhava as ruas, e Roma estava já afetada desse rumor surdo e febril que precede certos acontecimentos. Em Roma, há quatro acontecimentos importantes: o carnaval, a Semana Santa, o Corpo de Deus, e o Dia de S. Pedro.

Todo o resto do ano, a cidade cai na sua apatia, estado intermédio entre a vida e a morte, que a torna semelhante a uma espécie de estação entre este mundo e o outro; estação sublime, cheia de poesia, onde Franz já tinha estado cinco ou seis vezes, e que de cada vez achara mais maravilhosa e mais fantástica ainda.

Atravessou aquela multidão, sempre mais compacta e mais

agitada, e chegou ao hotel. À primeira pergunta responderam-lhe, com a insolência especial dos cocheiros de trens impedidos e dos estalajadeiros que têm a casa toda tomada, que não havia lugar para ele no Hotel de Londres. Então mandou seu bilhete-de-visita a mestre Pastrini, dizendo-se companheiro de Albert de Morcerf. O meio surtiu efeito, e mestre Pastrini veio pessoalmente pedir-lhe desculpa de ter feito esperar Sua Excelência, repreendeu os criados, e, tirando o castiçal da mão do cicerone que tomara conta do viajante, preparava-se para conduzir este aonde estava Albert.

O alojamento alugado compunha-se de dois quartos e um gabinete. Os dois quartos davam para a rua, circunstância que mestre Pastrini fez valer dando-lhe um mérito inapreciável. O resto do andar estava alugado a uma personagem muito rica, que se julgava ser da Sicília ou de Malta, mas o dono do hotel não pôde dizer ao certo a qual das duas nações pertencia o viajante.

— Muito bem, mestre Pastrini — disse Franz —, mas nós precisamos imediatamente de ceia para esta noite e uma caleche para amanhã e os dias seguintes.

— No que toca à ceia — respondeu o estalajadeiro —, vão ser servidos no mesmo instante; mas, a respeito de caleche...

— Como?! a respeito de caleche? — exclamou Albert. — Nada de brincadeiras, mestre Pastrini! Precisamos de uma caleche.

— Senhor — disse o estalajadeiro —, far-se-á o que se puder para se arranjar uma. É quanto posso dizer.

— E quando teremos a resposta? — perguntou Franz.

— Amanhã de manhã — respondeu o hoteleiro.

— Que diabo! — disse Albert — paga-se melhor, é o que é: eu sei quanto custa em casa do Drake ou do Aarão: vinte e cinco francos nos dias de semana, e trinta a trinta e cinco francos nos domingos e dias de festa; ajunte cinco francos de corretagem por dia, e não fale-mos mais nisso.

— Receio muito que os senhores, ainda que ofereçam o dobro, não a possam obter.

— Então nos arranje cavalos para a minha; está um tanto escalavrada pela viagem, mas não importa.

— Não encontrarão cavalos.

Albert olhou para Franz como homem a quem se dá uma resposta incompreensível.

— Compreende isto, Franz? não há cavalos — disse ele —; mas não poderiam arranjar cavalos de posta?

— Estão todos alugados há quinze dias, e não restam agora senão os que são absolutamente necessários para o serviço.

— O que me diz disto? — perguntou Franz.

— Digo que, quando uma coisa é superior à minha inteligência, tenho por costume não pensar muito nela e passar a outra. Está pronta a ceia, mestre Pastrini?

— Sim, Excelentíssimo.

— Então, ceemos primeiro.

— Mas, a caleche e os cavalos? — insistiu Franz.

— Sossegue, meu querido amigo, eles virão por si: a questão é toda de preço.

E Morcerf, com a admirável filosofia que nada julga impossível quando se tem a bolsa volumosa ou a carteira cheia, ceou, deitou-se, adormeceu de barriga para o ar, e sonhou que estava vendo o carnaval, correndo numa caleche puxada a seis.

XXXIII. Bandidos romanos

No dia seguinte, Franz foi o primeiro a acordar, e, mal acordou, tocou a campainha.

Vibrava ainda a campainha, quando entrou pessoalmente mestre Pastrini.

— Então?... — disse triunfante o dono do hotel, sem esperar que Franz o interrogasse —; bem fiz eu ontem em não querer prometer nada a Vossa Excelência! acordou muito tarde, e é muito difícil apanhar uma caleche em Roma... para os três últimos dias, entende-se.

— Sim? — replicou Franz — quer dizer, para aqueles em que é absolutamente necessária.

— O quê? — perguntou Albert entrando — não há caleche?

— Justamente, meu querido amigo — respondeu Franz —, adivinhou logo à primeira.

— Não tem que ver! é uma bonita cidade a tal Cidade Eterna!...

— Quer dizer, Excelentíssimo — redargüiu mestre Pastrini, que desejava manter a capital do mundo cristão numa certa dignidade para com os seus hóspedes —, quer dizer que não há caleche a datar, de domingo pela manhã até terça-feira à noite; mas, daqui até lá, há cinqüenta, se quiserem.

— Ah! já é alguma coisa — disse Albert —; estamos hoje em quinta-feira, e quem sabe o que sucederá de hoje até domingo!

— Sucede que chegam dez a doze mil viajantes — respondeu Franz — que tornarão a dificuldade ainda maior.

— Meu amigo — disse Morcerf —, gozemos o presente e não carreguemos de cores sombrias o futuro.

— Ao menos — perguntou Franz — poderemos arranjar uma janela?

— Onde?

— Que pergunta! Na Rua do Corso.

— Espere por isso! Uma janela!... — exclamou mestre Pastrini: — é impossível, inteiramente impossível. Havia ainda uma no quinto andar do Palácio Dória, e foi alugada a um príncipe russo por vinte cequins por dia.

Os dois rapazes olharam um para o outro, estupefatos.

— Em tal caso, meu caro — disse Franz a Albert —, sabe o melhor que temos a fazer? é ir passar o carnaval em Veneza; ao menos aí, se não acharmos carruagens, acharemos gôndolas.

— Ah! isso não! — exclamou Albert —; decidi vir ver o carnaval em Roma, e vê-lo-ei, ainda que seja numas andas.

— Ora aí está uma idéia magnífica — exclamou Franz —, principalmente para apagar os *moccoletti*; mascaramo-nos de polichinelos-vampiros ou de habitantes das Landes, e vamos causar grande entusiasmo.

— Vossas Excelências querem uma caleche para domingo?

— Então julgava — disse Albert — que íamos correr as ruas de Roma a pé, como tristes escreventes?

— Vou dar-me pressa em executar as ordens de Suas Excelências — disse mestre Pastrini —, mas previno-os de que a carruagem lhes custará três piastras por dia.

— E eu, meu caro Sr. Pastrini — disse Franz —, eu, que não sou o nosso vizinho milionário, previno-o também de que, sendo esta a quarta vez que venho a Roma, sei o preço das caleches nos dias de semana, aos domingos e dias de festa; damos doze piastras por hoje, amanhã e depois de amanhã, e o senhor ainda tira menos mau lucro.

— Mas, Excelentíssimo... — disse Pastrini, tentando reagir.

— Vamos, meu caro, vamos — disse Franz —, ou vou eu mesmo alugá-la de seu *affettatore*, que é também o meu; é amigo velho, que não me tem roubado pouco dinheiro na sua vida, e que, na esperança de me roubar mais ainda, há de me a alugar por um preço mais baixo do que o que eu lhe ofereço; o senhor perde portanto a diferença, e a culpa é sua.

— Não tenha esse incômodo, Excelentíssimo — disse mestre Pastrini, com o sorriso do especulador italiano que se confessa vencido —, farei o que puder e espero que há de ficar contente.

— Às mil maravilhas, isso é que se chama falar!

— Quando querem a carruagem?

— Daqui a uma hora.

— Daqui a uma hora têm-na à porta.

E, uma hora depois, a carruagem esperava à porta os dois rapazes; era um modesto calhambeque, que, atendendo à solenidade da circunstância, fora elevado à categoria de caleche; mas, embora a aparência dele fosse insignificante, os dois rapazes dar-se-iam por muito felizes se tivessem esse veículo para os três últimos dias.

—Vossa Excelência — gritou o cicerone, vendo Franz chegar à janela — quer que mande chegar o coche ao portão do palácio?

Por muito habituado que Franz estivesse à ênfase italiana, o seu primeiro impulso foi olhar em volta de si: era a ele que aquelas palavras se dirigiam.

Franz era a Excelência, o coche era a sege, e o palácio era o Hotel de Londres.

Todo o gênio laudatório da nação estava naquela única frase.

Franz e Albert desceram. O coche chegou-se ao palácio.

Suas Excelências estenderam as pernas nas almofadas, e o cicerone saltou para a traseira.

— Onde querem ir Suas Excelências?

— Primeiro, a São Pedro e depois ao Coliseu — disse Albert, como verdadeiro parisiense.

Mas Albert não sabia uma coisa, é que é necessário um dia para ver São Pedro e um mês para estudá-lo; gastaram portanto o dia só em ver São Pedro.

De repente, os dois amigos viram que ia anoitecendo.

Franz consultou o relógio, eram quatro horas e meia.

Tomaram imediatamente o caminho do hotel. À porta, Franz deu ordem ao cocheiro para pôr o trem às oito horas. Queria fazer ver a Albert o Coliseu à luz da Lua, como lhe fizera ver São Pedro de dia claro. Quando se mostra a um amigo uma cidade que já se viu, usa-se a mesma garridice de quando se mostra uma mulher de que se foi amante.

Por isso, Franz deu ao cocheiro o itinerário: devia sair pela Porta del Popolo, seguir o muro exterior, e tornar a entrar pela Porta de San-Giovanni. Deste modo o Coliseu aparecia-lhe sem prevenção alguma, e sem que o Capitólio, o Forum, o Arco de Septime Severe, o Templo de Antonin e Faustine, e a Via Sacra, servissem de degraus colocados no caminho para encurtá-lo.

Foram para a mesa: mestre Pastrini prometera aos seus hóspedes um festim excelente; deu-lhes um jantar sofrível, não havia nada a dizer.

No fim do jantar, ele entrou: Franz julgou a princípio que era para receber-lhe os cumprimentos, e preparava-se para oferecê-los, quando às primeiras palavras o interrompeu.

— Excelentíssimo — disse —, lisonjeia-me muito a sua aprovação; mas não foi para isso que subi.

— Foi para nos dizer que achou uma carruagem? — perguntou Albert, acendendo um charuto.

— Menos ainda, e Vossas Excelências farão bem se não pensarem mais nisso e tiverem paciência. Em Roma, as coisas podem fazer-se, ou não. E, quando se lhes diz que não se podem fazer, não há que insistir.

— Em Paris é muito mais cômodo: quando as coisas não se podem fazer, paga-se o dobro, e tem a gente no mesmo instante o que deseja.

— Ouço dizer isso a todos os franceses — disse mestre Pastrini, um tanto estomagado —, por isso não compreendo por que viajam.

— Mas — disse Albert, deitando fleumaticamente o fumo para o teto e balançando-se nos dois pés traseiros da cadeira em que estava sentado — só loucos e parvos como nós é que viajam; as pessoas sensatas não largam a sua casa da Rua do Hélder, o *boulevard* de Grand e o Café de Paris.

Escusado é dizer que Albert morava na rua que citara, dava todos os dias o seu passeio *fashionable*, e jantava cotidianamente no único café em que se janta, quando se está em boas relações com os criados.

Mestre Pastrini conservou-se silencioso por um momento; era evidente que meditava a resposta, que sem dúvida não se lhe apresentava perfeitamente clara.

— Mas enfim — disse Franz por sua vez, interrompendo as reflexões geográficas do hoteleiro —, o senhor veio aqui por um motivo qualquer; quer dizer-nos esse motivo?

— Ah! tem razão; eu digo: os senhores mandaram vir a caleche às oito horas?

— Exatamente.

— Têm intenção de visitar o Colosseo?

— Quer dizer, o Coliseu.

— É a mesma coisa.

— Bem.

— Disseram ao cocheiro que queriam sair pela Porta del Popolo, dar a volta aos muros e tornar a entrar pela Porta de San-Giovanni?

— São exatamente as minhas palavras.

— Esse itinerário é impossível.

— Impossível?!

— Ou pelo menos perigoso.

— Perigoso, e por quê?

— Por causa do célebre Luigi Vampa.

— Mas diz-nos primeiro quem é o célebre Luigi Vampa? — perguntou Albert —; pode ser celebérrimo em Roma, porém é desconhecido em Paris.

— Pois quê?! não o conhece?

— Não tenho essa honra.

— Nunca ouviu pronunciar o nome dele?

— Nunca.

— Pois é um bandido ao pé do qual os Decesaris e os Gasparone não são mais que uma espécie de meninos de coro.

— Atenção, Albert! — exclamou Franz — até que enfim temos um bandido!

— Previno-o, meu caro Pastrini, que não acreditarei palavra do que vai dizer-nos. Assente este ponto aqui para nós, diga o que quiser, que eu o ouço. Era uma vez... Vamos, conte.

Mestre Pastrini voltou-se para o lado de Franz, que lhe parecia o mais razoável dos dois rapazes. Cumpre fazer justiça ao pobre homem: tinha tido por hóspedes muitos franceses na sua vida, mas nunca lhes compreendera certo lado do espírito.

— Excelentíssimo — disse com muita gravidade, dirigindo-se, como dissemos, a Franz —, se me tem na conta de mentiroso, é inútil que eu lhe diga o que queria dizer-lhe; posso, contudo, afirmar-lhe que era no interesse de Vossas Excelências.

—Albert não lhe diz que seja mentiroso, meu caro Pastrini — replicou Franz —; diz-lhe que não o acreditará, é o que é. Mas eu acreditá-lo-ei, sossegue, e portanto fale.

— Mas Vossa Excelência bem compreende que se duvidam da minha veracidade...

— Meu caro — tornou Franz —, o senhor é mais suscetível do que Cassandra, à qual, embora profetisa, ninguém dava atenção; pode, pelo menos, contar com metade do auditório. Vamos, sente-se e diga-nos o que vem a ser o tal Vampa.

— Já o disse a Vossa Excelência, é um bandido como se não viu outro desde o famoso Mastrilla para cá.

— E o que tem a ver esse bandido com a ordem que eu dei ao cocheiro de sair pela Porta del Popolo e entrar pela Porta de San-Giovanni?

— Tem a ver — respondeu mestre Pastrini — que os senhores podem muito bem sair por uma, porém duvido que voltem pela outra.

— E por quê? — perguntou Franz.

— Porque, chegando a noite, não se está com segurança a cinqüenta passos das portas.

— Isso é sério? — bradou Albert.

— Senhor Conde — disse mestre Pastrini, ferido até o fundo do coração pela dúvida emitida por Albert acerca da sua veracidade — o que digo não é para Vossa Excelência, é para o seu companheiro de viagem, que conhece Roma, e sabe que não se brinca com estas coisas.

— Meu caro — disse Albert, dirigindo-se a Franz —, aí temos nós uma aventura admirável: atulhamos a caleche de pistolas, bacamartes e espingardas de dois canos. Luigi Vampa vem para nos agarrar, e agarramo-lo nós. Trazemo-lo para Roma; damo-lo de presente a Sua Santidade, que nos pergunta o que desejamos, em recompensa a esse serviço. Então pedimos pura e simplesmente uma carruagem e dois cavalos das suas estrebarias, e vemos o carnaval de carruagem; sem contar que provavelmente o povo romano, reconhecido, nos coroa no Capitólio e nos proclama, como Cúrcio e Horácio Coclès, salvadores da pátria.

Enquanto Albert deduzia esta proposição, mestre Pastrini fazia uma cara que debalde tentaríamos descrever.

— E em primeiro lugar — perguntou Franz a Albert —, onde vai buscar essas pistolas, esses bacamartes, e essas espingardas de dois canos com que quer atulhar a carruagem?

— Não é decerto ao meu arsenal — respondeu o conde —, porque em Tarracina tiraram-me até a minha faca-punhal; e a você?

— A mim fizeram-me outro tanto em Aquapendente.

— Ora esta, meu caro Sr. Pastrini! — disse Albert, acendendo o segundo charuto na ponta do primeiro; — sabe que é muito cômoda para os ladrões aquela medida do Governo, e que me dá idéia de que fosse tomada de combinação com eles?

Parece que mestre Pastrini achou o gracejo pesado, porque não respondeu senão a metade dele, e, ainda assim, dirigindo a palavra a Franz, como único ente razoável com quem podia entender-se convenientemente.

— Sua Excelência sabe que não é costume defender-se a gente quando é atacada por bandidos.

— O quê?! — exclamou Albert, cuja coragem se revoltava com a idéia de se deixar despojar sem dizer nada — o quê?! não é costume?

Não, porque era inútil a defesa. O que quer o senhor fazer contra uma dúzia de bandidos que saem de um fosso, de um pardieiro, ou de um aqueduto, e que todos a um só tempo metem a espingarda à cara?

— Com mil demônios! quero fazer com que me matem! — exclamou Albert.

O hoteleiro voltou-se para Franz com uns modos que queriam dizer: Decididamente, Excelentíssimo, o seu companheiro está doido.

— Meu querido Albert — replicou Franz —, a sua resposta é sublime e vale o *Que morresse* do velho Corneille; a diferença é que, quando Horácio respondia isso, tratava-se da salvação de Roma, e valia a pena. Mas, pelo que nos diz respeito, note que se trata simplesmente de satisfazer um capricho, e seria ridículo arriscar a vida por um capricho.

— Ah! *per Bacco*! — exclamou mestre Pastrini — ora, aí está! isso é que se chama falar!

Albert encheu um copo de Lácrima-crísti, que bebeu aos golinhos resmungando palavras ininteligíveis.

— E daí, mestre Pastrini — tornou Franz —, agora, que o meu companheiro serenou e o senhor pôde apreciar as minhas disposições pacíficas, vamos saber o que é o Sr. Luigi Vampa. É pastor ou patrício? é novo ou velho? é pequeno ou grande? Pinte-no-lo, para que, se o encontrarmos casualmente no mundo, como Jean Sbogar ou Lara, ao menos possamos conhecê-lo.

— A ninguém melhor do que a mim podia Vossa Excelência dirigir-se para ter pormenores exatos, porque conheci Luigi Vampa ainda pequeno; e, felizmente, um dia em que lhe caí nas mãos, indo de Ferentino para Alatri, lembrou-se ele do nosso antigo conhecimento, e deixou-me ir, não só sem me fazer pagar resgate, mas presenteando-me com um magnífico relógio e contando-me a sua história.

— Vamos ver o relógio — disse Albert.

Mestre Pastrini tirou do bolso um magnífico Bréguet, com o nome do autor, marca de Paris, e uma coroa de conde.

— Aqui está — disse.

— Demônio! — disse Albert — faço-lhe os meus cumprimentos; tenho um igual — tirou o relógio da algibeira do colete —, e custou-me três mil francos.

— Venha a história — disse Franz, puxando uma cadeira e fazendo sinal a mestre Pastrini de que se sentasse.

— Suas Excelências dão licença? — perguntou o estalajadeiro.

— Ora essa! — disse Albert — o senhor não é pregador, para falar em pé.

O hoteleiro sentou-se, depois de ter feito a cada um dos seus futuros ouvintes um cumprimento respeitoso, que tinha por fim indicar que estava pronto para lhes dar acerca de Luigi Vampa as informações que pedissem.

— Mas espere! — disse Franz a mestre Pastrini no momento em que ele abria a boca —; diz que conheceu Luigi Vampa ainda pequeno; não é ele ainda moço?

— Decerto é; tem apenas vinte e dois anos! Oh, é um patife que há de ir longe, pode ter certeza disso!

— O que me diz, Albert? já não é feio ter aos vinte e dois anos uma reputação — disse Franz.

— Sim, decerto; e nessa idade, Emmanuel, César e Napoleão, que depois deram que falar ao mundo, não estavam tão adiantados como ele.

— Então — replicou Franz, dirigindo-se ao dono do hotel —, o herói de que vamos ouvir a história tem só vinte e dois anos?

— Só, como tive a honra de dizer.

— É alto ou baixo?

— De estatura mediana; mais ou menos como a de Sua Excelência — respondeu o estalajadeiro, indigitando Albert.

— Obrigado pela comparação — disse este, curvando-se.

— Ande para diante, mestre Pastrini — tornou Franz, sorrindo por causa da suscetibilidade do seu amigo. — E a que classe de sociedade pertencia ele?

— Era um pobre pastor da quinta do conde de San Felice, situada entre Palestrina e o lago de Gabri. Nascera na Pampinara, e entrara, na idade de cinco anos, para o serviço do conde. O pai, também pastor em Anágnia, tinha um pequeno rebanho, e vivia da lã dos carneiros e do leite das ovelhas, que vinha vender em Roma.

"Em pequeno, Vampa tinha uma índole não vulgar. Um dia, na idade de sete anos, foi ver o cura de Palestrina, e pediu-lhe que o ensinasse a ler. Era difícil, porque o pastor não podia deixar o seu rebanho. Mas o bom do cura ia todos os dias dizer missa a uma aldeola que não podia pagar a um padre, e que, não tendo nome, era conhecida pelo de Borgo. Ofereceu a Luigi que fosse vê-lo ao caminho às horas em que voltava, para lhe dar lição, prevenindo-o de que a lição seria curta, e que, por conseguinte, tratasse de aproveitá-la.

O pequeno aceitou com alegria.

Luigi levava todos os dias o rebanho a pastar à estrada de Palestrina ao Borgo; todos os dias, às nove horas da manhã, o cura passava, e padre e criança sentavam-se à borda de um fosso, e o pastorinho dava lição no breviário do cura.

Ao cabo de três meses sabia ler.

Não era tudo; precisava saber escrever.

O padre mandou fazer a um professor de escrita de Roma três alfabetos: um em letra maiúscula, outro em letra minúscula, e outro em cursivo, e disse-lhe que, copiando-os numa ardósia com um ponteiro de ferro, podia aprender a escrever.

Nessa mesma noite, quando o rebanho entrou na quinta, o pequeno Vampa correu à casa do serralheiro de Palestrina, pegou um prego grande, meteu-o na forja, martelou-o, arredondou-o, e fez uma espécie de estilete antigo.

No dia seguinte, reuniu uma provisão de ardósias e pôs mãos à obra.

Ao fim de três meses sabia escrever.

O cura, admirado de tão profunda inteligência, e impressionado por aquela aptidão, presenteou-o com muitos cadernos de papel, um maço de penas e um canivete.

Luigi teve que se dar a novo estudo, que não era nada em comparação com o primeiro. Oito dias depois, manejava a pena como manejava o estilete.

O cura contou o fato ao conde de San Felice, que quis ver o pastor; fê-lo ler e escrever diante de si, ordenou ao mordomo que lhe desse de comer à mesa dos criados, e arbitrou-lhe uma mesada de duas piastras.

Com esse dinheiro, Luigi comprou livros e lápis.

Tinha aplicado a todos os objetos a faculdade da imitação que possuía, e, como Giotto quando criança, desenhava nas ardósias, ovelhas, árvores e casas.

Depois, com a ponta do canivete, começou a cortar madeira e a dar-lhe toda a casta de formas. Foi assim que começou o escultor popular Pinelli.

Uma pequenina de seis ou sete anos, e portanto um pouco mais nova do que Vampa, guardava também as ovelhas de uma quinta vizinha de Palestrina: era órfã, natural de Valmont, e chamava-se Teresa.

As duas crianças encontravam-se, deixavam misturar-se e pastar juntos os dois rebanhos, conversavam, riam e brincavam; depois, à noite, destacavam-se os carneiros do conde de San Felice e os do barão de Cervetri, e as crianças separavam-se para voltar às quintas respectivas, com a promessa de tornarem a encontrar-se na manhã seguinte.

Cumpriam o prometido e cresciam, desse modo, ao lado uma da outra.

Vampa chegou aos doze anos, e Teresa aos onze.

Os seus instintos naturais iam-se desenvolvendo.

A par do gosto pelas artes, que levava tão longe quanto o podia fazer no isolamento, Luigi tinha repentes de tristeza, e outros de ardência, era colérico por natureza e sempre sarcástico. Nenhum dos rapazes de Pampinara, Palestrina ou Valmont conseguira adquirir influência sobre ele, e muito menos ser seu companheiro.

O temperamento imperioso, que o tinha para sempre disposto a exigir sem que nunca vergasse a nenhuma concessão, alienava-lhe amizades e simpatias. Só Teresa mandava, com uma palavra, um olhar, um gesto, naquele caráter indômito, que se torcia às mãos de uma mulher, e que às de qualquer homem mais fácil seria quebrar.

Teresa, ao inverso dele, era viva, desembaraçada e alegre, mas excessivamente garrida; as duas piastras que o mordomo do conde de San Felice dava a Luigi e o preço de todas as obras de escultura que ele vendia em Roma aos negociantes de brinquedos para crianças, transformavam-se em brincos de pérolas, colares de vidro, agulhas de ouro. Por isso, graças àquela prodigalidade do seu companheiro de infância, Teresa era a mais bonita e a mais elegante camponesa dos subúrbios de Roma.

As duas crianças foram crescendo, passando juntas todos os dias, e entregando-se sem resistência aos instintos da sua natureza primitiva. Por isso, nas suas conversações, nas suas aspirações, nos seus sonhos, Vampa via-se sempre capitão de navio, general do exército, ou governador de uma província; Teresa via-se rica, vestida com os melhores trajes e seguida de criados de libré; e, depois de terem passado todo o dia a bordar o seu futuro com estes loucos brilhantes arabescos, separavam-se, para cada um deles reconduzir os seus carneiros ao redil, e tornar a cair da altura dos seus sonhos na humildade da sua intenção real.

Um dia, o pastorinho disse ao mordomo do conde que tinha visto sair das montanhas de Sabina um lobo que lhe perseguia o rebanho. O mordomo deu-lhe uma espingarda; era o que Vampa queria.

A espingarda era um excelente cano de Bríxia, em que a bala entrava como numa carabina inglesa, e tinha sido posta de parte só porque o conde, desancando um dia com ela uma raposa ferida, lhe quebrara a coronha.

Isso não era uma dificuldade para um escultor como Vampa. Examinou a cama primitiva, calculou o que era necessário alterar-lhe para acomodá-la a sua vista, e fez uma coronha cheia de adornos tão maravilhosos, que se quisesse ir à cidade vender só a madeira, decerto lhe dariam por ela quinze a vinte piastras.

Mas não caiu em proceder assim: uma espingarda tinha sido por muito tempo o sonho do rapaz. Em todos os países onde a independência é substituída pela liberdade, a primeira necessidade que todos os corações fortes e todas as organizações poderosas sentem é a de uma arma que lhes assegure ao mesmo tempo o ataque e a defesa, e que, tornando terrível o que a usa, o faz muitas vezes temido.

A partir daquele momento, Vampa empregou no exercício da espingarda todos os momentos de que dispunha; comprou pólvora e balas, e tudo para ele eram alvos: o tronco de oliveira, triste, enfezado e negro, que se vê nas vertentes das montanhas da Sabina; a raposa que saía à tarde da sua toca para começar a sua caçada noturna, e a águia, que pairava no ar. Brevemente se tornou tão perito, que Teresa venceu o medo que tinha a princípio quando ouvia a detonação, e divertia-se a ver o companheiro meter a bala da espingarda onde queria, com tanta certeza como se a lá fosse pôr com a mão.

Uma noite saiu um lobo de um pinhal, junto do qual Luigi e Teresa costumavam demorar-se: não tinha ele dado dez passos na planície e caía morto.

Vampa, todo cheio de si com a proeza, pôs o lobo às costas e levou-o para a quinta.

Todos estes pormenores deram a Luigi certa reputação nos arredores da quinta: o homem superior, em toda parte onde está, obtém grande número de admiradores. Nos arredores falava-se do pastor como do mais destro, o mais forte e o mais valente contadino que havia nas dez léguas em redondo; e, embora, pelo seu lado, Teresa, num círculo mais vasto ainda, passasse por uma das mais lindas moças da Sabina, ninguém ousava dirigir-lhe uma palavra de amor, por se saber que era amada por Vampa.

E todavia nunca haviam dito um ao outro que se amavam; tinham crescido juntos, como duas árvores que juntam as raízes debaixo do solo, os ramos no ar e o aroma no céu; o que eles tinham era o mesmo desejo de se ver; esse desejo tornara-se necessidade, e prefeririam morrer a deixarem de se ver um dia que fosse.

Teresa tinha dezesseis anos e Vampa dezessete.

Por esse tempo começou-se a falar muito de uma quadrilha de ladrões que se organizara nos montes Lepini. A ladroagem nunca foi seriamente extirpada nas vizinhanças de Roma. Faltam-lhe às vezes chefes: mas, quando algum se apresenta, é raro que lhe falte gente.

O célebre Cucumetto, perseguido nos Abruzos, expulso do

reino de Nápoles, onde tinha sustentado uma verdadeira guerra, atravessara o Garigliano como Manfredo, e viera refugiar-se entre Sonino e Juperno nas margens do Amasino.

Era ele que se ocupava então em reorganizar uma quadrilha, seguindo as pegadas de Decesaris e de Gasparone, que tinha esperanças de exceder. Sumiram-se muitos rapazes de Palestrina, Frascati e Pampinara. De princípio o seu desaparecimento deu cuidados, mas pouco tempo depois se soube que tinham ido fazer parte da quadrilha de Cucumetto.

Ao cabo de algum tempo, Cucumetto tornou-se objeto da atenção geral. Contavam-se desse capitão de ladrões atos de extraordinária audácia e revoltante brutalidade.

Um dia raptou uma moça, filha de um agrimensor de Frosinone. As leis dos bandidos são positivas: uma moça é primeiro para aquele que a rapta, depois os outros tiram a sorte, e a desgraçada tem de saciar a todos até a abandonarem ou ela morrer.

Quando os parentes estão no caso de poder resgatá-la, envia-se-lhes um mensageiro, que ajusta o resgate; a cabeça da prisioneira responde pela segurança do emissário. Se o resgate é recusado, a prisioneira é irrevogavelmente condenada.

A moça tinha o seu amante na quadrilha de Cucumetto: chamava-se Carlini.

Conhecendo o rapaz, estendeu os braços para ele e julgou-se salva. Mas o pobre Carlini, ao conhecê-la, sentiu despedaçar-se-lhe o coração, porque bem sabia a sorte que a esperava.

Mas, como era o favorito de Cucumetto, como havia três anos que com ele compartia os perigos, como lhe havia salvado a vida deitando por terra com um tiro de pistola um carabineiro que já lhe tinha o sabre levantado sobre a cabeça, esperava que Cucumetto tivesse alguma compaixão dele.

Chamou pois o chefe de parte, enquanto a moça, sentada de encontro ao tronco de um grande pinheiro que se elevava no meio de uma clareira do bosque, fazia um véu do toucado pitoresco das camponesas e escondia a cara dos olhos libidinosos dos bandidos.

Contou-lhe tudo, os seus amores com a prisioneira, os seus juramentos de fidelidade, e como, todas as noites, desde que andavam por aqueles lugares, encontravam-se um com o outro em umas ruínas.

Exatamente nessa noite, Cucumetto tinha mandado Carlini a uma aldeia próxima, e por isso ele não tinha podido encontrar a amante, mas Cucumetto dirigira-se àquele lugar, por acaso, dizia ele, e raptara então a moça.

Carlini suplicou ao chefe que fizesse uma exceção em favor

dele e que respeitasse a Rita, dizendo que o pai era rico e pagaria um bom resgate.

Cucumetto pareceu ceder às súplicas do seu amigo, e encarregou-o de desencantar um pastor que pudesse ser enviado à casa do pai de Rita, em Frosinone.

Carlini, cheio de alegria, acercou-se então da moça, disse-lhe que estava salva, e convidou-a a escrever ao pai uma carta, contando-lhe o que lhe acontecera e anunciando-lhe que o seu resgate estava fixado em trezentas piastras.

Dava-se ao pai o prazo de doze horas, isto é, até as onze horas da manhã seguinte.

Escrita a carta, Carlini pegou-a e correu à planície em busca de um mensageiro.

Encontrou um pastor com o seu rebanho. Os mensageiros natos dos bandidos são os pastores que vivem entre a cidade e as montanhas, entre a vida selvagem e a vida civilizada.

O pastor partiu imediatamente, prometendo chegar a Frosinone em menos de uma hora.

Carlini, voltando cheio de júbilo, queria encontrar-se com a amante e participar-lhe a boa nova.

Achou a quadrilha na clareira, ceando jovialmente das provisões que os bandidos tiravam aos camponeses como tributo; e debalde procurou Cucumetto e Rita no meio dos alegres convivas.

Perguntou onde estavam; os bandidos responderam-lhe com uma grande gargalhada. Inundou-lhe o rosto um suor frio, e Carlini sentiu a angústia agarrá-lo pelos cabelos.

Repetiu a pergunta. Um dos convivas encheu um copo de vinho de Orvieto e ofereceu-lhe, dizendo:

— À saúde do bravo Cucumetto e da bela Rita!

Nesse momento, pareceu a Carlini que ouvia gritar uma mulher. Adivinhou tudo. Pegou o copo e partiu-o na cara do que lhe dava, e arrojou-se na direção dos gritos.

Cem passos adiante, ao voltar de uma moita, deu com Rita desmaiada nos braços de Cucumetto.

Ao avistar Carlini, Cucumetto levantou-se com uma pistola em cada mão.

Os dois bandidos fitaram-se por um instante: um com o sorriso da lascívia nos lábios, o outro com a palidez da morte no rosto.

Julgar-se-ia que ia se passar entre eles alguma cena terrível. Mas as feições de Carlini foram serenando pouco a pouco; e a mão, que levara a uma das pistolas que trazia no cinto, deixou-a cair para o lado.

Rita estava estirada no meio deles.

A Lua iluminava esta cena.

— Então — disse Cucumetto —, desempenhou a comissão de que se havia encarregado?

— Sim, capitão — respondeu Carlini —, e amanhã, antes das nove horas, o pai de Rita estará cá com o dinheiro.

— Às mil maravilhas! Entretanto, vamos passar uma noite deliciosa. Esta moça é encantadora, e, na verdade, Carlini, tem bom gosto. E como eu não sou egoísta, vamos para o pé dos nossos companheiros tirar a sorte a quem ela há de pertencer agora.

— Então, está decidido a sujeitá-la à lei geral? — perguntou Carlini.

— E por que se havia de fazer exceções em favor dela?

— Julgava que a meu pedido...

— E o que é você mais do que os outros?

— Tem razão!

— Mas sossega — replicou Cucumetto, rindo —, mais agora ou mais logo, chegará a sua vez.

Carlini fincava os dentes a ponto de quebrá-los.

— Vamos! — disse Cucumetto, dando um passo para os convivas — então, vem daí?

— Já vou...

Cucumetto desviou-se sem perder de vista Carlini, temendo sem dúvida que ele o ferisse pelas costas. Mas nada havia que denunciasse no bandido uma intenção hostil.

Estava em pé, de braços cruzados, junto de Rita, que não dava conta de si.

Cucumetto lembrou-se por um instante de que o rapaz ia tomá-la nos braços e fugir com ela. Mas pouco lhe importava isso agora, que já tinha de Rita quanto queria; e, no que dizia respeito ao dinheiro, trezentas piastras, repartidas pela quadrilha, eram soma tão pequena, que pouco cuidado lhe dava.

Continuou pois o seu caminho para a clareira; mas, com grande admiração sua, Carlini chegou lá quase ao mesmo tempo.

— Vamos tirar a sorte! vamos tirar a sorte! — gritaram todos os bandidos mal viram o chefe.

Os olhos de todos aqueles homens brilharam de embriaguez e lascívia, e a chama da fogueira, espalhando por todos eles um clarão avermelhado, dava-lhes um aspecto de demônios.

O que reclamavam era de justiça; e por isso o chefe acenou-lhes com a cabeça que anuía ao pedido.

Colocaram-se dentro de um chapéu todos os nomes, o de Carlini como os dos outros, e o mais novo da quadrilha tirou da urna improvisada um papel.

Esse papel tinha escrito o nome de Diavolaccio, o bandido que propusera a Carlini uma saúde ao chefe, e a quem Carlini respondera partindo-lhe o copo na cara.

Por uma grande brecha, desde a fronte até a boca, o sangue saía-lhe em jorros.

Diavolaccio, vendo-se assim favorecido pela sorte, soltou uma gargalhada.

— Capitão — disse —, há pouco Carlini não quis beber à sua saúde; proponha-lhe que beba à minha, talvez seja mais condescendente com o senhor do que comigo.

Todos esperavam uma explosão da parte de Carlini; mas, com o grande espanto de todos, pegou um copo com uma das mãos, uma garrafa com a outra, e, enchendo o copo:

— A sua saúde, Diavolaccio! — disse com voz perfeitamente serena.

E bebeu o conteúdo do copo, sem lhe tremer a mão.

Depois, sentando-se ao pé do fogo:

— O meu quinhão da ceia — disse —; a corrida que dei abriu-me o apetite.

— Viva Carlini! — exclamaram os salteadores.

— Ora, ainda bem! isso é que se chama ser um excelente companheiro.

E todos tornaram a formar um círculo em volta da fogueira, enquanto Diavolaccio se afastava.

Carlini comia e bebia como se nada se houvesse passado.

Os bandidos olhavam para ele estupefatos, não podendo compreender aquela impassibilidade, quando sentiram por detrás de si um passo pesado.

Voltaram-se e viram Diavolaccio com a moça nos braços.

Tinha a cabeça deitada para trás e os compridos cabelos tocavam-lhe no chão.

À proporção que entravam no círculo de luz projetada pela fogueira, distinguiam-se a palidez da moça e a palidez do bandido.

Essa aparição tinha tanto de extraordinária e de solene, que todos se levantaram, exceto Carlini, que se deixou ficar sentado, e continuou a comer e a beber como se nada se passasse em volta dele.

Diavolaccio continuou a andar no meio do mais profundo silêncio, e deitou Rita aos pés do capitão.

Puderam então ver todos a causa da palidez do bandido.

Rita tinha um punhal enterrado até o cabo por baixo do peito esquerdo.

Dirigiram-se para Carlini todos os olhos; via-se-lhe no cinto a bainha do punhal.

— Ah! ah! — disse o chefe — agora é que eu percebo o motivo por que Carlini se deixou ficar para trás.

Todas as naturezas selvagens têm aptidão para apreciar uma ação forte; e, conquanto talvez nenhum dos bandidos fosse capaz de fazer o que Carlini fizera, todos compreenderam o seu procedimento.

— E agora — disse Carlini, levantando-se também e acercando-se do cadáver com a mão na coronha de uma das pistolas —, ainda há quem queira disputar-me esta mulher?

— Não! — disse o chefe — é sua.

Então Carlini tomou-a nos braços e levou-a para fora do círculo de luz que a chama da fogueira projetava.

Cucumetto postou sentinelas, como era costume, e os bandidos deitaram-se embrulhados nos seus capotes em volta da fogueira.

A meia-noite uma das sentinelas deu sinal, e num instante se ergueram o chefe, assim como os seus companheiros.

Era o pai de Rita, que vinha pessoalmente trazer o resgate de sua filha.

— Aqui tem — disse este a Cucumetto, estendendo para ele um saco de dinheiro —, aqui tem trezentas piastras, restitui-me a minha filha.

Mas o chefe, sem que pegasse o dinheiro, acenou-lhe para que o seguisse.

O velho obedeceu; desviaram-se ambos para debaixo das árvores, entre cujos ramos se filtravam os raios da Lua. Por fim, Cucumetto parou, estendendo a mão e mostrando ao velho um grupo de duas pessoas ao pé de uma árvore.

— Aí tem — disse-lhe —, pergunta por sua filha a Carlini; é quem lhe há de dar conta dela.

E voltou para junto dos companheiros.

O velho ficou imóvel e de olhos fixos. Sentia iminente alguma desgraça desconhecida, imensa, inaudita.

Até que deu alguns passos para o grupo informe, que não podia distinguir.

Ao rumor dos passos, Carlini ergueu a cabeça, e as formas das duas pessoas começaram a tornar-se distintas aos olhos do velho.

Estava estirada no chão uma mulher, de cabeça deitada nos joelhos de um homem sentado e curvado para ela; quando o homem ergueu a cabeça foi que se descobriu o rosto da mulher que ele tinha apertada nos braços.

O velho conheceu a filha, e Carlini conheceu o velho.

— Já o esperava — disse o bandido ao pai de Rita.

— Miserável! — disse o velho — que fez?

E olhava aterrado para Rita, pálida, imóvel, cheia de sangue, com um punhal enterrado no peito.

Batia nela um raio da Lua e iluminava-a com a sua claridade deslavada.

— Cucumetto violou sua filha — disse o bandido —, e eu, que a amava, matei-a, porque depois ia servir de gozo a toda a quadrilha.

O velho não pronunciou uma única palavra, mas fez-se pálido como um espectro.

— Agora — disse Carlini —, se fiz mal, vinga-a.

Arrancou o punhal do seio da rapariga, e, levantando-se, ofereceu-o com uma das mãos ao velho, e com a outra abriu a véstia e descobriu o peito.

— Fez bem — disse-lhe o velho com voz surda. — Dá-me um abraço, meu filho.

Carlini lançou-se soluçando nos braços do pai da amante. Eram as primeiras lágrimas que aquele homem feroz vertia.

— Agora — disse o velho a Carlini —, ajude-me a enterrá-la.

Carlini foi buscar duas enxadas, e pai e amante começaram a cavar a terra ao pé de um carvalho, cujos ramos frondosos deviam cobrir a sepultura da moça.

Feita a cova, o pai primeiro e o amante depois beijaram a morta; pegando-lhe um pelos pés e outro por debaixo dos braços, deitaram-na dentro.

Depois, ajoelharam um de cada lado e rezaram as orações dos defuntos.

Feito isso, lançaram terra sobre o cadáver até a cova ficar atulhada.

Então, estendendo-lhe a mão, o velho disse a Carlini:

— Obrigado, meu filho! Agora, deixe-me só.

— Mas...

— Deixe-me, mando eu.

Carlini obedeceu; juntou-se com os companheiros, embrulhou-se no capote, e pouco depois parecia tão adormecido como os outros.

Tinha-se decidido na véspera mudar de acampamento.

Uma. hora antes de ser dia, Cucumetto despertou a sua gente e deu ordem de partir.

Mas Carlini não quis sair do bosque sem saber o que era feito do pai da Rita.

Dirigiu-se para o lugar onde o deixara.

Achou o velho enforcado num dos ramos do carvalho que dava sombra à sepultura da filha.

Fez então sobre o cadáver do velho e a cova da amante o juramento de vingá-los a ambos.

Não pôde, porém, cumprir o juramento, porque foi assassinado dois dias depois numa escaramuça com os carabineiros romanos.

O que causou admiração foi que, fazendo frente ao inimigo, recebesse uma bala nas costas.

A admiração cessou quando um dos bandidos notou aos companheiros que Cucumetto estava dez passos atrás de Carlini quando este caíra.

Na manhã da partida do bosque de Frosinone, Cucumeto tinha seguido Carlini na escuridão, tinha ouvido o juramento que ele fizera, e, por precaução, antecipara-se-lhe.

Contavam-se desse terrível chefe de quadrilha muitas histórias não menos curiosas do que esta.

E de Fondi até Perúsia, toda a gente tremia só de lhe ouvir o nome.

Essas histórias haviam sido muitas vezes assunto das conversações de Luigi e de Teresa.

A rapariga estremecia quando as ouvia narrar; mas Vampa tranqüilizava-a com um sorriso, batendo na sua excelente espingarda, que despedia a bala com tanta certeza; e depois, se ela ainda assim continuava a mostrar-se inquieta, indigitava-lhe algum corvo que, a cem passos de distância, estivesse pousado em algum ramo seco, metia a espingarda à cara, puxava o gatilho, e o animal caía ferido ao pé da árvore.

Mas o tempo ia correndo; Vampa e Teresa tinham ajustado casar, quando tivessem ele vinte anos e ela dezenove. Eram ambos órfãos, não tinham a quem pedir licença senão aos patrões; tinham-na pedido e obtido.

Um dia, em que estavam conversando sobre os seus projetos de futuro, ouviram dois ou três tiros; depois, subitamente, saiu um homem do bosque junto do qual costumavam apascentar os rebanhos, correu para eles.

Chegado ao alcance da voz, gritou-lhes:

— Sou perseguido; podem esconder-me?

Julgaram ambos logo que o fugitivo era um bandido; mas entre camponês e o bandido romano há uma simpatia inata, que faz com que o primeiro esteja sempre pronto para obsequiar o segundo.

Vampa, sem dizer uma palavra, correu para a pedra que tapava a entrada da gruta, abriu a gruta puxando a pedra para si, fez sinal ao fugitivo de que se refugiasse naquele asilo ignorado de todos, tornou a pôr a pedra no seu lugar, e voltou a sentar-se ao pé de Teresa.

Quase no mesmo instante, apareceram na orla do bosque quatro carabineiros a cavalo; três parecia que buscavam o fugitivo, e o quarto trazia agarrado pelo pescoço um bandido, que capturara.

Os três carabineiros exploraram aquele lugar com um relancear de olhos, avistaram os dois pastores, correram para eles a galope, e interrogaram-nos.

Nada tinham visto.

— É pena — disse o comandante —, porque o que nós buscamos é o chefe.

— Cucumetto? — não puderam deixar de exclamar a um tempo Luigi e Teresa.

— Sim — respondeu o comandante —; e, como pela cabeça dele se dá um prêmio de mil escudos romanos, viriam vocês a apanhar quinhentos se nos ajudassem a prendê-lo.

Os dois pastores olharam um para o outro. O comandante chegou a ter alguma esperança. Quinhentos escudos romanos são três mil francos, e três mil francos são uma fortuna para dois pobres órfãos que vão casar.

— É pena, é — disse Vampa —, mas nós não o vimos.

Os carabineiros exploraram então aquele lugar em diferentes direções, mas inutilmente.

Depois desapareceram uns atrás dos outros.

Vampa foi então tirar a pedra e Cucumetto saiu.

Vira, pelas fendas da porta de granito, os dois pastores conversando com os carabineiros; desconfiara qual fosse o assunto da conversação; e lera nos rostos de Luigi e de Teresa a inabalável resolução de não o entregarem. Tirou da algibeira uma bolsa cheia de ouro e ofereceu-a.

Mas Vampa ergueu a cabeça com orgulho; e os olhos de Teresa brilharam pensando em quantas jóias e em quantos lindos vestidos poderia comprar com aquela bolsa cheia de ouro.

Cucumetto era um demônio habilíssimo: tomara a figura de um bandido em vez da da serpente; surpreendeu aquele olhar, conheceu em Teresa uma digna filha de Eva, e entrou para o bosque, voltando-se muitas vezes, sob pretexto de dizer adeus aos seus salvadores.

Decorreram muitos dias sem tornarem a ver Cucumetto, nem ouvirem falar nele.

Aproximava-se o tempo do carnaval. O conde de San Felice

convidou para um grande baile de máscaras tudo quanto havia de mais belo e elegante em Roma.

Teresa tinha muitos desejos de ver aquele baile. Luigi pediu ao mordomo, seu protetor, licença para assistirem ao baile confundidos entre os criados da casa. A licença foi concedida.

O baile era dado pelo conde para obsequiar sua filha, Carmela, a quem adorava.

Carmela era da mesma idade e da mesma estatura de Teresa, e esta não lhe ficava atrás em formosura.

Na noite do baile, Teresa vestiu o seu melhor traje e enfeitou-se com as suas mais ricas agulhetas e os seus mais brilhantes vidrilhos. Trajava à moda das mulheres de Frascati.

Luigi usava o traje pitoresco do camponês romano em dias de festa.

Incorporaram-se ambos, como lhes fora permitido, com os criados e os camponeses.

A festa foi magnífica. Não só as salas estavam esplendidamente iluminadas, mas também nas árvores do jardim se viam pendentes lanternas de cor aos milhares. Por isso, dentro de pouco tempo o palácio transbordou para os terraços e os terraços trasbordaram para as ruas do jardim.

Em cada encruzilhada havia uma orquestra, bufetes e refrescos; os passeantes paravam, formavam-se quadrilhas e dançava-se onde se queria.

Carmela vestia à moda das mulheres de Sonino. Trazia uma touca bordada de pérolas, pregos de ouro e diamantes no cabelo, cinto de seda turca com grandes flores bordadas em ouro, véstia e saia de caxemira, avental de cassa da índia, e corpete com abotoadura de pedras preciosas.

Duas amigas dela vestiam-se uma à moda das mulheres de Nettuno e a outra à das de Riccia.

Acompanhavam-nas quatro rapazes das mais ricas e mais nobres famílias de Roma, com essa liberdade italiana que não tem igual noutro país do mundo: vestiam-se de camponeses de Albano, Velletri, Civita Castellana e Sora.

Escusado é dizer que tanto os trajes dos camponeses como os das camponesas resplendiam de ouro e pedrarias.

Carmela teve a idéia de formar uma quadrilha uniforme, mas faltava uma dama.

Por mais que olhasse em volta, Carmela não via uma das suas convidadas com um traje parecido com o seu e com os das suas companheiras.

O conde de San Felice mostrou-lhe no meio das camponesas Teresa pelo braço de Luigi.

— Se dá licença, meu pai... — disse Carmela.

— Que dúvida! — respondeu o conde —; acaso não estamos no carnaval?

Carmela curvou-se para um rapaz que a acompanhava, conversando, e disse-lhe algumas palavras, apontando para a moça.

O rapaz seguiu com a vista a linda mão que lhe servia de indicadora, fez um gesto de obediência, e foi convidar Teresa para figurar na quadrilha dirigida pela filha do conde.

Teresa sentiu como que passar-lhe pelo rosto uma chama. Interrogou Luigi com a vista; não havia maneira de recusar. Luigi deixou escorregar lentamente o braço de Teresa que enfiara no seu; e Teresa, afastando-se conduzida pelo seu elegante par, veio toda trêmula tomar parte na quadrilha aristocrática.

Decerto que para os olhos de um artista o vestuário sério e rigoroso de Teresa era mais característico do que os de Carmela e suas companheiras, mas Teresa era uma moça frívola garrida; e os bordados da cassa, as palmas do cinto, o brilho da caxemira, e o esplendor das safiras e dos diamantes enlouqueciam-na.

Por sua parte, Luigi experimentava um sentimento desconhecido: era como que uma dor surda, que a princípio lhe mordia o coração, e daí lhe percorria as veias e apanhava-lhe todo o corpo; seguia com a vista os menores movimentos de Teresa e do seu par: quando as mãos deles se tocavam, sentia como que vertigens, batiam-lhe as artérias com violência, e dir-se-ia que lhe vibrava nos ouvidos o som de uma campainha. Quando se falavam, embora Teresa ouvisse tímida e de olhos baixos as palavras do seu par, como Luigi lia nos olhos ardentes do rapaz que essas palavras eram requebros, parecia-lhe que a terra se lhe movia debaixo dos pés o que todas as vozes do Inferno lhe insuflavam idéias de sangue e assassínio. Então, receando deixar-se vencer pela loucura, agarrava-se com uma das mãos ao tronco da árvore a que tinha trepado e com a outra apertava convulso o cabo do punhal lavrado que trazia metido no cinto, e que, sem dar por isso, tirava às vezes quase todo da bainha.

Luigi era cioso, e sabia que Teresa, arrastada pela índole vaidosa e garrida, podia escapar-lhe.

Entretanto, a camponesa, tímida e quase aterrada a princípio, ia perdendo a timidez e o terror. Dissemos que Teresa era bonita. Mais do que isso: era graciosa, mas de uma graça selvagem, que tem muito mais poder do que a graça afetada. Quase se pode dizer que a ela couberam as honras da quadrilha; e se a moça teve inveja da filha do conde de San Felice, não ousamos dizer que Carmela não tivesse inveja da pastora.

Foi por isso que o seu par a reconduziu com muitos cumprimentos ao lugar onde a tinha ido buscar e onde a esperava Luigi.

Duas ou três vezes durante a contradança a rapariga havia deitado um olhar para ele, e de cada vez o tinha visto pálido e com as feições transtornadas. De uma vez até, a folha do punhal, meio saída da bainha, deslumbrara-lhe a vista com um sinistro lampejo.

Foi pois quase a tremer que tornou a dar o braço a seu amante.

A quadrilha produziu o maior efeito, e era evidente que se tratava de fazer segunda edição dela. Só Carmela se opunha a isso; mas o conde de San Felice pediu-lhe com tanta ternura, que ela não pôde deixar de anuir.

Correu imediatamente um dos cavalheiros a convidar Teresa, sem a qual não podia realizar-se a contradança, mas a moça já tinha desaparecido.

O certo é que Luigi não se sentira com ânimo para suportar segunda prova; e, meio persuadindo-a, meio forçando-a, levara Teresa para outro ponto do jardim. Teresa cedera muito contra a vontade; mas tinha visto no rosto alterado do rapaz, e compreendido pelo seu silêncio entrecortado de estremecimentos nervosos, que se passava nele fosse o que fosse de extraordinário. Ela tampouco deixava de sentir uma agitação interior; e embora não houvesse feito mal nenhum, compreendia que Luigi tinha o direito de censurá-la: por quê? ignorava-o, mas nem por isso deixava de entender que as censuras seriam merecidas.

Entretanto, com grande admiração de Teresa, Luigi permaneceu silencioso, e nem uma palavra lhe descerrou os lábios durante o resto da noite. O caso é que foi só quando o frio da noite fez sair dos jardins os convidados, e as portas do palácio se fecharam, que ele saiu com Teresa; e, chegado ao pé da casa dela, disse-lhe:

— Em que você pensava quando estava dançando defronte da filha do conde de San Felice ?

— Pensava — respondeu a moça com toda a franqueza da sua alma — que daria metade da minha vida para ter um traje como o dela.

— E — o que lhe dizia o seu par?

— Dizia-me que era só eu querer, que bastava para isso dizer uma palavra.

— Tinha razão — respondeu Luigi. — Deseja o traje com tanto ardor como diz?

— Desejo, sim.

— Bem! tê-lo-á!

A rapariga, espantada, ergueu a cabeça para interrogar; mas o rosto dele estava tão carregado e tal modo terrível que ela não se atreveu a falar.

Demais, ditas aquelas palavras, Luigi afastara-se.

Teresa seguiu-o com os olhos pela escuridão da noite enquanto pôde avistá-lo. E depois de ele ter desaparecido entrou em casa suspirando.

Nessa mesma noite sucedeu um grande desastre, decerto por descuido de algum criado, que se esquecera de apagar as luzes: pegou fogo no palácio do conde de San Felice, exatamente nas proximidades do quarto da linda Carmela. Despertada no meio da noite pelo clarão das chamas, saltou da cama, vestiu um roupão, e tentou fugir pela porta; mas o corredor por onde tinha de passar estava invadido pelo incêndio. Tornou então a entrar no seu quarto, pedindo socorro em grandes gritos, quando, de repente, a sua janela, situada a vinte pés do solo, se abriu; entrou no quarto um camponês, tomou-a nos braços e, com uma força e destreza sobre-humanas, transportou-a para um tabuleiro de relva, onde ela desmaiou. Quando recobrou os sentidos, tinha o pai diante de si. Rodeavam-na todos os criados, procurando socorrê-la. Tinha-se queimado uma ala inteira do palácio; mas que importava, se Carmela estava sã e salva?...

Procurou-se por toda parte o salvador, mas não tornou a aparecer; perguntou-se por ele a toda a gente, mas ninguém o tinha visto. E Carmela tão perturbada estava que não o tinha conhecido.

De resto, como o conde era muitíssimo rico, à parte o perigo que Carmela correra, e que lhe pareceu, pela maneira miraculosa por que a ele escapara, mais um favor da Providência do que uma desgraça real, a perda causada pelas chamas foi insignificante para ele.

No dia seguinte, à hora do costume, os dois pastores tornaram a encontrar-se na orla do bosque. Luigi chegara primeiro. Foi muito alegre ao encontro da moça; parecia ter esquecido completamente a cena da véspera. Teresa estava visivelmente pensativa; mas vendo Luigi tão bem disposto, afetou a negligência risonha que era o natural da sua índole, quando alguma preocupação não a perturbava.

Luigi enfiou o braço de Teresa no seu, e conduziu-a até a porta da gruta. Parou aí. A moça, percebendo que havia alguma coisa de extraordinário, fitou nele os olhos.

— Teresa — disse Luigi —, ontem à noite disse-me que daria tudo no mundo para ter um traje igual ao da filha do conde.

— Sim — disse Teresa admirada —, mas foi uma loucura mostrar semelhantes desejos.

— E eu respondi-lhe: Bem, tê-lo-á.

— Sim — replicou a rapariga, cuja admiração aumentava a cada palavra de Luigi —; mas respondeu isso decerto para me lisonjear.

— Nunca lhe prometi coisa que não lhe desse, Teresa — disse Luigi orgulhosamente —; entra na gruta e vista-se.

Ditas estas palavras, tirou a pedra e mostrou a Teresa a gruta alumiada por duas velas, que ardiam aos lados de um espelho magnífico; em cima da mesa rústica, feita por Luigi, estavam expostos o colar de pérolas e os pregos de diamantes, e numa cadeira ao lado o resto do traje.

Teresa soltou um grito de alegria, e, sem cuidar de saber de onde viera esse traje, e sem ter tempo de agradecer a Luigi, correu para a gruta, transformada em toucador.

Logo que ela entrou, Luigi empurrou a pedra, porque avistou no alto de uma colina que obstava a que do lugar em que estava se visse Palestrina, um cavaleiro, que parou por um momento, como quem não sabe o caminho, destacando-se no azul do céu com a firmeza de contornos natural dos que vivem longe dos países meridionais.

Ao ver Luigi, o cavaleiro meteu o cavalo a galope, e dirigiu-se para ele.

Luigi não se enganava: o viajante, que ia de Palestrina para Tivoli, estava incerto no caminho a seguir.

O rapaz indicou-lho; mas, como a um quarto de milha de distância a estrada se dividia em três caminhos, e chegado a esses três caminhos o viajante podia tornar a perder-se, pediu a Luigi que lhe servisse de guia.

Luigi tirou o capote e deitou-o no chão, pôs ao ombro a carabina, e, livre assim do peso do traje, foi de encontro ao viajante com o passo rápido do montanhês, que só o largo passo de um cavalo pode acompanhar.

Em dez minutos, aproximadamente, Luigi e o viajante encontraram-se na espécie de encruzilhada indicada pelo pastor.

Chegados aí, com um aceno majestoso como o de um imperador, estendeu a mão para o caminho que o viajante devia seguir.

— O seu caminho é aquele — disse —, não tem que se enganar.

— E você aqui tem a recompensa — disse o viajante, oferecendo ao pastor algumas moedas miúdas.

— Obrigado — disse Luigi fugindo com a mão —; eu faço um obséquio, não o vendo.

— Mas — disse o viajante, que parecia habituado a esta diferença entre o servilismo do homem das cidades e o orgulho do camponês —, se recusa um salário, aceita ao menos uma prenda.

— Ah! isso é outra coisa.

— Bem! — disse o viajante — toma estes dois cequins de Veneza e dá-os à sua noiva para mandar fazer deles um par de brincos.

— E o senhor aqui tem este punhal — disse o pastor —; não encontra desde Albano até Civita Castellana, outro com um cabo tão bem lavrado.

— Aceito — disse o viajante —; mas, nesse caso, sou eu que lhe fico obrigado, porque este punhal vale mais de dois cequins.

— Para um negociante, talvez; mas para mim, que o lavrei, vale só uma piastra.

— Como você se chama? — perguntou o viajante.

— Luigi Vampa — respondeu o pastor, com os modos com que teria respondido: Emmanuel, rei da Macedônia. — E o senhor?

— Eu — disse o viajante — me chamo Simbad, o *Marítimo*.

Franz d'Épinay soltou um grito de surpresa.

— Simbad, o *Marítimo*?! — disse.

— Sim — tornou o narrador —, foi o nome que o viajante deu.

— Mas o que tem que dizer ao nome? — interrompeu Albert —; é bem bonito, e devo confessar que as aventuras do patrono desse senhor me divertiram muito em pequeno.

Franz não insistiu. Esse nome de Simbad, o *Marítimo*, como se pode compreender, despertara nele um acervo de recordações, como acontecera na véspera com o conde de Monte Cristo.

— Continue — disse ao hoteleiro.

— Vampa meteu com desdém os dois cequins na algibeira, e tornou a seguir vagarosamente o caminho por que viera. Chegado a duzentos ou trezentos metros da gruta, pareceu-lhe ouvir um grito.

Parou, a ver de que lado vinha esse grito.

Um momento depois, ouviu o seu nome pronunciado distintamente.

O chamamento vinha do lado da gruta.

Deu um pulo como um camelo, engatilhando a espingarda a correr, e chegou em menos de um minuto ao alto da colina fronteira àquela em que vira o viajante.

Aí os gritos de socorro! chegaram-lhe mais distintos.

Lançou os olhos para o espaço que dominava: um homem raptava Teresa, como o centauro Nesso a Dejanira.

Esse homem, que se dirigia para o bosque, estava já a três quartos do caminho da gruta ao bosque.

Vampa mediu o intervalo; o homem levava-lhe pelo menos cem passos de dianteira, não havia possibilidade de apanhá-lo antes que ele se metesse pelo bosque.

O pastor parou como se os pés lhe tivessem lançado raiz. Encostou a coronha da espingarda ao ombro, ergueu vagarosamente o cano na direção do raptor, seguiu-o por um segundo na corrida e fez fogo.

O raptor estacou, as pernas vergaram-lhe, e caiu, arrastando Teresa consigo na queda.

Mas Teresa levantou-se imediatamente; e o fugitivo ficou deitado a debater-se nas convulsões da agonia.

Vampa correu logo para Teresa, porque a dez passos do moribundo lhe tinham falhado as pernas e ela caíra de joelhos, e o rapaz tinha o terrível receio de que a bala que derrubara o seu inimigo tivesse ao mesmo tempo ferido a noiva.

Felizmente, não sucedera tal; fora o terror que paralisara as forças de Teresa. Depois de se certificar bem de que estava sã e salva, voltou-se para o ferido.

Acabava de expirar, de punhos cerrados, a boca contraída pela dor, os cabelos hirtos.

Os olhos tinham-lhe ficado abertos e ameaçadores.

Vampa acercou-se do cadáver e reconheceu Cucumetto.

Desde o dia em que fora salvo pelos dois pastores, o bandido apaixonara-se por Teresa e jurara que havia de ser sua. Desde esse dia espreitara-a; e, aproveitando o momento em que o amante a deixara sozinha para ensinar o caminho ao viajante, raptara-a; e julgava-a já sua, quando a bala de Vampa, guiada pela vista certeira do pastor, lhe atravessou o coração.

Vampa olhou para ele por um instante, sem que no rosto lhe transparecesse a menor comoção, e Teresa, ainda a tremer toda, não se atrevia a aproximar-se do bandido morto senão a passos muito curtos, e lançava, hesitando, a vista para o cadáver por cima do ombro do seu amante.

Mas, uns momentos depois, Vampa voltou-se para ela.

— Ah! ah! — disse —; bem, você está vestida, agora vou eu embonecar-me também.

E, em verdade, Teresa estava vestida desde a cabeça até os pés com o vestuário da filha do conde de San Felice.

Vampa pegou no corpo de Cucumetto, e levou-o para a gruta, ficando da parte de fora.

Se passasse um segundo viajante, veria uma coisa extraordinária: era uma pastora guardando as ovelhas com um vestido de caxemira, brincos e colar de pérolas, pregos de diamantes e botões de safiras, esmeraldas e rubis.

Julgar-se-ia decerto no tempo de Florin, e afirmaria, ao voltar a Paris, que tinha encontrado a pastora dos Alpes sentada ao pé dos montes Sabinos.

Passado um quarto de hora, Vampa saiu da gruta.

O traje dele não era menos elegante no seu gênero do que o de Teresa.

Tinha uma véstia de veludo cor de romã com botões de ouro lavrados, colete de seda todo bordado, manta romana atada ao pescoço, uma cartucheira bordada em ouro e seda encarnada e verde, calções de veludo azul-celeste, apanhados por baixo do joelho com fivelas de diamantes, polainas de pele de gamo bordadas por mil arabescos, e um chapéu em que flutuavam fitas de todas as cores; dois relógios à cinta, e um magnífico punhal metido na cartucheira.

Teresa soltou um grito de admiração. Vampa, com aquele traje, parecia uma pintura de Léopold Robert ou de Schnetz.

Vestira o traje completo de Cucumetto.

O rapaz viu o efeito que produziu na noiva, e passou-lhe pelos lábios um sorriso de orgulho.

— Agora — disse a Teresa —, está disposta a quinhoar a minha sorte, seja ela qual for?

— Estou! — bradou a moça com entusiasmo.

— A acompanhar-me a toda a parte?

— Ao fim do mundo!

— Então, dá-me o braço e partamos, porque não temos tempo a perder.

A moça deu-lhe o braço, sem lhe perguntar, sequer, aonde a conduzia, porque nesse momento ele parecia belo, soberbo e poderoso como um deus.

E encaminharam-se ambos para o bosque, a cuja orla chegaram alguns minutos depois.

Escusado é dizer que todos os caminhos da montanha eram conhecidos de Vampa; meteu-se pois pelo bosque sem hesitação, embora não houvesse nele nenhuma vereda seguida, mas sabendo que direção devia tomar somente pela inspeção das árvores e sarças; andaram assim cerca de hora e meia.

Ao cabo desse tempo, eram chegados ao local mais frondoso do bosque. O leito de uma torrente, que ao tempo estava seco, conduzia a um desfiladeiro profundo. Vampa seguiu aquele caminho, que, metido entre combros e escurecido pela sombra cerrada dos pinheiros, parecia, sem falar na facilidade da descida, o caminho de Averno de que fala Virgílio.

Teresa, a quem a vista daquele lugar silvestre e deserto enchera de medo, achegara-se para o seu guia, sem lhe dizer palavra; mas, como o via andar sempre com passo certo, e lhe divisava no rosto a maior serenidade, tinha força para diminuir também a sua comoção.

Subitamente, a dez passos, apareceu-lhes um homem que estava escondido detrás de uma árvore, e, fazendo pontaria a Vampa, gritou-lhe:

— Nem mais um passo, ou morre!

— Ora essa! — disse Vampa, levantando a mão com gesto de desprezo, ao passo que Teresa, não dissimulando o seu terror, se agarrava a ele — já os lobos se espatifam uns contra os outros?...

— Quem é você? — perguntou a sentinela.

— Sou Luigi Vampa, o pastor de San Felice.

— Que quer?

— Quero falar aos seus companheiros, que estão na clareira Rocca Bianca.

— Então vem comigo — disse a sentinela —, ou melhor, como sabe onde é, vai adiante.

Vampa sorriu com modos de desprezo da precaução do bandido: passou para diante com Teresa, e continuou o seu caminho com o mesmo passo firme e tranqüilo que o trouxera até ali.

Passados cinco minutos, o bandido fez-lhes sinal de que parassem.

Os dois pastores obedeceram.

O bandido imitou três vezes o grito do corvo.

À tríplice chamada, respondeu um grasnido.

— Bem — disse o bandido. — Agora pode seguir o seu caminho.

Luigi e Teresa continuaram a andar.

Mas, à proporção que andavam, Teresa aconchegava-se tremendo ao amante; o certo é que, entre as árvores, viam-se aparecer armas e luzir canos de espingardas.

A clareira de Rocca Bianca era no cimo de uma pequena montanha, que noutro tempo fora decerto um vulcão, e que se extinguira antes de Remo e Rômulo desertarem de Alba para irem edificar Roma.

Teresa e Luigi chegaram ao cimo e viram-se no mesmo instante em frente de uns vinte bandidos.

— Aí vai um sujeito que os procura e deseja falar-lhes — disse a sentinela.

— E o que quer dizer-nos? — perguntou o que na ausência do chefe fazia o lugar de capitão.

— Quero dizer que estou farto de ser pastor — disse Vampa.

— Ah! percebo — disse o bandido —; e vem pedir-nos que o admitamos nas nossas fileiras?

— Bem-vindo seja! — gritaram muitos bandidos de Ferrusino, Pampinara e Agnánia, que conheceram Luigi Vampa.

— Sim; mas venho pedir coisa diferente de ser seu companheiro.

— Então o que vem pedir-nos? — disseram eles, estupefatos.

— Venho pedir-lhes para ser o seu capitão — disse o rapaz.

Os bandidos soltaram uma gargalhada.

— E o que é que fez para aspirar a essa honra? — perguntou o que fazia as vezes do chefe.

— Matei o seu chefe Cucumetto, de que aqui estão os despojos — disse Luigi —, e deitei fogo ao Palácio de San Felice, para dar um vestido de noivado à minha noiva.

Uma hora depois, Luigi Vampa era eleito capitão, em substituição a Cucumetto.

— E daí, meu querido Albert — disse Franz, voltando-se para o seu amigo — o que é que diz agora do cidadão Luigi Vampa?

— Digo que é um mito — respondeu Albert —, e que nunca existiu.

— O que é um mito? — perguntou Pastrini.

— Levaria muito tempo a explicar-lho, meu querido Pastrini — respondeu Franz. — E diz então que o Sr. Vampa exerce neste momento a sua profissão nos subúrbios de Roma?

— E com uma audácia de que nunca nenhum bandido antes dele dera exemplo.

— Então têm sido baldados os esforços da polícia para apanhá-lo?

— Que quer? ele está de combinação tanto com os pastores do campo como com os pescadores do Tibre e os contrabandistas da costa. Se o procuram na montanha, está no rio; se o perseguem no rio, vai para o mar; e depois, de repente, quando o julgam refugiado nas ilhas del Giglio, del Guanouti ou de Monte Cristo, torna a aparecer em Albano, em Tivoli ou em Riccia.

— E como é que procede para com os viajantes?

— Ora! de um modo muito simples. Conforme a distância a que está da cidade, assim lhes dá oito horas, ou doze, ou um dia, para pagarem o seu resgate; e depois desse tempo, concede-lhes uma hora de favor. Ao sexagésimo minuto dessa hora, se o prisioneiro não tem dinheiro, faz-lhe saltar os miolos com um tiro de pistola, ou enterra-lhe o punhal no coração, e acabou-se tudo.

— Então, Albert — perguntou Franz a seu companheiro —, sempre está disposto a ir ao Coliseu por fora da cidade?

— Decerto estou — disse Albert — se o caminho é mais pitoresco!...

Neste momento deram dez horas; abriu-se a porta, e apareceu o cocheiro.

— A carruagem espera por Vossas Excelências — disse ele.

— Bem! — disse Franz —, vamos lá ao Coliseu.

— Pela Porta del Popolo, ou pelas ruas?

— Pelas ruas, não tem que ver, pelas ruas! — exclamou Franz.

— Ah, meu amigo — disse Albert, levantando-se e acendendo novo charuto —, julgava-o menos fracalhão!

E os dois rapazes desceram a escada e entraram na carruagem.

XXXIV. A parição

Franz achara um meio-termo para que Albert chegasse ao Coliseu sem passar diante de nenhuma ruína antiga, e por conseguinte sem que os preparativos graduais tirassem ao colosso um único côvado das suas proporções gigantescas. Era seguir pela Via Sistina, cortar em ângulo reto em frente de Santa Maria Maior e chegar pela Via Urbana a San Pietro in Vincoli à Via del Colosseo.

Este itinerário oferecia mais outra vantagem: era a de não distrair Franz da impressão que nele produzira a história narrada por mestre Pastrini, e na qual se achava envolvido o seu misterioso anfitrião de Monte Cristo. Por isso se encolhera ele no seu canto e ia dirigindo a si mesmo mil perguntas sem poder achar para nenhuma delas resposta satisfatória.

Uma coisa, porém, recordava-lhe ainda o seu amigo Simbad, o *Marítimo*; eram as relações misteriosas entre os bandidos e os marinheiros. O que mestre Pastrini dissera do refúgio que Vampa encontrara nos barcos dos pescadores e dos contrabandistas, recordava a Franz os dois bandidos corsos, que achara ceando com a tripulação do iate, que se desviara do seu caminho e fundeara em Porto Vecchio, só para largá-los em terra. O nome que o seu hóspede de Monte Cristo adotara, pronunciado pelo dono do hotel de Londres, provara-lhe que ele desempenhava nas costas de Piombino, Civita Vecchia, Óstia e Gaeta, o mesmo papel filantrópico que desempenhava nas de Córsega, Toscana e Espanha, e porque ele próprio, se Franz bem se lembrava, tinha falado em Tunes e Palermo, isso provava que era bastante extensa a área das suas relações.

Mas, por mais poder que estas reflexões tivessem no espírito do rapaz, desvaneceram-se quando viu erguer-se diante de si o espetáculo sombrio e gigantesco do Coliseu, entre cujas aberturas a Lua projetava os longos e pálidos raios que saem dos olhos dos fantasmas. A carruagem parou a alguns passos da Mesa Sudana. O cocheiro abriu a portinhola, os dois rapazes saltaram da carruagem e deram de cara com um cicerone que parecia surgir do chão.

Como o cicerone do hotel os acompanhava também, vinham a ter dois.

Mas é impossível evitar em Roma este luxo de guias; além do cicerone geral, que se agarra a uma pessoa no momento em que põe o pé à porta do hotel e que não a larga senão no dia em que põe o pé fora da cidade, há um cicerone especial adido a cada monumento, e direi quase a cada fração de monumento. Já se pode imaginar se faltarão cicerones no Colosseo, isto é, no monumento por excelência, que fazia dizer a Marcial:

"Cesse Mênfis de nos gabar os bárbaros milagres das suas pirâmides, e não mais se cantem as maravilhas da Babilônia; tudo tem que ceder diante do imenso labor do anfiteatro dos Césares, e todas as vozes da fama devem reunir-se para exaltar este monumento."

Franz e Albert não diligenciaram escapar à tirania do cicerone. E ser-lhes-ia tanto mais difícil porquanto só os guias têm direito a percorrer o monumento com archotes. Não fizeram pois resistência, e entregaram-se atados de pés e mãos a seus condutores.

Franz conhecia aquele passeio por tê-lo percorrido já dez vezes. Mas, como seu companheiro, que punha pela primeira vez o pé no monumento de Flávio Vespasiano, deve confessar-se em louvor seu, a despeito da tagarelice ignorante dos seus guias, estava grandemente impressionado. O certo é que quem não a viu não faz idéia da majestade daquela ruína, de que todas as proporções são ainda duplicadas pela claridade misteriosa da Lua meridional, cujos raios parecem um crepúsculo do Ocidente.

Por isso, Franz, o pensador, mal deu cem passos por baixo dos pórticos interiores, deixando Albert entregue aos seus guias, que não queriam renunciar ao direito imprescritível de lhes fazer ver em todas as particularidades a Cova dos Leões, o Camarote dos Gladiadores, o Pódio dos Césares, subiu uma escada meio arruinada, e deixando-os continuar o seu caminho simétrico, foi nada mais nada menos que sentar-se à sombra de uma coluna, em frente a uma chanfradura que lhe permitia abranger com a vista o gigante de granito em toda a sua majestosa área.

Estava Franz ali havia um quarto de hora, oculto, como se disse, na sombra de uma coluna, entretido a olhar para Albert, que acabava de sair de um vomitório colocado na outra extremidade do Coliseu, acompanhado dos seus dois porta-archotes, que, semelhantes a sombras que seguem a um fogo-fátuo, desciam de degrau em degrau aos lugares reservados para as vestais, quando lhe pareceu ouvir rolar nas profundezas do monumento uma pedra destacada da escada situada em frente daquela que subira para chegar ao lugar em que estava sentado. Não é raro destacar-se uma pedra debaixo do pé do tempo e rolar para o abismo; mas desta vez parecia-lhe que fora aos pés de um homem que ela cedera e sentia um rumor de passos, embora quem o produzia fizesse todo o possível para não o deixar perceber.

O certo é que, um instante depois, apareceu um homem, saindo gradualmente da sombra à proporção que subia a escada, cujo orifício, situado em frente de Franz, era alumiado pela Lua, e cujos degraus, à proporção que desciam, se perdiam na escuridão.

Podia ser um viajante como ele, que preferisse uma meditação solitária à tagarelice insignificante dos guias, e portanto a aparição dele nada tinha que pudesse surpreender; mas pela hesitação com que subiu os últimos degraus, e pela maneira por que, chegado à plataforma, parou e pareceu escutar, era evidente que tinha ido ali com um intuito particular, e que esperava alguém.

Por um movimento instintivo, Franz coseu-se o mais que pôde com a coluna.

A dez pés do solo onde ambos estavam, a abóbada era rasgada, e uma abertura redonda, semelhante à de um poço, permitia ver-se o céu.

Em volta daquela abertura, que havia talvez centos de anos dava passagem aos raios da Lua, rompiam tojos cujos verdes e fáceis recortes sobressaíam no azul do firmamento, e do terraço superior pendiam grandes trepadeiras e valentes pernadas de hera e balançavam-se debaixo da abóbada semelhando cordas flutuantes.

O indivíduo cuja chegada misteriosa tinha chamado a atenção de Franz estava colocado numa meia-tinta, que não permitia distinguir-lhe as feições, mas que não era tão carregada que o impedisse de lhe ver o traje: envolvia-se num grande capote pardo, de que uma das bandas, atirada para o ombro esquerdo, lhe tapava a parte inferior da cara, ao passo que um chapéu de abas larguíssimas lhe tapava a parte superior. Só a extremidade do traje lhe era iluminada pela luz oblíqua que se escoava pela abertura, e que permitia distinguir uma calça preta caindo elegantemente numa bota de polimento.

Aquele homem pertencia evidentemente, senão à aristocracia, à alta sociedade.

Estava ali havia alguns minutos, e começava a dar visíveis sinais de impaciência, quando no terraço superior se ouviu um leve ruído.

No mesmo instante uma sombra interceptou a luz. Na abertura apareceu um homem. Este afundou a vista penetrante nas trevas e viu o homem do capote; agarrou-se imediatamente às trepadeiras que pendiam, e pela hera flutuante, deixou-se escorregar, e chegado a três ou quatro pés do solo, saltou ligeiramente para o chão. Usava o traje completo de um transtiberino.

— Desculpe-me Vossa Excelência — disse ele em dialeto romano — se o fiz esperar. Mas a demora não passou de alguns minutos. Acabaram de dar dez horas em Saint-Jean-de-Latran.

— Fui eu que vim antes da hora e não você que chegou tarde — respondeu o estrangeiro no mais puro toscano —; e, portanto, nada de cerimônias; e ainda que me fizesse esperar, logo suporia que era por algum motivo independente da sua vontade.

— E teria Vossa Excelência razão, venho do Castelo de Saint-Ange, e tiver a maior dificuldade em falar a Beppo.

— Quem é Beppo?

— Beppo é um empregado da prisão, a quem dou uma pequena mesada para saber o que se passa dentro do castelo de Sua Santidade.

— Ah! ah! vejo que é homem previdente.

— Que quer Vossa Excelência? Não se sabe o que pode vir a acontecer; talvez eu também venha a ser um dia apanhado na rede como o pobre Pepino, e tenha necessidade de um rato que me roa as malhas da prisão.

— E então o que soube?

— Haverá duas execuções na terça-feira, às dez horas, como é costume em Roma por ocasião de começarem as grandes festas. Será *mazzolato* um condenado: é um miserável que matou um padre que o tinha educado, e não merece que ninguém se interesse por ele. O outro será decapitado, e este é o pobre Pepino.

— Que quer, meu caro? você inspira tamanho terror, não só ao governo pontifício, mas também aos reinos vizinhos, que querem dar absolutamente um exemplo.

— Mas Pepino nem faz parte da minha gente, é um pobre pastor, que não cometeu outro crime senão fornecer-nos víveres.

— O que o constitui perfeitamente seu cúmplice. Por isso, vê que há muita contemplação com ele: em vez de o moerem como lhe hão de fazer um dia se o apanharem, contentar-seão em guilhotiná-lo. Isso dará variedade aos divertimentos do povo, e haverá espetáculo para todos os gostos.

— Sem contar com o que eu lhe preparo e que ele não espera — respondeu o transtiberino.

— Meu amigo, permita-me que lhe diga — replicou o homem do capote — que me parece muito disposto a fazer alguma parvoíce.

— Estou disposto a tudo para impedir a execução do pobre diabo, que se vê em talas por me haver servido. Pela Madona! considerar-me-ia um covarde se não fizesse alguma coisa por aquele rapaz.

— E o que pretende fazer?

— Postar uns vinte homens em volta do cadafalso, e, no momento em que o levarem para lá, a um sinal que eu der, arrojar-nos-emos de punhal em punho sobre a escolta e arrancá-lo-emos.

— Parece-me isso arriscado, e creio decididamente que o meu projeto vale mais do que o seu.

— E qual é o projeto de Vossa Excelência?

— Dar duas mil piastras a alguém que eu sei, e que obterá que a execução de Pepino seja adiada para o ano que vem; e depois, pelo ano adiante, dar outras mil piastras a outrem, que eu sei também, e fazê-lo evadir-se da prisão.

— E tem a certeza de bom resultado?

— *Pardieu* — disse em francês o homem do capote.

— Como? — perguntou o transtiberino.

— Digo, meu caro, que eu só hei de fazer mais com o meu dinheiro do que você e toda a sua gente, com os seus punhais, pistolas, carabinas e bacamartes. Deixe-me cá.

— Às mil maravilhas! Mas se Vossa Excelência não tirar resultado, cá estamos nós prontos.

— Pois nesse caso estejam prontos, se assim o querem; mas podem ter certeza de que lhes alcanço o adiamento.

— Olhe que é já depois de amanhã, terça-feira. Só tem o dia de amanhã.

— Pois sim! mas o dia compõe-se de vinte e quatro horas, e cada hora de sessenta minutos, e cada minuto de sessenta segundos; em oitenta e seis mil e quatrocentos segundos faz-se muita coisa.

— E como havemos nós de saber se Vossa Excelência alcançou o que se deseja?

— De um modo muito simples: aluguei as três últimas janelas do café Rospoli; se alcançar a suspensão da execução, as duas janelas dos lados estarão armadas de damasco amarelo, e a do meio de damasco branco com uma cruz encarnada.

— Muito bem! E por quem mandará entregar o mandado de suspensão da execução?

— Mande-me um homem dos seus disfarçado de penitente que

eu lho darei. A coberto do seu traje, chegará ao pé do cadafalso e entregará o mandado ao chefe da confraria, que o dará ao carrasco. Entretanto, faça saber esta notícia a Pepino; não morra ele de medo ou não enlouqueça, tornando desse modo inútil a despesa que houvéssemos feito por ele.

— Ouça — disse o camponês —, eu sou-lhe muito dedicado, e Vossa Excelência está convencido disso, não é verdade?

— Assim o creio.

— Pois se salvar Pepino, será mais que dedicação para o futuro, será obediência.

— Repara bem no que diz, meu amigo! pode vir tempo em que lhe recorde, porque pode vir tempo em que eu precise de você...

— Pois, na hora em que precisar de mim, Vossa Excelência achar-me-á como eu o acho nesta hora; e então, ainda que estivesse no cabo do mundo, não tinha mais do que escrever-me: Faz isto e fá-lo-ei, palavra de...

— Cale-se! — disse o desconhecido — ouço rumor.

— São viajantes que visitam o Coliseu com archotes.

— É inútil que nos vejam juntos. Esses espiões dos guias podiam conhecer-nos e por muito honrosa que seja a sua amizade, meu amigo, se souberem que nós temos tantas relações, receio vir a perder por esse fato o tal ou qual crédito que tenho.

— Então, se alcançar a suspensão?

— A janela do meio estará armada de damasco branco, com uma cruz encanada.

— E se não a alcançar?

— Estarão todas três de amarelo.

— E nesse caso?

— Nesse caso, meu amigo, podem trabalhar de punhal à vontade, permito-lho, e lá estarei para ver.

— Adeus; conto com Vossa Excelência, e Vossa Excelência conte comigo.

Dito isto, o transtiberino desapareceu pela escada, e o desconhecido, tapando mais ainda a cara com o capote, passou a dois passos de Franz e saiu para a arena pelos degraus externos.

Um segundo depois, Franz ouviu ressoar o seu nome nas abóbadas: era Albert que o chamava.

Esperou, para responder, que os dois homens se houvessem afastado, não querendo que soubessem que tinham tido uma testemunha, que, se não lhes tinha visto as caras, não tinha perdido uma palavra da conversa.

Dez minutos depois, Franz rodava para o hotel de Espanha,

ouvindo com distração importuna a sábia dissertação que Albert fazia, segundo Plínio e Calpúrnio, acerca das redes eriçadas de pontas de ferro, que impediam os animais ferozes de se atirarem aos espectadores.

Daqueles dois homens, um era-lhe decerto desconhecido, e era a primeira vez que o via e o ouvia, mas não lhe sucedia o mesmo com o outro, e, embora Franz não lhe houvesse distinguido a cara, constantemente metida na sombra ou escondida pelo capote, a inflexão da voz impressionara-o muito da primeira vez que a ouvira para que lhe pudesse soar aos ouvidos sem a conhecer. Havia principalmente nas entoações sarcásticas o quer que fosse de estridente e metálico, que o fizera estremecer nas ruínas do Coliseu como na gruta de Monte Cristo. Estava, pois, convencidíssimo de que aquele homem não era outro senão Simbad, o *Marítimo*.

Por isso, noutra qualquer circunstância, tamanha era a curiosidade que aquele homem lhe inspirava, que se faria reconhecer por ele; mas, nesta ocasião, a conversação que acabava de ouvir era íntima demais para não o fazer conter, pelo receio sensatíssimo de que a sua aparição não lhe seria agradável. Deixara-o pois afastar, como se vira, mas com a firme intenção de, se tornasse a encontrá-lo outra vez, não deixar escapar essa segunda ocasião como fizera à primeira.

Franz estava preocupado demais para poder dormir bem. Empregou a noite em volver e revolver no espírito todas as circunstâncias que o ligavam ao homem da gruta e ao desconhecido do Coliseu, e que tendiam a fazer desses dois personagens o mesmo indivíduo, e, quanto mais Franz pensava, tanto mais se firmava nessa opinião.

Adormeceu já de dia, o que fez com que acordasse tardíssimo. Albert, como verdadeiro parisiense, tomara já as suas precauções para a noite. Mandara buscar um camarote ao Teatro Argentina.

Franz, que tinha de escrever muitas cartas para a França, deixou por todo o dia a carruagem a Albert.

Às cinco horas voltou Albert para casa; tinha entregado as suas cartas de recomendação, trazia convites para todas as noites e vira Roma.

Para tudo isso lhe bastara um dia.

E ainda lhe restava tempo para informar-se da peça que se representava e dos atores que a desempenhavam.

A peça intitulava-se *Parisina*; e os atores tinham por nome Coselli, Moriani e a Spech.

Os nossos dois rapazes não eram tão infelizes como isso: iam assistir à representação de uma das melhores óperas do autor da

Lúcia de *Lammermoor*, desempenhada por três artistas dos mais afamados da Itália.

Albert nunca pudera habituar-se aos teatros ultramontanos, para cuja primeira fila se não vai, e que não têm balcões, nem camarotes abertos; era duro para um homem, que tinha a sua cadeira de assinatura nos Buffos e uma parte num camarote da ópera.

O que não obstava a que Albert se vestisse com o maior esmero todas as vezes que ia à ópera com Franz; esmero que era absolutamente perdido, porque, deve-se confessar para vergonha de um dos representantes mais dignos da elegância parisiense, havia quatro meses que corria a Itália em todos os sentidos, e não tinha tido uma aventura sequer.

Albert queria às vezes gracejar a este respeito; mas a verdade era que o mortificava altamente a idéia de que ele, Albert de Morcerf, um dos rapazes mais da moda, não tinha feito ainda nenhuma conquista. E o fato era tanto mais para desgostá-lo que, segundo o costume modesto dos nossos compatriotas, partira de Paris com a convicção de que ia ter as melhores fortunas, fazendo depois as delícias do *boulevard* de Gand com a narração delas.

Nada disso sucedera: encantadoras condessas genovesas, florentinas e napolitanas tinham-se contentado, não com os seus maridos, mas com os seus amantes, e Albert adquirira a cruel convicção de que as italianas têm quando menos sobre as francesas a vantagem de serem fiéis na sua infidelidade.

Não quero dizer que na Itália não haja exceções, como as há em toda parte.

E todavia, Albert era não só um cavalheiro elegante, senão também homem de muito espírito; demais, era visconde de nobreza moderna, é verdade; mas, hoje, que já se não exigem provas, que importa que a nobreza date de 1399 ou de 1815? E por cima de tudo isso, tinha cinqüenta mil libras de renda. Mais do que o preciso, como se vê, para fazer estrondo em Paris. Era pois um tanto para humilhar o não ter dado ainda seriamente nas vistas de ninguém em nenhuma das cidades por onde passara.

Mas por isso as esperanças dele estavam em Roma, durante o carnaval, que é, em todos os países da Terra que celebram esta estimável instituição, a época de liberdade, em que os mais severos se deixam arrastar a algum ato de loucura. Ora, como o carnaval começava no dia seguinte, era importantíssimo que Albert deitasse as suas linhas antes disso.

Albert tinha, pois, com essa intenção alugado um dos camarotes mais aparentes do teatro, e de molde para nele se ostentar com um vestuário irrepreensível. Era na primeira ordem. E as três primeiras ordens são tão aristocráticas umas como as outras, motivo por que lhes chamam as ordens nobres.

E esse camarote, onde cabiam doze pessoas à larga, custara aos dois amigos menos do que um camarote para quatro pessoas no Ambigu.

Outra esperança nutria ainda Albert, e era que, se chegasse a tomar lugar no coração de uma bela romana, isso o conduziria naturalmente a conquistar um posto na carruagem, e por conseguinte a ver o carnaval do alto de um veículo aristocrático, ou de uma janela principesca.

Todas estas considerações o tornaram portanto mais ativo do que nunca. Voltava as costas aos cantores, inclinando-se para fora do camarote e assestando um binóculo de seis polegadas de comprimento para todas as mulheres bonitas.

O que não fazia que uma única mulher bonita recompensasse com um único olhar, de curiosidade sequer, os movimentos do parisiense.

O certo é que todos conversavam nos seus negócios, nos seus amores, nos seus prazeres, no carnaval, que começava no dia seguinte, na Semana Santa próxima, sem darem atenção, por um instante que fosse, aos cantores ou à ópera, excetuando os momentos indicados, em que todos se voltavam então, ou à espera de um recitativo de Coselli, ou para aplaudir algum trecho brilhante de Moriani, ou para gritar bravo à Spech; depois as conversações particulares continuavam como de costume.

No fim do primeiro ato, abriu-se a porta de um camarote que estivera desocupado até então, e Franz viu entrar uma pessoa, a quem tinha tido a honra de ser apresentado em Paris, e que julgava ainda na França. Albert viu o movimento que o seu amigo fez àquela aparição, e voltando-se para ele:

— Conhece aquela mulher? — perguntou-lhe.

— Conheço; que tal lhe parece?

— Encantadora, meu amigo, e loira! Oh, que adoráveis cabelos! É francesa?

— É veneziana.

— E como se chama?

— Condessa G...

— Oh, conheço-a de nome! — exclamou Albert —; dizem que é tão espirituosa quanto bonita! Com os diabos! Quando penso que podia ter-lhe sido apresentado no último baile da Sr.ª de Villefort, e que não estive para isso; confesso que fui um asno!

— Quer que eu lhe repare essa falta? — perguntou Franz.

— Pois quê! conhece-a com tanta intimidade que possa levar-me ao camarote dela?

— Tive a honra de lhe falar três ou quatro vezes na minha vida; mas, como sabe, é quanto basta para não ser uma inconveniência ir cumprimentá-la.

Neste momento a condessa avistou Franz e dirigiu-lhe com a mão um sinal gracioso, a que ele correspondeu com uma respeitosa inclinação de cabeça.

Ora essa! parece-me que está em excelentes relações com ela — disse Albert.

— Pois é o que o engana e o que faz com que nós franceses pratiquemos muitas vezes tolices. Para que se há se submeter tudo ao modo de ver parisiense? Na Espanha, e na Itália principalmente, nunca ajuíze da intimidade das pessoas pela liberdade das relações. A condessa e eu achamo-nos com simpatia um pelo outro.

— Simpatia de coração? — perguntou Albert, rindo.

— Não, de espírito — respondeu seriamente Franz.

— E em que ocasião?

— Por ocasião de um passeio ao Coliseu, semelhante ao que demos juntos.

— À luz da Lua?

— Sim.

— Sós?

— Pouco menos.

—E falaram...

— Dos mortos.

—Ah! — exclamou Albert — isso devia ser realmente divertidíssimo. Pois eu prometo-lhe que, se tiver a fortuna de acompanhar a bela condessa num passeio semelhante, não lhe hei de falar senão dos vivos.

— E talvez não faça bem.

— Mas, vai apresentar-ma como me prometeu?

— Logo que o pano desça.

— Este primeiro ato parece que não tem fim!

— Ouça o final, que é muito bonito, e Coselli canta-o admiravelmente.

— Oh! mas que figura!

— A Spech é quanto se pode ser de dramática.

— Você compreende que quando se ouviram a Sontag e a Malibran...

— Não acha excelente o método da Moriani?

— Não gosto das trigueiras que cantam como loiras.

— Ai, meu amigo — disse Franz, voltando-se ao passo que Albert continuava a deitar o binóculo —, na verdade está muito difícil.

Até que o pano caiu, com grande satisfação do visconde de Morcerf, que pegou o chapéu, passou rapidamente a mão pelos cabelos, endireitou a gravata e os punhos, e disse a Franz que estava à espera dele.

Como pela sua parte a condessa, que Franz interrogava com os olhos, lhe dera a entender por um sinal que seria bem recebido, Franz não se demorou a satisfazer o desejo de Albert, e acompanhado pelo amigo, que aproveitou o caminho para compor as pregas que os movimentos tinham feito no colarinho e na gola do casaco, deu a volta do hemiciclo, e foi bater à porta do camarote n.º 4, que era o que a condessa ocupava.

Levantou-se imediatamente o rapaz, que estava sentado ao lado dela à frente do camarote, cedendo o lugar, segundo o costume italiano, ao recém-chegado, que deve cedê-lo do mesmo modo a outra visita que se presente.

Franz apresentou Albert à condessa como um dos nossos moços mais distintos pela sua posição social e pelo seu espírito; o que era verdade, porque em Paris e na sociedade em que vivia, Albert era um cavalheiro irrepreensível. Acrescentou que, desesperado por não ter sabido aproveitar a estada da condessa em Paris, para lhe ser apresentado, o encarregara de reparar essa falta, encargo que desempenhava pedindo à condessa, a quem também ele precisaria que o apresentassem, que lhes desculpasse a indiscrição.

A condessa respondeu fazendo um cumprimento encantador a Albert, e estendendo a mão a Franz.

Albert, convidado por ela, tomou o lugar vago à frente, e Franz sentou-se por detrás da condessa.

Albert achara um excelente assunto de conversação, era Paris: falava à condessa dos seus conhecimentos comuns. Franz compreendeu que estava em bom caminho. Deixou-o andar, e, pedindo-lhe o binóculo colossal, entrou, muito naturalmente, também a explorar a sala.

Só, à frente de um camarote, situado na terceira ordem defronte deles, estava uma mulher admiravelmente bela, vestida com traje grego, e com acenos tão desembaraçados, que evidentemente era aquele o seu traje usual.

Por detrás dela, na sombra, desenhava-se o vulto de um homem, cujo rosto era impossível distinguir.

Franz interrompeu a conversação de Albert e da condessa para perguntar a esta se conhecia a bela albanesa que era tão digna de cativar não só a atenção dos homens, mas também a das mulheres.

— Não — disse ela —; o que sei é que está em Roma desde o princípio da estação, porque na abertura do teatro, a vi no mesmo camarote; e, há um mês, que não falta a uma única récita, ora acompanhada pelo homem que está com ela neste momento, ora seguida simplesmente por um criado preto.

— Que tal a acha, condessa?

— Muito bonita. Medora devia parecer-se com aquela mulher.

Franz e a condessa trocaram um sorriso. Ela continuou a conversar com Albert, e Franz a deitar o binóculo para a sua albanesa.

Levantou-se o pano para o bailado. Era uma dessas boas danças italianas postas em cena pelo famoso Henri, que adquirira como coreógrafo, na Itália, uma reputação colossal, que o desgraçado perdeu no teatro náutico; uma dessas danças em que toda a gente, desde a primeira figura até o último comparsa, toma parte tão ativa na ação, que cento e cinqüenta pessoas executam a um tempo o mesmo gesto e levantam a um tempo o mesmo braço, ou a mesma perna.

Chamavam àquele bailado *Poliska*.

Franz estava tão preocupado com a sua linda grega, que não fazia caso da dança, por mais interessante que fosse. Ela, porém, demonstrava causar-lhe o maior prazer aquele espetáculo, prazer que estava em oposição suprema com a indiferença profunda do homem que a acompanhava, e que, enquanto durou a obra-prima coreográfica, não fez um movimento, parecendo, a despeito do barulho infernal que saía das trombetas, dos pratos e das campainhas da orquestra, gozar as celestes doçuras de um sono pacífico e radiante.

Acabou o bailado e desceu o pano no meio dos aplausos frenéticos de uma platéia entusiasmada.

Graças a este costume de dividir a ópera por um bailado, os entreatos são curtíssimos na Itália, os cantores têm tempo de descansar e mudar de traje, enquanto os dançarinos executam as suas piruetas e dão os seus saltos.

Começou a sinfonia do segundo ato. À primeira arcada, Franz viu o dorminhoco levantar-se vagarosamente e chegar-se para a grega, que se voltou para lhe dirigir algumas palavras, e se encostou de novo à borda do camarote.

Continuava a estar na sombra a cara do seu interlocutor, e Franz não podia distinguir-lhe nenhuma das feições.

Subiu o pano. A atenção de Franz era cativada pelos atores, e os seus olhos deixaram por um instante o camarote da linda grega, para se dirigirem para a cena.

O ato começa, como se sabe, pelo dueto do sonho: Parisina, deitada, deixa escapar diante de Azzo o segredo do seu amor por Ugo; o esposo traído passa por todos os furores do ciúme, até que, convencido de que a mulher lhe é infiel, a desperta para lhe anunciar a sua próxima vingança.

Este dueto é um dos mais belos, mais expressivos e mais terríveis que saíram da pena fecunda de Donizetti. Franz ouvia-o pela terceira vez; e, embora não passasse por um melômano de força, produziu nele profundo efeito. Ia por conseqüência juntar os seus aplausos aos da sala, quando as mãos, prontas para se reunirem, ficaram afastadas, e o bravo que ia a sair-lhe da boca lhe expirou nos lábios.

O homem do camarote estava em pé, e, como a luz lhe dava no rosto, Franz acabava de reconhecer o misterioso habitante de Monte Cristo, aquele de quem na véspera se lhe afigurara reconhecer a figura e a voz nas ruínas do Coliseu. Não havia que duvidar, o singular viajante habitava Roma.

Sem dúvida a expressão do rosto de Franz estava em harmonia com a perturbação que essa aparição lhe causava no espírito, porque a condessa olhou para ele, desatou a rir, e perguntou-lhe o que tinha.

— senhora condessa — respondeu Franz —, perguntei-lhe ainda agora se conhecia aquela mulher albanesa, e agora perguntar-lhe-ei: conhece o marido?

— Também não conheço — respondeu a condessa.

— Nunca reparou nele?

— Isso é que é uma pergunta à francesa! O senhor bem sabe que, para nós italianas, não há no mundo outro homem senão o que amamos!

— Em todo caso — disse ela, chegando aos olhos o binóculo de Albert e dirigindo-o para o camarote —, é algum desenterrado, algum defunto saído do túmulo com licença do coveiro, porque me parece terrivelmente pálido.

— É sempre assim — respondeu Franz.

— Então conhece-o? — perguntou a condessa —; nesse caso, sou eu que lhe pergunto quem ele é.

— Creio que já o vi, e parece-me que o conheço.

— Em verdade — disse ela, fazendo um movimento com os lindos ombros como se lhe corresse as veias um calafrio — compreendo que, em se vendo aquele homem, não se torne a esquecer.

O efeito que Franz experimentara não era, portanto, uma impressão particular, uma vez que outra pessoa o sentia como ele.

— E — perguntou Franz à condessa, depois de ela haver deitado o binóculo segunda vez — que idéia faz daquele homem?

— Parece-me Lorde Ruthwen em carne e osso.

Esta nova recordação de Byron impressionou Franz: se houvesse algum homem que pudesse fazer acreditar na existência dos vampiros, era aquele.

— Preciso saber quem é — disse Franz, levantando-se.

Oh, não! — exclamou a condessa —; não me deixe, conto com o senhor para me acompanhar, e prendo-o.

— Pois quê, minha senhora! — disse Franz, falando-lhe ao ouvido — tem medo?

— Ouça — disse-lhe ela —, Byron jurou-me que cria em vampiros, e disse-me que os tinha visto, pintou-me a cara deles, e é tal qual aquilo: aqueles cabelos pretos, aqueles olhos brilhando como uma chama singular, aquela palidez mortal; e, depois, note que ele não está com uma mulher como todas as mulheres, está com uma estrangeira... uma grega... uma cismática... sem dúvida alguma mágica como ele. Peço-lhe que não vá até lá. Amanhã pode procurá-lo, se quiser, mas hoje declaro-lhe que não o deixo.

Franz insistiu.

— Ouça — disse ela, levantando-se —, não posso demorar-me até o fim do espetáculo, tenho visitas em casa; será o senhor tão pouco amável que me recuse a companhia?

Não havia outra resposta que dar senão pegar o chapéu, abrir a porta e oferecer o braço à condessa.

Foi o que ele fez.

A condessa estava na verdade muito comovida e o próprio Franz não podia esquivar-se a um certo terror supersticioso, tanto mais natural quanto o que era na condessa produto de uma sensação instintiva, era nele resultado de uma recordação.

Sentiu-a tremer ao subir para a carruagem.

Acompanhou-a a casa; não estava lá ninguém, e não era ainda esperada; ele lançou-lhe isso em rosto.

— Em verdade — disse-lhe ela — não me sinto bem, e tenho precisão de estar só; a vista daquele homem transtornou-me toda.

Franz tentou rir.

— Não ria — disse-lhe ela — nem tenha vontade disso. E há de prometer-me uma coisa?

— O quê?

— Prometa.

— Tudo quanto quiser, exceto renunciar a descobrir quem ele seja. Tenho motivos, que não posso dizer-lhe, para desejar saber quem ele é, de onde vem e para onde vai.

— De onde vem, não sei eu; mas para onde vai, posso dizer-lho; vai com certeza para o Inferno.

— Mas diga-me qual a promessa que a senhora condessa queria exigir de mim — disse Franz.

— Ah! É que vá daqui direto para o hotel e não procure ver esta noite aquele homem. Há certas afinidades entre as pessoas que se largam e as pessoas com quem se encontra. Não sirva de condutor entre mim e aquele homem. Busque-o amanhã, se lhe parecer, mas não mo apresente nunca, se não quer que eu morra de medo. E boa noite, veja se dorme; eu bem sei quem o não poderá fazer.

Ditas estas palavras, a condessa deixou Franz — sem saber se ela se divertia à custa dele ou se efetivamente sentira o medo que mostrava.

Ao entrar no hotel, Franz encontrou Albert de roupão, calça de pé, voluptuosamente estirado numa cadeira e fumando charuto.

— Ah, é o Franz — disse-lhe ele —; palavra que não o esperava senão amanhã!

— Meu querido Albert — respondeu Franz —, muito estimo ter ocasião de lhe dizer de uma vez por todas que está muito enganado com as mulheres italianas; pois parece-me que as suas decepções amorosas deviam ter-lhe feito perder a má idéia.

— O que quer, se estas endemoninhadas mulheres não se entendem? Elas dão a mão a uma pessoa, apertam-lha; falam-lhe baixo, pedem-lhe que as acompanhe a casa: com a quarta parte disso, uma parisiense perderia a reputação.

— Pois é exatamente por não terem nada, mas nada que esconder, por viverem às claras, que fazem tão pouca cerimônia no belo país onde ressoa o *si*, como diz Dante. Ademais, você bem viu que a condessa teve realmente medo.

— Medo de quê? daquele pobre homem que estava defronte de nós com a linda grega? Mas eu quis tirar-me de dúvidas e fiz-me encontrado com eles no corredor. Não sei onde diabo foram buscar essas idéias do outro mundo! É um lindo homem, de maneiras distintas, e que me dá ares de vestir de França, no Blin ou no Humann; um pouco pálido, é verdade, mas você sabe que a palidez é um sinete de distinção.

Franz sorriu — Albert tinha pretensões a ser pálido.

— Por isso — disse-lhe Franz —, estou convencido de que as idéias da condessa acerca dele não têm senso comum. Diga-me, ouviu-lhe algumas palavras?

— Ouvi, mas em romaico. Conheci o idioma por algumas palavras gregas desfiguradas. Devo dizer-lhe, meu amigo, que eu era fortíssimo em grego.

— Então falava romaico? É provável. Não há que duvidar — murmurou Franz —, é ele.

— O que diz?

— Nada. Então o que fazia você?

— Queria fazer-lhe uma surpresa.

— O que era?

— Sabe que é impossível arranjar uma caleche?

— Se sei! fizemos debalde quanto era humanamente possível para obter isso.

— Pois tenho uma idéia maravilhosa.

Franz olhou para Albert como homem que não tinha muita confiança na imaginação dele.

— Meu querido — disse Albert —, está me honrando com um olhar, que devia levar-me a pedir-lhe uma reparação.

— Estou pronto para lha dar, meu amigo, se a idéia é tão engenhosa quanto diz.

— Ouça.

— Estou ouvindo.

— Não há meio de arranjar carruagem, não é verdade?

— Não.

— Nem cavalos?

— Tampouco.

— Mas pode-se arranjar um carro?

— Talvez.

— E uma junta de bois?

— É provável.

— Pois, meu amigo, está tudo arranjado. Manda-se armar o carro, vestimo-nos de ceifeiros napolitanos e representamos ao natural o magnífico quadro de Leopoldo Robert. Se, para maior parecença, condessa quiser vestir o traje de uma mulher de Puzzolo ou de Sorrento, a mascarada ficará completa, e ela é tão formosa que todos a tomarão pelo original da mulher com a criança.

— Sim, senhor! — exclamou Franz — desta vez tem razão, Albert, a idéia é em verdade feliz.

E inteiramente nacional, reproduzida dos reis preguiçosos, meu amigo, nada menos! Ah! os senhores romanos julgam que a gente há de andar a pé pelas ruas como lazarone, e isso porque lhes faltam caleches e cavalos! Inventam-se.

— E já participou a alguém essa triunfante lembrança?

— Ao dono do hotel. Quando entrei, mandei-o chamar e expus-lhe os meus desejos. Assegurou-me que não havia nada mais fácil; queria mandar dourar os paus dos bois, porém ele disse-me que para isso eram precisos três dias: teremos que passar sem essa superfluidade.

— E onde está ele?
— Quem?
— O dono do hotel.
— Foi tratar disso. Amanhã já seria tarde.
— De modo que há de dar a resposta esta noite?
— Estou à espera dele.
Neste momento abriu-se a porta, e mestre Pastrini meteu a cabeça.
— *Permesso*? — disse ele.
— Decerto que é permitido! — exclamou Franz.
— E daí? — disse Albert — arranjou-nos o carro requisitado e os bois pedidos?
— Achei melhor do que isso — respondeu com uns modos de completa satisfação de si.
— Ai, meu querido Pastrini, tome cuidado! — disse Albert — o melhor é inimigo do bom.
— Fiem-se em mim Vossas Excelências — disse o hoteleiro.
— Mas o que é? — perguntou Franz.
— Os senhores sabem — disse mestre Pastrini — que o conde de Monte Cristo habita ao pé de Vossas Excelências?
— Assim o creio — disse Albert —, porque é por causa dele que estamos alojados como dois estudantes na Rua de Saint-Nicolas-du-Chardonnet.
— Pois ele, sabendo do embaraço em que estavam, manda oferecer-lhes dois lugares na sua carruagem e dois lugares nas suas janelas do palácio de Rospoli.
Albert e Franz olharam um para o outro.
— Mas — perguntou Albert — devemos aceitar o oferecimento de um estranho, de um homem que não conhecemos?
— Que qualidade de homem é esse conde de Monte Cristo? — perguntou Franz ao dono do hotel.
— É um fidalgo siciliano ou maltês, não sei ao certo, mas nobre como um Borghese e rico como uma mina de ouro.
— Parece-me — disse Franz a Albert — que se o homem fosse tão delicado quanto mestre Pastrini diz, ter-nos-ia mandado convidar de outro modo, ou escrevendo-nos, ou...
Neste momento bateram à porta.
— Entre — disse Franz.
No limiar da porta do quarto apareceu um criado trazendo libré perfeitamente elegante.
— Da parte do Sr. Conde de Monte Cristo, para o Sr. Franz d'Épinay e para o Sr. Visconde Albert de Morcerf — disse.

E apresentou ao hoteleiro dois bilhetes-de-visita, que ele entregou aos rapazes.

— O Sr. Conde de Monte Cristo — continuou o criado — pede licença a Suas Excelências para visitá-los amanhã de manhã como seu vizinho, e deseja saber a que horas estão dispostos a recebê-lo.

— Isto é que se chama com todos os matadores! — disse Albert a Franz.

— Diga ao Sr. Conde — respondeu Franz — que somos nós que teremos a honra de ir visitar Sua Excelência.

O criado retirou-se.

— Isto é que se chama um assalto de elegância — disse Albert —; vamos, decididamente mestre Pastrini tinha razão, é um homem em extremo delicado o seu conde de Monte Cristo.

— Então o que decidem, aceitam o oferecimento? — perguntou o hoteleiro.

— Decerto que sim — respondeu Albert. — Entretanto, confesso-lhe que tenho pena do nosso carro e dos ceifeiros; e, se a janela do palácio Rospoli não viesse compensar o que perdemos, creio que preferiria a minha primeira idéia: o que diz, Franz?

— Digo que também são as janelas do palácio Rospoli que me decidem — respondeu Franz a Albert.

— O certo é que o oferecimento de dois lugares numa janela do palácio Rospoli recordava a Franz a conversação que ouvira nas ruínas do Coliseu entre o seu desconhecido e o seu transtiberino, conversação em que o homem do capote se comprometera a alcançar que fosse suspensa a execução do condenado.

Ora, se o homem do capote fosse, como tudo fazia crer a Franz, o mesmo cuja aparição na sala argentina o preocupara tanto, reconhecê-lo-ia sem dúvida nenhuma, e então nada o impediria de satisfazer a sua curiosidade em relação a ele.

Franz passou uma parte da noite a sonhar com as suas duas aparições e a desejar o dia seguinte.

O dia seguinte devia esclarecer tudo; e, desta vez, a menos que o seu hóspede de Monte Cristo não possuísse o anel de Gyges, e, graças a esse anel, a faculdade de se tornar invisível, era evidente que nada lhe escaparia.

Por isso acordou antes das oito horas.

Albert, esse, como não tinha os mesmos motivos que Franz para madrugar, dormia ainda a sono solto.

Franz mandou chamar o dono do hotel, que se apresentou com as maneiras obsequiosas do costume.

— Mestre Pastrini — disse-lhe ele —, não há hoje uma execução?

— Há, mas se Vossa Excelência me pergunta isso para ter janela, fala já tarde.

— Não — replicou Franz: — se eu fizesse muito empenho em ver esse espetáculo, acharia lugar no monte Píncio.

— Oh! presumia que Vossa Excelência não havia de querer misturar-se com o povoléu de que esse monte é de certo modo o anfiteatro natural.

— É provável que não vá para lá — disse Franz —; mas desejaria alguns pormenores.

— Quais?

— Queria saber o número dos condenados, os nomes e o gênero de suplício.

— Isso vem mesmo ao pintar! acabam de me trazer as *tavolette*.

— O que são as *tavolette*?

— As *tavolette* são tabuletas de pau, que se penduram a todas as esquinas de rua na véspera das execuções e nas quais se colam os nomes dos condenados, a causa da condenação e o modo do suplício. Este aviso tem por fim convidar os fiéis a rogarem a Deus para que dê aos culpados um arrependimento puro e sincero.

— E trazem-lhe essas *tavolette* para que o senhor junte as suas orações às dos fiéis? — perguntou Franz, com modos de dúvida.

— Não, senhor; entendi-me com o colador dos nomes, e traz-me isso como me traz os cartazes do espetáculo, para prevenir os meus hóspedes que desejarem assistir à execução.

— Ah, mas é uma atenção de todo ponto delicada! — exclamou Franz.

— Ora! — disse mestre Pastrini, sorrindo — posso gabar-me de fazer o mais que é possível para satisfazer os nobres estrangeiros que me honram com a sua confiança.

— É o que vejo, meu amigo! e é o que repetirei a quem quiser ouvi-lo, pode ter certeza. Mas desejava ler uma dessas *tavolette*.

— É muito fácil — disse o hoteleiro, abrindo a porta — mandei-a pôr ali no corredor.

Saiu, desprendeu a *tavolette* e apresentou-a a Franz.

Eis a tradução literal do cartaz patibular:

"Faz-se saber a todos que na terça-feira, 22 de fevereiro, primeiro dia do carnaval, serão, por sentença do Tribunal da Rota, executados na Praça del Popolo os chamados Andreia Rondolo, culpado de assassínio na pessoa respeitabilíssima e venerabilíssima de D. César Torloni, cônego da Igreja de Saint-Jean-de-Latran, e o chamado

Pepino, por alcunha *Rocca Priori*, convicto de cumplicidade com o detestável bandido Luigi Vampa e os homens da sua quadrilha.

O primeiro será *mazzolato*.

E o segundo *decapitato*.

Roga-se às almas caritativas que peçam a Deus um sincero arrependimento nestes infelizes condenados."

Era o que Franz ouvira na antevéspera nas ruínas do Coliseu, e nada se havia mudado no programa: os nomes dos condenados, a causa do suplício e o gênero da execução eram exatamente os mesmos.

De forma que, segundo todas as probabilidades, o transtiberino não era senão o bandido Luigi Vampa, e o homem do capote Simbad, o *Marítimo*, que, em Roma como em Porto Vecchio e em Tunes, prosseguia no curso das suas filantrópicas expedições.

Corria entretanto o tempo, eram nove horas, e Franz ia acordar Albert, quando com muita admiração o viu sair do quarto, já vestido.

O carnaval fazia-lhe andar a cabeça no ar, e despertara-o mais cedo do que o seu amigo esperava.

— E daí, meu caro Sr. Pastrini — disse Franz ao hoteleiro —, podemos, agora que estamos ambos prontos, apresentar-nos ao conde de Monte Cristo?

— Oh, certamente! — respondeu ele —; o conde de Monte Cristo costuma madrugar, e há mais de duas horas que está levantado.

— E julga que não seja indiscrição apresentar-se-lhe a gente agora?

— Não é.

— Nesse caso, Albert, se está pronto...

— Inteiramente pronto — disse Albert.

— Vamos agradecer ao nosso vizinho a sua delicadeza.

— Vamos!

Franz e Albert só tinham que atravessar o corredor, o hoteleiro passou adiante e puxou pelo cordão da campainha; veio um criado abrir.

— *I signori francesi* — disse o dono do hotel.

O criado curvou-se e fez-lhes sinal de que entrassem.

Atravessaram duas salas mobiliadas com um luxo que não esperavam achar no hotel de mestre Pastrini, e chegaram por fim a uma sala elegantíssima.

Cobria o sobrado um tapete da Turquia; e os móveis mais confortáveis ostentavam as suas almofadas arredondadas e os seus respaldos deitados para trás.

Nas paredes estavam pendurados magníficos quadros de autor, entremeados com troféus de armas esplêndidas; e em frente das portas flutuavam ricos reposteiros de tapeçaria.

— Se Suas Excelências querem sentar-se — disse o criado — vou prevenir o Sr. Conde.

E saiu por uma das portas.

No momento em que essa porta se abriu, os dois amigos ouviram o som de uma gusla, mas esse som desvaneceu-se imediatamente; a porta, fechada quase ao mesmo tempo em que aberta, não tinha por assim dizer deixado penetrar na sala senão um sopro de harmonia.

Franz e Albert trocaram um olhar e tornaram a examinar os móveis, os quadros e as armas.

Tudo isso, à segunda vista, lhes pareceu ainda mais magnífico do que à primeira.

— Então — perguntou Franz a seu amigo —, o que me diz disto?

— Digo que o nosso vizinho ou é algum capitalista, que jogou em fundos espanhóis na baixa, ou algum príncipe que viaja incógnito.

— Cale-se! Já o vamos saber, porque ele aí vem.

Efetivamente, os nossos visitantes ouviram o ruído de uma porta, que rodou nos gonzos, e quase no mesmo instante a tapeçaria, levantando-se, deu passagem ao proprietário de todas aquelas riquezas.

Albert avançou para ele, mas Franz ficou como que pregado no seu lugar.

Quem acabava de entrar era o homem do Coliseu, o desconhecido do camarote, e o hóspede misterioso de Monte Cristo.

XXXV. A mazzolata

— Senhores — disse o conde de Monte Cristo, entrando —, queiram desculpar-me o haver-me deixado antecipar; mas se me apresentasse mais cedo no seu quarto, teria receio de ser indiscreto. Ademais, mandaram-me dizer que viriam e tenho estado a seu dispor.

— Franz e eu temos que lhe dar mil agradecimentos, Sr. Conde — disse Albert —; tira-nos verdadeiramente de um grande embaraço, e íamos inventar os veículos mais fantásticos no momento em que recebemos o obsequioso convite.

— Ora! valha-me Deus, senhores — replicou o conde, fazendo-lhes sinal para que se sentassem num divã —, o culpado de estarem por tanto tempo aflitos, foi o imbecil do Pastrini! Não me tinha dito palavra do seu embaraço, a mim, que só e isolado como estou aqui, o que desejava era ocasião de travar conhecimento com os meus vizinhos. No momento em que soube que podia servir-lhes para alguma coisa, viram com que afã aproveitei a ocasião para lhes apresentar os meus respeitos.

Os dois rapazes curvaram-se.

Franz não tivera ainda uma palavra que dizer; não tomara ainda nenhuma resolução; e, como nada indicava no conde vontade de reconhecê-lo ou ser por ele reconhecido, não sabia se devia por alguma palavra qualquer aludir ao passado, ou dar tempo ao tempo para lhe trazer novas provas.

Certo, pois, de que era ele quem na véspera estava no camarote, não podia afirmar positivamente que fosse ele quem na antevéspera estivera no Coliseu.

Resolveu, pois, deixar correr as coisas, sem falar nisso ao conde. Ademais, levava-lhe uma vantagem, era senhor do seu segredo, ao passo que ele, pelo contrário, não podia ter nenhuma ação sobre Franz, que nada tinha a esconder.

Resolveu, entretanto, fazer incidir a conversação sobre um ponto que podia vir a esclarecer certas dúvidas.

— Sr. Conde — disse-lhe —, ofereceu-nos lugares na sua carruagem e lugares nas suas janelas do palácio Rospoli; mas pode dizer-nos como havemos de arranjar um posto qualquer, como se diz na Itália, na Praça del Popolo?

— Ah, sim, é verdade! — disse o conde, com modos distraídos e olhando para Morcerf com atenção seguida —; não há, na Praça del Popolo, uma execução?

— Sim — respondeu Franz, vendo que ele vinha por si mesmo onde o queria trazer.

— Espere, espere, julgo que disse ontem ao meu mordomo que tratasse disso, e talvez que eu possa também fazer-lhes ainda nesse ponto um pequeno obséquio.

Estendeu a mão para o cordão da campainha, que puxou por três vezes.

— Pensou o senhor alguma vez — disse ele a Franz — no emprego do tempo e nos meios de simplificar as idas e as vindas dos criados? Eu tenho feito um estudo: quando toco a campainha uma vez, é para o meu criado de quarto; duas vezes, é para o meu despenseiro; três vezes, é para o meu mordomo. Por este modo não perco um minuto nem uma palavra. Olhe, aí vem o homem.

Viu-se então entrar um indivíduo de quarenta e cinco a cinqüenta anos, que se parecia o mais possível com o contrabandista que introduzira Franz na gruta, mas que não deu a menor mostra de conhecê-lo.

Era claro que se tinha passado palavra.

— Sr. Bertuccio — disse o conde —, tratou, como lhe ordenei ontem, de me arranjar uma janela na Praça del Popolo?

— Fiz o que Vossa Excelência me disse — respondeu o intendente —, mas era já tarde.

— O quê! — disse o conde, carregando o sobrolho — não lhe disse que queria uma?

— E Vossa Excelência tem uma, a que estava alugada para o príncipe Lobanieff; mas vi-me forçado a pagá-la por cem...

— Bem! bem! Sr. Bertuccio, poupe a estes senhores o rol das despesas; temos a janela, que era o que queríamos. Agora, ensine a casa ao cocheiro, e esteja na escada para nos conduzir: é quanto basta. Ande.

O mordomo cumprimentou e deu um passo para se retirar.

— Ah! — replicou o conde — tenha a bondade de perguntar a Pastrini se recebeu a *tavolette*, e se faz o favor de me mandar o programa da execução.

— É inútil — respondeu Franz, tirando da algibeira a sua carteira de lembranças —; vi a tabuleta, copiei-a, e aqui está a cópia.

— Bem, então, Sr. Bertuccio, pode retirar-se, que por agora não preciso do senhor. Previnam-nos somente quando o almoço estiver na mesa. Estes senhores — continuou, voltando-se para os dois amigos — dão-me a honra de almoçar comigo?

— Mas, realmente, Sr. Conde — disse Albert — seria abusar...

— Não, pelo contrário, dão-me muito gosto; pagar-me-ão tudo isso um dia em Paris, um ou outro, e talvez ambos. Sr. Bertuccio, mande pôr três talheres.

Recebeu a carteira de lembranças das mãos de Franz.

— Dizíamos, pois — continuou com os modos com que teria lido um jornal de anúncios —, que "serão executados hoje, 22 de fevereiro, os chamados Andreia Rondolo, culpado de assassínio na pessoa respeitabilíssima e venerabilíssima de D. César Torloni, cônego da Igreja de Saint-Jean-de-Latran, e o chamado Pepino, por alcunha *Rocca Priori*, convicto de cumplicidade com o detestável bandido Luigi Vampa e os homens da sua quadrilha".

— Hum! — "O primeiro será *mazzolato*, e o segundo *decapitato*". Efetivamente — tornou o conde — era assim que as coisas se deviam passar a princípio, mas creio que de ontem para hoje sobreveio alguma alteração na ordem e no andamento da cerimônia.

— Ora essa! — disse Franz.

— Sim; ontem, na casa do cardeal Rospigliosi, onde passei a noite, falou-se que seria suspensa a execução de um dos condenados.

— Andreia Rondolo? — perguntou Franz.

— Não... — replicou o conde negligentemente; e lançou a vista para a carteira de lembranças, como para se recordar do nome. — Pepino, por alcunha *Rocca Priori*. Isso os priva de uma guilhotinadela, mas resta-lhes a *mazzolata*, que é um suplício muito curioso quando se vê pela primeira vez, e mesmo pela segunda, ao passo que o outro, que os senhores conhecem decerto, é muito simples, muito rápido, e não apresenta novidade. A *mandaia* não se engana, não treme, não erra o golpe, não tem de o repetir trinta vezes como o soldado que cortou a cabeça ao conde de Chalais, e a quem é de presumir que Richelieu houvesse recomendado o padecente. Mas — acrescentou o conde, com modos de desprezo — não me falem nos europeus para suplícios, não percebem nada disso, estão verdadeiramente na infância, ou, melhor, na velhice da crueldade.

— Em verdade, Sr. Conde — respondeu Franz —, parece que fez um estudo comparado dos suplícios nos diferentes povos do mundo.

— Pouco haverá que eu não tenha visto — tornou friamente o conde.

— E acha gosto em assistir a esses horríveis espetáculos?

— O meu primeiro sentimento foi repugnância, o segundo indiferença, e o terceiro curiosidade.

— Curiosidade? Olhe que é uma palavra terrível.

— Por quê? Não há na vida senão uma preocupação grave, é a morte; e então não é curioso estudar as diferentes maneiras por que a alma pode sair do corpo, e como, segundo a índole, o temperamento e até os costumes dos povos, os indivíduos suportam essa suprema transição do ser para o não-ser? O que posso assegurar-lhes é que quanto mais se vê morrer, mais fácil se torna morrer; e assim, na minha opinião, a morte é talvez um suplício, mas não é uma expiação.

— Não o compreendo bem — disse Franz —; peço-lhe que se explique, porque não posso dizer-lhe até que ponto o que me diz me move a curiosidade.

— Ouça — disse o conde; e o rosto embebeu-se-lhe de fel, como o rosto de outrem se tinge de sangue. — Se um homem lhe houvesse feito perecer no meio de torturas inauditas, no meio de tormentos sem-fim, o pai, a mãe, a amante, ou um desses entes que, quando no-los desenraizam do coração, deixam nele um vácuo eterno e uma chaga sempre viva, contentar-se-ia com a reparação que a sociedade lhe concede, porque o ferro da guilhotina abriu caminho entre a base do occipital e os músculos contíguos do assassino, e porque aquele que o fez padecer anos de sofrimentos morais sofreu alguns segundos de dores físicas?

— É certo — replicou Franz — que a justiça humana é insuficiente como consoladora; pode derramar sangue por sangue, sim; e não devemos exigir dela mais do que o que pode dar.

— E eu imagino um caso material — replicou o conde — aquele em que a sociedade, atacada pela morte de um indivíduo na base em que ela assenta, vinga a morte pela morte; mas não haverá milhões de dores que podem despedaçar as entranhas de um homem sem que a sociedade se prenda com isso, sem que ela lhe ofereça o meio insuficiente de vingança de que falávamos há pouco? Não há crimes, para os quais o cavalete dos turcos, as calhas dos persas, os vergalhos dos iroqueses, seriam suplícios suavíssimos, e que a sociedade indiferente deixa todavia impunes?... Responda-me agora, não haverá crimes desses?

— Há — tornou Franz —, e é para puni-los que se toleram os duelos.

— Ah, os duelos! — exclamou o conde — excelente maneira, por minha alma, de se chegar a um fim, quando esse fim é a vingança! Rouba-nos um homem a amante, seduz-nos um homem a mulher, desonra-nos um homem a filha; de uma vida inteira, que tinha o direito de esperar de Deus a parte de ventura que ele prometeu a todo ser humano quando o criou, faz uma existência de dor, miséria ou infâmia, e havemos de supor-nos vingados, porque demos uma estocada no peito ou metemos uma bala no crânio desse homem, que nos introduziu o delírio no espírito e o desespero no coração? Ora essa! E quantas vezes não sai ele vencedor, purificado aos olhos do mundo, e de certo modo absolvido por Deus! Não, não — continuou o conde —, se eu tivesse de que me vingar, não seria assim que me vingaria.

— Visto isso, reprova o duelo? visto isso, não se bateria em duelo? — perguntou Albert, admirado de ouvir tão singular teoria.

— Não digo que não! — disse o conde. — Entendamo-nos: bater-me-ia em duelo por uma miséria, por um insulto, por um desmentido, por uma bofetada, e com tanto maior indiferença que, graças à destreza que alcancei em todos os exercícios do corpo e ao longo hábito que tomei do perigo, tinha quase a certeza de matar o adversário. Não digo que não! bater-me-ia em duelo por tudo isso; mas a uma dor lenta, profunda, infinita, eterna, corresponderia, se possível fosse, com outra dor semelhante à que me houvessem causado: olho por olho, dente por dente, como dizem os orientais, nossos mestres em todas as coisas, eleitos da Criação, que souberam forjar para si uma vida de sonhos e um paraíso de realidades.

— Mas — disse Franz ao conde — com essa teoria, que o constitui juiz e carrasco em causa própria, ser-lheá difícil arranjar sempre as coisas de modo que possa escapar-se ao poder da lei. O ódio cega, a cólera desvaira, e quem põe à boca a vingança arrisca-se a tragar uma bebida amarga.

— Se for pobre e desastrado, sim; mas, se for milionário e hábil, não. Mas o pior de tudo é o último suplício de que falamos há pouco, o que a filantrópica revolução substituiu ao esquartejamento e à roda. Pois que importa o suplício, se ele se vingou! Em verdade que quase sinto que, segundo todas as probabilidades, aquele miserável Pepino não seja *decapitato*, como lhe chamam, para os senhores verem o tempo que dura, e me dizerem se valia a pena falar em semelhante coisa. Mas, palavra, senhores, que escolhemos uma conversação singular para um dia de carnaval! Como foi isto? Ah, já me recordo! pediram-me um lugar na minha janela; pois estão servidos; mas vamos primeiro para a mesa, porque aí vêm dizer-nos que o almoço está servido.

E o criado abriu efetivamente uma das quatro portas da sala e proferiu as palavras sacramentais.

— *Al suo commodo*!

Os dois rapazes levantaram-se e passaram à casa de jantar.

Durante o almoço, que era excelente e servido com infinito esmero, Franz procurou com os olhos o olhar de Albert, para ver a impressão que teriam produzido nele as palavras do conde; mas, ou porque com a sua indiferença habitual não lhes houvesse dado grande atenção, ou porque a concessão que o conde de Monte Cristo lhe fizera relativamente ao duelo o conciliara com ele, ou porque os antecedentes que nós contamos, sabidos só de Franz, houvessem duplicado para este só o efeito das teorias do conde, não deu por que o seu companheiro estivesse de modo nenhum preocupado; muito pelo contrário, fazia as honras à refeição como homem condenado havia quatro ou cinco meses à cozinha italiana, isto é, a uma das piores cozinhas do mundo.

O conde, esse, mal tocava em cada prato; dir-se-ia que indo para a mesa com os seus convidados, preenchia um simples dever de delicadeza, e que esperava que eles saíssem para lhe servirem alguns pratos desusados ou particulares.

Isso recordava a Franz, mau grado seu, o terror que o conde inspirara à condessa G... e a convicção em que a deixara de que o conde, o homem que ele mostrara no camarote fronteiro ao dela, era um vampiro...

Acabado que foi o almoço, Franz puxou pelo relógio.

— E daí — disse-lhe o conde —, o que tencionam os senhores fazer?

— Há de dar-nos licença, Sr. Conde — respondeu Franz —, mas temos ainda muitas coisas que arranjar.

— E que coisas?

— Ainda não temos trajes de máscara, e hoje o traje de máscara é de rigor.

— Não se incomodem com isso. Temos, creio eu, na Praça del Popolo, um quarto particular; mandarei para lá os trajes que houverem por bem indicar-me, e mascarar-nos-emos lá mesmo.

— Depois da execução? — exclamou Franz.

— Depois, durante ou antes dela, como quiserem.

— Em frente do cadafalso?

— O cadafalso faz parte da festa.

— Olhe, Sr. Conde, refleti — disse Franz —; decididamente agradeço-lhe o obséquio, mas contentar-me-ei em aceitar um lugar na sua carruagem, um lugar na janela do palácio Rospoli, e pode dispor do meu lugar na janela da Praça del Popolo.

— Pois previno-o de que perde uma coisa curiosíssima — respondeu o conde.

— Contar-ma-á depois — tornou Franz —, e estou convencido de que a narração feita pelo Sr. Conde me há de impressionar quase tanto como a vista o podia fazer. O caso é que já por mais de uma vez tenho pensado em assistir a uma execução, e nunca pude resolver-me a isso; e você, Albert?

— Eu — respondeu o visconde — vi executar Castaing; mas creio que tinha dois grãozitos na asa. Foi no dia em que saí do colégio e tínhamos passado a noite não sei em que taberna.

— Mas porque não fez uma coisa em Paris não é razão para que não a faça noutra terra: quando uma pessoa viaja, é para se instruir; quando muda de terra, é para ver. Imagine que triste figura fará quando lhe perguntarem: — Como é que são as execuções em Roma? e responder: — Não sei. E depois diz-se que o condenado é um maroto por aí além, um malandrim, que matou à pancada, com uma grelha de ferro, um bom cônego, que o educara como se fosse seu filho. Que diabos! Quando se mata um eclesiástico emprega-se uma arma mais conveniente do que uma grelha, e principalmente quando esse eclesiástico é talvez pai do assassino. Se viajassem pela Espanha, haviam de ir ver as corridas de touros, não é verdade? Pois suponham que é uma corrida de touros que vamos ver, lembrem-se dos antigos romanos do circo, das caçadas em que se matavam trezentos leões e um cento de homens. Lembrem-se dos oitenta mil espectadores que davam palmas; das sábias matronas que levavam lá as suas filhas casadouras, e das encantadoras vestais de mãos brancas, que faziam com o polegar um encantador sinalzinho que queria dizer: — Vamos! nada de preguiça, acabem esse homem que não está bem morto.

— Vai, Albert? — perguntou Franz.

— Decerto vou, meu caro! estava hesitando como o senhor, mas a eloqüência do conde decide-me.

— Já que assim o querem, vamos lá — disse Franz —, mas, no caminho para a Praça del Popolo, desejo passar pela Rua do Corso; é possível, Sr. Conde?

— A pé, sim; de carruagem, não.

— Pois bem! irei a pé.

— Tem muita necessidade de passar pela Rua do Corso?

— Sim, tenho que ver aí uma coisa.

— Pois passemos pela Rua do Corso, mandaremos a carruagem esperar-nos na Praça del Popolo, pela *strada* del Babuino; e ademais, também não deixo de estimar o passar pela Rua do Corso, para ver se foram cumpridas ordens que dei.

— Sr. Conde — disse o criado, abrindo a porta —, um homem vestido de penitente deseja falar-lhe.

— Ah, sim — disse o conde —, sei o que é! Os senhores fazem-me o obséquio de passar para a sala? Na mesa do meio acharão excelentes charutos da Havana. Eu já vou para lá.

Os dois rapazes levantaram-se e saíram por uma porta, enquanto o conde, pedindo-lhes desculpa, saía pela outra.

Albert, que era grande fumador, e que, desde que estava na Itália, não contava como pequeno sacrifício o estar privado dos charutos do café de Paris, aproximou-se da mesa e soltou um grito de alegria ao ver os verdadeiros puros.

— Então — perguntou-lhe Franz —, o que pensa do conde de Monte Cristo?

— O que penso! — disse Albert, visivelmente admirado de o amigo lhe dirigir semelhante pergunta —; penso que é um homem encantador, que faz maravilhosamente as honras da sua casa, que tem visto muito, estudado muito, refletido muito, que é, como Bruto, da escola estóica, e — acrescentou, expelindo com prazer uma baforada de fumo, que subiu em espiral para o teto — que por cima de tudo isto possui excelentes charutos.

Era a opinião de Albert acerca do conde; ora, como Franz sabia que Albert tinha a pretensão de não formar opinião acerca dos homens e das coisas senão depois de maduras reflexões, não tentou contrariar-lha.

— Mas — disse — notou uma coisa singular?

— O quê?

— A atenção com que ele olhava para o senhor.

— Para mim?

— Sim, para o senhor.

Albert refletiu.

— Ah! — disse ele soltando um suspiro — não é nada de admirar. Estou há um ano ausente de Paris, devo ter hábitos de outra sociedade. O conde tomou-me decerto por um provinciano; desengane-o, meu amigo, e peço-lhe que na primeira ocasião lhe diga que sou parisiense.

Franz sorriu-se e o conde tornou a entrar um instante depois.

— Aqui me têm, meus senhores — disse —, e completamente a seu dispor. Estão dadas as ordens; a carruagem vai para a Praça del Popolo, e nós seguimos para lá pela Rua do Corso. Tire alguns charutos, Sr. de Morcerf.

— Com muito gosto — disse Albert —, porque os charutos italianos são piores do que os da *régie*. Quando o senhor for a Paris, creia que lhe pagarei tudo isso.

— Não é para rejeitar; tenciono ir algum dia, e, uma vez que mo permite, irei bater-lhe à porta. Vamos, senhores, vamos, não temos tempo a perder; é meia hora depois do meio-dia, partamos.

Desceram todos os três.

Então o cocheiro recebeu as últimas ordens do amo, e seguiu a Rua del Babuino, e eles subiram pela Praça da Espanha e pela Rua Frattina, que os conduzia diretamente entre o palácio Fiano e o palácio Rospoli.

Todas as vistas de Franz foram para as janelas deste palácio; não se esquecera do sinal ajustado no Coliseu entre o homem do capote e o transtiberino.

— Quais são as suas janelas? — perguntou ao conde, com os modos mais naturais que pôde.

— As três últimas — respondeu este, com uma negligência que nada tinha de afetada, porque não podia adivinhar o propósito com que a pergunta lhe era feita.

Os olhos de Franz dirigiram-se rapidamente para as três janelas. As janelas dos lados estavam armadas de damasco amarelo, e a do meio de damasco branco com uma cruz encarnada.

O homem do capote tinha cumprido a palavra que dera ao transtiberino, e, não havia que duvidar, o homem do capote era com certeza o conde.

As três janelas não tinham ainda ninguém.

De resto, faziam-se preparativos por todos os lados, colocavam-se cadeiras, construíam-se palanques, armavam-se janelas.

Não podiam apresentar-se as máscaras, nem podiam circular as carruagens senão ao som do sino, mas sentiam-se máscaras por dentro de todas as janelas e carruagens por detrás de todas as portas.

Franz, Albert e o conde continuaram a descer a Rua do Corso.

À proporção que se aproximavam da Praça del Popolo, a multidão tornava-se cada vez mais compacta, e por cima das cabeças dessa multidão viam-se erguer duas coisas: o obelisco, tendo sobreposta uma cruz que indica o centro da praça, e adiante do obelisco, exatamente no ponto de correspondência visual das ruas del Babuino, do Corso e di Ripetta, as duas traves superiores do cadafalso, entre as quais brilhava o ferro arredondado da *mandaia*.

À esquina da rua estava o mordomo do conde, que esperava pelo amo.

A janela, alugada pelo preço exorbitante que o conde não quisera que os seus convidados soubessem, pertencia ao segundo andar do grande palácio situado entre a Rua del Babuino e o monte Píncio.

Era, como dissemos, uma espécie de gabinete de vestir com porta para um quarto de cama.

Fechando a porta do quarto de cama, os alugadores do gabinete estavam como em sua casa; em cima das cadeiras viam-se trajes de palhaços de cetim branco e azul dos mais elegantes.

— Como me deixaram a escolha dos trajes — disse o conde aos dois amigos —, mandei-lhes arranjar estes. Em primeiro lugar, é o que mais se usa este ano; e em segundo lugar, é o que há de mais cômodo para os confetes, porque a farinha não se vê.

Franz não ouviu completamente as palavras do conde, e não deu o valor a mais esta fineza, porque a atenção concentrava-se-lhe toda no espetáculo que a Praça del Popolo oferecia, e no instrumento terrível que era naquela ocasião o principal adorno dela.

Era a primeira vez que Franz via uma guilhotina, pois a *mandaia* romana é modelada por aquele instrumento de morte. A diferença é que o cutelo, que tem a forma de um crescente que cortasse pela parte convexa, não cai de tão alto.

Dois homens, sentados na tábua em que se deita o condenado, almoçavam entretanto, e comiam, se Franz viu bem, pão e salsichas; um deles levantou a tábua, tirou uma garrafa de vinho, bebeu um gole e passou a garrafa ao companheiro: aqueles dois homens eram os ajudantes do carrasco!

Só em ver isto, Franz sentiu romper-lhe o suor pela raiz dos cabelos.

Os condenados, transportados na véspera à noite dos Carceri Nuove para a Igreja de Santa Maria del Popolo, tinham passado a noite assistidos por dois padres numa capela-ardente fechada com uma grade, diante da qual passeavam sentinelas rendidas de hora a hora.

Dupla fileira de carabineiros, postados de um e outro lado da igreja, estendia-se até o cadafalso, que rodeavam, deixando livre um espaço de cerca de dez pés de largura, e, em volta da guilhotina, outro espaço de um cento de passos de circunferência.

O resto da praça estava coalhada de cabeças de homens e de mulheres.

Muitas mulheres tinham os filhos às costas.

Essas crianças, que sobressaíam à multidão, estavam admiravelmente colocadas.

O monte Píncio parecia um vasto anfiteatro, de que todos os degraus estivessem carregados de espectadores.

As sacadas das duas igrejas que fazem esquina para as ruas del Babuino e di Ripetta regurgitavam de curiosos privilegiados, e os degraus dos peristilos pareciam uma onda movediça de diversas cores, que uma maré incessante impelia para o pórtico.

Todas as saliências das paredes que pudessem dar lugar a um homem tinham a sua estátua viva.

O que o conde dizia era portanto verdade: o que há de mais curioso na vida é o espetáculo da morte.

E todavia, em vez do silêncio que parecia que a solenidade do espetáculo devia impor, erguia-se dessa multidão um grande rumor, composto de gargalhadas, apupos e gritos de alegria.

Era também evidente, como o tinha dito o conde, que a execução não era para todo aquele povo senão o começo do carnaval.

De repente, cessou como por encanto esse rumor: acabava de se abrir a porta da igreja.

Apareceu então uma confraria de penitentes, cada membro da qual ia vestido com um saco pardo esburacado no lugar dos olhos, e levava uma tocha acesa na mão; à frente caminhava o chefe da confraria.

Atrás dos penitentes ia um homem de elevada estatura.

Esse homem, quase nu, vestia apenas um saio de pano, a cujo lado esquerdo tinha atada uma grande faca metida na bainha, e trazia ao ombro direito uma pesada maça de ferro.

Esse homem era o carrasco.

Tinha, além disso, sandálias atadas por cordas aos artelhos.

Atrás do carrasco caminhavam, na ordem por que deviam ser executados, em primeiro lugar Pepino e em segundo lugar Andreia.

Cada um deles era acompanhado por dois padres.

Nem um nem outro levava os olhos vendados.

Pepino andava com passo bastante firme; sem dúvida tinha sido avisado do que se preparava para ele.

Andreia era amparado por debaixo de cada braço por um padre.

Ambos beijavam de vez em quando o crucifixo, que o confessor lhes apresentava.

Franz, ao ver isso, sentiu faltarem-lhe as pernas; olhou para Albert.

Estava branco como a camisa que vestia, e, por um movimento maquinal, atirou para longe o charuto, embora só tivesse fumado metade.

Só o conde parecia impassível.

Havia mais ainda: uma ligeira tinta vermelha parecera querer romper-lhe a palidez lívida das faces.

O nariz dilatava-se como o de um animal feroz que fareja o sangue, e os lábios, levemente separados, deixavam ver os dentes brancos, pequenos e agudos como os de um chacal.

E todavia, apesar de tudo isso, o rosto tinha uma expressão de doçura risonha, que Franz nunca lhe vira; os olhos pretos, principalmente, eram admiráveis de brandura e de aveludado.

Entretanto, os dois condenados continuavam a andar para o cadafalso, e, à proporção que avançavam, podiam-se-lhes distinguir as feições.

Pepino era um bonito rapaz, de vinte e quatro a vinte e seis anos, de tez queimada do sol, e olhar desembaraçado e selvagem.

Ia de cabeça levantada e parecia farejar o vento, para ver de que lado viria o seu libertador.

Andreia era cheio e baixo; o seu rosto, vilmente cruel, não mostrava a idade; podia contudo ter cerca de trinta anos. Na prisão, deixara crescer a barba. A cabeça descaía-lhe num dos ombros, as pernas fraquejavam-lhe e todo ele parecia obedecer a um movimento maquinal em que a vontade de nada já valia.

— Parece-me — disse Franz ao conde — que nos anunciou que haveria apenas uma execução.

— Disse-lhe a verdade — respondeu com frieza.

— Mas vão ali dois condenados.

— Sim; mas desses dois condenados um está perto da morte, enquanto o outro tem ainda muitos anos de vida.

— Parece-me que se o perdão tem de vir, não há tempo a perder.

— E por isso ele aí vem; olhe — disse o conde.

E o fato é que, no momento em que Pepino chegava ao pé da *mandaia*, um penitente, que parecia ter ficado para trás, atravessou a fileira sem que os soldados lhe estorvassem a passagem, e, adiantando-se para o chefe da confraria, entregou-lhe um papel dobrado em quatro.

O olhar ardente de Pepino não perdera nenhum destes pormenores; o chefe da confraria desdobrou o papel, leu-o e levantou a mão.

— Bendito seja o Senhor, e louvada seja Sua Santidade! — disse em voz alta e inteligível. — Há perdão de morte para um dos condenados.

— Perdão! — exclamou o povo de um só grito —; há perdão! A esta palavra perdão, Andreia pareceu dar um salto, e ergueu a cabeça.

— Perdão para quem? — gritou.

Pepino permaneceu imóvel, mudo e ofegante.

— Perdão da pena de morte para Pepino, por alcunha *Rocca Priori* — disse o chefe da confraria.

E passou o papel ao capitão que comandava os carabineiros, o qual depois de o ler, lho restituiu.

— Perdão para Pepino! — exclamou Andreia inteiramente desembaraçado do estado de entorpecimento em que parecia imerso —; e por que há de ser o perdão para ele e não para mim? devíamos morrer juntos: tinham-me prometido que ele havia de morrer antes de mim, e não há direito de me fazer morrer só, não quero!

E soltou-se dos braços dos dois sacerdotes, estorcendo-se, berrando, rugindo e fazendo esforços insensatos para quebrar as cordas que lhe atavam as mãos.

O carrasco fez sinal aos dois ajudantes, que saltaram abaixo do cadafalso, e fizeram por agarrar o condenado.

— Então, o que há? — perguntou Franz ao conde.

Porque, como tudo aquilo era dito na algaravia romana, não percebera bem.

— O que há!? — disse o conde — não percebe bem? aquela criatura humana que vai morrer está furiosa porque o seu semelhante não morre como ela, e, se a deixassem, espatifá-lo-ia com unhas e dentes, e não o deixaria gozar a vida de que vai ser beneficiado. Oh! homens! homens! raça de crocodilos! como diz Karl Moor — exclamou o conde, estendendo os dois pulsos para essa multidão toda — como eu vos reconheço nisto, e como em todos os tempos sois dignos de vós mesmo!

O fato é que Andreia e os dois ajudantes do carrasco rolaram por terra; o condenado continuava gritando: "Deve morrer, que morra; que não há direito para me matar a mim só".

— Olhem, olhem — continuou o conde, agarrando em cada um dos dois rapazes pela mão —; olhem, porque, pela minha alma, é curioso; ali tem um homem que estava resignado com a sua sorte, que caminhava para o cadafalso, que ia morrer como um covarde, é verdade, mas enfim ia morrer sem recriminações: sabem o que lhe dava alguma força? sabem o que o consolava? sabem o que lhe fazia sofrer o suplício com alguma paciência? era a certeza de que outro quinhoava a sua agonia; era a certeza de que outro ia morrer primeiro que ele! Levem dois carneiros para o açougue, dois bois para o matadouro, e façam compreender a um deles que o seu companheiro não morrerá, o carneiro balirá de alegria, e o boi mugirá de prazer; mas o homem, o homem que Deus fez à sua imagem, a quem Deus impôs como primeira, como única, como suprema lei, o amor do próximo, o homem, a quem Deus deu voz para exprimir o seu pensamento, que grito solta primeiro quando sabe que o seu companheiro é salvo? uma blasfêmia. Honra ao homem, a obra-prima da Natureza, o rei da Criação!

E o conde deu uma gargalhada, mas uma gargalhada terrível, que indicava que deveria ter sofrido horrivelmente para chegar a rir assim.

Entretanto continuava a luta, e era coisa medonha de se ver.

Os dois ajudantes levaram Andreia para o cadafalso; todo o povo tinha tomado partido contra ele, e vinte mil vozes gritavam unânimes: À morte! à morte!

Franz recuou; mas o conde agarrou-o pelo braço e deteve-o à janela.

— Então o que faz? — disse-lhe ele —; tem compaixão? é na verdade bem empregada! Se ouvisse gritar: cão danado! pegava na sua espingarda, saía à rua e matava sem misericórdia, à queima-roupa, o pobre animal, que, no fim das contas, não tinha outra culpa senão a de ter sido mordido por outro cão, e fazer o mesmo que lhe haviam feito; e aí está cheio de compaixão por um homem em quem outro não mordeu, que, todavia, matou o seu benfeitor, e que, atualmente, não podendo tornar a matar, porque tem as mãos atadas, quer por força ver morrer o seu companheiro de cativeiro, o seu colega de infortúnio! Não, não, olhe, olhe.

A recomendação era quase inútil.

Franz estava fascinado pelo horrível espetáculo.

Os dois ajudantes tinham levado o condenado para cima do cadafalso, e ali, apesar dos esforços, das mordeduras, dos gritos, tinham-no obrigado a ajoelhar.

Durante este tempo, o carrasco colocara-se de lado, de maça levantada.

Entretanto, a um aceno, afastaram-se os dois ajudantes.

O condenado quis tornar a levantar-se, mas, sem lhe dar tempo, caiu-lhe a maça na fonte esquerda.

Ouviu-se um rumor surdo e o padecente caiu como um boi, de rosto para o chão. Depois, com outra pancada do outro lado, ficou de costas.

Então o carrasco deixou cair a maça, tirou o cutelo do cinto, de um golpe abriu a garganta ao condenado, e saltando-lhe em cima do ventre, entrou a calcá-lo com os pés.

A cada pressão saía do pescoço do condenado um jorro de sangue.

Desta vez Franz não pôde mais.

Deitou-se para trás e foi cair meio desmaiado na sua poltrona.

Albert, de olhos fechados, conservou-se em pé, mas agarrado às cortinas da janela.

O conde estava em pé e triunfante como o anjo mau.

XXXVI. O carnaval de Roma

Quando Franz voltou a si, achou Albert a beber um copo de água, de que a sua palidez indicava que tinha muita precisão, e o conde estava já vestindo o seu traje de palhaço.

Voltou maquinalmente os olhos para a praça; tinha desaparecido tudo, cadafalso, carrasco e vítimas, e só restava o povo, ruidoso azafamado, alegre.

O sino do monte Citorio, que não soa senão por morte do papa e começo da *mascherata*, dobrava quanto podia. — Então — perguntou Franz ao conde —, o que foi que se passou?

— Nada, absolutamente nada — disse ele. — Como vê, começou o carnaval; vistamo-nos depressa.

— E o caso é — respondeu Franz ao conde — que não resta de toda essa horrível cena senão o vestígio de um sonho.

— É que não foi senão um sonho, um pesadelo que o senhor teve.

— Eu sim; mas o condenado?

— Foi também um sonho, com a diferença que ele ficou a dormir e o senhor está acordado, e quem pode dizer qual dos dois é o privilegiado?

— Mas e Pepino — perguntou Franz —, o que foi feito dele?

— Pepino é um rapaz de juízo, que não tem nenhum amor-próprio, e que, contra o costume dos homens que se enfurecem quando não falam deles, ficou encantado com ver que a atenção geral se fixava no seu companheiro; e, por conseguinte, aproveitou essa dis≠tração para se meter pela multidão e sumir-se, sem sequer agradecer aos dignos padres que o acompanharam. Decididamente, o homem é um animal muito ingrato e muito egoísta... Mas vista-se, olhe, bem vê que o Sr. de Morcerf lhe está dando o exemplo.

E, com efeito, Albert estava vestindo maquinalmente a calça de tafetá por cima da calça preta e das botas de polimento.

— Então, Albert — perguntou Franz —, está disposto a fazer loucuras? Vamos, responda com franqueza.

— Não — disse ele —; mas em verdade, estou agora satisfeito por ter visto o que vi, e compreendo o que o Sr. Conde dizia: quando uma pessoa se acostuma a este espetáculo, é o único que deixa comoções.

— Sem contar que é só neste momento que se podem fazer estudos de índoles — disse o conde; — no primeiro degrau do cadafalso a morte arranca a máscara que se usou toda a vida, e a cara verdadeira aparece. Deve-se concordar em que a de Andreia não era agradável à vista... Honrado patife!... Vistamo-nos, senhores, vistamo-nos!

Franz tornava-se ridículo se se fizesse de mulher preciosa e não seguisse o exemplo que lhe davam os seus dois companheiros.

Portanto, vestiu também o seu traje e pôs a máscara, que não era decerto mais pálida do que o rosto dele.

Acabados de vestir, desceram. A carruagem esperava-os à porta, cheia de confete e de ramalhetes.

Meteram-se na fila.

É difícil fazer idéia de uma transformação mais completa do que a que acaba de se operar.

Em vez daquele espetáculo de morte sombria e silenciosa, a Praça del Popolo apresentava o aspecto de uma louca e ruidosa orgia.

Via-se uma multidão de máscaras trasbordando por todos os lados, saindo das portas e descendo das janelas.

As carruagens desembocavam a todos os cantos da rua, carregadas de *pierrots*, arlequins, dominós, marqueses, transtiberinos, grotescos, cavaleiros, camponeses; e todos gritavam, gesticulavam, atiravam ovos cheios de farinha, confete e ramalhetes; acometendo com palavras e projéteis amigos e estranhos, conhecidos e desconhecidos, sem que nem uma pessoa fizesse outra coisa mais que rir com isso.

Franz e Albert estavam como homens que para se distraírem de um desgosto violento são conduzidos a uma orgia, e que, à proporção que bebem e se embriagam, sentem condensar-se um véu entre o passado e o presente.

Viam, ou melhor, sentiam o reflexo do que tinham visto.

Mas foi-se apossando deles, pouco a pouco, a embriaguez geral, e pareceu-lhes que ia abandoná-los a razão já vacilante.

Experimentavam uma necessidade extraordinária de tomar parte naquele ruído, naquele movimento, naquela vertigem.

Um punhado de confete que, de uma carruagem próxima, atiraram a Morcerf, e que, enchendo-o de pós e aos seus dois companheiros, lhe espicaçou o pescoço e toda a parte do rosto que não estava tapada pela máscara, como se lhe tivessem atirado um cento de alfinetes, acabou de provocá-lo para a luta geral em que estavam já empenhadas todas as máscaras que encontravam.

Levantou-se na carruagem, encheu as mãos nos sacos, e com o vigor e destreza de que era capaz, atirou também ovos e confeitos aos seus vizinhos.

Estava travado o combate.

A lembrança do que tinham visto meia hora antes desvaneceu-se completamente do espírito dos dois moços, tanto os distraíra o espetáculo variegado, movediço, insensato, que tinham à vista.

O conde de Monte Cristo, esse não parecera, como dissemos, impressionado por um instante que fosse.

Imagine-se a grande e linda Rua do Corso, de um extremo ao outro ladeada de palácios de quatro e cinco andares com todas as sacadas guarnecidas de tapeçarias e com todas as janelas esplendidamente armadas.

Nessas sacadas, nessas janelas, trezentos mil espectadores, romanos, italianos, estrangeiros vindos das cinco partes do mundo: todas as aristocracias reunidas, aristocracias de nascimento, de dinheiro, e de talento; mulheres encantadoras, que cedendo à influência deste espetáculo, se debruçam nas varandas, e saem fora das janelas, fazem chover sobre as carruagens que passam uma saraivada de confete, a que lhes correspondem com flores; a atmosfera coalhada de confeitos que descem e de flores que sobem; e depois, no chão das ruas, uma multidão jovial, irrequieta, louca, com trajes insensatos: couves gigantescas que passeiam, cabeças de búfalo que mugem em cima de corpos de homens, cães que parece andarem só com as mãos.

No meio de tudo isto, uma máscara que se levanta, e nesta tentação de Santo Antônio sonhada por Callot, alguma astarte que mostra um rosto encantador que dá vontade de seguir, e do qual se é separado por espécies de demônios semelhantes aos que se vêem em sonhos, e far-seá uma idéia do que seja o carnaval de Roma.

À segunda volta, o conde de Monte Cristo mandou parar a

carruagem e pediu aos seus dois companheiros licença para deixá-los, ficando a carruagem à disposição deles.

Franz levantou os olhos: estavam defronte do Palácio Rospoli, e, na janela armada de damasco branco com uma cruz encarnada, via-se um dominó azul, sob o qual a imaginação de Franz supôs sem dificuldade a linda grega do Teatro Argentina.

— Senhores — disse o conde saltando em terra —, quando estiverem fartos de ser atores e quiserem tornar-se espectadores, sabem que têm lugar nas minhas janelas. Até então, disponham do meu cocheiro, da minha carruagem e dos meus criados.

Esqueceu-se de dizer que o cocheiro do conde estava gravemente vestido com uma pele de urso preto, exatamente igual à de Odry no Urso e no Paxá, e que os dois lacaios que iam em pé na traseira da caleche vestiam peles de macaco verdes, perfeitamente adaptadas aos seus corpos, e máscaras de molas, com as quais faziam caretas aos transeuntes.

Franz agradeceu ao conde o seu oferecimento: Albert, esse estava galanteando para uma carruagem cheia de camponesas romanas, parada, como a do conde, por um desses descansos tão freqüentes nas filas, e que ele inundava de flores.

Infelizmente para Albert, a fila continuou o seu movimento, e, enquanto ele descia para a Praça del Popolo, a carruagem que lhe cativara a atenção subia para o Palácio de Veneza.

— Ai, meu querido! — disse ele a Franz — você não viu?...

— O quê? — perguntou Franz.

— Aquela caleche que lá vai carregada de camponesas romanas?

— Não.

— Pois tenho certeza de que são mulheres encantadoras.

— Que desgraça que você esteja mascarado, meu querido Albert — disse Franz —, era ocasião de se desforrar dos seus desapontamentos amorosos!

— Oh! — respondeu ele meio risonho, meio convicto — tenho ainda a esperança de que não acabe o carnaval sem me trazer alguma indenização.

A despeito desta esperança de Albert, passou-se todo o dia sem mais aventuras do que o encontro repetido duas ou três vezes com a caleche das camponesas romanas.

Num desses encontros, ou fosse acaso, ou fosse cálculo de Albert, desprendeu-se-lhe a máscara; então ele, pegando no resto das flores, atirou-as à caleche.

Uma das mulheres encantadoras que Albert adivinhara sob o traje garrido de camponesas deixou-se decerto impressionar por esse galanteio, porque, quando a carruagem dos dois amigos tornou a passar, atirou para ele um raminho de violetas.

Albert precipitou-se sobre o ramo.

Franz, como não tinha motivos para crer que lhe fosse dirigido, deixou Albert apanhá-lo.

Albert pô-lo vitoriosamente ao peito, e a carruagem continuou a sua carreira triunfante.

— Aí está o começo de uma aventura — disse Franz.

— Ria quanto quiser — respondeu-lhe Albert —, mas na verdade creio que sim; por isso já não largo este ramo.

— Então havia de largá-lo?... — replicou Franz rindo — é um sinal para ser conhecido.

O gracejo, de resto, tomou caráter de realidade, porque, quando, sempre conduzidos pela fila, Franz e Albert encontraram de novo a carruagem das *contadine*, a que tinha atirado o ramalhete a Albert deu palmas ao ver-lhe o peito.

— Bravo, meu querido, bravo — disse-lhe Franz —, a coisa corre às mil maravilhas! Quer que o deixe? Ser-lheá mais agradável ficar só?

— Não — disse ele —, não, não nos precipitemos; não quero passar por tolo à primeira demonstração. Se a linda camponesa tiver desejos de ir mais avante, encontrá-la-emos amanhã, ou melhor, ela nos encontrará. Então dar-me-á sinal de existência, e eu verei o que hei de fazer.

— Em verdade, meu caro Albert — disse Franz —, é sábio como Nestor e prudente como Ulisses, e, se a sua Circe chegar a metamorfoseá-lo num animal qualquer, será muito destra ou muito poderosa.

Albert tinha razão.

A bela desconhecida resolvera sem dúvida não levar muito longe a intriga nesse dia, pois que, embora os rapazes dessem ainda muitas voltas, não tornaram a ver a caleche que buscavam com os olhos; tinha desaparecido sem dúvida por alguma das ruas adjacentes.

Voltaram então ao Palácio Rospoli, mas o conde tinha desaparecido com o dominó azul.

As duas janelas armadas de damasco amarelo continuavam a ser ocupadas por pessoas que ele decerto convidara.

Neste momento, o mesmo sino que tocara para o começo da *mascherata*, tocou a retirar.

A fila do corso quebrou-se logo, e num instante todas as carruagens desapareceram pelas ruas transversais.

Franz e Albert estavam nesse momento defronte da Rua delle

Maratte; o cocheiro entrou por ela sem dizer nada, e chegando à Praça de Espanha, ao longo do Palácio Poli, parou diante do hotel.

Mestre Pastrini veio receber os seus hóspedes à entrada da porta.

O primeiro cuidado de Franz foi informar-se do conde e exprimir a pena de não o ter ido buscar a tempo; mas Pastrini tranqüilizou-o, dizendo-lhe que o conde de Monte Cristo havia encomendado segunda carruagem para ele, e que essa carruagem tinha ido buscá-lo às quatro horas ao Palácio Rospoli. E estava encarregado, da sua parte, de oferecer aos dois amigos a chave do seu camarote no Teatro Argentina.

Franz interrogou Albert acerca das suas disposições, mas Albert tinha de pôr em execução grandes projetos antes de ir para o teatro. Por isso, em vez de responder, informou-se de mestre Pastrini se poderia arranjar-lhe um alfaiate.

— Um alfaiate? — perguntou o hoteleiro — e para quê?

—Para nos fazer até amanhã trajes de camponeses romanos, o mais elegantes possível — disse Albert.

Mestre Pastrini sacudiu a cabeça.

—Fazer-lhes até amanhã dois trajes?! — exclamou — aí está, com perdão de Vossas Excelências, uma pergunta à francesa; dois trajes!... nem de hoje a oito dias achariam um alfaiate que estivesse disposto a pregar-lhes seis botões num colete, ainda que lhe dessem um escudo por botão.

— Temos então que renunciar a arranjar os trajes que desejamos?

— Não, porque teremos esses trajes feitos. Deixe-me tratar disso, e amanhã, quando acordarem, acharão a coleção de chapéus, jaquetas e calções, que lhes hão de agradar.

— Meu querido — disse Franz a Albert —, confiemos em mestre Pastrini, que já nos provou que era homem de recursos; jantemos pois tranqüilamente, e, depois do jantar, vamos ver a *Italiana em Argel*.

—Pois vamos à *Italiana em Argel* — disse Albert —; mas olhe, mestre Pastrini, que eu e este senhor — continuou, designando Franz — damos a maior importância a ter amanhã os trajes que lhe pedimos.

O hoteleiro afirmou mais uma vez aos seus hóspedes que não lhes desse isso cuidado e que seriam servidos segundo os seus desejos, e depois disto Franz e Albert subiram para despir os trajes de palhaços.

Albert, despindo o seu, guardou com o maior cuidado o ramo de violetas; era o sinal para ser conhecido no dia seguinte.

Os dois amigos foram para a mesa; mas enquanto jantavam, Albert não pôde deixar de reparar na diferença notável que existia entre os méritos respectivos do cozinheiro de mestre Pastrini e o do conde de Monte Cristo.

Ora, a verdade obrigou Franz a confessar, a despeito das prevenções que parecia ter acerca do conde, que o paralelo não era vantajoso para o de mestre Pastrini.

À sobremesa, o criado informou-se da hora a que os rapazes desejavam a carruagem.

Albert e Franz olharam um para o outro, receando na verdade ser indiscretos.

O criado compreendeu-os.

— Sua Excelência o Senhor Conde de Monte Cristo — disse ele — deu ordens positivas para que a carruagem estivesse todo o dia às ordens de Suas Senhorias; e, portanto, Suas Senhorias podem dispor dela sem receio de o incomodarem.

Resolveram portanto aproveitar até o fim a amabilidade do conde, e mandaram pôr a carruagem, enquanto iam substituir por uma *toilette* de noite a sua *toilette* de dia, um tanto amarrotada pelos numerosos combates em que tinham entrado.

Depois de terem tomado esta precaução, dirigiram-se para o Teatro Argentina, e instalaram-se no camarote do conde.

Durante o primeiro ato, a condessa G... entrou para o seu.

Para onde o seu olhar se dirigiu em primeiro lugar foi para o lado em que na véspera tinha visto o conde, de sorte que viu Franz e Albert no camarote daquele acerca de quem exprimira, havia vinte e quatro horas, tão extraordinária opinião.

O binóculo era assestado para ele com tal pertinácia, que Franz pensou que seria crueldade demorar por mais tempo a satisfação da curiosidade da condessa.

Por isso, usando do privilégio concedido aos espectadores dos teatros italianos, que consiste em fazerem das salas de espetáculo os seus salões de recepção, os dois amigos saíram do camarote para irem apresentar à condessa os seus respeitos.

Mal tinham entrado no camarote, a condessa fez sinal a Franz para se sentar no lugar de honra.

Albert sentou-se por detrás dela.

— Então? — disse a condessa, dando apenas a Franz o tempo para se sentar — parece que não tiveram coisa de mais pressa do que travar conhecimentos com o novo Lorde Ruthwen, e que são os seus maiores amigos!

— Sem estarmos tão adiantados como a Sr.ª Condessa diz, e

numa intimidade recíproca, não posso negar — respondeu Franz — que temos todo o dia abusado dos obséquios dele!

— Pois quê?! todo o dia?

— Tal qual: esta manhã, aceitamos-lhe o almoço; durante toda a *mascherata*, percorremos o corso na carruagem dele; e por fim, esta noite, viemos ao teatro para o seu camarote.

— Então já o conhecia?

— Sim e não.

— Explique-se.

— É uma história muito comprida.

— Que me há de contar!

— Causar-lhe-ia muito medo.

— Razão de mais.

— Espere ao menos que essa história tenha um desfecho.

— Pois sim, eu gosto das histórias completas. Entretanto, como foi que se acharam em contato? quem os apresentou a ele?

— Ninguém; foi ele que se nos apresentou.

— Quando?

— Ontem à noite, quando deixei a Sr.ª Condessa.

— E quem foi o intermediário?

— Ora! um intermediário muito prosaico; o dono do hotel onde estamos.

— Então ele está no Hotel de Londres com os senhores?

— Não só no mesmo hotel, mas até no mesmo corredor.

— Como se chama? porque naturalmente sabem-lhe o nome.

— Perfeitamente, chama-se o conde de Monte Cristo.

— Que nome é esse? não é um nome de raça.

— Não, é o nome de uma ilha que comprou.

— E é conde?

— Conde toscano.

— Enfim, não há remédio senão engolir essa — replicou a condessa, que era de uma das famílias mais antigas dos arredores de Veneza —; e que casta de homem é?

— Pergunte ao visconde Morcerf.

— Ouve, Sr. Visconde? mandaram-me para o senhor — disse a condessa.

— Seríamos difíceis se não o achássemos encantador, minha senhora — respondeu Albert —; um amigo de dez anos não faria por nós mais do que ele tem feito, e isso com uma amabilidade, uma delicadeza, e uma cortesia, que indicam verdadeiramente um homem de muito boa sociedade.

—Vamos — disse a condessa, rindo —, estou vendo que o

meu vampiro não passa de um homem que enriqueceu há pouco, que quer que lhe perdoem os seus milhões, e que tornou o olhar de Lara para não ser confundido com o Sr. Rotschild. E a ela, viram-na?

— Ela, quem? — perguntou Franz sorrindo.

— A linda grega de ontem.

— Não. Ouvimos-lhe, creio eu, o som da gusla, porém ela conservou-se perfeitamente invisível.

— Dizendo invisível, meu caro Franz — disse Albert —, parece que quer fazer mistério. Então quem pensa que era o dominó azul que estava na janela armada de damasco branco?

— E onde era essa janela armada de damasco branco? — perguntou a condessa.

— No Palácio Rospoli.

— O conde tinha então três janelas no Palácio Rospoli?

— Tinha. A Sr.ª Condessa passou pela Rua do Corso?

— Passei.

— Então havia de notar duas janelas armadas de damasco amarelo e uma armada de damasco branco com uma cruz encarnada. Essas três janelas eram do conde.

— Ora essa! mas é um nababo esse homem! Sabe quanto valem três janelas como essas por oito dias de carnaval, e no Palácio Rospoli, quer dizer, no melhor lugar do Corso?

— Duzentos ou trezentos escudos romanos.

— Diga dois ou três mil.

— Com efeito?!

— E a ilha dá-lhe esse magnífico rendimento?

— A ilha não lhe rende um *bajocco*.

— Por que a comprou então?

— Por fantasia.

— Então é um original?

— O fato é — disse Albert — que me pareceu bastante excêntrico.

Neste momento entrou uma visita, e, segundo o uso, Franz cedeu o lugar ao recém-chegado.

Esta circunstância, além da mudança de lugar, teve como resultado o mudar de assunto a conversação.

Uma hora depois, os dois amigos entravam no hotel.

Mestre Pastrini já havia tratado dos fatos para o dia seguinte, e prometeu-lhes que haviam de ficar satisfeitos com a sua inteligente atividade.

E, com efeito, no dia seguinte, às nove horas, entrava no quarto de Franz com um alfaiate carregado com oito ou dez trajes de camponeses romanos.

Os dois amigos escolheram dois iguais, que lhes serviam, e encarregaram o estalajadeiro de lhes mandar coser uns vinte metros de fita a cada chapéu, e de lhes arranjar duas dessas encantadoras cintas de seda de riscas atravessadas e de cores vivas com que os homens do povo têm costume de cingir-se em dias de festa.

Albert tinha pressa em ver como lhe ficava o novo traje: era uma jaqueta e um calção de veludo azul, meias com cantos bordados, sapatos de fivela e colete de seda.

Albert tinha tudo a ganhar com aquele traje pitoresco, e quando a cinta lhe apertou a cintura elegante, quando o chapéu, ligeiramente inclinado, lhe deixou cair nos ombros ondas de fitas, Franz viu-se obrigado a confessar que o traje concorre muito, as mais das vezes, para a superioridade física que nós concedemos a certos povos.

Os turcos, tão pitorescos outrora com as suas compridas saias de cores vivas, não são agora hediondos com as suas cabaias azuis abotoadas e os seus barretes gregos, que lhes dão ares de garrafas de vinho lacradas de encarnado?

Franz fez os seus cumprimentos a Albert, que, em pé diante do espelho, sorria com uns modos de satisfação que nada tinham de equívocos.

Estavam nisto, quando de repente entrou no quarto o conde de Monte Cristo.

— Senhores — disse-lhes —, como, por muito, por muito agradável que seja um companheiro de divertimento, a liberdade é mais agradável ainda, venho dizer-lhes que, hoje e nos dias seguintes, deixo ao seu dispor a carruagem de que se serviram ontem. O dono do hotel decerto lhes disse que tenho três ou quatro por minha conta na casa dele; não me incomodam, portanto; sirvam-se dela a seu bel-prazer, quer seja para irem a algum divertimento, quer seja para tratarem dos seus negócios. O ponto de reunião, se tivermos de dizer alguma coisa uns aos outros, será no Palácio Rospoli.

Os dois rapazes quiseram pôr-lhe alguma objeção, mas não tinham motivo plausível para rejeitar um oferecimento que em todo caso lhes era agradável.

Acabaram, pois, por aceitar.

O conde de Monte Cristo demorou-se cerca de um quarto de hora com eles, falando em tudo com extrema facilidade.

Estava, como já se pôde notar, muito em dia com a literatura de todos os países.

Um relancear de olhos para as paredes da sua sala provara a Franz e a Albert que era amador de quadros.

Algumas palavras sem pretensão, que soltou de passagem, provaram-lhes que as ciências não lhe eram estranhas.

Parecia que se dedicara com especialidade à química.

Os dois amigos não tinham a pretensão de dar ao conde um almoço em paga do que ele lhes dera; seria um gracejo de mau gosto mandar-lhe oferecer, em troca da sua excelente mesa, o costumado almoço medíocre de mestre Pastrini.

Disseram-lho com toda a franqueza, e ele aceitou-lhes as desculpas como homem que apreciava a sua delicadeza.

Albert estava encantado com as maneiras do conde, cuja ciência era o único impedimento a que reconhecesse nele um verdadeiro fidalgo.

A liberdade de dispor completamente da carruagem enchia-o de alegria: tinha as suas vistas naquelas graciosas camponesas, e como lhe haviam parecido na véspera numa carruagem muito elegante, não se dava de continuar a aparecer-lhes, nesse ponto, numa certa igualdade para com elas.

À hora e meia, os dois rapazes desceram.

O cocheiro e os lacaios tinham tido a idéia de vestir as librés por cima das peles de animais, o que lhes dava uma aparência mais grotesca do que na véspera, e lhes valeu os cumprimentos de Franz e Albert.

Albert tinha posto ao peito o ramo de violetas murchas.

Ao primeiro som do sino, partiram e precipitaram-se para a Rua do Corso pela Rua Vitória.

À segunda volta, um ramo de violetas viçosas, atirado de uma caleche carregada de pelotiqueiras, e que veio cair na caleche do conde, indicou a Albert que, como ele e o seu amigo, as camponesas da véspera tinham mudado de trajes, e que, ou fosse acaso, ou fosse sentimento igual ao que o fizera proceder, ao passo que ele havia vestido um traje como o que elas usavam, elas, por sua parte, tinham vestido trajes semelhantes aos deles.

Albert pôs o novo ramo no lugar do outro, mas conservou na mão o ramo murcho; e, quando encontrou de novo a caleche, levou-o amorosamente aos lábios, ação que lhe pareceu recrear muito não só a que lho havia atirado, mas também as suas estouvadas companheiras.

O dia não foi menos animado do que o anterior.

É provável até que um observador profundo reconhecesse nele um aumento de ruído e de alegria.

Por um instante, foi visto o conde à janela; mas quando a carruagem tornou a passar já tinha desaparecido.

Escusado é dizer que a permutação de galanteios entre Albert e a pelotiqueira, das violetas durou todo o dia.

À noite, quando se recolhia a casa, Franz achou uma carta da Embaixada: anunciava-se-lhe que teria a honra de ser recebido por Sua Santidade no dia seguinte.

De todas as vezes em que estivera em Roma obtivera o mesmo favor; e, tanto por sentimento de religião como por gratidão, não queria pôr o pé na capital do mundo cristão sem levar a sua respeitosa homenagem aos pés de um dos sucessores de S. Pedro, que deu o raro exemplo de todas as virtudes.

Não se tratava pois para ele, nesse dia, de pensar no carnaval, porque, apesar da bondade de que rodeava a sua grandeza, era sempre com um respeito cheio de comoção que uma pessoa se preparava para se curvar diante do nobre e santo velho que se chamava Gregório XVI.

Ao sair do Vaticano, Franz foi direito para o hotel, evitando até passar pela Rua do Corso.

Trazia um tesouro de pensamentos pios, para os quais o contato das loucas alegrias da *mascherata* seria uma profanação.

Às cinco horas e dez minutos, entrou Albert.

Mostrava a maior alegria.

A pelotiqueira tornara a vestir o seu traje de camponesa, e, ao passar junto da caleche de Albert, tinha levantado a máscara.

Era encantadora.

Franz deu sinceros parabéns a Albert, que os recebeu como homem a quem são devidos.

Reconhecera, dizia ele, por certos sinais de elegância imutável, que a sua bela desconhecida devia pertencer à mais alta aristocracia.

Estava resolvido a escrever-lhe no dia seguinte.

Franz, ao receber essa confidência, notou que Albert parecia ter alguma coisa que perguntar-lhe, e que, entretanto, hesitava em formular a pergunta.

Insistiu, declarando-lhe antecipadamente que estava pronto para fazer, em proveito da sua ventura, todos os sacrifícios que estivessem na sua mão.

Albert fez-se rogado justamente o tempo que uma cortesia amigável exigia; e, depois, confessou a Franz que o obsequiaria se lhe deixasse no dia seguinte a caleche só para ele.

Albert atribuía à ausência do amigo a extrema bondade que a linda camponesa tivera de levantar a máscara.

Compreende-se que Franz não era tão egoísta que quisesse tolher Albert no meio de uma aventura, que ao mesmo tempo prometia ser tão agradável para a sua curiosidade e tão lisonjeira para o seu amor-próprio.

Conhecia tanto a perfeita discrição do seu digno amigo, que tinha a certeza de ser informado dos mais insignificantes pormenores da sua felicidade, e como havia dois ou três anos que percorria a Itália em todos os sentidos e nunca tinha tido a sorte de esboçar sequer uma intriga semelhante por sua conta, não desgostava de saber como as coisas se passariam em caso idêntico.

Prometeu pois a Albert que se contentaria no dia seguinte em ir ver o espetáculo das janelas do Palácio Rospoli.

E com efeito, nesse dia, viu dali passar e tornar a passar Albert.

Levava um grande ramo, que sem dúvida encarregara de ser portador da sua epístola amorosa.

Esta probabilidade tornou-se certeza, quando Franz viu de novo o mesmo ramo, notável por um círculo de camélias brancas, nas mãos de uma encantadora pelotiqueira vestida de cetim cor-de-rosa.

Por isso à noite já não era alegria, era delírio.

Albert não duvidava de que a bela desconhecida lhe responderia pelo mesmo meio.

Franz preveniu-o nos seus desejos, dizendo-lhe que todo aquele ruído o fatigava, e que estava decidido a empregar o dia seguinte em ver o seu álbum e tomar notas.

De resto, Albert não se enganara nas suas previsões: na tarde seguinte Franz viu-o entrar de um salto no quarto, sacudindo triunfantemente um quadrado de papel em que pegava por um dos cantos.

— Então — disse —, tinha-me enganado?

— Leia.

— Ela respondeu? — exclamou Franz.

Esta palavra foi pronunciada com uma entoação impossível de descrever. Franz pegou no bilhete e leu:

> "Na terça-feira, às sete horas da noite, apeie-se da carruagem defronte da Rua di Pontefici, e siga a camponesa romana que lhe tirar o seu *moccoleto*.
>
> Quando chegar ao primeiro degrau da Igreja de San Giacomo, tenha o cuidado, para que ela possa conhecê-lo, de prender uma fita cor-de-rosa no ombro do seu traje de palhaço.
>
> Daqui até então não tornará a ver-me.
>
> Constância e discrição."

— Então — disse Franz —, a coisa vai tomando a forma de uma aventura agradável.

— É também a minha opinião — disse Albert —, e tenho muito medo de que você vá sozinho ao baile do duque de Bracciano.

Franz e Albert tinham recebido ambos naquela manhã convite do célebre banqueiro romano.

— Tome cautela, meu caro Albert — disse Franz —, que a aristocracia não pode deixar de lá se apresentar toda.

— Que lá se apresente ou não, mantenho a minha opinião a respeito dela — continuou Albert. — Leu o bilhete?

— Li.

— Sabe que pouca educação recebem na Itália as mulheres de *mezzo cito*?

(Chamam assim à burguesia).

— Sim — respondeu Franz.

— Pois torne a ler este bilhete, examine a escrita, e ache-me um erro de linguagem ou de ortografia.

Com efeito, a letra era encantadora e a ortografia irrepreensível.

— O Albert é predestinado — disse Franz, restituindo-lhe pela segunda vez o bilhete.

— Ria quanto quiser, graceje à sua vontade — replicou Albert —; eu estou apaixonado.

— Jesus, homem, mete-me medo! — exclamou Franz — e estou vendo que além de ir só ao baile do duque de Bracciano, corro o risco de voltar só para Florença.

— O fato é que, se a minha desconhecida é tão amável quanto bela, eu declaro-lhe que me demoro em Roma pelo menos seis semanas. Adoro Roma, e sempre tive muita propensão para a arqueologia.

— Vamos, haja mais um encontro ou dois como este, e não perco a esperança de o ver membro da Academia das Inscrições e Belas-Letras.

Albert ia sem dúvida discutir seriamente os seus direitos à cadeira acadêmica, quando um criado lhe veio participar que estava o jantar na mesa.

Ora o amor em Albert não era por modo nenhum avesso ao apetite.

Deu-se pressa, pois, como o seu amigo, em ir para a mesa, deixando a discussão para depois de jantar, findo o qual anunciaram o conde de Monte Cristo.

Havia dois dias que não o viam.

Um negócio havia-o chamado a Civita Vecchia, segundo mestre Pastrini dissera.

Tinha partido na véspera à noite, e estava de volta havia tão-somente uma hora.

O conde foi encantador; ou porque se contrafizesse, ou porque a ocasião não despertasse nele as fibras acrimoniosas que certas circunstâncias tinham feito ressoar já duas ou três vezes nas suas palavras amargas, portou-se, mais ou menos, como toda a gente.

Aquele homem era para Franz um verdadeiro enigma.

O conde não podia duvidar de que Franz o conhecera: e todavia, nem uma palavra que proferisse, desde o seu novo encontro, parecia indicar que se recordava de o ter visto noutra parte.

Franz, por sua vez, por mais desejos que tivesse de aludir à sua primeira entrevista, continha-o o receio de tornar-se desagradável a um homem que o havia enchido de obséquios, a ele e a seu amigo; continuou, pois, com a mesma reserva para com ele.

Ele soubera que os dois amigos tinham querido alugar um camarote no Teatro Argentina, e que lhes fora respondido que estavam todos alugados.

Em conseqüência disso, levava-lhes a chave do seu; pelo menos era o motivo aparente da visita.

Franz e Albert puseram alguma dificuldade, alegando o receio de o privarem dele; mas o conde respondeu-lhes que ia aquela noite ao Teatro Palli, e que, portanto, se perderia o seu camarote no Teatro Argentina, se não quisessem aproveitá-lo.

Esta declaração determinou os dois amigos a aceitar.

Franz fora-se habituando àquela palidez do conde, que tanto o tinha impressionado quando da primeira vez o viu.

Não podia deixar de fazer justiça a seu rosto severo, que tinha por único defeito, e talvez por principal qualidade, a palidez.

Verdadeiro herói de Byron, Franz não podia, não diremos vê-lo, mas pensar nele, sem que imaginasse aquele rosto sombrio em cima dos ombros de Manfredo ou debaixo do gorro de Lara.

Tinha na fronte a ruga que indica a presença incessante de um pensamento amargo; tinha os olhos ardentes, que lêem no mais fundo das almas; tinha os lábios altivos e sarcásticos, que dão às palavras que dele saem o caráter particular que faz com que se gravem profundamente na memória dos que as ouvem.

O conde já não era rapaz; tinha quarenta anos quando menos, e entretanto compreendia-se muito bem que valia mais do que os rapazes com quem se encontrava.

Na realidade, para mais uma parecença com os heróis dos

contos fantásticos dos poetas ingleses, o conde parecia ter o condão da fascinação.

Albert não se cansava de dar parabéns à sua fortuna e à de Franz, por terem encontrado aquele homem.

Franz era menos entusiasta e todavia sentia a influência que todo homem superior exerce no espírito dos que o rodeiam.

Pensava no projeto que o conde já por duas ou três vezes manifestara de ir a Paris, e não duvidava de que, com o seu gênio excêntrico, o seu rosto característico e a sua fortuna colossal, o conde produziria lá o maior efeito.

E, todavia, não desejava estar em Paris quando ele lá fosse.

A noite passou-se como se passam ordinariamente as noites no teatro em Itália; não a ouvir cantores, mas a fazer visitas e a conversar.

A condessa G... queria encaminhar a conversação para o conde, mas Franz anunciou-lhe que tinha muito maior novidade para lhe contar; e, apesar das demonstrações de fingida modéstia a que Albert se entregou, contou à condessa o grande acontecimento que, passados três dias, formava o objeto principal da preocupação dos dois amigos.

Como essas intrigas não são raras em Itália, pelo menos se acreditarmos nos viajantes, a condessa não deu mostras de não a acreditar, e felicitou Albert pelo começo de uma aventura que prometia terminar de um modo satisfatório.

Despediram-se, prometendo encontrar-se no baile do duque de Bracciano, para que toda a gente tinha sido convidada.

A dama do ramo cumpriu a sua promessa: nem no dia seguinte nem no outro deu a Albert sinal de existência.

Até que chegou a terça-feira, o último e o mais ruidoso dos dias de carnaval.

Na terça-feira, os teatros abrem às dez horas da manhã, porque depois das oito horas da noite entra-se na Quaresma.

Na terça-feira, todos quantos, por falta de dinheiro ou de entusiasmo, não tomaram ainda parte nas festas precedentes, misturam-se à bacanal, deixando-se arrastar pela orgia, e concorrem com a sua parte de barulho e movimento para o movimento e barulho gerais.

Desde as duas horas até as cinco, Franz e Albert seguiram a fila trocando punhados de confetes com as carruagens da fila oposta e a gente de pé, que circulava entre as patas dos cavalos e as rodas das carruagens, sem que no meio de toda aquela balbúrdia houvesse um único desastre, uma única disputa, uma única rixa.

Os italianos são o povo por excelência, neste ponto.

As festas são para eles verdadeiras festas.

O autor desta história, que habitou a Itália cinco ou seis anos, não se recorda nunca de ver uma solenidade perturbada por um único desses acontecimentos, que servem sempre de corolário às solenidades francesas.

Albert triunfava no seu traje de palhaço.

Levava no ombro o laço de fita cor-de-rosa, cujas pontas lhe chegavam às curvas das pernas.

Para não se confundir com ele, conservava o seu traje de camponês romano.

Quanto mais o dia avançava, mais crescia o tumulto; não havia em todas essas ruas, em todas essas carruagens, em todas essas famílias, uma boca que estivesse muda, um braço que se conservasse ocioso; era verdadeiramente uma tempestade humana, composta de trovões, de gritos, e de chuveiros de confeitos, ramos, ovos, laranjas e flores.

Às três horas, o estalar de bombas lançadas a um tempo na Praça del Popolo e no Palácio de Veneza, sobressaindo a custo nesse horrível tumulto, anunciava que iam começar as corridas.

As corridas, como os *moccoli*, são um dos episódios particulares dos últimos dias de carnaval.

Ao estalar das bombas, as carruagens quebraram num instante as suas filas, e refugiaram-se para a rua transversal mais próxima do lugar em que se encontravam.

Todas estas evoluções se fazem com inconcebível destreza e maravilhosa rapidez, e sem que a polícia tenha de indicar a cada um a sua posição e o seu caminho.

A gente de pé encostou-se aos palácios, e depois ouviu-se um grande ruído de cavalos e de bainhas de sabre.

Um esquadrão de carabineiros, a quinze de fundo, percorria a galope e em toda a sua largura a Rua do Corso, que varria para dar lugar aos *barberi*.

Quando o esquadrão chegou ao Palácio de Veneza, o estalar de outra bateria de bombas anunciou que a rua estava desembaraçada.

Quase imediatamente, no meio de um clamor imenso, geral, inaudito, viram-se passar como sombras sete ou oito cavalos excitados pelos clamores de trezentas mil pessoas e pelos ouriços de ferro que lhes saltavam no lombo; e depois a artilharia do Castelo de Santo Anjo deu três tiros: era para anunciar que o número três tinha ganhado.

Imediatamente, sem outro sinal mais, as carruagens tornaram a pôr-se em movimento, refluindo para o Corso, transbordando de todas as ruas como torrentes detidas por um instante, que se lançam todas ao mesmo tempo no leito do rio que alimentam, e a onda imensa continuou mais rápida do que nunca o seu curso entre as duas margens de granito.

A diferença era que um novo elemento de ruído e de movimento se havia misturado a essa multidão; acabavam de entrar em cena os vendedores de *moccoli*.

Os *moccoli* ou *moccoletti* são velas de cera, que variam de grossura, desde o círio pascal até o rolo, e que despertam nos atores da grande cena que termina o carnaval romano dois cuidados opostos:

1.º Conservar aceso o seu *moccoletto*.
2.º Apagar o *moccoletto* dos outros.

Sucede com o *moccoletto* o que sucede com a vida: o homem não achou ainda senão um meio de transmiti-la; e esse meio recebeu-o de Deus.

Mas tem descoberto mil meios de tirá-la; é verdade que, para esta suprema operação, tem sido até certo ponto auxiliado pelo Diabo.

O *moccoletto* acende-se a uma luz.

Mas quem pode descrever os mil meios inventados para apagar o *moccoletto*, os foles gigantescos, os apagadores monstruosos, os leques sobre-humanos?

Todos se deram pressa em comprar *moccoletto*, e Franz e Albert fizeram como os outros.

Aproximava-se a noite rapidamente; e já, aos gritos de *moccoli!* repetidos pelas vozes estridentes de um milhar de vendedores, começaram a brilhar duas ou três estrelas por cima da multidão. Foi como um sinal.

Ao cabo de dez minutos, cintilavam cinqüenta mil luzes, descendo do Palácio de Veneza para a Praça del Popolo, e subindo da Praça del Popolo para o Palácio de Veneza.

Dir-se-ia a festa dos fogos-fátuos.

Não pode fazer nenhuma idéia desse aspecto quem não o viu.

Imaginem todas as estrelas soltando-se do céu e vindo misturar-se na Terra numa dança doida. E tudo isso acompanhado de gritos como nunca ouvidos humanos ouviram no resto da superfície do globo.

É principalmente neste momento que deixa de haver distinções sociais.

O *facchino* une-se ao príncipe, o príncipe ao transtiberino, e o transtiberino ao burguês, todos soprando, apagando e tornando a acender.

Se o velho Éolo aparecesse neste momento, seria proclamado rei dos *moccoli*, e Aquilão, herdeiro presuntivo da coroa.

Esta corrida doida e flamejante durou cerca de duas horas; a Rua do Corso estava alumiada como em pleno dia, distinguindo-se as feições dos espectadores até terceiros e quartos andares.

De cinco em cinco minutos, Albert tirava o relógio; até que marcou sete horas.

Os dois amigos estavam justamente nas alturas da Rua di Pontefici; Albert saltou da caleche, com o seu *moccoletto* na mão.

Duas ou três máscaras quiseram chegar-se para apagá-lo ou tirar-lho; mas, hábil no soco, Albert atirou uns após outros a dez passos de distância, continuando o seu caminho para a Igreja de San Giacomo.

Os degraus estavam atulhados de curiosos e de máscaras, que disputavam para se arrancar o facho das mãos.

Franz seguiu Albert com os olhos, e viu-o pôr o pé no primeiro degrau; e depois, quase imediatamente, uma máscara com o traje bem conhecido da camponesa do ramo estendeu o braço, e sem que desta vez ele opusesse a mais leve resistência, tirou-lhe o *moccoletto*.

Franz estava muito distante para ouvir as palavras que trocaram; mas decerto não foram hostis, porque viu Albert e a camponesa afastarem-se de braço dado.

Seguiu-os por algum tempo entre a multidão, mas na Rua Macello perdeu-os de vista.

De repente ouviu-se o som do sino que dá o sinal do fim do carnaval, e no mesmo instante todos os *moccoli* se apagaram como por encanto.

Dir-se-ia que um único e imenso sopro tinha apagado tudo.

Franz achou-se na mais profunda escuridão.

Também cessaram de uma vez todos os gritos, como se o sopro potente que tinha levado as luzes levasse ao mesmo tempo o barulho.

Não se ouviu mais do que o rodar das carruagens, que levavam as máscaras para as suas casas; e não se viu mais do que as raras luzes que brilhavam por dentro das janelas.

Tinha acabado o carnaval.

XXXVII. As catacumbas de S. Sebastião

Franz não tinha talvez, em toda a sua vida, experimentado uma impressão tão incisiva, uma passagem tão rápida da alegria para a tristeza, como neste momento; dir-se-ia que Roma, ao sopro mágico de algum demônio da noite, acabava de se transformar em vasto túmulo. Por um acaso, que aumentava a intensidade das trevas, a Lua, que estava no minguante, não devia aparecer senão pelas onze da noite.

As ruas que atravessava estavam imersas na mais profunda escuridão.

Mas o trajeto era curto.

Ao cabo de dez minutos, a sua carruagem, ou melhor, a do conde, parou à porta do Hotel de Londres.

O jantar esperava; mas, como Albert o prevenira de que não contasse com ele tão cedo, Franz foi para a mesa só.

Mestre Pastrini, que estava acostumado a vê-los jantar juntos, informou-se do motivo da sua ausência; mas Franz contentou-se com responder que Albert tinha recebido na antevéspera um convite, a que fora corresponder.

A extinção súbita dos *moccoletti*, a escuridão que substituíra a luz, o silêncio que sucedera ao ruído, tinham deixado no espírito de Franz certa tristeza, que não era isenta de inquietação.

Jantou pois muito silenciosamente, apesar da obsequiosa solicitude do hoteleiro, que entrou duas ou três vezes para se informar se carecia de alguma coisa.

Franz estava resolvido a esperar por Albert tanto quanto pudesse.

Mandou vir pois a carruagem só às dez horas, pedindo a mestre Pastrini que o fizesse prevenir no mesmo instante se Albert se apresentasse no hotel fosse para o que fosse.

Eram já onze horas, e Albert não tinha entrado ainda.

Franz vestiu-se e saiu, prevenindo o hoteleiro de que ia passar a noite à casa do duque de Bracciano.

A casa do duque de Bracciano era uma das mais encantadoras de Roma; a duquesa, uma das últimas herdeiras dos Colona, fazia as honras dela por um modo inexcedível, resultando daí que as festas que dava tinham celebridade européia.

Franz e Albert tinham chegado a Roma com cartas de recomendação para o duque, e por isso a primeira coisa que este fez foi perguntar a Franz o que era feito do seu companheiro de viagem.

Franz respondeu-lhe que o deixara à noitinha, no momento em que se iam apagar os *moccoli*, e que o perdera de vista na Rua Macello.

— Então não voltou para casa? — perguntou o duque.

— Esperei-o até agora — respondeu Franz.

— E sabe aonde ele foi?

— Não sei precisamente, mas creio que se tratava de coisa parecida com uma entrevista.

— Diabo! — disse o duque — é mau dia, ou má noite para demoras; não é verdade, Sr.ª Condessa?

Estas palavras dirigiam-se à condessa G..., que acabava de chegar e passeava pelo braço do Sr. Torlonia, irmão do duque.

— E a mim parece-me que é uma noite encantadora — respondeu a condessa —; e os que aqui estão só hão de lastimar uma coisa, e é que passe muito depressa.

— Mas eu — tornou o duque sorrindo — não falo das pessoas que estão aqui; não correm perigo que não seja os homens apaixonarem-se pela Sr.ª Condessa, e as mulheres adoecerem de inveja ao vê-la tão bela: falo dos que andam pelas ruas de Roma.

— Mas — perguntou a condessa — quem é que anda a estas horas pelas ruas de Roma, a não ser para vir ao baile?

— O nosso amigo Albert de Morcerf, Sr.ª Condessa, que deixei no encalço de uma desconhecida, às sete horas da noite — disse Franz — e não tornei a ver desde então.

— Pois quê! e não sabe onde ele está?

— Absolutamente nada.

— E ele carrega armas?

— Está vestido de palhaço.

— Não devia tê-lo deixado ir — disse o duque a Franz —, o senhor que conhece Roma melhor do que ele.

— Pois sim! era o mesmo que se tentasse segurar o número três dos *barbieri*, que ganhou hoje o prêmio da corrida — respondeu Franz —; e ademais, o que pode acontecer-lhe?

— Quem sabe? a noite está escuríssima e o Tibre fica a dois passos da Rua Macello.

Franz sentiu um calafrio correr-lhe pelas veias ao ver o espírito do duque e da condessa tão de acordo com as suas inquietações pessoais.

— Por isso preveni no hotel de que tinha a honra de passar a noite em casa do Sr. Duque — disse Franz —, e hão de vir cá participar-me o regresso dele.

— Olhe — disse o duque —, creio que justamente nesta ocasião vem aí um dos meus criados procurá-lo.

O duque não se enganava; ao ver Franz, o criado acercou-se dele.

— Excelentíssimo — disse o criado —, o dono do hotel de

Londres manda-o avisar de que em casa está à sua espera um homem portador de uma carta do Sr. Visconde de Morcerf.

— Com uma carta do visconde! — exclamou Franz.

— Sim.

— E quem é esse homem?

— Não sei.

— Por que não veio trazer-me a carta aqui?

— O mensageiro não deu nenhuma explicação.

— E onde está o mensageiro?

— Partiu tão depressa me viu entrar na sala do baile para preveni-lo.

— Oh, meu Deus! — disse a condessa a Franz — vá depressa; pobre rapaz, sucedeu-lhe alguma desgraça!

— Vou correndo — disse Franz.

— Tornaremos a vê-lo, para nos dar notícias? — perguntou a condessa.

— Sim, se não for coisa grave; senão, nem eu sei o que há de ser de mim.

— Em todo caso convém muita prudência — disse a condessa.

Franz pegou o chapéu e partiu a toda a pressa.

Tinha mandado embora a carruagem, dando-lhe ordem para as duas horas; mas, por felicidade, o palácio Bracciano, que tem uma frente para a Rua do Corso, e outra para a Praça dos Santos Apóstolos, fica a dez minutos do hotel de Londres.

Quando se aproximou do hotel, Franz viu um homem em pé no meio da rua, e não duvidou um só instante de que fosse o mensageiro de Albert.

Esse homem estava embuçado num grande capote.

Foi direito a ele, mas com grande admiração de Franz, foi esse homem quem lhe dirigiu a palavra primeiro.

— Que me quer Vossa Excelência? — disse ele dando um passo atrás, como homem que deseja pôr-se em guarda.

— Não foi o senhor — perguntou Franz — que me trouxe uma carta do visconde de Morcerf?

— É Vossa Excelência que está hospedado no hotel de Pastrini?

— Sou, sim.

— É Vossa Excelência que é o companheiro de viagem do Sr. Visconde?

— Sou eu.

— Como se chama Vossa Excelência?

— Barão Franz d'Épinay.

— Então é a Vossa Excelência que a carta é dirigida.

— Tem resposta? — perguntou Franz, recebendo a carta da mão dele.

— Sim: pelo menos assim o espera o seu amigo.

— Entre para o hotel, que já lhe dou a resposta.

— Antes quero esperá-la aqui — disse o mensageiro, rindo.

— E por quê?

— Vossa Excelência compreenderá o motivo depois de ler a carta.

— Então encontrá-lo-ei aqui?

— Sem dúvida nenhuma.

Franz entrou; na escada encontrou mestre Pastrini.

— E daí? — perguntou-lhe ele.

— E daí o quê? — respondeu Franz.

— Falou com o homem que o procurava da parte do seu amigo? — perguntou a Franz.

— Sim, falei-lhe — respondeu este — e entregou-me esta carta. Mande-me uma luz, faça favor.

O estalajadeiro deu ordem a um criado para que precedesse Franz com uma vela.

O rapaz tinha achado em mestre Pastrini uns modos assustados, e esses modos tinham-lhe causado mais desejos de ler a carta de Albert.

Aproximou-se da vela logo que ela foi acesa, e desdobrou o papel.

A carta era escrita pela mão de Albert e assinada por ele.

Franz leu duas vezes, tão longe estava de esperar o que ela continha.

Ei-la reproduzida textualmente:

> "Meu amigo:
>
> Tão depressa receba esta, faça favor de ir buscar à minha carteira, que está na gaveta de cima da secretária, a carta de crédito; e junte-lhe a sua, se ela não for suficiente.
>
> Corra à casa Torlonia, tire de lá no mesmo instante quatro mil piastras e entregue-as ao portador.
>
> É urgente que esta soma me seja mandada sem demora.
>
> Não insisto mais, contando com o meu amigo, como o meu amigo poderia contar comigo.
>
> P. S. I believe now to italian bandetti.
>
> Seu amigo
>
> Albert de Morcerf."

Por baixo destas linhas estavam escritas por outra mão estas palavras italianas.

"Se alle sei della matina le quattro mile piastre non sono nelle mie mani, alle sette il conte Albert avra cessato di vivere.[1]

Luigi Vampa."

Esta segunda assinatura explicou tudo a Franz, que compreendeu a repugnância do mensageiro em entrar no hotel; a rua parecia-lhe mais segura do que o quarto de Franz.

Albert tinha caído nas mãos do famoso chefe de bandidos, em cuja existência se recusara a crer durante tanto tempo.

Não havia tempo a perder.

Correu à secretária, abriu-a, na gaveta indicada achou a carteira, e na carteira a carta de crédito: era ao todo seis mil piastras; mas destas seis mil piastras, Albert tinha despendido já três mil.

Franz não tinha nenhuma carta de crédito; como estava em Florença e tinha vindo a Roma passar só oito dias, trouxera consigo uns cem luíses e desses cem luíses restavam-lhe quando muito cinqüenta.

Faltavam pois setecentas a oitocentas piastras para entre ambos poderem reunir a soma pedida.

É verdade que Franz podia contar, num caso destes, com o obséquio dos Srs. Torlonia.

Preparava-se pois para voltar ao palácio Bracciano sem perda de um instante, quando subitamente lhe atravessou o espírito uma idéia luminosa.

Pensou no conde de Monte Cristo.

Franz ia dar ordem para que lhe chamassem mestre Pastrini, quando o viu aparecer pessoalmente à porta.

— Meu caro Sr. Pastrini — disse-lhe com vivacidade —, sabe dizer-me se o conde está em casa?

— Acaba de entrar.

— Já teria tempo de se meter na cama?

— Desconfio que não.

— Então faça-me o favor de lhe bater à porta e peça-lhe licença para eu entrar.

---

[1] Se às seis horas da manhã as quatro mil piastras não estiverem na minha mão, o conde Albert terá deixado de viver.

Mestre Pastrini apressou-se a executar as instruções que lhe davam; e cinco minutos depois estava de volta.

— O conde espera por Vossa Excelência — disse ele.

Franz atravessou o corredor, e foi introduzido por um criado nos aposentos do conde.

Estava num gabinete que Franz não vira ainda, e que era rodeado de divãs.

O conde veio vê-lo.

— Que vento favorável o trouxe aqui a estas horas? — perguntou-lhe — dar-seá o caso de que venha cear comigo? Seria muita amabilidade da sua parte.

— Não, venho falar--lhe de um negócio grave.

— De um negócio! — disse o conde, olhando para Franz com o olhar profundo que lhe era habitual —; e que negócio é?

— Estamos sós?

O conde foi até a porta e voltou.

— Completamente sós — disse.

Franz apresentou-lhe a carta de Albert.

— Queira ler.

O conde leu a carta.

— Ah! ah! — exclamou.

— Reparou para o pós-escrito?

— Sim, bem vejo:

> "Se alle sei della matina le quattro mile piastre non sono nelle mie mani, alle sette il conte Albert avra cessato di vivere.
>
> Luigi Vampa."

— O que me diz disto? — perguntou Franz.

— Tem a quantia que lhe pedem?

— Faltam-me só oitocentas piastras.

O conde dirigiu-se à secretária e abriu uma gaveta cheia de dinheiro em ouro.

— Espero — disse a Franz — que não me fará a injúria de se dirigir a outra pessoa.

— Bem vê que vim ter direto com o senhor — disse Franz.

— Agradeço-he; tire daí.

E fez sinal a Franz para tirar da gaveta o que quisesse.

— Mas é necessário enviar essa soma a Luigi Vampa? — perguntou Franz, fitando o conde.

— Se é! — disse este. — O pós-escrito é muito positivo.

— Parece-me que, se quisesse dar-se ao trabalho de procurar, acharia algum meio, que havia de simplificar muito a negociação — disse Franz.

— E qual? — perguntou o conde, estupefato.

— Por exemplo, se fôssemos ver Luigi Vampa, estou certo de que ele não nos havia de recusar a liberdade de Albert.

— A mim? e que influência quer que eu tenha sobre aquele bandido?

— Não acaba de lhe fazer um desses obséquios que não se esquecem?

— Eu?

— Não acaba de salvar a vida de Pepino?

— Ah, ah! — disse o conde —; quem lho disse?

— Que lhe importa? Sei-o eu.

O conde permaneceu por um instante mudo e de sobrolhos carregados.

— E se eu fosse ter com Vampa, o senhor acompanhava-me?

— Se a minha companhia lhe não fosse desagradável.

— Pois vamos lá! o tempo está lindo, e um passeio ao campo não pode deixar de nos fazer bem.

— É preciso levar armas?

— Para quê?

— Dinheiro?

— É escusado. Onde está o homem que trouxe a carta?

— Na rua.

— Espera a resposta?

— Espera.

— Temos de saber aonde vamos: vou chamá-lo.

— É inútil, não quis entrar.

— No seu quarto pode ser, mas nos meus, não porá dificuldade.

O conde foi à janela do gabinete que dava para a rua, e assobiou de certo modo.

O homem do capote descoseu-se da parede e avançou para o meio da rua.

— *Salite!* — disse o conde, com os modos com que daria uma ordem a um criado seu.

O mensageiro obedeceu sem demora, sem hesitação, com ardor até, e, galgando os quatro degraus da porta da casa, entrou no hotel. Cinco segundos depois, estava à porta do gabinete.

— Ah! é você, Pepino? — disse o conde.

Mas Pepino, em lugar de responder, deitou-se-lhe aos pés, pegou na mão do conde e imprimiu-lhe os lábios repetidas vezes.

— Ah! Ah! — disse o conde — não se esqueceu ainda de que lhe salvei a vida! é extraordinário, e foi já há oito dias!

— Não, Excelentíssimo, e não me hei de esquecer nunca — respondeu Pepino, com inflexão de profundo reconhecimento.

— Nunca, isso é muito! mas já não é pouco acreditá-lo você. Levante-se e responda.

Pepino relanceou os olhos para Franz.

— Oh! pode falar diante de Sua Excelência, que é um amigo meu. Permita-me que lhe dê este nome — disse em francês o conde, voltando-se para Franz —; assim é preciso, para excitar a confiança deste homem.

— Pode falar diante de mim — tornou Franz —, sou amigo do conde.

— Isso é outro caso — disse Pepino, voltando-se para o conde —; interrogue-me Vossa Excelência, que eu lhe responderei.

— Como foi que o visconde Albert caiu nas mãos de Luigi?

— A caleche do francês encontrou-se muitas vezes com a que transportava Teresa.

— A amante do capitão?

— Sim, senhor. O francês lançou-lhe olhares de ternura. Teresa divertiu-se em lhe corresponder; o francês atirou-lhe flores, ela fez outro tanto; tudo isto, bem entendido, com consentimento do capitão, que ia na mesma caleche.

— Pois quê! — exclamou Franz —; Luigi Vampa ia na caleche das camponesas romanas?

— Era ele que, disfarçado em cocheiro, a guiava — respondeu Pepino.

— E depois? — perguntou o conde.

— Depois o francês tirou a máscara; Teresa sempre com consentimento do chefe, fez outro tanto; o francês pediu uma entrevista, Teresa concedeu a entrevista pedida; mas, em lugar de Teresa, foi Beppo quem foi encontrá-lo nos degraus da Igreja de San Giacomo.

— Pois quê! — interrompeu Franz outra vez — a camponesa que lhe tirou o *moccoletto*?...

— Era um rapaz de quinze anos — respondeu Pepino —; mas não é vergonhoso para o seu amigo ter caído; Beppo tem apanhado muitos outros.

— E Beppo conduziu-o para fora dos muros da cidade? — disse o conde.

— Exatamente; uma caleche esperava no fim da Rua Macello; Beppo entrou nela convidando o francês a acompanhá-lo; ele não esperou que lho dissessem duas vezes. Ofereceu amavelmente a direita a Beppo, e sentou-se ao lado. Beppo anunciou-lhe então que ia conduzi-lo a uma vila situada a uma légua de Roma. O francês assegurou a Beppo que estava pronto a acompanhá-lo até o fim do mundo. Imediatamente o cocheiro subiu a Rua di Ripetta, foi ter à porta de San Paolo, e a duzentos passos do campo, como o francês se tornasse empreendedor de mais, Beppo chegou-lhe ao pescoço um par de pistolas, e imediatamente o cocheiro fez parar os cavalos, voltou-se na almofada e procedeu de igual modo. Ao mesmo tempo, quatro dos nossos, que estavam escondidos nas margens do Alms, se atiraram às portinholas. Boa vontade tinha o francês de se defender, chegou até a pôr as mãos nas goelas de Beppo, segundo ouvi dizer, mas nada podia fazer contra cinco homens armados; teve de se render; fizeram-no apear; seguiram as margens do rio, e conduziram-no a Teresa e a Luigi, que o esperavam nas catacumbas de S. Sebastião.

— Então! — disse o conde, voltando-se para o lado de Franz — parece-me que esta história não deixa de ter sua graça. O que me diz o senhor, que é entendido?

— Digo que me divertiria — respondeu Franz — se o caso se tivesse dado com outra pessoa que não fosse o Albert.

— O fato é — disse o conde — que se o senhor não me tivesse encontrado, era uma conquista que custava caro ao seu amigo; mas, sossegue, que não passará de susto.

— E vamos buscá-lo? — perguntou Franz.

— Decerto! e tanto melhor que está num lugar muito pitoresco. O senhor já viu as catacumbas de S. Sebastião?

— Nada, nunca vi; mas fazia tenção de ir lá um dia.

— Pois chega agora a ocasião, e seria difícil achar outra melhor. Tem a sua carruagem?

— Não.

— Não importa; costuma estar sempre posta para mim uma de dia e de noite.

— Sempre posta?

— Sim, sou um ente muito caprichoso; devo dizer-lhe que, muitas vezes quando me levanto, outras depois de jantar, outras pela noite adiante, me dá vontade de partir para um lugar qualquer, e parto.

O conde tocou a campainha uma vez, e apareceu o criado de quarto.

— Manda sair a carruagem da cocheira — disse — e tira as pistolas que estão no saco; não é preciso chamar o cocheiro, Ali governará os cavalos.

Um instante depois, ouviu-se rodar a carruagem, e parar à porta.

O conde viu o relógio.

— Meia-noite e meia hora — disse —; podíamos partir daqui às cinco horas e chegávamos a tempo; mas, como essa demora podia fazer passar uma noite má ao seu amigo, é melhor que vamos depressa a-lo das mãos dos infiéis. Sempre está resolvido a acompanhar-me ?

— Se estou!

— Então vamos.

Franz e o conde saíram seguidos por Pepino.

À porta encontraram a carruagem.

Ali estava na almofada.

Franz reconheceu o escravo mudo da gruta de Monte Cristo.

Franz e o conde entraram para a carruagem, que era um cupê.

Pepino sentou-se ao lado de Ali, e os cavalos partiram a galope.

Ali recebera ordens antecipadamente, porque tornou pela Rua do Corso, atravessou o campo Vaccino, subiu a estrada de S. Gregório e chegou à Porta de S. Sebastião.

Aí, o guarda quis pôr dificuldades, mas o conde de Monte Cristo apresentou uma autorização do governador de Roma para entrar na cidade e sair dela a todas as horas do dia e da noite; abriu-se pois a porta, o guarda recebeu um luís pelo seu trabalho, e a carruagem passou.

O caminho que a carruagem seguia era a antiga Via Ápia, toda ladeada de mausoléus.

De tempos a tempos, à luz da Lua, que começava a nascer, afigurava-se a Franz ver como que uma sentinela destacar-se de uma ruína.

Mas imediatamente a um sinal trocado entre Pepino e a sentinela, tornava esta a confundir-se na sombra e desaparecia.

Um pouco antes do circo de Caracalla, a carruagem parou. Pepino veio abrir a portinhola e o conde-se.

— Dentro de dez minutos — disse o conde a seu companheiro — estamos lá.

Depois chamou Pepino de parte, deu-lhe ordens em voz baixa, e Pepino partiu munido de um archote, que tirou da caixa do cupê.

Decorreram ainda cinco minutos, durante os quais Franz viu o pastor meter-se por um carreiro no meio dos relevos de terreno que formam o solo acidentado da planície de Roma, e desaparecer entre os arbustos avermelhados, que pareciam a juba eriçada de algum leão gigantesco.

— Agora — disse o conde — sigamo-lo.

Franz e o conde meteram-se também pela mesma azinhaga que,

ao cabo de cem passos, os conduziu por um declive ao fundo de um pequeno vale.

Dentro de pouco tempo foram vistos dois homens conversando na sombra.

— Devemos continuar a avançar? — perguntou Franz ao conde — ou temos de esperar?

—Andemos para diante; Pepino preveniu decerto a sentinela da nossa chegada.

E, efetivamente, um daqueles homens era Pepino, e o outro um bandido, que estava de sentinela.

Franz e o conde aproximaram-se.

O bandido cumprimentou.

— Se Vossa Excelência — disse Pepino para o conde — quer vir comigo, a abertura das catacumbas fica daqui a dois passos.

— Bem — disse o conde —, você vai na frente.

Por detrás de umas moitas e no meio de algumas rochas, havia uma abertura pela qual mal podia caber um homem.

Pepino foi o primeiro que se deixou escorregar por essa fenda; mas dados alguns passos, a passagem subterrânea alargou-se.

Então ele parou, acendeu o archote e voltou-se para ver se era seguido.

O conde metera-se por uma espécie de respiradouro, e Franz foi atrás dele.

O terreno daí por diante era em pequeno declive e ia alargando; mas Franz e o conde tinham de andar curvados e não poderiam passar a dois de fundo. Deram assim cento e cinqüenta passos, e depois tiveram de parar, ouvindo gritar: — Quem vem lá?

Ao mesmo tempo viram, no meio da escuridão, brilhar no cano de uma carabina o reflexo do archote.

— *Amigo!* — disse Pepino; e adiantou-se só e disse algumas palavras em voz baixa à segunda sentinela, que, como a primeira, cumprimentou, fazendo sinal às visitas noturnas de que podiam continuar o seu caminho.

Por detrás da segunda sentinela havia uma escada com uns vinte degraus; Franz e o conde desceram os vinte degraus, e acharam-se numa espécie de encruzilhada mortuária.

Cinco caminhos divergiam como os raios de uma estrela, e os muros, cheios de nichos sobrepostos com a forma de esquifes, indicavam que tinham entrado nas catacumbas.

Numa dessas cavidades, cujo âmbito era completamente impossível distinguir, viam-se, de dia, alguns reflexos de luz.

O conde pôs a mão no ombro de Franz.

— Quer ver um acampamento de bandidos em ato de descanso? — perguntou-lhe.

— Decerto quero — respondeu Franz.

— Então venha comigo... Pepino, apague o archote.

Pepino obedeceu e Franz e o conde ficaram na mais profunda escuridão. Apenas, a cerca de cinqüenta passos adiante deles, continuaram a dançar ao longo dos muros algumas luzinhas avermelhadas, que se tornaram mais visíveis depois de Pepino apagar o archote.

Avançaram silenciosamente, sendo Franz guiado pelo conde, que parecia ter a singular faculdade de ver nas trevas. E o próprio Franz distinguia mais facilmente o seu caminho à proporção que se aproximava desses reflexos que lhe serviam de guia.

Davam-lhe passagem três arcos, servindo de porta o do meio.

Estes arcos abriam de um lado para o corredor em que estavam o conde e Franz, e do outro para uma vasta quadra, toda rodeada de nichos semelhantes aos de que já falamos.

A meio dessa quadra levantavam-se quatro pedras, que outrora tinham servido de altar, como indicava a cruz ainda sobreposta nelas.

Um candeeiro, posto em cima do fuste de uma coluna, alumiava com luz pálida e vacilante a cena singular que se oferecia aos olhos das duas visitas ocultas na sombra.

Sentado e de cotovelo apoiado nessa coluna, um homem lia, com as costas voltadas para os arcos, por cuja abertura os recém-chegados olhavam.

Era o chefe da quadrilha, Luigi Vampa.

Em roda dele distinguiam-se uns vinte bandidos, agrupados a capricho, deitados nos seus capotes ou encostados em uma espécie de banco de pedra, que rodeava o *columbarium*, tendo cada um a sua carabina ao alcance da mão.

No fundo, silenciosa, mal se vendo e semelhante a uma sombra, passeava uma sentinela de um lado para o outro, diante de uma espécie de abertura, que não se distinguia senão porque as trevas pareciam mais profundas nesse lugar.

O conde, quando supôs que Franz tinha deleitado bastante a vista com esse quadro pitoresco, levou o dedo aos lábios para lhe recomendar silêncio, e, subindo os três degraus que conduziam do corredor ao *columbarium*, entrou na câmara pelo arco do meio e avançou para Vampa, que estava tão embebido na leitura que não lhe ouviu o rumor de passos.

— Quem vem lá? — gritou a sentinela menos preocupada, e que viu, à luz do candeeiro, uma espécie de sombra que crescia por detrás do seu chefe.

A esse grito, Vampa levantou-se rapidamente, tirando uma pistola do cinto.

Num instante ergueram-se todos os bandidos, e vinte canos de carabina se dirigiram para o conde.

— Então! — disse este com voz perfeita e serena, e sem que um só músculo do rosto se lhe movesse —; então, meu querido Vampa, tanto incômodo para receber um amigo!

— Abaixo as armas! — gritou o chefe, fazendo um sinal imperativo com uma das mãos, e tirando respeitosamente o chapéu com a outra.

Depois, voltando-se para o personagem singular que dominava toda aquela cena, disse-lhe:

— Desculpe, Sr. Conde, mas estava tão longe de esperar a honra da sua visita que não o conhecia.

— Parece que tem pouca memória em tudo, Vampa — disse o conde —, e que não só se esquece da cara das pessoas, mas também das condições ajustadas com elas.

— E que condições esqueci eu, Sr. Conde? — perguntou o bandido como homem que, se cometeu uma falta, o que quer é remediá-la.

— Não foi ajustado entre nós — disse o conde — que não só a minha pessoa mas também a dos meus amigos lhe seriam sagradas?

— E em que faltei eu ao ajuste?

— Apanhou esta noite e transportou para cá o visconde Albert de Morcerf —; pois — continuou o conde, com uma inflexão que fez estremecer Franz — esse senhor é um amigo meu, esse senhor mora no mesmo hotel em que eu moro, esse senhor andou no Corso durante oito dias na minha caleche, e todavia, repito-lhe, você apanhou-o, transportou-o para cá, e — acrescentou, tirando a carta da algibeira — quer um resgate por ele como se fosse um estranho.

— Por que é que vocês não me preveniram disto? — disse o chefe, voltando-se para os seus homens, que recuaram todos diante do seu olhar — porque me expuseram assim a faltar à minha palavra a um homem como o Sr. Conde, que tem a vida de vocês todos nas suas mãos? Pelo sangue de Cristo! se acreditasse que um de vocês sabia que o rapaz era amigo de Sua Excelência, fazia-lhe eu mesmo saltar os miolos!

— Então — disse o conde, voltando-se para Franz —, não lhe disse eu que houve equívoco?

— Não vem só? — perguntou Vampa, inquieto.

— Venho com a pessoa a quem essa carta era dirigida e à qual quis provar que Luigi Vampa é homem de palavra. Venha Vossa

Excelência — disse a Franz —, aqui está Luigi Vampa, que vai dizer-lhe que está desesperado pela falta que cometeu.

Franz aproximou-se, e o chefe deu alguns passos para ele.

— Bem-vindo seja, senhor — disse-lhe ele. — Ouviu o que o Sr. Conde acabou de dizer e o que eu respondi; acrescentarei que não quereria, pelas quatro mil piastras que estabeleci para o resgate do seu amigo, que tivesse acontecido semelhante coisa.

— Mas — disse Franz, circunvagando a vista com inquietação — onde está o prisioneiro? não o vejo.

— O prisioneiro está ali — disse Vampa, mostrando com a mão a abertura diante da qual passeava o bandido que estava de serviço — e eu mesmo vou participar-lhe que está livre.

O chefe adiantou-se para o lugar designado por ele como servindo de prisão a Albert, e Franz e o conde seguiram-no.

— O que está fazendo o prisioneiro? — perguntou Vampa à sentinela.

— Palavra, capitão, que não sei; há uma hora que não o sinto mexer.

— Venham Vossas Excelências — disse Vampa.

O conde e Franz subiram sete ou oito degraus, precedidos pelo chefe, que abriu um ferrolho e empurrou uma porta.

Então, à luz de um candeeiro semelhante ao que alumiava o *columbarium*, pôde ver-se Albert, embrulhado num capote, que um dos bandidos lhe emprestara, deitado a um canto e dormindo com o mais profundo sono.

— Vamos lá! — disse o conde, sorrindo com o sorriso que lhe era particular — não dorme mal para quem devia ser fuzilado às sete horas da manhã.

Vampa olhava com certa admiração para Albert adormecido.

Via-se que não era insensível àquela prova de coragem.

— Tem razão, Sr. Conde — disse —, este homem deve ser dos seus amigos.

Depois, aproximando-se de Albert e tocando-lhe no ombro.

— Vossa Excelência faz o favor de acordar?

Albert espreguiçou-se, esfregou as pálpebras e abriu os olhos.

— Ah! Ah! — disse ele — é o senhor capitão! Devia deixar-me dormir; eu tinha um sonho encantador; sonhava que estava dançando o galope na casa de Torlonia com a condessa de G...!

Consultou o relógio, que conservava para ajuizar do tempo decorrido.

— Hora e meia da manhã! — disse —; mas para que diabo vem acordar-me a estas horas?

— Para dizer a Vossa Excelência que está livre.

— Meu caro — tornou Albert, com perfeita liberdade de espírito — não esqueça nunca esta máxima de Napoleão, *o Grande*: "Não me acordem nunca senão para notícias más". Se me tivesse deixado dormir, acabava o meu galope, e eu ficar-lhe-ia muito obrigado toda a vida. Então foi pago o meu resgate?

— Não, Excelentíssimo.

— Então como é que estou livre?

— Veio reclamá-lo alguém, a quem nada posso recusar...

— Veio cá?

— Veio, sim.

— Ah! com os diabos! Essa pessoa é muito amável!

Albert olhou em roda de si e viu Franz.

— Pois quê — disse ele —; foi você, meu querido Franz, que levou a dedicação a este ponto?

— Eu não — respondeu Franz —, mas o nosso vizinho, o Sr. Conde de Monte Cristo.

— Ora esta! o Sr. Conde — disse Albert, compondo a gravata e os punhos — é o que se chama um homem verdadeiramente precioso, e espero que me considere eternamente agradecido, primeiro pelo favor da carruagem, e depois por este.

E estendeu a mão ao conde, que estremeceu no momento de lhe dar a sua, mas não lha recusou.

O bandido olhava para esta cena estupefato,

Estava evidentemente habituado a ver tremer diante dele os prisioneiros, e tinha ali um, cujo espírito zombeteiro não sofrera alteração nenhuma.

Franz estava encantado por ver Albert sustentar, mesmo diante de um bandido, a honra nacional.

— Meu caro Albert — disse Franz —, se se apressar, teremos ainda tempo de ir terminar a noite na casa de Torlonia e tomará o seu galope no ponto em que o interrompeu, de modo que não guardará nenhum ressentimento contra o Sr. Luigi, que se portou, em todo este negócio, como um verdadeiro gentil-homem.

— Ah! — disse — tem razão, e poderemos estar lá às duas horas. Sr. Luigi — continuou Albert —, há mais alguma formalidade que preencher para me despedir de Vossa Excelência?

— Nenhuma, senhor — respondeu o bandido —, está livre como o ar.

— Nesse caso, boa e alegre vida! Vamos, senhores, vamos!

E Albert, acompanhado por Franz e pelo conde, desceu a escada e atravessou a grande sala quadrada; todos os bandidos estavam em pé e de chapéu na mão.

— Pepino — disse o chefe —, dá-me o archote.

— Então o que quer fazer? — perguntou o conde.

— Quero acompanhá-los — disse o capitão —; é a menor honra que posso prestar a Vossa Excelência.

E, tirando o archote aceso das mãos do pastor, caminhou adiante das suas visitas, não como um criado que exerce um ato servil, senão como um rei, que precede embaixadores.

Chegado à porta, curvou-se.

— E agora, Sr. Conde — disse —, renovo-lhe as minhas desculpas, e espero que não ficará sentido comigo pelo que aconteceu.

— Não, meu caro Vampa — disse o conde —; ademais você remedeia as suas faltas de um modo tão amável, que uma pessoa vê-se quase tentada a agradecer-lhe o havê-las cometido.

— Senhores! — tornou o chefe, voltando-se para os franceses — talvez que o oferecimento não lhes pareça atraente; mas, se alguma vez tiverem vontade de me fazer segunda visita, em toda parte onde eu estiver folgarei muito com isso.

Franz e Albert cumprimentaram. O conde foi o primeiro a sair, depois Albert, e por último Franz.

— Vossa Excelência deseja de mim alguma coisa? —disse Vampa, sorrindo.

— Confesso-lhe que sim — respondeu Franz —; tinha curiosidade de saber que obra era a que estava lendo com tanta atenção quando nós chegamos.

— Os *Comentários de César* — disse o bandido —; é o meu livro predileto.

— Então não vem? — perguntou Albert.

— Vou — respondeu Franz — aqui me tem!

E saiu também do respiradouro.

Deram alguns passos na planície.

— Ah! — disse Albert, voltando atrás —; dá-me licença, capitão?

E acendeu o seu charuto no archote de Vampa.

— Agora, Sr. Conde, a maior presteza possível! faço empenho em ir acabar a noite à casa do duque de Bracciano.

Acharam a carruagem no lugar onde tinha ficado; o conde disse uma palavra árabe a Ali, e os cavalos partiram a todo o galope.

Eram duas horas no relógio de Albert quando os dois amigos entraram na sala de baile.

A sua chegada causou sensação; mas como iam ambos, todas as inquietações que podia haver acerca de Albert cessaram no mesmo instante.

— Minha senhora — disse o visconde de Morcerf, dirigindo-se

à condessa — teve ontem a bondade de me prometer um galope, venho um tanto tarde reclamar essa graciosa promessa; mas aqui está o meu amigo, que nunca falta à verdade, que poderá afirmar-lhe que não foi culpa minha.

E, como neste momento a música desse o sinal da valsa, Albert passou o braço pela cintura da condessa e desapareceu com ela no turbilhão dos que dançavam.

Durante este tempo, Franz meditava no singular estremecimento que percorrera todo o corpo do conde de Monte Cristo no momento em que fora, de certo modo, obrigado a dar a mão a Albert.

XXXVIII. Compromisso

No dia seguinte, a primeira coisa que Albert fez logo que se levantou, foi propor a Franz uma visita ao conde, já lhe agradecera na véspera, mas entendia que um serviço como o que ele lhe prestara valia bem dois agradecimentos.

Franz, que estava sentindo pelo conde de Monte Cristo um misto de atração e de terror, não quis deixar ir o amigo só, e acompanhou-o; foram ambos introduzidos na sala, e cinco minutos depois apareceu o conde.

— Sr. Conde — disse-lhe Albert, correndo para ele —, permita-me que lhe repita esta manhã o que mal lhe disse ontem, e é que nunca esquecerei em que circunstâncias correu em meu auxílio, e sempre me hei de lembrar de que lhe devo a vida ou pouco menos.

— Meu querido vizinho — respondeu o conde, rindo —, exagera o seu reconhecimento para comigo. Deve-me apenas uma economiazinha de uns vinte mil francos no seu orçamento de viagem, e nada mais; bem vê que não vale a pena falar em tal coisa. Pela sua parte — acrescentou —, receba os meus cumprimentos, ninguém podia manifestar mais sangue-frio, nem mais serenidade.

— Que quer, conde! — disse Albert —; imaginei que tinha tido uma questão de que resultara um duelo, e quis fazer compreender àqueles bandidos uma coisa: e é que toda a gente se bate em todos os países do mundo, mas que só os franceses se batem rindo. Todavia, como o meu reconhecimento para com o conde em nada diminuiu, venho perguntar-lhe se, por mim, pelos meus amigos ou pelos meus conhecidos, poderei servir-lhe para alguma coisa. Meu pai, o conde de Morcerf, que é de origem espanhola, tem uma posição elevada na França e na Espanha, e eu como todos os meus ficamos à sua disposição.

— Pois — disse o conde — confesso-lhe, Sr. de Morcerf, que esperava o seu oferecimento e que o aceito de muito boa vontade, já tinha feito tenção de lhe pedir um grande obséquio.

— Qual é?

— Nunca estive em Paris; portanto, não conheço Paris...

— Que me diz! — exclamou Albert — será possível que tenha podido viver até agora sem ver Paris; é incrível!

— E contudo assim é; mas conheço que é coisa impossível conservar-me por mais tempo sem saber o que seja a capital do mundo da inteligência. Há mais: já teria feito há muito essa viagem indispensável, se conhecesse alguém que pudesse apresentar-me na sociedade, onde não tenho relações.

— Oh, um homem como o senhor! — exclamou Albert.

— O senhor é muito amável; mas como eu não reconheço em mim outro mérito senão o de poder fazer concorrência como milionário ao Sr. Aguado ou ao Sr. Rothschild, e não vou a Paris para jogar na bolsa, esta circunstância tem-me prendido. Agora o seu oferecimento decide-me. Vejamos, compromete-se, meu caro Sr. de Morcerf (o conde acompanhou estas palavras com um sorriso singular) compromete-se a, quando eu for a França, abrir-me as portas dessa sociedade onde sou tão desconhecido como um hurão ou um cochinchinês?

— Oh! Sr. Conde, comprometo-me e da melhor vontade! — respondeu Albert —; e tanto mais (meu querido Franz, não mofe muito de mim) quando sou chamado a Paris por uma carta que recebi esta manhã, e na qual se trata da minha ligação com uma família respeitabilíssima e que tem as melhores relações na sociedade parisiense.

— Ligação por casamento? — perguntou Franz, rindo.

— Exatamente. Portanto, quando voltar a Paris, achar-me-á casado e talvez pai de família. A coisa está de acordo com a minha natural gravidade, não é verdade? Em todo o caso, conde, repito-lho, eu e os meus pertencemos-lhe de corpo e alma.

— Aceito — disse o conde —, porque lhe juro que não me faltava senão esta ocasião para realizar projetos que trago formados há muito tempo.

Franz não duvidou um instante de que esses projetos fossem os de que o conde deixara já escapar uma idéia na gruta de Monte Cristo, e olhou para ele quando soltava aquelas palavras, para ver se lhe descobria na fisionomia alguma revelação dos projetos que o levavam a Paris; mas era dificílimo penetrar na alma daquele homem, principalmente quando a velava com um sorriso.

— Mas vejamos, conde — tornou Albert, encantado por poder apresentar o conde de Monte Cristo —, não será isso um castelo no ar, como se formam mil em viagem, e que, edificados na areia, são levados pelo primeiro sopro?

— Não, palavra de honra — disse o conde —; quero ir a Paris, preciso de lá ir.

— E quando?

— Quando está o senhor lá?

— Eu? — disse Albert — dentro de quinze dias ou três semanas, o mais tardar; o tempo do regresso.

— Pois — disse o conde — dou-lhe três meses: bem vê que lhe não regateio largas.

— E dentro de três meses — exclamou Albert com alegria — irá bater-me à porta?

— Quer prazo fixo, dia por dia, hora por hora? — disse o conde: — previno-o de que sou de uma pontualidade de fazer desesperar.

— Dia por dia, hora por hora — disse Albert —; convém-me às mil maravilhas.

— Pois seja. — Estendeu a mão para um calendário pendurado ao lado do espelho. — Estamos hoje — disse — a 21 de fevereiro (tirou o relógio), são dez horas e meia da manhã. Quer receber-me a 21 de maio próximo, às dez horas e meia da manhã?

— Às mil maravilhas! — disse Albert —; o almoço estará pronto a essa hora.

— O Sr. Visconde mora?

— Na Rua do Hélder, 27.

— Vive em casa própria como rapaz solteiro? não lhe causarei incômodo?

— Habito no palácio de meu pai, mas num pavilhão ao fundo do pátio, completamente separado.

— Bem.

O conde puxou pela carteira e escreveu: Rua do Hélder, 27, 21 de maio, às dez horas e meia da manhã.

— E agora — disse o conde, metendo a carteira na algibeira — pode ter certeza de que o ponteiro do seu relógio não há de ser mais exato do que eu.

— Tornarei a vê-lo antes da minha partida? — perguntou Albert.

— Conforme: quando é que parte?

— Amanhã, às cinco horas da tarde.

— Nesse caso, digo-lhe adeus. Tenho de ir a Nápoles e não posso estar de volta senão no sábado à noite ou no domingo de manhã. E o Sr. Barão — perguntou o conde a Franz — também retira?

— Também.
— Para a França?
— Não, para Veneza. Demoro-me ainda um ano ou dois na Itália.
— Não nos veremos então em Paris?
— É de supor que eu não tenha essa honra.
— Adeus, meus senhores, boa viagem — disse o conde aos dois amigos, estendendo-lhes as mãos.

Era a primeira vez que Franz tocava na mão daquele homem; estremeceu, porque a sentiu gelada como se fosse a de um morto.

— Ainda uma vez — disse Albert — fica ajustado, sob palavra de honra, não é assim? Rua do Hélder n.º 27, em 21 de maio, às dez horas e meia da manhã?

— Em 21 de maio, às dez horas e meia da manhã, Rua do Hélder n. º 27 — tornou o conde.

E os dois moços cumprimentaram o conde e saíram.

— O que tem você? — disse Albert a Franz, ao entrarem no quarto — está tão pensativo?

— Sim, Albert, confesso-lho; o conde é um homem singular, e inquieta-me a visita que ele vai fazer-lhe em Paris.

— A visita... inquieta-o! Ora essa! Mas está doido, meu caro Franz? — exclamou Albert.

— O que quer? — disse Franz — doido ou não, assim é.

— Ouça — tornou Albert —, e muito estimo ter ocasião de lhe dizer isto; mas tenho-o achado sempre tão frio para com o conde quanto o tenho achado a ele sempre amável para conosco. Tem alguma coisa particular contra ele?

— Talvez.
— Tinha-o visto já em alguma parte antes de encontrá-lo aqui?
— Exatamente.
— Onde?
— Promete-me não dizer uma palavra do que vou contar-lhe?
— Prometo.
— Palavra de honra?
— Palavra de honra.
— Bem. Ouça.

E Franz contou então a Albert a sua excursão à ilha de Monte Cristo, como tinha achado lá uma tripulação de contrabandistas, e, no meio dessa tripulação, dois bandidos corsos. Acentuou todas as circunstâncias da hospitalidade de fadas que o conde lhe dera na sua gruta de *As Mil e Uma Noites*.

Contou-lhe a ceia, o haxixe, as estátuas, a realidade e o sonho, e como ao despertar não restara, para prova e para lembrança de todos aqueles acontecimentos, senão o iatezinho, fazendo-se de vela no horizonte, em direção a Porto Vecchio. Depois passou a Roma, à noite do Coliseu, à conversação que ouvira entre ele e Vampa, conversação relativa a Pepino, e em que o conde prometera alcançar o perdão do bandido, promessa que cumprira, como os leitores podem supor.

Por fim, chegou à aventura da noite precedente, à aflição em que se encontrara ao ver que lhe faltavam para completar a soma seiscentas ou setecentas piastras, e à idéia que tivera de se dirigir ao conde, idéia que fora coroada por um resultado tão pitoresco e ao mesmo tempo tão satisfatório.

Albert ouvia Franz com a maior atenção.

— Então — disse-lhe quando ele acabou —, o que vê o senhor, em tudo isso, que censurar? O conde gosta de viajar, e tem um navio seu, porque é rico. Vá a Portsmouth ou a Southampton e verá os portos cheios de iates pertencentes a ingleses ricos, que têm a mesma fantasia. Para ter onde parar nas suas excursões, para não comer a terrível comida que nos envenena, a mim há quatro meses, e a você há quatro anos, para não se deitar nestas abomináveis camas em que se não pode dormir, mandou mobiliar uma pousada em Monte Cristo; e, depois de mobiliada essa pousada, receando que o governo toscano o pusesse fora e que as suas despesas ficassem perdidas, comprou a ilha e tomou o nome dela. Ora, interrogue a sua memória, e diga-me quantas pessoas do seu conhecimento têm tomado o nome de propriedades que nunca possuíram.

— E — disse Franz a Albert — os bandidos corsos que se lhe encontram na tripulação?

— Então, o que admira? Sabe melhor que ninguém, não é verdade? que os bandidos corsos não são ladrões, mas pura e simplesmente fugitivos, que alguma *vendetta* exilou da sua cidade ou da sua aldeia; podem-se pois ver sem comprometimento: pela minha parte, declaro que, se alguma vez for à Córsega, antes de me apresentar ao governador e ao prefeito, apresentar-me-ei aos bandidos de Colomba, se for possível apanhá-los; acho-os encantadores.

— Mas Vampa e a sua quadrilha — tornou Franz —, que são conhecidos como bandidos que apanham a gente para roubá-la, o que não pode negar; o que diz da influência do conde em semelhantes homens?

— Digo que como, segundo todas as probabilidades, devo a vida a essa influência, não me pertence criticá-la. Portanto, em vez de considerar isso como um crime capital, há de permitir-me que o desculpe, em recompensa, senão de me haver salvado a vida, o que talvez seja um tanto exagerado, pelo menos de me ter poupado quatro mil piastras, que fazem muito bem vinte e quatro mil libras da nossa moeda, soma em que decerto me não avaliariam na França; o que prova — acrescentou Albert rindo — que ninguém é profeta na sua terra.

— Muito bem. Mas de que país é o conde? que língua fala? quais são os seus meios de vida? de onde lhe vem a fortuna? o que foi a primeira parte da sua vida misteriosa e desconhecida, que derramou na segunda aquela tinta sombria e misantrópica? Aí está, no seu lugar, o que eu desejaria saber.

— Meu querido Franz — replicou Albert —, quando ao receber a minha carta viu que nós precisávamos da influência do conde, disse-lhe: o meu amigo Albert de Morcerf corre perigo, ajude-me a tirá-lo desse perigo, não é verdade?

— É.

— E perguntou-lhe ele então: quem é o Sr. Albert de Morcerf? de onde lhe vem o nome? de onde lhe vem a fortuna? quais são os seus meios de vida? de que país é? onde nasceu? Perguntou-lhe tudo isto? Diga-me.

— Confesso que não.

— Acudiu, e nada mais. Tirou-me das mãos do Sr. Vampa, onde, a despeito das minhas aparências desenvoltas como você diz, confesso que fazia muita má figura. Então, meu amigo, quando em troca de semelhante serviço, me pede que faça por ele o que se faz todos os dias pelo primeiro príncipe russo ou italiano que passa por Paris, isto é, que o apresente à sociedade, quer que eu me negue a isso? Vamos, Franz, não está em seu juízo.

Deve-se dizer que, contra o seu costume, Albert tinha toda a razão.

— Faça o que quiser, meu caro visconde — tornou Franz, dando um suspiro — porque tudo quanto me diz é muito especioso, confesso-lhe; mas nem por isso é menos verdade que o conde de Monte Cristo seja um homem singular.

— O conde de Monte Cristo é um filantropo. Ele não lhe disse com que intenção ia a Paris. Pois vai lá para concorrer ao prêmio Monthyon; e se não lhe for preciso senão o meu voto para o alcançar, e a influência daquele sujeito tão feio que os faz obter, dar-lhe-ei um e garantir-lhe-ei a outra. Mas, meu caro Franz, não falemos mais nisso, vamos almoçar para depois fazermos a última visita a S. Pedro.

Fizeram o que Albert disse, e, no dia seguinte, às cinco horas da tarde, separaram-se, Albert de Morcerf para regressar a Paris, e Franz d'Épinay para ir passar quinze dias em Veneza.

Mas antes de entrar na carruagem, Albert entregou ao criado do hotel, para o conde de Monte Cristo, tanto receio tinha de que o convidado faltasse à sua promessa, um bilhete-de-visita, em que por baixo das palavras Visconde Albert de Morcerf tinha escrito a lápis:

21 de maio, às dez horas e meia da manhã

27, Rua do Hélder.

XXXIX. Os convivas

Na casa da Rua do Hélder, onde Albert de Morcerf combinara em Roma receber o conde de Monte Cristo, preparava-se tudo, na manhã de 21 de maio, para honrar a palavra do rapaz.

Albert de Morcerf habitava um pavilhão situado ao fundo de um grande pátio fronteiro a outro edifício destinado aos serviçais. Desse pavilhão só duas janelas davam para a rua; as outras davam três para o pátio, e duas para o jardim.

Entre o pátio e o jardim erguia-se, construído com o mau gosto da arquitetura imperial, a vasta e elegante habitação dos condes de Morcerf.

Ao longo da propriedade havia, dando para a rua, um muro, que tinha sobrepostos, de distância a distância, vasos de flores, e era cortado a meio por uma grade de lanças douradas, que servia para as entradas de aparato; uma portinha, quase encostada à casa do porteiro, dava serventia a criados e amos quando entravam ou saíam a pé.

Na escolha do pavilhão destinado para habitação de Albert adivinhava-se a delicada previdência de uma mãe, que não podendo separar-se do filho, compreendera contudo que um rapaz da idade do visconde tinha precisão de estar em completa liberdade. E conhecia-se ali também, por outro lado, cumpre que o digamos, o inteligente egoísmo de um rapaz amador da vida livre e ociosa dos filhos-famílias a que tinham dourado a habitação como à ave se doura a gaiola.

Pelas duas janelas que davam para a rua, podia Albert de Morcerf fazer as suas explorações externas. A vista da rua é tão necessária à gente nova, que quer ver sempre o mundo atravessar o seu horizonte, ainda que esse horizonte seja apenas a rua! Depois, feita a exploração, se essa exploração parecesse merecer exame mais profundo, Albert de Morcerf podia, para prosseguir nas suas investigações, sair por uma portinha, que condizia com a que indicamos ao pé da casa do porteiro, e que portanto nos merece particular menção.

Era uma porta pequena, que se diria esquecida de toda a gente desde o dia em que a casa fora edificada, e que se julgaria condenada para todo o sempre, tão discreta parecia e tão cheia de pó, mas de que a fechadura e os gonzos, cuidadosamente azeitados, anunciavam uso misterioso e continuado.

A sonsa portita fazia concorrência às outras duas e zombava do porteiro, a cuja vigilância e jurisdição escapava, abrindo-se como a famosa porta da caverna de *As Mil e Uma Noites*, como a Sésamo encantada de Ali-Babá, por meio de algumas palavras cabalísticas, ou de algumas arranhaduras convencionadas, pronunciadas pelas vozes mais suaves ou feitas pelos dedos mais afilados do mundo.

Ao fundo de amplo corredor, com que essa porta comunicava, e que servia de saleta, havia à direita a casa de jantar de Albert, que dava para o pátio, e à esquerda a sua sala, que dava para o jardim. Maciços de plantas, que se erguiam alargando-se em forma de leque diante das janelas, não deixavam ver nem do pátio nem do jardim o interior daquelas duas casas, as únicas onde, por estarem ao rés-do-chão, pudessem penetrar olhares indiscretos.

No primeiro andar havia duas casas iguais a estas, e mais outra por cima da saleta. Estas três casas eram uma sala, um quarto de cama e um quarto de vestir.

A sala de baixo era uma espécie de divã argelino destinado aos fumadores.

O quarto de vestir do primeiro andar dava para o quarto de cama e comunicava com a escada por uma porta invisível. Via-se que todas as medidas de precaução tinham sido tomadas.

Por cima do primeiro andar havia um vasto *atelier*, que fora alargado derrubando paredes e tabiques, pandemônio que o artista disputava ao dândi. Ali se refugiavam e acumulavam os sucessivos caprichos de Albert; cornetas, rabecões, flautas, uma orquestra completa, porque Albert tinha tido por algum tempo, não o gosto, mas a fantasia da música; cavaletes, palhetas, pastéis, porque à fantasia da música sucedera a fatuidade da pintura; por fim, floretes, luvas de boxe, espadas e bengalas de toda a casta, porque, seguindo as tradições dos rapazes da moda da época a que chegamos, Albert de Morcerf cultivava, com muito mais perseverança do que tinha cultivado a música e a pintura, as três artes que completam a educação dos leões, isto é, a esgrima, o boxe e o pau, e recebia sucessivamente nesta casa destinada a todos os exercícios do corpo, Grisier, Cboks e Carlos Leboucher.

O resto dos móveis desta casa privilegiada eram baús do tempo de Franz I, escaparates cheios de porcelanas da China, vasos do Japão, louças de Luca della Robbia, e pratos de Bernardo de Pallissy; antigas poltronas, onde se haviam sentado talvez Henrique IV ou Sully, Luís XIII ou Richelieu, porque duas dessas poltronas, ornadas de um escudo de armas esculpido, em que brilhavam em campo azul as três flores-de-lis da França, tendo sobreposta uma coroa real, tinham saído visivelmente do Louvre ou de algum palácio real.

Sobre as poltronas de assento escuro havia amontoados ricos estofos de cores vivas, tintos ao sol da Pérsia ou saídos das mãos das mulheres de Calcutá e de Chandernagor.

Não era fácil saber o que estavam fazendo ali aqueles preciosos estofos. Esperavam, recreando a vista, um destino desconhecido do próprio dono, e, enquanto esperavam, iluminavam o quarto com os seus reflexos sedosos e dourados.

Noutro lugar destacava-se um piano, obra de Roller & Blanchet, de pau-rosa, piano talhado para as nossas salas liliputianas, que todavia continha uma orquestra na sua acanhada e sonora cavidade, e gemia ao peso das obras-primas de Beethoven, Weber, Mozart, Haydn, Grétry e Porpora.

E por toda parte, ao longo das paredes, por cima das portas, no teto, espadas, punhais, *criks*, maças, machados, armaduras completas, douradas, tauxiadas, incrustadas; herbários, pedaços de minerais em bruto, pássaros estofados de crina, abrindo em vôo imóvel as asas cor de fogo, e o bico, que nunca fecham.

Escusado é dizer que esta casa era a predileta de Albert.

Contudo, no dia marcado para a visita que esperava, o visconde estabelecera o seu quartel-general na sala do andar térreo.

Aí, sobre uma mesa colocada a certa distância de um divã largo e fofo, resplandeciam, em vasos de louça, que os holandeses tanto apreciam, todos os tabacos conhecidos, desde o tabaco amarelo de Petersburgo até o tabaco negro do Sinai, passando pelo *maryland*, o *porto-rico* e o *latakieh*.

Ao lado deles, em encaixes de madeira odorífera, estavam enfileirados, por ordem de tamanho e de qualidade, *puros*, *regalias*, havanos e Manilas.

Enfim, num armário aberto, uma coleção de cachimbos alemães, de chibuques com bocais de âmbar, ornados de coral, e de narguilés incrustados de ouro, com longos tubos de marroquim enrolados como serpentes, esperava o capricho ou a simpatia dos fumadores.

Albert presidira ao arranjo, ou melhor, à desordem simétrica que, depois do café, os convivas de um almoço moderno gostam de contemplar entre o fumo que lhes sai da boca e sobe para o teto em longas e caprichosas espirais.

Às dez horas menos um quarto, entrou um criado. Era um *groom* de quinze anos, que só falava inglês, respondia ao nome de John, e era a criadagem de Morcerf.

Bem entendido que, nos dias extraordinários, o cozinheiro do palácio estava à sua disposição, e que, nas ocasiões solenes, o caçador do conde era também posto à sua ordem.

O criado, que se chamava Germano, e gozava de toda a confiança do patrão, trazia na mão um maço de jornais, que pôs em cima da mesa, e um maço de cartas, que entregou a Albert.

Albert desviou a vista distraída para aquelas diferentes missivas, escolheu duas de letra miúda e sobrescritos aromatizados, abriu-as e leu-as com certa atenção.

— Como foi que vieram estas cartas? — perguntou.

— Uma pelo correio, e a outra trouxe-a o criado da Sr.ª Danglars.

— Manda dizer à Sr.ª Danglars que aceito o lugar que me oferece no seu camarote... Espera lá... depois, pelo dia adiante, vai à casa de Rosa; diz-lhe que irei, como me convida, cear com ela à saída da ópera, e leva-lhe seis garrafas de vinhos sortidos, de Chipre, Xerez e Málaga, e um barril de ostras de Ostenda... Vai buscar as ostras na casa de Borel e diz-lhe que são para mim.

— A que horas quer o senhor o almoço?

— Que horas são?

— Dez menos um quarto.

— Põe o almoço na mesa quando forem dez horas e meia. Debray talvez tenha aonde ir... E ademais (Albert consultou a sua carteira de lembranças), é a hora que indiquei ao conde, 21 de maio, às dez horas e meia da manhã, e, embora eu não confie na sua promessa, quero ser exato. A propósito, sabe se a Sr.ª Condessa já se levantou?

— Se o Sr. Visconde quer eu vá saber.

— Pois sim... pede-lhe uma das suas frasqueiras de licores, porque a minha está incompleta, e diz-lhe que hei de ter a honra de ir lá às três horas e lhe mando pedir licença para lhe apresentar uma pessoa.

O criado saiu.

Albert estirou-se em cima do divã, rasgou as tiras de dois ou três jornais, olhou para os anúncios dos espetáculos, fez uma careta ao ver que subia à cena uma ópera e não uma dança, procurou debalde nos anúncios de perfumarias um opiato para os dentes, em que lhe haviam falado, e atirou para longe, uma após outra, as três folhas mais lidas de Paris, murmurando, em meio de um bocejo prolongado:

— Em verdade, estes jornais estão cada vez mais maçadores!

Neste momento parou à porta uma carruagem, e pouco depois o criado tornou a entrar para anunciar o Sr. Lucien Debray.

Entrou, sem sorrir, sem falar, e com uns modos semi-oficiais, um rapaz alto, louro, pálido, de olhos pardos e firmes, lábios delgados e frios, casaca azul com botões de ouro lavrados, gravata branca, luneta com aro de tartaruga, segura por um cordão de seda, e que, por um esforço do nervo superciliário e do nervo zigomático, conseguia fixar de tempos a tempos na cavidade do olho direito.

— Bom dia, Lucien, bom dia! — disse Albert. — Ah! Você aterra-me, meu caro, com a sua pontualidade! Que digo? pontualidade!... Você, que eu esperava que fosse o último, chega às dez horas menos cinco minutos, quando o almoço é às dez e meia! é miraculoso! dar-seá o caso de ter ido à terra o ministério?

— Não, meu caro — disse o recém-chegado, incrustando-se no divã —; sossegue, nós oscilamos sempre, mas não caímos nunca, e começo a persuadir-me de que vamos passar simplesmente à inamovibilidade, se os negócios da Península não nos consolidarem completamente.

— Ah, sim, é verdade, vocês dão caça ao D. Carlos de Espanha!

— Não, meu amigo; não confundamos; trazemo-lo do outro lado da fronteira e oferecemos-lhe uma hospitalidade real em Burges.

— Em Burges?

— Sim; não tem razão de queixa, que diabos! Burges é a capital do rei Carlos VII. Pois quê?! você não sabia disto? Desde ontem que é sabido de toda a gente e já anteontem a coisa tinha transpirado na Bolsa, porque o Sr. Danglars (não sei por que meio este homem sabe as notícias ao mesmo tempo em que nós) jogou na alta e ganhou um milhão.

— E você uma condecoração nova, ao que parece, porque lhe vejo uma fitinha azul, que não costumava trazer.

— Ora! mandaram-me a Comenda de Charles III — respondeu Debray, negligentemente.

— Vamos, não se mostre indiferente, e confesse que lhe deu gosto recebê-la.

— Decerto gostei; como complemento de *toillete* uma comenda vai muito bem numa casaca preta abotoada; é elegante.

— E — disse Morcerf, sorrindo — dá ares de príncipe de Gales ou de duque de Reichstadt.

— Ora, aqui tem por que me vê hoje tão cedo.

— Por que tem a Comenda de Charles III e queria dar-me essa boa nova?

— Não; porque passei a noite a expedir ofícios: vinte e cinco despachos diplomáticos. Entrei em casa esta manhã, já dia claro, quis dormir; mas fui acometido de uma dor de cabeça, e levantei-me para dar um passeio de uma hora a cavalo. Em Bolonha, traram comigo a contas o aborrecimento e a fome, dois inimigos que raras vezes se juntam e que todavia se ligaram contra mim: uma espécie de aliança carlo-republicana; lembrei-me então de que havia esta manhã festa em sua casa, e aqui estou. Tenho fome, dê-me de comer; aborreço-me, divirta-me.

— É o meu dever de anfitrião, meu amigo — disse Albert, tocando a campainha para chamar o criado, enquanto Lucien fazia saltar, com a ponta da sua bengala de castão de ouro incrustado de turquesas, os jornais desdobrados. — Germano, um copo de Xerez e um biscoito. Enquanto eles não vêm, meu querido Lucien, aqui tem charutos... de contrabando, bem entendido; recomendo-lhe que os prove, e que convide o seu ministro a vender-no-los iguais, em vez dessa espécie de folhas de nogueira que os bons cidadãos são condenados a fumar.

— Nessa é que eu não caio. Desde que eles procedessem do governo, você achava--os detestáveis e já não os queria. Ademais, isso não pertence ao Interior, pertence às Finanças: dirija-se ao Sr. Humann, seção das Contribuições Indiretas, corredor A, n.º 26.

— Em verdade — disse Albert — que me assombra com a vastidão dos seus conhecimentos. Mas tire um charuto!

— Ai! querido conde — disse Lucien acendendo um Manila sobre uma vela cor-de-rosa que ardia num castiçal dourado, e estirando-se no divã — ai! querido conde, que feliz é em não ter nada que fazer! Nem dá valor à sua felicidade!

— E o que faria, meu caro pacificador de reinos — tornou Morcerf com ligeira ironia —, se não fizesse nada? Pois quê?! secretário particular de um ministro, industriado a um tempo na grande cabala européia e nas intriguinhas de Paris, tendo reis e, melhor que isso, rainhas que proteger, partidos que unir, eleições que dirigir; fazendo mais no seu gabinete, com a pena e o telégrafo, do que Napoleão fazia nos campos de batalha com a espada e as vitórias; possuindo vinte e cinco mil libras de renda além do seu lugar; um cavalo pelo qual Château-Renaud lhe ofereceu quatrocentos luíses, e que não lhe quis vender; um alfaiate que nunca lhe falta com uma calça; freqüentando a ópera, o Jockey-Club e o

Teatro das Variedades, não tem em tudo isto com que se distrair? Pois bem, eu o distrairei.

— Como?

— Dando-lhe um conhecimento novo.

— Homem ou mulher?

— Homem.

—Ora!... já conheço muitos!

— Mas não conhece iguais àquele de quem lhe falo.

— Então de onde vem ele? do fim do mundo?

— De mais longe talvez.

— Ai! Diabos! Queira Deus que não seja o portador do nosso almoço!

— Não, descanse, o nosso almoço está sendo feito nas cozinhas maternas. Então tem fome?

— Confesso que sim, por mais humilhante que seja a confissão. Mas jantei ontem em casa do Sr. de Villefort, e há de ter notado já uma coisa, meu amigo: janta-se muito mal na casa dessa gente do foro; dir-se-ia sempre que tem remorsos.

— Ora, aí está o senhor a depreciar os jantares dos outros, como se se jantasse bem na casa dos ministros!

— Mas nós não convidamos gente que se preza; e, se não fossemos obrigados a fazer as honras da mesa a alguns farroupilhas, que pensam e, principalmente, que votam bem, fugiríamos como da peste de jantar em casa, pode crer.

— Então, meu caro, tome um segundo copo de Xerez e outro biscoito.

— Da mais boa vontade; o seu vinho da Espanha é excelente; bem vê que fizemos muito bem em pacificar aquele país.

— Sim, mas D. Carlos?

— D. Carlos beberá vinho de Bordeaux, e daqui a dez anos casamos-lhe o filho com a rainhita.

— O que lhe renderá o Tosão de Ouro, se estiver ainda no ministério.

— Vou crendo que adotou como sistema sustentar-me esta manhã de fumo.

— Há de convir que é o que mais entretém o estômago; mas olhe, ouço justamente agora a voz de Beauchamp na saleta, já tem com quem questionar, e isso há de dar-lhe paciência.

— A propósito de quê?

— A propósito de jornais.

— Ora, meu amigo!... — disse Lucien com soberano desprezo — eu leio lá jornais!

— Razão maior! questionarão então muito mais.

— O Sr. Beauchamp! — anunciou o criado.

— Entre! Entre! pena terrível! — disse Albert, levantando-se e indo receber o recém-chegado — olhe, aqui está Debray, que o detesta sem o ler, pelo menos assim o diz.

— E tem razão — disse Beauchamp —, é como eu, que o critico sem saber o que ele faz. Bom dia, comendador.

— Quê?! já sabe? — respondeu o secretário particular, trocando com o jornalista um aperto de mão e um sorriso.

— Ora essa!... — tornou Beauchamp.

— E o que dizem disso por esse mundo?

— Qual mundo? Temos muitos no ano da graça de 1838.

— No mundo crítico-político, de que você é um dos leões.

— Diz-se que foi uma coisa muito justa, e que, como semeiam muito encarnado, não pode deixar de lhes nascer algum azul.

— Vamos lá, não foi mau — disse Lucien —; por que não é o senhor dos nossos, meu querido Beauchamp? com o espírito de que é dotado, fazia fortuna em três ou quatro anos.

— Por isso, não espero senão uma coisa para seguir o seu conselho. É um ministério que esteja seguro por seis meses. Agora, uma palavra só, meu querido Albert, porque também é preciso que eu deixe respirar o pobre Lucien. Nós almoçamos ou jantamos? Eu tenho de ir à Câmara. Nem tudo são rosas, como vê, na nossa vida.

— Almoçamos; já não espero senão duas pessoas, e iremos para a mesa tão depressa elas cheguem.

— E que casta de pessoas espera para o almoço? — perguntou Beauchamp.

— Um fidalgo e um diplomata — respondeu Albert.

— Então é negócio de pouco menos de duas horas para o fidalgo e de muito mais de duas para o diplomata. Virei à sobremesa. Guarde-me morangos, café e charutos. Comerei uma costeleta na Câmara.

— Não consinto, Beauchamp, porque ainda que o fidalgo fosse um Montmorency e o diplomata um Metternich, almoçaremos às dez horas e meia em ponto; enquanto não chega essa hora, faça o mesmo que Debray, prove o Xerez e os biscoitos.

— Pois bem, eu fico. Preciso distrair-me esta manhã.

— Ótimo! está como Debray? Pois me parece que, quando o ministério está triste, a oposição deve estar alegre.

— É que não sabe de que estou ameaçado. Tenho que ouvir esta manhã um discurso do Sr. Danglars na Câmara dos Deputados, e, à noite, na casa dele, uma tragédia de um par da França. O diabo leve o governo constitucional! Ora, se nós tínhamos a escolha, segundo se diz, por que foi que escolhemos este?

— Compreendo que precise fazer provisão de hilaridade.

— Não diga mal dos discursos do Sr. Danglars — disse Debray —; ele vota com o senhor, faz oposição.

— O mal está nisso! Espero que os senhores o mandem discursar para o Luxemburgo, para eu rir dele à minha vontade.

— Meu querido — disse Albert a Beauchamp —, bem se vê que estão arranjados os negócios da Espanha: apresenta-se esta manhã com um azedume revoltante. Lembre-se de que a crônica parisiense fala de um casamento entre mim e Eugénie Danglars. Não posso pois, em consciência, deixá-lo dizer mal da eloqüência de um homem que há de dizer-me um dia: Senhor Visconde, saiba que dou dois milhões a minha filha.

— Ora! — disse Beauchamp — esse casamento nunca se há de realizar. O rei pôde fazê-lo barão, poderá fazê--lo par, mas nunca o fará fidalgo, e o conde de Morcerf é uma espada muito aristocrática para consentir, a troco de dois tristes milhões, num casamento desigual. O visconde de Morcerf não deve casar senão com uma marquesa.

— Mas — tornou Morcerf — dois milhões são uma bonita coisa.

— É o capital social de um teatro de *boulevard* ou de um caminho-e-ferro do jardim das Plantas à Rapée.

— Deixe-o falar, Morcerf — tornou Debray negligentemente —, e case. Casa com o rótulo de um taleigo, não é assim? Então que lhe importa? vale mais nesse rótulo um brasão de menos e uma cifra de mais; tem sete pássaros truncados nas suas armas: dê três a sua mulher, que ainda lhe ficam quatro. É mais um do que os do Sr. de Guise, que esteve quase a ser rei da França e tinha um primo imperador da Alemanha.

— Parece-me que tem razão, Lucien — respondeu Albert, distraído.

— Mas com certeza! e ademais, todos os milionários são nobres como os bastardos, isto é, podem sê-lo.

— Não diga isso, Debray — tornou Beauchamp a rir —, porque aí vem Château-Renaud, que, para curá-lo da sua mania dos paradoxos, é capaz de atravessá-lo com a espada de Renaud de Montauban, seu antepassado.

— Seria um desdouro para ele — respondeu Lucien —, porque eu sou vilão e bem vilão.

— Bem! — exclamou Beauchamp — aí temos agora o ministério a cantar Béranger; aonde irá isto parar?

— O Sr. de Château-Renaud! o Sr. Maximiliano Morrel! — disse o criado anunciando os dois novos convivas.

— Então estamos todos! — disse Beauchamp — e vamos almoçar, porque, se não me engano, o visconde não esperava senão mais duas pessoas.

— Morrel?! — murmurou Albert, admirado —; Morrel?... não sei quem seja.

Mal porém tinha acabado de dizer estas palavras, o Sr. de Cháteau-Renaud, rapaz de trinta anos, fidalgo dos pés até a cabeça, isto é, com a fisionomia de um Guiche e o espírito de um Mortemart, chamou Albert de parte.

— Permita-me — disse-lhe — que lhe apresente o Sr. Capitão de Sipais Maximiliano Morrel, meu amigo e, o que é mais, meu salvador. Além disso, é de si um moço apresentabilíssimo. Cumprimente o meu herói, visconde.

E desviou-se para deixar ver o alto e nobre rapaz, de fronte vasta, olhos penetrantes e bigode preto, que os leitores se recordam de ter visto em Marselha, numa circunstância bastante dramática para que a tenham esquecido.

— Um rico uniforme, meio francês, meio oriental, admiravelmente vestido, fazia-lhe realçar o largo peito condecorado com a Cruz da Legião de Honra e sobressair o arqueado da estatura.

O oficial curvou-se com uma polidez cheia de elegância; Morrel era gracioso em cada um dos seus movimentos, porque era forte.

— Senhor — disse Albert, com afetuosa cortesia —, o Sr. Barão de Château-Renaud sabia antecipadamente o prazer que me dava proporcionando-me ocasião de travarmos conhecimento; é amigo dele, seja-o meu.

— Muito bem — disse Château-Renaud —; e faça votos, meu caro visconde, para que ele, em caso de necessidade, faça pelo senhor o que fez por mim.

— Então o que fez? — perguntou Albert.

— Oh! — disse Morrel — não vale a pena falar nisso. O Sr. Cháteau-Renaud exagera.

— Pois quê? — disse Château-Renaud — não valerá a pena falar nisso? A vida não vale a pena de que se fale nela?... Na verdade é excessivamente filosófico o que diz, meu caro Sr. Morrel... É bom para o senhor, que expõe a vida todos os dias, mas para mim, que a exponho uma vez por acaso...

— O que vejo de mais claro em tudo isso, barão, é que o Sr. Capitão Morrel lhe salvou a vida.

— Tal qual, nada mais, nada menos — tornou Château-Renaud.

— E em que ocasião? — perguntou Beauchamp.

— Beauchamp, meu amigo, estou morto de fome — disse Debray —; não contem agora histórias.

— Mas — disse Beauchamp — eu não quero obstar de modo nenhum a que vamos almoçar... Château-Renaud, pode contar-nos isso à mesa.

— Senhores — disse Morcerf —, são apenas dez e um quarto e esperamos ainda um conviva.

— Ah! é verdade, um diplomata — tornou Debray.

— Um diplomata, ou outra coisa; nem eu sei. O que sei é que, no que me respeita, foi encarregado de uma embaixada, que desempenhou tanto a meu contento que, se eu fosse rei, fazia-o no mesmo instante cavaleiro de todas as minhas Ordens, ainda que tivesse também à minha disposição a do Tosão de Ouro e a da Jarreteira.

— Então, como não vamos ainda para a mesa — disse Debray —, beba um copo de Xerez, como nós fizemos, e conte-nos a história, barão.

— Sabem que se me meteu na cabeça ir à África.

— Caminho que os seus antepassados lhe abriram, meu caro Château-Renaud — respondeu Morcerf amavelmente.

— Mas tenho minhas dúvidas de que lá fosse, como eles, para salvar o túmulo de Cristo — observou sorrindo Beauchamp.

— E tem razão, Beauchamp — disse o moço aristocrata: — foi simplesmente para dar tiros de pistola como amador. Repugna-me o duelo, como sabem, desde que duas testemunhas, que tinha escolhido para decidir uma pendência, me forçaram a quebrar um braço de um dos meus melhores amigos... do pobre Franz d'Épinay, que muito bem conhecem.

— Ah! é verdade — disse Debray —, vocês bateram-se há tempos... E por que foi?

— Os diabos me levem se me lembro! — disse Château-Renaud —; mas do que me recordo perfeitamente é que, tendo vergonha de deixar dormir um talento como o meu, quis experimentar nos Árabes umas pistolas novas de que me fizeram presente. Em conseqüência disso, embarquei para Orão; de Orão fui para Constantina, e cheguei exatamente para ver levantar o lugar. Retirei como os outros. Durante quarenta e oito horas suportei sofrivelmente a chuva de dia, e a neve de noite; e por fim, na manhã do terceiro dia, o meu cavalo morreu de frio. Pobre animal! acostumado às mantas e ao calor da cavalariça... um cavalo árabe, que estranhou ao achar dez graus de frio na Arábia.

— Por isso você queria comprar-me o meu cavalo inglês — disse Debray —; supõe que suportará melhor o frio do que o seu árabe?

— Engana-se, porque fiz voto de não retornar à África.

— Então teve muito medo? — perguntou Beauchamp.

— Confesso que sim — respondeu Château-Renaud —; e havia de quê! Tinha-me pois morrido o meu cavalo, e eu retirava a pé, quando correram sobre mim seis árabes para me cortarem a cabeça; deitei à terra dois com os dois tiros da minha espingarda, e outros dois com dois tiros de pistola, mas restavam dois, e eu estava desarmado. Um agarrou-me pelos cabelos, razão por que os uso agora à escovinha, ninguém sabe o que pode acontecer; o outro atirou-me o iatagã ao pescoço, e eu sentia já a frialdade do ferro, quando este senhor, que aqui vem, carregou sobre eles, matou com um tiro de pistola o que me agarrava, pelos cabelos, e abriu a cabeça com um golpe de sabre ao que se preparava para cortar-me as goelas. Este senhor tinha tomado por tarefa salvar nesse dia um homem, e quis o acaso que fosse eu; quando for rico, hei de mandar fazer ao Klagmann ou ao Marochetti uma estátua do Acaso.

— Sim — disse Morrel, sorrindo —, foi em 6 de setembro, quer dizer, no aniversário de um dia em que meu pai foi salvo milagrosamente; e por isso, tanto quanto posso, celebro todos os anos esse dia com algum ato...

— Heróico — interrompeu Château-Renaud —; então, fui eu o escolhido; mas ainda não é tudo. Depois de me haver salvado do ferro, salvou-me do frio, dando-me, não metade do seu capote, como faria S. Martinho, mas um capote inteiro; e depois, da fome, aquinhoando comigo, adivinhem o quê?

— Um pastel da Pastelaria Félix? — perguntou Beauchamp.

— Nada; o seu cavalo, de que comemos cada um, um pedaço com muito apetite. Era duro.

— O cavalo? — perguntou Morcerf, rindo.

— Não, o sacrifício — respondeu Châte-Renaud. — Pergunte a Debray se sacrificaria o seu inglês por um estranho?

— Por um estranho, não — disse Debray —; mas por um amigo, talvez.

— Adivinhei que havia de vir a ser meu amigo — disse Morrel —; e já tive a honra de lhe dizer que, heroísmo ou não, sacrifício ou não, nesse dia tinha de fazer uma oferenda à má fortuna, em recompensa do favor que em tempos nos havia feito a boa.

— A história a que alude o Sr. Morrel — continuou Château-Renaud — é uma história admirável, que ele lhes contará um dia, quando tiverem travado mais amplas relações; por hoje, vamos encher o estômago e não a memória. A que horas almoça, Albert?

— Às dez horas e meia.

— Em ponto? — perguntou Debray, vendo o relógio.

— Oh! hão de conceder-me os cinco minutos de favor — disse Morcerf —, porque também eu espero um salvador.

— De quem?

— Da minha pessoa — respondeu Morcerf. — Então pensam que não seja possível salvarem-me a mim como a outro qualquer, e que não há senão os árabes que cortem cabeças? O nosso almoço é um almoço filantrópico, e teremos à mesma mesa dois benfeitores da humanidade.

— O que havemos de fazer? — disse Debray —; não temos senão um prêmio Monthyon.

— Pois então seja dado a alguém que não tenha feito nada para o receber — disse Beauchamp. — É desse modo que ordinariamente a Academia se livra de apuros.

— E de onde vem ele? — perguntou Debray —; desculpe-me a insistência, bem sei que o Albert já respondeu a esta pergunta, mas tão vagamente que não deve estranhar que eu a faça outra vez.

— Em verdade — disse Albert —, não sei. Quando há três meses o convidei, estava ele em Roma: mas, desde então, quem pode dizer o caminho que andou?

— E julga-o capaz de ser pontual? — perguntou Debray.

— Julgo-o capaz de tudo — respondeu Morcerf.

— Atenda a que, com os cinco minutos de favor, já não temos senão dez minutos.

— Pois aproveitá-los-ei para lhes dizer alguma coisa do meu convidado.

— Desculpe — disse Beauchamp —; haverá matéria para um folhetim no que nos vai contar?

— Decerto há — disse Morcerf —, e dos mais curiosos.

— Então diga, porque já vejo que não posso ir à Câmara; e preciso de uma indenização.

— Estava eu em Roma no carnaval passado...

— Sabemos disso — disse Debray.

— Sim, mas o que não sabem é que tinha sido agarrado pelos bandidos.

— Não há bandidos — disse Debray.

— Oh, se há!... e hediondos, quer dizer, admiráveis, porque os achei belos de meter medo.

— Vamos, meu querido Albert — disse Debray —, confesse

que o seu cozinheiro não tem o almoço pronto, que não chegaram ainda as ostras de Marennes ou de Ostenda, e que, a exemplo da Sr.ª de Maintenon, quer substituir esse prato por uma história. Diga-no-lo, meu amigo, nós somos muito delicados para que o não desculpemos e não lhe ouçamos a sua história, fabulosa como promete ser.

— E eu digo-lhes que, fabulosa como a julga, lha dou por verdadeira do princípio ao fim. Tinham-me agarrado os bandidos e conduzido a um lugar muito triste, ao qual lhe chamam as catacumbas de S. Sebastião.

— Conheço esse lugar — disse Château-Renaud —; por um pouco que não apanho lá uma febre.

— E a mim aconteceu-me melhor do que isso — disse Morcerf —; apanhei-a realmente. Tinham-me participado que era prisioneiro, salvo resgate; uma miséria: quatro mil escudos romanos, vinte e seis mil libras tornesas. Desgraçadamente eu não tinha mais de mil e quinhentas; estava no fim da minha viagem, e o meu crédito achava-se esgotado. Escrevi ao Franz. É verdade, o Franz estava lá, e podem perguntar-lhe se minto numa vírgula; escrevi ao Franz que, se os quatro mil escudos não chegassem às quatro horas da manhã, às seis horas e dez minutos iria eu ter com os bem-aventurados santos e os gloriosos mártires em cuja vizinhança tinha a honra de me encontrar, e o Sr. Luigi Vampa, que era o capitão dos ladrões, teria, podem acreditar, cumprido escrupulosamente a sua palavra.

— E o Franz apareceu com os quatro mil escudos? — disse Château-Renaud. — Que diabo! Quem se chama Franz d'Épinay ou Albert de Morcerf não se vê em aflições por quatro mil escudos!

— Nada; chegou pura e simplesmente acompanhado pelo convidado que eu lhes anuncio e espero apresentar-lhes.

— Ora essa! mas então é um hércules matando caco esse sujeito, um perseu livrando andrômeda?

— Não, é um homem da minha estatura, mais ou menos.

— Armado até os dentes?

— Não levava consigo uma agulha de meia.

— Mas tratou do seu resgate?

— Disse duas palavras ao ouvido do chefe, e fiquei livre.

— E até lhe pediram desculpa de o terem agarrado — disse Beauchamp.

— Exatamente — disse Morcerf.

— Ora essa! mas então esse homem era o Ariosto?...

— Não, era simplesmente o conde de Monte Cristo.

— Não há quem se chame conde de Monte Cristo — disse Debray.

— Também me parece — acrescentou Château-Renaud, com o desassombro de um homem que conhece como os seus dedos a nobiliarquia européia —; quem conhece em alguma parte um conde de Monte Cristo?

— Vem talvez da Terra Santa — disse Beauchamp —; algum dos avós possuiu o Calvário, como os Mortemart.

— Dêem-me licença, meus senhores — disse Maximiliano —, mas creio que vou tirá-los de dúvidas: Monte Cristo é uma pequena ilha, em que ouvi falar muito aos marinheiros que meu pai empregava: um grão de areia no meio do Mediterrâneo, um átomo do infinito.

— É exatamente isso — disse Albert. — Pois desse grão de areia, desse átomo, é senhor e rei aquele de quem lhes falo; e compraria o diploma de conde algures na Toscana.

— Então é rico o seu conde?

— Creio que sim.

— Mas isso deve ver-se, parece-me...

— É um engano, Debray.

— Não o percebo...

— Já leu *As Mil e Uma Noites*?

— Ora! que pergunta!

— Então sabe se os indivíduos que nelas se vêem são ricos ou pobres? se os seus grãos de trigo não são rubis ou diamantes? A aparência deles é de miseráveis pescadores, não é verdade? trata-os como tais, e subitamente abrem-lhe uma caverna misteriosa, onde se concentra um tesouro capaz de comprar a Índia.

— E daí?

— E daí? o meu conde de Monte Cristo é desses pescadores. Tem até um nome proveniente disso, chama-se Simbad, o *Marítimo*, e possui uma caverna cheia de ouro.

— E viu essa caverna, Morcerf? — perguntou Beauchamp.

— Eu não, mas viu-a o Franz. Mas tomem cuidado, que se não deve dizer palavra a este respeito diante dele. O Franz entrou de olhos vendados, e foi servido por mudos e por mulheres, ao pé das quais parece que Cleópatra não passaria de uma loureira; das mulheres, porém, é que ele não tem completa certeza, porque não lhe apareceram senão depois de ter tomado haxixe, de maneira que pode muito bem ser que o que lhe pareceu mulheres não passasse de simples estátuas.

Olharam todos para Morcerf com olhos que queriam dizer "Ora essa, meu caro, está doido ou zomba de nós?".

— E o fato é — disse Morrel, pensativo — que ouvi contar a um marujo velho, chamado Penelon, alguma coisa que se parece com o que diz o Sr. de Morcerf.

— Ah! — disse Albert — ainda bem que o Sr. Morrel vem em meu auxílio. Contraria-os, não é verdade, o verem atirar com um novelo de fio para o meu labirinto?

— Desculpe, meu amigo — disse Debray —, mas conta-nos coisas tão inverossímeis...

— Inverossímeis por quê? porque os embaixadores e cônsules lhe não falam nelas! Não têm tempo, empregam-no em importunar os seus compatriotas que viajam.

— Bonito! agora zanga-se e casca nos nossos pobres agentes. Oh! meu Deus! como quer que eles o protejam?... A Câmara cerceia-lhes todos os dias os vencimentos, a ponto de já ninguém querer tal emprego! Quer ser embaixador, Albert, eu arranjo-lhe a nomeação para Constantinopla.

— Nada! que o sultão podia, à primeira demonstração que eu fizesse em favor de Maomet Ali, mandar-me o laço, e os meus secretários estrangulavam-me.

— Então já vê — disse Debray.

— Sim, mas tudo isso não obsta a que exista o meu conde de Monte Cristo.

— Ora, que milagre! toda a gente existe.

— Toda a gente existe, não há dúvida, mas não em semelhantes condições. Nem toda a gente tem escravos pretos, galerias principescas, armas como em Casauba, cavalos de seis mil francos, e amantes gregas.

— Viu-lhe a amante grega?...

— Vi-a e ouvi-a. Vi-a no Teatro Vale, e ouvi-a um dia que almocei na casa do conde.

— Então o seu homem extraordinário come?

— Se come, e tão pouco que não vale a pena mencionar-se.

— Querem ver que é um vampiro!

— Riam, se quiserem. Era essa a opinião da condessa G..., que, como sabem, conheceu Lorde Ruthwen.

— Belo! — disse Beauchamp — para quem não é jornalista, dá-nos aí um equivalente da célebre serpente marinha do *Constitucional*; um vampiro, é magnífico.

— Olho de leão, cujas pupilas se contraem e dilatam à vontade — disse Debray —; ângulo facial desenvolvido, fronte magnífica, cor lívida, barba preta, dentes brancos e agudos, e polidez da mesma espécie.

— Pois é isso exatamente, Lucien — disse Morcerf —, e os sinais estão dados feição por feição. Sim, polidez aguda incisiva. Esse homem fez-me estremecer muitas vezes, e um dia, entre outros, em que estávamos vendo juntos uma execução, ia eu perdendo os sentidos, e muito mais por vê-lo e ouvir conversar com a maior serenidade acerca de todos os suplícios da terra do que por ver o carrasco cumprir o seu mister e ouvir os gritos do padecente.

— Ele não chegou a levá-lo às ruínas do Coliseu para lhe sugar o sangue, Morcerf? — perguntou Beauchamp.

— Ou, depois de o ter livrado, não o fez assinar algum pergaminho cor de fogo, em que lhe cedesse a alma, como Esaú o direito de primogenitura?

— Mofem, mofem quanto quiserem — disse Morcerf, um tanto estimulado. — Quando olho para os senhores, belos parisienses, freqüentadores do *boulevard* de Gand, passeantes do bosque de Bolonha, e me lembra aquele homem, parece-me que não somos da mesma espécie.

— Vanglorio-me disso! — disse Beauchamp.

— O caso é — acrescentou Château-Renaud — que o seu conde de Monte Cristo é um homem de brio nas horas vagas, não falando contudo nas relações que mantém com os bandidos italianos.

— Ora! não acredito em bandidos italianos — disse Debray.

— Nem vampiros! — concluiu Beauchamp.

— Nem conde de Monte Cristo — acrescentou Debray. — Olhe, Albert, estão dando dez horas e meia.

— Confesse que teve um pesadelo, e vamos almoçar — disse Beauchamp.

Mas não se desvanecera ainda a vibração da pêndula, quando a porta se abriu, e Germano anunciou:

— Sua Excelência o Conde de Monte Cristo!

Todos os ouvintes deram, mau grado seu, um pulo, que denotava a preocupação que a narrativa de Morcerf lhes infiltrara nas almas. O próprio Albert não pôde deixar de sentir uma comoção repentina. Ninguém sentira nem carruagem na rua, nem passos na saleta; e a porta abrira-se sem rumor.

Apareceu à porta o conde, vestido com a maior simplicidade, mas de modo que o leão mais exigente nada teria que dizer. Tudo era do melhor gosto; tudo saíra das mãos dos mais elegantes fornecedores: o traje, o chapéu, a camisa.

Parecia não ter mais de trinta e cinco anos de idade; e o que impressionou toda a gente foi a sua extrema parecença com o retrato que Debray tinha feito dele.

O conde adiantou-se sorrindo para o meio da sala, e foi direto a Albert, que, indo encontrá-lo, ofereceu-lhe a mão com ardor.

— A pontualidade — disse Monte Cristo — é a polidez dos reis, segundo disse, creio eu, um dos seus soberanos. Mas, por melhores desejos que haja, não pode ser sempre a dos viajantes. Espero, contudo, meu caro visconde, que me há de desculpar, em favor dos meus bons desejos, os dois ou três segundos de demora que me parece terem excedido a hora aprazada para esta visita. Não se andam quinhentas léguas sem contrariedade, muito menos na França, onde é proibido, ao que parece, dar postilhões à gente.

— Conde — respondeu Albert —, eu estava anunciando a sua visita a alguns amigos, que reuni pela promessa que me fez, amigos que tenho a honra de lhe apresentar. São o barão de Château-Renaud, cuja nobreza remonta aos doze pares e cujos antepassados fizeram parte da Távola Redonda; o Sr. Lucien Debray, secretário particular do ministro do Interior; o Sr. de Beauchamp, terrível jornalista, terror do Governo francês, mas de quem talvez, apesar da sua celebridade nacional, nunca ouvisse falar na Itália, por isso que o seu jornal não entra lá; e o Sr. Morrel, capitão de Sipais.

Ao ouvir este nome, o conde, que tinha até então cumprimentado cortesmente, mas com uma frieza e uma impassibilidade de todo o ponto inglesas, deu, mau grado seu, um passo para diante, e um leve rubor lhe passou pelas faces como um relâmpago.

— Este senhor usa o uniforme dos novos vencedores franceses — disse —; é um belo uniforme.

Não se poderia dizer qual era o sentimento que dava à voz do conde tão profunda vibração, e que lhe fazia brilhar, como a seu pesar, o olhar tão belo, tão sereno, tão límpido, quando não tinha motivo para o vendar.

— Nunca tinha visto os nossos africanos, senhor? — disse Albert.

— Nunca — replicou o conde, completamente senhor de si.

— Pois debaixo daquele uniforme bate um dos corações mais valentes e mais nobres do exército.

— Oh! Senhor Visconde!... — interrompeu Morrel.

— Deixe-me dizer, capitão... E acabamos de saber — continuou Albert — uma façanha sua, tão heróica, que, embora eu o visse hoje pela primeira vez, reclamo o favor de lho apresentar como meu amigo.

E pôde-se ainda, a estas palavras, notar em Monte Cristo o olhar de singular fixidez, o rubor fugitivo e o ligeiro tremor de pálpebras, que acusavam nele uma comoção.

— Ah! o senhor capitão é uma nobre alma — disse o conde — ainda bem!

Esta espécie de aclamação, que respondia ao próprio pensamento do conde mais do que ao que Albert acabava de dizer, surpreendeu toda a gente, e principalmente Morrel, que olhou para Monte Cristo com espanto. Mas ao mesmo tempo era tão doce e por assim dizer tão suave a entoação, que, por mais singular que fosse aquela exclamação, não havia receio de que a tomassem por ofensa.

— E por que havia ele de duvidar? — disse Beauchamp a Château-Renaud.

— Em verdade — respondeu este, que, com o seu hábito do mundo e a limpidez do seu olhar aristocrático, vira em Monte Cristo tudo quanto nele se podia ver — em verdade, Albert não nos enganou: o conde é uma personagem singular. O que diz, Morrel?

— Realmente — disse este —, tem o olhar franco e a voz simpática, de modo que me agrada, apesar da reflexão que acaba de fazer a meu respeito.

— Meus senhores — disse Albert —, Germano anuncia-me que está o almoço na mesa. Meu querido conde, permita-me que lhe ensine o caminho.

— Meus senhores — disse o conde, sentando-se —, permitam-me uma confissão, que será a minha desculpa para todas as inconveniências que possa praticar: sou estrangeiro, mas estrangeiro a tal ponto, que é a primeira vez que venho a Paris. É-me pois completamente desconhecida a vida francesa, e até agora só tenho vivido vida oriental, a mais antipática às boas tradições parisienses. Peço-lhes pois que me desculpem, se acharem em mim muitas coisas de turco, de napolitano, ou de árabe. Dito isto, meus senhores, almocemos.

— Como ele diz tudo! — murmurou Beauchamp —; decididamente é um perfeito fidalgo.

— Um perfeito fidalgo estrangeiro — acrescentou Debray.

— Um perfeito fidalgo de todos os países, Sr. Debray — disse Château-Renaud.

XL. O almoço

O leitor há de recordar-se de que o conde era muito sóbrio. Albert reparou para isso, manifestando o receio de que, logo de começo, a vida parisiense desagradasse ao viajante pelo seu lado mais material, mas ao mesmo tempo mais necessário.

— Meu querido conde — disse —, estou desconfiado de que a comida da Rua do Hélder não lhe agrada tanto como a da Praça da Espanha. Eu devia ter-lhe perguntado o seu gosto e ter-lhe mandado preparar alguns pratos que lhe agradassem.

— Se me conhecesse melhor — respondeu o conde, sorrindo — nem pensava numa coisa quase humilhante para um viajante como eu, que tenho vivido sucessivamente com o *macaroni* em Nápoles, a polenta em Milão, a olha-podrida em Valência, o pilau em Constantinopla, o caril na Índia e os ninhos de andorinhas na China. Não há cozinha para um cosmopolita como eu; como de tudo e em toda a parte, mas como pouco; e hoje, que me lança em rosto a minha sobriedade, estou nos meus dias de apetite, porque desde ontem pela manhã que não comi nada.

— O quê! desde ontem pela manhã! — exclamaram os convivas; não come há vinte e quatro horas?

— Não — respondeu Monte Cristo —; tinha-me visto obrigado a desviar-me do meu caminho e a tomar informações nos arredores de Nîmes, de sorte que vinha um tanto atrasado e não quis parar.

— E comeu na sua carruagem? — perguntou Morcerf.

— Não, dormi, como me acontece quando me enfado sem ter a coragem de me distrair, e quando tenho fome sem ter desejos de comer.

— Então tem poder no sono? — perguntou Morcerf.

— Pouco menos.

— Tem receita para isso?

— Infalível.

— Seria muito útil para nós, africanos, que nem sempre temos que comer e raras vezes temos que beber — disse Morrel.

— Sim — disse o conde — mas infelizmente a minha receita, excelente para um homem como eu, que leva uma vida de todo o ponto excepcional, seria perigosíssima aplicada a um exército, que não despertaria quando houvesse necessidade dele.

— E pode saber-se o que é essa receita? — perguntou Debray.

— Pode — disse Monte Cristo — não faço mistério dela: é um misto de excelente ópio, que eu mesmo fui buscar a Cantão, para ter a certeza de que era puro, e do melhor haxixe que se colhe no Oriente, isto é, entre o Tigre e o Eufrates; juntam-se estes dois ingredientes em partes iguais, e faz-se uma espécie de pílulas, que se engolem no momento em que se precisa. Dez minutos depois fazem efeito. Perguntem ao Sr. Barão Franz d'Épinay; creio que provou um dia.

— Sim — respondeu Morcerf —, ele disse-me o quer que fosse a esse respeito, e conserva disso agradabilíssima lembrança.

— Mas — disse Beauchamp que na sua qualidade de jornalista era muito incrédulo — traz então essa droga sempre consigo?

— Sempre — respondeu Monte Cristo.

— Seria indiscrição da minha parte pedir-lhe para ver essas preciosas pílulas? — continuou Beauchamp, esperando apanhar o estrangeiro em mentira.

— Não, senhor — respondeu o conde.

E tirou da algibeira uma caixinha maravilhosa, cavada numa esmeralda única e fechada por um parafuso de ouro, que, desaparafusando-se, dava passagem a uma bolinha de uma cor esverdeada e do tamanho de uma ervilha.

Essa bola tinha um aroma acre e penetrante; havia quatro ou cinco iguais na esmeralda, que podia conter uma dúzia.

A caixinha andou em roda da mesa, mas era mais para examinar a admirável esmeralda do que para ver ou observar as pílulas, que os convivas a passavam de mão em mão.

— É o seu cozinheiro quem lhe prepara este regalo? — perguntou Beauchamp.

— Não, senhor — disse Monte Cristo —, não entrego assim os meus gozos reais a mãos indignas. Sou sofrível químico, e quem prepara as pílulas sou eu.

— É uma esmeralda admirável, e a maior que tenho visto, conquanto minha mãe tenha algumas jóias de família muito notáveis — disse Château-Renaud.

— Eu tinha três iguais — tornou Monte Cristo —; dei uma ao Sultão, que a mandou engastar no alfanje; a outra ao Santo Padre, o papa, que a mandou colocar na tiara, contraposta a uma esmeralda quase semelhante, mas não tão formosa, que tinha sido dada ao seu antecessor, Pio VII, pelo imperador Napoleão; guardei a terceira para mim e mandei-a escavar, o que lhe tirou metade do valor, mas tornou-a mais cômoda para o emprego que queria dar-lhe.

Olhavam todos para Monte Cristo com espanto.

Falava com tanta simplicidade que era evidente que dizia a verdade ou que estava doido.

Entretanto a esmeralda que ele possuía fazia pender naturalmente para a primeira suposição.

— E o que lhe deram os dois soberanos em troca desse magnífico presente? — perguntou Debray.

— O Sultão, a liberdade de uma mulher — respondeu o conde —; o nosso Santo Padre, o papa, a vida de um homem. De sorte que uma vez na minha vida fui tão poderoso como se Deus me houvesse feito nascer sobre os degraus de um trono.

— E foi a Pepino que livrou, não é verdade — exclamou Morcerf —, foi a ele que o senhor fez aplicação do seu direito de perdão?

— Pode ser — disse Monte Cristo, sorrindo.

— Sr. Conde, não faz idéia do prazer que sinto em ouvi-lo falar assim — disse Morcerf. — Eu tinha dito aos meus amigos que era um homem fabuloso, uma espécie de encantador de *As Mil e Uma Noites*, uma espécie de feiticeiro da Idade Média; mas os parisienses são tão sutis em paradoxos que tomam como caprichos da imaginação as verdades mais incontestáveis, quando essas verdades não têm todas as condições da sua existência quotidiana. Por exemplo, aqui Debray que lê e Beauchamp que imprime todos os dias que foi apanhado e roubado no *boulevard* um membro do Jockey-Club que saiu mais tarde; que foram assassinadas quatro pessoas na Rua Saint-Denis ou no arrabalde Saint-Germain; que foram capturados dez, quinze, vinte ladrões, ou num café do *boulevard* do Templo, ou nas Termas de Juliano, contestam a existência dos bandidos de Marennes, do campo de Roma ou dos lagos Pontinos! Peço-lhe pois que lhes diga, Sr. Conde, que fui agarrado por bandidos, e que, sem a sua generosa intervenção, estaria a estas horas, segundo todas as probabilidades, esperando a ressurreição eterna nas catacumbas de S. Sebastião, em lugar de lhes dar de almoçar na minha cabana da Rua do Hélder.

— Ora essa! — disse Monte Cristo — tinha-me prometido não me falar nunca em tal ninharia.

— Não fui eu, Sr. Conde! — exclamou Morcerf — foi outra pessoa, a quem o Sr. Conde fez o mesmo obséquio que a mim, e que confundiria comigo. Falemos desse acontecimento, peço-lhe; porque, se se decidir a falar somente nele, não só dirá o que sei, mas talvez muito do que não sei.

— Mas parece-me — disse o conde, sorrindo — que o senhor, que desempenhou um papel muito importante nesse negócio, sabe tão bem como eu o que se passou.

— Promete-me que, se eu disser quanto sei, me dirá tudo o que não sei?

— É justíssimo — respondeu Monte Cristo.

— Vá lá! — tornou Morcerf — embora padeça o meu amor-próprio. Pensei, durante três dias, que era alvo das requestas de uma máscara, que se me afigurava ser alguma descendente das Túlias ou das Popeias, e era pura e simplesmente o alvo das requestas de uma *contadine*: e notem que digo *contadine* para não dizer camponesa. O que sei é que, como um palerma, muito mais palerma do que o de que falei ainda agora, tomei por essa camponesa um bandido de quinze a dezesseis anos, sem barba, de cintura delicada, que no momento em que eu queria emancipar-me a ponto de dar um beijo nos seus castos ombros, me encostou uma pistola ao pescoço, e, com o auxílio de sete ou oito companheiros dos seus, me conduziu, ou por melhor dizer, me arrastou para o fundo das catacumbas de S. Sebastião, onde achei um capitão de ladrões muito literato, palavra! que estava lendo os *Comentários de César*, e que se dignou interromper a leitura para me dizer que, se no dia seguinte, às seis horas da manhã, não tivesse entrado com quatro mil escudos na sua caixa, no dia seguinte às seis horas e um quarto teria deixado de viver. A carta existe, está em poder de Franz, assinada por mim, com um pós-escrito do Sr. Luigi Vampa. Se duvidam, vou escrever a Franz que mande reconhecer as assinaturas. É o que sei. Mas o que não sei é como o Sr. Conde conseguiu impor tamanho respeito aos bandidos de Roma, que respeitam tão poucas coisas. Confesso que Franz e eu ficamos admiradíssimos.

— Nada mais simples, Sr. Visconde — respondeu o conde —; eu conhecia o célebre Vampa havia mais de dez anos. Quando rapaz e ainda pastor, dei-lhe um dia não sei que moeda de ouro por me haver ensinado o caminho, e ele, para me não ficar em agradecimento, deu-me um punhal esculpido por ele e que teve ocasião de ver na minha coleção de armas. Tempos depois, ou porque esquecesse essa troca de presentes, que devia sustentar a nossa amizade, ou porque não me conhecesse, tentou prender-me; mas fui eu que o agarrei com uma dúzia dos seus. Podia entregá-los à justiça romana, que é expedita, e que mais o seria para com ele; mas não o fiz. Soltei-os.

— Com a condição de não tornarem a pecar — disse o jornalista, rindo. — Vejo com prazer que cumpriram escrupulosamente a sua palavra.

— Não, senhor — respondeu Monte Cristo —, com a simples condição de sempre me respeitarem a mim e aos meus. Talvez o que vou dizer pareça extraordinário aos senhores, socialistas, progressistas e humanitários; mas eu não quero saber nunca do próximo, não me meto a proteger a sociedade, que não me protege, e digo mais, que geralmente não pensa em mim senão para me lesar, e, suprimindo-os na minha estima e conservando a neutralidade para com eles, são a sociedade e o próximo que estão em dívida para comigo.

— Ora, ainda bem! — exclamou Château-Renaud — é o primeiro homem corajoso que ouço proclamar leal e rudemente o egoísmo; muito bem! bravo, Sr. Conde!

— É franco, quando mais não seja — disse Morrel —; mas tenho certeza de que o Sr. Conde não se terá arrependido de haver faltado alguma vez aos princípios que acaba de nos expor de modo tão absoluto.

— Quando é que faltei a esses princípios, senhor? — perguntou Monte Cristo, que de tempos a tempos não se continha que não olhasse para Maximiliano com tamanha atenção, que já por duas ou três vezes o ousado moço baixara os olhos diante do olhar claro e límpido do conde.

— Mas parece-me — tornou Morrel — que livrando o Sr. de Morcerf, que não conhecia, o Sr. Conde servia ao próximo e à sociedade.

— De que o visconde é um dos melhores ornamentos — disse Beauchamp, seriamente, tomando de um só trago um copo de champanhe.

— Sr. Conde — exclamou Morcerf —, foi apanhado pelo raciocínio, o senhor, quer dizer, um dos lógicos mais rigorosos que conheço, e verá que lhe vai ser demonstrado logo que, longe de ser um egoísta, é um filantropo. Ai! Sr. Conde, diz-se oriental, levantino, maltês, índio, chinês, selvagem; chama-se Monte Cristo pelo seu nome de família, Simbad, o *Marítimo* pelo seu nome de batismo, e no dia em que põe o pé em Paris possui por instinto o maior mérito ou o maior defeito dos nossos parisienses excêntricos, quer dizer, usurpa vícios que não tem e esconde virtudes que tem.

— Meu querido visconde — disse Monte Cristo —, não vejo, em tudo o que disse ou o que fiz, uma única palavra que valha, da sua parte e da destes senhores, o elogio que acabo de receber. O senhor não era para mim um estranho, porque o conhecia, porque lhe tinha cedido dois quartos, porque lhe tinha dado de almoçar, porque lhe havia emprestado uma das minhas carruagens, porque tínhamos visto juntos passar as máscaras na Rua do Corso, e porque tínhamos assistido numa janela da Praça del Popolo a uma execução, que o impressionou tanto que ia perdendo os sentidos. Ora, pergunto a estes senhores: devia deixá-lo, em tal caso, nas mãos daqueles terríveis bandidos, como lhes chamou? E demais o senhor sabe que eu, salvando-o, tinha um pensamento reservado, que era servir-me do senhor para me apresentar nas salas de Paris quando viesse visitar a França. Em tempo podia considerar essa resolução como projeto vago e fugitivo; mas hoje, bem vê, é uma realidade, a que tem de ceder, sob pena de faltar à sua palavra.

— E hei de cumpri-la — disse Morcerf —; mas receio que perca o encanto, meu caro conde, o senhor, habituado aos lugares acidentados, aos acontecimentos pitorescos, aos horizontes fantásticos. Em Paris, não há o menor episódio do gênero daqueles a que a sua vida aventurosa está habituada. O nosso Cimborazzo é Montmartre; o nosso Himalaia é o monte Valeriano; o nosso Grande Deserto é a planície de Grenelle, onde se está furando um poço artesiano, para que as caravanas encontrem água. Temos ladrões, e muitos, mas não tantos como se diz, e esses ladrões têm muito mais medo de um policial do que do maior fidalgo; enfim a França é um país tão prosaico, e Paris uma cidade tão civilizada, que não é capaz de achar, percorrendo os nossos oitenta e cinco departamentos — e digo oitenta e cinco departamentos porque, bem entendido, excetuo a Córsega da França — que não é capaz de achar nos nossos oitenta e cinco departamentos a menor montanha em que não haja um telégrafo, e a menor gruta um tanto escura em que um comissário de polícia não tenha mandado pôr um bico de gás. Não há, portanto, senão um obséquio que eu pudesse fazer-lhe, meu querido conde, e, para esse, estou a seu dispor; apresentá-lo em toda a parte ou fazê-lo apresentar pelos meus amigos, escusado era dizê-lo. Mas o Sr. Conde não precisa de ninguém; quem tem o seu nome, a sua fortuna e o seu espírito (Monte Cristo curvou-se com um sorriso levemente irônico) apresenta-se em toda a parte por si mesmo e em toda a parte é bem recebido. Não posso, pois, na realidade servir-lhe senão para uma coisa: se o meu tal ou qual hábito da vida parisiense, a minha tal ou qual experiência do conforto, o meu tal ou qual conhecimento dos nossos bazares podem recomendar-me, aqui me tem às suas ordens, para lhe arranjar uma pousada apropriada. Não me atrevo a propor-lhe que aquinhoe do meu aposento como eu aquinhoei do seu em Roma, eu que não professo o egoísmo, mas que sou egoísta por excelência, porque em minha casa, além de mim, não cabe uma sombra, se essa sombra não for a de uma mulher.

— Ora! — disse o conde — aí está uma reserva perfeitamente conjugal. O senhor disse-me com efeito em Roma o quer que fosse de um casamento projetado; devo felicitá-lo pela sua aventura próxima?

— A coisa não passa ainda de projeto, Sr. Conde.

— E quem diz projeto — replicou Debray — quer dizer eventualidade.

— Não — disse Morcerf —; meu pai mostra empenho nisso, e espero dentro de pouco tempo apresentar-lhes, senão minha mulher, pelo menos a minha noiva, Eugénie Danglars.

— Eugénie Danglars! — replicou Monte Cristo. — O pai não é o barão Danglars?

— É — respondeu Morcerf —, mas barão de moderna data.

Isso que tem? — respondeu Monte Cristo, se prestou ao Estado serviços que lhe merecessem essa distinção!

— Enormes — disse Beauchamp. — Embora liberal por convicção, arranjou em 1829 um empréstimo de seis milhões ao rei Carlos X, que o fez barão e cavaleiro da Legião de Honra, de sorte que usa a fita, não na algibeira do colete, como se poderia julgar, mas muito bem na lapela da casaca.

— Ah! — disse Morcerf, rindo — Beauchamp, reserve isso para o *Corsário* e para o *Charivari*; mas, na minha presença, poupe o meu futuro sogro.

Depois, voltando-se para Monte Cristo, disse:

— Mas o senhor pronunciou-lhe ainda agora o nome como quem conhecia o barão? — Não o conheço — disse Monte Cristo, negligentemente —; mas não tardará que travemos conhecimento, pois tenho um crédito sobre ele pelas casas Richard & Blount de Londres, Arstein & Eskeles de Viena, e Thomson & French de Roma.

E, ao pronunciar os dois últimos nomes, Monte Cristo olhou de soslaio para Maximiliano Morrel.

Se o conde esperava causar impressão em Maximiliano Morrel, não se enganou; Maximiliano estremeceu como se houvesse recebido uma comoção elétrica.

— Thomson & French — disse ele —, conhece essa casa, Sr. Conde?

— São os meus banqueiros na capital do mundo cristão — respondeu o conde, tranqüilamente —; posso servir-lhe de alguma coisa para com eles?

— Oh! talvez o Sr. Conde pudesse auxiliar-nos em pesquisas até agora infrutíferas; essa casa fez em tempo um obséquio importantíssimo à nossa, e nega constantemente, não sei por que, que nos fizesse tal obséquio.

— Estou às suas ordens — respondeu o conde de Monte Cristo, curvando-se.

— Mas — disse Morcerf — afastamo-nos singularmente, a propósito do Sr. Danglars, do assunto da nossa conversação. Tratava-se de achar uma habitação apropriada para o conde de Monte Cristo: vejamos, senhores, quotizemo-nos para uma idéia. Onde havemos nós de acomodar este novo hóspede da grande Paris?

— No Bairro de Saint-Germain — disse Château-Renaud — o Sr. Conde achará uma excelente casa com jardim.

— Ora! Château-Renaud — disse Debray —, o senhor não vê

outra coisa senão o seu triste e pesado Bairro de Saint-Germain; não faça caso do que ele diz, Sr. Conde, vá morar para a Chaussée-d'Antin; é o verdadeiro centro de Paris.

— No bairro da ópera — disse Beauchamp —; no primeiro andar de uma casa com varanda; o Sr. Conde mandará pôr na varanda coxins de pano prateado, e verá, fumando o seu cachimbo ou engolindo as suas pílulas, desfilar toda a capital diante dos olhos.

— E o Sr. Moriel não tem idéias — disse Château-Renaud —; o que é que lembra?

— Tenho — disse Morrel, sorrindo — uma idéia, mas esperava que o Sr. Conde se deixasse tentar por algum dos oferecimentos brilhantes que acabam de lhe fazer. Como, porém, não respondeu, posso oferecer-lhe um quarto numa casa encantadora, toda Pompadour, que minha irmã arrendou há um ano na Rua Meslay.

— Tem uma irmã? — perguntou Monte Cristo.

— Sim, senhor, e uma excelente irmã.

— Casada?

— Há de haver nove anos.

— Feliz? — perguntou de novo o conde.

— Tão feliz quanto é permitido sê-lo a uma criatura — respondeu Maximiliano; casou com um homem que amava, o único que se nos conservou fiel na nossa má sorte, Emmanuel Herbaut.

Monte Cristo sorriu imperceptivelmente.

— Eu habito lá enquanto estou em gozo de licença — continuou Maximiliano — e estarei com meu cunhado Emmanuel ao dispor do Sr. Conde para todas as informações de que carecer.

— Queira perdoar! — exclamou Albert antes que Monte Cristo tivesse tempo de responder — tome cuidado no que vai fazer, Sr. Morrel, vai entaipar um viajante, Simbad, o *Marítimo*, na vida de família; de um homem que vem para ver Paris vai fazer um patriarca.

— Não há tal — respondeu Morrel, sorrindo — minha irmã tem vinte e cinco anos, e meu cunhado trinta: são moços, alegres e felizes; mas o Sr. Conde estará nos seus quartos e não os encontrará senão quando lhe aprouver ir vê-los.

— Muito obrigado, Sr. Morrel, muito obrigado — disse Monte Cristo —, contento-me em que me apresente a sua irmã e a seu cunhado, se houver por bem dar-me essa honra; mas não aceitarei o oferecimento de nenhum destes senhores, porque já tenho habitação preparada.

— Pois quê! — exclamou Morcerf — vai para um hotel? Isso há de ser muito enfadonho para o senhor.

— E tão mal estava em Roma? — perguntou Monte Cristo.

— Que admiração! em Roma — disse Morcerf — tinha gasto cinqüenta mil piastras em mandar mobiliar um alojamento! mas persuado-me de que não estará disposto a renovar todos os dias semelhante despesa?

— Não é isso o que me prende — respondeu Monte Cristo — mas, como estava resolvido a ter casa em Paris, casa minha, entende-se, mandei antecipadamente o meu criado, e ele deve ter-me já comprado e mandado mobiliar a casa.

— Mas por que não nos disse que tinha um criado que conhecia Paris? — exclamou Beauchamp.

— É a primeira vez, como eu, que vem à França; é preto e não fala — disse Monte Cristo.

— Então é Ali? — perguntou Albert no meio da surpresa geral.

— Sim, senhor, é o próprio Ali; o meu núbio, o meu mudo, que penso que o senhor viu em Roma.

— Lembro-me muito bem de vê-lo — respondeu Morcerf. — Mas como foi que encarregou um núbio de lhe comprar uma casa em Paris e um mudo de lha mobiliar? Fez decerto tudo às avessas

— Está enganado, senhor: tenho certeza de que escolheu todas as coisas a meu gosto, porque, como sabe, o meu gosto não é o de toda a gente. Chegou há oito dias; há de ter corrido toda a cidade com o instinto que podia ter um bom cão que caçasse sozinho; conhece os meus caprichos, as minhas fantasias, as minhas necessidades; e há de ter arranjado tudo a meu jeito. Sabia que eu chegava hoje às dez horas: às nove horas esperava-me na Barreira de Fontainebleau; deu-me este papel; é a indicação da minha morada. Aqui está, podem ler.

E Monte Cristo passou um papel a Albert.

— Champs-Élysées, n.° 30 — leu Morcerf.

— Ah, é de todo o ponto original! — não pôde deixar de dizer Beauchamp.

— E muito de príncipe — acrescentou Château-Renaud.

— Pois quê! não conhece a sua casa? — perguntou Debray.

— Não — disse Monte Cristo —, já disse que não queria faltar à hora. Vesti-me na carruagem, e apeei-me à porta do visconde.

Os convivas olharam uns para os outros; não sabiam se era uma comédia representada por Monte Cristo; mas tudo o que saía da boca daquele homem tinha, a despeito do seu caráter original, um tal cunho de simplicidade, que não se podia supor que mentisse. E por que havia de mentir?

— Temos, pois, que nos contentar — disse Beauchamp — com prestar ao Sr. Conde todos os pequenos obséquios que estiverem ao nosso alcance. Eu, na minha qualidade de jornalista, faculto-lhe todos os teatros de Paris.

— Muito obrigado — disse Monte Cristo, sorrindo —; o meu mordomo tem já ordem para me alugar um camarote em cada um deles.

— E o seu mordomo é também um núbio, um mudo? — perguntou Debray.

— Não, senhor, é um compatriota seu, se é que um corso pode ser compatriota de alguém: mas o Sr. de Morcerf conhece-o.

— Será porventura o *signor* Bertuccio, que é tão entendido em alugar janelas?

— Exatamente, e o senhor viu-o em minha casa no dia em que tive a honra de lhe dar de almoçar. É um bom homem, com seu tanto ou quanto de soldado, com seu tanto ou quanto de contrabandista, com seu tanto ou quanto de tudo o que se pode ser. Não iria jurar que não tivesse tido seus dares e tomares com a polícia por alguma ninharia, assim coisa parecida com uma facada.

— E escolheu esse honrado cidadão para seu mordomo, Sr. Conde? — disse Debray —; quanto lhe rouba ele por ano?

— Palavra de honra — disse o conde — que não me rouba mais do que qualquer outro, tenho certeza disso; mas faz o que eu quero, para ele não há impossíveis, e conservo-o.

— Então — disse Château-Renaud — tem o Sr. Conde casa posta, um palácio nos Champs-Élysées, criados, mordomo, só lhe falta uma amante.

Albert sorriu: pensava na bela grega que tinha visto no camarote do conde nos Teatros Vale e Argentina.

— Tenho melhor do que isso — disse Monte Cristo —, tenho uma escrava; os senhores alugam as suas amantes no Teatro da Ópera, no Teatro do Vaudeville, no Teatro das Variedades; eu comprei a minha em Constantinopla; custou-me mais caro, mas, a esse respeito, escuso de ter inquietações.

— Mas esquece — disse Debray, rindo — que nós somos, como disse o rei Carlos, francos de nome, francos de natureza; e que, ao pôr os pés na terra de França, a sua escrava se tornou livre?

— Quem lho há de dizer? — perguntou Monte Cristo.

— Ora, a primeira pessoa que lhe falar!

— Não fala senão romaico.

— Isso é outra coisa.

— Mas vê-la-emos nós? — perguntou Beauchamp — ou, assim como tem um mudo, tem também eunucos?

— Não — disse Monte Cristo —, não levo o orientalismo tão longe: todos quantos me rodeiam têm a liberdade de me deixar, e, a deixarem-me, não hão de precisar de mim nem de ninguém; e aí está porque não me deixam.

Há muito que tinham passado à sobremesa e aos charutos.

— Meu querido, disse Debray, levantando-se — são duas horas e meia; o seu convívio é encantador, mas não há companhia por melhor que seja que se não largue, e às vezes pela má: tenho de ir ao ministério. Hei de falar do conde ao ministro, e havemos de saber necessariamente quem é.

— Tenha cautela — disse Morcerf —, os mais malignos têm desistido disso.

— Ora essa! temos três milhões para a polícia; verdade seja que são gastos sempre adiantadamente; mas não importa, sempre haverá cinqüenta mil francos para empregar nisso.

— E, em sabendo quem é, diz-mo?

— Prometo-lho. Ate a vista, Albert; meus senhores, sou um seu criado.

E ao sair, Debray gritou muito alto na saleta:

— Mandem chegar.

— Bem — disse Beauchamp a Albert — já não vou à Câmara; mas tenho para oferecer aos meus leitores melhor que um discurso do Sr. Danglars.

— Pelo amor de Deus! Beauchamp — disse Morcerf —, peço-lhe que não diga nem palavra; não me tire o mérito de o apresentar e de o explicar. Não o acha curioso?

— É melhor do que isso — respondeu Château-Renaud — é em verdade um dos homens mais extraordinários que tenho visto. Vem daí, Morrel?

— Não me demoro senão o tempo de entregar um bilhete-de-visita ao Sr. Conde, que teve a bondade de me prometer que vai fazer-me uma visita à Rua Meslay n.º 14.

— Pode ter a certeza de que não falto — disse o conde, curvando-se.

E Maximiliano Morrel saiu com o barão de Chateau-Renaud, deixando Monte Cristo só com Morcerf.

XLI. A apresentação

Quando Albert se viu a sós com Monte Cristo:

— Sr. Conde — disse-lhe —, permita-me que comece o meu encargo, mostrando-lhe o espécime de casa de um rapaz solteiro. Habituado aos palácios da Itália, será para o senhor um estudo calcular em quantos pés quadrados pode viver um dos rapazes de Paris que passa por não estar mal alojado. À proporção que sairmos de uma casa para outra, abriremos as janelas para que possa respirar.

Monte Cristo já tinha visto a casa de jantar e a sala de baixo.

Albert conduziu-o primeiro a seu *atelier*.

Hão de lembrar-se de que era a sua casa predileta.

Monte Cristo era um digno apreciador de todas as coisas que Albert acumulava naquela casa: baús velhos, porcelanas do Japão, estofos do Oriente, vidros de Veneza, armas de todos os países do mundo, tudo lhe era familiar, e, num volver de olhos, conhecia o século, o país e a origem.

Morcerf julgara ser o explicador, e era ele quem estudava, sob a direção do conde, um curso de arqueologia, mineralogia e história natural.

Desceram ao primeiro andar, e Albert introduziu o hóspede na sala que tinha as paredes cobertas de obras de pintores modernos.

Havia paisagens de Dupré, com grandes canaviais, árvores altas, vacas a mugir e céus maravilhosos; cavaleiros árabes de Delacroix, com compridos albornós brancos, cintos brilhantes, armas adamascadas, e cujos cavalos se mordiam com raiva, ao passo que os homens davam cabo uns dos outros com maças de ferro; aquarelas de Boulenger, representando toda a Nossa senhora de Paris com o vigor que torna o pintor êmulo do poeta; telas de Diaz, que faz as flores mais belas do que as flores, e o Sol mais brilhante do que o Sol; desenhos de Decamps, tão coloridos como os de Salvator Rosa, porém mais poéticos; pastéis de Giraud e de Müller, representando crianças com cabeças de anjo, mulheres com feições de virgem; esboços arrancados do álbum de viagem do Oriente, de Dauzats, que tinham sido desenhados em alguns segundos em cima da sela de um camelo ou debaixo do zimbório de uma mesquita; enfim, tudo quanto a arte moderna pode dar em troca e em compensação da arte perdida e acabada com os séculos precedentes.

Albert esperava mostrar, quanto mais não fosse desta vez, alguma coisa de novo ao viajante estrangeiro; mas, com grande admiração sua, este, sem ter necessidade de procurar as assinaturas, algumas das quais eram representadas por iniciais, deu no mesmo instante o nome do autor de cada obra, de modo que era fácil ver que não só cada um desses nomes lhe era conhecido, senão que cada um dos seus talentos tinha sido apreciado e estudado por ele.

Da sala passaram ao quarto de dormir.

Era um modelo de elegância de gosto severo: ali resplandecia, em moldura de ouro liso, um único retrato, mas assinado por Leopoldo Roberto.

Esse retrato atraiu logo à primeira as vistas do conde de Monte Cristo, porque deu três passos rápidos na casa e parou de repente diante dele.

Era uma moça de vinte e cinco a vinte e seis anos, de tez morena e olhar de fogo, velado por pálpebras lânguidas.

Usava o traje pitoresco das pescadoras catalãs, com colete encarnado e preto e pregos de ouro nos cabelos.

Olhava para o mar, e o seu perfil elegante destacava-se no duplo azul das ondas e do céu.

Havia sombra no quarto porque as cortinas eram duplas, por isso Albert não podia ver a palidez lívida que se espalhara pelas faces do conde, nem surpreender o estremecimento nervoso que lhe correu os ombros e o peito.

Houve um instante de silêncio, durante o qual Monte Cristo permaneceu com os olhos obstinadamente fitos naquela pintura.

— Tem aqui uma bonita amante, visconde — disse Monte Cristo com voz perfeitamente serena —; e este traje, que é naturalmente de baile, fica-lhe a matar.

— Ah! — disse Albert — é um equívoco que não lhe perdoaria, se ao lado desse retrato o senhor tivesse visto outro. Não conhece minha mãe, e é ela que vê nesse quadro; tirou o retrato assim, há seis ou oito anos. Esse traje é um traje de fantasia decerto, e a parecença é tamanha, que penso ver minha mãe tal qual era em 1830. A condessa mandou fazer este retrato na ausência do conde. Julgava por certo causar-lhe agradável surpresa na volta; mas, coisa singular, o retrato desagradou a meu pai, e a valia da pintura, que é, como vê, uma das boas telas de Leopoldo Roberto, não lhe desvaneceu a antipatia que teve por ele. Devo dizer-lhe, aqui para nós, meu prezado conde, que o Sr. de Morcerf é um dos pares mais assíduos no Luxemburgo, um general afamado pala teoria, mas um amador de arte dos mais medíocres; não acontece outro tanto a minha mãe, que pinta de um modo notável, e que, dando muito apreço a esta obra para que pudesse separar-se dela completamente, ma ofereceu, para que no meu quarto estivesse menos exposta a desagradar ao Sr. de Morcerf, de quem lhe farei ver também o retrato pintado por Gros. Há de desculpar se lhe falo assim de minha família; mas, como vou ter a honra de apresentá-lo a meu pai, digo-lhe isto para que não vá gabar esse retrato diante dele. E ademais, tem uma funesta influência, porque é muito raro que minha mãe venha aos meus aposentos sem olhar para ele, e mais raro ainda olhar para ele sem chorar. A nuvem que a aparição deste quadro no palácio trouxe consigo é a única que se tem levantado entre o conde e a condessa, que, embora casados há mais de vinte anos, são tão unidos ainda como no primeiro dia.

Monte Cristo lançou um rápido olhar para Albert, como se lhe procurasse nas palavras uma intenção reservada; mas era evidente que o bom do rapaz as dissera com toda a simplicidade da sua alma.

— Agora — disse Albert — viu todas as minhas riquezas, Sr. Conde, permita-me que lhas ofereça, indignas como são; julgue-se aqui como em sua casa, e, para poder ficar ainda mais à vontade, queira acompanhar-me à casa do Sr. Conde de Morcerf, a quem mandei dizer de Roma o obséquio que me fez, e anunciei a visita que me havia prometido, e, posso dizê-lo, o conde e a condessa esperam com impaciência a ocasião de lhe agradecerem. O Sr. Conde está um tanto embotado em todas as coisas, bem sei, e as cenas de família não têm muita ação em Simbad, o *Marítimo*: tem visto tantas coisas!... Mas aceite o que lhe proponho como iniciação na vida parisiense, vida de delicadezas, visitas e apresentações.

Monte Cristo curvou-se sem responder.

Aceitava a proposta sem entusiasmo nem pesar, como uma das conveniências de sociedade que todo homem bem-educado considera um dever.

Albert chamou o criado e ordenou-lhe que fosse prevenir o Sr. e a Sr.ª de Morcerf da chegada do conde de Monte Cristo.

Albert seguiu-o com o conde.

Ao chegar à casa de entrada do conde, via-se por cima da porta que comunicava com a sala, um escudo de armas, que, pela riqueza da cercadura e pela harmonia em que estava com os ornatos da casa, indicava a importância que o proprietário do palácio ligava àquele brasão.

Monte Cristo parou diante do brasão, que examinou atentamente.

— Campo azul com sete andorinhas de ouro postas em banda. É sem dúvida o escudo de armas da sua família, Sr. Visconde? — perguntou. — Não falando no conhecimento das peças do brasão que me permite decifrá-lo, sou ignorantíssimo em matéria heráldica, eu, por acaso, fabricado pela Toscana com a ajuda de uma comenda de conde Saint-Étienne, e que me haveria deixado de fidalguias se não me tivesse assegurado que é coisa absolutamente necessária quando se viaja muito. Porque, enfim, é preciso, ainda que não seja senão para que os guardas das alfândegas não incomodem uma pessoa, ter o quer que seja nas portinholas da carruagem. Desculpe-me, portanto, se lhe faço semelhante pergunta.

— Não é de modo nenhum indiscreta — disse Morcerf, com a simplicidade da convicção —, e o Sr. Conde acertou: são as nossas armas, quer dizer, as da casa de meu pai; porém estão, como vê, encostadas a outro escudo que tem em campo vermelho torres de prata, e que é o da casa de minha mãe; pelo lado materno sou espanhol, mas a casa de Morcerf é francesa, e, segundo tenho ouvido dizer, uma das mais antigas do Midi da França.

— Sim — replicou Monte Cristo —, é o que indicam as andorinhas. Quase todos os peregrinos armados que tentaram ou fizeram a conquista da Terra Santa escolheram para armas, ou cruzes, sinal da missão a que se haviam votado, ou pássaros viajantes, símbolos da longa viagem que iam empreender e que esperavam levar a cabo nas asas da fé. Talvez algum dos seus avós paternos tivesse tomado parte em alguma cruzada, e, supondo que não fosse senão na de Saint-Louis, fá-lo isso remontar ao século XIII, o que já é muito bonito.

— Pode muito bem ser — disse Morcerf —; meu pai tem no seu gabinete uma árvore genealógica que nos pode dizer isso, e acerca da qual eu fiz em tempos comentários que agradariam muito a d'Hozier e Jaucourt. Agora, nem penso nisso, e contudo dir-lhe-ei, Sr. Conde, e isto entra nas minhas atribuições de cicerone, que se começa a tratar muito destas coisas no nosso governo popular.

— Pois o seu governo devia escolher no seu passado alguma coisa melhor do que os dois cartazes que tenho notado nos monumentos, e que não têm sentido heráldico. Pelo que lhe respeita, visconde — tornou Monte Cristo, voltando-se para Morcerf —, o senhor é mais feliz do que o seu governo, porque as suas armas são na verdade belas e falam à imaginação. Sim, há de ser isso, é ao mesmo tempo de Provença e da Espanha; é o que explica, se o retrato que mostrou está parecido, a bela cor morena que tanto admirei no rosto da nobre catalã.

Seria preciso ser Édipo ou a própria Esfinge para adivinhar a ironia que o conde empregou naquelas palavras, cheias, na aparência, da maior polidez; por isso Morcerf lhe agradeceu com um sorriso, e, passando adiante, para lhe indicar o caminho, empurrou a porta que se abria por baixo das armas, e que, como dissemos, dava para a sala, em cujo lugar mais aparente se via também o retrato de um homem de trinta e cinco a trinta e oito anos, vestido com um uniforme de oficial-general, com dragonas: de cacho, sinal dos postos superiores, a fita da Legião de Honra ao pescoço, o que indicava que era comendador, e no peito, à direita, a placa de grande-oficial da Ordem do Salvador, e à esquerda a da grã-cruz de Charles III, o que indicava que a pessoa representada por este retrato devia ter feito as guerras da Grécia e da Espanha, ou, o que vem a dar no mesmo, em matéria de decorações, que tinha desempenhado alguma missão diplomática nos dois países.

Estava Monte Cristo esmiuçando este retrato com tanto cuidado como o fizera com o outro, quando se abriu uma porta lateral e deu cara a cara com o conde de Morcerf em pessoa.

Era um homem dos seus quarenta a quarenta e cinco anos, mas que parecia ter cinqüenta pelo menos, e cujo bigode preto e sobrancelhas também pretas não condiziam com os cabelos quase brancos cortados à escovinha.

Vestia à paisana e usava na lapela da sobrecasaca uma fita, cujas cores diversas indicavam as diferentes ordens com que tinha sido condecorado.

Este homem entrou com passo nobre e dirigiu-se ao conde com certa solicitude.

Monte Cristo viu-o aproximar-se sem dar um passo.

Dir-se-ia que tinha os pés pregados no sobrado como tinha os olhos fitos no rosto do conde de Morcerf.

— Meu pai — disse o visconde —, tenho a honra de lhe apresentar o Sr. Conde de Monte Cristo, o obsequioso amigo que tive a ventura de achar nas circunstâncias difíceis que sabe.

— Muito folgo em conhecê-lo — disse o conde de Morcerf, cumprimentando Monte Cristo com um sorriso —, e tanto mais quanto prestou à nossa casa, conservando-lhe o seu único herdeiro, um serviço que reclama o nosso eterno reconhecimento.

E, dizendo estas palavras, o conde de Morcerf indicou uma poltrona ao conde de Monte Cristo, e sentou-se em frente da janela.

Monte Cristo, esse, sentando-se na poltrona indicada pelo conde de Morcerf, tratou de arranjar as coisas de modo que ficasse escondido na sombra das grandes cortinas de veludo, podendo ler nas feições carregadas de fadiga e de cuidados do conde uma história inteira de dores secretas, que se viam estampadas em cada uma das suas rugas prematuras.

— A Sr.ª Condessa — disse Morcerf — estava no seu toucador quando o visconde a mandou prevenir da visita que ia ter a ventura de receber; não se pode demorar, dentro de dez minutos estará nesta sala.

— É muita honra para mim — disse Monte Cristo — travar,

logo no dia da minha chegada a Paris, relações com um homem cujo mérito iguala a fama, e em favor do qual a fortuna, justa uma vez, não errou; mas não terá ela ainda nas planícies do Mitija ou nas montanhas do Atlas, um bastão de marechal para lhe oferecer?

— Oh! — replicou Morcerf, corando — deixei o serviço, Sr. Conde, nomeado par no tempo da Restauração, eu era da primeira campanha e servia às ordens do marechal Bourmont; podia, portanto, pretender um comando superior, e quem sabe o que teria sucedido se o ramo primogênito se houvesse conservado no trono! Mas a revolução de julho era, ao que parece, bastante gloriosa para que não se permitisse o ser ingrata; foi-o para todo o serviço que não datava do período imperial; dei a minha demissão, porque, quando se ganharam as dragonas no campo de batalha, não se sabe manobrar no terreno escorregadio das salas; larguei a espada, meti-me na política, e dedico-me à indústria; estudo as artes úteis. Durante os vinte anos que estive no serviço, sobrava-me a vontade, mas faltava-me o tempo.

— São essas idéias que mantêm a superioridade da sua nação em relação aos outros países — respondeu Monte Cristo —; fidalgo procedente de uma grande casa, possuindo uma excelente fortuna, o Sr. Conde dispôs-se primeiro a ganhar os primeiros postos como soldado obscuro, o que é muito raro; e depois, feito general, par de França, comendador da Legião de Honra, começa segunda aprendizagem, sem outra esperança, sem outra remuneração senão a de ser útil aos seus semelhantes... Ah! senhor, isso é na verdade belo; direi mais, é sublime! é admirável!

Albert olhava para Monte Cristo e ouvia-o com pasmo; não estava habituado a vê-lo deixar-se levar por semelhantes idéias de entusiasmo.

— Ah! — continuou o estrangeiro, sem dúvida para fazer desaparecer a imperceptível nuvem que estas palavras acabavam de fazer passar pela fronte de Morcerf —; nós não procedemos assim na Itália; crescemos segundo a nossa raça e a nossa espécie, e conservamos a mesma folhagem, a mesma estatura, e muitas vezes até a mesma inutilidade, toda a vida.

— Mas, senhor — respondeu o colide de Morcerf —, para um homem do seu mérito a Itália não é pátria, e a França abre-lhe os braços; corresponda ao seu apelo. A França talvez não seja ingrata para toda a gente; trata mal os seus filhos; mas, de ordinário, acolhe excelentemente os estrangeiros.

— Oh! meu pai — disse Albert com um sorriso —, bem vê que não conhece o Sr. Conde de Monte Cristo. — Os seus gostos não são deste mundo; não aspira a honras, limitando-se a querer as que podem convir para um passaporte.

— É a meu respeito a expressão mais justa que tenho ouvido — respondeu o estrangeiro.

— O senhor teve nas mãos o seu futuro — disse o conde de Morcerf com um suspiro —, e escolheu o caminho de flores.

— Exatamente, senhor — replicou Monte Cristo com um desses sorrisos que um pintor nunca poderá reproduzir, e que um fisiologista desesperará sempre de analisar.

— Se não receasse fatigar o Sr. Conde — disse o general, evidentemente encantado com as maneiras de Monte Cristo —, levava-o comigo à Câmara; a sessão hoje é curiosa para quem não conhece os nossos senadores modernos.

— Agradecer-lhe-ei muito, senhor, se houver por bem renovar esse oferecimento noutra ocasião; mas hoje deram-me a esperança de ser apresentado à Sr.ª Condessa, e esperarei.

— Ah! aí vem minha mãe! — exclamou o visconde.

E com efeito, Monte Cristo, voltando-se com vivacidade, viu a Sr.ª Morcerf à entrada da sala, no limiar da porta oposta àquela por onde o marido entrara: imóvel e pálida, deixou, quando Monte Cristo se voltou para o seu lado, cair o braço que, não se sabe por que, se apoiava ao alizar dourado. A condessa estava ali havia alguns segundos, e ouvira as últimas palavras pronunciadas pelo visitante ultramontano.

Este se levantou e cumprimentou a condessa, que também curvou a cabeça muda e cerimoniosamente.

— Que tem, minha senhora? — perguntou o conde — que tem? fez-lhe mal o calor desta sala?

— Está incomodada, minha mãe? — exclamou o visconde, correndo para Mercédès.

Ela agradeceu a ambos com um sorriso.

— Não — disse —, mas senti uma comoção ao ver pela primeira vez a pessoa a cuja intervenção se deve o não estarmos neste momento em lágrimas e luto. Sim — continuou a condessa, avançando com a majestade de uma rainha —, devo-lhe a vida de meu filho, e, por esse benefício, o abençôo. Agora agradeço-lhe o obséquio que me faz proporcionando-me a ocasião de lhe agradecer, do mesmo modo que o abençoei, isto é, do fundo do coração.

O conde tornou a curvar-se, ainda mais do que da primeira vez; estava mais pálido ainda do que Mercédès.

— Minha senhora — disse ele —, recompensam-me com muita generosidade uma ação simplíssima. Salvar um homem, evitar o tormento a um pai, poupar a sensibilidade de uma senhora, não é praticar uma ação boa, é fazer um ato de humanidade.

A estas palavras, pronunciadas com doçura e polidez desusadas, a Sr.ª de Morcerf respondeu com profunda inflexão:

— É uma fortuna para meu filho tê-lo por amigo, e dou graças a Deus que assim o determinou.

E Mercédès ergueu os formosos olhos para o Céu com tão infinita gratidão, que o conde se persuadiu de que vira brilhar neles duas lágrimas.

O Sr. de Morcerf aproximou-se dela.

— Minha senhora — disse —, dei as minhas desculpas ao Sr. Conde por me ver forçado a deixá-lo, e peço-lhe que lhas repita. A sessão abre às duas horas: são três, e tenho que falar.

— Diligenciarei fazer esquecer a sua ausência ao nosso hóspede — disse a condessa com a mesma inflexão de sensibilidade. — O Sr. Conde — continuou, voltando-se para Monte Cristo — dá-nos o prazer de passar conosco o resto do dia?

— Oh! Sr.ª Condessa, fico-lhe agradecidíssimo pelo seu oferecimento, mas apeei-me esta manhã da minha sege de viagem à sua porta. Não vi ainda o que seja a casa que tenho em Paris, e mal sei onde é. É uma leve inquietação, entretanto desculpável.

— Dar-nosá esse gosto para outra vez, promete-no-lo? — perguntou a condessa.

Monte Cristo curvou-se sem responder, mas o gesto podia ser considerado como um assentimento.

— Então, não devo retê-lo — disse a condessa —, porque não quero que o meu reconhecimento se torne uma indiscrição ou uma importunidade.

— Meu querido conde — disse Albert —, desejava corresponder em Paris à sua deliciosa delicadeza de Roma, e, se me faz o obséquio de aceitá-lo, ponho o meu cupê à sua disposição até que tenha tempo de arranjar as suas equipagens.

— Mil vezes obrigado ao seu obséquio, visconde — disse Monte Cristo —, mas presumo que Bertuccio há de ter empregado convenientemente as quatro horas e meia que lhe dei, e que acharei à porta uma carruagem posta.

Albert estava habituado a estes modos da parte do conde, sabia que andava como Nero em busca do impossível, e já se não admirava de coisa nenhuma; mas quis ajuizar, por si mesmo, de que modo haviam sido cumpridas as ordens do conde, e acompanhou-o até o portão do palácio.

Monte Cristo não se enganara. Mal aparecera na saleta do conde de Morcerf, um criado, o mesmo que em Roma tinha ido levar o bilhete aos dois franceses anunciando-lhes a sua visita, correra para fora do peristilo, de sorte que, quando o ilustre viajante chegou ao portão, achou efetivamente a sua carruagem, que o esperava.

Era um cupê feito nas oficinas de Keller, e uma parelha por que Drake havia recusado ainda na véspera, o que era sabido por todos os leões de Paris, dezoito mil francos.

— Não o convido, senhor — disse o conde a Albert —, para me acompanhar, porque não lhe poderia oferecer senão uma casa improvisada, e tenho, como sabe, no que toca a improvisos, que zelar certa reputação. Dê-me um dia, e permita-me então que o convide. Poderei assim ter mais certeza de não faltar às leis da hospitalidade.

— Se me pede um dia, Sr. Conde, posso sossegar; não é uma casa que me vai mostrar, é por certo um palácio. Decididamente tem algum gênio às suas ordens.

— Faça espalhar isso — disse Monte Cristo pondo o pé nos degraus forrados de veludo do estribo da sua carruagem —, que não pode deixar de me fazer bem para com as damas.

E saltou para a carruagem, que se fechou, e partiu a galope, mas não tão rapidamente que o conde não percebesse o movimento imperceptível que fez tremer a cortina da sala onde deixara a Sr.ª de Morcerf.

Quando Albert entrou nos aposentos da mãe, achou a condessa no toucador, enterrada numa grande poltrona de veludo; o quarto estava de tal modo sombrio, que a luz do dia mal deixava ver algum traço fulgurante aqui e ali em alguma pintura ou no canto de alguma moldura dourada.

Albert não pôde ver o rosto da condessa, metido numa nuvem de gaze que ela prendera em volta dos cabelos como uma auréola vaporosa; mas pareceu-lhe que tinha voz alterada; e distinguiu também, de entre o aroma das flores e dos heliotrópios da jardineira, o vestígio áspero e mordente dos sais de vinagre; efetivamente, numa das taças cinzeladas do fogão, atraiu a atenção do rapaz o frasco da condessa, saído do seu estojo de chagrém.

— Está doente, minha mãe? — perguntou ele ao entrar — sentiu-se incomodada durante a minha ausência?

— Eu não, Albert; mas essas rosas, essas tuberosas, essas flores de laranjeira, exalam durante os primeiros calores, a que se não está acostumado, aromas tão fortes...

— Então, minha mãe — disse Morcerf levando a mão à campainha —, mande-as tirar daqui. Está na verdade indisposta; ainda agora, quando entrou, vinha muito pálida.

— Diz que estava pálida, Albert?

— É uma palidez que lhe fica muito bem, minha mãe, mas que nem por isso nos aterrou menos, a meu pai e a mim.

— Seu pai falou-lhe nisso? — perguntou Mercédès com vivacidade.

— Não, minha senhora, mas foi mesmo a minha mãe, lembra-se? que ele fez essa observação.

— Não me lembro — disse a condessa.

Entrou um criado, que acudiu ao som da campainha tocada por Albert.

— Leva estas flores para a saleta ou para o toucador — disse o visconde —; fazem mal à Sr.ª condessa.

O criado obedeceu.

Houve longo silêncio, que durou todo o tempo que a mudança levou a efetuar-se.

— O que é aquele nome de Monte Cristo? — perguntou a condessa quando o criado saiu levando o último vaso de flores — é nome de família, nome de terra, ou simples título?

— Creio que é um título e nada mais, minha mãe. O conde comprou uma ilha no arquipélago toscano, e, segundo o que ele mesmo disse esta manhã, fundou uma comenda. Sabe que se faz assim no que respeita a Saint-Étienne de Florença, a S. Jorge Constantiniano de Parma e até a Ordem de Malta. Mas o certo é que ele não tem nenhuma pretensão de nobreza e diz-se um conde de acaso, embora a opinião geral de Roma seja de que é um verdadeiro fidalgo.

Tem maneiras excelentes — disse a condessa —, ao que pude ajuizar nos poucos instantes que esteve aqui,

— Oh! completas, minha mãe, e tão completas que excedem muito tudo quanto tenho visto de mais aristocrático nas três nobrezas mais soberbas da Europa, isto é, na nobreza inglesa, na nobreza espanhola e na nobreza alemã.

A condessa refletiu um instante, e, depois de curta hesitação, replicou:

— Você viu, meu querido Albert... É uma pergunta de mãe que lhe dirijo, compreende? Você viu o Sr. de Monte Cristo no seu particular; tem perspicácia, tem prática do mundo, e mais tato do que há ordinariamente na sua idade; pensa que o conde seja o que na realidade parece ser?

— E o que parece ser?

— Disse-o você mesmo ainda agora: um verdadeiro fidalgo.

— Disse-lhe, minha mãe, que passava por isso.

— Mas o que entende você, Albert?

— Confesso-lhe que não tenho opinião bem assente a respeito dele; julgo que é maltês.

— Não o interrogo acerca da sua origem; interrogo-o acerca da sua pessoa.

— Acerca da sua pessoa, é outra coisa; tenho visto dele coisas tão singulares, que, se quer que lhe diga o que penso, responder-lhe-ei que o julgaria de boamente um dos homens de Byron que a desgraça assinalou com ferrete fatal; algum manfredo, algum lara, algum werner; um desses restos, enfim, de alguma família antiga, que, deserdados da sua fortuna paterna, acharam outra pela força do seu gênio aventuroso, que os colocou acima das leis da sociedade.

— O que diz?

— Digo que Monte Cristo é uma ilha no meio do Mediterrâneo, sem habitantes, sem guarnição, covil de contrabandistas de todas as nações, de piratas de todos os países. Quem sabe se esses dignos industriais pagarão ao seu senhor algum direito de asilo?...

— É possível — disse a condessa.

Mas não importa — replicou o rapaz —; contrabandista ou não, há de confessar, minha mãe, porque o viu, que o conde de Monte Cristo é um homem notável, e que há de receber o melhor acolhimento nas salas de Paris. Olhe, já esta manhã, nos meus quartos, começou a sua entrada na sociedade, causando pasmo até a Château-Renaud.

— E que idade terá o conde? — perguntou Mercédès, ligando visivelmente grande importância a esta pergunta.

— Tem trinta e cinco anos.

— Tão poucos?! é impossível! — disse Mercédès, respondendo a um tempo ao que lhe dizia Albert e ao que lhe dizia o seu próprio pensamento.

— Mas é o que é. Por três ou quatro vezes me disse, e certamente sem premeditação: Em tal época tinha eu cinco anos, em tal época tinha dez, em tal época tinha doze; eu, que tinha curiosidade de saber todos esses pormenores, combinava as datas, e nunca o achei em erro. A idade desse homem singular, que não tem idade, é, portanto, pode ter certeza, de trinta e cinco anos. E se não, lembre-se, minha mãe, de quanto ele tem os olhos vivos, os cabelos pretos, e a testa, embora pálida, sem uma ruga; é uma natureza não só vigorosa, mas ainda nova.

A condessa baixou a cabeça como que para deixar passar uma onda pesada de amargos e horrendos pensamentos.

— E esse homem lhe tomou amizade, Albert? — perguntou com um estremecimento nervoso.

— Assim o creio, minha mãe.

— E você... também lhe tem amizade?

— Agrada-me, diga o que quiser Franz d'Épinay, que queria fazê-lo passar a meus olhos como um homem do outro mundo.

A condessa fez um movimento de terror.

— Albert — disse com voz alterada —, sempre o acautelei de conhecimentos novos. Agora é um homem e poderia dar-me conselhos a mim; contudo, repetir-lhe-ei: seja prudente, Albert.

— Mas, para que o conselho me pudesse ser proveitoso, devia eu saber de antemão de que havia de desconfiar. O conde não joga, o conde não bebe senão água corada por uma gota de vinho de Espanha; o conde anunciou-se tão rico que, sem que eu lhe desse uma gargalhada, não poderia pedir-me dinheiro emprestado: o que hei de recear então da parte do conde?

— Tem razão — disse a condessa —, e os meus terrores, tendo por objeto um homem que lhe salvou a vida, são loucos. A propósito, seu pai recebeu-o bem? Importa que sejamos delicados com ele. O Sr. de Morcerf tem às vezes que fazer, os seus negócios tornam-no pensativo, e podia ser que, sem querer...

— Meu pai recebeu-o perfeitamente — interrompeu Albert —; digo mais: pareceu muitíssimo lisonjeado com dois ou três cumprimentos habilíssimos que o conde lhe fez com tanta fortuna quanto acerto, como se o conhecesse há trinta anos. Cada uma dessas setas louvaminheiras deleitou meu pai — acrescentou Albert, rindo —, de sorte que se separaram muito amigos, e que o Sr. de Morcerf até queria levá-lo à Câmara para que lhe ouvisse o seu discurso.

A condessa não respondeu; estava absorta em tão profunda meditação que os olhos se lhe fecharam pouco a pouco.

Albert, em pé diante dela, olhava-a com o mais terno e o mais afetuoso amor, próprio dos filhos cujas mães ainda são moças e belas; e, depois de ter visto fecharem-se-lhe os olhos, ouviu-a respirar por um instante na sua suave imobilidade, e, julgando-a a dormir, saiu nos bicos dos pés, fechando com precaução a porta do quarto onde a deixava.

— O diabo do homem — murmurou ele, meneando a cabeça —, eu bem lhe disse que havia de causar sensação na sociedade; aprecio-lhe o efeito nesse termômetro infalível. Minha mãe que fez reparo nele, é que ele é notável.

E desceu às cavalariças, não sem um certo despeito secreto, porque, sem querer ter pensado nisso, o conde de Monte Cristo tinha comprado uma parelha que colocava os seus baios em segundo lugar no espírito dos entendedores.

— Decididamente — disse —, os homens não são iguais; hei de pedir a meu pai que desenvolva este teorema na Câmara Alta...

XLII. O Sr. Bertuccio

Durante este tempo chegara o conde a casa; tinha gasto seis minutos no caminho.

Estes seis minutos bastaram para que fosse visto por vinte elegantes, que, sabendo o preço da parelha que não tinham podido comprar, haviam metido os cavalos a galope para verem o esplêndido senhor que comprava cavalos da módica quantia de 10 mil francos cada um!

A casa escolhida por Ali, e que devia servir de residência a Monte Cristo, era situada na subida dos Champs-Élysées, à direita, assente entre pátio e jardim; um maciço muito espesso, que se erguia no meio do pátio, encobria uma parte da fachada; em volta do maciço havia, à semelhança de dois braços, duas alamedas, uma pela direita e outra pela esquerda, que conduziam, desde a grade, as carruagens a uma dupla escadaria, que tinha em cada degrau um vaso de porcelana cheio de flores.

Esta casa, isolada no meio de vasto espaço, tinha, além da entrada principal, outra entrada pela Rua Ponthieu.

Antes de o cocheiro dar sinal ao guarda-portão, a grade rodou nos seus gonzos.

Tinham visto chegar o conde, e, em Paris como em Roma, como em toda parte, era servido com a rapidez do relâmpago.

O cocheiro entrou, portanto, descreveu o semicírculo sem alterar o passo dos cavalos, e já a grade estava fechada e ainda a carruagem rodava no saibro da alameda.

A carruagem parou ao pé da escada da esquerda, e apareceram dois homens à portinhola; um era Ali, que sorriu para o amo com incrível franqueza de alegria e se deu por pago com um simples olhar de Monte Cristo.

O outro o cumprimentou humildemente e apresentou o braço ao conde para ajudá-lo a apear-se da carruagem.

— Obrigado, Sr. Bertuccio — disse o conde, saltando com ligeireza os três degraus do estribo —; e o tabelião?

— Está na sala pequena, Excelentíssimo — respondeu Bertuccio.

— E os bilhetes-de-visita que lhe disse mandasse gravar logo que soubesse o número da casa?

— Já estão prontos, Sr. Conde; fui à casa do melhor gravador do Palácio Real, que fez a gravura na minha presença; o primeiro bilhete que se tirou foi levado no mesmo instante, segundo as ordens de Vossa Excelência, ao Sr. Barão Danglars, deputado, na Rua da Chaussée d'Antin n.º 7; e os outros estão em cima do fogão do quarto de cama de Vossa Excelência.

— Bem. Que horas são?

— Quatro horas.

Monte Cristo entregou as luvas, o chapéu e a bengala ao lacaio francês, que saíra a correr da saleta do conde de Morcerf para mandar chegar a carruagem; e depois entrou na sala pequena, conduzido por Bertuccio, que lhe indicou o caminho.

— Que mármores tão ordinários são os desta sala! — disse Monte Cristo —; espero que os façam desaparecer daqui.

Bertuccio curvou-se.

Como o mordomo dissera, o tabelião estava esperando na sala pequena.

Era a honrada figura de um praticante de tabelião de Paris, elevado à insuperável dignidade de tabelião suburbano.

— É o senhor tabelião encarregado de vender a casa de campo que desejo comprar? — perguntou Monte Cristo.

— Sou, sim, Sr. Conde — respondeu o tabelião.

— A escritura está pronta?

— Está, sim, Sr. Conde.

— Trouxe-a?

— Aqui está.

— Perfeitamente. E onde é a casa que vou comprar? — perguntou Monte Cristo negligentemente, dirigindo-se a Bertuccio e ao tabelião.

O mordomo fez um gesto que significava mais ou menos: Não sei.

O tabelião olhou para Monte Cristo com pasmo.

— Pois quê! — disse este — o Sr. Conde não sabe onde é a casa que vai comprar?

— Eu não! — disse o conde.

— O Sr. Conde não a conhece?

— E como diabos havia eu de conhecê-la? Cheguei de Cádis esta manhã, nunca vim a Paris, e é até a primeira vez que ponho pé na França.

— Isso é diferente — respondeu o tabelião —; a casa que o Sr. Conde vai comprar é situada em Auteuil.

A estas palavras Bertuccio empalidecera visivelmente.

— E onde é que fica Auteuil? — perguntou Monte Cristo.

— A dois passos daqui, Sr. Conde — disse o tabelião —, perto de Passy, numa situação linda, no meio do bosque de Bolonha.

— Tão perto! — disse Monte Cristo —; mas não é campo, Como diabo me foi escolher uma casa às portas de Paris, Sr. Bertuccio?

— Eu! — exclamou o mordomo com singular ardor — não foi decerto a mim que o Sr. Conde encarregou de escolher essa casa; queira Vossa Excelência lembrar-se, busque na sua memória, interrogue as suas recordações.

— Ah! tem razão — disse Monte Cristo —; agora me lembro: li o anúncio num jornal, e deixei-me seduzir pelo título mentiroso de casa de campo.

— É ainda tempo — disse Bertuccio com vivacidade —; e se Vossa Excelência quer encarregar-me de procurar por outra parte, arranjar-lhe-ei o que houver de melhor, ou em Enghien, ou em Fontenay-aux-Roses, ou em Bellevue.

— Não — disse Monte Cristo, descuidadosamente —; já que tenho esta, ficarei com ela.

— E tem razão — disse com ardor o tabelião, que receava perder os seus proventos —; é uma propriedade linda: águas nativas, bosques frondosos, habitação cômoda, embora desabitada há muito; sem falar na mobília, que, por mais velha que seja, tem valor, e principalmente agora, que são muito procurados os trastes antigos. Perdoará, mas creio que o Sr. Conde tem o gosto da sua época.

— Então o senhor acha-a conveniente?

— Ai, senhor, melhor do que isso, é magnífica!

— Oh! pois então não percamos a ocasião — disse Monte Cristo —; faça-me favor do contrato, senhor tabelião.

E assinou rapidamente, depois de ter lançado os olhos para o lugar onde na escritura estavam designados a situação da casa e os nomes dos proprietários.

— Bertuccio — disse —, dê cinqüenta e cinco mil francos a este senhor.

O mordomo saiu com passo incerto e voltou com um maço de notas do banco, que o tabelião contou como homem que tem o hábito de não receber dinheiro sem o verificar.

— E agora — perguntou o conde —, estão preenchidas todas as formalidades?

— Todas, Sr. Conde.

— Tem as chaves?

— Tem-nas o porteiro, que é quem está encarregado de guardar a casa; mas aqui está a ordem para instalar o Sr. Conde na sua propriedade.

Muito bem.

E Monte Cristo fez ao tabelião um aceno de cabeça, que queria dizer:

— Já não preciso do senhor, pode retirar-se.

— Mas — disse o honrado tabelião — o Sr. Conde enganou-se, ao que me parece; não são senão cinqüenta mil francos, compreendidas todas as despesas.

— E a sua remuneração?

— Está incluída nesta soma, Sr. Conde.

— Mas não veio o Sr. de Auteuil aqui?

— Vim, é verdade.

— Pois então deve ser-lhe pago esse pequeno incômodo — disse o conde.

E despediu-o com um gesto.

O tabelião saiu recuando e curvando-se até o chão.

Era a primeira vez na sua vida de tabelião que encontrava um cliente assim.

— Acompanhe este senhor — disse o conde a Bertuccio.

Mal o conde se viu só, tirou da algibeira uma carteira de fechadura, e abriu-a com uma chavinha que trazia ao pescoço, e que nunca o largava.

Folheando-a um momento, parou numa página que tinha algumas notas, confrontou essas notas com a escritura de venda que estava em cima da mesa, e juntando as suas recordações:

— Auteuil, Rua de la Fontaine, 28; é isso — disse —; mas dever-me-ei fiar numa confissão arrancada pelo terror religioso ou pelo terror físico? Dentro de uma hora saberei tudo. Bertuccio! — gritou, batendo com uma espécie de martelo de cabo num timbre, que soltou um som agudo e prolongado semelhante ao de um tantã — Bertuccio!

O mordomo apareceu à porta.

— Sr. Bertuccio! — disse o conde — não me disse em tempo que tinha viajado à França?

— Em certos lugares da França, sim, Sr. Conde.

— Conhece os arredores de Paris, sem dúvida?

— Não, Sr. Conde, não — respondeu o mordomo com uma espécie de tremor nervoso, que Monte Cristo, entendido em matéria de comoções, atribuiu com razão a viva inquietação.

— É pena — disse — que nunca tivesse estado nos arredores de Paris, porque quero ir ainda hoje ver a minha nova propriedade, e, na volta, dar-me-ia decerto úteis esclarecimentos.

— A Auteuil! — exclamou Bertuccio, cuja tez cobreada se tornou quase lívida. — Eu, ir a Auteuil!

— Então o que há para espantar em que vá a Auteuil, não me dirá?

Quando eu residir em Auteuil não terá remédio senão ir lá, porque faz parte da casa.

Bertuccio baixou a cabeça perante o olhar imperioso do amo, ficou imóvel e sem responder.

— Ora esta! mas o que é isso? Tenho que tocar a campainha uma segunda vez para que chegue a carruagem? — disse Monte Cristo, com os modos com que Luís XIV pronunciou o famoso: "Ia quase esperando!"

Bertuccio deu um salto da sala pequena para a saleta, e gritou com voz rouca:

— Os cavalos de Sua Excelência!

Monte Cristo escreveu duas ou três cartas.

Quando estava escrevendo a última, reapareceu o mordomo.

— A carruagem de Sua Excelência está à porta — disse.

Então vá buscar as suas luvas e o seu chapéu — disse Monte Cristo.

— Vou com o Sr. Conde? — exclamou Bertuccio.

— Decerto; tem que dar lá ordens, porque tenciono habitar a casa.

Não havia exemplo de se replicar a uma ordem do conde.

Por isso, o mordomo, sem fazer nenhuma objeção, seguiu o amo, que entrou na carruagem e lhe fez sinal para acompanhá-lo.

Bertuccio sentou-se respeitosamente no assento de diante.

XLIII. A casa de Auteuil

Monte Cristo notou que Bertuccio, ao descer a escada, se persignara à maneira dos corsos, isto é, cortando o ar em cruz com o polegar, e que ao tomar lugar na carruagem murmurara uma oração.

Quem não fosse curioso teria tido dó da singular repugnância manifestada pelo digno mordomo para com o passeio meditado extramuros pelo conde; mas, ao que parece, este era muito curioso para que dispensasse Bertuccio desse passeio.

Em vinte minutos chegaram a Auteuil.

A comoção do mordomo ia crescendo sempre.

Ao entrar na aldeia, Bertuccio, metido a um canto da carruagem, começou a examinar com uma comoção febril cada uma das casas diante de que passava.

— Mande parar na Rua de la Fontaine, 28 — disse o conde, fitando sem piedade os olhos no mordomo, a quem dava esta ordem.

Cobriu-se de suor o rosto de Bertuccio, e todavia este obedeceu, e, curvando-se para fora da carruagem, gritou ao cocheiro:

— Rua de la Fontaine n.º 28.

Esse número era situado na extremidade da aldeia.

Sobreviera a noite no caminho, ou, por melhor dizer, uma nuvem negra carregada de eletricidade dava àquelas trevas prematuras a aparência e a solenidade de um episódio dramático.

Parou a carruagem e o trintanário correu à portinhola, que abriu.

— Então — disse o conde — não se apeia, Sr. Bertuccio? então deixa-se ficar na carruagem? Mas em que diabos cisma esta noite?

Bertuccio precipitou-se pela portinhola e ofereceu o ombro ao conde, que, desta vez, se encostou a ele e desceu um a um os três degraus do estribo.

— Bata à porta — disse o conde — e diga que sou eu.

Bertuccio bateu, abriu-se a porta e apareceu o guarda-portão.

— Quem é? — perguntou ele.

— É o seu novo amo — disse o mordomo.

E entregou ao guarda-portão o bilhete do tabelião.

— Então foi vendida a casa? — perguntou o guarda-portão — e é esse senhor que vem habitá-la?

— Sim, meu amigo — disse o conde — e hei de fazer a diligência para que não tenha pena do seu antigo amo.

— Oh! meu senhor — disse o guarda-portão —, não posso ter muita pena dele, porque só o via raríssimas vezes; havia mais de cinco anos que não vinha cá, e fez muito bem em vender uma casa que não lhe rendia absolutamente nada.

— E como se chamava o seu antigo amo? — perguntou Monte Cristo.

— O Sr. Marquês de Saint-Méran. Olhe, estou bem certo de que ele não vendeu a casa pelo que lhe custou.

— O Sr. Marquês de Saint-Méran! — tornou Monte Cristo — mas parece-me que esse nome não me é desconhecido; o marquês de Saint-Méran...

E pareceu que diligenciava a memória.

— Um fidalgo antigo — continuou o guarda-portão — um fiel servidor dos Bourbons; tinha uma filha única, que casou com o Sr. de Villefort, que foi procurador régio em Nîmes e depois em Versalhes.

Monte Cristo deitou um olhar, que foi encontrar Bertuccio mais branco do que a parede, e encostando-se para não cair.

— E essa filha não morreu? — perguntou Monte Cristo — parece-me que ouvi dizer isso.

— Morreu, sim, senhor, há vinte e um anos, e desde esse tempo não vimos três vezes o Sr. Marquês.

— Obrigado, obrigado — disse Monte Cristo, julgando pela prostração do mordomo que não podia esticar mais a corda sem se arriscar a quebrá-la —; obrigado. Dê-me luz.

— Quer que o acompanhe?

— Não, é inútil, Bertuccio me alumiará.

E Monte Cristo acompanhou estas palavras com a dádiva de duas moedas de ouro, que provocaram uma explosão de bênçãos e suspiros.

— Ai, senhor! — disse o guarda-portão, depois de ter procurado debalde no rebordo do fogão e nas tábuas que lhe ficaram ao pé — não tenho aqui vela.

— Traga uma lanterna da carruagem, Bertuccio, e vamos ver a casa — disse o conde.

O mordomo obedeceu sem objeção, mas era fácil de ver, pela tremura da mão que sustinha a lanterna, quanto lhe custava obedecer.

Percorreram um andar baixo vastíssimo e um primeiro andar, composto de uma sala, uma casa de banho e dois quartos de cama.

Um desses dois quartos de cama dava para uma escada de caracol, que ia ter ao jardim.

— Olhe! aqui temos uma escada particular — disse o conde —, é muito cômodo. Alumie-me, Sr. Bertuccio; passe adiante, e vamos ver onde esta escada vai dar.

— Ao jardim, senhor — disse Bertuccio.

— E como é que sabe disso, não me dirá?

— Quer dizer, deve lá ir ver.

— Pois certifiquemo-nos.

Bertuccio soltou um suspiro e caminhou na frente.

A escada ia dar efetivamente no jardim.

À porta exterior o mordomo parou.

— Vamos, Sr. Bertuccio — disse o conde.

Mas aquele a quem o conde se dirigia estava atordoado, estúpido e perdido.

Com os olhos espantados, procurava em volta de si como que os vestígios de um passado terrível, e com as mãos inteiriçadas parecia que queria repelir recordações tremendas.

— Então? — insistiu o conde.

— Não! Não! — exclamou Bertuccio, pondo a lanterna ao canto da parede interior —; não, Sr. Conde, não vou mais adiante; é impossível!

— Que diz? — articulou a voz irresistível de Monte Cristo.

— Mas bem vê, Sr. Conde — exclamou o mordomo —, que isto

não é natural; que querendo comprar uma casa em Paris, o Sr. Conde a compre mesmo em Auteuil, e que comprando-a em Auteuil, essa casa seja a n.º 28 da Rua de la Fontaine. Ah! por que não contei eu tudo a Vossa Excelência ainda agora? Decerto não me haveria exigido que eu viesse. Pensava que a casa do Sr. Conde não era esta. Pois não havia em Auteuil senão a casa do assassínio!

— Oh! Oh! — disse Monte Cristo, estacando — que terrível palavra acabou de pronunciar! O diabo do homem! Corso endemoninhado! sempre mistérios ou superstições! Ande lá, pegue a lanterna e vamos ver o jardim; comigo não tem que ter medo, creio eu!

Bertuccio pegou a lanterna e obedeceu.

A porta, quando se abriu, deixou ver o céu pardacento, onde a Lua se esforçava debalde por lutar com o mar de nuvens que a cobriam com as suas ondas sombrias, que ela iluminava por um instante, e iam perder-se depois pouco a pouco, ainda mais sombrias, nas profundezas do infinito.

O mordomo quis ir para a esquerda.

— Nada — disse Monte Cristo —, para que havemos de ir pelas alamedas? temos aqui um magnífico jardim descoberto, vamos por ele.

Bertuccio limpou o suor que lhe corria da testa, mas obedeceu.

Continuou contudo a ir pela esquerda.

Monte Cristo, não, esse ia pela direita, e quando chegou ao pé de um grupo de árvores, parou.

O mordomo não pôde conter-se.

— Retire-se daí, senhor! — exclamou — retire-se daí! peço-lhe eu! está exatamente no lugar!

— Em que lugar?

— No lugar em que ele caiu.

— Meu querido Sr. Bertuccio — disse Monte Cristo, rindo —, volte a si; não estamos em Sartène ou em Corte; isto é um jardim inglês, mal tratado, é verdade, mas que nem por isso merece ser caluniado.

— Senhor, peço-lhe que não esteja aí, não esteja aí!

— Olhe se endoidece, Sr. Bertuccio — disse o conde com frieza —; se assim for, previna-me, para que eu o mande meter numa casa de saúde antes que suceda alguma desgraça.

— Ai! Sr. Conde — disse Bertuccio, meneando a cabeça e pondo as mãos de um modo que faria rir o conde, se pensamentos de interesse superior não o houvessem cativado neste momento e tornado mais atento às menores expansões de uma consciência timorata —; ai! Sr. Conde, a desgraça já sucedeu.

— Sr. Bertuccio — disse o conde —, devo dizer-lhe que, gesticulando e estorcendo-se, revira os olhos como um possesso, de cujo corpo o Diabo não quer sair. Tenho notado sempre que o demônio mais teimoso em permanecer no seu posto é um segredo. Sabia que era corso, sabia que era tristonho e que ruminava sempre alguma história de *vendetta*, e desculpava-lhe isso na Itália, porque na Itália essas coisas são atendíveis; mas na França o assassínio é tido geralmente como de muito mau gosto; há gendarmes que intervêm nele, juízes que o condenam, e cadafalsos que o vingam.

Bertuccio pôs as mãos, e, como executando estas diferentes evoluções não largava a lanterna, a luz alumiou-lhe o rosto transtornado.

Monte Cristo examinou-o com os mesmos olhos com que em Roma examinara o suplício de Andreia; e depois com voz que fez estremecer novamente o pobre mordomo:

— Mentiu-me então o abade Busoni — disse — quando, depois da sua viagem à França, em 1829, mo mandou, com uma carta de recomendação em que me abonava as suas preciosas qualidades? Vou escrever ao abade tornando-o responsável pelo seu protegido, e hei de saber ao certo o que é essa história de assassínio. Mas previno-o, Sr. Bertuccio, de que, quando vivo num país, costumo conformar-me com as leis dele, e não tenho vontade de me ver a braços com a justiça da França por sua causa.

— Oh! não faça isso, Sr. Conde; tenho-o servido fielmente, não é verdade? — exclamou Bertuccio, desesperado —; tenho sido sempre homem de bem, e feito até o maior número de boas ações que tenho podido.

— Não digo que não — tornou o conde —; mas por que diabos está tão agitado? É mau sinal: uma consciência pura não traz tanta palidez às faces nem tanta febre às mãos de um homem...

— Mas, Sr. Conde — replicou Bertuccio, hesitando —, não me disse Vossa Excelência mesmo que o abade Busoni, que me ouvira de confissão na cadeia de Nîmes quando me mandou para sua casa, o preveniu de que eu tinha uma falta grave de que me acusar?

— Sim; mas como mo mandava dizendo que havia de ser um excelente mordomo, julguei que o senhor tivesse feito algum roubo, e nada mais!

— Oh! Sr. Conde! — bradou Bertuccio, com indignação.

— Ou que, como é corso, não tinha podido resistir ao desejo de fazer uma pele, como se diz no seu país, por antífrase, quando em vez de a fazerem a desfazem.

— Pois sim, senhor, sim, meu bom senhor, é isso! — exclamou

Bertuccio, deitando-se aos pés do conde —; sim, foi uma vingança, juro-o, uma simples vingança.

— Compreendo; mas o que não compreendo é que seja esta casa exatamente que o galvanize a esse ponto.

— Mas, senhor, não é isto muito natural — replicou Bertuccio —, se foi nesta casa que a vingança se realizou?

— O quê!? na minha casa?

— Oh, Sr. Conde, ainda não era sua! — respondeu Bertuccio, ingenuamente.

— Mas então de quem era? Do Sr. Marquês de Saint-Méran, disse-nos o guarda-portão, creio eu. Que diabo de vingança tinha que tomar do marquês de Saint-Méran?

— Oh, não era dele, senhor, era de outrem!

É uma coisa singular — disse Monte Cristo parecendo ceder às suas reflexões — achar-se o senhor assim, por acaso, sem mais nem mais, numa casa onde se passou uma cena, que lhe causa tão tremendos remorsos!

— Senhor — disse o mordomo —, foi a fatalidade que originou tudo isto, tenho a certeza: o Sr. Conde comprou uma casa exatamente em Auteuil; nessa casa cometi eu um homicídio; o Sr. Conde desce ao jardim pela escada por onde ele desceu; pára exatamente no lugar onde ele recebeu a facada; a dois passos, debaixo deste plátano, era a cova onde ele acabava de enterrar a criança: tudo isto não é acaso, não, porque, se o fosse, o acaso parecia-se muito com a Providência.

— Então vejamos, senhor corso, suponhamos que é a Providência; eu suponho sempre tudo quanto se quer; ademais, devem-se fazer concessões aos espíritos enfermos. Vejamos, evoque os seus espíritos e conte-me tudo isso.

— Nunca o contei senão uma vez, e foi ao abade Busoni. Coisas destas — acrescentou Bertuccio meneando a cabeça — não se dizem senão sob o sigilo da confissão.

— Então, meu querido Bertuccio — disse o conde —, há de dar-me licença que o reenvie ao seu confessor; far-seá com ele frade cartuxo ou bernardo, e falarão dos seus segredos. Mas eu tenho medo de ter em casa um homem aterrado com semelhantes fantasmas; não gosto de que os meus familiares se não atrevam a passear à noite no meu jardim. E confesso-lhe que não gosto de visitas do comissário de polícia, porque, fique sabendo isto, Sr. Bertuccio: na Itália, não se paga à justiça senão quando ela se cala, mas na França não se lhe paga senão quando fala. Demônio! eu julgava-o um tanto corso, muito contrabandista, habilíssimo mordomo, mas vejo que tem ainda mais cordas no seu arco. Está despedido, Sr. Bertuccio.

— Oh! Sr. Conde! Sr. Conde! — exclamou o mordomo, aterrado com a ameaça —; oh! se só disso depende o eu me conservar ao seu serviço, falarei, direi tudo; e, se o deixar, então há de ser para ir ter ao cadafalso.

— Isso é outro caso — disse Monte Cristo —, mas, se quer mentir, reflita: mais vale não dizer nada.

— Não, meu senhor, juro-lhe pela salvação da minha alma, que vou dizer-lhe tudo! porque o próprio abade Busoni não sabe senão parte do meu segredo. Mas, antes disso, peço-lhe que se desvie desse plátano; olhe, a Lua vai pratear aquela nuvem, e aí, colocado como está, embrulhado nesse capote que me esconde o seu corpo e que se parece com o do Sr. de Villefort...

— Pois quê! — exclamou Monte Cristo — foi o Sr. de Villefort...

— Vossa Excelência conhece-o?

— O antigo procurador régio de Nîmes?

— Sim, senhor.

— Que casou com uma filha do marquês de Saint-Méran?

— Sim, senhor.

— E que tinha no foro a reputação de magistrado muito severo e rígido?

— Pois, senhor — exclamou Bertuccio —, esse homem de reputação irrepreensível...

— Sim.

— Era um infame.

— Ora essa! — disse Monte Cristo —; é impossível! É como lhe digo. Ah! — disse Monte Cristo — e há prova disso?

— Eu tinha-a.

— E perdeu-a, desastrado?

— Perdi; mas procurando bem, posso achá-la.

— Sim! — disse o conde. — Conte-me lá isso, Sr. Bertuccio! porque começa em verdade a interessar-me.

— E o conde, cantarolando uma ária da *Lúcia*, foi sentar-se num banco, enquanto Bertuccio o seguia evocando as suas recordações.

Bertuccio ficou em pé diante dele.

XLIV. A *vendetta*

— Desde quando quer o Sr. Conde que eu lhe exponha os fatos? — perguntou Bertuccio.

— Desde quando quiser — disse Monte Cristo —, porque não sei absolutamente nada.

— Eu julgava que o Sr. Abade Busoni tinha dito tudo a Vossa Excelência...

— Sim, ele alguma coisa me disse, mas passaram já sete ou oito anos e esqueci tudo.

— Então posso, sem receio de enfadar Vossa Excelência...

— Pode, Sr. Bertuccio, pode; far-me-á as vezes de jornal da noite.

— As coisas remontam a 1815.

— Ah! ah! — disse Monte Cristo — 1815 não foi ontem.

— Não, senhor, e contudo tenho tão presentes na memória as menores circunstâncias como se estivéssemos no dia seguinte ao terrível acontecimento. Eu tinha um irmão mais velho, que estava a serviço do imperador. Era tenente num regimento composto inteiramente de corsos. Esse irmão era o meu único amigo. Tínhamos ficado órfãos, eu aos cinco anos, ele aos dezoito; educou-me como se fosse seu filho. Em 1814, no tempo dos Bourbons, casou. O imperador regressou da ilha de Elba; meu irmão voltou logo ao serviço, e, ferido levemente em Waterloo, retirou-se com o exército para além do Líger.

— Mas está me contando a história dos Cem Dias, Sr. Bertuccio — disse o Conde —, e ela já está escrita, se não me engano.

— Desculpe Vossa Excelência, mas são necessários estes primeiros pormenores. Vossa Excelência prometeu-me que teria paciência.

— Pois conte, conte, que a minha palavra é uma só.

— Um dia recebemos uma carta. Devo dizer-lhe que habitávamos a pequena aldeia de Rogliano, na extremidade do cabo Corso; a carta era de meu irmão; dizia-nos que o exército estava licenciado, e que ele voltava, por Châtearoux, Clermont-Ferrand, Puy e Nîmes; e que, se eu tivesse algum dinheiro, lho mandasse entregar em Nîmes, em casa dum estalajadeiro nosso conhecido, com quem eu tinha algumas relações.

— De contrabando — replicou Monte Cristo.

— Valha-me Deus, Sr. Conde! a gente tem de dar ordem à vida.

— Certamente; continue.

— Como já disse a Vossa Excelência, eu estimava muito meu irmão, e por isso resolvi, em vez de mandar-lhe o dinheiro, ir levar-lho eu mesmo. Tinha de meu uns mil francos; deixei quinhentos à Assunta que era a minha cunhada, peguei os outros quinhentos, e pus-me a caminho de Nîmes. Era coisa fácil: tinha a minha barca à carga no mar, e tudo favorecia o meu projeto. Mas feito o carregamento, o vento tornou-se contrário; de forma que estivemos uns quatro ou cinco dias sem poder entrar no Rhône. Por fim, chegamos lá e subimos o rio até Arles; deixei a barca entre Bellegarde e Beaucaire, e tomei o caminho de Nîmes.

— Chegaram, não é verdade?

— É, sim, senhor; desculpará, mas, como Vossa Excelência vai ver, não digo senão as coisas absolutamente necessárias. Ora era no momento em que se realizavam as célebres carnificinas do Midi. Havia ali dois ou três bandidos chamados Trestaillon, Truphemy e Graffan, que estrangulavam nas ruas todos os suspeitos de bonapartismo. O Sr. Conde ouviu por certo falar desses assassínios?

— Vagamente; estava muito longe da França nessa época. Continue, Bertuccio.

— Quando eu entrava em Nîmes, andava-se literalmente por cima de sangue; encontravam-se a cada passo cadáveres; os assassinos, organizados em quadrilhas, matavam, roubavam e incendiavam. À vista desta carnificina, estremeci, não por mim; eu, simples pescador corso, não tinha muito que temer; antes esse tempo era muito bom para nós contrabandistas; mas por meu irmão, soldado do Império, que voltava do exército do Líger com o seu uniforme e as suas dragonas, e que, por conseguinte, tinha tudo a temer. Corri à casa do estalajadeiro. Não me enganaram os meus pressentimentos; meu irmão chegara na véspera a Nîmes, e fora assassinado mesmo à porta daquele a quem ia pedir hospitalidade. Fiz todo o possível para conhecer os assassinos, mas ninguém ousou dizer-me o nome deles, tão temidos eram. Pensei então na justiça francesa, de que tanto me tinham falado, e que nada temo, e apresentei-me na casa do procurador régio.

— E o procurador régio chamava-se Villefort? — perguntou Monte Cristo, negligentemente.

— Sim, senhor: viera de Marselha, onde tinha sido ajudante. O seu zelo valera-lhe a promoção. Dizia-se que fora um dos primeiros que anunciara ao Governo o desembarque da ilha de Elba.

— Portanto — tornou Monte Cristo —, apresentou-se a ele.

"— Senhor — disse-lhe —, meu irmão foi assassinado nas ruas de Nîmes, não sei por quem, mas a sua obrigação é sabê-lo. O senhor é aqui o chefe da justiça, e à justiça pertence vingar aqueles que não soube defender.

— E o que era seu irmão? — perguntou o procurador régio.

— Tenente no batalhão corso.

— Soldado do usurpador, nesse caso.

— Soldado dos exércitos franceses.

— Bem — replicou —, serviu-se da espada, pela espada morreu.

— Está enganado, senhor; ele morreu a punhal.

— Então que quer que lhe faça? — respondeu-me ele.

— Já lho disse, senhor, quero que o vingue.

— E de quem?

— Dos seus assassinos.

— Eu sei lá quem eles sejam?

— Mande-os procurar.

— Para quê? Seu irmão teve por aí alguma questão, e bateu-se em duelo. Todos os soldados antigos são dados a esses excessos, de que no tempo do Império se saíam bem, mas que atualmente lhes acarretam maus resultados: ora, a nossa gente do Midi nem gosta dos soldados nem dos excessos.

— Senhor — respondi-lhe —, eu nada peço para mim. Eu choro, ou vingo-me; mas meu pobre irmão tinha mulher. Se também me suceder desgraça, essa pobre criatura morrerá de fome, porque vivia só do trabalho de meu irmão. Alcance para ela uma pensão do Governo.

— Cada revolução tem as suas catástrofes — respondeu o Sr. de Villefort —; seu irmão foi vítima desta; é uma desgraça, mas o Governo não deve nada à sua família por isso. Se nós tivéssemos que julgar todas as vinganças que os partidários do usurpador tomaram dos partidários do rei, quando dispunham do poder, seu irmão seria talvez condenado à morte. O que se realizou foi uma coisa natural, porque é a lei das represálias.

— Pois quê! Senhor — exclamei —, é possível que me fale assim, senhor, um magistrado!...

— O que vejo é que os corsos são todos doidos — respondeu o Sr. de Villefort — ainda não perceberam que o seu compatriota já não é imperador. Engana-se no tempo, meu querido; dissesse-me isso há dois meses. Hoje é muito tarde; retire-se, portanto, que, se não se retira, mando-o pôr fora.

— Então! — disse-lhe eu a meia voz — como conhece os corsos, deve saber que são homens de palavra. Entende que fizeram bem em matar meu irmão, que era bonapartista, porque o senhor é realista; pois eu, que sou também bonapartista, declaro-lhe uma coisa: e é que o hei de matar. A datar deste momento, declaro-lhe *vendetta*; portanto, acautele-se, e guarde-se o melhor que puder, porque na primeira vez que nos encontrarmos a jeito a sua última hora está chegada.

E dito isto, antes que ele tornasse a si da surpresa, abri a porta e fugi.

— Ah! ah! — disse Monte Cristo — com rosto tão beatífico, faz coisas dessas, Sr. Bertuccio, e a um procurador régio! Safa! E ele sabia o que queria dizer a palavra *vendetta*?

— Sabia-o tão bem que, desde aquele momento, não tornou a sair só e encafuou-se em casa, mandando a sua gente procurar-me por toda parte. Felizmente, porém, estava tão bem escondido, que não pôde dar comigo. Ganhou-o então o medo; tremeu de se conservar por mais tempo em Nîmes; solicitou a sua transferência, e, como era homem influente, foi nomeado para Versalhes; mas, como o Sr. Conde sabe, não há distância para um corso que jurou vingar-se do seu inimigo, e a carruagem dele, por mais que andasse, nunca me levou dianteira maior do que meio dia, embora eu a seguisse a pé.

O importante não era matá-lo, cem vezes tive ocasião para isso; era matá-lo sem ser descoberto e principalmente sem ser preso. Eu já não podia dispor de mim; tinha de proteger e sustentar minha cunhada. Durante três meses espreitei o Sr. de Villefort; durante três meses não deu um passo, um passeio, que os meus olhos não o seguissem para onde quer que fosse. Por fim, descobri que vinha misteriosamente a Auteuil; segui-o também e vi-o entrar nesta casa onde estamos; mas, em lugar de entrar como toda a gente pela porta da rua, viesse a cavalo ou de carruagem, deixava a carruagem ou o cavalo na estalagem, e entrava pela portinha que ali se vê.

Monte Cristo fez com a cabeça um sinal, que provava que no meio da escuridão distinguia efetivamente a entrada indicada por Bertuccio.

— Portanto, não precisava estar em Versalhes; vim para Auteuil e indaguei. Se quisesse apanhá-lo, era evidentemente aqui que devia deitar-lhe o laço.

A casa pertencia, como o guarda-portão disse a Vossa Excelência, ao Sr. de Saint-Méran, sogro de Villefort. O Sr. de Saint-Méran habitava em Marselha, e por conseguinte era-lhe inútil esta casa de campo; por isso se dizia que a acabava de alugar a uma viúva moça, que só era conhecida pelo título de baronesa.

O fato é que, espreitando uma noite por cima do muro, vi uma mulher moça e bela passeando só neste jardim, que nenhuma janela estranha dominava; olhava freqüentemente para o lado da porta, e portanto compreendi que esperava nessa noite o Sr. de Villefort. Quando passou ao pé de mim, apesar da escuridão, pude distinguir-lhe as feições, e vi uma linda moça de dezoito a dezenove anos, alta e loira. Como usava um simples penteador e nada lhe apertava a cintura, notei que andava grávida e que a gravidez parecia muito adiantada.

Alguns momentos depois abriu-se a porta; entrou um homem; a

senhora correu o mais depressa que pôde ao encontro dele; lançaram-se nos braços um do outro, beijaram-se com ternura e dirigiram-se para a casa.

Esse homem era o Sr. de Villefort.

Julguei que à saída, principalmente se saísse de noite, devia atravessar só o jardim em todo o comprimento.

— E — perguntou o conde — soube depois o nome dessa mulher?

— Não, Sr. Conde — respondeu Bertuccio —; vai ver que não tive tempo de sabê-lo.

— Continue.

— Nessa noite — tornou Bertuccio — poderia talvez ter matado o procurador régio; mas não conhecia ainda bem o jardim. Tive receio de não o matar instantaneamente, e, se alguém lhe acudisse aos gritos, de não poder fugir. Deixei a empresa para a vez seguinte, e, para que nada me escapasse, aluguei um quarto na mesma rua defronte do muro do jardim.

Três dias depois, pelas sete horas da noite, vi sair de casa um criado a cavalo, que tomou o caminho que conduzia à estrada de Sèvres; presumi que ia a Versalhes. Não me enganava. Daí a três horas, voltou o homem coberto de poeira: tinha dado conta da sua mensagem. Dez minutos depois, outro homem a pé, embrulhado num capote, abria a portinha do jardim, que se fechou logo.

Desci rapidamente. Embora não tivesse visto a cara de Villefort, conheci-o pelo bater do meu coração: atravessei a rua, e fui até um marco situado na esquina do muro, e com cujo auxílio espreitava para o jardim.

Desta vez não me contentei em espreitar, tirei a minha faca da algibeira, certifiquei-me de que a outra ponta estava bem afiada, e saltei por cima do muro.

O meu primeiro cuidado foi correr para a porta, de que ele tinha deixado a chave por dentro, tomando a simples precaução de lhe dar duas voltas.

Não havia, pois, coisa que impedisse a minha fuga por este lado.

Passei a estudar as localidades.

O jardim formava um quadrilongo, no meio estendia-se um tabuleiro de relva, e nos ângulos desse tabuleiro havia grupos de árvores copadas e de flores de outono.

Para ir da casa à porta ou da porta a casa, quer entrasse, quer saísse, o Sr. de Villefort tinha de passar perto de um desses grupos de árvores.

Eram fins de setembro; o vento soprava com força; uma Lua pálida e velada a cada instante por grossas nuvens, que deslizavam rapidamente no céu, embranquecia o saibro das ruas que conduziam a casa, mas não penetrava na escuridão produzida pelas árvores copadas e debaixo das quais podia esconder-se um homem sem receio de que o vissem.

Escondi-me no grupo de árvores por onde Villefort devia passar; mal cheguei lá, pareceu-me ouvir gemidos, no meio das lufadas de vento que faziam vergar as árvores por cima da minha cabeça.

Mas, o Sr. Conde sabe, ou melhor, não sabe, que a quem espera o momento de cometer um assassínio se afigura sempre ouvir gritos surdos no ar.

Decorreram duas horas, durante as quais repetidas vezes se me afigurou ouvir gemidos.

Deu meia-noite.

Vibrava ainda a última pancada lúgubre e retumbante quando vi uma luz fraca alumiar as janelas da água-furtada por onde descemos ainda agora!

Abriu-se a porta, e tornou a aparecer o homem do capote.

Era o momento terrível; mas havia tanto tempo que me preparava para esse momento, que nada em mim fraquejou; tirei a faca, tinha-a na mão, e estava pronto.

O homem do capote veio direto a mim; mas à proporção que caminhava no espaço descoberto, parecia-me notar que trazia uma arma na mão direita; tive medo, não de uma luta, mas de não colher bom êxito.

Quando chegou a poucos passos de mim, conheci que o que se me afigurara uma arma era tão-somente uma enxada.

Não pudera ainda adivinhar com que intuito o Sr. de Villefort trazia uma enxada na mão, quando ele parou ao pé das árvores, lançou os olhos em volta de si, e entrou a abrir uma cova na terra.

Foi então que percebi que trazia o quer que fosse no capote, que acabava de pôr em cima da relva para ter os movimentos mais desembaraçados.

Confesso que então se juntou ao meu ódio alguma curiosidade; quis ver o que o Sr. de Villefort ia ali fazer; conservei-me imóvel, sem espirar: esperei.

Assaltou-me depois uma idéia, que se confirmou ao ver o procurador régio tirar do capote um cofre de dois pés de comprimento e de seis a oito polegadas de largura.

Deixei-o meter o cofre na cova, que cobria com a terra; e depois calcou com os pés essa terra para fazer desaparecer os vestígios da sua obra noturna.

Atirei-me então a ele e enterrei-lhe a faca no peito, dizendo-lhe:

"Sou Giovanni Bertuccio! a sua morte por meu irmão, o seu tesouro para a sua viúva: bem vê que a minha vingança é mais completa ainda do que eu esperava."

Não sei se ouviu estas palavras; não o creio, porque caiu sem soltar um grito; senti-lhe o sangue quente espirrar-me para as mãos e para o rosto —, mas eu não estava ébrio, estava em delírio; aquele sangue refrescava-me em vez de me escaldar.

Num segundo desenterrei o cofre, com a enxada; e depois, para que não se visse que o tinha tirado, enchi a cova, atirei a enxada por cima do muro, e corri para a porta, que fechei por fora e de que levei a chave.

— Bom! — disse Monte Cristo —; era, segundo vejo, um homicídio aditado com um roubo.

— Não, Sr. Conde — respondeu Bertuccio —, era uma *vendetta* seguida de restituição.

— E a soma, que tal era?

— Não era dinheiro.

— Ah! sim, agora me lembro — disse Monte Cristo —; não me falou de uma criança?

— Justamente. Corri à ribeira, sentei-me à borda, e impaciente por saber o que o cofre continha, arrombei-lhe a fechadura com a faca.

Numa fralda de fina cambraia estava embrulhada uma criança recém-nascida; o seu rosto vermelho, e as mãos arroxeadas anunciavam que teria sucumbido a uma asfixia causada por ligamentos naturais enrolados em volta do pescoço; entretanto, como não estava ainda fria, hesitei em atirá-la para a água que me corria aos pés. E o fato é que, um instante depois, se me afigurou sentir-lhe uma leve pulsação na região do coração; desembaracei-lhe o pescoço do cordão que o envolvia, e, como tinha sido enfermeiro no hospital de Bastia, fiz o que faria um médico em iguais circunstâncias; isto é, insuflei-lhe corajosamente ar nos pulmões, e depois de um quarto de hora de esforços inauditos, vi-a respirar e ouvi um grito escapar-se-lhe do peito.

Também eu soltei um grito, mas um grito de alegria. "Deus não me amaldiçoa, disse comigo, porque permite que eu restitua a vida a uma criatura humana, em troca da vida que tirei a outra!"

— E o que fez da criança? — perguntou Monte Cristo —; era bagagem muito incômoda para um homem que tinha necessidade de fugir.

— Por isso nem por um instante tive a idéia de ficar com ela. Mas sabia que existia em Paris um hospício, onde se recebem essas pobres criaturas. Quando passei a barreira, declarei que tinha achado aquela criança na estrada e tomei informações. Estava ali o cofre, que fazia fé; as roupas de cambraia indicavam que a criança pertencia a pais ricos; o sangue de que eu estava coberto tanto podia ser da criança como de outra pessoa. Não me puseram objeção; indicaram-me o hospício, que ficava situado ao cimo da Rua do Enfer; e depois de ter tomado a precaução de cortar a fralda ao meio, de modo que uma das duas letras que a marcavam continuasse junta ao corpo da criança, e eu ficasse com a outra, meti o fardo na roda, puxei a campainha e passei a correr.

Quinze dias depois tinha voltado para Rogliano, e dizia a Assunta:

— Console-se, minha irmã; Israel morreu, mas vinguei-o.

Então me pediu a explicação destas palavras, e contei-lhe o que se passara.

— Giovanni — disse-me Assunta —, devia ter trazido a criança, faríamos para com ela as vezes dos pais que perdeu; chamar-lhe-íamos Benedetto, e, em favor dessa boa ação, Deus abençoar-nos-ia.

Como única resposta, dei-lhe metade da fralda que conservava, para reclamar a criança quando estivéssemos em melhores circunstâncias.

— E com que letras era marcada essa fralda? — perguntou Monte Cristo.

— Com um H e um N, tendo uma coroa de barão sobreposta.

— Creio, Deus me perdoe, que está se servindo de termos de brasão, Sr. Bertuccio! Onde diabos fez os seus estudos heráldicos?

— Ao seu serviço, Sr. Conde, onde se aprende tudo.

— Continue, tenho curiosidade de saber duas coisas.

— O quê, Sr. Conde?

— O que foi feito desse pequenino; não me disse que era um pequenito, Sr. Bertuccio?

— Não, Sr. Conde; não me lembro de lhe ter falado nisso.

— Ah! pareceu-me que tinha ouvido, é que me enganei.

— Não, não se enganou, porque era efetivamente um rapaz; mas Vossa Excelência desejava saber duas coisas: o que era a segunda?

— A segunda era o crime de que se acusou quando pediu um confessor, e que o abade Busoni foi, por esse pedido, ter com você à prisão de Nîmes.

— Isso é uma história muito comprida, Sr. Conde.

— Que importa? são apenas dez horas, e o senhor sabe que não durmo, e suponho que pela sua parte não tem muita vontade de dormir.

Bertuccio curvou-se, e continuou a narração.

— Em parte para repelir as recordações que me assaltavam, em parte para ocorrer às necessidades da pobre viúva, entreguei-me com ardor ao mister de contrabandista, que se tornara mais fácil pelo desprezo das leis, que segue sempre às revoluções. As costas do Midi, principalmente, eram mal guardadas, por causa das revoltas eternas que se davam, ora em Avignon, ora em Nîmes, ora em Uzès. Aproveitamo-nos da espécie de tréguas que nos era concedida pelo Governo, para assentar relações com todo o litoral. Depois do assassínio de meu irmão nas ruas de Nîmes, não quis tornar a entrar naquela cidade. Resultou daí que o estalajadeiro com quem tínhamos negócios, vendo que não queríamos ir até ele, veio até nós e fundou uma sucursal da sua hospedaria na estrada de Bellegarde a Beaucaire, com a tabuleta de Ponte da Gard.

Tínhamos assim, quer do lado de Aigues-Mortes, quer do lado de Martigues, ou do de Bouc, uma dúzia de armazéns, onde depositávamos as nossas mercadorias, e onde, em caso de necessidade, achávamos refúgio contra os empregados da alfândega e os gendarmes.

Não há ocupação que renda muito mais do que a de contrabandista, quando a ela se aplica certa inteligência ajudada por algum vigor; eu, que vivia nas montanhas, tinha então duplicada razão para temer gendarmes e empregados da alfândega, por isso que qualquer chamamento perante os juízes podia produzir um inquérito, e esse inquérito é sempre uma excursão pelo passado, e no meu passado, podia-se encontrar alguma coisa mais do que charutos importados por contrabando ou barris de aguardente circulando sem guia.

Por isso, preferindo mil vezes a morte a uma captura, fazia coisas admiráveis, e que mais de uma vez me provaram que o demasiado cuidado que temos com o nosso corpo é talvez o único obstáculo para o bom êxito dos nossos projetos, que careçam de uma decisão rápida ou por vezes de execução rigorosa e determinada.

E o fato é que, quando se faz o sacrifício da vida, não se é igual aos outros homens, ou melhor, os outros homens não são iguais, e quem toma essa resolução sente no mesmo instante decuplicarem-lhe as forças e alargar-se-lhe o horizonte.

— Filosofia, Sr. Bertuccio! — interrompeu o conde —; mas o senhor tem feito de tudo um pouco na sua vida?

— Oh! desculpe-me, Sr. Conde.

— Não, não! é que a estas horas, dez e meia da noite, é um pouco tarde para filosofia. Mas não tenho outra observação a fazer, por isso que acho a sua exata, o que se não pode dizer de todas as filosofias.

— As minhas excursões tornaram-se pois cada vez mais extensas e cada vez mais frutíferas. Assunta era boa dona de casa e a nossa fortuna ia crescendo. Um dia, que parti para uma viagem:

"— Vai — disse-me ela —, e na volta, hei de fazer-lhe uma surpresa."

Interroguei-a inutilmente; não quis dizer-me nada e parti.

A viagem durou perto de seis semanas: fomos a Luca buscar azeite e a Livourne buscar algodões ingleses; o nosso desembarque fez-se sem contrariedade.

Realizamos os nossos lucros e voltamos todos contentes.

Ao entrar em casa, a primeira coisa que vi no lugar mais aparente do quarto de Assunta, num berço suntuoso relativamente ao resto do aposento, foi uma criança de sete a oito meses.

Soltei um grito de alegria.

Os únicos momentos de tristeza que experimentara depois do assassínio do procurador régio tinham-me sido causados pela exposição daquela criança.

Escusado é dizer que remorsos do assassínio não os tinha tido.

A pobre Assunta adivinhara tudo: aproveitara a minha ausência, e, munida de metade da fralda, tendo tomado nota, para nada esquecer, do dia e da hora exata em que a criança tinha sido exposta no hospício, partira para Paris, e fora pessoalmente reclamá-la.

Não lhe puseram objeção, e a criança foi-lhe entregue.

— Ah! confesso, Sr. Conde, que vendo aquela pobre criatura dormir no seu berço se me apertou o coração e me caíram lágrimas dos olhos.

— Em verdade, Assunta — exclamei —, é uma mulher digna, a Providência a abençoará!

— Isso — disse Monte Cristo — é menos exato do que a sua filosofia; é verdade que não tinha essa fé.

— Ai! Sr. Conde — replicou Bertuccio —, tem muita razão, e foi esse pequeno mesmo que Deus encarregou do meu castigo.

Nunca natureza mais perversa se declarou tão prematuramente, contudo não se dirá que foi mal educado, porque minha irmã tratava-o como filho de um príncipe; era um rapaz de rosto encantador, com olhos azuis cor de louça chinesa, que se harmonizavam muito bem com o branco de leite da cor geral; mas os cabelos, de um louro muito vivo, davam-lhe à cara um aspecto singular, que lhe duplicava vivacidade do olhar e a malícia do sorriso.

Desgraçadamente há um provérbio que diz que o ruivo é muito mau; o provérbio não mentiu com relação a Benedetto, que desde a sua juventude se mostrou péssimo.

É verdade também que a meiguice da que lhe servia de mãe lhe animou as primeiras tendências; o pequeno, para quem minha pobre irmã ia ao mercado da cidade, que ficava a quatro ou cinco léguas de distância, comprar os primeiros frutos e os doces mais delicados, preferia às laranjas de Palma e às conservas de Genebra as castanhas que roubava dos vizinhos saltando os valados, ou as maçãs que eles tinham no celeiro, embora tivesse a seu dispor as castanhas e as maçãs do nosso pomar.

Um dia, teria Benedetto cinco ou seis anos, o vizinho Basílio, que, segundo o costume da nossa terra, não fechava nem a bolsa nem as jóias, porque o Sr. Conde sabe tão bem como ninguém que na Córsega não há ladrões, o vizinho Basílio queixou-se de que lhe desaparecera da bolsa um luís; pensamos que teria contado mal, porém ele declarou que tinha certeza de que lhe faltava.

Nesse dia, Benedetto saíra de casa pela manhã, e estávamos muito inquietos, quando à noite o vimos voltar arrastando um macaco, que tinha achado, dizia ele, preso ao tronco de uma árvore.

Havia um mês que todo o desejo do maldito rapaz, que não sabia que havia de imaginar, era ter um macaco.

Decerto lhe inspirara a mania um pelotiqueiro que passara em Rogliano, e que tinha muitos desses animais, cujos exercícios tanto lhe haviam agradado.

— Não se encontram macacos nos nossos bosques — disse-lhe eu — e principalmente macacos presos; confessa-me pois como foste arranjar este.

Benedetto sustentou a mentira e acompanhou-a com pormenores, que davam mais honra à sua imaginação do que à sua veracidade: irritei-me, desatou a rir; ameacei-o, recuou dois passos.

— Não pode bater-me — disse —, não tem direito para o fazer porque não é meu pai.

Ignoramos sempre quem lhe revelara o fatal segredo que lhe ocultáramos todavia com o maior cuidado.

Seja como for, esta resposta, em que o rapaz se revelava todo, quase me espantou; a mão erguida caiu efetivamente sem tocar no culpado; o pequeno triunfou, e essa vitória deu-lhe tanta audácia, que desse momento em diante todo o dinheiro de Assunta, cujo amor parecia aumentar à proporção que ele se mostrava menos digno dele, foi empregado em caprichos, a que ela não sabia opor-se, em loucuras, que não tinha coragem para impedir.

Quando eu estava em Rogliano, ainda as coisas caminhavam razoavelmente; mas, logo que de lá saía, Benedetto era o dono da casa, e tudo andava mal.

Da idade de onze anos apenas, escolhia para companheiros rapazes de dezoito ou vinte anos, os mais mal-comportados de Bastia e de Corte, e já, por causa de algumas travessuras que mereciam nome mais sério, a justiça nos avisara.

Eu andava aterrado; as informações podiam ter conseqüências funestas, e eu tinha justamente que sair da Córsega para uma expedição importante.

Refleti por muito tempo, e, com o pressentimento de evitar algumas desgraças, decidi-me a levar Benedetto comigo.

Esperava que a vida ativa e rude do contrabandista e a disciplina severa de bordo mudariam aquela índole prestes a corromper-se, se é que não estava já terrivelmente corrompida.

Chamei pois Benedetto de parte e propus-lhe que fosse comigo, acompanhando à proposta de quantas promessas podem seduzir um rapaz de doze anos.

Deixou-me chegar ao fim, e quando acabei, disse-me desatando a rir:

— Está doido, meu tio? (chamava-me assim quando estava bem disposto); trocar a vida que levo pela que o tio leva! a minha boa e excelente preguiça pelo terrível trabalho que se impôs! passar a noite ao frio, o dia ao calor; esconder-me incessantemente, e quando apareça receber tiros, e tudo para ganhar algum dinheiro! Dinheiro tenho eu quanto quiser: a mãe Assunta dá-mo quando lho peço. Bem vê que era preciso que fosse muito tolo para aceitar o que me propõe!

Pasmei daquela audácia e daquele raciocínio.

Benedetto tornou a ir brincar com os seus companheiros, e vi-o de longe mostrando-me a eles como um idiota.

— Encantadora criança! — murmurou Monte Cristo.

— Oh! se me pertencesse — respondeu Bertuccio —, se fosse meu filho, ou ao menos meu sobrinho, havia de trazê-lo ao bom caminho, porque a consciência dá a força. Mas a idéia de que ia bater numa criança cujo pai tinha matado, tornava-me impossível qualquer castigo. Dei bons conselhos à minha irmã, que, nas nossas discussões, tomava sempre a defesa do desgraçado; e como me confessou que muitas vezes lhe tinham faltado somas consideráveis, indiquei-lhe um lugar onde podia esconder o nosso pequeno tesouro. A minha resolução estava tomada; Benedetto sabia ler perfeitamente, escrever e contar, porque, quando por acaso se queria dar ao trabalho, aprendia num dia o que os outros aprendiam numa semana; a minha resolução, digo, estava tomada; devia metê-lo como comissário em algum navio de longo curso, e sem o prevenir, mandá-lo agarrar uma bela manhã e levar para bordo; desse modo, e recomendando-o ao capitão, o seu futuro dependia dele.

Assente este projeto, parti para a França.

Todas as nossas operações deviam desta vez executar-se no golfo de Lyon, e essas operações tornavam-se cada vez mais difíceis, porque estávamos em 1829.

Restabelecera-se a tranqüilidade, e por conseguinte o serviço das costas tornara-se mais regular e mais severo do que nunca.

Esta vigilância ainda era aumentada momentaneamente pela feira de Beaucaire, que acabava de abrir.

Os começos da nossa expedição executaram-se sem inconveniente.

Amarramos a nossa barca, que tinha duplo fundo em que escondíamos as mercadorias, no meio de uma quantidade de barcos que orlavam as duas margens do Rhône desde Beaucaire até Arles.

Chegados ali, começamos a descarregar de noite as mercadorias proibidas, e a fazê-las passar na cidade por intermédio das pessoas que estavam em relações conosco ou dos estalajadeiros em cuja casa fazíamos depósito.

Ou porque o bom êxito nos tornasse imprudentes, ou porque fôssemos denunciados, uma tarde, pelas cinco horas, indo nós merendar, apareceu o nosso grumete todo azafamado, dizendo que tinha visto um troço de guardas da alfândega dirigir-se para o nosso lado.

Não era isso o que nos aterrava: a cada instante, e principalmente naquele momento, rondavam companhias inteiras de guardas da alfândega nas margens do Rhône, mas eram as precauções que no dizer do rapazito tomaram para não ser vistos.

Pusemo-nos a pé num instante, mas era já demasiado tarde.

A nossa barca, evidentemente objeto das suas buscas, estava cercada.

Entre os guardas da alfândega, notei alguns gendarmes; e, tão tímido à vista deles quão valente e bravo ordinariamente à vista de outro qualquer corpo militar, desci ao porão e deixei-me escorregar por uma canhoneira para o rio; e depois nadei por baixo de água não respirando senão a longos intervalos, de modo que fui parar em uma escavação que acabavam de fazer, e que comunicava o Rhône com o canal que vai de Beaucaire a Aigues-Mortes.

Quando ali cheguei, estava salvo, porque podia seguir essa escavação sem ser visto.

Cheguei pois ao canal sem novidade.

Não era por acaso e sem premeditação que eu seguira aquele caminho.

Já falei a Vossa Excelência de um estalajadeiro de Nîmes, que estabelecera na estrada de Bellegarde a Beaucaire uma pequena estalagem.

— Sim — disse Monte Cristo —, lembro-me perfeitamente. Esse digno homem, se não me engano, era até seu associado.

— É isso — respondeu Bertuccio —; mas, havia sete ou oito anos, cedera o estabelecimento a um antigo alfaiate de Marselha, que depois de se haver arruinado no seu ofício, tinha querido tentar fortuna com outro. Escusado é dizer que os ajustes que tínhamos feito com o primeiro proprietário foram mantidos com o segundo; era pois a este homem que eu tencionava pedir asilo.

— E como se chamava esse homem? — perguntou o conde, que parecia tornar a tomar algum interesse na narração de Bertuccio.

— Chamava-se Gaspar Caderousse, era casado com uma mulher da aldeia de Carconte, e que não conhecíamos por outro nome senão o da sua aldeia; era uma pobre mulher achacada pela febre dos pântanos, que se definhava. O marido era um homenzarrão de quarenta a quarenta e cinco anos, que mais de uma vez, em circunstâncias difíceis, nos havia dado provas da sua presença de espírito e da sua coragem.

— E o senhor diz — perguntou Monte Cristo — que isso se passava no ano...

— De 1829, Sr. Conde.

— Em que mês?

— No mês de junho.

— No princípio ou no fim?

— No dia três à noite.

— Ah! — disse Monte Cristo — no dia 3 de junho de 1829... Bem, continue.

— Era pois a Caderousse que eu tencionava pedir asilo; mas como de costume, e mesmo nas circunstâncias ordinárias, não entrávamos na casa dele pela porta que dava para a estrada, resolvi não alterar os nossos hábitos, galguei o muro do jardim; deixei-me ir rastejando entre as oliveiras esgrouviadas e as figueiras bravas, e, com receio de que Caderousse tivesse algum viajante na estalagem, fui a um esconso em que mais de uma vez tinha passado a noite tão bem como no melhor leito.

Esse esconso não era separado da loja da estalagem senão por um tabique de tábuas, em que haviam sido feitos buracos por nossa causa, para que pudéssemos espreitar daí o momento oportuno de fazer reconhecer que estávamos na proximidade.

Eu tencionava, se Caderousse estivesse só, preveni-lo da minha chegada, acabar na casa dele a refeição interrompida pela aparição dos guardas da alfândega, e aproveitar a trovoada que se preparava para voltar para as margens do Rhône e certificar-me do que foi feito da barca e dos que a tripulavam.

Meti-me para o esconso, e fiz bem, porque nesse mesmo momento Caderousse entrava em casa com um desconhecido.

Deixei-me estar quieto e espertei, não na intenção de surpreender os segredos do estalajadeiro, mas porque não podia fazer outra coisa; mais de dez vezes tinha acontecido já o mesmo.

O homem que acompanhava Caderousse não era evidentemente do Midi da França: era um desses negociantes forasteiros, que vão vender jóias à feira, onde afluem negociantes e compradores de toda parte da Europa, e que realizam às vezes cem ou cento e cinqüenta mil francos de vendas.

Caderousse entrou apressadamente e em primeiro lugar.

Depois, vendo a sala de baixo despejada como de costume e simplesmente guardada pelo cão, chamou a mulher.

— Olá! Carconte — disse —, o bom do padre não nos enganou; o diamante é bom.

Ouviu-se então uma exclamação de alegria, e quase imediatamente a escada estalou debaixo de uns passos pesados pela fraqueza e pela doença.

— O que diz? — perguntou a mulher, mais pálida do que uma defunta.

— Digo que o diamante é bom, e que este senhor, um dos primeiros joalheiros de Paris, está pronto a nos dar por ele cinqüenta mil francos. Mas, para ter certeza de que o diamante é nosso, pede que lhe conte, como eu já fiz, a maneira milagrosa por que o diamante veio parar-nos às mãos. Entretanto, senhor, faça o favor de se sentar, e como o tempo está carregado, vou buscar-lhe um refresco.

O joalheiro examinava com atenção o interior da estalagem e a pobreza muito visível dos que iam vender-lhe um diamante, que parecia saído do guarda-jóias de um príncipe.

— Conte, senhora — disse ele, querendo sem dúvida aproveitar a ausência do marido para que nenhum sinal da parte deste influísse na mulher, e para ver se as duas narrações combinavam uma com a outra.

— Oh! meu Deus! — disse a mulher com volubilidade — foi uma bênção do Céu, que estávamos longe de esperar. Imagine, meu marido teve relações em 1814 ou 1815 com um marinheiro chamado Edmond Dantès: esse pobre rapaz, que Caderousse tinha esquecido completamente, não o esqueceu a ele, e deixou-lhe, quando morreu, o diamante que vê.

— Mas como era ele possuidor desse diamante? — perguntou o joalheiro. — Tinha-o antes de ir para a prisão?

— Não, senhor — respondeu a mulher —; mas, na prisão, ao que parece, travou conhecimento com um inglês riquíssimo; e, como na prisão o seu companheiro de quarto caiu doente e Dantès o tratou com tantos cuidados como se fosse seu irmão, o inglês, quando foi solto, deixou ao pobre Dantès, que, menos feliz do que ele, morreu na prisão, este diamante que nos legou por morte, encarregando o digno abade que cá esteve esta manhã de no-lo entregar.

— Dizem ambos a mesma coisa — murmurou o joalheiro —; e, no fim de contas, a história pode ser verdadeira, embora pareça muito inverossímil. No que não estamos de acordo é no preço.

— O quê! não estamos de acordo?! — disse Caderousse — julgava que o senhor tinha concordado com o preço que lhe pedi.

— Quer dizer — tornou o joalheiro —, ofereci quarenta mil francos.

— Quarenta mil! — exclamou a Carconte —; não o damos por esse preço. O abade disse-nos que valia cinqüenta mil francos, e sem o engaste.

— E como se chamava esse abade? — perguntou o joalheiro.

— O abade Busoni — respondeu a mulher.

— Então era estrangeiro?

— Era um italiano dos arredores de Mantoue, creio eu.

— Mostre-me o diamante — replicou o joalheiro — para tornar a examiná-lo; às vezes avaliam-se mal as pedras à primeira vista.

Caderousse tirou da algibeira um estojo de chagrém preto, abriu-o e entregou-o ao joalheiro.

A vista do diamante, que era do tamanho de uma avelã, lembro-me como se fosse hoje, os olhos da Carconte faiscaram de cobiça.

— E o que pensava de tudo isso, senhor que escuta às portas? — perguntou Monte Cristo —; acreditava nessa fábula?

— Acreditava, sim, Sr. Conde; eu não considerava Caderousse malvado, e julgava-o incapaz de cometer um crime ou um roubo.

— Isso faz mais honra ao seu coração do que à sua experiência, Sr. Bertuccio. Conheceu o tal Edmond Dantès de quem se falava?

— Não, Sr. Conde, nunca tinha ouvido falar nele até então, e nunca mais tornei a ouvi-lo nomear senão uma vez ao próprio abade Busoni, quando o vi nas prisões de Nîmes.

— Bom! continue.

— O joalheiro tomou o anel das mãos de Caderousse, e tirou da algibeira uma pinça de aço e uma balança de cobre; e depois, afastando os ganchos de ouro que seguravam a pedra no anel, fez sair o diamante do engaste, e pesou-o minuciosamente na balança.

— Vou até quarenta e cinco mil francos — disse ele —, mas não dou um soldo mais; e, como era o que o diamante valia, trouxe esta quantia comigo.

— Isso não quer dizer nada — disse Caderousse —; eu volto com o senhor a Beaucaire para ir buscar os cinco mil francos que faltam.

— Não — disse o joalheiro, restituindo o anel e o diamante a Caderousse —; não vale mais, e já tenho pena de ter oferecido essa quantia, porque a pedra tem um defeito que não vi a princípio; mas não importa, não tenho senão uma palavra, disse quarenta e cinco mil francos, não volto atrás,

— Ao menos torne a pôr o diamante no anel — disse a Carconte com acrimônia.

— É justo — disse o joalheiro; e tornou a colocar a pedra no seu lugar.

— Bom! Bom! Bom! — disse Caderousse, metendo o estojo na algibeira — vender-seá a outro.

— Sim — replicou o joalheiro —, mas outro não será tão fácil como eu; outro não se contentará com as informações que me deram; não sendo natural que um homem como o senhor possua um diamante de cinqüenta mil francos, irá prevenir os magistrados, será preciso achar o abade Busoni, e os abades que dão diamantes de dois mil luíses são raros; a justiça começará por colocar a mão no senhor e em sua mulher, serão ambos metidos na cadeia, e, se forem reconhecidos inocentes, e os soltarem depois de três ou quatro meses de cadeia, o anel ter-seá extraviado no cartório, onde lhes darão uma pedra falsa, que valerá três francos, em vez de um diamante que vale cinqüenta mil, mas que, há de convir, bom homem, há certo risco em comprar.

Caderousse e sua mulher interrogaram-se com os olhos.

— Não — disse Caderousse —, não somos tão ricos que possamos perder cinco mil francos.

— Como quiser, meu querido amigo — disse o joalheiro —; eu tinha, contudo, como vê, trazido o dinheiro.

E tirou de uma algibeira um punhado de ouro, que fez brilhar aos olhos deslumbrados do estalajadeiro, e de outra um maço de notas do banco.

Rude combate travou-se visivelmente no espírito de Caderousse: era evidente que o estojo de chagrém, que virava e revirava na mão, não lhe parecia corresponder, como valor, à soma enorme que lhe fascinava os olhos.

Voltou-se para a mulher.

— O que diz? — perguntou-lhe baixinho.

— Dá, dá — disse ela —; se volta para Beaucaire sem o diamante vai denunciar-nos, e, como ele disse, quem sabe se poderemos reencontrar o abade Busoni!

— Vá lá! — disse Caderousse — tome lá o diamante por quarenta e cinco mil francos; mas minha mulher quer um cordão de ouro, e eu um par de fivelas de prata.

O joalheiro tirou da algibeira uma caixa comprida e chata, que continha muitas amostras dos objetos pedidos.

— Aqui têm — disse —, eu sou pronto nos negócios; escolham. A mulher escolheu um cordão de ouro que podia valer cinco luíses, e o marido um par de fivelas que podia valer quinze francos.

— Parece-me que não têm razão de queixa — disse o joalheiro.

— O abade tinha dito que valia cinqüenta mil francos — murmurou Caderousse.

— Vamos! vamos, dê cá! Que homem terrível! — replicou o joalheiro, tirando-lhe das mãos o diamante —; dou-lhe quarenta e cinco mil francos, duas mil e quinhentas libras de renda, quer dizer, uma fortuna como eu quisera ter, e não está contente!

— E os quarenta e cinco mil francos — perguntou Caderousse com voz rouca —, vejamos, onde estão?

— Aqui os tem — disse o joalheiro.

E contou em cima da mesa quinze mil francos em ouro e trinta mil em notas do banco.

— Espere que eu acenda o candeeiro — disse a Carconte — já não se vê, e pode enganar-se.

O fato é que veio a noite durante a discussão, e com a noite a trovoada que ameaçava havia meia hora.

Ouvia-se ribombar surdamente o trovão ao longe; mas nem o joalheiro, nem Caderousse, nem a Carconte parecia que davam por isso, possuídos como estavam todos os três do demônio do ganho.

Eu mesmo experimentava singular fascinação à vista de todo aquele ouro e daquela quantidade de notas.

Parecia-me que estava sonhando, e, como acontece num sonho, sentia-me pregado no meu lugar.

Caderousse contou e tornou a contar o ouro e as notas, e depois passou-os à mulher, que também os contou e tornou a contar.

Nesse meio-tempo o joalheiro fazia cintilar o diamante à luz do candeeiro, e o diamante despedia relâmpagos, que lhe faziam esquecer os precursores da trovoada, que ameaçavam inflamar tudo quanto encontrassem.

— E daí, está a conta certa? — perguntou o joalheiro.

— Está certa — disse Caderousse. — Dá cá a carteira e vai buscar o saco, Carconte.

A Carconte foi a um armário e voltou trazendo uma carteira velha de couro, de que se tiraram algumas cartas ensebadas, e em cujo lugar foram postas as notas, e um saco em que estavam encerrados dois ou três escudos de seis libras, que provavelmente compunham a fortuna do mísero casal.

— Embora — disse Caderousse — nos engolisse talvez uns dez mil francos, quer o senhor cear com a gente? É de boa vontade.

— Obrigado — disse o joalheiro —; vai-se fazendo tarde, e tenho que voltar para Beaucaire; minha mulher ficaria com cuidado.

Tirou o relógio.

— Com os diabos! — exclamou — são quase nove horas, já não chego a Beaucaire antes da meia-noite. Adeus, meus amigos: se tornarem a ter visitas de abades Busonis, lembrem-se de mim.

— Daqui a oito dias já o senhor não está em Beaucaire — disse Caderousse —, porque a feira acaba para a semana.

— Não, mas isso não quer dizer nada; escreva-me para Paris, a Joannès, no Palácio Real, Galeria de Pedra n.º 15, que farei expressamente a jornada, se valer a pena.

Ribombou um trovão, acompanhado por um relâmpago tão vivo, que venceu a claridade do candeeiro.

— Oh! Oh! — disse Caderousse — quer partir por bom tempo?

— Não tenho medo de trovões — disse o joalheiro.

— E dos ladrões? — perguntou a Carconte. — A estrada não é muito segura, durante a feira.

— Ora, com que obsequiar os ladrões tenho eu!

E tirou da algibeira um par de pistolas carregadas até a boca.

— Aqui estão cães que ladram e ao mesmo tempo mordem: são para os primeiros dois que desejarem o seu diamante, Tio Caderousse.

Caderousse e a mulher trocaram um olhar sombrio.

Parece que os assaltara ao mesmo tempo um pensamento terrível.

— Então, boa-viagem! — disse Caderousse.

— Obrigado! — disse o joalheiro.

Pegou a bengala, que tinha encostada a um baú, e saiu.

No momento em que abriu a porta entrou tamanha lufada de vento, que se ia apagando o candeeiro.

— Oh! — disse ele — que bonito tempo! e tenho que andar luas léguas debaixo dele!

— Fique — disse Caderousse —, durma aqui.

— Sim, fique — disse a Carconte com voz trêmula —; teremos muito cuidado no senhor.

— Não; tenho de ir pernoitar em Beaucaire. Adeus.

Caderousse foi lentamente até a porta.

— Não se vê um palmo de terra — disse o joalheiro, já fora da porta. — Hei de tomar para a direita ou para a esquerda?

— Para a direita — disse Caderousse —; não há que enganar, a estrada é orlada de árvores.

— Bom, cá vou — disse a voz, quase perdida na distância.

— Fecha a porta! — disse a Carconte — não gosto das portas abertas quando troveja.

— E quando há dinheiro em casa, não é verdade? — respondeu Caderousse, dando duas voltas à fechadura.

Entrou, foi ao armário, tirou o saco e a carteira, e tornaram ambos a contar, pela terceira vez, o seu ouro e as suas notas.

Nunca vi expressão igual à daqueles dois rostos, de que o reles candeeiro iluminava a cobiça.

A mulher, principalmente, era hedionda; o tremor febril que animava habitualmente duplicava.

O rosto de pálido tornara-se lívido; os olhos encovados dardejavam.

— Então para que foi — perguntou ela com voz abafada — que lhe ofereceu para ficar aqui?

— Mas — respondeu Caderousse, estremecendo — para não ter o incômodo de voltar para Beaucaire.

— Ah! — disse a mulher, com expressão impossível de descrever — julgava que era para outra coisa.

— Mulher! mulher! — exclamou Caderousse. — Por que tem semelhantes idéias, e por que, tendo-as, não as guardas para você?

— Deixá-lo — disse a Carconte depois de um instante de silêncio —, você não é homem!

— O que diz? — perguntou Caderousse.

— Se fosse homem, não tinha ele saído daqui.

— Mulher!

— Ou não chegaria a Beaucaire.

— Mulher!

— Ouça, a estrada faz um cotovelo, e ele é obrigado a ir pela estrada, mas ao longo do canal há um atalho.

— Mulher, você ofende a Deus! Olha, ouça...

E o certo é que se ouviu um medonho trovão ao mesmo tempo em que um relâmpago azulado aclarava toda a sala, e o raio, sumindo-se lentamente, pareceu afastar-se como com pesar da casa maldita.

— Ih, Jesus! — disse a Carconte, persignando-se.

No mesmo instante, e no meio do silêncio de terror que segue ordinariamente aos trovões, ouviu-se bater à porta.

Caderousse e a mulher estremeceram e olharam um para o outro espantados.

— Quem é? — perguntou Caderousse, levantando-se e juntando o ouro e as notas, espalhadas em cima da mesa, num monte, que tapou com as mãos.

— Eu! — disse uma voz.

— Quem?

— Joannès, o ourives!

— Então dizia você — tornou a Carconte, com medonho sorriso — que eu ofendia a Deus... Deus aí no-lo manda outra vez.

Caderousse tornou a cair, pálido e arquejando, na cadeira.

A Carconte, essa, levantou-se, indo com passo firme à porta que abriu.

— Queira entrar, Sr. Joannès — disse.

— Palavra! — disse o joalheiro, escorrendo água por todos os lados — parece que o Diabo não quer que eu volte para Beaucaire esta noite. As loucuras mais curtas são as melhores, meu querido Sr. Caderousse; ofereceu-me hospitalidade, aceito-a de boa vontade, e volto para ficar em sua casa.

A Carconte tornou a fechar a porta com duas voltas, depois de entrar o ourives.

XLV. A chuva de sangue

O joalheiro, ao entrar, circunvagou a vista perscrutadora, mas nada achou que pudesse causar-lhe suspeitas nem confirmar-lhas, se por acaso as tivesse.

Caderousse continuava a tapar com as mãos as notas e o ouro, e Carconte sorria para o hóspede com o maior agrado.

— Ah! ah! — disse o ourives — parece que receou que a conta não estivesse certa, e por isso tornou a contar o seu tesouro depois de eu partir.

— Nada — disse Caderousse —, mas o acontecimento que nos tornou possuidores dele era tão inesperado, que não o pudemos crer, e se não tivéssemos a prova material diante dos olhos, julgaríamos que fosse um sonho.

O joalheiro sorriu.

— Há viajantes na estalagem? — perguntou.

— Não — respondeu Caderousse —, não costumam pernoitar aqui; estamos muito perto da cidade, e ninguém aqui se demora.

— Então, vou incomodá-los horrivelmente?

— Incomodar-nos, meu querido senhor! — disse a Carconte com amabilidade — absolutamente nada, juro-lho.

— Vamos a ver, onde é que me deitam?

— No quarto lá de cima.

— Mas não é o seu quarto?

— Oh! não importa; temos outra cama na casa lá de dentro.

Caderousse olhou com espanto para a mulher.

O joalheiro cantarolou uma ária aquecendo as costas a um feixe de lenha, que a Carconte acabava de acender na chaminé, para enxugar o hóspede.

Neste meio-tempo trouxe para um canto da mesa, onde estendera um guardanapo, uns restos do jantar, a que juntou dois ou três ovos.

Caderousse tornou a guardar as notas na carteira e o ouro no saco, e meteu tudo no armário. Passeava de um lado para o outro, carrancudo e pensativo, levantando de vez em quando a cabeça para o ourives, que se conservava fumegando ao pé da lareira, e que, à proporção que secava de um lado, se voltava do outro.

— Quando quiser cear — disse a Carconte, trazendo uma garrafa de vinho —, a ceia está na mesa.

— E os senhores? — perguntou Joannès.

— Eu não ceio — respondeu Caderousse.

— Jantamos muito tarde — apressou-se a dizer a Carconte.

— Então ceio sozinho? — disse o ourives.

— Servi-lo-emos — respondeu a Carconte, com um desvelo que não lhe era habitual, nem sequer para com os hóspedes que melhor lhe pagavam.

De tempos a tempos Caderousse deitava sobre ele um olhar rápido como um relâmpago.

A trovoada continuava.

— Ouve? ouve? — disse a Carconte ao ourives —; fez muito bem em voltar para trás.

— Pois sim — disse o ourives —, mas se enquanto eu cear, a trovoada abranda, ponho-me a caminho.

— O vento é noroeste — disse Caderousse, meneando a cabeça —; temos por certo o tempo assim até amanhã.

E soltou um suspiro.

— Quem está mal — disse o joalheiro sentando-se à mesa — é quem anda ao tempo.

— É verdade — replicou a Carconte —, quem anda ao tempo é que não pode passar bem a noite.

O joalheiro começou a cear, e a Carconte continuou a ter para com ele todos os cuidados de uma hospedeira; ela, de ordinário tão pechosa e tão intratável, tornara-se um modelo de obséquios e polidez.

Se o ourives a tivesse conhecido antes, tamanha mudança tê-lo-ia espantado decerto e não deixaria de lhe inspirar alguma suspeita.

Caderousse, esse não dizia palavra, continuava o seu passeio, e parecia até hesitar em olhar para o hóspede.

Quando a ceia terminou, o próprio Caderousse foi abrir a porta.

— Parece que abranda a tempestade — disse.

Mas nesse mesmo instante, como para lhe dar um desmentido, um trovão terrível fez estremecer a casa, entrou uma lufada de vento com chuva à mistura, e apagou o candeeiro.

Caderousse tornou a fechar a porta; e a mulher acendeu uma vela nas brasas, que estavam a extinguir-se.

— Ó senhor — disse ela ao ourives —, há de estar cansado; a cama tem roupa lavada, suba, deite-se e durma bem.

Joannès deixou-se estar ainda por um momento para se certificar de que a tempestade não abrandava, e, quando adquiriu a certeza de que a trovoada e a chuva iam em aumento, deu as boas-noites aos donos da casa e subiu a escada.

Passava por cima da minha cabeça, e eu ouvia os degraus estalarem debaixo dos seus passos.

A Carconte seguiu-o com os olhos ávidos. Caderousse, pelo contrário, voltava-lhe as costas e nem sequer queria olhar para o lado que seguia o pobre joalheiro.

Todos estes pormenores, que me ocorreram ao espírito depois desse tempo, não me impressionaram no momento em que me passaram diante dos olhos: tudo quanto estava sucedendo era naturalíssimo, e, não falando da história do diamante, que me parecera um tanto inverossímil, não havia que estranhar.

Por isso, como eu não podia comigo de cansaço, e tencionava aproveitar o primeiro fôlego que a tempestade desse aos elementos, resolvi dormir algumas horas e sair pela noite adiante.

Eu ouvia no quarto que ficava por cima o ourives fazer todas as disposições para passar a noite o melhor possível. Dentro de pouco o leito rangeu debaixo dele; acabava de se deitar.

Fecharam-se-me os olhos, mau grado meu, e, como não tinha

suspeita alguma, não tentei lutar com o sono. Volvi um último olhar para o interior da cozinha.

Caderousse estava sentado ao pé de uma mesa comprida, num desses bancos de pau que nas estalagens fazem as vezes de cadeiras; voltava-me as costas, de modo que não podia ver-lhe a cara; e, ainda que estivesse na posição contrária, fora-me decerto impossível ver-lha, por isso que tinha a cabeça encostada às mãos.

A Carconte olhou para ele por algum tempo, encolheu os ombros, e sentou-se-lhe defronte.

Nesse momento, a chama, que estava a extinguir-se, ganhou uns restos de madeira esquecida por ela, e uma claridade mais viva alumiou a sombria casa.

A Carconte tinha os olhos pregados no marido, e, como ela continuasse na mesma posição, vi-a estender para ele a mão torta, e tocar-lhe na testa.

Caderousse estremeceu.

Pareceu-me que a mulher mexia os lábios; mas, ou porque ela falasse muito baixo, ou porque eu já tivesse os sentidos embotados pelo sono, não pude perceber-lhe palavra.

Eu já não via senão entre um nevoeiro e com a dúvida precursora do sono, durante o qual se julga que se começa um sonho.

Por fim, fecharam-se-me os olhos, e perdi a consciência de mim mesmo.

Estava no mais profundo do meu sono, quando fui despertado por um tiro de pistola, seguido de um grito terrível.

Ressoaram no sobrado do quarto alguns passos vacilantes, e veio cair uma massa inerte na escada, exatamente por cima da minha cabeça.

Não estava ainda muito senhor de mim.

Ouvia gemidos, e depois gritos abafados, como os que acompanham uma luta.

Um último grito, mais prolongado do que os outros, e que degenerou em gemidos, veio tirar-me completamente do letargo.

Levantei-me sobre um braço, abri os olhos, que nada viram nas trevas, e levei a mão à testa, em cima da qual me parecia que caía através das tábuas da escada uma chuva morna e abundante.

Aquele barulho terrível sucedera o mais profundo silêncio.

Senti por cima da minha cabeça passos de homem que fizeram estalar a escada.

O homem desceu à sala de baixo, aproximou-se da chaminé e acendeu uma vela.

Esse homem era Caderousse; tinha o rosto pálido e a camisa ensangüentada.

Acesa a vela, tornou a subir a escada a toda pressa, e ouvi-lhe de novo os passos rápidos e inquietos.

Um instante depois, tornou a descer.

Tinha na mão o estojo; certificou-se de que estava nele o diamante, tratou de ver num instante em que algibeira o guardaria; em seguida, naturalmente por não julgar a algibeira esconderijo seguro, enrolou-o no seu lenço encarnado, e atou-o ao pescoço.

Depois, correu ao armário, tirou de lá as notas e o ouro, meteu as notas num grande bolso das calças e o ouro na algibeira da véstia, pegou duas ou três camisas, e saindo apressadamente, desapareceu na escuridão.

Tornou-se então tudo lúcido e claro para mim; acusei-me do que tinha sucedido, como se fosse o verdadeiro culpado.

Afigurou-se-me que ouvia gemidos: o desgraçado joalheiro podia não estar morto, e talvez eu pudesse, levando-lhe socorro, reparar uma parte do mal, que não tinha feito, mas que tinha deixado fazer.

Meti os ombros a uma das tábuas mal unidas que separavam o esconso em que eu estava deitado da sala de baixo.

As tábuas cederam, e achei-me na casa.

Fui buscar a vela e corri para a escada; um corpo atravessado nela interrompia a passagem, era o cadáver da Carconte.

O tiro que eu ouvira tinha sido atirado sobre ela. Tinha o pescoço atravessado de lado a lado, e, além da dupla ferida, que sangrava aos borbotões, vomitava sangue pela boca.

Estava morta.

Galguei o corpo e passei.

O quarto apresentava o aspecto da mais terrível desordem.

Estavam derrubados dois ou três móveis; os lençóis, a que o desgraçado joalheiro se agarrara, arrastavam pelo chão; e ele mesmo estava deitado por terra, de cabeça encostada à parede, nadando num lago de sangue, que lhe saía de três grandes feridas recebidas no peito.

Na quarta ferida ficara uma comprida faca de cozinha, de que apenas se via o cabo.

Pus o pé em cima da segunda pistola, que não se descarregara; a pólvora estava provavelmente molhada.

Aproximei-me do joalheiro; não estava morto efetivamente; ao ruído que fiz, ao estalar do sobrado, principalmente, abriu os olhos espantados, chegou a fitá-los em mim, por um instante, mexeu os lábios como se quisesse falar, e expirou.

Tão horrendo espetáculo ia-me fazendo enlouquecer; desde o momento em que não podia já socorrer ninguém, só sentia uma necessidade, era de fugir.

Precipitei-me para a escada, enterrando as mãos nos cabelos e soltando um rugido de terror.

Na sala de baixo estavam seis guardas da alfândega e dois ou três gendarmes, um regimento armado.

Renderam-me; nem tentei resistir; não era já senhor dos meus sentidos.

Tentei falar, não pude, e o mais que fiz foi soltar alguns gritos inarticulados.

Vi que os guardas da alfândega e os gendarmes me apontavam com o dedo; baixei os olhos para mim, estava todo coberto de sangue.

A chuva morna que sentira cair em cima de mim através das tábuas da escada era o sangue da Carconte.

Mostrei com o dedo o lugar onde estava escondido.

— O que quer ele dizer? — perguntou um gendarme.

Um guarda da alfândega foi ver.

— Quer dizer que passou por ali.

E mostrou o buraco por onde eu tinha com efeito passado. Compreendi então que me tomavam pelo assassino.

Recuperei a voz, recuperei a força; desvencilhei-me das mãos dos dois homens que me seguravam, bradando.

— Não fui eu! não fui eu!

Dois gendarmes apontaram para mim as carabinas.

— Se fizer um movimento — disseram —, morre!

— Mas — exclamei — repito-lhes que não fui eu!

— Isso é com os juízes de Nîmes — responderam eles. — Agora acompanha-nos, e, se quer um bom conselho, não oponha resistência.

Não era essa a minha intenção, estava extenuado pelo espanto e pelo terror.

Puseram-me algemas, ataram-me à cauda de um cavalo e conduziram-me a Nîmes.

Eu fora seguido por um guarda da alfândega; perdera-me de vista nas proximidades da cerca, e desconfiara de que passaria nela a noite; fora portanto prevenir os camaradas, que tinham chegado exatamente para ouvirem o tiro de pistola e apanharem-me no meio de provas tais de culpabilidade, que logo compreendi a dificuldade que teria de fazer reconhecer a minha inocência.

Por isso me lembrei só de uma coisa: o meu primeiro pedido ao juiz de instrução do processo foi que mandasse chamar um certo abade Busoni, que tinha estado precisamente naquele dia na estalagem da Ponte do Gard.

Se Caderousse tinha inventado uma história, se não existisse tal abade, era evidente que eu estava perdido, a menos que Caderousse fosse também agarrado e confessasse tudo.

Decorreram dois meses, durante os quais, devo dizê-lo em louvor do meu juiz, se fizeram todas as diligências para achar quem eu pedia.

Tinha perdido já todas as esperanças.

Caderousse não fora apanhado.

Eu ia ser julgado na primeira audiência, quando, em oito de setembro, quer dizer, três meses e cinco dias depois do acontecimento, o abade Busoni, a quem já não esperava, se apresentou na cadeia, dizendo que um preso desejava falar-lhe.

Soubera do caso em Marselha, dizia ele, e dera-se pressa em satisfazer os meus desejos.

Vossa Excelência pode compreender com quanto ardor o recebi: contei-lhe tudo de quanto fora testemunha; falei com inquietação na história do diamante; contra o que esperava, era de todo o ponto verdadeira; e contra o que esperava também, o abade acreditou inteiramente em tudo quanto eu lhe disse.

Foi então que, arrastado pela sua doce caridade, reconhecendo nele profundo conhecimento dos costumes do meu país, pensando que dos seus lábios caritativos podia talvez sair o perdão do único crime que cometi, lhe contei, sob o sigilo da confissão, a aventura de Auteuil com todos os pormenores.

O que eu fizera por impulso próprio teve o mesmo resultado que se o tivesse feito por cálculo; a confissão do primeiro assassínio, que nada me obrigava a revelar, provou-lhe que eu não tinha cometido o segundo, e ele deixou-me, ordenando-me que esperasse, e prometendo fazer tudo quanto estivesse a seu alcance para convencer da minha inocência os juízes.

Tive a prova de que com efeito se ocupara de mim, quando vi minorar gradualmente o rigor da minha prisão, e quando soube que se esperava pelas audiências seguintes para me julgarem.

Nesse intervalo, a Providência permitiu que Caderousse fosse agarrado no estrangeiro e conduzido para a França.

Confessou tudo, excetuando a premeditação e sobretudo o ter ido indigitado pela mulher.

Foi condenado a galés por toda a vida, e eu fui posto em liberdade.

— E foi então — disse Monte Cristo — que se apresentou em minha casa com uma carta do abade Busoni.

— Sim, Sr. Conde, o abade tinha tomado por mim um interesse visível. O seu ofício de contrabandista há de perdê-lo, disse-me; se sair daqui, abandone-o.

— Mas, senhor Padre — perguntei —, como quer que eu viva e faça viver minha pobre irmã?

— Um dos meus confessados — respondeu-me ele — tem por mim muita estima, e encarregou-me de lhe arranjar um homem de confiança. Se o senhor quer ser esse homem, dirigi-lo-ei a ele.

— Oh! senhor Padre — exclamei —, tanta bondade!

— Mas há de jurar-me que nunca terei de me arrepender.

Estendi a mão para fazer o juramento.

— É inútil — disse ele —, conheço e estimo os corsos; é essa a minha recomendação.

E escreveu a carta, que entreguei a Vossa Excelência e em virtude da qual Vossa Excelência teve a bondade de me tomar para o seu serviço. Agora, pergunto-o com orgulho ao Sr. Conde, dei-lhe alguma vez motivo de queixa?

— Não — respondeu o conde —, e, confesso-o com prazer, o Sr. Bertuccio é um bom servidor, embora não tenha confiança em mim.

— Eu, Sr. Conde?!

— Sim, o senhor. Pois tem uma irmã e um filho adotivo, e nunca me falou nem dela nem dele?

— Ai! Sr. Conde, é que me resta dizer-lhe a parte mais triste da minha vida. Parti para a Córsega. Tinha pressa, como pode compreender, de tornar a ver e de consolar minha pobre irmã; mas, quando cheguei a Rogliano, achei a casa de nojo; tinha havido uma cena horrível e de que os vizinhos conservam ainda lembrança! Minha pobre irmã, seguindo os meus conselhos, resistia às exigências de Benedetto, que, a todos os instantes, queria que lhe fosse entregue todo o dinheiro que havia em casa. Uma manhã, ameaçou-a e não apareceu todo o dia. Ela chorou, porque a pobre Assunta tinha para com o miserável um coração de mãe. Chegou a noite, esperou-o sem se deitar. Quando às onze horas ele se recolheu com dois amigos, companheiros ordinários de todas as loucuras, abriu-lhe os braços; eles porém agarraram-na, e um dos três (tremo de que fosse aquele rapaz diabólico), um dos três exclamou:

— Submetamo-la a torturas, e ela há de confessar onde tem o dinheiro.

O vizinho Basílio estava nessa ocasião em Bastia; só a mulher ficara em casa.

Ninguém, exceto ela, podia ver nem ouvir o que se passava na casa de minha irmã.

Dois agarraram a pobre Assunta, que, não podendo crer na possibilidade de semelhante crime, sorria para os que iam ser seus carrascos; o terceiro foi atravancar portas e janelas; depois voltou, e, todos os três reunidos, sufocando os gritos que o terror lhe arrancava perante esses preparativos mais sérios, chegaram os pés de Assunta ao braseiro com que contavam para obrigar a confessar onde estava escondido o nosso pequeno tesouro; mas, na luta, pegou-se-lhe o fogo à roupa: largaram então a padecente, para não se queimarem.

Toda em chamas, ela correu para a porta, mas a porta estava fechada.

Correu para a janela, mas a janela estava atravancada.

A vizinha ouviu então gritos horríveis: era Assunta que pedia socorro.

Em pouco tempo foi-lhe sufocada a voz; os gritos degeneraram em gemidos; e no dia seguinte, depois de uma noite de terror e de angústias, quando a mulher de Basílio se arriscou a sair de casa e fez abrir a nossa porta pelo juiz, achou-se Assunta meio queimada, mas respirando ainda, os armários arrombados, e o dinheiro roubado.

Benedetto, esse saíra de Rogliano para não mais lá voltar; desde esse dia não tornei a vê-lo, nem tornei a ouvir falar nele.

— Foi — continuou Bertuccio — depois de ter sabido essas notícias que me apresentei a Vossa Excelência. Não tinha já que lhe falar de Benedetto, porque desaparecera, nem de minha irmã, porque tinha morrido.

— O que pensou desse acontecimento? — perguntou Monte Cristo.

— Que era o castigo do crime que eu cometera — respondeu Bertuccio. — Ah! a raça dos Villeforts era maldita.

— Assim o creio — murmurou o conde com uma inflexão lúgubre.

— E agora — tornou Bertuccio — compreende Vossa Excelência como esta casa, que não tornei a ver desde o crime, como este jardim, onde me achei de repente, como este lugar, onde matei um homem, me causaram as tristes comoções de que Vossa Excelência quis saber a origem; porque, enfim, não tenho a absoluta certeza de que diante de mim, aqui, a meus pés, não esteja deitado o cadáver do Sr. de Villefort na cova que havia feito para o filho...

— Tudo pode ser — disse Monte Cristo, levantando-se do banco em que estava sentado —; e até — acrescentou em voz baixa — pode suceder que o procurador régio não seja morto. O abade Busoni fez muito bem em mandá-lo para mim. E o senhor também fez bem em me contar a sua história, porque assim não pensarei mal a seu respeito. E nunca procurou saber o que era feito do tal Benedetto?

— Nunca. Se soubesse onde estava, em vez de ir procurá-lo,

fugiria dele como de um monstro. Não, felizmente nunca ouvi a ninguém falar nele; é de crer que morresse.

— Não creia, Bertuccio — disse o conde —; os maus não morrem, assim, porque parece que Deus os protege para fazer deles o instrumento das suas vinganças.

— Seja — disse Bertuccio. — O que peço a Deus é não tornar a vê-lo. Agora — continuou o mordomo, baixando a cabeça — sabe tudo, Sr. Conde; é o meu único juiz neste mundo, como Deus o será no outro; não me dirá algumas palavras de consolação?

— Tem razão, com efeito, e posso dizer-lhe o que lhe diria o abade Busoni: esse Villefort, que o senhor feriu, merecia esse castigo pelo que lhe tinha feito, e talvez por outra coisa ainda. Benedetto, se vê, servirá, como já lhe disse, para alguma vingança divina, e depois será punido. E o senhor não tem, na realidade, senão uma coisa de que se acusar: pergunte a si mesmo por que, tendo arrancado aquela criança à morte, não a entregou à mãe; o crime é esse, Bertuccio.

— Sim, senhor, é esse o verdadeiro crime, porque fui nisso um covarde. Uma vez que restituí o pequeno à vida, não tinha outra coisa a fazer senão o que o Sr. Conde disse: entregá-lo à mãe. Mas para isso tinha de fazer indagações, atrair a atenção, entregar-me talvez; não quis morrer, tinha aferro à vida por causa de minha irmã, pelo amor-próprio inato em nós de ficarmos incólumes e vitoriosos na nossa vingança; e depois, enfim, talvez eu tivesse aferro à vida simplesmente por amor à própria vida. Oh! eu não sou nenhum valente, Sr. Conde, como era meu pobre irmão.

Bertuccio escondeu o rosto nas mãos, e Monte Cristo fitou nele um longo e indefinível olhar.

E, passado um momento de silêncio, tornado mais solene ainda pela hora e pelo lugar:

— Para acabar dignamente esta conversação, que será a última acerca dessas aventuras, Sr. Bertuccio — disse o conde com uma inflexão de melancolia que lhe não era habitual —, conserve de memória as palavras que vou dizer; ouvi-as pronunciar muitas vezes ao próprio abade Busoni: para todos os grandes males há dois remédios: o tempo e o silêncio. Agora, Sr. Bertuccio, deixe-me passear por um instante neste jardim. O que é uma comoção pungente para o senhor, ator nessa terrível cena, será para mim uma sensação grata, que dará dobrado valor a esta propriedade. As árvores, vê, Sr. Bertuccio? não agradam senão porque dão sombra, e a própria sombra não agrada senão quando é cheia de meditações e de visões. Comprei um jardim julgando comprar um simples recinto fechado por muros, e não é isso; esse recinto apresenta-se de repente num jardim cheio de fantasmas, que não estavam mencionados no contrato. Ora, eu gosto dos fantasmas, nunca ouvi dizer que os mortos fizessem, em seis mil anos, tanto mal como os vivos num só dia. Recolha-se, pois, Sr. Bertuccio, durma em paz. Se o seu confessor, no momento supremo, for menos indulgente do que foi o abade Busoni, mande-me chamar, se eu estiver ainda neste mundo, e dir-lhe-ei palavras que consolarão suavemente a sua alma no momento em que ela estiver pronta para se pôr a caminho para a triste viagem a que se chama a eternidade.

Bertuccio curvou-se respeitosamente ante o conde, e afastou-se soltando um suspiro.

Monte Cristo ficou só; e dando quatro passos para diante:

— Aqui, ao pé deste plátano — murmurou —, a cova onde a criança foi deitada; além, a portinha por onde se entrava no jardim, e naquele canto, a escada oculta, que conduz ao quarto de cama. Creio que não me é preciso inscrever tudo isto na minha carteira de lembranças porque tenho diante dos olhos, ao redor de mim, debaixo dos pés, o plano em relevo, o plano vivo.

E o conde, depois de dar mais uma volta no jardim, dirigiu-se para a sua carruagem; Bertuccio, que o via pensativo, subiu sem dizer nada para a almofada e sentou-se ao lado do cocheiro.

A carruagem tornou a tomar o caminho de Paris.

Nessa mesma noite, quando chegou à casa dos Champs-Élysées, o conde de Monte Cristo visitou-a toda como poderia fazê-lo um homem familiarizado com ela de há muitos anos; nem uma vez só, embora fosse adiante, abriu uma porta por outra, nem tornou por uma escada ou um corredor que não o conduzisse diretamente aonde queria ir.

Acompanhava-o Ali nesta visita noturna.

O conde deu a Bertuccio muitas ordens para o embelezamento ou para a nova distribuição da casa, e, consultando o relógio, disse ao núbio, que se encontrava atento:

— São onze horas e meia, Haydée não pode tardar. Preveniram as mulheres francesas?

O núbio estendeu a mão para o aposento destinado para a linda grega, e que era tão isolado que, escondida a porta por uma tapeçaria, se podia visitar toda a casa sem se desconfiar de que houvesse ali uma sala e dois quartos, habitados; o núbio, dizemos nós, pois, apontou para o aposento, indicou o número três com os dedos da mão esquerda, e, sobre esta mesma mão, que colocou horizontalmente, apoiou a cabeça e fechou os olhos em sinal de sono.

— Ah! — disse Monte Cristo, habituado à sua linguagem. — São três que esperam no quarto de cama, não é assim?

— Sim — indicou Ali, movendo a cabeça de cima para baixo.

— A senhora há de estar fatigada esta noite — continuou Monte Cristo —, e sem dúvida há de querer dormir; não a façam falar; as aias francesas devem tão-somente cumprimentar a sua nova ama e retirar-se; faz você com que a aia grega não comunique com as francesas.

Ali curvou-se.

Não tardou que se não ouvisse chamar o guarda-portão; abriu-se a grade, e uma carruagem rodou na alameda e parou diante do patim.

O conde desceu; a portinhola estava já aberta; ele estendeu a mão a uma senhora envolta num manto de seda bordado a ouro, que lhe cobria a cabeça.

A senhora travou da mão que lhe ofereciam, beijou-a com certo amor misturado de respeito, e trocaram algumas palavras, com ternura da parte da moça e com doce gravidade da parte do conde, na linguagem sonora que o velho Homero pôs na boca dos seus deuses.

Então, precedida por Ali, que levava uma vela de cera cor-de-rosa, a moça, que não era outra senão a linda grega, companheira ordinária de Monte Cristo na Itália, foi conduzida para o seu quarto, e depois o conde retirou-se para o pavilhão que reservava para si.

À meia-noite e meia hora estavam apagadas em casa todas as luzes, e podia acreditar-se que dormiam todos.

XLVI. Crédito ilimitado

No dia seguinte, seriam duas horas da tarde, parou diante da porta de Monte Cristo uma caleche tirada por dois magníficos cavalos ingleses; um homem de casaca azul, com botões de seda da mesma cor, colete branco com enorme cadeia de ouro, e calça cor de avelã, de cabelos tão pretos e tão caídos sobre as sobrancelhas que se poderia hesitar antes de tomá-lo por naturais, tão pouco se mostravam em harmonia com as rugas inferiores, que não chegavam a esconder; um homem de cinqüenta a cinqüenta e cinco anos, e que fazia por parecer que tinha quarenta, deitou a cabeça fora da portinhola da carruagem, em cuja caixa estava pintada uma coroa de barão, e mandou o seu paquete perguntar ao guarda-portão se o conde de Monte Cristo estava em casa.

Enquanto esperava a resposta, olhava, com atenção tão minuciosa que quase vinha a ser impertinência, para o exterior da casa, para o que se podia ver do jardim, e para as librés de alguns criados que por ali andavam.

Os olhos daquele homem eram vivos, mas tinham mais de velhacos do que de espirituosos; os lábios eram tão delgados que em vez de serem salientes eram reentrantes; a largura e proeminência das faces, sinal infalível da astúcia, a depressão da testa, o desenvolvimento da nuca, que sobressaía muito às grandes orelhas, que eram das menos aristocráticas, contribuíam para a qualquer fisionomista revelar um caráter quase repelente na personagem, aliás recomendável aos olhos do vulgo, pelos seus magníficos cavalos, pelo enorme diamante que usava no peitilho da camisa, e pela fita encarnada que ia de uma à outra casa da casaca.

O paquete bateu na vidraça do guarda-portão e perguntou:

— Mora aqui o Sr. Conde de Monte Cristo?

— Mora; mas Sua Excelência...

Consultou Ali com os olhos.

Ali fez um sinal negativo.

— Mas...? — perguntou o paquete.

— Mas não se pode falar agora a Sua Excelência — respondeu o guarda-portão.

— Nesse caso, aí tem um bilhete-de-visita de meu amo, o Sr. Barão Danglars. Entregue-o ao Sr. Conde de Monte Cristo, e diga-lhe que meu amo, ao sair para a Câmara, passou por aqui para vê-lo.

— Eu não falo a Sua Excelência — disse o guarda-portão —; mas o criado de quarto o fará.

O paquete voltou para a carruagem.

— Então? — perguntou Danglars.

O rapaz, envergonhado pela lição que recebera, deu ao amo a resposta que obtivera do guarda-portão.

— Oh! — disse este — é um príncipe, esse senhor que se chama excelência e a que só o criado de quarto tem o direito de falar! Não me importa, como tem um crédito sobre a minha casa, não poderei deixar de vê-lo quando ele precisar de dinheiro.

E Danglars encostou-se para o fundo da carruagem, gritando o cocheiro, de modo que se pudesse ouvir do outro lado da rua:

— Para a Câmara dos Deputados!

Através de uma gelosia do pavilhão, Monte Cristo, prevenido a tempo, vira o barão e estudara-o, com o auxílio de um excelente óculo, não empregando nisso menos atenção do que o Sr. Danglars empregara em analisar a casa, o jardim e as librés.

"Decididamente — disse ele, com um gesto de asco, fechando óculo de marfim —, decididamente é feio bicho aquele homem; como não perceberão nele, logo à primeira vez que o vejam, a serpente de fronte deprimida, o abutre de crânio arqueado, e o bútio de bico, cortante?!"

— Ali! — gritou, tocando ao mesmo tempo uma campainha.

Ali apareceu.

— Chame Bertuccio — disse.

No mesmo momento entrou Bertuccio.

— Vossa Excelência mandava-me chamar? — disse o mordomo.

— Mandava, sim — disse o conde. — Viu os cavalos que estiveram parados à minha porta?

—Vi, sim, Sr. Conde; são muito bons.

— Então, como é — disse Monte Cristo, carregando o sobrolho — que, tendo-o eu encarregado de comprar os dois melhores cavalos de Paris, pode haver em Paris outros dois cavalos tão bons como os meus, sem estarem as minhas cavalariças?

Àquele franzir de sobrolho e àquela entonação severa de voz, Ali baixo a cabeça e empalideceu.

— A culpa não é sua, bom Ali — disse em árabe o conde, com uma meiguice que não se julgaria poder encontrar-lhe na voz nem no semblante —; você não percebe nada de cavalos ingleses.

Reapareceu a serenidade nas feições de Ali.

— Sr. Conde — disse Bertuccio —, os cavalos de que fala não estavam à venda.

Monte Cristo encolheu os ombros.

— Saiba, senhor mordomo — disse —, que tudo está para vender sempre que haja quem saiba pagá-lo convenientemente.

— O Sr. Danglars deu por eles dezesseis mil francos, Sr. Conde.

— Pois devia oferecer-lhe trinta e dois mil; ele é banqueiro, e um banqueiro nunca perde a ocasião de duplicar o seu capital.

— O Sr. Conde fala sério? — perguntou Bertuccio.

Monte Cristo olhou para o mordomo como homem pasmado de que ousem fazer-lhe uma pergunta.

— Esta tarde — disse — tenho de fazer uma visita; quero que aquela parelha esteja atrelada à minha carruagem com arreios novos.

Bertuccio retirou-se cumprimentado; e, ao pé da porta, parou:

— A que horas — disse — tenciona Vossa Excelência fazer essa visita?

— Às cinco horas — respondeu Monte Cristo.

— Observarei a Vossa Excelência que são duas horas — arriscou o mordomo.

— Bem sei — contentou-se em responder Monte Cristo.

Depois, voltando-se para Ali:

— Manda passear todos os cavalos na presença da senhora — disse. — Ela que escolha a parelha de que mais gostar, e me mande dizer se quer jantar comigo; nesse caso, o jantar será servido nos seus quartos. Vai, e manda-me o meu criado de quarto.

Mal desaparecera Ali, entrou o criado de quarto.

— Baptistin — disse o conde —, está ao meu serviço há um ano; é o tempo de prova que imponho ordinariamente aos meus criados: convém-me.

Baptistin curvou-se.

— Resta saber se eu lhe convenho.

— Oh, Sr. Conde!... — apressou-se a dizer Baptistin.

— Ouça até o fim — tornou o conde. — Ganha por ano mil e quinhentos francos, quer dizer, o vencimento de um bom valente oficial, que arrisca a vida todos os dias; tem uma mesa como muitos chefes de secretaria, desgraçados servidores infinitamente mais ocupados do que você, desejariam ter. Sendo criados, tem criados que tratam da sua roupa e das suas coisas. Além dos mil e quinhentos francos de ordenado, rouba-me, nas compras que faz para meu toucador, cerca de outros mil e quinhentos francos por ano.

— Oh, Sr. Conde!

— Não me queixo disso, Baptistin, é razoável; entretanto, desejo que não passe daí. Não acharia, pois, em parte nenhuma, um cômodo semelhante ao que lhe deu a sua felicidade. Eu nunca bato nos meus criados, nunca praguejo, nunca me encolerizo, perdôo sempre um engano, mas nunca uma negligência ou um esquecimento. As minhas ordens são ordinariamente breves, mas claras e precisas; antes quero repeti-las duas vezes e até três, do que vê-las mal interpretadas. Sou bastante rico para saber tudo o que quero saber, e sou muito curioso, previno-lhe disto. Se souber, pois, que fala de mim em bem ou em mal, que comenta as minhas ações, ou espreita o que faço, saíra de minha casa no mesmo instante. Nunca advirto os meus criados mais de uma vez; está prevenido, pode retirar-se!

Baptistin curvou-se e deu três ou quatro passos em direção à porta para se retirar.

— A propósito — tornou o conde: — esquecia-me dizer-lhe que todos os anos emprego uma certa verba com destino aos meus criados. Os que despeço perdem necessariamente esse dinheiro, que aproveita aos que ficam, e terão direito a ele por minha morte. Há um ano que está em minha casa; a sua fortuna está começada, continua-a.

Esta alocução, feita diante de Ali, que permanecia imóvel, por efeito que todos os que estudaram um pouco a fisionomia do criado francês hão de compreender.

— Tratarei de me conformar em todos os pontos com os desejos de Vossa Excelência — disse ele —; e tomarei por modelo o Sr. Ali.

— Oh! não — disse o conde, com a frieza do mármore. — Ali tem muitos defeitos misturados com as suas boas qualidades; não o tome pois por modelo, porque Ali é uma exceção; não tem ordenado, não é um criado: é meu escravo, é o meu cão; se faltasse aos seus deveres não o punha na rua, matava-o.

Baptistin abriu muito os olhos.

— Duvida? — disse Monte Cristo.

E repetiu a Ali as palavras que acabava de dizer em francês a Baptistin.

Ali, ouviu, sorriu, aproximou-se do seu senhor, pôs um joelho em terra e beijou-lhe respeitosamente a mão.

Este pequeno corolário da lição elevou ao auge a estupefação de Baptistin.

O conde fez a Baptistin sinal para que saísse, e a Ali para que o acompanhasse a ele.

Passaram ambos ao gabinete, e aí conversaram por muito tempo.

Às cinco horas, o conde bateu três toques de campainha.

Um toque chamava Ali, dois eram para Baptistin, e três para Bertuccio.

O mordomo entrou.

— Os meus cavalos? — disse Monte Cristo.

— Estão na carruagem, Sr. Conde — replicou Bertuccio. — Devo acompanhar o Sr. Conde?

— Não, bastam o cocheiro, Baptistin e Ali.

O conde desceu, e viu, atrelados à sua carruagem, os cavalos que de manhã admirara na de Danglars.

Passando junto deles, deitou-lhes a vista.

— São efetivamente bonitos — disse —, e fez bem em comprá-los; mas foi alguma coisa tarde.

— Sr. Conde — disse Bertuccio —, tive muita dificuldade em arranjá-los, e custaram muito caros.

— Isso que tem? torna-os menos bonitos?... — perguntou o conde, encolhendo os ombros.

— Que Vossa Excelência esteja satisfeito é o que eu desejo. Aonde vai Vossa Excelência?

— Rua da Chaussée d'Antin, à casa do Sr. Barão Danglars.

Esta palestra deu-se no patim.

Bertuccio deu um passo para descer o primeiro degrau.

— Espere, senhor — disse Monte Cristo, detendo-o —; preciso de uma terra à borda do mar; na Normandia, por exemplo, entre o Havre e Bolonha. Dou-lhe espaço, como vê. Nessa terra deve haver um pequeno porto, uma pequena calheta, e uma pequena baía, onde possa entrar e estar a minha corveta; ela apenas desloca quinze pés de água. O navio há de estar sempre pronto para navegar, a toda a hora do dia ou da noite que me apraza dar-lhe sinal para isso. Informe-se em todos os cartórios de tabeliães de uma propriedade nas condições que lhe explico; quando tiver dela conhecimento, vá visitá-la, e, se o satisfizer, compre-a em seu nome. A corveta deve estar a caminho de Fécamp, não é verdade?

— Na própria tarde em que saímos de Marselha via-a começar a derrota.

— E o iate?

— O iate tem ordem de ficar em Martigues.

— Bem! escreverá de tempos a tempos aos dois patrões que os comandam para que não adormeçam,

— E o vapor?

— O que está em Chalons?

— Sim, senhor.

— Para esse as mesmas ordens que para os dois navios de vela.

— Bem.

— Logo que esteja comprada a propriedade de que falei, quero mudas de dez em dez léguas na estrada do norte e na estrada do sul.

— Pode Vossa Excelência contar comigo.

O conde fez um sinal de satisfação, desceu os degraus, e saltou para a carruagem, que, levada a trote pela magnífica parelha, não parou senão diante do palácio do banqueiro.

Danglars presidia a uma comissão nomeada para um caminho-de-ferro, quando vieram anunciar-lhe a visita do conde de Monte Cristo.

Mas a sessão estava quase acabada.

Ao nome do conde, levantou-se ele.

— Senhores — disse, dirigindo-se aos seus colegas, muitos dos quais eram honrados membros de uma ou da outra Câmara —, desculpem-me, se os deixo assim, mas imaginem que os Srs. Thomson & French, de Roma, me enviam um certo conde de Monte Cristo, abrindo-lhe em minha casa um crédito ilimitado. Até hoje nenhum dos meus correspondentes no estrangeiro empregou ainda para comigo gracejo tão louco. Os senhores compreendem a curiosidade que isso me causaria. Passei esta manhã pela casa do suposto conde. Se ele fosse verdadeiro conde, decerto não era tão rico. O sujeito não estava visível. O que lhes parece? não são maneiras de Alteza ou de mulher bonita as que o tal Monte Cristo toma? A casa, situada nos Champs-Élysées, e que é dele, do que me informei, pareceu-me asseada. Mas um crédito ilimitado — continuou Danglars, rindo — torna muito exigente um banqueiro em cuja casa ele está aberto. Tenho pois pressa de ver o nosso homem, julgo que brincaram comigo. Mas os nossos amigos de Roma não sabem com quem se metem. Vamos a ver quem se ri.

Acabando estas palavras de modo tão enfático que lhe alargou as ventas, o Sr. Barão deixou as suas visitas e passou a uma sala de branco e ouro, que dava muito que falar na Chaussée d'Antin.

Fora nessa sala que ele mandara introduzir a visita a fim de deslumbrá-la logo à primeira.

O conde estava em pé, considerando algumas cópias de Albano e de Fattore, que tinham vendido ao banqueiro como originais, e que, sendo cópias, não estavam em harmonia com os dourados e as pinturas do teto.

Ao rumor que Danglars fez quando entrou, voltou-se o conde.

Danglars dirigiu-lhe um leve cumprimento com a cabeça e fez sinal ao conde para se sentar numa cadeira de madeira dourada e estofada de cetim branco bordado a ouro.

O conde sentou-se.

— É ao Sr. de Monte Cristo que tenho a honra de falar?

— E eu — respondeu o conde — falo com o Sr. Barão Danglars, cavaleiro da Legião de Honra e membro da Câmara dos Deputados?

Monte Cristo dizia todos os títulos que lera no bilhete-de-visita do barão.

Danglars sentiu a estocada e mordeu os beiços.

— Desculpe-me, senhor — disse —, não lhe haver dado logo de princípio o título com que me foi anunciado; mas, como sabe, vivemos num governo popular, e eu sou representante dos interesses do povo.

— De sorte — respondeu Monte Cristo — que, conservando o hábito de se fazer chamar barão, perdeu o de chamar aos outros conde.

— Ah! não faça caso disso pelo que me respeita — respondeu Danglars, negligentemente —; fizeram-me barão e cavaleiro da Legião de Honra por alguns serviços que prestei, mas...

— Mas abdicou de seus títulos, como outrora fizeram os Srs. de Montmorency e de Lafayette? É um belo exemplo a seguir, senhor.

— Não de todo — tornou Danglars, embaraçado —; para os criados, compreende...

— Sim, é barão para os seus criados; para os jornalistas chama-se senhor; e, para os constituintes, cidadão. São cambiantes que têm muita aplicação no governo constitucional. Compreendo perfeitamente.

Danglars fincou os dentes nos lábios; viu que neste terreno não podia competir com Monte Cristo, e tentou, portanto, colocar-se no terreno que lhe era mais familiar.

— Senhor Conde — disse, curvando-se —, recebi uma carta de aviso da casa Thomson & French.

— Estimo muito, Sr. Barão. Permita-me que o trate como os seus criados; é um mau hábito tomado em países onde ainda há barões, justamente porque já se não fazem. Estimo muito, digo; assim não tenho necessidade de me apresentar a mim próprio, o que é sempre bastante embaraçoso. Dizia que tinha recebido uma carta de aviso?

— Recebi — respondeu Danglars —; mas confesso-lhe que não percebi bem o sentido dela.

— Ora essa!

— E tive a honra de ir hoje a sua casa para lhe pedir algumas explicações.

— Diga, senhor, aqui estou para ouvi-lo.

— Creio que tenho a carta comigo — tornou Danglars. (Procurou-a na algibeira). — Sim, aqui está ela: esta carta abre ao Sr. Conde de Monte Cristo um crédito ilimitado sobre a minha casa.

— Então, Sr. Barão, o que acha de obscuro nisso?

— Nada, senhor: mas a palavra ilimitado...

— Então essa palavra não é francesa? Deve lembrar-se de que são anglo-alemães os que a escrevem.

— Ora, senhor, pelo lado da sintaxe não há o que dizer, mas não acontece outro tanto pelo lado da contabilidade.

— A casa Thomson & French — perguntou Monte Cristo, com os modos mais ingênuos que pôde — não é perfeitamente segura, na opinião do Sr. Barão? Diabos! contrariar-me-ia isso, porque tenho alguns fundos nela.

— Ah! perfeitamente segura — respondeu Danglars, com um sorriso quase zombeteiro; — mas o sentido da palavra ilimitado, em matéria de finanças, é tão vago...

— Que é ilimitado, não é verdade? — disse Monte Cristo.

— É justamente isso, senhor, que eu queria dizer. Ora, o vago é a dúvida, e, diz o prudente, na dúvida abstém-se.

— O que significa — tornou Monte Cristo — que se a casa Thomson & French está disposta a fazer loucuras, a casa Danglars não o está a seguir-lhe o exemplo.

— Como assim. Sr. Conde?

— Sim, decerto, os Srs. Thomson & French fazem os negócios sem fixar quantias, mas o Sr. Danglars tem limite para as suas; é homem prudente, como dizia há pouco.

— Senhor — respondeu o banqueiro orgulhosamente —, ninguém viu ainda o fundo à minha caixa.

— Então — respondeu Monte Cristo com frieza — parece que serei eu o primeiro.

— Por que diz isso?

— Por causa das explicações que o senhor me pede e que se parecem muito com hesitações.

Danglars mordeu os beiços.

Era a segunda vez que se via derrotado por aquele homem, e, desta vez, em terreno que era seu.

A sua polidez zombeteira era afetada, e aproximava-se da insolência.

Monte Cristo, pelo contrário, sorria o mais amavelmente possível, e possuía, quando queria, uns certos ares de ingenuidade, que lhe davam muitas vantagens.

— Enfim, senhor — disse Danglars, depois de um momento de silêncio —, vou fazer-me compreender, pedindo que fixe a soma que espera levantar em minha casa.

— Mas, senhor — replicou Monte Cristo, decidido a não perder uma polegada de terreno na discussão —, se pedi um crédito ilimitado sobre a sua casa, foi porque não sabia ao certo de que somas teria necessidade.

O banqueiro julgou que tinha enfim chegado o momento de ficar de cima; deitou-se para trás na sua poltrona, e, com pesado e orgulhoso sorriso:

— Oh! senhor — disse —, não receie desejar; convença-se de que os fundos da casa Danglars, embora limitados, podem satisfazer as maiores exigências, e ainda que o Sr. Conde desejasse sacar um milhão...

— O que diz? — perguntou Monte Cristo.

— Digo um milhão — repetiu Danglars, com o desassombro da parvoíce.

— Ora, de que me servia um milhão? — disse o conde — Meu Deus! Se eu não precisasse mais de um milhão, não teria mandado abrir um crédito por semelhante miséria. Um milhão!... mas eu trago sempre um milhão na minha carteira e na minha bolsa de viagem.

E Monte Cristo tirou da carteira, onde tinha os seus bilhetes-de-visita, dois bondes de quinhentos mil francos cada um, pagáveis ao portador sobre o Tesouro.

Era necessário desancar e não espicaçar um homem como Danglars.

A pancada de clava produziu o seu efeito, o banqueiro cambaleou e teve uma vertigem.

Abriu para Monte Cristo dois olhos aparvalhados, em que as pupilas se dilatavam horrivelmente.

— Vejamos, confesse-me — disse Monte Cristo — que desconfia da casa Thomson & French. Pois muito bem! eu previ o caso, e embora nada saiba de negócios, tomei as minhas precauções. Aqui tem outras duas cartas semelhantes à que lhe é dirigida: uma é da casa Arestein & Eskoles, de Viena, sobre o Sr. Barão de Rothschild, e a outra é da casa Baring, de Londres, sobre o Sr. Laffitte. Diga uma palavra, senhor, e tirar-lhe-ei todas as preocupações apresentando-me numa ou outra destas duas casas.

Danglars estava vencido; abriu com um tremor visível a carta da Alemanha e a carta de Londres, que o conde lhe estendia com as pontas dos dedos, verificou a autenticidade das assinaturas com uma minuciosidade que seria insultuosa para Monte Cristo, se ele não tivesse notado o desvairamento do banqueiro.

— Oh! senhor, tem aqui três firmas que valem milhões — disse Danglars, levantando-se como para saudar a potência do ouro personificada no homem que tinha diante de si. — Três créditos ilimitados sobre as nossas três casas!... Há de perdoar-me, Sr. Conde: mas, deixando de ter desconfiança, posso ficar assombrado.

— Oh! não era uma casa como a sua que se assombraria assim! — disse Monte Cristo com toda a sua polidez. — Então pode enviar-me algum dinheiro, não é verdade?

— Fale, Sr. Conde; estou às suas ordens.

— Agora — tornou Monte Cristo —, que nos entendemos, não é assim?

Danglars fez com a cabeça um sinal afirmativo.

— E já não tem nenhuma desconfiança? — continuou Monte Cristo.

— Oh! Sr. Conde — exclamou o banqueiro —, nunca a tive.

— Não; o que desejava era uma prova. Pois — repetiu o conde — agora, que nos entendemos, agora, que o senhor já não tem nenhuma desconfiança, fixemos, se quer, uma soma geral para o primeiro ano; seis milhões, por exemplo.

— Seis milhões, seja! — disse Danglars, sufocado.

— Se eu precisar mais — tornou Monte Cristo, negligentemente — aumentá-la-emos; mas não tenciono demorar-me mais de um ano na França, e durante esse ano não espero exceder essa soma... Enfim, veremos... Queira, para começar, mandar-me quinhentos mil francos amanhã. Estarei em casa até o meio-dia; e, se não estiver, deixarei um recibo ao meu mordomo.

— O dinheiro estará em sua casa amanhã às dez horas da manhã, Sr. Conde — respondeu Danglars. — Quer ouro, notas do banco, ou prata?

— Metade ouro, metade notas, se faz favor.

E o conde levantou-se.

— Devo confessar-lhe uma coisa, Sr. Conde — disse Danglars —; julgava ter noções exatas acerca de todas as grandes fortunas da Europa, e contudo confesso-lhe que a sua, que me parece considerável, me era completamente desconhecida. É recente?

— Não, senhor — respondeu Monte Cristo —; é, pelo contrário, de antiga data: era uma espécie de tesouro de família em que era proibido tocar, e cujos interesses acumulados triplicaram o capital; a época fixada pelo testador chegou só há alguns anos, é, pois, só há alguns anos que uso desse tesouro, e a sua ignorância a esse respeito é naturalíssima; demais a mais, o senhor há de vir a conhecê-lo em algum tempo.

E o conde acompanhou estas palavras com um desses sorrisos amarelos que tanto terror causavam a Franz d'Épinay.

— Com os seus gostos e as suas intenções — continuou Danglars —, o Sr. Conde vai ostentar na capital um luxo que nos esmagará a todos nós, pequenos milionários. Entretanto, como me parece amador, porque quando entrei estava olhando para os meus quadros, peço-lhe licença para lhe mostrar a minha galeria; são todos quadros antigos, todos quadros de mestre, garantidos como tais. Não gosto de modernos.

— Tem razão, porque têm, em geral, um grande defeito: é o de não terem tido ainda tempo de se tornarem antigos.

— Posso mostrar-lhe ainda algumas estátuas de Thorwaldsen, e Bartholini, de Cnova, todos artistas estrangeiros, como vê. Não dou apreço aos artistas franceses.

— Tem o direito de ser injusto para com eles, visto que são seus compatriotas.

— Mas tudo isso há de ser lá mais para diante, quando tivermos estabelecido relações mais íntimas; por hoje, contentar-me-ei, se mo permite, com apresentá-lo à Sr.ª Baronesa Danglars. Desculpe-me a pressa, Sr. Conde, mas um cliente como o senhor quase que faz parte da família.

Monte Cristo curvou-se em sinal de que aceitava a honra que o banqueiro queria fazer-lhe.

Danglars tocou uma campainha, e apareceu um lacaio de libré flamante.

— Está em casa a Sr.ª Baronesa? — perguntou Danglars.

— Está, sim, Sr. Barão — respondeu o lacaio.

— Está só?

— Não, senhor, a Sr.ª Baronesa está com visitas.

— Não é indiscrição apresentá-lo diante de alguém, não é verdade, Sr. Conde? O senhor não quer conservar-se incógnito?

— Não, Sr. Barão — disse Monte Cristo, sorrindo —, não me julgo com esse direito.

— E quem é que está com a senhora? O Sr. Debray? — perguntou Danglars, com unia bondade que fez sorrir por dentro Monte Cristo, já instruído dos segredos transparentes do viver íntimo do financeiro.

— É o Sr. Debray, sim, Sr. Barão — respondeu o lacaio.

Danglars fez um sinal com a cabeça.

Depois, voltando-se para Monte Cristo:

— O Sr. Lucien Debray — disse — é um amigo nosso, secretário íntimo do ministro do Interior; e minha mulher pertence a uma família antiga: é uma senhora de Servières, viúva em primeiras núpcias do coronel marquês de Nargonne.

— Não tenho a honra de conhecer a Sr.ª Danglars, mas já encontrei o Sr. Lucien Debray.

— Ora essa! — disse Danglars — onde?

— Em casa do Sr. de Morcerf.

— Ah! conhece o visconde? — disse Danglars.

— Encontramo-nos em Roma pelo carnaval.

— Ah! sim — disse Danglars —, ouvi falar de uma aventura singular com bandidos, ladrões, numas ruínas. Livrou-se dela miraculosamente. Tenho idéia de que contou alguma coisa disso a minha mulher e a minha filha, quando voltou de Itália.

— A Sr.ª Baronesa espera Vossa Excelência — veio dizer o criado.

— Vou adiante, para lhe ensinar o caminho — disse Danglars, cumprimentando.

— E eu acompanho-o — disse Monte Cristo.

XLVII. A parelha

O barão, seguido pelo conde, atravessou uma longa fila de aposentos notáveis pela pesada suntuosidade e pelo faustoso mau gosto, e chegou ao gabinete da Sr.ª Baronesa Danglars, casa octógona forrada de cetim cor-de-rosa coberto de cassa da Índia; as poltronas eram de madeira antiga dourada e com estofos também antigos; as sobreportas representavam quadros pastoris no gênero de Boucher; enfim dois lindos pastéis em medalhão, em harmonia com o resto da mobília, faziam daquela casa a única do palácio que tinha alguma feição; verdade seja que escapara ao plano geral combinado entre o Sr. Danglars e o seu arquiteto, uma das maiores e mais eminentes celebridades do Império, e que tinham sido tão-somente a baronesa e Lucien Debray que haviam reservado para si a decoração dela.

Por isso, o Sr. Danglars, grande amador das coisas antigas à maneira por que o compreendia o Diretório, não dava apreço a esse recintozinho elegante, onde geralmente não era recebido senão com a condição de tornar desculpável a sua presença trazendo alguém na sua companhia.

Não era, pois, na realidade Danglars quem apresentava; era, pelo contrário, ele quem era apresentado e quem era bem ou mal recebido, segundo a cara da visita fosse agradável à baronesa sua mulher.

A baronesa Danglars, cuja beleza podia ser citada, apesar dos seus trinta anos, estava tocando um piano, obra-prima de marchetaria e Lucien Debray, sentado diante de uma mesa, folheava atentamente um álbum.

Lucien tinha tido tempo de contar à baronesa muitas coisas relativas ao conde.

Sabe-se a impressão que Monte Cristo causara aos seus convivas no almoço na casa de Albert.

Essa impressão, por pouco impressionável que Debray fosse, não se apagara nele, e disso se tinham ressentido às informações que dera à baronesa acerca do conde.

A curiosidade da Sr.ª Danglars, provocada pelos antigos pormenores dados por Morcerf e pelos novos pormenores dados por Lucien, subira ao mais alto ponto.

Por isso o piano e o álbum não passavam de um desses ardis de boa sociedade, com o auxílio dos quais se encobrem as maiores preocupações.

A baronesa recebeu pois o Sr. Danglars com um sorriso, o que não era muito usual.

O conde recebeu em troca da sua vênia uma reverência cerimoniosa, e simultaneamente cheia de certa graça.

Lucien, pela sua parte, trocou com o conde um cumprimento de meios conhecidos, e com Danglars um gesto de intimidade.

— Sr.ª baronesa — disse Danglars —, permita que lhe apresente o Sr. Conde de Monte Cristo, que me é dirigido pelos meus correspondentes de Roma com as recomendações mais instantes; basta que eu diga uma coisa, para que num instante venha a ser o ídolo das nossas formosuras: vem a Paris com a intenção de se demorar cá um ano e de despender durante esse ano seis milhões; isto promete uma série de bailes, jantares, ceias, em que espero que o Sr. Conde não nos esquecerá, do mesmo modo que nós não o esqueceremos nas nossas pequenas festas.

Embora a apresentação fosse grosseiramente lisonjeira é, em geral, coisa tão rara vir a Paris um homem despender num ano a fortuna de um príncipe, que a Sr.ª Danglars lançou para o conde um olhar, que não deixava de ter certo interesse.

— E quando chegou o Sr. Conde?... — perguntou a baronesa.

— Ontem de manhã, minha senhora.

— E vem, segundo o seu costume, pelo que me dizem, do fim do mundo?

— Desta vez, minha senhora, venho pura e simplesmente de Cádis.

— Oh, chega numa estação terrível! Paris é detestável no verão; não há bailes, nem reuniões, nem festas. A ópera italiana está em Londres, a ópera francesa está em toda parte, exceto em Paris; e o Teatro Francês, o Sr. Conde sabe que não está em parte alguma. A única distração que, portanto, nos resta, são umas tristes corridas no Champ-de-Mars e em Satory. O Sr. Conde manda cavalos às corridas?

— Eu, minha senhora — disse Monte Cristo — tenciono fazer tudo quanto se faz em Paris, se tiver a ventura de achar alguém que me instrua convenientemente acerca dos usos franceses.

— É amador de cavalos, Sr. Conde?

— Passei uma parte da minha vida no Oriente, minha senhora, e os orientais, como sabe, só estimam duas coisas no mundo: a nobreza dos cavalos e a beleza das mulheres.

— Ah! Sr. Conde — disse a baronesa —, devia ter tido a amabilidade de dar às mulheres o primeiro lugar.

— Bem vê, minha senhora, que eu tinha razão quando ainda agora desejava um preceptor que pudesse guiar-me nos usos franceses.

Neste momento entrou a aia, favorita da baronesa Danglars e aproximando-se da ama, disse-lhe algumas palavras ao ouvido.

A Sr.ª Danglars empalideceu.

— É impossível! — disse.

— É a pura verdade, minha senhora — respondeu a aia.

A Sr.ª Danglars voltou-se para o marido.

— O que é, minha senhora? — perguntou Danglars, visivelmente agitado.

— O que me diz esta moça...

— E o que é que lhe diz?

— Diz-me que o meu cocheiro, no momento em que ia meter os meus cavalos à minha carruagem, não os achou na cavalariça; pode dizer-me o que significa isso?

— Minha senhora — disse Danglars —, ouça-me.

— Oh! Ouço-o, senhor, porque tenho curiosidade de saber o que me vai dizer; farei estes senhores juízes entre nós, e vou começar por lhes dizer o que é, senhores — continuou a baronesa —, o Sr. Barão Danglars tem dez cavalos na cavalariça; entre esses dez cavalos, há dois que são meus, uns cavalos famosos, os mais lindos de Paris; o Sr. Debray conhece os meus cavalos ruços rodados! Pois na ocasião em que a Sr.ª de Villefort me pede emprestada a minha carruagem e que eu lha prometo para ir amanhã ao bosque, desaparecem os dois cavalos. O Sr. Danglars achou talvez quem lhe desse de ganho alguns milhares de francos e vendeu-os. Oh, que detestável raça é a dos chatins!

— Os cavalos — respondeu Danglars — eram muito bravos, tinham apenas quatro anos, e faziam-me estar sempre em sustos por sua causa.

— Oh! o senhor — disse a baronesa — sabe muito bem que há um mês que tenho ao meu serviço o melhor cocheiro, de Paris, se é que o não vendeu também com os cavalos.

— Minha querida, hão de achar-se outros iguais, mais bonitos ainda, se os houver; mas cavalos mansos, pacíficos, e que me não causem tanto susto.

A baronesa encolheu os ombros com modos de profundo desprezo.

Danglars não deu mostras de reparar para esse gesto mais que conjugal, e voltando-se para Monte Cristo:

— Em verdade, tenho pena de não o haver conhecido mais cedo, Sr. Conde — disse. — Está pondo casa?

— Estou — disse o conde.

— Ter-lhos-ia cedido. Imagine que os dei por uma bagatela;

mas, como lhe disse, queria desfazer-me deles; são cavalos bons para rapazes.

— Agradeço-lhe, Sr. Barão: comprei esta manhã uma parelha muito boa e que não foi muito cara. Quer vê-la, Sr. Debray, o senhor que creio é amador?

Enquanto Debray se acercava da janela, Danglars abeirou-se da mulher.

— Imagine a senhora — disse-lhe ao ouvido — que vieram oferecer-me esta manhã um preço exorbitante por aqueles cavalos. Não sei quem é o doido que quer arruinar-se e que me mandou esta manhã o mordomo, mas o fato é que ganhei dezesseis mil francos; não se amue comigo, que lhe dou quatro mil, e dois mil à Eugénie.

A senhora Danglars deixou cair sobre o marido um olhar esmagador.

— Oh! — exclamou Debray.

— O que é? — perguntou a baronesa.

— Mas não me engano, são os seus próprios cavalos atrelados à carruagem do Sr. Conde.

— Os meus cavalos ruços rodados! — exclamou a Sr.ª Danglars.

E correu à janela.

— São eles com efeito — disse.

Danglars estava espantado.

— É possível? — disse Monte Cristo, fingindo-se admirado.

— É incrível! — murmurou o banqueiro.

A baronesa disse duas palavras ao ouvido de Debray, que se aproximou de Monte Cristo.

— A baronesa manda-lhe perguntar por quanto foi que o marido lhe vendeu a parelha.

— Mas não posso dizer com certeza — disse o conde —, foi uma surpresa que o meu mordomo me fez e... que me custou, penso eu, trinta mil francos.

Debray foi levar a resposta à baronesa.

Danglars estava tão pálido e tão fora de si, que o conde deu mostras de ter dó dele.

— Veja — disse-lhe —, quanto as mulheres são ingratas! os seus cuidados não sensibilizaram de modo nenhum a baronesa; ingratas não é o termo, loucas é que eu devia dizer. Mas que quer? do que elas gostam é sempre do que pode prejudicá-las; por isso o melhor, creia, meu querido barão, é deixá-las regularem-se sempre pela sua cabeça; se a quebrarem, não terão que se queixar se não de si.

Danglars nada respondeu, previa em próximo futuro uma cena desastrosa.

Já se carregara o sobrolho da baronesa, e, como o de júpiter, pressagiava trovoada.

Debray, que via a tempestade iminente, tomou por pretexto um negócio e saiu.

Monte Cristo, que não queria, demorando-se mais tempo, estragar a posição que esperava conquistar, cumprimentou a Sr.ª Danglars, e retirou-se, entregando o barão à cólera da mulher.

— Bom! — pensou ele ao retirar-se — cheguei aonde queria, tenho nas mãos a paz do casal e vou adquirir, de uma assentada, as boas graças do marido e as boas graças da mulher; que felicidade! Mas — acrescentou — o certo é que não fui apresentado a Eugénie Danglars, que teria muito gosto de conhecer. — E continuou, com o sorriso que lhe era peculiar. — Estamos em Paris e temos tempo diante de nós... Ficará para depois.

Feita esta reflexão, o conde meteu-se na carruagem e retirou para casa.

Duas horas depois, a baronesa Danglars recebia do conde de Monte Cristo uma carta amabilíssima, em que ele lhe declarava que, não querendo estrear-se na sociedade parisiense causando desgosto a uma senhora tão gentil, lhe pedia que se dignasse aceitar os seus cavalos.

Tinham os mesmos arreios que ela lhes vira de manhã, mas, no meio de cada roseta que levavam nas orelhas, o conde mandara pregar um diamante.

Danglars também recebeu uma carta, em que o conde lhe pedia que fizesse com que a baronesa desculpasse aquele capricho de milionário, e que perdoasse as maneiras orientais que acompanhavam a oferta.

Durante a noite, Monte Cristo partiu para Auteuil acompanhado por Ali.

No dia seguinte, pelas três horas, Ali, chamado pela campainha, entrou no gabinete do conde.

— Ali — disse-lhe este —, falou-me muita vez na sua destreza em atirar o laço.

Ali fez um sinal afirmativo e empertigou-se com orgulho.

— Bem!... Era capaz de apanhar um boi com o laço?

Ali fez com a cabeça um sinal afirmativo.

— E um tigre?

Ali fez o mesmo sinal.

— E um leão?

Ali fez o gesto de um homem que atira o laço e imitou um rugido sufocado.

— Bem! compreendo — disse Monte Cristo. — já caçou leões?

Ali fez com a cabeça um sinal de orgulho.

— Mas era capaz de fazer parar na corrida uma parelha de cavalos?

Ali sorriu.

— Bem! ouça — disse Monte Cristo. — Logo, há de passar por aqui uma carruagem tirada por dois cavalos ruços rodados, os que eu tinha ontem. Tenho o maior empenho em que faça parar essa carruagem diante da minha porta.

Ali desceu à rua e traçou diante da porta uma linha; depois entrou e mostrou a linha ao conde, que o seguira com os olhos.

O conde bateu-lhe docemente no ombro; era o seu modo de agradecer a Ali. Depois o núbio foi fumar o seu cachimbo sentado no marco que formava a quina da casa e da rua, enquanto Monte Cristo se recolhia sem tratar de mais nada.

Mas, pelas cinco horas, isto é, à hora em que o conde esperava a carruagem, poder-se-ia ver nascer nele sinais quase imperceptíveis de ligeira impaciência.

Passeava num quarto que dava para a rua, apurando o ouvido a intervalos, e de quando em quando chegando à janela, pela qual via Ali deitando fumaradas com uma regularidade que indicava estar todo entregue a essa importante ocupação.

De repente ouviu-se um rodar distante, mas que se aproximava com a rapidez do raio; depois, apareceu uma caleche, cujo cocheiro tentava inutilmente sopear os cavalos, que corriam furiosos, de crinas levantadas, e dando upas desordenadas.

Na caleche, uma mulher moça e uma criança de sete a oito anos, abraçadas uma à outra, tinham perdido, pelo excesso do terror, até a força de soltar um grito.

Bastaria uma pedra debaixo da roda ou a raiz de uma árvore para fazer esmigalhar completamente a carruagem, que já estalava.

A carruagem ia pelo meio da rua, e ouviam-se os gritos de terror das pessoas que a viam.

Ali larga prontamente o cachimbo, tira da algibeira o laço, atira-o, enrola com três voltas as mãos do cavalo da sela, deixa-se arrastar três ou quatro passos pela violência do impulso; mas, ao cabo desses três ou quatro passos, o cavalo envolvido cai sobre a lança, que quebra, e paralisa os esforços que o cavalo da mão emprega para continuar a carreira.

O cocheiro aproveitou a ocasião para saltar da almofada; mas já Ali tinha agarrado com os seus dedos de ferro as ventas do segundo cavalo, e o animal, relinchando com a dor, estendera-se convulsivamente ao lado do seu companheiro.

Tudo isto levou o tempo que uma bala pode gastar para ir bater no alvo.

Mas tanto bastou para que da casa diante da qual se dera o desastre, saísse um homem acompanhado de muitos criados.

No momento em que o cocheiro abria a portinhola, ele tirava da caleche a senhora, que com uma das mãos se agarrava ao assento da carruagem e com a outra apertava ao peito o filho desmaiado.

Monte Cristo levou-os a ambos para uma sala, e depondo-os num canapé:

— Não tem nada que recear agora, minha senhora — disse-lhe —; está salva.

A senhora voltou a si, e, por única resposta, apresentou-lhe o filho com um olhar mais eloqüente do que todas as súplicas.

A criança continuava desmaiada.

— Sim, minha senhora, entendo — disse o conde, examinando a criança —; mas sossegue, não lhe aconteceu mal nenhum, e é só o susto que o tem neste estado.

— Oh! senhor — exclamou a mãe —, não me diz isso para me tranqüilizar? Veja como está pálido! Meu filho! meu menino! meu Édouard! responda à sua mãe! Ai, senhor! mande chamar um médico. A minha fortuna a quem salvar o meu filho!

Monte Cristo fez com a mão um gesto para sossegar a mãe aflita, e, abrindo um cofre, tirou dele um frasco de Boêmia, incrustado de ouro, contendo um licor encarnado como sangue a de que deixou cair uma gota nos lábios da criança.

A criança, embora continuasse pálida, abriu imediatamente os olhos.

Ao vê-la tornar a si, a alegria da mãe foi delirante.

— Onde estou? — exclamou — e a quem devo tanta ventura depois de tão cruel provação?

— Está — respondeu Monte Cristo — na casa do homem mais feliz do mundo por ter podido poupar-lhe um desgosto.

— Oh! maldita curiosidade! — disse a dama. — Toda a Paris falava destes magníficos cavalos da Sr.ª Danglars e eu tive a loucura de querer experimentá-los.

— Pois quê! — exclamou o conde, com uma surpresa admiravelmente fingida — são estes os cavalos da baronesa?

— São, sim. O senhor conhece-a?

— A Sr.ª Danglars?... tenho essa honra e a minha alegria é duplicada por havê-la salvado do perigo: porque era a mim que poderia atribuir esse perigo. Eu tinha comprado ontem os cavalos ao barão, mas a baronesa mostrou tanta pena deles, que lhos mandei ontem mesmo, pedindo-lhe que os recebesse da minha mão.

— Mas então é o Sr. Conde de Monte Cristo, de quem Hermine me falou tanto ontem?

— Sim, minha senhora — disse o conde.

— Eu, senhor, sou Héloïse de Villefort.

O conde cumprimentou como homem diante de quem se pronuncia um nome completamente desconhecido.

— Oh, como o Sr. de Villefort lhe há de ficar reconhecido! — continuou Héloïse — porque a verdade é que lhe deve a vida de ambos nós: o Sr. Conde restituiu-lhe a mulher e o filho. Seguramente, sem o seu generoso servo, meu filho e eu teríamos morrido.

— Ai! minha senhora, creia que ainda me sobressalta o perigo que correram.

— Oh! espero que me permita que eu recompense dignamente a dedicação daquele homem.

— Peço-lhe, minha senhora — respondeu Monte Cristo — que não me deite a perder Ali, nem com louvores nem com recompensas. São hábitos que não quero que ele tome. Ali é meu escravo; salvando-lhe a vida, serve-me, e o seu dever é servir-me.

— Mas arriscou a vida! — disse a Sr.ª de Villefort, a quem aqueles modos de senhor impunham singularmente.

— E eu salvei-lhe a vida a ele, minha senhora — respondeu Monte Cristo —; e por conseguinte, pertence-me.

A Sr.ª de Villefort calou-se.

Talvez pensasse naquele homem, que, à primeira vista, causava tão profunda impressão nos espíritos.

Durante esse instante de silêncio, o conde pôde considerar à vontade a criança, que a mãe cobria de beijos.

Era um pequeno franzino, de tez branca; uma trunfa de cabelos pretos, com que o pente não podia entrar, cobria-lhe a fronte convexa e, caindo-lhe nos ombros, emoldurava-lhe o rosto e duplicava-lhe a vivacidade dos olhos cheios de malícia taciturna e de maldade juvenil, a boca era grande e os lábios finos e desbotados. As feições daquela criança de oito anos indicavam doze, quando menos.

O seu primeiro movimento foi soltar-se por um sacão repentino dos braços da mãe, e ir abrir o cofre de onde o conde tirara o frasco de elixir.

Depois imediatamente, sem pedir licença a ninguém e como criança habituada a satisfazer a todos os seus caprichos, começou a destapar os frascos.

— Não mexa nisso, meu amigo — disse o conde com vivacidade —; alguns desses líquidos são perigosos, não só de beber, mas até de respirar.

A Sr.ª de Villefort empalideceu e segurou o braço do filho, a quem puxou para si; mas, tranqüilizado o receio, lançou para o cofre um olhar curto, mas expressivo, que o conde apanhou na passagem.

Neste momento entrou Ali.

A Sr.ª de Villefort fez um movimento de alegria, e puxou a criança ainda mais para si.

— Édouard — disse —, vê este bom servo; foi muito corajoso, porque expôs a sua vida para fazer parar os cavalos que nos levavam e a carruagem que ia esmigalhar-se. Agradece-lho, porque é muito de supor que, se não fosse ele, estivéssemos ambos mortos a estas horas.

O pequeno estendeu os lábios e voltou a cabeça com desdém.

— É muito feio — disse.

O conde sorriu como se o pequeno acabasse de preencher uma das suas esperanças.

A Sr.ª de Villefort repreendeu o filho com uma moderação, que não seria certamente do gosto de Jean-Jacques Rousseau se o pequeno Édouard se chamasse Emílio.

— Esta senhora — disse o conde a Ali em árabe — pediu ao filho que lhe agradecesse o ter salvado a vida a ambos, e o pequeno respondeu que era muito feio.

Ali voltou por um instante a sua cabeça inteligente e olhou para o pequeno sem expressão aparente, mas uma simples tremura nas ventas fez conhecer a Monte Cristo que o árabe acabava de ser ferido no coração.

— Sr. Conde — perguntou a Sr.ª de Villefort, levantando-se para se retirar — esta casa é a sua morada habitual?

— Não, minha senhora — respondeu o conde —, isto é uma espécie de albergue que comprei; eu habito na Avenida dos Champs-Élysées, n.º 30. Mas vejo que está completamente restabelecida, e que deseja retirar-se. Acabo de ordenar que atrelem os mesmos cavalos à minha carruagem; Ali, esse rapaz tão feio — disse ele, sorrindo para o pequeno — vai ter a honra de levá-los a casa; e o seu cocheiro ficará para consertar a caleche. Logo que termine essa tarefa indispensável, uma das minhas parelhas a conduzirá diretamente à casa da Sr.ª Danglars.

— Mas — disse a Sr.ª de Villefort — não me atrevo a ir com os mesmos cavalos.

— Oh! vai ver, minha senhora — disse Monte Cristo —; nas mãos de Ali hão de tornar-se mansos como cordeiros.

Ali aproximou-se dos cavalos, que tinham sido levantados com grande dificuldade.

Tinha na mão uma pequena esponja embebida em vinagre aromático; esfregou com ela as ventas e as fontes dos cavalos, cobertos de suor e de espuma, e quase imediatamente entraram a soprar ruidosamente e a estremecer durante alguns segundos.

Depois, no meio de uma multidão numerosa que os destroços da carruagem e o ruído do acontecimento atraíra defronte da casa, Ali fez atrelar os cavalos ao cupê do conde, pegou as rédeas, subiu para a almofada, e com grande espanto dos assistentes, que tinham visto aqueles cavalos como que levados por um turbilhão, viu-se obrigado a empregar vigorosamente o chicote para fazê-los partir, e ainda assim não pôde obter dos famosos ruços rodados, agora estúpidos, petrificados, mortos, senão um trote tão pouco firme e tão frouxo, que a Sr.ª de Villefort gastou perto de duas horas na volta ao Bairro Saint-Honoré, onde morava.

Mal chegou a casa, e serenaram as primeiras emoções da família, escreveu a seguinte carta à Sr.ª Danglars:

"Querida Hermine:

Acabo de ser milagrosamente salva com o meu filho pelo conde de Monte Cristo, de quem tanto falamos ontem à noite e que bem longe estava de imaginar que havia de ver hoje.

Ontem a minha amiga falou-me dele com um entusiasmo muito abaixo do homem que o inspirava.

Os seus cavalos desataram a correr no Ranelagh como se houvessem sido acometidos de uma fúria, e o meu pobre Édouard e eu íamos provavelmente esmigalhar-nos de encontro à primeira árvore da estrada ou ao primeiro marco da aldeia, quando um árabe, um núbio, um preto, que é servo do conde, fez, a um aceno dele, creio eu, parar o ímpeto dos cavalos, em risco dele próprio se esmigalhar, o que só por milagre não sucedeu.

Então apareceu o conde sobressaltado, levou-nos para sua casa, ao Édouard e a mim, e fez recuperar a vida ao meu filho.

Vim para casa na carruagem dele; a sua ser-lhe-á reenviada amanhã.

Há de achar os seus cavalos muito enfraquecidos depois daquele desastre, estão como estúpidos; dir-se-ia que não podem perdoar a si mesmos o terem-se deixado domar por um homem.

O conde encarregou-me de lhe dizer que dois dias de descanso na cavalariça, e cevada por único sustento, tornarão a pô-los no estado florescente, o que quer dizer assustador, em que estavam ontem, quando me servi deles.

Adeus! Não lhe agradeço o meu passeio; mas quando reflito vejo que é ingratidão querer-lhe mal pelos caprichos da sua parelha, porque foi a um desses caprichos que devo o ter visto o conde de Monte Cristo, e o ilustre estrangeiro parece-me, à parte os milhões de que dispõe, um problema tão interessante que tenciono estudá-lo a todo o custo, ainda que tenha de tornar a dar um passeio ao Bosque puxada pelos seus cavalos.

Édouard suportou o desastre com uma coragem verdadeiramente miraculosa.

Desmaiou, mas não deu um grito antes disso, e não derramou uma lágrima depois.

A minha amiga há de dizer que me cega o amor materno; mas há uma alma de ferro naquele corpinho tão franzino e tão delicado.

A nossa querida Valentine faz-se muito lembrada à sua querida Eugénie; e eu abraço a minha amiga com a maior estima.

Héloïse de Villefort."

"P. S. Veja se faz com que eu me encontre em sua casa, seja como for, com o conde Monte Cristo; quero tornar a vê-lo. Consegui que o Sr. de Villefort vá visitá-lo; e espero que ele lhe venha pagar a visita."

À noite, o acontecimento de Auteuil era o assunto de todas as conversações.

Albert contava-o à mãe, Château-Renaud no Jockey-Club, Debray no salão do ministro; o próprio Beauchamp teve a amabilidade de escrever no seu jornal umas vinte linhas, que arvoraram o nobre estrangeiro em herói aos olhos de todas as mulheres da aristocracia.

Muitas pessoas foram deixar o seu nome à casa da Sr.ª de Villefort para terem o direito de renovar a visita em tempo conveniente de ouvir então da sua boca todos os pormenores da pitoresca aventura.

E o Sr. de Villefort, como o dissera Héloïse, envergou uma casaca preta, calçou luvas brancas, ataviou os criados com a sua melhor libré, e meteu-se na sua carruagem, que foi, nessa mesma noite, parar à porta n.º 30 da casa dos Champs-Élysées.

XLVIII. Ideologia

Se o conde de Monte Cristo vivesse há muito na sociedade parisiense, daria todo o apreço ao procedimento do Sr. de Villefort para com ele.

Estimado na corte, quer o reinante fosse do ramo primogênito ou do segundo ramo, quer o ministro que governasse fosse doutrinário, liberal ou conservador; reputado hábil por todos, como são geralmente reputadas hábeis todas as pessoas que nunca sofreram contrariedades políticas; odiado por muitos, mas afincadamente protegido por alguns, sem, contudo, ser amado por ninguém, o Sr. de Villefort ocupava uma alta posição na magistratura, e sustentava-se nessa altura como um Harlay ou um Molé.

A sua sala, regenerada por uma mulher nova e por uma filha do primeiro matrimônio, de dezoito anos de idade, nem por isso deixava de ser uma das salas mais severas de Paris, onde se observava o culto das tradições e a religião da etiqueta.

Polidez fria, fidelidade absoluta aos princípios governamentais, desprezo profundo pelas teorias e pelos teóricos, ócio profundo aos ideólogos, tais eram os elementos da vida íntima e pública que o Sr. de Villefort ostentava.

O Sr. de Villefort não era um simples magistrado; era quase um diplomata.

As suas relações com a antiga corte, de que sempre falava com dignidade e respeito, faziam-no respeitado da nova, e sabia tantas coisas, que não só o poupavam sempre, senão que também o consultavam algumas vezes.

Talvez assim não sucedesse se pudessem ver-se livres dele; mas o Sr. de Villefort habitava, como os senhores feudais rebeldes a seu soberano, uma fortaleza inexpugnável.

Essa fortaleza era o cargo de procurador régio, cujas vantagens explorava maravilhosamente, e que só deixaria para fazer-se deputado e substituir desse modo a neutralidade pela oposição.

Em geral, o Sr. de Villefort fazia ou pagava poucas visitas.

Era sua mulher quem fazia as visitas por ele; isso era coisa aceita na sociedade, e lançada à conta das graves e numerosas ocupações do magistrado, o que, na realidade, não passava de um cálculo de orgulho, um requinte aristocrático, a aplicação, enfim, deste axioma: *Estima-te para que te estimem*, axioma cem vezes mais útil na nossa sociedade do que o dos gregos: *trata de conhece-te*, substituído em nossos dias pela arte menos difícil e mais vantajosa de conhecer os outros.

Para os amigos, o Sr. de Villefort era um protetor poderoso; para os inimigos, era um adversário surdo, mas encarniçado; para os indiferentes, era a estátua da lei feita homem: aparência altiva, fisionomia impassível, olhar embaçado ou insolentemente penetrante e escrutador, tal era o homem a quem quatro revoluções habilmente cumuladas umas sobre as outras tinham inicialmente construído depois cimentado o pedestal.

O Sr. de Villefort gozava da reputação de ser o homem menos curioso e o menos banal da França; dava um baile todos os anos e só aparecia nele um quarto de hora, quer dizer, quarenta e cinco minutos menos do que o rei nos seus bailes: nunca era visto nem em teatros, nem em concertos, nem em nenhum lugar público; algumas vezes, raras, jogava uma partida de *whist*, tendo então o cuidado de escolher parceiros dignos dele: algum embaixador, algum arcebispo, algum príncipe, algum presidente, ou, enfim, alguma duquesa viúva.

Eis o que era o homem, cuja carruagem acabava de parar à porta do conde de Monte Cristo.

O criado de quarto anunciou o Sr. de Villefort no momento em que o conde, curvado sobre uma mesa grande, seguia num mapa um itinerário de São Petersburgo à China.

O procurador régio entrou com o mesmo passo grave e compassado com que entrava no tribunal; era o mesmo homem, ou, melhor, continuação do mesmo homem que vimos noutro tempo delegado em Marselha.

Conseqüente com os seus princípios, a natureza nada lhe mudara o corpo.

De delgado tornara-se magro, de pálido passara a amarelo; os olhos fundos eram agora encovados, e os óculos de aro de ouro entravam-lhe de tal modo nas órbitas, que parecia fazerem parte da cara; com exceção da gravata branca, vestia-se completamente de preto, cor fúnebre apenas animada por um pedaço de fita encarnada metida imperceptivelmente na casa da casaca, e que parecia um fio de sangue traçado pelo pincel.

Por mais senhor de si que fosse o conde de Monte Cristo, examinou com visível curiosidade, ao corresponder-lhe ao cumprimento, o magistrado, que, desconfiado por hábito e acreditando pouco em maravilhas sociais, estava mais disposto a ver no nobre estrangeiro, era assim que chamavam já a Monte Cristo, um cavalheiro de indústria que vinha explorar um novo teatro, ou um malfeitor escapo das galés, do que um príncipe de Santa Sé, ou um sultão de *As Mil e Uma Noites*.

— Senhor — disse Villefort no tom esganiçado que os

magistrados afetam nos períodos tempestuosos, e de que não podem ou não querem libertar-se na conversação; — Senhor, o considerável obséquio que ontem fez a minha mulher e a meu filho impõe-me o dever de agradecer-lhe. Venho pois cumprir esse dever e manifestar-lhe todo o meu reconhecimento.

E, ao dizer estas palavras, os olhos severos do magistrado nada perderam da sua arrogância habitual.

As palavras que acabara de dizer articulava-as com a sua voz de procurador régio, com a rijeza inflexível de colarinho e de ombro, que fazia, repetimos, dizer aos que queriam lisonjeá-lo que era a estátua viva da lei.

— Senhor — replicou o conde com uma frieza glacial —, considero-me felicíssimo por ter podido conservar um filho a sua mãe, porque se diz que o sentimento da maternidade é o mais santo de todos, e essa felicidade dispensava-o de cumprir um dever, cuja execução certamente me honra, porque sei que o Sr. de Villefort não prodigaliza o favor que me dispensa, mas que, por mais precioso que seja, não vale para mim a satisfação íntima.

Villefort, admirado daquela saída, que não esperava, estremeceu como um soldado que debaixo da armadura que o cobre, sente o golpe que lhe atiram, e uma prega do seu lábio desdenhoso indicou que, desde logo, considerava o conde Monte Cristo como um cavalheiro pouco civil.

Circunvagou a vista para prender a alguma coisa a conversação, que ia caindo e parecia ter-se quebrado ao descair.

Viu o mapa que Monte Cristo estava consultando no momento em que ele entrava, e replicou:

— Estuda geografia? É um magnífico estudo, principalmente para o senhor, que, segundo dizem, tem visto tantos países quantos estão estampados neste mapa.

— Sim, senhor — respondeu Monte Cristo —, quis fazer para com a espécie humana em globo o que o senhor pratica todos os dias com exceções, isto é, um estudo fisiológico. Pensei que me seria mais fácil passar do todo à parte do que da parte ao todo. Há um axioma algébrico, que quer que se proceda do conhecido para o desconhecido e não do desconhecido para o conhecido... Mas, não se senta?

E Monte Cristo indicou com a mão ao procurador régio uma cadeira, que ele foi obrigado a puxar, ao passo que o conde só teve de se deixar cair naquela em que estava ajoelhado quando o procurador régio entrou; deste modo, o conde achou-se meio voltado para a visita, com as costas viradas para a janela e o cotovelo apoiado no mapa geográfico, que fazia naquele momento o assunto da conversação, a qual, conforme sucedera com Morcerf e Danglars, ia tomando uma direção inteiramente análoga, senão à situação, pelo menos aos personagens.

— Ah, o senhor filosofa! — tornou Villefort, depois de um momento de silêncio, durante o qual, como um atleta que encontra um rude adversário, fizera provisão de forças. — Pois palavra de honra que se eu nada tivesse a fazer, como o senhor, procuraria uma ocupação menos triste.

— É verdade — tornou Monte Cristo — e o homem é uma feia lagarta para quem o estuda ao microscópio solar; mas acaba de dizer que não tenho nada a fazer. Vejamos, o senhor crê que tem alguma coisa a fazer? ou, falando mais claramente, crê que o que faz valha a pena de se chamar alguma coisa?

O espanto de Villefort duplicou com este segundo golpe, tão rudemente descarregado por aquele singular adversário; havia muito que o magistrado não tinha ouvido soltar um paradoxo daquela força, ou melhor e para falar com mais exatidão, era a primeira vez que o ouvia.

O procurador régio tratou de responder.

— O senhor — disse — é estrangeiro, e, pelo que dizem, creio que passou uma parte da vida em países orientais; não sabe quanto a justiça humana, expedita nesses países bárbaros, se mexe entre nós prudente e compassadamente.

— Sei, senhor, sei; é o *pede claudo* antigo. Sei tudo isso, porque me tenho ocupado principalmente da justiça de todos os países, e tenho comparado o processo-crime de todas as nações com a justiça natural; e devo dizer que a lei que mais parece estimada de Deus é a lei dos povos primitivos, quer dizer, a lei de talião.

— Se essa lei fosse adotada — disse o procurador régio —, simplificaria muito os nossos códigos, e nesse caso os nossos magistrados não teriam, como o senhor dizia ainda agora, muito que fazer.

— Há de vir a acontecer talvez — disse Monte Cristo —; bem sabe que as invenções modernas caminham do composto para o simples e que o simples é sempre a perfeição.

— Daqui até lá, senhor — disse o magistrado —, existem os nossos códigos com os seus artigos contraditórios, tirados dos costumes gauleses, das leis romanas, dos usos francos; há de concordar em que o conhecimento de todas essas leis não se adquire sem longos trabalhos, e é necessário largo estudo para adquirir esse conhecimento, e grande força de cabeça, adquirido que ele seja, para não o esquecer.

— Sou desse parecer; mas tudo quanto sabe acerca desse código francês, sei-o eu não só acerca dele, mas também acerca do código de todas as nações; as leis inglesas, turcas, japonesas e índias são para mim tão familiares como as leis francesas; tinha portanto razão para dizer que relativamente (bem sabe que tudo é relativo), que relativamente a tudo quanto tenho feito, tem muito poucas coisas a fazer, e que, relativamente ao que aprendi, tem ainda muitas coisas a aprender.

— Mas com que fim aprendeu o Sr. Conde tudo isso? — tornou Villefort, admirado.

Monte Cristo sorriu.

— Nenhum — disse —; noto que apesar da reputação que tem de homem superior, vê todas as coisas do ponto de vista material e vulgar da sociedade, começando no homem, isto é, do ponto de vista mais restrito que é permitido à inteligência humana.

— Explique-se, senhor — disse Villefort, cada vez mais admirado: — não o percebo muito bem...

— Digo que, fitando os olhos na organização social das nações, não vê senão as molas da máquina, e não o obreiro sublime que a faz mover; digo que o senhor não reconhece perante si e em volta de si senão os titulares dos lugares cujos diplomas foram assinados por ministros ou por um rei, e que os homens que Deus colocou acima dos titulares, dos ministros e dos reis, dando-lhes uma missão para desempenhar em vez de um lugar para preencher, digo que esses escapam à sua vista. É próprio da fraqueza humana em órgãos débeis e incompletos. Tobias tomava o anjo que havia de lhe restituir a vista por um rapaz como os outros. As nações tomavam Átila, que havia de as aniquilar, por um conquistador como todos os conquistadores, e foi preciso que revelassem as suas missões celestes para que os reconhecessem; foi preciso que um dissesse: — Eu sou o anjo do Senhor — e o outro: — Eu sou o martelo de Deus — para que conhecessem a essência divina de ambos.

— Então — disse Villefort, cada vez mais admirado e julgando falar com um visionário ou com um doido — considera-se o senhor como um desses entes extraordinários que acaba de citar?

— E por que não? — disse Monte Cristo, friamente.

— Queira desculpar-me, senhor — tornou Villefort, aturdido —, se, apresentando-me em sua casa, ignorava que me apresentava em casa de um homem de conhecimentos e espírito tão superiores aos conhecimentos ordinários e ao espírito trivial dos homens. Não é uso entre nós, desgraçados corruptos da civilização, que os fidalgos possuidores de uma fortuna imensa como o senhor, segundo se diz (note que não interrogo, e tão-somente repito), não é uso, digo, que esses privilegiados das riquezas percam o tempo em especulações sociais, em sonhos filosóficos, feitos quando muito para consolar aqueles que a sorte deserdou dos bens da terra.

— E o senhor — tornou o conde — chegou à posição eminente que ocupa sem ter admitido, e até sem ter encontrado exceções, e nunca firma a sua vista, que todavia teria tanta necessidade de finura e de firmeza, de modo a adivinhar de uma só vez em que homem ela caiu? Um magistrado deveria ser, não o melhor aplicador da lei, não o manhoso intérprete das obscuridades da chicana, mas uma sonda de aço, para experimentar os corações, mas uma pedra-de-toque, para ensaiar o ouro de que sempre é feita cada alma com mais ou menos liga.

— Senhor — disse Villefort —, confunde-me, dou-lhe a minha palavra, e nunca ouvi ninguém falar assim.

— É que o senhor se conserva constantemente encerrado no círculo acanhado das condições gerais, e nunca ousou elevar-se pelo vôo às esferas superiores, que Deus povoou de seres invisíveis ou excepcionais.

— E o senhor admite que essas esferas existem, e que os seres excepcionais e invisíveis se misturam conosco?

— E por que não? O senhor vê o ar que respira e sem o qual não poderia viver?

— Então não vemos esses entes de que fala?

— Vêem-se. Deus permite que se materializem. O senhor toca-lhes e eles respondem-lhe.

— Ah! — disse Villefort, sorrindo — confesso que desejava ser prevenido quando um desses entes estivesse em contato comigo.

— Foi servido a seu gosto, senhor, porque foi prevenido ainda agora, e agora mesmo o previno.

— Então o senhor...

— Sou um desses entes excepcionais, sim, senhor, e creio que, até hoje, nenhum homem se viu em posição semelhante à minha. Os reinos dos reis são limitados, quer por montanhas, quer por alguns rios, quer por uma mudança de costumes, quer por uma diferença de linguagem. O meu reino é do tamanho do mundo, porque eu não sou nem italiano, nem francês, nem índio, nem americano, nem espanhol, nem cosmopolita. Nenhum país pode dizer que me viu nascer, e só Deus sabe que país me verá morrer. Adoto todos os usos, falo todas as línguas. O senhor julga que sou francês, não é verdade? porque falo o francês com a mesma facilidade e a mesma pureza que o senhor; pois, Ali, o meu núbio, julga-me árabe; Bertuccio, o meu mordomo, julga-me romano; e Haydée, a minha escrava, julga-me grego. O senhor, portanto, compreende que, não sendo de nenhum país, não pedindo proteção a nenhum governo, não reconhecendo nenhum homem como irmão, nenhum dos escrúpulos que prendem os poderosos ou dos obstáculos que paralisam os fracos me paralisa ou me prende a mim. Não tenho senão dois adversários; não digo vencedores, porque com a persistência subjugo-os: são a distância e o tempo. O terceiro, e o mais terrível, é a minha condição de mortal. Só este pode tolher-me no caminho em que ando, e antes que eu haja chegado ao fim a que miro; tudo o mais tenho calculado. O que os homens chamam caprichos da sorte, isto é, a ruína, a mudança, as eventualidades, tudo previ; e se alguns podem apanhar-me, nenhum pode derrubar-me. Enquanto não morrer, serei sempre o que sou agora; e aí está porque lhe digo coisas que o senhor nunca ouviu nem da boca dos reis, porque os reis têm necessidade do senhor e os outros homens têm medo. Quem é que não diz de si para si, e numa sociedade tão ridiculamente organizada como a nossa: "Quem sabe se um dia terei que ver com o procurador régio?"

— E o senhor mesmo pode dizer isso — retorquiu Villefort —; desde o momento em que habita a França, está naturalmente submetido às leis francesas.

— Bem sei, senhor — respondeu Monte Cristo —; mas, quando tenho de ir a um país, começo por estudar, por meios que me são peculiares, todos os homens de quem posso ter alguma coisa que esperar ou que temer, e chego a conhecê-los tão bem ou talvez melhor do que eles se conhecem a si. Isto daria em resultado o atrapalhar-se mais do que eu o procurador régio com que eu tivesse que tratar.

— O que quer dizer — tornou Villefort, com hesitação — que, como a natureza humana é fraca, todo homem, na sua opinião, tem cometido... faltas.

— Faltas... ou crimes — respondeu Monte Cristo, negligentemente.

— E que só o senhor, no meio dos homens que não conhece como seus irmãos, o senhor foi que o disse — replicou Villefort, com voz ligeiramente alterada — e que só o senhor é perfeito!

— Perfeito, não — respondeu o conde —; impenetrável, sim. Mas fiquemos por aqui, senhor, se a conversação lhe desagrada; nem eu estou ameaçado da sua justiça, nem o senhor da minha penetração.

— Não! Não! Senhor — disse com vivacidade Villefort, que, sem dúvida, temia que supusessem que abandonava o terreno —, não! Pela sua brilhante e quase sublime conversação, o senhor elevou-se acima do nível ordinário; nós já não conversamos, dissertamos. Ora, o senhor sabe como os teólogos nos púlpitos da Sorbonne, como os filósofos nas suas disputas, dizem às vezes verdades cruéis: suponhamos que falamos em teologia social e em filosofia teológica, dir-lhe-ei isto, por mais áspero que seja: Meu irmão, sacrifica ao orgulho; é superior aos outros, mas acima de si está Deus.

— Acima de todos, senhor — respondeu Monte Cristo, com inflexão de voz tão profunda, que Villefort estremeceu involuntariamente. — Tenho o meu orgulho para com os homens, serpentes sempre prontas para se levantarem contra quem lhes é superior e não as esmaga com o pé. Mas deponho esse orgulho diante de Deus, que me tirou do nada para me fazer o que sou.

— Então, Sr. Conde, admiro-o — disse Villefort, que, pela primeira vez naquele singular diálogo, acabava de empregar esta fórmula aristocrática para com o estrangeiro, a quem até então só tratara por senhor. — Sim, digo-lhe que se é realmente forte, realmente superior, realmente santo ou impenetrável, o que, tem razão, vem a ser quase o mesmo, seja soberbo, senhor; é a lei das dominações. Mas o senhor há de ter uma ambição?

— Tenho uma, senhor.

— Qual é?

— Também eu, como acontece a todos os homens uma vez na vida, fui levado por Satanás à mais alta montanha da Terra; chegados ali, mostrou-me o mundo inteiro, e, como outrora dissera a Cristo, disse-me a mim: "Vejamos, filho dos homens, para me adorares, o que queres?" Refleti por muito tempo, porque havia muito tempo que uma terrível ambição me devorava, e depois respondi. "Ouça: sempre ouvi falar na Providência, e contudo nunca a vi, nem coisa parecida, o que me faz crer que não exista; quero ser a Providência, porque o que há de mais belo, de maior e de mais sublime no mundo é recompensar e punir." Mas Satanás baixou a cabeça e soltou um suspiro. "Enganas-te, disse, existe a Providência, mas tu não a vês, porque, filha de Deus, é invisível como seu Pai. Nada viste que se pareça com ela, porque procede por meio de molas ocultas e anda por vias obscuras; tudo quanto posso fazer para contigo é tornar-te um dos agentes dessa Providência." Foi feito o contrato, e eu perderei talvez a minha alma; mas não importa — prosseguiu Monte Cristo —, tivesse ele de ser renovado, renová-lo-ia.

Villefort olhava para Monte Cristo com supremo espanto.

— Sr. Conde — perguntou-lhe —, tem parentes?

— Não, senhor, sou só no mundo.

— Pior!

— Por quê? — perguntou Monte Cristo.

— Porque poderia ver um espetáculo próprio para esmagar o seu orgulho. Diz que não teme senão a morte?

— Não digo que a temo, digo que só ela me pode tolher.

— E a velhice?

— A minha missão cumprir-seá antes de eu envelhecer.

— E a loucura?

— Estive quase a enlouquecer, e o senhor conhece o axioma *non bis in idem*; é um axioma criminal, e que, por conseguinte, é da sua especialidade.

— Senhor — tornou Villefort —, há ainda coisa mais para temer do que a morte, a velhice e a loucura: há, por exemplo, a apoplexia, esse raio que fulmina a gente sem a destruir, mas depois do qual tudo se acaba. Continua-se por espaço de algum tempo ainda a ser gente, e contudo não se é gente: aproximando-nos como Ariel de um anjo, não passamos de uma massa inerte, que, como Galiban, se aproxima de um bruto; chama-se a isto simplesmente, como eu lhe dizia, na língua humana, uma apoplexia. Um dia, Sr. Conde, em que tiver vontade de encontrar um adversário capaz de compreendê-lo e ávido de refutá-lo, peço-lhe que me procure, e eu lhe mostrarei meu pai, o Sr. de Noirtier de Villefort, um dos mais exaltados jacobinos da Revolução Francesa, isto é, a mais brilhante audácia às ordens da mais vigorosa organização, um homem que não tinha visto talvez todos os reinos da Terra como o senhor, mas havia ajudado a derrotar um dos mais poderosos, um homem enfim que, como o senhor, queria passar por ser um dos enviados, não de Deus, mas do Ente Supremo, não da Providência, mas da Fatalidade; pois bem! Senhor, a rotura de um vaso sangüíneo num lóbulo do cérebro, deu cabo de tudo isso, não num dia, não numa hora, mas num segundo, Na véspera, o Sr. de Noirtier, antigo jacobino, antigo senador, antigo carbonário, que ria da artilharia, que ria do punhal, o Sr. de Noirtier, que brincava com as revoluções, o Sr. de Noirtier, para quem a França não era mais do que um vasto tabuleiro de xadrez, cujos peões, torres, cavalos e rainhas deviam desaparecer, uma vez que o rei levasse um mate, o Sr. Noirtier, tão terrível, era no dia seguinte o pobre Sr. Noirtier, velho imóvel, entregue à vontade do ente mais fraco da casa, isto é, de sua neta Valentine; um cadáver mudo e gelado enfim, que não vive sem sofrimento senão para dar à matéria o tempo de chegar sem abalo à sua completa decomposição.

— Ai! Senhor — disse Monte Cristo —, esse espetáculo não é

estranho nem aos meus olhos nem ao meu pensamento; sou um pouco médico, e tenho, como os meus colegas, buscado mais de uma vez a alma na matéria viva e na matéria morta; e, como a Providência, tem-se conservado invisível a meus olhos, embora presente no coração. Cem autores, desde Sócrates, desde Sêneca, desde Santo Agostinho, desde Gall, têm feito em prosa e em verso a comparação que o senhor acaba de fazer; eu compreendo, entretanto, que os sofrimentos do pai possam efetuar grandes mudanças no espírito do filho. Irei, senhor, uma vez que me convida para isso, contemplar em proveito da minha humildade esse terrível espetáculo, que deve entristecer muito a sua casa.

— Aconteceria isso decerto, se Deus não me tivesse dado larga compensação. Em presença do velho, que desce ao túmulo arrastando-se, estão duas crianças que começam a vida: Valentine, filha das minhas primeiras núpcias com Renée de Saint-Méran, e Édouard, o pequenito a quem o senhor salvou a vida.

— E o que conclui o senhor dessa compensação? — perguntou o conde de Monte Cristo.

— Concluo — respondeu Villefort — que meu pai, desvairado pelas paixões, cometeu alguma dessas faltas, que muitas vezes se esquivam à justiça humana, mas que provocam a justiça de Deus!... e que Deus, não querendo punir senão uma pessoa, puniu-o só a ele.

Monte Cristo, de sorriso nos lábios, soltou no fundo do coração um rugido, que faria fugir Villefort, se Villefort pudesse ouvi-lo.

— Adeus, senhor — continuou o magistrado que, havia já algum tempo, se levantara e falava em pé —; deixo-o, levando comigo um sentimento de estima que espero possa ser-lhe agradável quando me conhecer melhor, porque eu não sou um homem banal. Ademais, o senhor tem na Sr.ª de Villefort uma amiga reconhecida eternamente.

O conde cumprimentou e contentou-se em acompanhar até a porta do gabinete Villefort, que entrou na carruagem, precedido de dois lacaios, que, a um aceno do amo, se apressaram a abrir-lha.

Depois, quando o procurador régio se sumiu:

— Vamos — disse Monte Cristo, soltando com esforço um suspiro do seu peito oprimido —, vamos, basta de veneno como este; e agora, que o meu coração está cheio, vamos buscar o antídoto.

E tocando uma vez a campainha:

— Vou aos aposentos da senhora — disse a Ali —; quero a carruagem posta daqui a meia hora.

XLIX. Haydée

Devem lembrar-se os leitores de quem eram os antigos conhecidos do conde de Monte Cristo que moravam na Rua Meslay: eram Maximiliano, Julie e Emmanuel.

A esperança da boa visita que ia fazer, dos momentos felizes que ia passar, dessa visita do paraíso no meio do inferno em que voluntariamente se metera, derramara, desde que deixara de ver Villefort, a mais encantadora serenidade no semblante do conde, e Ali, que acorrera ao som da campainha, ao ver-lhe o rosto radiante de tão rara alegria, retirara-se nos bicos dos pés e contendo a respiração, como para não afugentar os bons pensamentos que julgava ver adejar em volta do amo.

Era meio-dia.

O conde reservava essa hora para estar com Haydée; dir-se-ia que não podia entrar de repente a alegria naquela alma por tanto tempo quebrada, e que precisava preparar-se para as doces comoções, como as outras almas precisam preparar-se para as comoções violentas.

A grega estava, como dissemos, em aposentos inteiramente separados dos do conde.

Esses aposentos eram todos mobiliados ao modo oriental; quer dizer, os sobrados estavam cobertos por espessos tapetes da Turquia, das paredes caíam estofos de brocado, e em volta de cada casa corria vasto divã com rumas de almofadas, que mudavam de lugar à vontade dos que delas se serviam.

Haydée tinha três criadas francesas e uma grega.

As três criadas francesas estavam na primeira casa, prontas para correrem ao toque de uma campainha de ouro, e para obedecerem às ordens da escrava romaica, que sabia francês suficiente para transmitir as vontades da sua senhora às suas três criadas, a quem Monte Cristo recomendara que tivessem para com Haydée os respeitos que teriam por uma rainha.

Haydée estava no quarto mais afastado dos seus aposentos, isto é, numa espécie de toucador redondo, alumiado somente pelo teto, e onde a claridade penetrava através de vidros cor-de-rosa.

Estava deitada no chão, sobre almofadas de cetim azul bordadas a prata, e encostada ao divã, emoldurando a cabeça com o braço direito, e chegando com o esquerdo aos lábios o bocal de coral a que estava adaptado o tubo flexível de um cachimbo, que não lhe deixava chegar à boca o fumo senão aromatizado pela água de benjoim, através da qual a sua suave aspiração o obrigava a passar.

Aquela maneira de estar, naturalíssima numa mulher do Oriente, seria numa francesa de um coquetismo um tanto afetado.

O traje era o das mulheres do Epiro, isto é, calça larga de cetim branco com rosas bordadas, deixando a descoberto dois pés de criança, que se julgaria serem de mármore de Paros, se não fossem vistos brincar em duas sandaliazinhas de bico recurvado, bordadas a ouro e pérolas; uma jaqueta de listras azuis e brancas, com grandes mangas, caseadas a prata e com botões de pérolas, e um colete, que deixava, pelo corte em coração, ver o pescoço e a parte superior do peito, e abotoava, por baixo do seio, em três botões de diamantes.

A parte inferior do colete e a parte superior das calças reuniam-se sob um cinto de cores vivas e de compridas franjas de seda, das que tanto ambicionam as elegantes parisienses.

Tinha na cabeça um barretinho de ouro, bordado a pérolas, que inclinava para um lado, e por baixo dele, e desse mesmo lado, uma linda rosa natural, cor de púrpura, presa em cabelos tão pretos que pareciam azuis.

A beleza desse rosto era a beleza grega em toda a perfeição do seu tipo; grandes olhos pretos aveludados, nariz direito, lábios de coral e dentes de pérolas.

Via-se nesse conjunto encantador a flor da mocidade com todo o seu brilho e todo o seu aroma.

Haydée podia ter dezenove ou vinte anos.

Monte Cristo chamou a aia grega, e mandou pedir a Haydée licença para entrar.

Como única resposta, Haydée fez sinal à aia que erguesse a tapeçaria que pendia diante da porta, cujo alisar emoldurou a gentil grega, que estava deitada, como um quadro encantador.

Monte Cristo avançou.

Haydée levantou-se sobre o cotovelo que sustinha o tubo do cachimbo, e estendendo ao conde a mão ao mesmo tempo em que o acolhia com um sorriso.

— Por que — disse na linguagem sonora das mulheres de Esparta e de Atenas — você me manda pedir licença para entrar nos meus quartos? Não é já o meu senhor, e eu não sou já a sua escrava?

Monte Cristo sorriu também.

— Haydée — disse —, sabe...

— Por que não me trata por você como de costume? — interrogou a grega —; cometeria eu alguma falta? Nesse caso deve punir-me, mas não tratar-me por senhora.

— Haydée — replicou o conde —, sabe que estamos na França, e que por conseguinte é livre.

— Livre para fazer o quê? — perguntou a grega.

— Livre para me deixar.

— Deixá-lo?!... e para que o havia de deixar?

— Eu sei lá! para ver gente.

— Não quero ver ninguém.

— E se entre os formosos rapazes que encontrar aparecer algum que a agrade, não seria injustiça da minha parte...?

— Nunca vi homem mais formoso do que você, nunca amei senão a meu pai e a você.

— Pobre menina! — disse Monte Cristo —; é que nunca falou senão com seu pai e comigo.

— Então que necessidade tenho de falar com os outros? Meu pai chamava-me *sua alegria*, você me chama *seu amor*, e ambos *sua filha*.

— Lembra-se de seu pai, Haydée?

A donzela sorriu.

— Está aqui e aqui — disse ela, pondo a mão nos olhos e no coração.

— E eu, onde estou? — perguntou Monte Cristo, sorrindo.

— Você — disse ela —, você está em toda parte.

Monte Cristo pegou a mão de Haydée para beijá-la, mas a ingênua menina fugiu-lhe com a mão e apresentou-lhe a testa.

— Agora, Haydée — disse-lhe —, sabe que é livre, que é senhora, que é rainha; pode continuar a usar do seu traje ou deixá-lo, conforme gostar; estará aqui quando quiser estar, sairá quando quiser sair, terá sempre uma carruagem posta; Ali e Mirto acompanhar-lhe-ão sempre e estarão sempre às suas ordens. Só te peço uma coisa.

— Diz.

— Guarda segredo acerca do seu nascimento, não diga uma palavra acerca do seu passado; não pronuncie, em nenhuma ocasião, o nome de seu ilustre pai, nem o de sua nobre mãe.

— Já lhe disse, senhor, que não falarei com pessoa nenhuma.

— Ouça, Haydée; talvez seja impossível em Paris esta reclusão oriental; continua a aprender a vida dos nossos países do Norte como o fez em Roma, em Florença, em Milão e em Madri; sempre lhe há de servir, ou você continue a viver aqui ou volte para o Oriente.

A donzela levantou para o conde os olhos umedecidos e respondeu:

— Ou nós voltemos para o Oriente, quer você dizer, não é verdade, meu senhor?

— Sim, minha filha — disse Monte Cristo —; você bem sabe

que eu nunca hei de deixá-la. Não é a árvore que deixa a flor, é a flor que deixa a árvore.

— Eu nunca hei de deixá-lo, senhor — disse Haydée —, porque tenho a certeza de que não podia viver sem você.

— Pobre menina! daqui a dez anos sou eu um velho, e daqui a dez anos é você ainda uma criança.

— Meu pai tinha barbas compridas e brancas, e isso não me impedia que o amasse; meu pai tinha sessenta anos, e parecia-me mais belo do que quantos homens eu via.

— Mas, diga-me, crê que se habituará aqui?

— Vê-lo-ei?

— Todos os dias.

— Então, o que mais quero eu?

— Receio que se aborreça.

— Não, meu senhor, porque de manhã pensarei que há de vir ver-me, e à noite lembrar-me-ei de que veio; ademais, quando estou só, tenho grandes recordações, vejo quadros imensos, grandes horizontes com o Pindo e o Olimpo ao longe; e tenho no coração três sentimentos com os quais ninguém se aborrece nunca: tristeza, amor e gratidão.

— É digna filha de Epiro, Haydée, graciosa e poética, e vê-se que descende da família de deusas que nascem no seu país. Pode sossegar, minha filha, procederei de modo que a sua mocidade se não perca, porque, se você me ama como a seu pai, eu a amo como se fosse minha filha.

— Engana-se, senhor, eu não amava meu pai como o amo; o meu amor para consigo é outro amor: meu pai morreu e eu não morri, e, se você morresse, eu morreria.

O conde estendeu a mão à donzela com um sorriso cheio de profunda ternura, e Haydée imprimiu nela os lábios como de costume.

E o conde, assim disposto para a entrevista que ia ter com Morrel e a sua família, partiu murmurando estes versos de Píndaro:

"A mocidade é uma flor, de que o amor é o fruto."

"Feliz do cultivador que o colhe depois de o ter visto amadurecer."

Segundo as suas ordens, a carruagem estava posta.

Entrou nela, e a carruagem, segundo o costume, partiu em seguida a galope.

L. A família Morrel

O conde chegou em poucos minutos à Rua Meslay n.º 7.

A casa era branca, risonha, e precedida de um pátio onde dois belos canteiros continham bonitas flores.

No porteiro que lhe abriu a porta reconheceu o conde o velho Coclès.

Mas, como este tinha um só olho, e havia nove anos que esse olho enfraquecera consideravelmente, Coclès não conheceu o conde.

As carruagens, para pararem diante da entrada, deviam dar volta, para evitar o repuxo de um tanque de conchas, magnificência que provocava muitas invejas no bairro e que era causa de que chamassem à casa o Pequeno Versalhes.

Inútil será dizer que no tanque havia grande quantidade de peixes encarnados e amarelos.

A casa, levantada sobre um pavimento de cozinhas e adegas, tinha, além do andar térreo, outros andares altos e águas-furtadas.

Os proprietários tinham-na comprado com as dependências, que consistiam numa imensa oficina, dois pavilhões ao fundo do jardim e o jardim.

Emmanuel, logo que a viu, achou naquela disposição elemento para uma pequena especulação; reservara para si a casa e metade do jardim, e, tirando uma linha, fizera construir um muro entre ele e as oficinas, que alugara com os pavilhões e a parte do jardim que ficava contígua; de sorte que tinha casa por uma soma bastante módica, e estava nela tão bem fechado como o mais minucioso proprietário do bairro de Saint-Germain.

A casa de jantar era de carvalho; a sala, de mogno e veludo azul; e o quarto de cama, de limoeiro e damasco verde.

Havia, além disso, um gabinete de trabalho para Emmanuel, que não trabalhava, e uma sala de música para Julie, que não tocava.

O segundo andar era destinado todo para Maximiliano.

A distribuição da casa era em tudo igual à do andar que ocupava a irmã; mas a sala de jantar fora convertida em sala de bilhar, para onde costumava levar os amigos.

Estava ele vendo dar a ração ao cavalo, e fumava o seu charuto à entrada do jardim, quando a carruagem do conde parou à porta.

Coclès abriu a porta, como dissemos, e Baptistin, saltando da almofada, perguntou se o Sr. e a Sr.ª Herbault e o Sr. Maximiliano Morrel podiam receber o Sr. Conde de Monte Cristo.

— O conde de Monte Cristo! — exclamou Morrel, largando o charuto e correndo para a porta —; decerto que podemos recebê-lo.

Oh! obrigado, cem vezes obrigado, Sr. Conde, por não haver esquecido a sua promessa.

E o jovem oficial apertou tão cordialmente a mão do conde, que este não pôde enganar-se com a franqueza da manifestação, vendo bem que era esperado com impaciência e recebido com entusiasmo.

— Venha, senhor — disse Maximiliano —, que quero servir-lhe de introdutor; um homem como o Sr. Conde não deve ser anunciado por um criado; minha irmã está no jardim, cortando as rosas murchas, e meu cunhado está lendo os seus dois jornais, a *Imprensa* e o *Debates*, a seis passos dela, porque em toda parte onde se vê a Sr.ª Herbault, olha-se num raio de quatro metros, e encontra-se o Sr. Emmanuel, e vice-versa, como se diz na Escola Politécnica.

O rumor dos passos fez erguer a cabeça a uma mulher de vinte a vinte e cinco anos, de vestido de seda, a qual estava catando com o maior cuidado uma roseira magnífica.

Essa mulher era a menina Julie, que se transformara, conforme predissera o mandatário da casa Thomson & French, na Sr.ª Emmanuel Herbault.

Ela soltou um grito ao ver o desconhecido.

Maximiliano desatou a rir.

— Não se incomode, minha irmã — disse ele —; o Sr. Conde está há dois dias em Paris, mas já sabe o que é uma lavradeira do Marais, e, se não o sabe, vai você ensinar-lho.

— Ah! Senhor, trazê-lo assim é uma traição de meu irmão, que não tem a menor contemplação com a sua pobre irmã... Penelon!... Penelon!...

Um velho que estava cavando um canteiro de roseiras de Bengala cravou a enxada na terra e aproximou-se de barrete na mão.

Prateavam-lhe algumas cãs o cabelo ainda vasto, e a cor bronzeada e os olhos ousados e vivos denunciavam o velho marinheiro tostado pelo sol do equador e pelo sopro das tempestades.

Chamou-me, menina Julie? — disse ele —; aqui estou.

Penelon — disse Julie —, previna o Sr. Emmanuel da boa visita que nos chegou, enquanto Maximiliano acompanha este senhor à sala.

Depois, voltando-se para Monte Cristo:

— Permite-me que eu desapareça por um instante, não é verdade? — perguntou.

E, sem esperar o assentimento do conde, sumiu-se por detrás de um maciço e correu para a casa por uma rua lateral.

— Ora esta! meu caro Sr. Morrel — disse Monte Cristo —, vejo com pesar que vim fazer uma revolução na sua família.

— Olhe! Olhe! — disse Maximiliano a rir — lá vai o marido trocar a jaqueta por um casaco! Oh! é que o conhecem da Rua de Meslay; já o esperávamos, pode crer.

— Parece-me que tem uma família felicíssima — disse o conde, respondendo a seu próprio pensamento.

— Por isso fico eu, Sr. Conde; que quer? não lhes falta nada para serem felizes: são moços, alegres, amam-se, e, com as suas vinte mil libras de renda, imaginam, eles que têm visto tamanhas fortunas, imaginam que possuem a riqueza de Rothschild.

— É pouco, vinte e cinco mil libras de renda — disse Monte Cristo, com tanta suavidade que penetrou o coração de Maximiliano como o poderia fazer a voz de um terno pai —; porém não hão de ficar por aí, tornar-seão milionários. Seu cunhado é advogado?... é médico?...

— Era negociante, Sr. Conde, e tinha tomado a casa do meu pobre pai. O Sr. Morrel morreu deixando uma fortuna de quinhentos mil francos; pertencia-me metade e à minha irmã a outra, porque éramos só dois. O marido, que casara com ela sem ter outro patrimônio mais que a sua nobre probidade, a sua inteligência de primeira ordem e a sua reputação imaculada, quis possuir tanto como a mulher. Trabalhou até juntar duzentos e cinqüenta mil francos, bastaram-lhe seis anos para isso. Era, juro-lhe, Sr. Conde, um espetáculo comovedor ver aquelas duas crianças tão laboriosas, tão unidas, destinadas pela sua capacidade à mais considerável fortuna, e que, não querendo mudar em coisa nenhuma os hábitos da casa paterna, gastaram seis anos a fazer o que os inovadores poderiam ter feito em dois ou três; por isso em Marselha se ouvem ainda os louvores que não se podiam recusar a tão corajosa abnegação. Por fim, um dia foi Emmanuel encontrar-se com a mulher, que acabava de pagar a última renda da casa.

— Julie — disse-lhe —, aqui está o último cartucho de cem francos que Coclès acaba de me entregar, e que completa os duzentos e cinqüenta mil francos que fixamos como limite dos nossos lucros. Contentar-seá com o pouco com que teremos de contar daqui em diante? Ouça, a casa realiza negócios na importância de um milhão por ano, e pode dar quarenta mil francos de lucros. Poderemos vender se quisermos, dentro de uma hora, a clientela por trezentos mil francos, porque aqui tem uma carta do Sr. Delaunay que no-los oferece em troca do nosso fundo, que quer reunir ao seu. Pensa lá o que devemos fazer.

— Meu amigo — disse minha irmã —, a casa Morrel só deve ser dirigida por um Morrel. Salvar para todo o sempre dos caprichos da fortuna o nome de nosso pai, não vale bem trezentos mil francos?

— Era o que eu pensava — respondeu Emmanuel —, mas queria ouvir o seu parecer.

— O meu parecer é este. Estão realizadas todas as entradas, e pagas todas as nossas letras; podemos passar um traço por cima da conta desta quinzena e fechar as gavetas: passemos o traço e fechemo-las.

Foi o que fizeram imediatamente.

Eram três horas; às três horas e um quarto, apresentou-se um cliente para fazer o seguro da passagem de dois navios; era um benefício redondo de quinze mil francos.

— Senhor — disse Emmanuel —, queira dirigir-se para esse seguro ao nosso colega, o Sr. Delaunay. Nós deixamos o comércio.

— Há quanto tempo? — perguntou o cliente.

— Há um quarto de hora.

— E aqui tem o Sr. Conde — continuou Maximiliano, sorrindo — por que minha irmã e meu cunhado só têm vinte e cinco mil libras de renda.

Mal Maximiliano acabava a sua narração, durante a qual o coração do conde cada vez mais se dilatara, reapareceu Emmanuel, que mudara de traje; cumprimentou como homem que sabe que visita recebe, e depois de ter feito que o conde desse uma volta pelo jardim, levou-o para casa.

A sala estava já embalsamada pelas flores contidas a custo numa grande jarra do Japão.

Julie, convenientemente vestida e garridamente penteada (dificuldade que em dez minutos vencera!) apresentou-se para receber o conde à entrada.

Ouviam-se chilrear os passarinhos num viveiro próximo.

Ramos de ébano e de acácias cor-de-rosa bordavam com os seus cachos as bambinelas de veludo azul.

Tudo naquela mansão de encantos respirava serenidade, desde o canto da ave até o sorriso dos donos da casa. O conde, mal entrara, impregnara-se dessa felicidade; e por isso estava mudo e pensativo, esquecendo que esperavam que continuasse a conversação interrompida depois dos primeiros cumprimentos.

Deu por esse silêncio, que se tornara quase inconveniente, e arrancando-se com esforço à meditação:

— Minha senhora — disse por fim —, desculpe-me uma comoção, que deve admirar a uma dama acostumada a esta paz e a esta felicidade que aqui encontro; mas, para mim, é coisa tão nova a satisfação num rosto humano, que não me canso de olhar para si e para seu marido.

— Somos na verdade felicíssimos, Sr. Conde — replicou Julie —, mas sofremos por muito tempo, e poucas pessoas compraram a sua felicidade tão cara como nós.

Desenhava-se a curiosidade nas feições do conde.

— Oh! é uma história de família, como lhe disse outro dia Château Renaud — tornou Maximiliano —; ao Sr. Conde, habituado a ver grandes desgraças e alegrias esplêndidas, pouco pode interessar esse quadro íntimo. Como Julie acaba de lhe dizer, sofremos dores bem fundas.

— E Deus derramou-lhes, como faz a todos, a consolação sobre o sofrimento? — perguntou Monte Cristo.

— Sim, Sr. Conde — disse Julie —; podemos dizê-lo, porque fez para conosco o que não faz senão para com os escolhidos; enviou-nos um dos seus anjos.

Subiu a cor às faces do conde, que tossiu, para ter um meio de dissimular a sua comoção levando o lenço à boca.

— Quem nasceu em berço de púrpura e nunca desejou nada — disse Emmanuel — não sabe o que é a felicidade de viver, como, do mesmo modo, não dá valor a um céu puro quem nunca entregou a sua vida à mercê de quatro tábuas atiradas para um mar enfurecido.

Monte Cristo levantou-se e, sem responder, porque pela tremura da voz poderia conhecer-se-lhe a comoção que o afetava, entrou a dar passos pela casa.

— Fá-lo sorrir a nossa magnificência, Sr. Conde? — perguntou Maximiliano, que seguia Monte Cristo com os olhos.

— Não, não — respondeu Monte Cristo, muito pálido, comprimindo com uma das mãos as pulsações do seu coração, e mostrando com a outra a Maximiliano uma redoma de cristal, debaixo da qual estava exposta numa almofada de veludo preto uma bolsa de seda. — Estava perguntando a mim mesmo para que serve esta bolsa, que de um lado contém um papel, ao que parece, e do outro um bom diamante.

Maximiliano tomou uns ares graves e respondeu:

— Isto, Sr. Conde, é o mais precioso dos nossos tesouros de família.

— O diamante é, com efeito, bom — replicou Monte Cristo.

— Oh! meu irmão não lhe fala do valor da pedra, embora esteja avaliada em cem mil francos, Sr. Conde; o que quer lhe dizer é que os objetos que a bolsa encerra são as relíquias do anjo de que lhe falamos há pouco.

— É isso o que não posso compreender e o que contudo não devo perguntar, minha senhora — replicou Monte Cristo, curvando-se —; desculpe-me, não quis ser indiscreto.

— Indiscreto?! Oh! Sr. Conde, dá-nos muito prazer oferecendo-nos ocasião de falar no assunto! Se ocultássemos como um segredo a bela ação que esta bolsa recorda, não a exporíamos assim às vistas. Oh! queríamos poder publicá-la em todo o universo, para que um estremecimento do nosso benfeitor desconhecido nos revelasse a sua presença.

— Ah! sim? — disse Monte Cristo, com a voz sufocada.

— Senhor — disse Maximiliano, levantando o globo de cristal e beijando religiosamente a bolsa de seda —, isto veio da mão de um homem pelo qual meu pai foi salvo da morte, nós da ruína, e o nosso nome da vergonha; de um homem graças ao qual nós, pobres crianças condenadas à miséria e às lágrimas, podemos ouvir hoje gente que se extasia perante a nossa ventura. Esta carta — e Maximiliano, tirando uma carta da bolsa, apresentou-a ao conde — foi escrita por ele num dia em que meu pai tomara uma resolução desesperada, e este diamante foi dado em dote a minha irmã por aquele poderoso desconhecido.

Monte Cristo abriu a carta e leu-a com inexprimível expressão de felicidade. Era a carta que os leitores conhecem, dirigida a Julie e assinada por Simbad, o *Marítimo*.

— Desconhecido, diz o senhor? Então o homem que lhe fez esse serviço conservou-se desconhecido para os senhores?

— Sim, senhor, nunca tivemos a ventura de lhe apertar a mão; não é por falta de pedir a Deus esse favor — tornou Maximiliano —; mas houve em todo esse acontecimento uma direção misteriosa, que ainda não pudemos compreender; foi tudo encaminhado por uma mão invisível, poderosa como a de um feiticeiro.

—Oh! — disse Julie — não perdi ainda a esperança de beijar um dia essa mão como beijo a bolsa que dela veio. Há quatro anos, Penelon estava em Trieste: Penelon, Sr. Conde, é o valente marinheiro que viu com uma enxada na mão, e que de contramestre se fez jardineiro. Penelon, estando em Trieste, viu no cais um inglês que ia embarcar num iate, e conheceu-o como sendo aquele que foi à casa de meu pai em 5 de junho de 1829 e que me escreveu esta carta em 5 de setembro. Ele afirmou que era o mesmo, porém não se atreveu a falar-lhe.

— Um inglês?! — disse Monte Cristo, pensativo e sobressaltado com os olhares de Julie —; diz que foi um inglês?

— Sim — replicou Maximiliano —, um inglês que se apresentou

em nossa casa como mandatário da casa Thomson & French, de Roma. Aí está porque, quando o senhor disse outro dia na casa do Sr. de Morcerf que os Srs. Thomson & French eram seus banqueiros, me viu estremecer. Em nome do Céu, senhor, isto passou-se, como dissemos, em 1829; conhece esse inglês?

— Mas não me disse também que a casa Thomson & French negava constantemente que lhe houvesse feito esse obséquio?

— Disse, sim.

— Não seria então esse inglês algum homem que, reconhecido para com seu pai por alguma boa ação que ele houvesse esquecido, tomasse aquele pretexto para lhe fazer um serviço?

— Tudo se pode supor, Sr. Conde, em tais circunstâncias, até um milagre.

— Como se chama ele? — perguntou Monte Cristo.

— Não deu outro nome — respondeu Julie, olhando para o conde com profunda atenção — senão o que assinou por baixo da carta: Simbad, o *Marítimo*.

— O que evidentemente não é um nome, mas um pseudônimo.

Depois, como Julie olhasse para ele com mais atenção ainda, e tentasse apanhar-lhe e reunir algumas notas da voz:

— Vejamos — continuou —; não é um homem mais ou menos da minha estatura, talvez um pouco mais alto, e um pouco mais delgado, encaixado numa gravata alta, abotoada, espartilhado, e sempre de lápis na mão?

— Oh! mas o senhor conhece-o? — exclamou Julie, com os olhos cintilantes de alegria.

— Não — disse Monte Cristo —, é apenas uma suposição. Conheci um Lorde Wilmore, que semeava assim rasgos de generosidade.

— Sem se dar a conhecer?

— Era um homem muito generoso e não acreditava na gratidão.

— Oh! meu Deus! — exclamou Julie, com uma inflexão de voz sublime e pondo as mãos — em que acreditava então o desgraçado?...

— Não acreditava nisso pelo menos na época em que o conheci — disse Monte Cristo, comovido até a última fibra por aquela voz saída do fundo da alma —, mas, de então para cá, talvez tivesse alguma prova de que existe a gratidão.

— E conhece esse homem, Sr. Conde? — perguntou Emmanuel.

— Oh, se o conhece! — exclamou Julie — diga, diga: pode apresentar-nos a ele, mostrar-no-lo, dizer-nos onde está? Se o achássemos alguma vez, Maximiliano, se o achássemos alguma vez, Emmanuel, ele havia de crer na memória do coração!

Monte Cristo sentiu duas lágrimas nos olhos.

Tornou a dar alguns passos pela sala.

— Em nome do Céu, Sr. Conde — disse Maximiliano —, se sabe alguma coisa desse homem, diga-nos o que sabe!

— Ai! — disse Monte Cristo, comprimindo a comoção da sua voz — se Lorde Wilmore foi o seu benfeitor, receio muito que não o achem. Deixei-o há dois ou três anos em Palermo, e partia para os países mais fabulosos; de modo que temo que não volte de lá.

— Ah, o senhor é cruel! — exclamou Julie, com espanto.

E acudiram-lhe lágrimas aos olhos.

— Minha senhora — disse Monte Cristo com gravidade, devorando com a vista as duas pérolas líquidas que rolavam pelas faces de Julie —, se Lorde Wilmore tivesse visto o que eu acabo de ver aqui, ainda teria amor à vida, porque as lágrimas que está derramando o poriam de bem com o gênero humano.

E estendeu a mão a Julie, que lhe deu a sua, influída como estava pela vista e pela inflexão da voz do conde.

— Mas Lorde Wilmore — disse ela, agarrando-se a uma última esperança — tinha país, família, parentes? era conhecido, enfim? E porventura não poderíamos nós?...

— Oh! não procure, minha senhora — disse o conde —, não edifique doces quimeras sobre as palavras que deixei escapar. Não, Lorde Wilmore não é provavelmente o homem que procuram: ele era meu amigo, eu conhecia todos os seus segredos, ter-me-ia contado esse.

— E não lhe disse nada? — exclamou Julie.

— Nada.

— E nunca uma palavra que pudesse fazer-lhe supor?...

— Nunca.

— Mas o senhor nomeou-o imediatamente.

— Ah! bem sabe... em tal caso imagina-se.

— Minha irmã, minha irmã — disse Maximiliano, vindo em auxílio de Monte Cristo — , o Sr. Conde tem razão. Lembra-se do que o nosso bom pai tantas vezes nos disse: não foi um inglês que nos prestou aquele serviço.

Monte Cristo estremeceu.

— Seu pai dizia-lhe, Sr. Morrel?... — tornou ele vivamente.

— Meu pai, Sr. Conde, via naquela ação um milagre. Meu pai acreditava num benfeitor que para nós saíra do túmulo. Oh! que comovente superstição aquela, e como eu, não acreditando nela, estava longe de querer destruir essa crença no seu nobre coração! E quantas vezes pensou ele nisso, pronunciando de manso um nome de amigo falecido; e, quando estava para morrer, quando a aproximação da eternidade lhe deu ao seu espírito o que quer que fosse da iluminação do túmulo, esse pensamento, que até então não passava de uma desconfiança, tornou-se uma convicção, e as últimas palavras que pronunciou quando morreu foram estas: Maximiliano: foi Edmond Dantès!

A palidez do conde, que havia alguns segundos ia aumentando, tornou-se assustadora a estas palavras.

Acabava de lhe afluir ao coração o sangue todo; não podia falar.

Tirou o relógio, como se houvesse esquecido a hora, pegou o chapéu, fez um cumprimento sacudido e embaraçado à Sr.ª Herbault e, apertando as mãos de Emmanuel e Maximiliano:

— Minha senhora — disse —, permita-me que venha algumas vezes apresentar-lhe os meus respeitos. Gosto muito da sua casa, e estou-lhe muito reconhecido pelo seu acolhimento, porque de há muitos anos foi esta a primeira vez que me esqueci.

E saiu a passos largos.

— É um homem singular este conde de Monte Cristo — disse Emmanuel.

— Sim — respondeu Maximiliano —, mas creio que tem excelente coração e estou certo de que nos estima.

— E eu! — disse Julie — a sua voz chega-me ao coração, e duas ou três vezes se me afigurou que não era a primeira vez que a ouvia.

LI. Príamo e Tisbe

A dois terços do bairro de Saint-Honoré, por trás de um belo palácio, notável entre as habitações notáveis desse rico lugar, há um vasto jardim cujos copados castanheiros saem para fora de enormes muros, altos como redutos, e deixam, ao chegar a primavera, cair as flores cor-de-rosa e brancas em dois vasos de pedra estriada, assentes paralelamente em duas pilastras quadrangulares, nas quais encaixa uma grade de ferro do tempo de Luís XIII.

Esta entrada grandiosa está condenada, apesar dos magníficos gerânios que irrompem nos dois vasos e balanceiam ao vento as suas folhas marmóreas e as suas flores de púrpura, desde que os proprietários do palácio, e isto data já de muito tempo, se restringiram à posse do pátio arborizado que dá para a rua, e do jardim fechado por essa grade, que dava outrora para uma magnífica horta que media uma jeira, anexa à propriedade.

Mas, havendo o demônio da especulação tirado uma linha, isto é, uma rua no extremo dessa horta, e havendo a rua já, antes de existir, graças a uma placa de ferro polido, recebido um nome, pensou-se em poder vender essa horta para edificações, e fazer concorrência à grande artéria de Paris que tem por nome o Bairro de Saint-Honoré.

Mas, em matéria de especulação, o homem põe e o dinheiro dispõe.

A rua batizada morreu à nascença.

O comprador da horta, depois de tê-la pagado, não pôde encontrar a quem a vendesse pela soma que queria, e enquanto espera uma alta de preço, que não pode deixar de vir um dia ou outro, para indenizá-lo das perdas e do seu capital morto, contentara-se em alugar esse recinto a fazendeiros, pela soma de quinhentos francos por ano.

É dinheiro empregado a meio por cento, o que não é nada para o tempo que vai correndo, em que há tanto quem o empregue a cinqüenta e ainda ache que lhe rende pouco.

Todavia, como dissemos, a grade do jardim, que outrora dava para a horta, está condenada, e a ferrugem vai-lhe, inevitavelmente, comendo os gonzos.

Há mais: para que ignóbeis hortelões não conspurquem com as suas vistas vulgares o interior do recinto aristocrático, há um tapume de tábuas que reveste os varões até a altura de seis pés.

Mas a casa é severa e não receia indiscrições.

Na horta, em vez de couves, cenouras, rabanetes, ervilhas e melões, vê-se luzerna, única cultura que anuncia que ainda há quem cuide desse lugar abandonado.

Uma portinha baixa abre para a rua projetada e dá entrada para o terreno fechado por muros, que os inquilinos acabam de abandonar por causa da sua esterilidade, e que, há oito dias, em vez de produzir meio por cento, como no passado, nada produz.

Para o lado do palacete, os castanheiros de que falamos coroam o muro, o que não impede que outras árvores luxuriantes e floridas introduzam nos intervalos os ramos sedentos de ar.

A um canto, onde a folhagem é tão copada que a luz mal penetra nela, um grande banco de pedra e cadeiras de jardim indica um lugar de reunião ou um retiro favorito de algum morador do palácio, situado a cem passos e que mal se distingue através da muralha de verdura que o envolve.

Enfim, a escolha desse asilo misterioso é a um tempo justificada pela ausência do sol, pela fresquidão eterna, até durante os dias mais abrasadores do Estio, pelo gorjeio das aves, e pelo afastamento da casa e da rua, isto é, dos negócios e da bulha.

Numa tarde de um dos dias mais quentes que a primavera tem concedido aos habitantes de Paris, havia sobre um banco de pedra um livro, uma sombrinha, um cesto de costura e um lenço de cambraia começado a bordar, e, não longe do banco, junto da grade, em pé diante das tábuas, com os olhos chegados a elas, uma menina, cujo olhar emergia por uma fenda no terreno deserto que nós conhecemos.

Quase no mesmo momento, abria-se sem ruído a portinha deste terreno, e um rapaz alto, vigoroso, vestido de blusa de linho cru, e com barrete de veludo, mas de quem o bigode, a barba e os cabelos pretos muito bem tratados, não condiziam com o traje popular, depois de circunvagar rapidamente a vista para se certificar de que ninguém o espreitava, passando por essa porta, que fechou, dirigia-se a passos precipitados para a grade.

À vista de quem esperava, mas provavelmente não com aquele traje, a menina teve medo e recuou.

E todavia, já através das fendas da porta, o rapaz, com o olhar que só os amantes têm, vira flutuar o vestido branco e o comprido cinto azul.

Ele correu para o tapume e, chegando a boca a uma abertura:

— Não tenha medo, Valentine — disse —, sou eu.

A menina aproximou-se.

— Oh! senhor — disse ela —, por que veio hoje tão tarde? Não tarda que vamos jantar, e foi-me preciso muita diplomacia para me ver livre de minha madrasta, que me vigia, da minha criada, que me espreita, e de meu irmão, que me atormenta, e vir trabalhar aqui neste bordado, que vou vendo não estará tão cedo acabado. Depois de me explicar a causa da sua demora, dir-me-á que traje é esse que se lembrou de trazer e que ia fazendo com que não o conhecesse.

— Querida Valentine — disse o rapaz —, tenho-lhe demasiado amor para que me atreva a falar-lhe nele, e contudo, todas as vezes que a vejo, sinto necessidade de lhe dizer que a adoro, para que o eco das minhas palavras me afague suavemente o coração quando não a vejo. Agora, agradeço-lhe a sua repreensão: é encantadora, porque me prova, não ouso dizer que me esperava, mas que pensava em mim. Quer saber a causa da minha demora e o motivo do meu disfarce; vou dizer-lhos, e espero que me desculpará; escolhi um ofício.

— Um ofício?!... Que quer dizer, Maximiliano? E somos nós tão felizes que fale brincando do que nos respeita?

— Oh! Deus me livre — disse o rapaz — de brincar com o que é a minha vida; mas, fatigado de correr pelos campos e de escalar muros, seriamente aterrado com a idéia que uma tarde destas me fez nascer de que seu pai me faria um dia prender como ladrão, o que comprometeria a honra de todo o exército francês, e não menos aterrado com a possibilidade de que cause espanto verem às voltas em torno deste terreno, onde não há a menor cidadela que sitiar nem o mais leve bloqueio que defender um capitão de sipais, fiz-me hortelão, e adotei o traje da minha profissão.

— Que loucura!

— É, pelo contrário, a coisa mais assisada que me parece ter feito na minha vida, porque nos dá toda a segurança.

— Vejamos, explique-se.

— Ouça: fui ver o proprietário deste recinto; tinha acabado o arrendamento dos antigos inquilinos, e aluguei-lho. Toda esta luzerna que vê me pertence, Valentine —, nada me impede de mandar construir uma cabana neste lugar e de viver daqui em diante a vinte passos de si. Oh! não posso conter a minha alegria e a minha ventura. Compreende, Valentine, que se cheguem a pagar estas coisas? É impossível, não é verdade? Pois toda a felicidade, toda esta ventura, toda esta alegria, para que eu teria dado dez anos da minha vida, me custam, adivinhe quanto? Quinhentos francos por ano, pagos aos trimestres. Assim, como vê, daqui em diante não há que temer. Estou aqui como no que é meu, posso encostar a escada ao muro e olhar para lá, e tenho, sem receio de que uma patrulha venha incomodar-me, o direito de lhe dizer que a amo, enquanto o seu orgulho se não ferir por ouvir esta palavra da boca de um pobre jornaleiro de barrete e blusa.

Valentine soltou um grito de alegre surpresa, e de repente:

— Ai! Maximiliano — disse ela, com tristeza e como se uma nuvem ciosa houvesse prontamente encoberto o raio de sol que lhe iluminava o coração —, agora teremos liberdade demasiada; a nossa ventura far-nos-á tentar a Deus; abusaremos da nossa segurança, e a nossa segurança há de perder-nos.

— Pode dizer-me isso, minha querida, a mim, que desde que a conheço lhe provo todos os dias que subordinei os meus pensamentos e a minha vida à sua vida e aos seus pensamentos? O que foi que lhe deu confiança em mim? a minha honra, não é verdade? Quando me disse que um vago instinto lhe assegurava que corria algum grande perigo, pus a minha dedicação ao seu serviço, sem lhe pedir outra recompensa que não fosse a ventura de servi-la. Desde esse tempo, tenho-lhe eu, por uma palavra, por um sinal, dado ocasião de se arrepender por me ter distinguido no meio daqueles que seriam felizes em morrer por si? Disse-me, pobre menina, que estava prometida em casamento ao Sr. d'Épinay, que seu pai decidira essa ligação, isto é, que era certa, porque tudo quanto o Sr. de Villefort quer sucede infalivelmente. Pois bem! deixei-me ficar na sombra, esperando tudo, não da minha vontade, não da sua, mas dos acontecimentos, da Providência, de Deus, e todavia Valentine ama-me, teve dó de mim, e confessou-mo; obrigado por essas doces palavras, que lhe peço me repita de tempos a tempos e que hão de fazer-me esquecer tudo.

— E isso que o anima, Maximiliano, é o que me torna a vida a um tempo doce e desgraçada, a ponto de perguntar a mim mesma muitas vezes o que vale mais, se o desgosto que me causava dantes o rigor da madrasta e a sua preferência cega pelo filho, se a ventura cheia de perigos que sinto ao vê-lo.

— Perigos?! — exclamou Maximiliano —; pode dizer uma palavra tão dura e tão injusta?! Viu alguma vez um escravo mais submisso do que eu? Permitiu-me que lhe dirigisse às vezes a palavra, Valentine, mas proibiu-me que a seguisse; obedeci. Desde que achei meio de entrar neste recinto, de conversar consigo por esta porta, de estar, enfim, tão perto de si sem a ver, pedi-lhe, diga-me, para lhe tocar na fímbria do vestido entre estas grades? nunca dei um passo para saltar este muro, ridículo obstáculo para a minha mocidade e para a minha força? Nunca soltei uma queixa acerca do seu rigor, nunca exprimi em voz alta um desejo; tenho estado preso à minha palavra como um cavaleiro dos tempos passados. Confesse ao menos isto, Valentine, para que eu não a julgue injusta.

— É verdade — disse Valentine, metendo entre duas tábuas a ponta de um dos seus dedos afilados, em que Maximiliano colou os lábios —, é verdade, é um homem de bem. Mas, enfim, não tem procedido senão no sentimento do seu interesse, meu querido Maximiliano. Prometeu-me amizade de irmão, a mim que não tenho amigos, a mim, que meu pai esquece, a mim, que minha madrasta persegue, e que não tenho para consolação senão um velho imóvel, mudo, gelado, cuja mão não pode apertar a minha mão, do qual só os olhos me podem falar, e cujo coração bate sem dúvida por mim, com um resto de calor. Irrisão amarga da sorte, que me torna inimiga e vítima de todos os que são mais fortes do que eu, e que me dá um cadáver por apoio e por amigo! Oh! em verdade, Maximiliano, repito-lhe, sou muito desgraçada, e tem razão de amar-me por mim e não pelo senhor.

— Valentine — disse Maximiliano com profunda comoção —,

não direi que não amo outra pessoa no mundo, porque amo também minha irmã e meu cunhado, mas é com um amor grato e sereno, que em nada se parece com o sentimento que experimento para consigo: quando penso em Valentine, exalta-se-me o peito, e pula-me o coração; mas esta força, este ardor, este poder sobre-humano, empregá-los-ei em amá-la só até o dia em que me disser que os empregue em servi-la. O Sr. Franz d'Épinay estará ausente ainda um ano, diz-se; num ano, que de acasos favoráveis podem servir-nos, que de acontecimentos podem auxiliar-nos! Não percamos pois a esperança; é tão bom e tão grato ter esperança!... Mas, na realidade, Valentine, que me lança em rosto o meu egoísmo, o que tem sido para comigo? A bela e fria estátua da Vênus pudica. Em troca da minha dedicação, da minha obediência, do meu recato, o que me tem prometido? nada; o que é que me tem concedido? pouca coisa. Fala-me do Sr. d'Épinay, seu noivo, e suspira à idéia de lhe pertencer um dia. Vejamos, Valentine, é isso tudo quanto tem na alma? Pois quê?! dou-lhe a minha vida, dou-lhe a minha alma, consagro-lhe a mais insignificante pulsação do meu coração, e, quando sou todo seu, quando digo comigo que morreria se a perdesse, não se sobressalta só com a idéia de pertencer a outro?! Oh! Valentine! Valentine! se eu fosse o que Valentine é, se eu soubesse que era amado como Valentine está certa de que eu a amo, já cem vezes teria metido a mão pelos varões desta grade e apertado a mão do pobre Maximiliano, dizendo-lhe: Serei sua, só sua, Maximiliano, neste mundo e no outro.

Valentine não respondeu, mas o rapaz ouviu-a suspirar e chorar.

A reação em Maximiliano foi rápida.

— Oh! — exclamou — Valentine! Valentine! esqueça as minhas palavras se houve nelas alguma coisa que pudesse feri-la!

— Não! — disse ela —; tem razão; mas não vê que eu sou uma pobre criatura, abandonada numa casa quase estranha, porque meu pai é quase um estranho para mim, cuja vontade se vê quebrada há dez anos, dia a dia, hora a hora, minuto a minuto, pela vontade de ferro dos senhores que pesam sobre mim? Ninguém vê o que sofro e a ninguém o disse senão ao senhor. Na aparência e aos olhos de toda a gente, todos são bons para comigo, todos me são afeiçoados, e na realidade todos me são hostis. O mundo diz: O Sr. de Villefort é muito grave, muito severo, para que possa ser terno para com sua filha; mas ao menos ela teve a ventura de achar na Sr.ª de Villefort uma segunda mãe. Pois bem, o mundo engana-se: meu pai abandona-me com indiferença, e minha madrasta odeia-me e com um ódio tanto mais terrível quanto é encoberto por um eterno sorriso.

— Odeiam-na, Valentine?! E como podem odiá-la?

— Ai! meu amigo — disse Valentine —, vejo-me obrigada a confessar que o ódio para comigo nasce de um sentimento quase natural. Ela adora o filho, meu irmão Édouard.

— E daí?

— E daí?! parece-me extraordinário misturar no que nós dizíamos uma questão de dinheiro; pois, meu querido, creio que o ódio dela vem daí. Como não tem fortuna sua, e eu sou rica já pela herança de minha mãe, riqueza que há de ser mais que duplicada pela do Sr. e da Sr.ª de Saint-Méran, que deve vir a pertencer-me, creio que tem inveja. Oh! meu Deus! se eu pudesse dar-lhe metade dessa fortuna para estar em casa do Sr. de Villefort como uma filha em casa de seu pai, fá-lo-ia decerto no mesmo instante.

— Pobre Valentine!

— Sim, sinto-me algemada e ao mesmo tempo tão fraca que me parece que as algemas me amparam e tenho medo de parti-las. Ademais, meu pai não é um homem cujas ordens se possam infringir impunemente: é poderoso contra mim, sê-lo-ia contra o senhor, sê-lo-ia contra o próprio rei, protegido como está por um passado irrepreensível e por uma posição quase inatacável. Oh! Maximiliano, juro-lhe, não luto porque temo esmagá-lo ao senhor tanto como a mim mesma nessa luta.

— Mas enfim, Valentine — tornou Maximiliano —, por que desespera por esse modo e vê o futuro sempre sombrio?

— Ai, meu querido, porque o estou sempre a julgar pelo passado.

— Mas, afinal de contas, se eu não sou uma ligação ilustre no modo de ver aristocrático, estou entretanto ligado, por muitos pontos, à sociedade em que Valentine vive; já lá vai o tempo em que havia duas Franças na França, as mais elevadas famílias da monarquia fundiram-se nas famílias do Império: a aristocracia da lança casou com a nobreza do canhão. Pois eu pertenço à última: tenho um belo futuro no exército, gozo de uma fortuna módica, mas independente, e a memória de meu pai é venerada na nossa terra como a de um dos negociantes mais honrados que tem havido. Digo nossa terra, Valentine, porque a menina quase se pode dizer de Marselha.

— Não me fale de Marselha, Maximiliano, que essa palavra faz-me lembrar minha mãe, esse anjo de quem todos tiveram saudades, e que depois de ter velado pela filha durante a sua curta estada na Terra, vela ainda por ela, penso eu, na mansão eterna do Céu. Oh! se minha pobre mãe vivesse, Maximiliano, nada teria que recear; dir-lhe-ia que o amo e ela protegê-lo-ia.

— Ai! Valentine — tornou Maximiliano —, se ela vivesse, eu

não a conheceria sem dúvida, porque, como disse, seria feliz nesse caso, e Valentine, feliz, teria olhado para mim desdenhosamente do alto da sua grandeza.

— Ai! meu querido — exclamou Valentine —, agora é o senhor que é injusto... Mas... diga-me...

— O que quer que lhe diga? — tornou Maximiliano, vendo que Valentine hesitava.

— Diga-me — continuou a menina —, haveria porventura outrora em Marselha algum desaguisado entre seu pai e o meu?

— Não, que eu saiba! — respondeu Maximiliano — só se foi por seu pai ser partidário encarniçado dos Bourbons e o meu ter sido dedicado ao imperador. É a dissidência que presumo houvesse entre eles: mas por que me faz essa pergunta, Valentine?

— Vou dizer-lho — replicou a menina —, porque deve saber tudo. Isto se passou no dia em que a sua nomeação de oficial da Legião de Honra veio publicada no jornal. Estávamos todos no quarto de meu avô, o Sr. de Noirtier, e também lá estava o Sr. Danglars, o banqueiro, cujos cavalos anteontem iam matando minha madrasta e meu irmão. Eu lia em voz alta o jornal a meu avô e esses senhores falavam do casamento da menina Danglars. Quando cheguei ao parágrafo que lhe dizia respeito e que eu já tinha lido, porque na manhã do dia antecedente me havia o senhor dado essa boa notícia; quando cheguei, digo, ao parágrafo que lhe dizia respeito, toda eu era ventura... mas tinha medo de ser obrigada a pronunciar alto o seu nome, e decerto o haveria omitido se não receasse que fosse mal interpretado o meu silêncio; portanto, reuni toda a minha coragem e li.

— Querida Valentine!...

— Pois tão depressa proferi o seu nome, meu pai voltou a cabeça. Estava tão persuadida (veja que loucura a minha!) de que toda a gente seria fulminada por esse nome como um raio, que se me afigurou ver estremecer meu pai e até (em relação a esse era uma ilusão, tenha a certeza), e até o Sr. Danglars.

— Morrel — disse meu pai —; ora esperem! (carregou o sobrolho). Será um dos Morrels de Marselha, daqueles furiosos bonapartistas que nos fizeram tanto mal em 1815?

— É, sim — respondeu o Sr. Danglars —; creio até que é filho do antigo negociante.

— Que me diz?! — exclamou Maximiliano. — E o que respondeu seu pai, Valentine?

— Oh! uma coisa terrível e que não me atrevo a repetir.

— Diga — tornou Maximiliano sorrindo.

— O tal imperador — continuou ele, carregando o sobrolho — sabia pôr no seu lugar a todos esses fanáticos; chamava-lhes carne de canhão, e era o nome que merecia. Vejo com alegria que o novo governo torna a pôr em vigor esse salutar princípio. Ainda que só fosse por isso que conserva a possessão da Argélia, felicitá-lo-ia, embora nos custe um tanto cara.

— É com efeito de uma política bastante brutal — disse Maximiliano. — Mas não core, minha querida, pelo que disse então o Sr. de Villefort; meu pai não lhe ficava atrás nesse ponto, e repetia incessantemente: "Por que será que o imperador, que faz tão boas coisas, não faz um regimento de juízes e advogados, e não os manda para o primeiro fogo?" Bem vê, minha querida, que os partidos não ficam a dever nada uns aos outros no pitoresco da expressão nem na doçura do pensamento. Mas o Sr. Danglars, o que disse a essas palavras do procurador régio?

— Oh! esse desatou a rir com o riso manhoso que lhe é particular, e que eu acho feroz; depois levantaram-se e saíram. Só então vi meu avô muito agitado. Devo dizer-lhe, Maximiliano, que só eu adivinho as agitações do pobre paralítico, e que desconfiava de que a conversação que tinha havido diante dele (porque já ninguém faz caso do meu pobre avô) o impressionara muito, por terem dito mal do seu imperador, e ele, ao que parece, ter sido fanático do imperador.

— Era com efeito — disse Maximiliano — um dos nomes mais conhecidos no Império: foi senador, e como Valentine sabe, ou não saberá, entrou em todas as conspirações bonapartistas que se fizeram no tempo da Restauração.

— Sim, ouço às vezes dizer baixinho essas coisas, que me parecem singulares: o avô um acérrimo bonapartista, o pai realista; enfim, que quer?... Voltei-me pois para ele.

Mostrou-me o jornal com a vista.

— O que tem, meu querido avozinho? — perguntei-lhe eu —; está contente?

Fez com a cabeça um sinal afirmativo.

— Com o que meu pai acaba de dizer? — perguntei eu.

Fez sinal negativo.

— Com o que disse o Sr. Danglars?

Fez outra vez sinal negativo

— Então é com que o Sr. Morrel, não ousei dizer Maximiliano, fosse nomeado oficial da Legião de Honra?

Fez sinal que sim.

— Pode crer, Maximiliano? estava contente porque o senhor,

que ele não conhece, foi nomeado oficial da Legião de Honra. É talvez loucura da sua parte, porque ouço dizer que está na segunda infância; mas amo-o ainda mais por causa daquele sim.

— É singular — disse Maximiliano. — Odiar-me-á seu pai, e seu avô, pelo contrário...? Coisas extraordinárias, essas amizades e esses ódios de partidar!

— Cale-se! — exclamou Valentine, subitamente. — Esconda-se, fuja, vem alguém.

Maximiliano atirou-se à enxada e entrou a cavar desapiedadamente na luzerna.

— Menina! menina! — gritou uma voz por detrás das árvores — a Sr.ª de Villefort procura-a por toda parte e chama-a; está lá uma visita.

— Uma visita?! — disse Valentine, muito agitada —; e sabe quem é essa visita?

— Um fidalgo, um príncipe, segundo se diz, o Sr. Conde de Monte Cristo.

— Lá vou — disse Valentine em voz alta.

Aquele nome fez estremecer, do outro lado da grade, aquele a quem o *já vou* de Valentine servia de adeus no fim de cada entrevista.

— Ora esta! — disse Maximiliano para consigo, encostando-se pensativo ao cabo da enxada — o conde de Monte Cristo conhece o Sr. de Villefort?

LII. Toxicologia

Era realmente o Sr. Conde de Monte Cristo quem acabava de entrar na casa do Sr. de Villefort, com a intenção de pagar ao senhor Procurador Régio a visita que lhe fizera, e, ao ouvir esse nome, toda a casa, como bem se compreende, se sobressaltara.

A Sr.ª de Villefort, que estava sozinha na sala quando foi anunciado o conde, fez com que o filho se apresentasse imediatamente, para que a criança lhe reiterasse os agradecimentos, e Édouard, que não tinha deixado de ouvir falar havia dois dias na grande personagem, deu-se pressa em aparecer, não por obediência à mãe, não para agradecer ao conde, mas por curiosidade e para fazer algum reparo, para se poder sair com algum desses epigramas que faziam com que a mãe dissesse:

Oh, que menino tão mau! mas que remédio tenho eu senão perdoar-lhe? tem tanta graça!...

Depois dos primeiros cumprimentos do estilo, o conde perguntou pelo Sr. de Villefort.

— Meu marido foi jantar na casa do Sr. Chanceler — respondeu a Sr.ª de Villefort —; saiu agora mesmo; e estou certa de que há de ter muita pena de se ver privado da ventura de ver o Sr. Conde.

Duas visitas que tinham precedido o conde na sala, e que o devoravam com os olhos, retiraram-se depois do tempo razoavelmente exigido pela cortesia e pela curiosidade.

— A propósito, o que está fazendo sua irmã Valentine? — disse a Sr.ª de Villefort a Édouard —; previnam-na, para que tenha a honra, de a apresentar ao Sr. Conde.

— Tem uma filha, minha senhora? — perguntou o conde —; há de ser muito criança.

— É filha do Sr. de Villefort, filha da sua primeira mulher; é uma menina alta e bonita.

— Ora, mas é muito melancólica — interrompeu o pequeno Édouard, arrancando, para fazer um penacho para o chapéu, as penas da cauda de uma arara magnífica, que gritava com dor no seu poleiro dourado.

A Sr.ª de Villefort contentou-se com dizer:

— Silêncio, Édouard!

Depois acrescentou:

— Este louquinho, quase que tem razão, e está repetindo o que me tem ouvido dizer muitas vezes com bastante pesar; porque a menina de Villefort, a despeito de tudo quanto podemos fazer para distraí-la, é de um caráter triste e de um gênio taciturno, que muitas vezes lhe prejudica o efeito da beleza. Mas... ela não vem; Édouard, vá ver por quê.

— Porque a procuram onde não está.

— Onde a procuram?

— No quarto do avô Noirtier.

— E não está lá?

— Não, não, não, não, não, não está lá — respondeu Édouard, cantarolando.

— E onde está? se sabe, diga.

— Está debaixo do castanheiro grande — continuou o rapaz, dando, a despeito dos gritos da mãe, moscas vivas ao papagaio, que parecia muito guloso daquela espécie de caça.

A Sr.ª de Villefort estendia a mão para tocar uma campainha e indicar a uma criada o lugar onde podia encontrar Valentine, quando esta entrou.

Parecia efetivamente triste, e, olhando para ela atentamente, poder-se-iam até ver-lhe nos olhos vestígios de lágrimas.

Valentine, que nós, arrastados pela rapidez da narrativa, apresentamos aos leitores sem lha fazer conhecer, era uma menina de dezenove anos, alta e esbelta, de cabelos castanho-claros, olhos azul-escuros, e o andar vagaroso e cheio de distinção que caracterizava a mãe, as mãos brancas e afiladas, o pescoço nacarado, as faces tintas de cores fugitivas, davam-lhe à primeira vista a aparência de uma dessas belas inglesas que nos meneios foram comparadas assaz poeticamente a cisnes que se miram.

Entrou, pois, e vendo ao pé da madrasta o estrangeiro de quem já ouvira falar, cumprimentou-o sem sombra de afetação e sem baixar os olhos, com uma graça que duplicou a atenção do conde.

Este levantou-se.

— A menina de Villefort, minha enteada — disse a Sr.ª de Villefort a Monte Cristo, inclinando-se no sofá e indicando Valentine com a mão.

— E o Sr. Conde de Monte Cristo, rei da China, imperador da Cochinchina — disse o trastinho do rapaz, lançando um olhar sonso para a irmã.

Desta vez, a Sr.ª de Villefort empalideceu e por pouco se não irritou contra aquele flagelo doméstico que dava pelo nome de Édouard; mas, pelo contrário, o conde sorriu e pareceu olhar para a criança com complacência, o que elevou a alegria e o entusiasmo da mãe.

— Mas, minha senhora — tornou o conde, reatando a conversação e olhando, ora para a Sr.ª de Villefort, ora para Valentine —, não teria eu tido já a honra de vê-las? Ainda agora pensava eu nisso; e quando esta menina entrou, a sua visão foi uma luz que se projetou numa lembrança confusa, desculpem-me a frase.

— Não é possível, senhor; a menina de Villefort gosta pouco da sociedade, e nós saímos raras vezes — disse a senhora.

— Não foi na sociedade que eu as vi e mais este encantador diabrete. O mundo parisiense é absolutamente desconhecido para mim, porque penso que já tive a honra de lhe dizer que estou em Paris há poucos dias. Não, se me permitem que me recorde... Esperem... Esperem...

O conde pôs a mão na testa como para concentrar as suas lembranças:

— Não, foi em outra parte... Foi... não sei... mas parece-me que esta lembrança é inseparável de um formoso sol e de uma espécie de festa religiosa... A menina tinha umas flores na mão; o menino corria atrás de um lindo pavão num jardim; e a senhora estava sentada num caramanchão... Auxilie-me, minha senhora; o que lhe digo não lhe recorda coisa nenhuma?

— Não, em verdade — respondeu a Sr.ª de Villefort —; e contudo, parece-me que se o tivesse encontrado em alguma parte a sua lembrança teria ficado presente na minha memória.

— O Sr. Conde viu-nos talvez na Itália — disse Valentine, timidamente.

— Na Itália?... é possível — disse Monte Cristo. — Esteve na Itália, minha senhora?

— Minha madrasta e eu estivemos na Itália há dois anos. Os médicos temiam pelo meu peito e recomendaram-me os ares de Nápoles. Passamos por Bolonha, por Perúsia, e estivemos em Roma.

— Ah! é verdade — exclamou Monte Cristo, como se esta simples indicação bastasse para fixar todas as suas lembranças. — Foi em Perúsia, no dia do Corpo de Deus, no jardim da hospedaria da Posta, onde o acaso nos reuniu a todos, e recordo-me de ter tido a honra de vê-las.

— Recordo-me perfeitamente de Perúsia, Sr. Conde, da hospedaria da Posta, e da festa de que fala — disse a Sr.ª de Villefort —; mas, por mais que interrogue as minhas reminiscências, tenho vergonha da minha pouca memória, não me lembro de ter tido a honra de vê-lo.

— É singular, nem eu tampouco — disse Valentine, levantando os seus lindos olhos para Monte Cristo.

— Ah, eu me lembro! — disse Édouard.

— Vou auxiliá-la, minha senhora — disse o conde. — O dia estava abrasador. Esperavam cavalos, que não apareciam por causa da solenidade. Esta menina embrenhou-se entre os maciços do jardim, e seu filho desapareceu, correndo atrás de um pavão.

— Apanhei-o, mamã; e bem sabe — disse Édouard — que lhe arranquei três penas da cauda.

— Deixou-se ficar no caramanchão, e não se lembra de que, enquanto estava sentada num banco de pedra, e enquanto, como disse, a menina de Villefort e seu filho estavam ausentes, conversou com alguém bastante tempo?

— Sim, é verdade; sim — disse a Sr.ª de Villefort, corando —, lembro-me: com um sujeito embrulhado num grande capote... com um médico, penso eu.

— Exatamente, minha senhora; esse homem era eu: estava nessa hospedaria havia quinze dias, tinha curado o meu criado de uma febre e o dono da hospedaria de icterícia, de sorte que julgavam que fosse médico. Conversamos muito tempo, minha senhora, de diferentes coisas, do Perusino, de Rafael, dos costumes, dos trajes, da famosa água-tofana, de que lhe tinham dito, creio eu, que algumas pessoas conservavam ainda o segredo em Perúsia.

— Ah, é verdade! — disse vivamente a Sr.ª de Villefort, com certa inquietação —, agora me lembro.

— Já não sei bem o que me disse a esse respeito, minha senhora — prosseguiu o conde com perfeita tranqüilidade —, mas lembro-me muito bem de que, iludida como os outros em relação a mim, me consultou acerca da saúde da menina de Villefort.

— Mas o senhor era realmente médico — disse a Sr.ª de Villefort —, porque tinha curado doentes.

— Molière e Beaumarchais responder-lhe-iam, minha senhora, que fora exatamente por não ser médico que, não digo curei os meus doentes, mas que os meus doentes se curaram; eu contento-me em lhe dizer que estudei bastante a fundo a química e as ciências naturais, mas só como amador... compreende.

Deram neste momento seis horas.

— São seis horas — disse a Sr.ª de Villefort, visivelmente agitada —; não vai ver, Valentine, se o seu avô quer jantar?

Valentine levantou-se, e, cumprimentando o conde, saiu da sala sem pronunciar uma única palavra.

— Oh, minha senhora, foi por minha causa que fez sair daqui a menina de Villefort? — disse o conde, depois de Valentine sair.

— De modo nenhum — replicou a Sr.ª de Villefort, com vivacidade —; mas é esta a hora a que é costume dar ao Sr. de Noirtier a fraca refeição que lhe ampara a triste existência. O Sr. Conde sabe em que estado deplorável está meu sogro?

— Sei, sim, minha senhora; o Sr. de Villefort falou-me nisso; é uma paralisia, penso eu.

Há no pobre velho ausência completa de movimento; só a alma vela naquela máquina humana, mas pálida e trêmula, e como uma luz que se apaga. Mas, desculpe-me, Sr. Conde, o estar-lhe falando dos nossos infortúnios domésticos. Interrompi-o no momento em que me dizia que era um hábil químico.

— Oh, não dizia isso, minha senhora! — respondeu o conde, com um sorriso —; muito pelo contrário, estudei química, porque, decidido a viver particularmente no Oriente, quis seguir o exemplo do rei Mitridates.

— *Mithridates, rex Ponticus* — disse o diabrete, recortando os desenhos de um magnífico álbum —; o mesmo que almoçava todas as manhãs uma taça de veneno com leite.

— Édouard! — exclamou a Sr.ª de Villefort, arrancando o livro mutilado das mãos do filho — é insuportável, faz-me a cabeça tonta. Deixe-nos, e vá ver a sua irmã Valentine no quarto de seu avô.

— E o álbum?... — disse Édouard.

— O que diz?

— Sim: quero o álbum...

— Para que lhe corte os desenhos?

— Porque isso me divertia.

— Vai-se embora! vai-se embora!

— Não vou, se me não der o álbum — disse, sentando-se numa poltrona, fiel a seu costume de nunca ceder.

— Pegue-o, e deixe-nos tranqüilos — disse a Sr.ª de Villefort.

E deu o álbum a Édouard, que saiu, acompanhado pela mãe até a porta.

O conde, que seguiu a Sr.ª de Villefort com a vista, murmurou:

"Vamos ver se fecha a porta quando o pequeno sair."

A Sr.ª de Villefort fechou a porta com o maior cuidado.

O conde pareceu que não dava por isso.

Depois, correndo um olhar em volta de si, a senhora foi sentar-se outra vez na sua cadeira.

— Permita-me que lhe observe, minha senhora — disse o conde, com a bondade que lhe conhecemos —, que é muito severa para com aquele encantador traquinas.

— Assim é preciso, Sr. Conde — replicou a Sr.ª de Villefort, com verdadeira energia de mãe.

— Era o seu Cornélio Nepos que o Menino Édouard citava ao falar do rei Mitridates — disse o conde —, e a senhora interrompeu-o numa citação que prova que o professor não perdeu tempo com ele, e que seu filho está muito adiantado para a idade.

— O fato é, Sr. Conde — respondeu a mãe, docemente lisonjeada —, que ele tem muita compreensão e aprende tudo quanto quer. Só tem um defeito, é muito teimoso. Mas, a propósito do que ele dizia, o Sr. Conde crê que Mitridates usasse daquelas precauções, e que aquelas precauções pudessem ser eficazes?

— Decerto creio, minha senhora, porque eu, que lhe falo, já as empreguei para não ser envenenado em Nápoles, em Palermo, e em Esmirna, isto é, por três vezes em que, sem elas, teria talvez perdido a vida.

— E o meio foi eficaz?

— Muito.

— Sim, é verdade; lembro-me de que me contou uma coisa assim parecida em Perúsia.

— É possível?! — disse o conde, com uma surpresa admiravelmente fingida —; mas não me lembro de tal!...

— Perguntei-lhe se os venenos atuavam igualmente e com a mesma energia, sobre os homens do Norte e sobre os homens do Midi, e o Sr. Conde respondeu-me que os temperamentos frios e linfáticos dos setentrionais não ofereciam a mesma aptidão que a rica e enérgica natureza das pessoas do Midi.

— É verdade — disse Monte Cristo —; vi os russos tomarem, sem incômodo, substâncias vegetais que teriam matado infalivelmente um napolitano ou um árabe.

— Então, na sua opinião, o resultado seria mais seguro ainda entre nós do que no Oriente, e, no meio dos nossos nevoeiros e das nossas chuvas, pode um homem habituar-se mais facilmente do que numa latitude cálida a essa absorção progressiva do veneno?

— Certamente; bem entendido, contudo, que não se estará precavido senão contra o veneno a que se estiver acostumado.

— Sim, percebo; e como se habituaria o senhor, ou, melhor, como foi que se habituou?

— É facílimo. Suponha que sabe antecipadamente que veneno querem ministrar-lhe... suponha que esse veneno é a brucina, por exemplo...

— A brucina extrai-se da falsa angustura,[1] creio eu? — disse a Sr.ª de Villefort.

— Justamente — respondeu Monte Cristo —; mas, vejo que pouco me resta que ensinar-lhe; receba os meus cumprimentos, conhecimentos desses são raros nas senhoras.

— Oh! confesso — disse a Sr.ª de Villefort — que tenho a mais violenta paixão pelas ciências ocultas, que falam à imaginação como uma poesia, e se resolvem pelos números como uma equação algébrica; mas peço-lhe que continue, o que me diz interessa-me o mais possível.

— Pois — tornou Monte Cristo — suponha que o veneno seja a brucina, por exemplo, e que toma um miligrama no primeiro dia, dois no segundo, e assim sucessivamente; no fim de dez dias, tomará um centigrama; no fim de vinte dias, aumentando sempre um miligrama por dia, tomará dois centigramas, isto é, uma dose que suportará sem inconveniente e que seria perigosíssima para

[1] Brucea ferruginosa.

outra pessoa que não tivesse usado das mesmas precauções; e, no fim de um mês, bebendo água da mesma garrafa, matará a pessoa que tiver bebido dessa água, ao mesmo tempo em que só perceberá por um simples mau sabor que a água tinha substância venenosa misturada.

— Não conhece outro contraveneno?

— Não conheço.

— Eu li e reli muitas vezes essa história de Mitridates — disse a Sr.ª de Villefort, pensativa —, e considerava-a uma fábula.

— Não, minha senhora; contra o costume da história, é uma verdade; mas o que me diz, o que me pergunta, não é resultado de um capricho, porque há já dois anos me fez perguntas semelhantes, e me declara que há muito tempo que a preocupa a história de Mitridates.

— É verdade, Sr. Conde, os dois estudos favoritos da minha mocidade foram a botânica e a mineralogia; e quando, mais para diante, soube que o emprego dos simples explicava muitas vezes toda a história dos povos e toda a vida dos indivíduos do Oriente, como as flores explicam todo o seu pensamento amoroso, tive pena de não ser homem, para vir a ser um Flamel, um Fontana, ou um Cabanis.

— E tanto mais, minha senhora — replicou Monte Cristo —, que os orientais não se limitam, como Mitridates, a fazer dos venenos uma couraça, fazem também deles um punhal. A ciência torna-se-lhes nas mãos uma arma não só defensiva, mas também muitas vezes ofensiva; uma serve para os sofrimentos físicos, a outra contra os seus inimigos; com o ópio, a beladona, a falsa angustura, a colubrina, o louro-cerejo adormecem os que requeriam acordá-los. Não há uma dessas mulheres egípcias, turcas ou gregas a que chamam aqui pobres mulheres, que não saiba, em coisas de química, com que fazer espantar um médico, e em coisas de psicologia, com que fazer admirar um confessor.

— Que me diz?! — exclamou a Sr.ª de Villefort, cujos olhos brilhavam com um fogo estranho nesta conversação.

— Oh! meu Deus, sim — continuou Monte Cristo —, os dramas secretos do Oriente enlaçam-se e desenlaçam-se assim, desde a planta que faz amar até a planta que faz morrer; desde a beberagem que abre o Céu até a que atira um homem para o Inferno. Há tantos cambiantes de todos os gêneros quantos caprichos e extravagâncias há na natureza humana, física e moral, e, digo mais, a arte daqueles químicos sabe apropriar admiravelmente o remédio e o mal às suas necessidades de amor ou aos seus desejos de vingança.

— Mas — tornou ela — essas sociedades orientais, no meio das quais o Sr. Conde tem passado uma parte da sua existência, são então fantásticas como os contos que procedem do seu lindo país? então pode aí ser suprimido um homem impunemente? então são na realidade a Bagdá ou a Baçorá de Galland? Os sultões e os vizires que regem essas sociedades, e constituem o que na França se chama o governo, são seriamente Haruns-al-Raschid e Giafars, que não só perdoam a um envenenador, senão que o fazem primeiro-ministro se o crime foi engenhoso, mandando-lhes, nesse caso, gravar a história em letras de ouro para se divertirem nas horas de enfado?

— Não, minha senhora, o fantástico já não existe nem sequer no Oriente; há lá também, disfarçados com outros nomes e vestindo outros trajes, comissários de polícia, juízes de instrução, procuradores régios e peritos. Enforcam-se lá, decapitam-se e empalam-se agradabilissimamente os criminosos; mas estes, como sujeitos hábeis, têm sabido iludir a justiça e assegurar o bom êxito das suas empresas por meio de combinações hábeis. Entre nós, um parvo possuído do demônio do ódio ou da cobiça, que tem um inimigo a destruir ou um parente a aniquilar, vai à loja de um droguista, dá-lhe um nome suposto, que o faz descobrir melhor que o nome verdadeiro, e compra, a pretexto de que os ratos não o deixam dormir, cinco ou seis gramas de arsênico; se é muito destro, vai a cinco ou seis droguistas, e é cinco ou seis vezes reconhecido; depois, quando possui o seu específico, ministra ao seu inimigo, ou ao seu parente, uma dose de arsênico que faria rebentar um mamute ou um mastodonte, o que faz com que a vítima dê berros que põem todo o bairro em sobressalto. Então acode uma nuvem de agentes da polícia e de gendarmes; manda-se chamar um médico, que abre o morto, e lhe tira do estômago e das entranhas o arsênico às colheres. No dia seguinte, cem jornais contam o fato com o nome da vítima e do assassino. Nessa mesma noite, o droguista ou os droguistas vai ou vão dizer: "Fui eu que vendi o arsênico a este senhor", e, em vez de o comprador ser conhecido por um, será conhecido por vinte; então, o parvo criminoso é apanhado, preso, interrogado, confrontado, confundido, condenado, e guilhotinado; ou, se é mulher de algum valor, encerram-na por toda a vida. Eis como os setentrionais entendem a química, minha senhora: Desrues, todavia, era mais forte do que isto, devo confessá-lo.

— Que quer, Sr. Conde? — disse ela, rindo — faz-se o que se pode. Nem toda a gente tem o segredo dos Médicis e dos Borgias.

— Agora — disse o conde, encolhendo os ombros — quer que

lhe diga o que causa todas estas inépcias? É que nos teatros, segundo pude ajuizar ao ler as peças que neles se representam, se vêem sempre as pessoas engolir o conteúdo de um frasco ou morder a pedra de um anel, e caírem redondamente mortas; cinco minutos depois, cai o pano e os espectadores dispersam-se. Ignoram as conseqüências do assassínio; nunca se vê o comissário de polícia com a sua faixa, nem o cabo com os seus quatro homens, e isto autoriza muitos cérebros fracos a crerem que as coisas se passam assim. Mas saia da França, vá a Alepo, ao Cairo, a Nápoles e a Roma, e verá passar nas ruas pessoas direitas, frescas e rosadas, de quem o diabo coxo se lhe tocasse com o seu capote, poderia dizer-lhe: "Este senhor está envenenado há três semanas e estará morto dentro de um mês".

— Mas então — disse a Sr.ª de Villefort — acharam o segredo da famosa água-tofana, que em Perúsia me disseram que se havia perdido?

— Ora, minha senhora! perde-se lá coisa nenhuma entre os homens!... As artes deslocam-se e dão a volta ao mundo: as coisas mudam de nome, é o que é, e o vulgo engana-se com isso; mas o resultado é sempre o mesmo, o veneno atua particularmente sobre tal ou qual órgão: um sobre o estômago, o outro sobre o cérebro, o outro sobre os intestinos. Pois bem: o veneno causa uma tosse, a tosse uma fluxão de peito ou outra doença catalogada no livro da ciência, o que não obsta a que seja mortal, e, que não fosse, o viria a ser, graças aos remédios que lhe ministram os ingênuos médicos, em geral péssimos químicos, e que farão efeito a favor ou contra a doença, e aí está um homem morto segundo a arte e com todas as regras, com que a justiça nada tem a ver, como dizia um horrível químico meu amigo, o excelente abade Adelmonte de Taormina, na Sicília, que tinha estudado muito estes fenômenos nacionais.

— É horrendo, mas é admirável — disse a Sr.ª de Villefort, imóvel de atenção —; eu julgava, confesso-o, todas essas histórias invenções da Idade Média.

— Sim, decerto, mas têm-se aperfeiçoado nos nossos dias. De que quer então que sirvam o tempo, o progresso, as medalhas, as cruzes, os prêmios de Monthyon, se não for para conduzir a sociedade à sua maior perfeição? Ora, o homem não será perfeito senão quando souber criar e destruir como Deus: já sabe destruir, é meio caminho andado.

— De sorte que — replicou a Sr.ª de Villefort, voltando invariavelmente ao seu fim — os venenos dos Borgias, dos Médicis, dos Renatos, dos Ruggieri, e, mais para diante, provavelmente, do barão de Trenck, de que tanto têm abusado o drama moderno e o romance...

— Eram objetos de arte, minha senhora, e nada mais — respondeu o conde. — Acredita que o verdadeiro sábio se dirija banalmente ao próprio indivíduo? Não. A ciência gosta dos ricochetes, das dificuldades, da fantasia, se se pode dizer. O excelente abade Adelmonte, por exemplo, de que lhe falei há pouco, fez, a este respeito, experiências espantosas.

— Deveras?

— Sim, citar-lhe-ei uma só. Ele tinha um magnífico quintal cheio de hortaliças, legumes, flores e frutos. Entre as hortaliças escolhia a mais inofensiva de todas, uma couve, por exemplo. Durante três dias regava essa couve com uma dissolução de arsênico; ao terceiro dia a couve caía doente e amarelecida, era o momento de cortá-la; a todos parecia perfeita e conservava a sua aparência inofensiva: só para o abade Adelmonte estava envenenada. Então, levava a couve para casa, pegava um coelho — o abade Adelmonte tinha uma coleção de coelhos, gatos e porcos-da-índia, que não era inferior à coleção de hortaliças, legumes, flores e frutos —; o abade Adelmonte pegava pois um coelho, e fazia-o comer uma folha de couve; e o coelho morria. Que juiz de instrução teria que dizer a isto, e que procurador régio se lembrou nunca de dirigir contra o Sr. de Magendie ou o Sr. Flourens uma acusação por causa dos coelhos, dos porcos-daíndia e dos gatos que têm matado? Nenhuma. Eis aí, portanto, o coelho morto sem a justiça ter nada com isso. Morto o coelho, o abade Adelmonte manda-o abrir pela cozinheira, e atira os intestinos para o monturo; no monturo anda uma galinha; ela bica esses intestinos, cai também doente, e morre no dia seguinte. No momento em que se debate nas convulsões da agonia, passa um abutre (há muitos abutres na terra de Adelmonte), cai sobre o cadáver, leva-o para um rochedo, e come-o. Três dias depois, o pobre abutre, que desde essa refeição se achara constantemente indisposto, sente-se atacado de uma vertigem, na maior altura das nuvens, rola no vácuo, e vem cair com todo o peso no viveiro de peixes da senhora; o lúcio, a enguia e a moreia, mordem o abutre. Pois bem! suponha que no dia seguinte se servem à sua mesa essa enguia, esse lúcio e essa moreia, envenenados na quarta geração; o seu conviva será envenenado na quinta, e morrerá no fim de oito ou dez dias com dores nas entranhas, enjôos, abscessos no piloro. Far-se-á a autópsia, e os médicos dirão: "Este sujeito morreu de um tumor no fígado ou de uma febre tifóide".

— Mas — disse a Sr.ª de Villefort — todas essas circunstâncias, que o Sr. Conde encadeia umas nas outras, podem ser quebradas pelo menor acidente; e o abutre pode não passar a tempo ou cair a cem passos do viveiro dos peixes.

— Ah! aí é que está a arte: para ser um grande químico, no Oriente, é preciso encaminhar o acaso, e isso se consegue.

A Sr.ª de Villefort estava pensativa e ouvia.

— Mas — disse ela — o arsênico é indissolúvel: de qualquer maneira que seja absorvido, achar-se-á no corpo do homem, sempre que aí tiver entrado em quantidade suficiente para dar a morte.

— Bem! — exclamou Monte Cristo — bem! Foi isso exatamente o que eu disse ao bom Adelmonte. Ele refletiu, sorriu, e respondeu-me com um provérbio francês: "Meu filho, o mundo não foi feito num dia, mas em sete; volte no domingo".

Voltei no domingo seguinte; em vez de regar a sua couve com arsênico, tinha-a regado com uma dissolução de sal com base de estricnina, *strychnos colubrina*, como dizem os sábios. Desta vez a couve não tinha aparência de doente; por isso o coelho não desconfiou, e cinco minutos depois estava morto; a galinha comeu o coelho, e no dia seguinte tinha morrido. Então fizemos nós de abutres: levamos a galinha e abrimo-la. Desta vez tinham desaparecido todos os sintomas particulares e não restavam senão os sintomas gerais. Nenhuma indicação particular em nenhum órgão; o que havia era exaltação no sistema nervoso e vestígios de congestão cerebral: a galinha não tinha sido envenenada, tinha morrido de apoplexia. É um caso raro entre as galinhas, sei-o bem, mas muito comum entre os homens.

A Sr.ª de Villefort parecia cada vez mais pensativa.

— É uma fortuna — disse — que tais substâncias não possam ser preparadas senão por químicos, porque, em verdade, metade da humanidade envenenaria a outra metade.

— Por químicos ou por pessoas que se ocupem de química — respondeu Monte Cristo, negligentemente.

— E depois — disse a Sr.ª de Villefort, arrancando-se com esforço aos seus pensamentos —, por mais sabiamente preparado que seja, o crime é sempre crime, e, se escapa à investigação dos homens, não escapa aos olhos de Deus. Os Orientais são mais fortes do que nós nos casos de consciência, e suprimiram muito prudentemente o Inferno; por isso não têm hesitações.

— Oh! minha senhora! isso é um escrúpulo que deve naturalmente nascer numa alma honrada como a sua, mas que o raciocínio pode desarraigar dela. O lado mau do pensamento humano há de ser sempre resumido por este paradoxo de Jean-Jacques Rousseau:

— O mandarim que se mata a cinco mil léguas levantando a ponta do dedo. — A vida do homem passa-se a fazer coisas dessas, e a sua inteligência esgota-se a meditá-las. Há pouquíssimas pessoas que vão brutalmente cravar uma faca no coração do seu semelhante ou que lhe ministrem, para fazê-lo desaparecer da superfície do globo, a quantidade de arsênico que ainda agora dizíamos. É realmente uma excentricidade ou uma tolice. Para chegar a isso, é preciso que o sangue aqueça a trinta e seis graus, e que a alma saia dos seus limites ordinários; mas se, passando, como se pratica em filologia, da palavra ao sinônimo adoçado, fizer uma simples eliminação; se, em vez de cometer um homicídio ignóbil afastar pura e simplesmente do seu caminho a pessoa que a incomoda, e, isto sem choque, sem violência, sem o aparato desses sofrimentos que, tornando-se um suplício, fazem da vítima um mártir, e da que procedeu contra ela um carrasco em toda a força da palavra; se não há, nem sangue, nem gritos, nem contorções, nem sobretudo essa horrível e comprometedora instantaneidade da execução, então escapa à lei humana que diz: Não perturbe a sociedade! É, assim que procedem, colhendo resultado, as pessoas do Oriente, gente grave e fleumática, que pouco se importa com as questões de tempo nas conjunturas de certa importância.

— Resta a consciência — disse a Sr.ª de Villefort, com voz comovida e com um suspiro abafado.

— Sim — disse Monte Cristo —, sim, felizmente resta a consciência, sem a qual se seria muito desgraçado. Depois de todas as ações um tanto vigorosas, é a consciência que nos salva, porque nos fornece mil desculpas excelentes, de que só nós somos juízes; e essas razões, por mais excelentes que sejam para nos conservarem o sono, talvez fossem medíocres perante um tribunal para nos conservarem a vida. Assim, Ricardo III, por exemplo, devia ser maravilhosamente servido pela sua consciência depois da supressão dos dois filhos de Édouard IV; com efeito, podia dizer consigo: Esses dois filhos de um rei cruel e perseguidor, que tinham herdado os vícios do pai, que só eu lhes soube conhecer nas propensões juvenis, essas duas crianças obstavam a que eu fizesse a felicidade do povo inglês, de que teriam infalivelmente causado a desgraça. Assim foi servida pela sua consciência *lady* Macbeth, que queria, pode Shakespeare dizer o que lhe aprouver, dar um trono, não ao marido, mas ao filho. Oh! o amor materno é uma virtude tamanha, um móvel tão poderoso, que faz desculpar muitas coisas; portanto, depois da morte de Duncan, *lady* Macbeth teria sido muito infeliz se não fosse a sua consciência.

A Sr.ª de Villefort absorvia com avidez estas medonhas máximas e estes horríveis paradoxos, expendidos pelo conde com a ingênua ironia que lhe era particular.

Depois, passado um instante de silêncio:

— Sabe — disse ela —, Sr. Conde, que é um terrível argumentador, e que vê o mundo a uma luz um tanto lívida? Foi olhando para a humanidade entre alambiques e retortas que a julgou assim? Porque, tinha razão, o senhor é um grande químico, e o elixir que deu a meu filho e que tão rapidamente o fez voltar a si...

— Oh, não se fie nisso, minha senhora! — disse Monte Cristo —; uma gota desse elixir bastou para fazer voltar a si aquela criança, que ia morrendo, mas três gotas ter-lhe-iam cortado a respiração e causado uma síncope muito mais grave do que aquela que o afetava então; dez, enfim, tê-lo-iam fulminado. Sabe, minha senhora, como o desviei apressadamente daqueles frascos em que tinha a imprudência de tocar?

— Então, é um veneno terrível?

— Oh! meu Deus, não! Em primeiro lugar, admitamos que a palavra veneno não existe, porque a medicina emprega os mais violentos venenos, que se tornam, pelo modo por que são ministrados, remédios salutares.

— Então, o que era?

— Era um sábio preparado do meu amigo, o excelente abade Adelmonte, e de que ele me ensinou a servir-me.

— Oh! — disse a Sr.ª de Villefort — deve ser um excelente antiespasmódico.

— Magnífico, minha senhora, como viu — respondeu — o conde: — e faço dele uso freqüente, com toda a prudência possível, bem entendido — acrescentou rindo.

— Acredito — replicou a Sr.ª de Villefort, rindo também. — Pois eu, que sou muito nervosa e que perco os sentidos com muita facilidade, precisava de um doutor adelmonte que me inventasse meios de respirar livremente e de me tranqüilizar acerca do receio que tenho de morrer um dia sufocada. Mas, como é coisa difícil de achar na França, e o seu abade não está provavelmente muito disposto a fazer por minha causa uma viagem a Paris, sirvo-me dos antiespasmódicos de Planche, e a hortelã-pimenta e as gotas de Hoffmann desempenham para comigo um grande papel. Olhe, aqui tem pastilhas que mando fazer expressamente; têm dose dobrada.

Monte Cristo abriu a caixa de tartaruga que a Sr.ª de Villefort lhe apresentava, e respirou o aroma das pastilhas como amador digno de apreciar o preparado.

— São excelentes — disse —, mas sujeitas à necessidade da deglutição, função que muitas vezes é impossível de executar da parte da pessoa desmaiada. Antes quero o meu específico.

— Mas decerto, e eu também o preferiria, principalmente depois dos efeitos que vi; mas é sem dúvida um segredo, e não sou tão indiscreta que lho peça.

— Mas eu, minha senhora — disse Monte Cristo, levantando-se —, sou bastante delicado para lho oferecer.

— Oh! Sr. Conde!...

— Mas lembre-se de uma coisa, e é que em pequenas doses é um remédio, e em doses grandes é um veneno. Uma gota restitui a vida, como viu; cinco ou seis matariam infalivelmente, e de um modo tanto mais terrível que, deitadas num copo de vinho, não lhe alterariam de modo nenhum o gosto. Mas não digo mais, minha senhora, pareceria que queria aconselhá-la.

Acabavam de dar seis horas e meia, e foi anunciada uma amiga da Sr.ª de Villefort, que ia jantar com ela.

— Se eu tivesse a honra de vê-lo pela terceira ou quarta vez, Sr. Conde, em lugar de vê-lo pela segunda — disse a Sr.ª de Villefort —, se eu tivesse a honra de ser sua amiga, em lugar de ter simplesmente a fortuna de lhe ser obrigada, pedir-lhe-ia que jantasse comigo, e não me deixaria vencer por uma primeira recusa.

— Muito agradecido, minha senhora — respondeu Monte Cristo; — tenho um compromisso a que não posso faltar. Prometi acompanhar ao espetáculo uma princesa grega das minhas relações, que não viu ainda a grande ópera, e que conta comigo para isso.

— Vá, senhor, mas não se esqueça da minha receita.

— Para a esquecer, minha senhora, era preciso esquecer a hora de conversação que acabo de passar ao pé de si, o que é impossível.

Monte Cristo cumprimentou e saiu.

A Sr.ª de Villefort ficou pensativa.

Eis aí um homem extraordinário, disse, e que tem todas as aparências de ter por nome de batismo Adelmonte.

Para Monte Cristo o resultado excedeu a expectativa.

Vamos, disse ele, ali está uma boa terra; estou convencido de que a semente que nela se deixa cair não é perdida.

E no dia seguinte, fiel à sua promessa, mandou a receita pedida.

LIII. Roberto do diabo

A desculpa da ópera era naturalíssima porque havia nessa noite solenidade na Academia Real de Música.

Levasseur, depois de uma longa indisposição, tornava a aparecer no papel de Bertram, e, como sempre, a obra do maestro da moda tinha atraído a mais brilhante sociedade de Paris.

Morcerf, como a maior parte dos rapazes ricos, tinha a sua cadeira de orquestra e mais dez camarotes de pessoas do seu conhecimento, a quem podia ir pedir um lugar, sem falar naquele a que tinha direito no camarote dos leões.

Château-Renaud tinha a cadeira ao pé da dele.

Beauchamp, na sua qualidade de jornalista, era rei da sala e tinha lugar em toda parte.

Nessa noite, Lucien Debray dispunha do camarote de um ministro e oferecera-o ao conde de Morcerf, que, pela recusa de Mercédès, o enviara a Danglars, mandando-lhe dizer que provavelmente iria fazer uma visita à baronesa e a sua filha, se essas senhoras houvessem por bem aceitar o camarote que lhes oferecia.

As senhoras não recusaram.

Não há quem mais goste de camarotes que não custem nada do que um milionário.

Danglars, esse tinha declarado que os seus princípios políticos e a sua qualidade de deputado da oposição não lhe permitiam ir para o camarote do ministro.

Em conseqüência disso, a baronesa tinha mandado dizer a Lucien que viesse buscá-la, porque não podia ir à ópera só com Eugénie.

O fato é que se as duas senhoras fossem sozinhas, havia de reparar-se, ao passo que, indo à ópera a menina Danglars com sua mãe e o amante de sua mãe, não havia o que dizer: o mundo tem este feitio.

Levantou-se o pano, como de costume, estando a sala quase vazia.

É também um dos hábitos da elegância parisiense chegar ao espetáculo depois de começado: resulta daí que o primeiro ato se passa, da parte dos espectadores que chegaram, não a ver e a ouvir a peça, mas a ver entrar os espectadores que vão chegando e a não ouvir senão a bulha das portas e das conversações.

— Olha! — disse de repente Albert ao ver abrir-se um camarote de lado na primeira ordem — olha! a condessa G... !

— Quem é essa condessa G...? — perguntou Château-Renaud.

— Ora essa, barão! não lhe perdôo; pergunta quem é a condessa G...?

— Ah! é verdade — disse Château-Renaud —; não é a encantadora veneziana?

— Justamente.

Neste momento a condessa G... viu Albert e trocou com ele um cumprimento acompanhado de um sorriso.

— Conhece-a? — disse Château-Renaud.

— Conheço — disse Albert —; fui-lhe apresentado em Roma pelo Franz.

— Faz-me você em Paris o mesmo obséquio que o Franz lhe fez em Roma?

— Da melhor vontade.

— Silêncio! — gritou o público.

Os dois rapazes continuaram a sua conversação sem darem o mais leve sinal de terem percebido o desejo que a platéia tinha de ouvir a música.

— Esteve nas corridas do Champ-de-Mars? — perguntou Cháteau-Renaud.

— Hoje?

— Sim.

— É verdade, houve corridas, Você apostou?

— Oh, uma ninharia, cinqüenta luíses!

— E que cavalo ganhou?

— O Náutilo; eu ia por ele.

— Mas havia três corridas?

— Havia, sim. Havia o prêmio do Jockey-Club, uma taça de ouro. E até se passou um fato singular.

— O que foi?

— Silêncio! — gritou o público.

— A corrida foi ganha por um cavalo e um jóquei completamente desconhecidos.

— O que me diz?!

— Digo-lhe isto. Ninguém tinha prestado atenção a um cavalo inscrito com o nome de *Vampa* e a um jóquei inscrito com o nome de *Job*, senão quando se vêem avançar um admirável alazão e um jóquei da grossura do meu pulso, a quem foi preciso meter nas algibeiras vinte libras de chumbo, o que não obstou a que chegasse à meta três comprimentos de cavalo adiante do *Ariel* e do *Bárbaro*, que corriam com ele.

— E não se soube a quem pertenciam o cavalo e o jóquei?

— Não.

— Disse que estava inscrito com o nome de...?

— *Vampa*.

— Então — disse Albert — estou mais adiantado do que você: sei a quem pertencem.

— Silêncio! — gritou pela terceira vez a platéia.

Desta vez os protestos da platéia eram tais que os dois rapazes perceberam que era a eles a que o público se dirigia. Voltaram-se por um instante, procurando na multidão um homem que tomasse a responsabilidade do que consideravam como uma impertinência; mas ninguém reiterou o convite, e eles tornaram a voltar-se para a cena.

Neste momento abria-se o camarote do ministro, e a Sr.ª Danglars, sua filha e Lucien Debray tomavam lugares.

— Ah! ah! — disse Château-Renaud — ali tem pessoas suas conhecidas, visconde. Que diabos está você olhando para a direita. Olhe que o procuram.

Albert voltou-se, e os seus olhos encontraram efetivamente os da baronesa Danglars, que o cumprimentou com o leque.

No que respeita à menina Eugénie, os seus grandes olhos pretos mal se dignaram abaixar-se até a orquestra.

— Em verdade, meu amigo — disse Château-Renaud —, não percebo; não falando na desigualdade das posições, e não creio que isso lhe dê muito que pensar, não percebo, digo, não falando na desigualdade das posições, o que é que lhe desagrada na Eugénie Danglars; é, na verdade, uma bonita moça.

— Muito bonita, decerto — disse Albert —; mas confesso-lhe que, em questões de beleza, eu antes queria alguma coisa mais meiga, mais feminina, enfim.

— Os rapazes são assim — disse Château-Renaud, que, na sua qualidade de homem de trinta anos, usava de ares paternais para com Morcerf. — Pois quê?! meu caro, alcançam-lhe uma noiva feita pelo molde da Diana Caçadora, e não está contente?!

— Pois eu antes queria alguma coisa no gênero da Vênus de Milo ou de Cápua. A Diana Caçadora, sempre no meio das ninfas, assarapanta-me; tenho medo de que me trate como Actéon.

E o certo é que, olhando-se para Eugénie Danglars, quase se podia explicar o sentimento que Morcerf acabara de confessar.

Era bela; mas, como Albert dissera, era uma beleza um pouco parada: os cabelos eram de um bonito preto, mas, no ondeado natural, notava-se uma rebeldia para com a mão que quisesse impor-lhes a vontade; os olhos, pretos como os cabelos, eram emoldurados por magníficas sobrancelhas, que não tinham senão um defeito: o de se carregarem às vezes; eram principalmente notáveis por uma expressão de firmeza, que causava espanto encontrar no olhar de uma mulher; o nariz tinha as proporções que um estatuário daria ao de Juno; só a boca era demasiado grande mas guarnecida de bonitos dentes, que faziam sobressair lábios em que o vivíssimo carmim se salientava da palidez das faces; e um sinal preto colocado ao canto da boca, e maior do que ordinariamente são esses caprichos da natureza, acabava de dar-lhe à fisionomia o caráter decidido que até certo ponto aterrava Morcerf.

Todo o resto da pessoa de Eugénie condizia com a cabeça, que acabamos de tentar descrever.

Era, como Château-Renaud dissera, a Diana Caçadora, mas com o que quer que fosse ainda de mais firme e mais musculoso na sua beleza.

No que respeita à educação que recebera, se alguma coisa havia que censurar era que, como certos pontos da sua fisionomia, parecia um tanto pertencer a outro sexo.

Falava duas ou três línguas, desenhava menos mal, fazia versos e compunha música, arte pela qual era apaixonada e que estudava com uma das suas amigas do colégio, menina sem fortuna, mas que tinha todas as disposições possíveis para vir a ser, segundo se dizia, uma excelente cantora.

Um grande compositor manifestava por esta, também se dizia, um interesse quase paternal, e fazia-a trabalhar na esperança de achar um dia uma fortuna na sua voz.

A possibilidade de que a menina Louise d'Armilly (era o nome da jovem virtuose), viesse a entrar para o teatro, fazia com que a menina Danglars, embora a recebesse em sua casa, não aparecesse na companhia dela em público.

Mas, sem ter em casa do banqueiro a posição independente de uma amiga, Louise tinha uma posição superior à das mestras ordinárias.

Alguns segundos depois da entrada da Sr.ª Danglars no camarote, caíra o pano, e, graças à faculdade que o comprimento dos entreatos dá de passear na caixa ou de fazer visitas durante meia hora, a orquestra estava quase sem ninguém,

Morcerf e Château-Renaud tinham sido dos primeiros a sair.

A Sr.ª Danglars pensara, por um instante, que a pressa que Albert se dera em sair tinha por fim ir fazer-lhes os seus cumprimentos, e curvara-se para o ouvido da filha para lhe anunciar essa visita; mas esta contentara-se em menear a cabeça sorrindo, e ao mesmo tempo, para provar quanto era fundada a negativa de Eugénie, Morcef apareceu num camarote da primeira ordem.

Este camarote era o da condessa G...

— Ah! bem-indo seja, senhor viajante — disse esta, estendendo-lhe a mão com toda a cordialidade de um conhecimento antigo —; é muita amabilidade da sua parte haver-me reconhecido, e muito mais ter-me dado a preferência para a sua primeira visita.

— Creio, minha senhora — respondeu Albert —, que se soubesse que estava em Paris e onde se hospedava, não me havia reservado para tão tarde. Mas queira permitir-me que lhe apresente o Sr. Barão de Château-Renaud, meu amigo, um dos raros fidalgos que ainda há na França, e por quem acabo de saber que a Sr.ª Condessa esteve nas corridas do Champ-de-Mars.

Château-Renaud cumprimentou.

— Ah, o senhor estava nas corridas? — disse a condessa, com vivacidade.

— Sim, minha senhora.

— Então — replicou a condessa — pode dizer-me a quem pertencia o cavalo que ganhou o prêmio do Jockey-Club?

— Não, minha senhora — disse Château-Renaud —; eu fazia ainda agora a mesma pergunta a Albert.

— Tem muito empenho nisso, Sr.ª Condessa? — perguntou Albert.

— Em quê?

— Em saber quem é o dono do cavalo?

— O mais possível. Imaginem... Mas, por acaso saberá o visconde quem ele seja?

— Ia a contar uma história, minha senhora, e disse: Imaginem...

— Pois; imaginem que o lindo cavalo alazão e o bonito joqueizinho de jaqueta cor-de-rosa me inspiraram, à primeira vista, tamanha simpatia, que fazia votos por um e por outro, exatamente como se houvesse apostado por eles metade da minha fortuna; por isso, quando os vi chegar à meta primeiro que os outros, três comprimentos de cavalo, fiquei tão contente que dei palmas como uma louca. Imaginem o meu espanto, quando, ao entrar em minha casa, encontrei na escada o joqueizinho de jaqueta cor-de-rosa! Julguei que o vencedor da corrida morava por acaso na mesma casa que eu, quando, ao abrir a porta da minha sala, a primeira coisa que vi foi a taça de ouro que constituía o prêmio ganho pelo cavalo e pelo jóquei desconhecidos. Dentro da taça havia um papel, em que estavam escritas estas palavras: "À condessa G... Lorde Ruthwen."

— É exatamente — disse Morcerf.

— Como?! é exatamente?... o que quer dizer?

— Quero dizer que é Lorde Ruthwen em pessoa...

— Que Lorde Ruthwen?

— O nosso, o vampiro, o do Teatro Argentina.

— Que me diz?! — exclamou a condessa —; ele está cá? — Não há que duvidar.

— E fala-lhe? recebe-o? vai à casa dele?

— É meu amigo íntimo, e o Sr. de Château-Renaud tem a honra de o conhecer.

— O que é que lhe faz crer que fosse ele quem ganhou?

— O cavalo inscrito com o nome de *Vampa*.

— E por quê?

— Pois não se recorda do nome do famoso bandido que me fez prisioneiro?

— Ah! é verdade.

— E de cujas mãos me tirou o conde miraculosamente?

— Muito bem.

— Chamava-se *Vampa*. Bem vê que é ele.

— Mas por que me enviou aquela taça?

— Em primeiro lugar, porque eu lhe falei muito da Sr.ª Condessa como pode crer, e depois, porque ficaria encantado de encontrar uma compatriota, e se julgaria feliz pelo interesse que essa compatriota tomara por ele.

— Ouso esperar que nunca lhe contasse as loucuras que dissemos a respeito dele...

— Não iria jurá-lo, e o fato de lhe oferecer a taça sob o nome de Lorde Ruthwen...

— Mas... é horroroso! há de ter-me um ódio mortal!

— O seu procedimento será o de um inimigo?...

— Confesso que não.

— Bem vê!

— Então está em Paris?

— Está.

— E tem causado sensação?

— Mas — disse Albert —, falou-se dele oito dias, depois deu-se o caso da coroação da rainha de Inglaterra e o roubo dos diamantes de *mademoiselle* Mars, e não se falou senão nisto.

— Meu querido — disse Château-Renaud —, bem se vê que o conde é seu amigo, e o senhor trata-o como tal. Não acredite no que lhe diz Albert, Sr.ª Condessa, não se fala em Paris senão no conde de Monte Cristo. Estreou-se mandando à Sr.ª Danglars cavalos de trinta mil francos; depois salvou a vida da Sr.ª de Villefort; e depois parece que ganhou a corrida no Jockey-Club. E portanto, diga Morcerf o que disser, sustento que se fala ainda neste momento no conde, e que dentro de um mês não se falará senão dele, se quiser continuar a mostrar-se excêntrico, o que, aliás, parece ser o seu modo ordinário de viver.

— É possível — disse Morcerf —; mas... quem está no camarote da Embaixada da Rússia?

— Qual é? — perguntou a condessa.

— O da primeira ordem, no meio das colunas; parece todo renovado.

— É verdade — disse Renaud. — Esteve lá alguém durante o primeiro ato.

— Onde?

— Naquele camarote.

— Não — respondeu a condessa —, não vi ninguém. Mas, voltando ao mesmo assunto: acha que fosse o seu conde de Monte Cristo quem ganhou o prêmio?

— Tenho certeza.

— E seria ele que me mandou a taça?

— Não admite dúvida.

— Mas eu não o conheço — disse a condessa —, e a minha vontade era devolver-lha.

— Oh! não faça tal; mandar-lhe-ia outra aberta em alguma safira ou cavada em algum rubi. São modos de proceder; o que quer? não há remédio senão tomá-lo como ele é.

Neste momento ouviu-se a campainha anunciando que ia começar o segundo ato.

Albert levantou-se para ir para o seu lugar.

— Tornarei a vê-lo? — perguntou a condessa.

— Nos entreatos, se mo permitir, virei informar-me se posso servir-lhe para alguma coisa em Paris.

— Senhores — disse a condessa —, todos os sábados à noite, Rua de Rivoli n.º 22, fico em casa para as pessoas da minha amizade. Ficam avisados.

Os rapazes cumprimentaram e saíram.

Quando tornaram a entrar na sala, viram a platéia em pé com os olhos fitos num ponto. Seguiram com a vista nessa direção e pararam no antigo camarote da Embaixada da Rússia.

Acabava de entrar nesse camarote um homem vestido de preto, de trinta e cinco a quarenta anos, com uma mulher que trajava à moda oriental.

A mulher era de peregrina beleza, e vestia com tanta riqueza, que, como dissemos, todos os olhos se voltaram para ela no mesmo instante.

— Oh! — disse Albert — é o Monte Cristo e a sua grega. Efetivamente, eram o conde e Haydée.

Um instante depois, a formosa grega era objeto de atenção não só da platéia como de toda a sala.

As mulheres debruçavam-se dos camarotes para verem brilhar os lumes daquela cascata de diamantes.

O segundo ato passou-se no meio do rumor surdo que indica nas multidões um grande acontecimento.

Ninguém pensou em recomendar silêncio.

Aquela mulher, tão nova, tão bela, tão deslumbrante, era o mais curioso do espetáculo.

Desta vez, um aceno da Sr.ª Danglars indicou claramente a Albert que a baronesa desejava receber a sua visita no entreato seguinte.

Morcerf era muito bem-educado para se fazer esperar quando lhe indicavam claramente que o esperavam.

Acabado o ato, apressou-se pois a ir ao camarote.

Cumprimentou as duas senhoras e estendeu a mão a Debray.

A baronesa recebeu-o com um sorriso encantador, e Eugénie com a usual frieza.

— Meu caro — disse Debray —, bem pode auxiliar-me, que eu não sei já o que hei de dizer. A Sr.ª Baronesa aflige-me com perguntas acerca do conde, e quer que eu saiba de onde ele é, de onde vem, e para onde vai; ora, eu não sou Cagliostro, e para me sair airosamente disse-lhe: Pergunte-o a Morcerf, que conhece Monte Cristo como os seus dedos; e então a Sr.ª Baronesa fez-lhe sinal para que viesse até aqui.

— Não é incrível — disse a baronesa — que quem tem meio milhão de fundos secretos à sua disposição não saiba mais do que isto?...

— Minha senhora — disse Lucien —, peço-lhe que acredite que se eu tivesse meio milhão à minha disposição não o empregaria em tirar informações do Sr. de Monte Cristo, que a meus olhos não tem outro merecimento senão o de ser duas vezes rico como um nababo; mas dê a palavra ao meu amigo Morcerf; isso agora é com ele, já não é comigo.

— Um nababo não me mandava decerto uma parelha de cavalos de trinta mil francos, com quatro diamantes nas orelhas, de cinco mil francos cada um.

— Oh! — disse Morcerf, rindo — os diamantes são a mania dele. Creio que, qual outro Potemkin, os traz sempre na algibeira, e os semeia pelo caminho, como o pequeno Poucet fazia com os seixos.

— Talvez tivesse achado alguma mina — disse a Sr.ª Danglars —; sabe que tem um crédito ilimitado sobre a casa do barão?

— Não, não sabia — respondeu Albert —; mas assim deve ser.

— E que disse ao Sr. Danglars que tencionava demorar-se um ano em Paris e gastar cá seis milhões?

— É o xá da Pérsia que viaja incógnito.

— E já viu, Sr. Lucien, como aquela mulher é bonita?

— Em verdade, minha senhora, não conheço quem faça tanta justiça às pessoas do seu sexo. Lucien chegou o binóculo aos olhos.

— É encantadora — disse.

— E sabe quem ela seja, Sr. Morcerf?

— Minha senhora — disse Albert, respondendo a esta interpelação quase direta —, sei-o, mais ou menos, como tudo quanto respeita à personagem misteriosa de que falamos, É uma grega.

— Isso se vê pelo traje, e o senhor não me diz com isso mais do que toda a gente que está na sala sabe.

— Tenho pena — disse Morcerf — de ser um cicerone tão ignorante, mas devo confessar que se limitam a isto os meus conhecimentos; o que sei é que é grande professora, porque, um dia, que jantei em casa do conde, ouvi os sons de uma gusla, que não podiam ser tirados senão por ela.

— Então o seu amigo conde recebe? — perguntou a Sr.ª Danglars a Morcerf.

— E de um modo esplêndido, juro-lho.

— Vou pedir ao Sr. Danglars que lhe ofereça um jantar, um baile, para que ele corresponda a isso.

— Pois quê?! a Sr.ª Baronesa iria à casa dele? — disse Debray, rindo.

— Por que não? Ia com o meu marido.

— Mas é homem só, o misterioso conde...

— Bem vê que não — disse rindo também a baronesa, mostrando a linda grega.

— Essa mulher é uma escrava, segundo o que ele mesmo nos contou; lembra-se, Morcerf, no seu almoço?

— Há de confessar, meu caro Lucien — disse a baronesa —, que mais parece uma princesa.

— De *As Mil e Uma Noites*.

— De *As Mil e Uma Noites* não digo; mas o que faz as princesas, meu caro? são os diamantes, e ela está coberta deles.

— Tem até de mais — disse Eugénie —; seria mais bela sem isso, porque se lhe veriam melhor o pescoço e os pulsos, que são de apetecer.

— Oh! que artista! Olhe — disse a Sr.ª Danglars —, lá se apaixona por ela a minha filha!

— Eu gosto de tudo quanto é belo — disse Eugénie.

— Mas então o que diz do conde? — perguntou Debray —; parece-me também que não é má figura.

— O conde? — respondeu Eugénie, como se não tivesse pensado ainda em olhar para ele —; o conde é muito pálido.

— É exatamente nessa palidez — disse Morcerf — que está o segredo que nós procuramos. A condessa G... quer, como sabe, que seja um vampiro.

— Então a condessa está de volta?... — perguntou a baronesa.

— Naquele camarote de lado — disse Eugénie —, quase defronte do nosso, minha mãe; aquela senhora de admiráveis cabelos louros é ela.

— Oh! Sim — disse a Sr.ª Danglars —; não sabe o que devia fazer, Morcerf?

— Mande, minha senhora.

— Devia ir visitar o conde de Monte Cristo e trazê-lo ao nosso camarote.

— Para quê? — perguntou Eugénie.

— Para lhe falarmos: não tem curiosidade de vê-lo?

— Absolutamente nenhuma.

— Singular rapariga! — murmurou a baronesa.

— Oh! — disse Morcerf — talvez ele venha sem isso. Olhe, viu-a, minha senhora, e está a cumprimentá-la. A baronesa correspondeu ao cumprimento do conde com um sorriso encantador.

— Vá lá — disse Morcerf —, sacrifico-me; deixo-as e vou ver se haverá meio de lhe falar.

— Vá ao camarote dele; é muito simples.

— Mas. .. se não fui apresentado!...

— A quem?

— À linda grega.

— Mas se diz que é uma escrava...

— Sim, mas a Sr.ª Baronesa quer que ela seja uma princesa... Não. É de esperar que ele, quando me vir sair, saia também.

— É possível. Vá lá.

— Vou.

Morcerf cumprimentou e saiu.

Efetivamente, no momento em que chegava ao camarote do conde, abriu-se a porta.

O conde disse algumas palavras em árabe a Ali, que estava no corredor, e travou do braço de Morcerf.

Ali fechou a porta, e ficou em pé diante dela; havia no corredor um ajuntamento em volta do núbio.

— Na verdade — disse Monte Cristo —, a sua Paris é uma cidade singular e os seus parisienses um povo singularíssimo. Dir-se-ia que é a primeira vez que vêem um núbio. Olhe como se juntam em volta do pobre Ali, que não sabe o que aquilo significa. O que aposto é que, se um parisiense for a Tunes, a Constantinopla, a Bagdá, ou ao Cairo não lhe fazem roda.

— É que os seus orientais são pessoas sensatas e não olham senão para o que vale a pena de se ver; mas creia que Ali não goza dessa popularidade senão porque pertence ao Sr. Conde; e que o Sr. Conde é neste momento o homem da moda.

— Sim?... o que é que me traz tamanho favor?

— Ora essa!... o senhor mesmo dá parelhas de cavalos de mil luíses; salva a vida a mulheres de procuradores régios: faz correr sob o nome de major Black, cavalos de puro sangue e jóqueis leves como uma pena; enfim, ganha taças de ouro, e manda-as às mulheres bonitas.

— E quem diabos lhe contou todas essas loucuras, meu caro Morcerf?

— Quem?! em primeiro lugar, a Sr.ª Danglars, que está morrendo por vê-lo no seu camarote, ou melhor, porque o vejam nele; em segundo lugar, o jornal de Beauchamp: e em terceiro lugar, a minha imaginação. Para que pôs o nome de *Vampa* ao seu cavalo, se queria guardar o incógnito?

— Ah! é verdade... — disse o conde — foi uma imprudência. Mas diga-me: o conde de Morcerf não vem às vezes à Ópera? Procurei-o com os olhos e não o vi...

— Há de vir esta noite.

— Aonde?

— Ao camarote da baronesa, creio eu.

— Aquela linda menina que está com ela é a filha?

— É.

— Faço-lhe os meus cumprimentos.

Morcerf sorriu.

— Falaremos depois a esse respeito e circunstanciadamente. O que diz da música?

— De que música?

— Da que acabou de ouvir.

— Digo que é muito boa música para ser composta por um compositor humano, e cantada por aves de dois pés e sem penas, como dizia o defunto Diógenes.

— Ora essa! mas, meu querido conde, parece que o senhor podia ouvir, se tivesse esse capricho, os sete coros do Paraíso.

— Não, mas há o quer que seja como isso. Quando quero ouvir música admirável, visconde, música como nunca ouviram ouvidos mortais, durmo.

— Bem! mas o senhor está aqui às mil maravilhas; durma, meu querido conde, durma: a Ópera não foi inventada para outra coisa.

— Não, que a orquestra faz muita bulha. Para que eu durma o sono de que lhe falo, preciso de serenidade e silêncio, e de certo preparado...

— Ah! o famoso haxixe?

— Exatamente, visconde; quando quiser ouvir música, venha cear comigo.

— Mas já a ouvi quando almocei em sua casa — disse Morcerf.

— Em Roma?

— Sim.

— Ah! era a gusla de Haydée. Sim, a pobre exilada entretém-se às vezes a tocar árias do seu país.

Morcerf não insistiu mais; pela sua parte, o conde calou-se.

Nesse momento ressoou a campainha.

— Desculpe-me? — disse o conde, dirigindo-se para o seu camarote.

— Que lembrança!...

— Peço-lhe que faça muitos cumprimentos à condessa de G... da parte do *seu vampiro*.

— E à baronesa?

— Diga-lhe que hei de ter a honra, se ela o permitir, de ir apresentar-lhe logo os meus respeitos.

Começou o terceiro ato, durante o qual o conde de Morcerf veio, como prometera, ter com a Sr.ª Danglars.

O conde não era um desse homens que fazem revolta numa sala; por isso ninguém deu pela sua chegada senão as pessoas em cujo camarote tomava lugar.

Monte Cristo viu-o, contudo, e despontou-lhe nos lábios um sorriso.

Haydée nada via enquanto o pano estava levantado; como todas as naturezas primitivas, adorava tudo quanto falava ao ouvido e à vista.

O terceiro ato correu como de costume.

As bailarinas Noblet, Julie e Leroux executaram os seus passos ordinários...

Robert-Mario desafiou o príncipe de Granada.

Até que o majestoso rei que sabem deu uma volta na sala para mostrar o seu capote de veludo, levando a filha pela mão.

Depois caiu o pano, e a sala transbordou imediatamente, uns para a caixa do teatro, outros para os corredores.

— O conde saiu do seu camarote, e um instante depois apareceu no da baronesa Danglars.

A baronesa não pôde deixar de dar um grito de surpresa levemente misturado de alegria.

— Ah! venha, Sr. Conde — exclamou ela —, porque em verdade muito desejava juntar os meus agradecimentos verbais aos agradecimentos que já lhe dirigi por escrito.

— Oh! minha senhora — disse o conde —, ainda se lembra dessa miséria! eu já a tinha esquecido.

— Sim, mas o que se não esquece. Sr. Conde, é ter no dia seguinte salvo a minha boa amiga, a Sr.ª de Villefort, do perigo que os cavalos a fizeram correr.

— Mais uma vez lhe digo, minha senhora, que não mereço os seus agradecimentos; foi Ali, o meu núbio, que teve a ventura de prestar esse eminente serviço à Sr.ª de Villefort.

— E foi também Ali — disse o conde de Morcerf — que tirou meu filho das mãos dos bandidos romanos?...

— Não, Sr. Conde — disse Monte Cristo, apertando a mão que o general lhe estendia —, não, esses agradecimentos pertencem-me, mas já mos deu, já os recebi, e, na verdade, envergonha-me de vê-lo ainda tão reconhecido. Faça-me portanto a honra, peço-lhe, Sr.ª Baronesa, de me apresentar a sua filha.

— Oh! está apresentado, de nome pelo menos, porque há dois ou três dias que não falamos senão do Sr. Conde. Eugénie — continuou a baronesa voltando-se para a filha —, o Sr. Conde de Monte Cristo.

O conde curvou-se.

A menina Danglars fez um leve movimento de cabeça.

— O Sr. Conde está na companhia de uma senhora admirável — disse Eugénie —; é sua filha?

— Não, minha senhora — disse Monte Cristo, admirado dessa extrema ingenuidade ou desse espantoso desassombro —, é uma pobre grega, de quem sou tutor.

— E que se chama?...

— Haydée.

— Uma grega! — murmurou o conde de Morcerf.

— Sim, conde — disse a Sr.ª Danglars —; e diga-me se viu alguma vez na corte de Ali Tebelin, onde serviu com tanta glória, um traje tão admirável como o que temos ali diante dos olhos?

— Ah! — disse Monte Cristo — o Sr. Conde serviu em Janina?

— Fui general-inspetor das tropas do paxá — respondeu Morcerf —, e a minha pequena fortuna, não o oculto, vem das liberalidades do ilustre chefe albanês.

— Então olhe! — insistiu a Sr.ª Danglars.

— Para onde? — balbuciou Morcerf.

— Para ali! — disse Monte Cristo.

E, envolvendo o conde com o braço, debruçou-se com ele do camarote.

Neste momento, Haydée, que percorrera o conde com os olhos, viu-lhe a cabeça pálida junto da de Morcerf, que ele abraçava.

Aquela vista produziu na grega o efeito terrível da cabeça de Medusa.

Fez um movimento para diante, como para devorá-los a ambos com a vista, e depois, quase imediatamente, deitou-se para trás soltando um grito débil, que foi contudo ouvido pelas pessoas que estavam mais próximas dela e por Ali, que abriu a porta no mesmo instante.

— Olhe — disse Eugénie —, o que sucederia à sua pupila, Sr. Conde? parece que desmaiou...

— É verdade — disse o conde —; mas não se assuste, minha senhora; Haydée é muito nervosa, e, por conseguinte, muito sensível aos aromas; basta um perfume de que não goste para fazê-la perder os sentidos; mas — acrescentou o conde, tirando um frasco da algibeira — tenho aqui o remédio.

E depois de ter cumprimentado a baronesa e a filha, apertou a mão ao conde e a Debray, e saiu do camarote da Sr.ª Danglars.

Quando tornou a entrar no seu camarote, Haydée estava ainda muito pálida: mal apareceu, travou-lhe ela da mão. Monte Cristo sentiu que as mãos da pobre menina estavam úmidas e geladas ao mesmo tempo.

— Com quem estava conversando, senhor? — perguntou-lhe ela.

— Ora... — respondeu Monte Cristo —, com o conde de Morcerf, que esteve a serviço do seu ilustre pai e que confessa que lhe deve a sua fortuna.

— Ah, o miserável! — exclamou Haydée — foi ele quem o vendeu aos turcos; e essa fortuna foi o prêmio da sua traição. Não sabia isto, meu querido senhor?

— Já tinha ouvido algumas palavras dessa história no Epiro — disse Monte Cristo —, mas não sei os pormenores. Vamo-nos, minha filha, contarmo-á; isso há de ser curioso.

— Oh! sim, vamo-nos; parece-me que morreria se me demorasse mais tempo defronte daquele homem.

E Haydée, levantando-se apressadamente, embrulhou-se no seu albornoz de caxemira branca bordado de pérolas e coral, e saiu no momento em que se levantava o pano.

— Veja se aquele homem faz alguma coisa como os outros!... — disse a condessa G... a Albert, que tinha voltado para junto dela —; ouve religiosamente o terceiro ato do *Roberto*, e sai no momento em que vai começar o quarto ato!

LIV. Alta e baixa

Alguns dias depois deste encontro, Albert de Morcerf foi fazer uma visita ao conde de Monte Cristo à casa dos Champs-Élysées, que já tinha tomado os ares de palácio que o conde, graças à sua imensa fortuna, dava às casas em que residia, mesmo temporariamente.

Ia repetir-lhe os agradecimentos da Sr.ª Danglars, que já lhe haviam sido dados em carta assinada pela baronesa de Danglars, Hermine de Servieux.

Albert era acompanhado por Lucien Debray, que juntou às palavras do seu amigo alguns cumprimentos, que sem dúvida não eram oficiais, mas dos quais, graças à sua perspicácia, o conde não podia ignorar a origem.

Pareceu-lhe até que Lucien ia visitá-lo movido por um duplo sentimento de curiosidade, e que metade desse sentimento emanava da Chaussée d'Antin.

O fato é que podia supor, sem receio de se enganar, que a Sr.ª Danglars, não podendo conhecer pelos seus olhos o interior da casa de um homem que dava cavalos de trinta mil francos e ia à Ópera com uma escrava grega que levava em cima de si um milhão em diamantes, encarregava olhos, pelos quais tinha o costume de ver, de lhe darem algumas informações a esse respeito. Mas o conde não deu mostras de suspeitar que houvesse a menor relação entre a visita de Lucien e a curiosidade da baronesa.

— O senhor está em relações quase contínuas com o barão Danglars? — perguntou ele a Albert de Morcerf.

— Sim, Sr. Conde; não se lembra do que lhe disse?

— Então o negócio sempre se arranja?

— Mais do que nunca — disse Lucien —, está tratado.

E Lucien, julgando decerto que essas palavras intrometidas na conversação lhe davam o direito de ficar estranho a ela, aplicou a luneta de aro de tartaruga a um dos olhos, e, mordendo o castão de ouro da bengala, entrou a passear pela casa, examinando as armas e os quadros.

— Ah! — disse Monte Cristo. — Mas, pelo que lhe ouvi, julgava que isso não estivesse para tão breve.

— Que quer? as coisas caminham sem se sentir; não pensa a gente nelas e elas pensam na gente; e quando uma pessoa se volta, fica admirada do caminho que andaram. Meu pai e o Sr. Danglars serviram juntos na Espanha: meu pai no exército, e o Sr. Danglars nos víveres. Foi lá que meu pai, arruinado pela revolução, e o Sr. Danglars, que nunca tinha tido patrimônio, lançaram os fundamentos, meu pai da sua fortuna política e militar, que é excelente, e o Sr. Danglars, da sua fortuna política e financeira, que é admirável.

— Creio — disse Monte Cristo — que durante a visita que lhe fiz, o Sr. Danglars me falou nisso; e — continuou ele, deitando os olhos para Lucien, que folheava um álbum — é bonita a menina Eugénie? porque tenho uma idéia de que se chama Eugénie.

— Muito bonita, ou melhor, muito bela — respondeu Albert —, mas de uma beleza que eu não aprecio. Não sou digno dela.

— Fala dela como se fosse já seu marido!

— Oh! — disse Albert, olhando em volta de si para ver o que Lucien fazia.

— Sabe — disse o conde de Monte Cristo, baixando a voz — que não me parece que o senhor esteja muito entusiasmado com esse casamento?...

— A menina Danglars é rica demais para mim — disse Morcerf —, e isso assusta-me.

— Ora! — disse Monte Cristo — que razão!... e o senhor não é também rico como ela?...

— Meu pai tem alguma coisa... para aí umas cinqüenta mil libras de renda, e dar-me-á talvez dez ou doze em me casando.

— Não é muito — disse o conde —, em Paris principalmente; mas nem tudo está na fortuna, neste mundo, e é também alguma coisa uma alta posição social. O seu nome é célebre, a sua posição magnífica, e depois, o conde de Morcerf é um soldado, e agrada ver aliar aquela integridade de Bayard à pobreza de Du Guesclin; o desinteresse é o mais belo raio de sol a que pode reluzir uma nobre espada. Eu então acho a ligação o melhor possível; a menina Danglars enriquece-o e o senhor enobrece-a.

Albert meneou a cabeça e ficou pensativo.

— Há ainda outra coisa... — disse ele.

— Confesso — replicou Monte Cristo — que me custa a compreender essa repugnância por uma menina rica e bela.

— Oh, meu Deus! — disse Morcerf — a repugnância, se o é, não existe só da minha parte.

— Mas então da parte de quem? porque o senhor disse-me que seu pai desejava esse casamento...

— Da de minha mãe; e minha mãe tem um modo de ver prudente e certeiro. Pois minha mãe não engraça com essa união; não sei o que tem que dizer dos Danglars.

— Oh! — disse o conde com uns modos um tanto forçados — isso percebe-se; a Sr.ª Condessa de Morcerf, que é a distinção e a aristocracia, a finura em pessoa, hesita em tocar numa mão plebéia, grosseira e brutal; é natural.

— Não sei se é isso — disse Albert —; o que sei é que me parece que esse casamento, se se realizar, a desgostará. Já nos devíamos ter reunido há seis semanas para tratar desse negócio; mas eu tenho tido tantas dores de cabeça...

— Reais? — perguntou o conde a rir.

— Oh, realíssimas! naturalmente de medo... O caso é que se adiou a conferência para daí a dois meses. Não há pressa; eu não tenho ainda vinte e um anos, e a Eugénie só tem dezessete; mas os meses expiram na próxima semana, e não haverá então outro remédio. Não pode imaginar, meu caro conde, quanto eu me vejo embaraçado... Ah! como o senhor é feliz em ser livre!...

— Mas seja livre também; não me dirá quem o obriga a não ser?...

— Ora! seria uma grande decepção para meu pai se eu não casasse com a menina Danglars.

— Então case — disse Monte Cristo com um singular movimento de ombros.

— Sim — disse Morcerf —, mas para minha mãe, o meu casamento não será uma decepção, será um desgosto.

— Então não case — disse o conde.

— Veremos, tentaremos, e o senhor aconselhar-me-á, sim? e, se for possível, tirar-me-á do apuro. Oh! para não dar desgosto a minha excelente mãe, creio que até era capaz de romper com o conde.

Monte Cristo voltou-se.

Parecia comovido.

— Que está fazendo? — disse ele a Debray, que estava sentado numa poltrona na extremidade da sala, e tinha na mão direita um lápis e na esquerda uma carteira — o que é que está fazendo? é por acaso algum esboço?

— Eu? — disse ele, tranqüilamente — estou lá fazendo esboços! O que estou a fazer são cálculos. — Cálculos?

— Sim, estou calculando, e isto interessa indiretamente ao Sr. Conde; estou calculando quanto a casa Danglars ganhou com a última alta do Haiti: de duzentos e seis, os fundos subiram a quatrocentos e nove em três dias, e o judicioso banqueiro tinha comprado muitos a duzentos e seis. Não ganhou nem mais nem menos do que umas trezentas mil libras.

— Não é o seu melhor negócio. Um milhão ganhou ele este ano com os bondes da Espanha.

— Ouça, meu querido — disse Lucien —, aqui está o conde de Monte Cristo que lhe dirá como os italianos:

Danaro e santità
Metà della metà.

E ainda é muito. Por isso, quando me contam histórias dessas encolho os ombros.

— Mas, falava do Haiti? — disse Monte Cristo.

— Oh! O Haiti é outra coisa. O Haiti é o *écarté* da agiotagem francesa. Pode-se gostar da *bouillote*, amar o *whist*, ter paixão pelo *boston*, e cansar-se a gente ainda assim de todos os jogos; mas o *écarté* nunca aborrece, é uma obra-prima. O Sr. Danglars vendeu ontem quatrocentos e nove e meteu na algibeira trezentos mil francos; se tivesse esperado para hoje, os fundos desciam a duzentos e cinco, e, em vez de ganhar trezentos mil francos, perdia vinte ou vinte e cinco mil.

— E por que foi que os fundos desceram de quatrocentos e nove a duzentos e seis? — perguntou Monte Cristo. — Peço perdão, mas sou muito ignorante em coisas de Bolsa.

— Porque — respondeu Albert, rindo — as noticias sucedem-se, mas não se assemelham.

— Oh, diabos! — disse o conde — o Sr. Danglars joga para ganhar ou perder trezentos mil francos num dia. Então é consideravelmente rico?

— Não é ele quem joga! — disse Lucien, com vivacidade — é a Sr.ª Danglars; é realmente intrépida.

— Mas o senhor, que é um homem razoável, e conhece a pouca estabilidade das notícias, por que está na fonte delas, devia contê-la — disse Morcerf, com um sorriso.

— O que poderia eu fazer, se o marido nada consegue? — perguntou Lucien. — Conhece o gênio da baronesa, e bem sabe que ninguém exerce influência sobre ela; faz absolutamente o que quer.

— Oh! se eu estivesse no seu lugar... — disse Albert.

— O que faria?
— Curava-a; era um serviço que fazia ao seu futuro genro.
— Mas como?
— Ora, é facílimo. Dava-lhe uma lição.
— Uma lição?!
— Sim. A sua posição de secretário do ministro dá uma grande autoridade às suas notícias; o senhor não abre a boca que os corretores de fundos não estenografem o mais rapidamente possível as suas palavras; faça-lhe perder uns cem mil francos a seguir, que isso a tornará prudente.
— Não percebo — balbuciou Lucien.
— Pois é bem claro — respondeu o visconde, com ingenuidade que nada tinha de afetada; — anuncie-lhe uma bela manhã o quer que seja de inaudito, uma notícia telegráfica, que só o senhor possa saber: por exemplo, que Henrique IV foi visto ontem em casa de Gabrielle; isso fará subir os fundos, ela regulará por aí o seu jogo na Bolsa, e perderá decerto, quando Beauchamp escrever no dia seguinte no seu jornal:

> "Não tem fundamento o boato, espalhado por pessoas que se julgam bem informadas, de que foi anteontem visto o rei Henrique IV na casa de Gabrielle; o fato é completamente inexato; o rei Henrique IV não saiu da Ponte Nova."

Lucien pôs-se a rir com o extremo dos lábios.
Monte Cristo, conquanto indiferente na aparência, não perdera uma palavra da conversa, e os seus olhos penetrantes tinham chegado a ler um segredo no embaraço do secretário íntimo.
Desse embaraço de Lucien, que escapara completamente a Albert, resultou o abreviar Lucien a sua visita.
Estava evidentemente contrariado.
O conde disse-lhe, ao acompanhá-lo, algumas palavras em voz baixa, ao que ele respondeu:
— Aceito, Sr. Conde, da melhor vontade.
Monte Cristo voltou para junto de Morcerf.
— Refletindo bem — disse-lhe —, não acha que fez mal em falar como falou de sua sogra diante do Sr. Debray?
— Olhe, conde — respondeu Morcerf —, peço-lhe que não empregue essa palavra assim antecipadamente.
— Sim; mas, sem exagero, a condessa é a tal ponto contrária a esse casamento?
— É-o tanto, que raras vezes a baronesa vem a nossa casa, e que

minha mãe creio que não tem na sua vida ido duas vezes à casa da Sr.ª Danglars.

— Então — disse o conde — posso atrever-me a falar-lhe com mais franqueza: o Sr. Danglars é meu banqueiro, e o Sr. de Villefort desfez-se para comigo em agradecimentos pelo serviço que um feliz acaso me habilitou a prestar-lhe. Estou adivinhando, por baixo de tudo isto, um grande número de jantares e de festas. Ora, para me não dar ares de querer pagar faustosamente esses favores, e até para ter o mérito de lhes tomar a dianteira, projetei reunir na minha casa de campo de Auteuil os barões Danglars, e o Sr. e a Sr.ª de Villefort. Se o convidar ao senhor para esse jantar, e igualmente aos Srs. Condes de Morcerf, não terá isso ares de uma espécie de encontro matrimonial, ou, pelo menos, a Sr.ª Condessa de Morcerf não o encarará assim, principalmente se o Sr. Barão Danglars me der a honra de levar a sua filha? Então a Sr.ª Condessa pode tomar-me quezília, e eu não quero isso de modo nenhum; antes pelo contrário, e peço-lhe que lho diga todas as vezes que tiver ocasião, desejo estar bem conceituado no seu espírito.

— Agradeço-lhe, conde — disse Morcerf —, a franqueza que tem comigo, e aceito a exclusão que me propõe. O conde diz que deseja estar bem conceituado no espírito de minha mãe, e já o está muito.

— Está certo disso? — perguntou o conde de Monte Cristo, com interesse.

— Certíssimo. Quando outro dia nos deixou, conversamos uma hora a seu respeito. Mas, voltemos ao que estávamos dizendo. Se minha mãe souber essa atenção da sua parte, e eu arrisco-me a dizer-lha, estou certo de que lhe ficará reconhecidíssima. Verdade é que, pela sua parte, meu pai fica furioso.

O conde desatou a rir.

— Pois — disse ele a Morcerf — o senhor está prevenido. Mas, penso eu que não há de ser só seu pai que há de ficar furioso: o Sr. e a Sr.ª Danglars vão ter-me na conta de homem pouco cortês. Sabem que há certa intimidade entre nós, que o senhor é o meu conhecimento mais antigo de Paris, e, se não o encontram em minha casa, hão de perguntar-me porque não o convidei. Trate ao menos de arranjar um convite anterior, que tenha alguma aparência de probabilidade e de que me dê parte por meio de um bilhete. O senhor sabe que para os banqueiros só a escrita tem valor.

— Farei melhor do que isso, Sr. Conde — disse Albert. — Minha mãe quer ir respirar o ar do mar. Em que dia é o seu jantar?

— No sábado.

— Estamos na terça-feira; muito bem, partimos amanhã à noite; depois de amanhã de manhã estaremos em Tréport. O Sr. Conde é um homem encantador.

— Eu? Na verdade dá-me mais valor do que tenho; o que eu desejo é ser-lhe agradável.

— Em que dia faz os convites?

— Hoje mesmo.

— Bem! corro à casa do Sr. Danglars, anuncio-lhe que saímos de Paris amanhã, minha mãe e eu. Não falei com o senhor, e por conseguinte nada sei do seu jantar.

— Não está em si!... e o Sr. Debray, que acaba de vê-lo em minha casa?...

— Ah! tem razão.

— Pelo contrário, esteve em minha casa e convidei-o sem-cerimônia, e o senhor respondeu-me com toda a ingenuidade que não podia, porque partia para Tréport.

— Bem; está tudo combinado. Mas o senhor vai hoje visitar minha mãe.

— Hoje é difícil; e ia incomodá-lo no meio dos seus preparativos para a jornada.

— Pois faça melhor do que isso; e o conde, que já é um homem encantador, será um homem adorável.

— O que hei de eu fazer para chegar a essa sublimidade?

— O que há de fazer?

— Pergunto-lho.

— Está hoje livre como o ar; venha jantar comigo: seremos só três, o senhor, minha mãe, e eu. O conde apenas viu de longe minha mãe; vê-la-á de perto. É uma mulher muito notável; e a minha pena é que não haja outra assim com vinte anos menos! teríamos em pouco tempo uma condessa e uma viscondessa de Morcerf. Meu pai não está em casa: tem hoje sessão da comissão, e janta na casa do relator. Venha, falaremos de viagens. O conde, que tem corrido o mundo inteiro, contar-nos-á as suas aventuras; dir-nos-á a história da bela grega que estava outro dia na Ópera, a quem chama sua escrava e que trata como uma princesa. Falaremos em italiano e em espanhol. Vamos, aceite; minha mãe há de agradecer-lhe.

— Muito agradecido — disse o conde. O convite é dos mais obsequiosos, e tenho muita pena de o não poder aceitar. Não estou livre, como pensa; pelo contrário, tenho uma entrevista e talvez das mais importantes.

— Ah! tome cuidado; ensinou-me há pouco como, tratando-se de um jantar, uma pessoa se descarta de uma coisa desagradável.

Preciso de uma prova. Felizmente não sou banqueiro, como o Sr. Danglars; mas previno-o de que sou tão incrédulo como ele.

— Por isso vou dar-lhe a prova — disse o conde.

E tocou a campainha.

— Hum! — disse Morcerf — já é a segunda vez que recusa jantar com minha mãe. É resolução assente, conde. Monte Cristo estremeceu.

— Oh! não creia em tal coisa — disse Monte Cristo —; aí vem a minha prova.

Entrou Baptistin, que ficou à porta em pé esperando.

— Eu não estava prevenido da sua visita, não é verdade?

— Diabos! o senhor é um homem tão extraordinário que não posso responder.

— Não podia adivinhar que me convidava para jantar, pelo menos...

— Oh! isso é provável.

— Bem! Ouça, Baptistin: o que lhe disse eu esta manhã quando o chamei ao meu gabinete de trabalho?

— Que mandasse fechar a porta do Sr. Conde logo que dessem cinco horas — respondeu o criado.

— E depois?

— Oh! Sr. Conde... — disse Albert.

— Não, não, quero ver-me absolutamente livre da reputação misteriosa que o senhor, meu caro visconde, me está arranjando. É dificílimo, eternamente o papel de Manfredo. Quero viver numa casa de vidro. E depois?... Continua, Baptistin.

— E depois, que não recebesse senão o Sr. Major Bartolomeo Cavalcanti e seu filho.

— Ouve? o Sr. Bartolomeo Cavalcanti, um homem da mais antiga nobreza de Itália e de que Dante se deu ao trabalho de ser o d'Hozier... o senhor lembra-se, ou não se lembra, do décimo canto do Inferno? e o filho, um rapaz encantador, que há de andar pela sua idade, visconde, com um título igual ao seu, e que vai dar entrada na sociedade parisiense com os milhões de seu pai. O major traz-me esta tarde seu filho Andreia, o *contino*, como nós dizemos na Itália. Confia-mo. Fá-lo-ei adiantar se tiver mérito. E o senhor ajuda-me, não?

— Com todo o gosto! Então é seu amigo velho o major Cavalcanti? — perguntou Albert.

— Nada; é um digno fidalgo, muito cortês, muito modesto, muito discreto, como há muitos na Itália, descendentes de famílias antigas. Vi-o muitas vezes em Florença, em Bolonha e em Luca, e mandou-me prevenir da sua chegada. Os conhecimentos que se tomam em viagem são exigentes; reclamam de uma pessoa em toda parte a amizade que se lhes testemunhou uma vez por acaso; como se o homem civilizado que sabe viver uma hora seja com quem for, não tivesse sempre uma idéia reservada! O bom major Cavalcanti vai tornar a ver Paris, que não viu senão de passagem, no tempo do Império, quando ia fazer-se gelar em Moscou. Dar-lhe-ei um bom jantar, deixar-me-á o filho; prometer-lhe-ei vigiá-lo: deixá-lo-ei fazer todas as loucuras que lhe aprouverem, e ficaremos quites.

— Às mil maravilhas! — disse Albert — e vejo que o senhor é um mentor precioso. Adeus, estaremos de volta no domingo. Ia-me esquecendo: recebi carta do Franz.

—Ah, sim?! — disse Monte Cristo —; continua divertindo-se muito na Itália?

— Creio que sim; mas deplora a ausência do conde. Diz que era o sol de Roma, e que, sem o senhor, aquilo está por lá escuro. Parece-me que chega até a dizer que chove.

— Tornou então a falar-lhe em mim, o seu amigo Franz?

— Teima em acreditar que o conde é um ente fantástico; e é por isso que sente a sua falta.

— Que belo rapaz — disse o conde. — Senti por ele viva simpatia a primeira vez que o vi. Andava ele à procura de ceia, e deu-me o gosto de aceitar a minha. Creio que é filho do general d'Épinay?

— Exatamente.

— O que foi miseravelmente assassinado em 1815?

— Pelos bonapartistas.

— É isso. Palavra que gosto muito dele. Não tem também um casamento em projeto?

— Tem, está para casar com a menina de Villefort.

— Isso é certo?

— Tão certo como eu estar para casar com a menina Danglars — replicou Albert, rindo.

— Ri?

— Rio, sim.

— E por quê?

— Rio, porque me parece que vejo daquele lado tanta simpatia pelo casamento como há, por outro lado, entre mim e a menina Danglars. Mas, em verdade, meu caro conde, nós falamos das mulheres como as mulheres falam dos homens; é imperdoável!

Albert levantou-se.

— Já se vai embora?

— Que pergunta!... há duas horas que estou a maçá-lo, e o

conde tem a delicadeza de me perguntar se já me vou embora? Na verdade, o senhor é o homem mais cortês deste mundo! E os seus criados, como estão bem ensinados! O Baptistin principalmente! Nunca pude apanhar um criado assim. Os meus parece que vão buscar para exemplo os do teatro francês, que, exatamente porque não têm senão uma palavra a dizer, vêm dizê-la sempre à rampa. Se se desfizer do Baptistin, peço-lhe que me dê a preferência.

— Está, dito, visconde.

— Ainda tenho que lhe dizer: faça os meus cumprimentos ao Sr. Cavalcanti, e se porventura ele desejar que o filho case, veja se lhe arranja uma mulher muito rica e muito nobre, por parte da mãe, pelo menos, e muito baronesa por parte do pai. Estou pronto para auxiliá-lo.

— Oh! Oh! — respondeu Monte Cristo —, as coisas já chegaram a esse ponto?

— Chegaram, sim.

— Ora! a gente não pode jurar nada.

— Ah, conde! — exclamou Morcerf — que serviço me faria, e como eu seria cem vezes mais seu amigo, se, por obséquio seu, me conservasse solteiro, ainda que fosse só por dez anos.

— Tudo pode ser — replicou Monte Cristo, com gravidade.

E depois, despedindo-se de Albert, entrou em casa e tocou três vezes a campainha.

Apareceu Bertuccio.

— Sr. Bertuccio — disse ele —, previno-o de que no sábado recebo na minha casa de Auteuil.

Bertuccio teve um leve estremecimento.

— Bem, senhor — disse.

— Preciso do senhor — continuou o conde — para que esteja tudo convenientemente preparado. A casa é muito boa, ou, pelo menos, pode ser muito boa.

— Será preciso mudar tudo para consegui-lo, Sr. Conde, porque as tapeçarias estão velhas.

— Pois venda-as todas, exceto uma, a da alcova, de damasco encarnado; essa deixe-a ficar tal qual está.

Bertuccio curvou-se.

— Não faça também alterações no jardim; do pátio é que pode fazer o que quiser: ser-me-ia até agradável que não pudesse ser reconhecido.

— Farei o possível para que o Sr. Conde fique satisfeito; mas eu gostava mais de que o Sr. Conde me dissesse quais eram as suas intenções acerca do jantar.

— Na verdade, meu caro Bertuccio — disse o conde —, desde que está em Paris acho-o meticuloso; já não me conhece?...

— Mas Vossa Excelência podia dizer-me quem é que recebe.

— Ainda não sei, e o senhor não tem necessidade de o saber. Lucullus janta em casa de Lucullus, e é tudo. Bertuccio curvou-se e saiu.

LV. O major Cavalcanti

Nem o conde, nem Baptistin, tinha mentido anunciando a Morcerf a visita do major, que servia de pretexto a Monte Cristo para recusar o jantar que lhe era oferecido.

Acabavam de dar sete horas, e o Sr. Bertuccio, segundo as ordens que recebera, tinha partido havia duas horas para Auteuil, quando à porta do palácio parou uma carruagem, que como que fugiu envergonhada tão depressa largou junto da grade um homem de cerca de cinqüenta anos, de sobrecasaca verde com alamares pretos, das que, ao que parece, não acaba a espécie na Europa.

Calças largas de pano azul, botas em bom estado, embora com o polimento um tanto estalado e a sola demasiado grossa, luvas de gamo, e um chapéu de gendarme, uma gravata preta debruada de branco, que, se a pessoa que a usava não a trouxesse por sua livre e completa vontade, poderia passar por uma golilha; tal era o traje pitoresco em que se apresentou a personagem que tocou à porta, perguntando se não era no n.º 30 da Avenida dos Champs-Élysées que morava o Sr. Conde de Monte Cristo, e que, recebendo do guarda-portão resposta afirmativa, entrou, fechou a porta, e dirigiu-se para o patim.

A cara pequena e angulosa desse homem, os cabelos branqueando, o bigode basto e ruço, fizeram com que o reconhecesse Baptistin, que tinha os sinais exatos da visita e a esperava ao fundo do vestíbulo.

Por isso, mal ele pronunciou o seu nome diante do inteligente criado, Monte Cristo ficou prevenido da sua chegada.

Introduziram o estrangeiro na sala mais simples.

Monte Cristo esperava-o aí, e recebeu-o com modos risonhos.

— Ah! meu caro senhor — disse ele —, bem-vindo seja. Estava já à sua espera.

— Sim?! — disse o major — Vossa Excelência esperava-me?

— Esperava, sim; tinha sido prevenido de que chegava hoje, às sete horas.

— Estava prevenido da minha chegada?
— Perfeitamente.
— Ah, tanto melhor! Confesso-lhe que receava que tivessem esquecido essa precaução.
— Qual?
— A de preveni-lo.
— Pois não esqueceram.
— Mas, tem certeza de que não se engana?
— Tenho certeza.
— Era a mim que Vossa Excelência esperava às sete horas?
— Era ao senhor. Ademais, verifiquemos.
— Oh! se me esperava — disse o major — não vale a pena.
— Vale! Vale! — disse o conde.
O major pareceu levemente inquieto.
— Vejamos — disse Monte Cristo —, o senhor não é o marquês Bartolomeo Cavalcanti?
— Bartolomeo Cavalcanti — respondeu a visita —, tal qual.
— Ex-major a serviço da Áustria?
— Major é o que eu era? — perguntou timidamente o velho militar.
— Sim — disse Monte Cristo —, era major. É o nome que se dá na França ao posto que o senhor ocupava na Itália.
— Bom! — disse a visita — não podia desejar mais, compreende.
— Mas não vem cá muito espontaneamente... — tornou o conde.
— Oh, decerto!
— O senhor vem-me dirigido por alguém?
— Sim, senhor.
— Pelo excelente abade Busoni?
— É isso! — exclamou o major, jovialmente.
— E traz uma carta?
— Ela aqui está.
— Muito bem! Então já vê. Dê-ma.
E Monte Cristo pegou na carta, que abriu e leu.
O major olhava para o conde com olhos espantados, que às vezes se dirigiam curiosos para todos os pontos da casa, mas voltavam imediatamente ao dono dela.
— É isso... Querido Abade!

"O major Cavalcanti, um digno patrício de Luca, descendente dos Cavalcanti de Florença, continuou Monte Cristo lendo, com uma fortuna que lhe rende meio milhão."

Monte Cristo ergueu os olhos e cumprimentou.

— Meio milhão — disse ele —, bravo! meu caro Sr. Cavalcanti.

— Diz-se aí meio milhão? — perguntou o major.

— Com todas as letras, e há de ser isso porque o abade Busoni é o homem que melhor conhece as grandes fortunas da Europa.

— Pois seja meio milhão — disse o major —; mas, palavra de honra! não julgava que subisse a tanto.

— Porque o senhor tem o mordomo que o rouba; o que quer, meu caro Sr. Cavalcanti, não há remédio senão uma pessoa sujeitar-se a isso!

O senhor acaba de me dar luz — disse o major, com gravidade —, vou pôr o patife no meio da rua.

— Monte Cristo continuou:

"e a quem não falta senão uma coisa para ser feliz:"

— Oh! meu Deus, sim! só uma coisa — disse o major com um suspiro.

"encontrar um filho adorado,"

— Um filho adorado?

"raptado na sua mocidade, ou por um inimigo da sua nobre família, ou por boêmios."

— Na idade de cinco anos, senhor! — disse o major com um profundo suspiro erguendo os olhos para o Céu.

— Pobre pai! — disse Monte Cristo.

O conde continuou:

"Restituí-lhe a esperança, restituí-lhe a vida, anunciando-lhe que o Sr. Conde pode fazer-lhe encontrar esse filho, que há quinze anos procura debalde."

O marquês olhou para Monte Cristo com indescritível expressão de desassossego.

— Posso — disse Monte Cristo.

O major empertigou-se.

— Ah! ah! — disse — então a carta era verdadeira?

— E duvida disso, meu caro Sr. Bartolomeo?

— Não, nunca! Pois quê?! um homem sério, um homem

revestido de um caráter religioso como o abade Busoni, não era capaz de semelhante brincadeira; mas Vossa Excelência não leu ainda tudo!

— Ah! é verdade — disse Monte Cristo —, há um pós-escrito.

> "Para não dar ao major Cavalcanti o incômodo de tirar fundos de casa do seu banqueiro, envio-lhe uma letra de dois mil francos para as despesas de viagem e o crédito da soma de quarenta e oito mil francos, que o Sr. Conde me resta."

O major seguia com os olhos o pós-escrito com visível ansiedade.

— Bom! — contentou-se o conde em dizer.

— Disse bom — murmurou o de Luca. — Então... o senhor tomou ele.

— Então?... — perguntou Monte Cristo.

— Então é pós-escrito?...

— E daí! o pós-escrito?...

— É acolhido por Vossa Excelência com tanto favor como o resto da carta?

— Certamente. Eu tenho contas com o abade Busoni; não sei se são exatamente quarenta e oito mil libras que lhe devo, mas é o mesmo. Ora essa! Então dava grande importância ao pós-escrito, Sr. Cavalcanti?

— Confesso-lhe — respondeu o italiano — que, cheio de confiança na assinatura do abade Busoni, não me prevenira com outros fundos; de modo que, se me faltasse este recurso, havia de ver-me muito embaraçado em Paris.

— Um homem como o senhor, não é comum ver-se embaraçado em parte alguma! — disse Monte Cristo —; ora!

— Se eu não conheço aqui ninguém!... — disse o de Luca.

— Mas conhecem-no ao senhor.

— Sim, conhecem-me; de sorte que...

— Acabe, meu caro Sr. Cavalcanti.

— De sorte que, entregar-me-á essas quarenta e oito mil libras?

— À sua primeira requisição.

O major puxou uma poltrona e sentou-se.

— Agora — disse o conde — quer tomar alguma coisa; um copo de Xerez, Porto, Alicante?

— Alicante, se me faz o favor; é o vinho da minha predileção.

— Tenho-o excelente. Come um biscoito, não?

— Como um biscoito, já que me obriga a isso.

Monte Cristo tocou a campainha, e apareceu Baptistin.

O conde avançou para ele:

— Então... — perguntou em voz baixa.

— O rapaz já aí está — respondeu o criado também em voz baixa.

— Bem; para onde o mandou entrar?

— Para a sala azul, conforme V. Exa. ordenou.

— Às mil maravilhas. Traz vinho de Alicante e biscoitos.

— Na verdade — disse o de Luca —, estou-lhe dando tanto incômodo que me enche de confusão.

— Qual! — disse Monte Cristo.

O conde encheu um copo e colocou no outro apenas algumas gotas do rubi líquido que se continha na garrafa toda coberta de teias de aranha e de todos os outros sinais que indicam a velhice do vinho, mais do que o podem fazer as rugas na cara de um homem.

O major não se enganou no quinhão, pegou o copo cheio e um biscoito.

O conde ordenou a Baptistin que pusesse a bandeja ao alcance da mão do seu hóspede, que começou por provar o Alicante com a extremidade dos lábios, fez uma careta de satisfação, e introduziu delicadamente o biscoito no copo.

— Então o senhor — disse Monte Cristo — habitava Luca, era rico, é nobre, gozava da consideração geral, tinha tudo quanto pode fazer um homem feliz?

— Tudo — disse o major, engolindo o biscoito —, absolutamente tudo.

— E faltava só uma coisa à sua felicidade?

— Uma só — disse o luquês.

— Era achar o seu filho?

— Ah! — disse o major tirando outro biscoito —; mas a falta é muito grande.

O digno luquês levantou os olhos ao Céu e fez um esforço para suspirar.

— Mas, vamos saber, meu caro Sr. Cavalcanti — disse Monte Cristo —, o que vem a ser esse filho tão desejado? Disseram-me que o senhor era solteiro.

— Assim o julgavam, Senhor, e eu mesmo...

— Sim — tornou Monte Cristo —, o senhor mesmo havia acreditado nesse boato. Pecadilho de mocidade, que o senhor queria ocultar a todos os olhos.

O luquês empertigou-se, tomou modos serenos e dignos, e ao mesmo tempo baixou modestamente os olhos, ou para adquirir alguma firmeza, ou para dar um auxílio à sua imaginação, olhando contudo de soslaio para o conde, em quem o sorriso estereotipado nos lábios continuava a denotar a mesma benévola curiosidade.

— Sim, senhor — disse ele —, eu queria esconder essa falta aos olhos de todos.

— Não por si — disse Monte Cristo —, porque um homem é superior a essas coisas.

— Oh! por mim não, certamente — disse o major, com um sorriso e meneando a cabeça.

— Mas pela mãe — disse o conde.

— Pela mãe! — exclamou o luquês, tirando o terceiro biscoito — pela pobre mãe!

— Beba, meu caro Sr. Cavalcanti — disse Monte Cristo, enchendo ao luquês o segundo copo de Alicante —, sufoca-o a comoção.

— Pela pobre mãe! — murmurou o de Luca, ensaiando se, à força de vontade, poderia, atuando na glândula lacrimal, umedecer o canto do olho com uma lágrima.

— Que pertencia a uma das primeiras famílias da Itália, creio eu?

— Patricienne de Fiesola, Sr. Conde, Patricienne de Fiesola.

— E chamava-se?

— Deseja saber-lhe o nome?

— Oh! meu Deus! — disse Monte Cristo — é escusado dizer-mo; eu sei-o.

— O Sr. Conde sabe tudo — disse o luquês, curvando-se.

— Olivia Corsinari, não?

— Olivia Corsinari.

— Mas o senhor acabou por casar com ela, apesar da oposição de sua família?

— Sim, acabei por isso.

— E — tornou o conde de Monte Cristo — traz todos os seus papéis em regra?

— Que papéis? perguntou o luquês.

— A certidão do seu casamento com Olivia Corsinari, e a certidão do nascimento do menino?

— A certidão do nascimento do menino?

— A certidão do nascimento de Andreia Cavalcanti, de seu filho; ele não se chama Andreia?

— Creio que sim — disse o luquês.

— Como, crê?!

— Demônios! não me atrevo a afirmar; há tanto tempo que está perdido.

— Sim, tem razão — disse Monte Cristo. — Mas traz todos esses papéis que lhe peço?

— Sr. Conde... é com muito pesar que lhe participo que, não tendo sido prevenido de que devia trazê-los comigo, não os trouxe.

— Ah! demônios! — disse o conde.

— Então eram inteiramente necessários?

— Indispensáveis.

O luquês coçou a testa.

— Ah! *per Baccho!* — disse — indispensáveis!...

— Decerto; se se levantarem dúvidas acerca da validade do seu casamento, e da legitimidade de seu filho?...

— É verdade! nem me lembrava tal coisa — disse o luquês —, podiam levantar-se dúvidas.

— Seria terrível para o pobre moço.

— Seria fatal.

— Poderia fazer-lhe falhar algum casamento magnífico.

— *O peccato!*

— Na França, fique sabendo, são severos: não basta, como na Itália, ir procurar um padre e dizer-lhe: nós amamo-nos, case-nos. Há casamento civil na França, e para casar civilmente são necessários documentos que provem a identidade.

— Aí é que está a desgraça. Eu não tenho esses papéis.

— Felizmente tenho-os eu — disse Monte Cristo.

— O senhor?

— Sim.

— Tem-nos?

— Tenho-os.

— Ora essa! — disse o luquês, que, vendo falhar o propósito da sua viagem por causa da falta dos seus papéis, receava que esse esquecimento não trouxesse alguma dificuldade relativamente às quarenta e oito mil libras —; ora essa! que felicidade! Sim — repetiu —, que felicidade, porque nem pela idéia me passava semelhante coisa.

— Enfim! — disse o conde — não se pensa em tudo. Mas felizmente o abade Busoni pensou nisso pelo senhor.

—Oh! meu querido abade!...

— É um homem de precaução.

— É um homem admirável — disse o de Luca —; e mandou-lhos?

— Aqui estão.

O luquês pôs as mãos em sinal de admiração.

— O senhor casou com Olivia Corsinari na Igreja de Sainte-Paule de Monte-Catini; aqui está a certidão do padre.

— Sim aí está — disse o major, olhando para ela com admiração.

— E aqui está a certidão de batismo de Andreia Cavalcanti, passada pelo cura de Saravezza.

— Está tudo em ordem — disse o major.

— Então pegue estes papéis, que para nada me servem, e dê-os a seu filho, que deve guardá-los cuidadosamente.

— É de crer!... Se os perdesse...

— E daí! se os perdesse? — perguntou Monte Cristo.

— E daí!... — replicou o luquês — era preciso tornar a escrever para Luca, e levaria muito tempo para arranjar outros.

— Seria difícil, com efeito — objetou Monte Cristo.

— Quase impossível — respondeu o luquês.

— Estimo bastante que o senhor compreenda a importância desses papéis.

— Quer dizer que os tenho como impagáveis.

— Agora — disse Monte Cristo — no que respeita à mãe de Andreia...

— No que respeita à mãe de Andreia... — repetiu o major com inquietação.

— No que respeita à marquesa Corsinari...

— Meu Deus! — disse o luquês, debaixo de cujos pés parecia que se levantavam os trabalhos — seria necessária para alguma coisa?

— Não, senhor — replicou Monte Cristo —; e, demais, não pagou.

— É verdade, é verdade — disse o major —, ela já pagou.

— O seu tributo à natureza?...

— Ai! sim — disse o luquês com vivacidade.

— Eu soube isso — tornou Monte Cristo —; morreu há dez anos.

— E ainda choro a sua morte, senhor — disse o major, tirando da algibeira um lenço de quadrados e enxugando alternativamente primeiro o olho esquerdo e depois o direito.

— Que quer? — disse Monte Cristo — somos todos mortais. Agora, compreende, meu caro Sr. Cavalcanti, compreende que é inútil que se saiba na França que o senhor está separado do seu filho há quinze anos. Essas histórias de ciganos que raptam crianças não têm voga por cá. O senhor mandou-o educar num colégio da província e quer que ele acabe a sua educação na sociedade parisiense. Por isso saiu agora de Via Reggio, onde habitava desde a morte de sua mulher. É quanto basta.

— Acha que baste?

— Certamente!

— Então está bem!

— Se se vier a saber alguma coisa dessa separação...
— Ah, é verdade! O que eu hei de dizer?
— Que um preceptor infiel, comprado pelos inimigos da sua família...
— Pelos Corsinari?
— Certamente... raptara o menino para que o seu nome acabasse.
— É exato, porque é filho único.
— Bem! agora, que está tudo combinado, que as suas recordações avivadas não o hão de fazer errar, o senhor adivinhou decerto que vou fazer-lhe uma surpresa?
— Agradável? — perguntou o luquês.
— Ah! — disse Monte Cristo — bem vejo que não se enganaram os olhos, como se não engana o coração de um pai.
— Hum! — disse o major.
— Ou lhe fizeram alguma revelação indiscreta, ou o senhor adivinhou que ele estava aqui.
— Quem?
— O seu pequeno, o seu filho, o seu Andreia.
— Adivinhei — respondeu o luquês com a maior fleuma deste mundo —; está aqui?
— Está, sim — disse Monte Cristo —; quando ainda agora entrei para esta casa, o meu criado de quarto preveniu-me da chegada de seu filho.
— Ah, muito bem! ah, muito bem! — disse o major, apertando a cada exclamação os alamares da sua polaca.
— Meu caro major — disse Monte Cristo —, compreendo a sua comoção, e devo dar-lhe tempo para tornar a si; quero também preparar o pobre moço para essa entrevista tão desejada, porque presumo que ele não está menos impaciente do que o senhor.
— Assim o creio — disse Cavalcanti.
— Pois dentro de um quarto de hora tem-no a seu dispor.
— Então vai buscar-mo? Leva a sua bondade a ponto de mo apresentar?
— Não, não quero meter-me entre pai e filho; estarão sós, Sr. Major; mas sossegue, que ainda que permaneça muda a voz do sangue não terá que se enganar: ele há de entrar por esta porta. É um belo moço louro, talvez demasiadamente louro, e de maneiras muito atenciosas; verá.
— A propósito — disse o major —, o senhor sabe que eu não trouxe comigo senão os dois mil francos que o bom do abade Busoni me mandou. Fiz a viagem com eles e...
— E tem precisão de dinheiro... É muito justo, meu caro Sr.

Cavalcanti. Aqui tem, para arredondar a nossa conta, oito notas de mil francos.

Os olhos do major brilharam como carbúnculos.

— Fico a dever-lhe quarenta mil francos — disse Monte Cristo.

— Vossa Excelência por certo quer recibo? — disse o major, metendo as notas na algibeira interior da sobrecasaca.

— Para quê? — disse o conde.

— Mas... para lançar à conta do abade Busoni!

— Dar-me-á um recibo geral quando receber os quarenta mil francos que faltam. Entre pessoas de bem são inúteis essas precauções.

— Ah! sim, é verdade — disse o major —, entre pessoas de bem.

— Agora só mais uma palavra, marquês.

— Diga.

— Permite-me uma única recomendação?

— Ora essa! peço-lha até.

— Não faria mal se largasse essa sobrecasaca.

— Sim? — disse o major, olhando para a sua polaca com certa complacência.

— Sim — disse Monte Cristo —; isso se usa ainda na Via Reggio, mas há muito tempo que esse traje, embora muito elegante, passou de moda em Paris.

— É pena! — disse o de Luca.

— Oh! se lhe quer muito, tornará a usá-la quando regressar.

— Mas o que eu hei de vestir?

— O que achar nas suas malas.

— Como, nas minhas malas. Eu trouxe somente uma.

— Consigo, decerto. Para que havia de vir incomodado? Um velho soldado gosta de marchar com pouca bagagem.

— É por isso que...

— Mas como é homem de precaução, mandou as suas malas adiante. Chegaram ontem ao Hotel dos Príncipes, na Rua de Richelieu. É ali que mandou alugar um quarto.

— Então, nessas malas?...

— Presumo que teve a precaução de mandar meter pelo seu criado de quarto quanto precisava: traje à paisana e uniforme. Não lhe esqueçam as condecorações. Ainda se faz delas mofa na França, mas usam-se sempre.

— Muito bem! muito bem! muito bem! — exclamou o major, que caminhava de deslumbramento em deslumbramento.

— E agora — disse Monte Cristo —, que o seu coração está firme contra as sensações demasiado vivas, prepare-se, Sr. Cavalcanti, para ver seu filho Andreia.

E, fazendo um cumprimento amável ao luquês extasiado, Monte Cristo desapareceu por trás da tapeçaria.

LVI. Andreia Cavalcanti

O conde de Monte Cristo entrou na sala próxima, que Baptistin designara com o nome de sala azul, e onde acabava de precedê-lo um rapaz desembaraçado, vestido com certa elegância, e que um cabriolé de praça havia, meia hora antes, largado à porta do palácio.

Baptistin não tinha tido dificuldade em reconhecê-lo.

Era um rapaz de cabelo louro curto, barba loira, olhos pretos, faces coradas e pele deslumbrante de alvura, de quem o amo lhe dera os sinais.

Quando o conde entrou na sala, o rapaz estava negligentemente estirado em cima do sofá, fustigando distraidamente a bota com uma chibata de castão do ouro.

Ao ver Monte Cristo, levantou-se precipitadamente.

— É o Sr. Conde de Monte Cristo? — perguntou.

— Sim, senhor — respondeu este —, e creio que tenho a honra de falar ao Sr. Visconde Andreia Cavalcanti.

— Ao Visconde Andreia Cavalcanti — repetiu o rapaz, acompanhando estas palavras de um cumprimento cheio de desenvoltura.

— O senhor há de trazer uma carta de apresentação para mim — disse Monte Cristo.

— Não lhe falava nela por causa da assinatura, que me pareceu singular.

— Simbad, o *Marítimo*, não é?

— É. Ora, como nunca conheci outro Simbad, o *Marítimo*, senão o de *As Mil e Uma Noites*...

— Pois é um dos seus descendentes, um amigo meu riquíssimo, um inglês mais que original, quase louco, cujo nome verdadeiro é Lorde Wilmore.

—Ah! isso explica tudo — disse Andreia. — Então corre tudo às mil maravilhas. É o mesmo inglês que eu conheci... em... Sim, é isso; muito bem!... Sr. Conde, sou seu criado.

— Se o que me faz a honra de dizer é verdade — replicou o conde sorrindo —, espero que terá a bondade de me dar algumas informações a seu respeito e de sua família.

— De muito boa vontade, Sr. Conde — respondeu o rapaz, com uma volubilidade que provava a solidez da sua memória. — Eu sou, como o senhor disse, o visconde Andreia Cavalcanti, filho do major Bartolomeo Cavalcanti; descendo dos Cavalcanti inscritos no Livro de Ouro de Florença. A nossa família, conquanto muito rica ainda, pois que meu pai possui meio milhão de rendimento, experimentou muitas desgraças, e eu mesmo, senhor, fui na idade de cinco ou seis anos raptado por um preceptor infiel, de modo que há quinze anos não vejo o autor dos meus dias. Desde que cheguei à idade da razão, desde que sou livre e senhor de mim, que o procuro, mas inutilmente. Até que essa carta do seu amigo Simbad, o *Marítimo*, me anunciou que está em Paris e me autorizou a dirigir-me ao Sr. Conde de Monte Cristo, para obter notícias dele.

— Realmente, senhor, é interessantíssimo o que me conta — disse Monte Cristo, olhando com sombria satisfação para aquele semblante de uma beleza semelhante à do anjo mau —, e fez muito bem em se conformar em tudo com o convite do meu amigo Simbad, porque seu pai está aqui, efetivamente, e procura-o.

O conde, desde que entrara na sala, não tinha perdido o rapaz de vista.

Admirara-lhe a firmeza do olhar e da voz; mas a estas palavras tão naturais: "Seu pai está aqui, efetivamente, e procura-o", o moço Andreia deu um pulo e exclamou:

— Meu pai?! meu pai está aqui?!

— Sem dúvida — respondeu Monte Cristo —, está aqui seu pai, o major Cavalcanti.

A impressão de terror derramada nas feições do rapaz apagou-se quase imediatamente.

— Ah! sim! é verdade — disse ele —, o major Bartolomeo Cavalcanti. E o Sr. Conde diz que está aqui o meu querido pai?

— Digo, sim, senhor. E acrescentarei que acabo de estar com ele; que a história que me contou do seu querido filho, perdido outrora, me comoveu muito; em verdade, as suas dores, os seus receios, as suas esperanças a esse respeito, comporiam um poema de enternecer. Enfim, recebeu um dia notícias que lhe anunciavam que os raptores do filho se ofereciam para lho restituir, ou indicar onde estava, mediante uma soma avultada. Nada conteve aquele bom pai. A soma foi enviada para a fronteira do Piemonte, com um passaporte visado para a Itália. O senhor estava no Midi da França.

— Sim, senhor — respondeu Andreia, com ar muito embaraçado —; sim, eu estava no Midi da França.

— Devia esperá-lo em Nice uma carruagem?

— É isso, senhor; ela conduziu-me de Nice a Gênova, de Gênova a Turim, de Turim a Chambéry, de Chambéry a Pont-de-Beauvoisin, e de Pont-de-Beauvoisin a Paris.

— Às mil maravilhas! Ele esperou sempre encontrá-lo no caminho, porque era a estrada que seguia; e aí tem por que o seu itinerário fora assim traçado.

— Mas — disse Andreia — se o meu querido pai me tivesse encontrado, ponho-lhe dúvida em que me conhecesse; estou um pouco mudado desde que o perdi de vista.

— Oh! a voz do sangue... — disse Monte Cristo.

— Ah! sim, é verdade — replicou o rapaz —, não pensava na voz do sangue!

— Agora — tornou Monte Cristo — só uma coisa inquieta o marquês Cavalcanti, é o que o senhor tem feito desde que se acha desviado dele; é a maneira por que foi tratado pelos seus perseguidores; é se eles tiveram para com o seu nascimento todas as contemplações que lhe eram devidas; é, finalmente, se não lhe restou desse sofrimento moral a que esteve exposto, sofrimento cem vezes pior do que o sofrimento físico, algum enfraquecimento das faculdades com que a natureza o dotou tão largamente, e se o senhor julga poder tornar a sustentar dignamente na sociedade o lugar que lhe pertence.

— Senhor — balbuciou o rapaz aturdido —, queira Deus que não lhe dessem informações falsas...

— Ouvi falar do senhor pela primeira vez ao meu amigo Wilmore, o filantropo. Soube que o tinha encontrado em posição menos privilegiada, mas não lhe fiz pergunta nenhuma a esse respeito: não sou curioso. As suas desventuras provocaram o interesse dele, porque o senhor era interessante. Disse-me que queria restituir-lhe na sociedade a posição que havia perdido, que havia de procurar seu pai e que havia de encontrá-lo; procurou-o, e achou-o, ao que parece, porque ele está aqui; enfim, preveniu-me ontem da sua chegada, dando-me ainda algumas instruções relativas à sua fortuna; eis tudo. Sei que o meu amigo Wilmore é um original, mas, ao mesmo tempo, como é um homem seguro, rico como uma mina de ouro, e que, por conseguinte, pode satisfazer as suas originalidades sem se arruinar, prometi seguir-lhe as instruções. Agora, senhor, não se ofenda com o que vou perguntar-lhe: como me hei de ver obrigado a dirigi-lo até certo ponto, desejava saber se as desgraças que lhe sucederam, desgraças independentes da sua vontade, e que não diminuem de modo nenhum a consideração que tenho pelo senhor, não o tornaram um pouco estranho à sociedade a que a sua fortuna e o seu nome o chamavam a fazer tão boa figura.

— Senhor — respondeu o rapaz, readquirindo o seu desembaraço à proporção que o conde falava —, tranqüilize-se a esse respeito: os raptores que me afastaram de meu pai, e que, indubitavelmente, tinham em vista vender-me mais tarde a ele, como fizeram, calcularam que para tirar bom proveito de mim, cumpria deixar-me todo o meu valor pessoal, e até aumentá-lo, se fosse possível; recebi, portanto, sofrível educação, e fui tratado pelos ladrões de crianças quase como o eram na Ásia Menor os escravos, de quem os senhores faziam gramáticos, médicos e, filósofos, para os venderem por maior preço no mercado de Roma.

Monte Cristo sorriu com satisfação.

Não tinha esperado tanto, ao que parece, do Sr. Andreia Cavalcanti.

— E — continuou o rapaz — se houvesse em mim algum defeito de educação, ou melhor, de uso do mundo, haveria, suponho eu, a indulgência de desculpá-lo, em atenção às desgraças que acompanharam o meu nascimento e perseguiram a minha mocidade.

— Pois — disse Monte Cristo, negligentemente — faça o que quiser, visconde, porque tem direito para fazê-lo; e isso é lá consigo, mas eu dou-lhe a minha palavra de que não direi nada de todas essas aventuras; é um romance a sua história, e o mundo, que adora os romances metidos entre duas capas de papel amarelo, desconfia extraordinariamente dos que vê encadernados em velino vivo, fossem eles dourados como o senhor o podia ser. Eis a dificuldade que tomo a liberdade de lhe indicar, Sr. Visconde; tão depressa o senhor conte a sua comovente história, correrá ela mundo completamente alterada. Será obrigado a apresentar-se como Antony, e o tempo dos Antonys já vai longe. É possível que venha a ter um bom êxito de curiosidade, mas nem toda a gente gosta de se fazer centro de observações e alvo de comentários, e isso talvez o canse.

— Creio que tem razão, Sr. Conde — disse Andreia, empalidecendo, mau grado seu, sob o inflexível olhar de Monte Cristo —; é esse um grande inconveniente.

— Oh! nada de exagerações — disse Monte Cristo —, que, para evitar uma falta, cair-se-ia então numa loucura. Nada: é traçar um simples plano de conduta, e, para um homem inteligente como o senhor, esse plano é facílimo de adotar, por estar conforme os seus interesses; será preciso combater, com testemunhos e com honrosas amizades, tudo quanto no seu passado possa haver de obscuro.

Andreia perturbou-se visivelmente.

— Eu, de boa vontade, me ofereceria como responsável e caução — disse Monte Cristo —, mas tenho por costume moral duvidar dos meus melhores amigos, e necessidade de fazer com que os outros duvidem; por isso desempenharia um papel fora do meu gênero, como dizem os trágicos, e arriscar-me-ia a ser pateado, o que é escusado.

— Mas, Sr. Conde — disse Andreia, com audácia —, por atenção para com Lorde Wilmore, que me recomendou ao Sr. Conde...

— Sim, decerto — tornou Monte Cristo —; mas Lorde Wilmore não me deixou ignorar, meu querido Sr. Andreia, que a sua mocidade foi um tanto tempestuosa. Oh! — disse o conde, ao ver um movimento que Andreia fez — não lhe peço confissões; e foi para que não precisasse de ninguém que se mandou vir de Luca o Sr. Marquês de Cavalcanti, seu pai. Vai vê-lo; é um tanto empertigado, um tanto afetado; mas isso é questão de uniforme, e, quando se souber que está há dez anos a serviço da Áustria, tudo se desculpará; nós não somos, em geral, exigentes para com os austríacos. Em suma: é um pai muito para estimar, asseguro-lho.

— Ah! o Sr. Conde tira-me de sustos; separamo-nos há tanto tempo que não tenho dele a mínima idéia.

— E depois, o senhor sabe que uma grande fortuna faz desculpar muitas coisas.

— Meu pai então é realmente muito rico?

— É milionário... umas quinhentas mil libras de renda.

— Nesse caso — perguntou Andreia com ansiedade —, vou achar-me numa posição... agradável?

— Das mais agradáveis, meu caro senhor; ele dá-lhe cinqüenta mil libras por ano durante todo o tempo que o senhor se demorar em Paris.

— Então deixo-me por aqui ficar para todo o sempre.

— Quem pode responsabilizar-se pelo que há de suceder? O homem põe e Deus dispõe.

Andreia soltou um suspiro.

— Mas, enfim — disse —, por todo o tempo que me demore em Paris e... em que nenhuma circunstância me obrigue a sair daqui, é-me assegurado esse dinheiro de que me fala?

— Perfeitamente.

— Por meu pai? — perguntou Andreia, com inquietação.

— Sim; mas garantido por Lorde Wilmore, que, a pedido de seu pai, lhe abriu, por minha intervenção, um crédito de cinco mil francos por mês na casa do Sr. Danglars, um dos mais sólidos banqueiros de Paris.

— E meu pai tenciona demorar-se muito tempo em Paris? — perguntou Andreia, com inquietação.

— Só alguns dias — respondeu Monte Cristo.

— Oh, meu querido pai! — disse Andreia, visivelmente encantado com aquela pronta retirada.

— Por isso — disse Monte Cristo, fingindo que se enganava com o sentido daquelas palavras —, não quero demorar um instante a hora da sua reunião. Está preparado para abraçar o digno Sr. Cavalcanti?

— Creio que não porá isso em dúvida.

— Pois entre naquela sala, e achará seu pai, que o espera.

Andreia fez um cumprimento profundo ao conde e entrou na sala.

O conde seguiu-o com a vista, e, depois de o ver desaparecer, tocou uma mola correspondente a um quadro, que, desviando-se, deixava, por um interstício habilmente feito, penetrar a vista na sala. Andreia fechou a porta e caminhou para o major, que se levantou logo que ouviu ruído de passos que se aproximavam.

— Ah, senhor e meu querido pai! — disse Andreia em voz alta e de modo que o conde o ouvisse através da porta fechada — até que enfim o encontrei!

— Bom dia, meu querido filho — disse o major, gravemente.

— Depois de tantos anos de separação — disse Andreia, continuando a olhar para o lado da porta —, que felicidade tornarmonos a ver!

— Com efeito, a separação tem sido longa.

— Não nos abraçamos? — tornou Andreia.

— Como quiser, meu filho — disse o major.

E os dois homens abraçaram-se como é costume abraçarem-se no teatro, isto é, passando a cabeça por cima do ombro.

— Eis-nos afinal reunidos — disse Andreia.

— Eis-nos reunidos — tornou o major.

— Para não nos tornarmos a separar?...

— Decerto; creio, meu querido filho, que você considera agora a França como segunda pátria?

— O fato é — disse o rapaz — que muito me havia de custar sair de Paris.

— E eu, quer que lhe diga? não vivo bem senão em Luca. Tão depressa possa, volto para a Itália.

— Mas, antes de partir, meu querido pai, há de entregar-me decerto os papéis com cujo auxílio me há de ser fácil demonstrar a que família pertenço.

— Indubitavelmente, porque vim cá expressamente para isso, e tive muito trabalho em encontrá-lo para entregá-lo, para termos agora de recomeçar a procurar-nos; isso levar-me-ia a última parte da vida.

— E esses papéis?

— Aqui os tem.

Andreia lançou avidamente a mão à certidão de casamento do pai, e à sua certidão de batismo, e, depois de tê-las desdobrado com uma ânsia natural num bom filho, percorreu os dois documentos com uma rapidez que denotava uma vista exercitada e um interesse vivo.

Quando acabou, brilhou-lhe na fronte inexprimível alegria, e olhando para o major com desusado sorriso:

— Então — disse em excelente toscano — não há galés na Itália?...

O major empertigou-se.

— E por que o pergunta? — disse ele.

— Porque se forjam lá impunemente documentos como estes. Por metade disto, meu querido pai, na França, mandá-lo-iam tomar ares para Tulono por cinco anos.

— O que está a dizer? — disse o de Luca, tentando assumir ares majestosos.

— Meu querido Sr. Cavalcanti — disse Andreia, carregando no braço do major —, quanto é que lhe dão para ser meu pai?

O major quis falar.

— Cale-se! — disse Andreia, baixando a voz — vou dar-lhe o exemplo da confiança; dão-se-me cinqüenta mil francos por ano para ser seu filho; por conseguinte, compreende que não serei eu quem negue que o senhor seja meu pai.

O major olhou com inquietação em redor de si.

— Oh! sossegue, estamos sós — disse Andreia —, e falamos italiano.

— Pois a mim — disse o luquês — dão-me cinqüenta mil francos por uma vez.

— Sr. Cavalcanti — disse Andreia —, acreditava nos contos de fadas?

— Não, antigamente; mas agora devo acreditar.

— Tem então provas?

O major tirou da algibeira um punhado de ouro.

— Palpáveis, como vê.

— Pensa então que eu possa crer nas promessas que me fizeram?

— Creio que sim.

— E que o conde as cumprirá?
— Uma a uma; mas há de perceber que, para chegar a isso, devemos desempenhar o nosso papel.
— Então como?...
— Eu, de pai extremoso...
— E eu, de filho respeitoso.
— Uma vez que eles desejam que o senhor descenda de mim...
— Eles?
— Diabos! nem eu sei... as pessoas que lhe escreveram.
— Não recebeu uma carta?
— Recebi.
— De quem?
— De um certo abade Busoni.
— Que não conhece?
— Que nunca vi.
— O que lhe dizia a carta?
— Não me atraiçoa?
— Nessa não caio eu: os nossos interesses são os mesmos.
— Então, leia.
E o major entregou-lhe uma carta.
Andreia leu em voz baixa:

"O senhor é pobre; e espera-o uma velhice desgraçada.

Quer ser, senão rico, pelo menos independente?

Parta para Paris no mesmo instante, e vá reclamar do Sr. Conde de Monte Cristo, na Avenida dos Champs-Élysées, n.º 30, o filho que teve da marquesa Corsinari, e que lhe foi raptado na idade de cinco anos.

Esse filho se chama Andreia Cavalcanti.

Para que não ponha em dúvida a intenção que o abaixo-assinado tem de lhe ser agradável, inclusos achará:

1.º Um bonde de duas mil e quatrocentas libras toscanas, pagáveis na casa do Sr. Gozzi, em Florença;

2.º Uma carta de apresentação ao Sr. Conde de Monte Cristo, para com o qual lhe dou um crédito de quarenta e oito mil francos.

Esteja em casa do conde no dia 26 de maio, às sete horas da tarde.

Abade Busoni."

— É isso.
— Como, é isso? O que quer dizer? — perguntou o major.

— Digo que recebi uma quase igual.
— Você?
— Sim, eu.
— Do abade Busoni?
— Não.
— Então de quem?
— De um inglês, um Lorde Wilmore, que usa o nome de Simbad, o *Marítimo*.
— E a quem não conhece, como eu não conheço o abade Busoni?
— Tal qual; mas estou mais adiantado do que você.
— Viu-o?
— Vi, uma vez.
— Onde?
— Ah! não posso dizer-lho; ficaria sabendo tanto como eu, e é escusado.
— E essa carta dizia-lhe?
— Leia:

"O senhor é pobre, e o seu futuro há de vir a ser miserável. Quer ter um nome, ser livre, ser rico?"

— Que lhe parece esta? — disse Andreia, rodando nos calcanhares —; como se fosse pergunta que se fizesse!

"Meta-se na carruagem de posta, que há de achar atrelada ao sair de Nice pela Porta de Gênova. Passe por Turim, Chambéry e Pont-de-Beauvoisin.

Apresente-se na casa do Sr. Conde de Monte Cristo, Avenida dos Champs-Élysées, a 26 de maio, às sete horas da tarde, e pergunte por seu pai.

É filho do marquês Bartolomeo Cavalcanti e da marquesa Olivia Corsinari, como o demonstrarão os papéis que lhe hão de ser entregues pelo marquês, e que o habilitarão para se apresentar com esse nome na sociedade parisiense.

No que respeita à sua posição, um rendimento de cinqüenta mil libras por ano o habilitará a sustentá-la.

Inclusos encontrará um bonde de cinco mil libras pagáveis pelo Sr. Ferreia, banqueiro em Nice, e uma carta de apresentação ao conde de Monte Cristo, por mim encarregado de satisfazer às suas necessidades.

Simbad, o Marítimo."

— Hum! — disse o major — é magnífico!

— Pois não é?

— Falou com o conde?

— Acabo de estar com ele.

— E ratificou?

— Tudo.

— Percebe alguma coisa disto?

— Eu não.

— Aqui há um logrado.

— Em todo o caso, não somos nós.

— Não, decerto.

— Então!...

— Pouco importa, não é verdade?

— Exatamente, é o que eu queria dizer; caminhemos até o fim, e joguemos forte.

— Seja; verá que encontrou um digno parceiro.

— Nunca duvidei disso, meu querido pai.

— Dá-me muita honra, meu querido filho.

Monte Cristo escolheu este momento para tornar a entrar na sala.

Ouvindo-lhe a bulha dos passos, os dois homens lançaram-se nos braços um do outro; o conde achou-os abraçados.

— Então, Sr. Marquês — disse Monte Cristo —, parece-me que encontrou o seu filho, como desejava?

— Ai, Sr. Conde, sufoco de alegria!

— E o senhor?

— Ai, Sr. Conde, não caibo em mim de ventura!

— Ditoso pai! e ditoso filho! — disse o conde.

— Só uma coisa me entristece — disse o major —; é a necessidade que tenho de sair de Paris tão depressa.

— Oh! meu caro Sr. Cavalcanti — disse Monte Cristo —, não há de retirar-se sem que eu o apresente a alguns amigos.

— Estou às ordens do Sr. Conde — disse o major.

— Agora, o senhor confesse-se.

— A quem?

— Ao senhor seu Pai; diga-lhe alguma coisa do estado das suas finanças.

— Oh! diabos! — disse Andreia — tocou-me na corda sensível.

— Ouve, major? — disse Monte Cristo.

— Não há dúvida de que ouço.

— Sim, mas percebe?

— Às mil maravilhas.

— O seu querido filho diz-lhe que tem necessidade de dinheiro.

— O que quer que eu lhe faça?

— Ora! que lho dê!

— Eu?

— Está claro!

Monte Cristo meteu-se no meio dos dois homens.

— Aqui tem — disse a Andreia, dando-lhe um maço de notas de banco.

— O que é isto?

— A resposta de seu pai.

— De meu pai?

— Sim. Não deu a entender que precisava de dinheiro?

— Dei. E então?

— Então, ele encarrega-me de lhe dar isto.

— A conta dos meus rendimentos?

— Não, para as suas despesas de instalação.

— Oh, meu querido pai!

— Silêncio! — disse Monte Cristo — bem vê que ele não quer que eu diga que isto provém dele.

— Aprecio essa delicadeza — disse Andreia, metendo as notas de banco na algibeira das calças.

— Bem — disse Monte Cristo —, agora adeus!

— E quando teremos a honra de tornar a ver o Sr. Conde? — perguntou Cavalcanti.

— Ah! sim — perguntou Andreia —, quando teremos essa honra?

— Sábado, se quiserem... Sim... Olhem... sábado. Vão jantar à minha casa de Auteuil, na Rua La Fontaine n.º 28, muitas pessoas, e entre outras o Sr. Danglars, seu banqueiro; apresentá-los-ei a ele; é preciso que os conheça a ambos, para lhes dar o seu dinheiro.

— Traje de cerimônia? — perguntou o major a meia voz.

— Traje de cerimônia: uniforme, condecorações, calção e meia.

— E eu? — perguntou Andreia.

— Oh! o senhor com muita simplicidade: calça preta, bota de polimento, colete branco, casaca preta ou azul, gravata de pontas; vista-se no Blin ou no Véronique. Se não sabe onde moram, o Baptistin lho indicará. Quanto menos afetação mostrar no vestuário, sendo rico como é, melhor efeito produzirá. Se comprar cavalos, compre-os a Devedeux; se comprar um faetonte, vá ter com o Baptistin.

— A que horas poderemos apresentar-nos? — perguntou o rapaz.

— Às seis horas e meia.

— Bem, lá estaremos — disse o major, levando a mão ao chapéu.

Os dois Cavalcanti cumprimentaram o conde e saíram.

O conde chegou à janela, viu-os atravessando o pátio de braço dado.

"Na verdade, disse ele, ali vão dois grandes miseráveis. Que pena que não sejam efetivamente pai e filho!"

E passado um momento de reflexão:

"Vamos à casa dos Morrel!, disse; creio que o asco me abala mais do que o ódio."

LVII. O recinto da Luzerna

Os leitores hão de permitir que tornemos a levá-los ao recinto que confina com a casa do Sr. de Villefort, que, por detrás da grade invadida pelos castanheiros, acharemos pessoas nossas conhecidas.

Desta vez quem primeiro chegou foi Maximiliano. É ele quem aproxima os olhos do tapume, quem espreita no jardim uma sombra no meio das árvores e procura ouvir o rumor de um borzeguim de seda pisando o saibro das ruas.

Até que se faz ouvir o rumor tão desejado, e, em vez de uma sombra, aproximam-se duas.

A demora de Valentine fora causada por uma visita da Sr. Danglars e de Eugénie, visita que se prolongara além da hora a que Valentine era esperada.

Então, para não faltar ao encontro, Valentine propusera à menina Danglars um passeio pelo jardim, querendo mostrar a Maximiliano que não era a culpada da demora, que sem dúvida lhe era dolorosa.

Maximiliano compreendeu tudo com a rapidez de intuição particular aos amantes, e o seu coração ficou aliviado.

Ademais, sem chegar ao alcance da voz, Valentine dirigiu o seu passeio de modo que Maximiliano pudesse vê-la passar e tornar a passar, e de cada vez que passava e tornava a passar, com um olhar que a amiga não via, lançado para lá da grade e recolhido pelo rapaz, dizia-lhe:

Tenha paciência, meu amigo, bem vê que a culpa não é minha.

E Maximiliano, com efeito, ganhava paciência, admirando o contraste entre aquelas duas meninas: entre aquela loira de olhos lânguidos e corpo inclinado como um bonito salgueiro, e aquela trigueirinha de olhos lindíssimos e de corpo direito como um choupo.

Escusado é dizer que na comparação entre duas naturezas tão opostas, era Valentine, no coração do rapaz pelo menos, quem levava a melhor.

No fim de uma hora de passeio as duas amigas retiraram-se. Maximiliano compreendeu então que chegara o termo da visita da Sr.ª Danglars.

E um instante depois, reapareceu Valentine só.

Com receio de que algum olhar curioso lhe seguisse os passos, vinha vagarosamente. e, em vez de se dirigir logo para a grade, foi sentar-se num banco, depois de haver disfarçadamente interrogado cada grupo de árvores e olhado para todas as ruas.

Tomadas estas precauções, correu ao tapume.

— Bom dia, Valentine — disse uma voz.

— Bom dia, Maximiliano. Fi-lo esperar, mas viu o motivo?...

— Sim; vi-a na companhia da menina Danglars; não a julgava tão ligada àquela menina.

— Quem lhe disse que tínhamos ligações, Maximiliano?

— Ninguém; mas pareceu-me isso pela maneira por que davam o braço, e pelo modo por que conversavam; dir-se-iam duas companheiras de colégio fazendo confidências uma à outra.

— Fazíamos, efetivamente, confidências uma à outra; ela confessava-me a sua repugnância pelo seu casamento com o Sr. de Morcerf, e eu confessava-lhe, pela minha parte, que seria para mim uma desgraça casar com o Sr. D'Épinay.

— Querida Valentine!...

— Aí tem porque — continuou a menina — se lhe afigurou essa intimidade entre mim e Eugénie; falando no homem que não posso amar, eu pensava no homem que amo.

— Como é boa em tudo, Valentine! e como possui uma coisa que a menina Danglars nunca há de ter: é esse encanto indefinido que é para a mulher o que o perfume é para a flor, o que o sabor é para o fruto. Porque não é tudo para uma flor o ser bonita, nem tudo para um fruto o ser bom.

— É o seu amor que lhe faz ver assim as coisas, Maximiliano.

—Não, Valentine, juro-lho! Olhe, eu contemplava ambas ainda agora, e, embora fizesse justiça à beleza da menina Danglars, não compreendia que um homem se apaixonasse por ela.

— É porque, como dizia, Maximiliano, estava eu ali, e a minha presença tornava-o injusto.

— Não... Mas, diga-me... uma pergunta de simples curiosidade, e que emana de certas idéias que eu tenho formado acerca da menina Danglars...

— Oh! são muito injustas, sem que eu saiba quais sejam. Quando ajuízam de nós, pobres mulheres, os senhores têm pouco de indulgentes.

— As senhoras sim, é que são injustas umas para com as outras!

— É que os nossos juízos são quase sempre apaixonados. Mas, vamos lá à sua pergunta.

— É por a menina Danglars amar alguém que ela tem receio do seu casamento com o Sr. de Morcerf?

— Já lhe disse, Maximiliano, que não era amiga da Eugénie.

— Ora! isso que tem? — disse Morrel —; sem serem amigas, as senhoras fazem confidências umas às outras; confesse que lhe fez algumas perguntas a esse respeito. Ah! vejo-a sorrir...

— Se vê, Maximiliano, não vale a pena estarmos separados por estas tábuas.

— Vamos, o que disse ela?

— Disse-me que não amava ninguém, que tinha horror ao casamento; que a sua maior satisfação seria viver uma vida livre e independente, e que quase desejaria ver o pai arruinado para se fazer artista como a sua amiga Louise d'Armilly.

—Ah! aí está!

— E daí? o que prova isso? — perguntou Valentine.

— Nada — respondeu Maximiliano, sorrindo.

— Então — disse Valentine —, por que é que sorri agora?

—Ah! — disse Maximiliano — aí está, Valentine, também vê.

— Quer que eu saia daqui?...

— Oh! não, não! Mas tornemos a falar de si.

— Ah! é verdade, que mal poderemos passar juntos dez minutos.

— Meu Deus! — exclamou Maximiliano consternado.

— Sim, Maximiliano, tem razão — disse Valentine, com melancolia —, e tem aqui uma triste que o estima. Que existência vai passar, pobre Maximiliano! o senhor, tão digno de ser feliz: Creia que tenho pena.

— Então o que importa, Valentine, se eu me julgo assim feliz; se esta expectativa eterna me parece paga, para mim, com cinco minutos da sua presença, com duas palavras da sua boca, e com a convicção profunda, eterna, de que Deus não criou dois corações tão em harmonia como os nossos, e não os reuniu tão miraculosamente, para os separar.

— Bom, obrigada; tenha esperança por nós ambos, Maximiliano, que me torna quase feliz.

— Então por que se vai embora tão depressa, Valentine?

— Não sei; a Sr.ª Villefort mandou-me pedir que fosse vê-la no seu quarto, para me dizer uma coisa de que parece depender uma parte da minha fortuna. Oh! meu Deus! que me tirem a minha fortuna, que sou rica de mais, e que depois de ma terem tirado me deixem tranqüila e livre; amar-me-á do mesmo modo, pobre, não é verdade, Morrel?

— Oh! amá-la-ei sempre; que me importaria a riqueza ou a pobreza, se a minha Valentine estivesse ao pé de mim, e eu tivesse a certeza de que ninguém ma podia roubar! Mas não receia, Valentine, que seja alguma notícia relativa ao seu casamento?

— Não me parece.

— Entretanto, ouça-me, Valentine, e não se assuste, porque enquanto viver não serei de outra.

— Crê que me tranqüiliza dizendo isso, Maximiliano?...

— Perdão! tem razão, sou um desastrado. O que queria dizer-lhe era que encontrei outro dia o Sr. de Morcerf.

— E daí?

— E Franz é amigo dele, como sabe.

— Sim; e daí?

— E daí, recebeu uma carta de Franz que lhe anuncia o seu próximo regresso.

Valentine empalideceu e encostou a mão à grade.

— Ai, meu Deus! — disse ela — se assim fosse!... Mas não, a comunicação não viria da Sr.ª de Villefort.

— Por quê?

— Porque... não sei... mas parece-me que a Sr.ª de Villefort, embora não se oponha francamente, não simpatiza com esse casamento.

— Então, Valentine, parece-me que vou adorar a Sr.ª de Villefort.

— Oh! não se apresse, Maximiliano — disse Valentine, com um triste sorriso.

— Enfim, se ela mostra antipatia por esse casamento, e trata de desmanchá-lo, talvez dê ouvidos a outra proposta.

— Não creia, Maximiliano; o que a Sr.ª de Villefort repele não são os maridos, é o casamento.

— O casamento?! se detesta o casamento, por que foi então que ela se casou?...

— Não me compreende, Maximiliano; quando, há um ano, lhe falei em me recolher a um convento, ela, a despeito das observações que julgara dever fazer, apoiou a minha resolução com alegria, e meu pai consentiu por instigação dela, tenho a certeza; só meu pobre avô se opôs a isso. Não pode imaginar, Maximiliano, que expressão havia nos olhos do pobre velho, que a ninguém ama neste mundo senão a mim, e que, Deus me perdoe se é uma blasfêmia, não é amado neste mundo senão por mim. Se soubesse como, quando conheceu a minha resolução, ele olhou para mim, quanta censura havia naquele olhar, e quanto desespero naquelas lágrimas que lhe corriam sem queixas, sem suspiros, ao longo das faces imóveis!... Ai! Maximiliano, senti como que um remorso; lancei-me aos pés dele gritando-lhe: Perdão! Perdão! meu avô! farão de mim o que quiserem, mas eu nunca o deixarei. Então levantou os olhos ao Céu! Maximiliano, posso sofrer muito, que aquele olhar do meu avô compensou-me antecipadamente do que haja de sofrer.

— Querida Valentine! é um anjo, e na verdade não sei como mereci, acutilando beduínos para a direita e para a esquerda, a menos que Deus não considerasse que são infiéis, não sei como mereci que Valentine se me dedicasse. Mas enfim, vejamos, Valentine, que interesse tem a Sr.ª de Villefort em que se não case?

— Não me ouviu dizer-lhe há pouco que era rica, Maximiliano, riquíssima? Tenho por herança de minha mãe perto de cinqüenta mil libras de renda; de meu avô e minha avó, o marquês e a marquesa de Saint-Méran, hei de herdar outro tanto, e o Sr. Noirtier tem visivelmente intenção de me fazer sua única herdeira. Resulta daqui, pois, que, comparativamente comigo, meu irmão Édouard, que do lado da Sr.ª de Villefort não tem que esperar nada, é pobre. Ora, a Sr.ª de Villefort ama Édouard com adoração, e, se eu tivesse ido para o convento, toda a minha fortuna, concentrada em meu pai, que herdaria do marquês, da marquesa e de mim, viria a pertencer ao filho.

— Oh! quanto é para estranhar semelhante cobiça numa mulher nova e bonita!

— Note que não é para ela, Maximiliano, mas para o filho, e que o que censura nela como defeito, no ponto de vista do amor maternal, é quase uma virtude.

— Mas, Valentine — disse Morrel —, podia dar uma parte da sua fortuna ao filho.

— E qual é o meio de fazer semelhante proposta — disse Valentine —, e principalmente a uma senhora que incessantemente tem na cabeça a palavra desinteresse?

— Valentine, o seu amor para mim é sagrado, e como todas as coisas sagradas, cobri-o com o véu do meu respeito e encerrei-o no meu coração; ninguém neste mundo, nem sequer minha irmã, desconfia deste amor, que não confessei a ninguém, Valentine; permite-me que eu fale deste amor a um amigo?

— Valentine estremeceu.

— A um amigo? — disse ela. — Oh, meu Deus! Maximiliano, tremo só de ouvi-lo falar assim! A um amigo!... e quem é esse amigo?

— Ouça, Valentine: sentiu alguma vez por alguém uma dessas

simpatias irresistíveis, que fazem que a gente, ao ver essa pessoa pela primeira vez, acredite que a conhece há muito tempo, e pergunte onde e quando a viu, de modo que, não podendo lembrar-se nem do lugar nem da ocasião, chega a crer que foi num mundo anterior ao nosso, e que essa simpatia não é outra coisa senão uma recordação que se desperta?

— Sim.

— Pois foi o que eu senti a primeira vez que vi esse homem extraordinário.

— Um homem extraordinário?

— Sim.

— Que conhece então há muito tempo?

— Há oito ou dez dias apenas.

— E chama seu amigo a um homem que conhece há oito dias?! Oh! Maximiliano, julgava-o mais avaro desse nome de amigo.

— Tem razão em lógica, Valentine; mas, diga o que quiser, nada me fará perder este sentimento instintivo. Creio que aquele homem se envolverá em tudo quanto de bom me suceder no futuro, que, às vezes, o seu olhar profundo parece conhecer e a sua mão poderosa dirigir.

— É então um feiticeiro? — disse Valentine, sorrindo.

— Palavra! — disse Maximiliano — que muitas vezes tenho estado tentado a acreditar que adivinha... principalmente o bem.

— Oh! — disse Valentine, com tristeza — faça-me conhecer esse homem, Maximiliano, que eu saiba dele se hei de ser tão amada que esse amor compense quanto tenho sofrido.

— Pobre menina! Mas conhece-o!...

— Eu?

— Sim. Então não conhece aquele que salvou a vida a sua madrasta e a seu irmão?

— O conde de Monte Cristo?

— Exatamente.

— Oh! — exclamou Valentine — esse nunca pode ser meu amigo, porque o é demais de minha madrasta.

— O conde, amigo de sua madrasta, Valentine? O meu instinto não me iludiria a esse ponto; tenho certeza de que se engana.

— Oh! se soubesse, Maximiliano! já não é Édouard quem reina em casa, é o conde: estimado pela Sr.ª de Villefort, que vê nele o resumo dos conhecimentos humanos; admirado, ouve? admirado por meu pai, que diz que nunca ouviu formular com mais eloqüência idéias mais elevadas; idolatrado por Édouard, que, apesar do seu medo dos grandes olhos pretos do conde, corre para ele logo que o vê chegar, e lhe abre a mão, em que encontra sempre um brinquedo admirável, o Sr. de Monte Cristo não está aqui na casa de meu pai; o Sr. de Monte Cristo não está aqui na casa da Sr.ª de Villefort; o Sr. de Monte Cristo está aqui em sua casa.

— Pois, querida Valentine, se as coisas são como diz, deve sentir já ou sentirá em breve os efeitos da sua presença. Ele encontra Albert de Morcerf na Itália, é para o tirar das mãos dos bandidos; avista a Sr.ª Danglars, é para lhe fazer um presente real; sua madrasta e seu irmão passam-lhe pela porta, é para que o seu núbio lhes salve a vida. Esse homem recebeu evidentemente o poder de influir nas coisas. Nunca vi gostos mais simples aliados a maior magnificência. O seu sorriso é tão meigo, quando mo dirige, que esqueço quanto os outros acham nele de amargo. Oh! diga-me, Valentine, sorriu-lhe assim? Se o fez, será feliz.

— Eu?! — retorquiu Valentine —; oh! meu Deus! Maximiliano, nem sequer olha para mim; ou, melhor, se eu por acaso passo, desvia os olhos de mim. Oh! ou não é generoso, ou não tem o olhar profundo que lê no fundo dos corações, e que o senhor lhe supunha sem razão; porque, se fosse generoso, vendo-me só e triste no meio desta casa, proteger-me-ia com essa influência que exerce; e uma vez que representa, segundo o senhor pretende, o papel do sol, aquecer-me-ia o coração com um dos seus raios. Diz que ele me estima, Maximiliano; oh! meu Deus! como é que o sabe? os homens fazem boa cara a um oficial de cinco pés e oito polegadas, como o senhor, que tem bigode comprido e um grande sabre, mas julgam... que podem esmagar sem temor uma pobre moça que chora.

— Oh! Valentine! engana-se, juro-lho.

— Se fosse de outro modo, Maximiliano, se ele me tratasse diplomaticamente, isto é, como homem que, de uma ou outra maneira quer ingerir-se na casa, ter-me-ia, uma vez só que fosse, honrado com esse sorriso que o senhor tanto me gaba; mas não, vê-me desgraçada, compreende que eu não posso servir-lhe para nada, e nem sequer repara em mim. Quem sabe até se, para fazer a corte a meu pai, à Sr.ª de Villefort ou a meu irmão, me perseguirá tanto quanto estiver em seu poder fazê-lo? Vamos, francamente, eu não sou uma mulher que se deva desprezar assim, sem razão; disse-mo o senhor. Ah! perdoe-me — continuou, ao ver a impressão que estas palavras produziam em Maximiliano —, eu sou má, e tenho-lhe dito desse homem coisas que não sabia sequer que tinha no coração. Olhe, não nego que exista essa influência de que me fala, e que ele a exerça mesmo em mim; mas, se a exercer, é de um modo nocivo e corruptor, como vê, e isento de bons pensamentos.

— Bem, Valentine — disse Morrel com um suspiro —, não falemos mais nisso; nada lhe direi.

—Ai! meu amigo — disse Valentine —, vejo que o aflijo... Oh! não poder apertar-lhe a mão para lhe pedir perdão! Mas, enfim, o que eu quero é ser convencida; diga-me então o que foi que o conde de Monte Cristo fez em seu favor.

— Confesso que me coloca em grande embaraço perguntando-me o que o conde fez em meu favor: ostensivamente nada, bem sei. Por isso, como já lhe disse, a minha afeição por ele é toda instintiva e nada tem de raciocinada. O Sol fez-me por ventura alguma coisa? Não, aquece-me, e à sua luz eu vejo-a. Este ou aquele aroma fez-me porventura alguma coisa? Não; o cheiro afeta-me agradavelmente um dos sentidos, e não tenho outra coisa para dizer quando me perguntam porque gabo esse aroma; a minha amizade pelo conde é singular, como o é a dele por mim. Uma voz secreta me adverte que há mais do que acaso nessa amizade imprevista e recíproca. Acho correlação até nas suas mais simples ações, até nos seus mais secretos pensamentos, com as minhas ações e os meus pensamentos. Vai rir-se de mim, Valentine, mas, desde que conheço aquele homem, tenho a idéia absurda de que todo o bem que me sucede emana dele. Mas vivi trinta anos sem ter necessidade desse protetor, não é verdade? Deixá-lo; olhe, um exemplo: convidou-me para jantar no sábado, e isso é natural no ponto em que estamos, não é? Pois sabe o que eu depois soube? Seu pai está convidado para esse jantar, e sua madrasta também. Encontrar-me-ei com eles, e quem sabe o que para o futuro resultará dessa entrevista? São circunstâncias na aparência muito simples. Entretanto, vejo nisto o quer que seja que me espanta: vejo nisto uma singular confiança. Digo que o conde, esse homem singular, que tudo adivinha, quis fazer-me encontrado com o Sr. e a Sr.ª de Villefort, e às vezes procuro, juro-lhe, ler-lhe nos olhos se adivinhou o meu amor.

— Meu bom amigo — disse Valentine —, julgá-lo-ia um visionário, e temeria verdadeiramente pelo seu bom senso, se não lhe ouvisse senão raciocínios assim. Pois quê?! o senhor vê nesse encontro outra coisa mais que acaso? Reflita. Meu pai, que nunca sai, esteve para recusar dez vezes esse convite à Sr.ª de Villefort, que arde em desejos de ir à casa desse nababo extraordinário, e foi a muito custo que ela conseguiu que meu pai a acompanhasse. Não, não, acredite-me; além do Sr. Maximiliano, não tenho neste mundo a quem pedir socorro senão a meu avô, um cadáver! nem outro apoio que procurar senão o de minha pobre mãe, uma sombra!

— Vejo que tem razão, Valentine, e que a lógica é por si —

disse Maximiliano —, mas a sua voz meiga, que tem sempre tanto poder sobre mim, não me convence hoje.

— Nem a sua tampouco — disse Valentine —, e confesso que se não tem outro exemplo que citar-me...

— Tenho um — disse Maximiliano, hesitando —; mas, em verdade, Valentine, vejo-me obrigado a confessá-lo, é por certo ainda mais absurdo do que o primeiro.

— Tanto pior! — disse Valentine, sorrindo.

— E todavia — continuou Morrel — não é menos concludente para mim, homem todo de inspiração e de sentimento, que tenho às vezes, há dez anos que sirvo, devido a vida a um desses lampejos interiores, que nos levam a fazer um movimento para diante ou para trás, para que a bala que nos mataria passe ao nosso lado.

— Querido Maximiliano, por que não há de atender às minhas súplicas acerca do desvio das balas? Quando anda na guerra, não é por mim que eu rogo a Deus e a minha mãe, é pelo senhor.

— Sim, depois que a conheço — disse Morrel, sorrindo —; mas antes de conhecê-la, Valentine?

— Vamos, uma vez que nada quer dizer-me, seu mau, diga-me lá esse exemplo, que é o próprio a julgar absurdo.

— Olhe entre as tábuas, e veja além, preso àquela árvore, o cavalo novo em que eu vim.

— Oh! que admirável cavalo! — exclamou Valentine —; por que não o trouxe para junto da grade? falava-lhe, e ele havia de entender-me.

— É com efeito, como vê, um animal de muito preço — disse Maximiliano. — Sabe, Valentine, que a minha fortuna é limitada e que sou o que se chama um homem comedido. Pois bem! eu tinha visto na casa de um alquilador o magnífico *Medeia* (foi o nome que lhe dei). Perguntei quanto custava: responderam-me que quatro mil e quinhentos francos; tive que desistir, como pode compreender, de continuar a achá-lo bonito por mais tempo, e confesso-lhe que me afastei com o coração oprimido, porque o cavalo olhara para mim com ternura, acariciara-me com a cabeça, e saltava debaixo de mim do modo mais engraçado. Nessa noite tinha em casa alguns amigos, Château-Renaud, Debray, e outros cinco ou seis estroinas, que tem a fortuna de não conhecer, nem de nome. Houve quem propusesse que se jogasse a *bouillotte,* eu não jogo nunca, porque não sou bastante rico para poder perder, nem bastante pobre para querer ganhar. Mas estava em minha casa, não podia deixar de mandar vir cartas, e foi o que fiz. Quando nos sentávamos à mesa chegou o Sr. Conde de Monte Cristo. Tomou lugar, jogou-se, e eu ganhei; o que ouso confessar-lhe, Valentine, é que ganhei cinco mil francos. Separamo-nos à meia-noite. Não pude conter-me: aluguei um cabriolé e mandei seguir para a casa do alquilador. Bati à porta, palpitante, febril, e quem veio abrir tomou-me certamente por um doido. Mal a porta se abriu, desatei a correr para a cavalariça e olhei para a manjedoura. Ó ventura! lá estava *Medeia*. Corro à sela, ponho-lha no lombo, e meto-lhe o freio; o cavalo presta-se da melhor vontade a esta operação! Depois, pondo os quatro mil e quinhentos francos nas mãos do alquilador estupefato, saio de lá e passo a noite a passear nos Champs-Élysées. Pois bem! vi luz na janela do conde, e pareceu-me perceber-lhe o vulto por detrás das cortinas. Ia jurar, Valentine, que o conde soube que eu desejava o cavalo, e perdeu de propósito para eu ganhar.

— Meu querido Maximiliano — disse Valentine —, é realmente muito fantasista... Não há de me amar muito tempo... Um homem que faz poesia assim não poderia deixar-se estiolar numa paixão monótona como a nossa... Mas, grande Deus! olhe, chamam-me... ouve?

— Oh! Valentine — disse Maximiliano —, pela fisga do tabuado... dê-me o seu dedo mínimo para que eu lho beije.

— Maximiliano, tínhamos dito que seríamos um para o outro duas vozes, duas sombras!...

— Como lhe aprouver, Valentine.

— E será feliz, se eu fizer o que deseja?

— Oh! Felicíssimo!

Valentine subiu a um banco e passou não o dedo mínimo pela fisga, mas a mão toda por cima do tabuado.

Maximiliano soltou um grito e, dando um pulo, travou dessa mão adorada e aplicou-lhe os lábios ardentes.

Mas imediatamente se lhe furtou essa mão, e o rapaz ouviu fugir Valentine, aterrada talvez com a sensação que acabava de experimentar.

LVIII. O Sr. Noirtier de Villefort

Vai ver-se o que se passara em casa do procurador régio depois da saída da Sr.ª Danglars e de sua filha, e durante a conversação que acabamos de referir.

O Sr. de Villefort entrara no quarto do pai, acompanhado pela Sr.ª de Villefort; Valentine, sabemos nós onde estava.

Ambos, depois de terem cumprimentado o velho, depois de

haverem despedido Barrois, criado antigo que os servia havia mais de vinte e cinco anos, tinha-se sentado ao lado dele.

O Sr. de Noirtier, sentado na sua grande poltrona de rodas, onde o colocavam de manhã e o tiravam à noite, tendo defronte um espelho que refletia todo o quarto e lhe permitia ver, sem tentar sequer um movimento impossível, quem entrava e saia e o que faziam em volta de si, o Sr. de Noirtier, imóvel como um cadáver, olhava com olhos inteligentes e vivos para os filhos, cuja cerimoniosa reverência lhe anunciava algum passo oficial e inesperado.

A vista e o ouvido eram os dois sentidos que ainda animavam, como duas faíscas, aquela matéria humana já meio talhada para o túmulo; e desses dois sentidos só um podia revelar externamente a vida interior que animava a estátua, e o olhar que denunciava essa vida interior era semelhante a uma dessas luzes distantes que, durante a noite, dizem ao viajante perdido num deserto que há um ente que vela nesse silêncio e nessa escuridão.

Por isso, naqueles olhos pretos do velho Noirtier, encimados por sobrancelhas pretas, ao passo que todo o cabelo, que usava comprido e caído sobre os ombros, era branco, naqueles olhos, como sucede a qualquer órgão desenvolvido à custa dos outros órgãos, tinha-se concentrado toda a atividade, toda a astúcia, toda a força, toda a inteligência, derramadas outrora naquele corpo e naquele espírito.

Faltavam-lhe decerto o gesto do braço, o som da voz, a atitude do corpo, mas aqueles olhos poderosos supriam tudo: mandava com os olhos, e agradecia com os olhos.

Era um cadáver com olhos vivos, e nada mais aterrador do que aquele rosto de mármore no cimo do qual se incendiava uma cólera ou brilhava uma alegria.

Só três pessoas sabiam compreender aquela linguagem do pobre paralítico: eram Villefort, Valentine, e o criado antigo de que já falamos.

Mas, como Villefort só raras vezes procurava o pai, e, por assim dizer, quando não podia deixar de ser; como, quando o via, não procurava agradar-lhe compreendendo-o, toda a felicidade do velho repousava na neta, e Valentine chegara, à força de dedicação, de amor e de paciência, a compreender pela vista todos os pensamentos de Noirtier.

A essa linguagem muda e ininteligível para outra pessoa, respondia ela com toda a sua voz, toda a sua fisionomia, toda a sua alma, de modo que havia diálogos animados entre a neta e aquele suposto barro, quase reduzido a pó, e que todavia ainda era um homem de um saber imenso, de uma penetração inaudita, e de uma vontade tão potente quanto o pode ser a alma encerrada numa matéria sobre que perdeu o poder de fazer-se obedecer.

Valentine havia portanto resolvido o singular problema de compreender o pensamento do ancião e fazer-lhe compreender o pensamento dela; e, graças a este estudo, era muito raro que, para as coisas ordinárias da vida, não acertasse com o desejo daquela alma viva, ou com a necessidade daquele cadáver meio insensível.

E o criado, porque há vinte e cinco anos, como dissemos, servia o amo, conhecia-lhe tão bem os hábitos, que era raro ter Noirtier de lhe pedir alguma coisa.

Villefort não tinha precisão do auxílio de nenhum deles para travar com o pai a singular conversação que ia provocar. Como dissemos, conhecia perfeitamente o vocabulário do pobre velho, e se não se servia dele mais vezes era por enfado e indiferença.

Deixou portanto Valentine ir para o jardim, afastou Barrois, e depois de ter tomado lugar à direita do pai, enquanto a Sr.ª de Villefort se sentava à esquerda:

— Senhor — disse —, não se admire de que a Valentine nos não acompanhasse e de que eu afastasse Barrois, porque a conferência que vamos ter é das que se não podem realizar na presença de uma menina nem na de um criado; a Sr.ª de Villefort e eu temos que fazer-lhe uma comunicação.

O semblante de Noirtier conservou-se impassível durante este preâmbulo, ao passo que os olhos de Villefort pareciam querer penetrar até o mais fundo do coração do velho.

— Esta comunicação — continuou o procurador régio com os seus modos glaciais, que parecia nunca admitirem contestação —, a Sr.ª de Villefort e eu temos a certeza de que lhe há de agradar.

Os olhos do velho Noirtier continuavam imóveis; estava escutando.

— Senhor — prosseguiu Villefort —, vamos casar Valentine.

Uma cara de cera não ficaria mais fria com esta notícia do que o semblante do velho.

— O casamento há de realizar-se antes de três meses — tornou Villefort.

Os olhos do velho continuaram inanimados.

A Sr.ª de Villefort tomou então a palavra e acrescentou:

— Pensamos que esta notícia seria interessante para o senhor, e tanto mais quanto parece que Valentine possui a sua afeição; só o que nos resta dizer-lhe é o nome do noivo que lhe está destinado. É uma das mais honrosas ligações a que Valentine pode aspirar: tem fortuna, um bom nome, e dão todas as garantias de felicidade o comportamento e os gostos daquele que nós lhe destinamos, e de quem não lhe há de ser desconhecido o nome. É o Sr. Franz de Quesnel, barão d'Épinay.

Villefort, durante o pequeno discurso de sua mulher, fitava em seu velho pai os olhos mais atentos que nunca.

Quando a Sr.ª de Villefort pronunciou o nome de Franz, os olhos de Noirtier, que seu filho conhecia tão bem, estremeceram, e as pálpebras, dilatando-se como o fariam os lábios para deixar passar as palavras, deixaram passar um lampejo.

O procurador régio, que sabia da antiga inimizade que existira entre seu pai e o pai de Franz, compreendeu aquele fogo e aquela agitação; entretanto, deixou-os passar como despercebidos, e tornando a tomar a palavra no ponto em que sua mulher a deixara:

— Há de compreender, senhor, que, estando Valentine chegada aos dezenove anos, é importante que case. Todavia, não o esquecemos nas conferências, e, de antemão, certificamo-nos de que o marido de Valentine consentisse, senão em viver conosco, pelo menos em que o senhor, a quem Valentine estremece, e que parece que pela sua parte lhe paga essa afeição, viva com eles, de sorte que não viesse a perder nenhum dos seus hábitos, e que tenha dois netos em vez de um que velem por si.

O lampejo do olhar de Noirtier tornou-se sanguinolento.

Passava-se, seguramente, o quer que fosse de terrível na alma daquele velho; seguramente, subia-lhe à goela o grito da dor e da cólera, e, não podendo romper, afogara-o, porque se lhe corou o rosto e os lábios tornaram-se-lhe azuis.

Villefort foi abrir tranqüilamente uma janela, dizendo:

— Está aqui muito calor, e este calor faz bastante mal ao Sr. de Noirtier.

Depois voltou ao lugar onde estava, mas sem se sentar.

— Este casamento — acrescentou a Sr.ª de Villefort — agrada ao Sr. D'Épinay e a sua família; e essa família compõe-se unicamente de um tio e uma tia, porque a mãe dele morreu quando o dava à luz e o pai foi assassinado em 1815, isto quando a criança tinha apenas dois anos; é pois completamente senhor da sua vontade.

— Assassínio misterioso — disse Villefort —, cujos autores ficaram desconhecidos, embora haja pairado suspeitas sobre a cabeça de muitas pessoas.

Noirtier fez tamanho esforço que se lhe contraíram os lábios como para sorrir.

— Ora — continuou Villefort —, os verdadeiros culpados, os

que sabem que cometeram o crime, aqueles sobre quem pode cair a justiça de Deus depois da morte, haviam de estimar estar no nosso lugar e ter uma filha que oferecer ao Sr. Franz d'Épinay para desvanecerem até a aparência da suspeita.

Noirtier serenara com um poder que não era de esperar naquela organização fatigada.

— Sim, compreendo — respondeu com o olhar a Villefort.

Esse olhar exprimia a um tempo o profundo desdém e a cólera inteligente.

Villefort, pela sua parte, respondeu a esse olhar, em que lera o que ele continha, com um ligeiro movimento de ombros.

Depois fez um sinal a sua mulher para que se retirasse.

— Agora, senhor — disse a Sr.ª de Villefort —, queira receber os meus respeitos. — Consente que Édouard venha apresentar-lhe os seus?

Estava combinado que o velho exprimiria a sua aprovação fechando os olhos, a sua recusa piscando-os muitas vezes, e que tinha alguns desejos a exprimir quando os levantava ao céu.

Se queria Valentine, fechava só o olho esquerdo.

À proposta da Sr.ª de Villefort, piscou repetidas vezes os olhos.

A Sr.ª de Villefort, acolhida por uma recusa evidente, mordeu os lábios.

— Então, mando-lhe a Valentine? — disse ela.

— Sim — disse o velho, fechando os olhos com vivacidade.

O Sr. e a Sr.ª de Villefort cumprimentaram e saíram, ordenando que se chamasse Valentine, aliás já prevenida de que tinha alguma coisa que fazer junto do Sr. de Noirtier.

À saída deles, entrou no quarto do velho Valentine, ainda corada pela comoção.

Bastou-lhe um olhar para compreender quanto seu avô sofria e quantas coisas tinha a lhe dizer.

— Oh! meu avozinho! — exclamou — o que foi que sucedeu? Fizeram-no afligir, não é verdade, e está zangado?

— Sim — disse ele, fechando os olhos.

— Então, com quem? com meu pai? não: com a Sr.ª de Villefort? não: comigo?

O velho fez sinal afirmativo.

— Comigo? — tornou Valentine, admirada.

O velho renovou o sinal.

— E o que foi que eu lhe fiz, meu querido avozinho? — exclamou Valentine.

Não teve resposta. Continuou:

— Não estive aqui hoje ainda, disseram alguma coisa de mim?

— Sim! — disse o olhar do velho, com vivacidade.

— Vamos ver então o que foi. Meu Deus! juro-lhe, meu avozinho... Ah!... O Sr. e a Sr.ª de Villefort acabam de sair daqui, não?

— Sim.

— E foram eles que lhe disseram essas coisas que o afligem? Então o que foi? Quer que vá perguntar-lhes, para poder desculpar-me para com o meu avozinho?

— Não, não — disse o olhar.

— Oh, mas está me metendo medo! O que diriam eles, meu Deus, meu Deus!

E entrou a pensar.

— Oh! achei — disse ela, baixando a voz e chegando-se para o velho. — Falaram-lhe talvez do meu casamento?...

— Sim! — replicou o velho, enraivecido.

— Compreendo, está zangado com o meu silêncio. Oh! eles recomendaram-me que não lhe dissesse nada: eles nem me disseram nada a mim, e fui eu que surpreendi de algum modo esse segredo; aí está por que tenho sido tão reservada para consigo. Perdoe-me, meu avozinho.

O olhar do velho, tornando-se fixo e atônito, pareceu responder: "Não é só o seu silêncio que me aflige."

— Então o que é? — perguntou a menina —; imaginava talvez que eu o deixasse e que o meu casamento me fizesse esquecida?...

— Não — disse o velho.

— Disseram-lhe então que o Sr. D'Épinay consentia em que morássemos juntos?

— Sim.

— Então por que é que está zangado?

Os olhos do pobre velho tomaram uma expressão de infinita meiguice.

— Sim. Percebo — disse Valentine —, é por que me ama?

O velho fez sinal afirmativo.

— E tem receio de que seja desgraçada?

— Sim.

— Não ama o Sr. Franz?

Os olhos repetiram três ou quatro vezes:

— Não! não! não!

— Então tem muita pena, meu avozinho?

— Sim.

— Pois ouça — disse Valentine, pondo-se de joelhos diante de Noirtier e passando-lhe os braços em volta do pescoço — também eu estou muito aflita, porque não amo o Sr. Franz d'Épinay. Aos olhos do avô assomou um relâmpago de alegria.

— Lembra-se o meu avozinho de quando eu quis recolher-me a um convento, o que o fez zangar tanto comigo?...

Uma lágrima umedeceu a pálpebra do velho.

— Pois — continuou Valentine — era para fugir a esse casamento, que faz o meu desespero.

A respiração de Noirtier tornou-se arquejante.

— Então este casamento causa-lhe muito desgosto, meu avozinho? Oh! meu Deus! se pudesse auxiliar-me, se nós pudéssemos ambos escangalhar o projeto deles!... Mas não tem força contra eles, o meu avozinho, que todavia tem o espírito tão vivo e a vontade tão firme; porém, quando se trata de lutar, é tão fraco e até mais fraco do que eu. Ai de mim! seria para mim um protetor tão poderoso, se tivesse força e saúde como dantes... mas não pode senão compreender-me e regozijar-se ou afligir-se comigo. É a derradeira ventura que Deus se esqueceu de me arrancar com as outras.

A estas palavras, houve nos olhos de Noirtier uma expressão tal de malícia e profundeza, que Valentine julgou ler neles estas palavras: "Engana-se, ainda posso muito em seu favor."

— Pode alguma coisa em meu favor, meu avozinho? — traduziu Valentine.

— Sim.

Noirtier levantou os olhos ao céu; era o sinal combinado entre os dois quando ele desejava alguma coisa.

— O que quer, meu avozinho?

Valentine procurou por um instante no seu espírito, exprimiu em voz alta os seus pensamentos à proporção que ocorriam, e, vendo que a tudo quanto podia dizer o velho respondia constantemente *não*, disse:

— Vamos então aos grandes meios, uma vez que eu sou tão tola! Recitou uma após outra todas as letras do alfabeto, desde o A até o T, interrogando os olhos do paralítico; no T, Noirtier fez sinal de que sim.

— Ah! — disse Valentine — a coisa que deseja começa pela letra T; é com o T que temos que nos haver. Então, vejamos, o que quer ao T? Ta...

— Sim! Sim! Sim! — disse o velho.

— Ah! é *ta*?

— Sim.

Valentine foi buscar um dicionário, que pôs em cima de uma estante diante de Noirtier.

Abriu-o, e quando viu os olhos do velho fixos nas folhas, o seu dedo correu velozmente as colunas de alto a baixo.

A prática, porque havia seis anos que Noirtier caíra no lastimoso estado em que estava, tornara-lhes as provas tão fáceis, que adivinhara tão depressa o pensamento do velho como se ele o pudesse procurar no dicionário.

Na palavra *tabelião*, Noirtier fez sinal de parar.

— Tabelião — disse ela —; quer um tabelião, meu avozinho?

O velho fez sinal de que era efetivamente um tabelião que ele desejava.

— Então é preciso mandar chamar um tabelião?

— Sim — disse o paralítico.

— Meu pai deve sabê-lo?

— Sim.

— Tem pressa do tabelião?

— Sim.

— Então vai ser-lhe enviado o quanto antes, meu querido avozinho. É o que quer?

— Sim.

Valentine correu para a campainha e chamou um criado para lhe pedir que fizesse com que o Sr. e a Sr.ª de Villefort fossem ao quarto do avó.

— Está contente? — disse Valentine —; sim... assim o creio, hem? não era fácil de achar isto?

E a neta sorriu para o avó como o teria feito para uma criança.

Entrou o Sr. de Villefort conduzido por Barrois.

— O que quer, senhor? — perguntou ao paralítico.

— Meu avô — disse Valentine — deseja um tabelião.

A este pedido singular e seguramente inesperado, o Sr. de Villefort trocou um olhar com o paralítico.

— Sim — disse este, com uma firmeza que indicava que com o auxílio de Valentine e do seu antigo criado, que sabia agora o que ele desejava, estava pronto para sustentar a luta.

— Quer o tabelião? — repetiu Villefort.

— Sim.

— Para quê?

Noirtier não respondeu.

— Mas para que é que precisa de um tabelião? — perguntou Villefort, admirado.

Ficou imóvel o olhar do paralítico e por conseguinte mudo, o que quer dizer: — Persisto na minha vontade.

— Para nos pregar alguma peça? — disse Villefort. — Vale a pena?

— Mas enfim — disse Barrois, pronto para insistir com a perseverança habitual dos criados antigos —, se o senhor quer um tabelião, é que aparentemente precisa dele. Portanto, vou chamar um tabelião.

Barrois não reconhecia outro amo além de Noirtier, e não admitia que as suas vontades fossem contestadas em coisa nenhuma.

— Sim, quero um tabelião — disse o velho fechando os olhos com modos de desafio, e como se dissesse: vamos a ver se me recusam o que eu quero.

— Virá um tabelião, uma vez que o deseja absolutamente; mas eu pedir-lhe-ei desculpa da minha parte e da sua, porque a cena há de ser muito ridícula.

— Não importa — disse Barrois —, eu sempre o vou chamar.

E o velho criado saiu triunfante.

Sumário

O Conde de Monte Cristo
Volume I

RELAÇÃO DOS VOLUMES PUBLICADOS

1. DOM CASMURRO
Machado de Assis
2. O PRÍNCIPE
Maquiavel
3. MENSAGEM
Fernando Pessoa
4. O LOBO DO MAR
Jack London
5. A ARTE DA PRUDÊNCIA
Baltasar Gracián
6. IRACEMA / CINCO MINUTOS
José de Alencar
7. INOCÊNCIA
Visconde de Taunay
8. A MULHER DE 30 ANOS
Honoré de Balzac
9. A MORENINHA
Joaquim Manuel de Macedo
10. A ESCRAVA ISAURA
Bernardo Guimarães
11. AS VIAGENS - "IL MILIONE"
Marco Polo
12. O RETRATO DE DORIAN GRAY
Oscar Wilde
13. A VOLTA AO MUNDO EM 80 DIAS
Júlio Verne
14. A CARNE
Júlio Ribeiro
15. AMOR DE PERDIÇÃO
Camilo Castelo Branco
16. SONETOS
Luís de Camões
17. O GUARANI
José de Alencar
18. MEMÓRIAS PÓSTUMAS DE BRÁS CUBAS
Machado de Assis
19. LIRA DOS VINTE ANOS
Álvares de Azevedo
20. APOLOGIA DE SÓCRATES / BANQUETE
Platão
21. A METAMORFOSE/UM ARTISTA DA FOME/CARTA A MEU PAI
Franz Kafka
22. ASSIM FALOU ZARATUSTRA
Friedrich Nietzsche
23. TRISTE FIM DE POLICARPO QUARESMA
Lima Barreto
24. A ILUSTRE CASA DE RAMIRES
Eça de Queirós
25. MEMÓRIAS DE UM SARGENTO DE MILÍCIAS
Manuel Antônio de Almeida
26. ROBINSON CRUSOÉ
Daniel Defoe
27. ESPUMAS FLUTUANTES
Castro Alves
28. O ATENEU
Raul Pompéia
29. O NOVIÇO / O JUIZ DE PAZ DA ROÇA / QUEM CASA QUER CASA
Martins Pena
30. A RELÍQUIA
Eça de Queirós
31. O JOGADOR
Dostoiévski
32. HISTÓRIAS EXTRAORDINÁRIAS
Edgar Allan Poe
33. OS LUSÍADAS
Luís de Camões
34. AS AVENTURAS DE TOM SAWYER
Mark Twain
35. BOLA DE SEBO E OUTROS CONTOS
Guy de Maupassant
36. A REPÚBLICA
Platão
37. ELOGIO DA LOUCURA
Erasmo de Rotterdam
38. CANINOS BRANCOS
Jack London
39. HAMLET
William Shakespeare
40. A UTOPIA
Thomas More
41. O PROCESSO
Franz Kafka
42. O MÉDICO E O MONSTRO
Robert Louis Stevenson
43. ECCE HOMO
Friedrich Nietzsche
44. O MANIFESTO DO PARTIDO COMUNISTA
Marx e Engels
45. DISCURSO DO MÉTODO / MEDITAÇÕES
René Descartes
46. DO CONTRATO SOCIAL
Jean-Jacques Rousseau
47. A LUTA PELO DIREITO
Rudolf von Ihering
48. DOS DELITOS E DAS PENAS
Cesare Beccaria
49. A ÉTICA PROTESTANTE E O ESPÍRITO DO CAPITALISMO
Max Weber
50. O ANTICRISTO
Friedrich Nietzsche
51. OS SOFRIMENTOS DO JOVEM WERTHER
Goethe
52. AS FLORES DO MAL
Charles Baudelaire
53. ÉTICA A NICÔMACO
Aristóteles
54. A ARTE DA GUERRA
Sun Tzu
55. IMITAÇÃO DE CRISTO
Tomás de Kempis
56. CÂNDIDO OU O OTIMISMO
Voltaire
57. REI LEAR
William Shakespeare
58. FRANKENSTEIN
Mary Shelley
59. QUINCAS BORBA
Machado de Assis
60. FEDRO
Platão
61. POLÍTICA
Aristóteles
62. A VIUVINHA / ENCARNAÇÃO
José de Alencar
63. AS REGRAS DO MÉTODO SOCIOLÓGICO
Émile Durkheim
64. O CÃO DOS BASKERVILLES
Sir Arthur Conan Doyle
65. CONTOS ESCOLHIDOS
Machado de Assis
66. DA MORTE / METAFÍSICA DO AMOR / DO SOFRIMENTO DO MUNDO
Arthur Schopenhauer
67. AS MINAS DO REI SALOMÃO
Henry Rider Haggard
68. MANUSCRITOS ECONÔMICO-FILOSÓFICOS
Karl Marx
69. UM ESTUDO EM VERMELHO
Sir Arthur Conan Doyle
70. MEDITAÇÕES
Marco Aurélio
71. A VIDA DAS ABELHAS
Maurice Materlinck
72. O CORTIÇO
Aluísio Azevedo
73. SENHORA
José de Alencar
74. BRÁS, BEXIGA E BARRA FUNDA / LARANJA DA CHINA
Antônio de Alcântara Machado
75. EUGÊNIA GRANDET
Honoré de Balzac
76. CONTOS GAUCHESCOS
João Simões Lopes Neto
77. ESAÚ E JACÓ
Machado de Assis
78. O DESESPERO HUMANO
Sören Kierkegaard
79. DOS DEVERES
Cícero
80. CIÊNCIA E POLÍTICA
Max Weber
81. SATÍRICON
Petrônio
82. EU E OUTRAS POESIAS
Augusto dos Anjos
83. FARSA DE INÊS PEREIRA / AUTO DA BARCA DO INFERNO / AUTO DA ALMA
Gil Vicente
84. A DESOBEDIÊNCIA CIVIL E OUTROS ESCRITOS
Henry David Toreau
85. PARA ALÉM DO BEM E DO MAL
Friedrich Nietzsche
86. A ILHA DO TESOURO
R. Louis Stevenson
87. MARÍLIA DE DIRCEU
Tomás A. Gonzaga
88. AS AVENTURAS DE PINÓQUIO
Carlo Collodi
89. SEGUNDO TRATADO SOBRE O GOVERNO
John Locke
90. AMOR DE SALVAÇÃO
Camilo Castelo Branco
91. BROQUÉIS/FARÓIS/ ÚLTIMOS SONETOS
Cruz e Souza
92. I-JUCA-PIRAMA / OS TIMBIRAS / OUTROS POEMAS
Gonçalves Dias
93. ROMEU E JULIETA
William Shakespeare
94. A CAPITAL FEDERAL
Arthur Azevedo
95. DIÁRIO DE UM SEDUTOR
Sören Kierkegaard
96. CARTA DE PERO VAZ DE CAMINHA A EL-REI SOBRE O ACHAMENTO DO BRASIL
97. CASA DE PENSÃO
Aluísio Azevedo
98. MACBETH
William Shakespeare

99. Édipo Rei/Antígona
Sófocles

100. Lucíola
José de Alencar

101. As Aventuras de Sherlock Holmes
Sir Arthur Conan Doyle

102. Bom-Crioulo
Adolfo Caminha

103. Helena
Machado de Assis

104. Poemas Satíricos
Gregório de Matos

105. Escritos Políticos / A Arte da Guerra
Maquiavel

106. Ubirajara
José de Alencar

107. Diva
José de Alencar

108. Eurico, o Presbítero
Alexandre Herculano

109. Os Melhores Contos
Lima Barreto

110. A Luneta Mágica
Joaquim Manuel de Macedo

111. Fundamentação da Metafísica dos Costumes e Outros Escritos
Immanuel Kant

112. O Príncipe e o Mendigo
Mark Twain

113. O Domínio de Si Mesmo pela Auto-Sugestão Consciente
Émile Coué

114. O Mulato
Aluísio Azevedo

115. Sonetos
Florbela Espanca

116. Uma Estadia no Inferno / Poemas / Carta do Vidente
Arthur Rimbaud

117. Várias Histórias
Machado de Assis

118. Fédon
Platão

119. Poesias
Olavo Bilac

120. A Conduta para a Vida
Ralph Waldo Emerson

121. O Livro Vermelho
Mao Tsé-Tung

122. Oração aos Moços
Rui Barbosa

123. Otelo, o Mouro de Veneza
William Shakespeare

124. Ensaios
Ralph Waldo Emerson

125. De Profundis / Balada do Cárcere de Reading
Oscar Wilde

126. Crítica da Razão Prática
Immanuel Kant

127. A Arte de Amar
Ovídio Naso

128. O Tartufo ou O Impostor
Molière

129. Metamorfoses
Ovídio Naso

130. A Gaia Ciência
Friedrich Nietzsche

131. O Doente Imaginário
Molière

132. Uma Lágrima de Mulher
Aluísio Azevedo

133. O Último Adeus de Sherlock Holmes
Sir Arthur Conan Doyle

134. Canudos - Diário de uma Expedição
Euclides da Cunha

135. A Doutrina de Buda
Siddharta Gautama

136. Tao Te Ching
Lao-Tsé

137. Da Monarquia / Vida Nova
Dante Alighieri

138. A Brasileira de Prazins
Camilo Castelo Branco

139. O Velho da Horta/Quem Tem Farelos?/Auto da Índia
Gil Vicente

140. O Seminarista
Bernardo Guimarães

141. O Alienista / Casa Velha
Machado de Assis

142. Sonetos
Manuel du Bocage

143. O Mandarim
Eça de Queirós

144. Noite na Taverna / Macário
Álvares de Azevedo

145. Viagens na Minha Terra
Almeida Garrett

146. Sermões Escolhidos
Padre Antonio Vieira

147. Os Escravos
Castro Alves

148. O Demônio Familiar
José de Alencar

149. A Mandrágora / Belfagor, o Arquidiabo
Maquiavel

150. O Homem
Aluísio Azevedo

151. Arte Poética
Aristóteles

152. A Megera Domada
William Shakespeare

153. Alceste/Electra/Hipólito
Eurípedes

154. O Sermão da Montanha
Huberto Rohden

155. O Cabeleira
Franklin Távora

156. Rubáiyát
Omar Khayyám

157. Luzia-Homem
Domingos Olímpio

158. A Cidade e as Serras
Eça de Queirós

159. A Retirada da Laguna
Visconde de Taunay

160. A Viagem ao Centro da Terra
Júlio Verne

161. Caramuru
Frei Santa Rita Durão

162. Clara dos Anjos
Lima Barreto

163. Memorial de Aires
Machado de Assis

164. Bhagavad Gita
Krishna

165. O Profeta
Khalil Gibran

166. Aforismos
Hipócrates

167. Kama Sutra
Vatsyayana

168. O Livro da Jângal
Rudyard Kipling

169. De Alma para Alma
Huberto Rohden

170. Orações
Cícero

171. Sabedoria das Parábolas
Huberto Rohden

172. Salomé
Oscar Wilde

173. Do Cidadão
Thomas Hobbes

174. Porque Sofremos
Huberto Rohden

175. Einstein: o Enigma do Universo
Huberto Rohden

176. A Mensagem Viva do Cristo
Huberto Rohden

177. Mahatma Gandhi
Huberto Rohden

178. A Cidade do Sol
Tommaso Campanella

179. Setas para o Infinito
Huberto Rohden

180. A Voz do Silêncio
Helena Blavatsky

181. Frei Luís de Sousa
Almeida Garrett

182. Fábulas
Esopo

183. Cântico de Natal/ Os Carrilhões
Charles Dickens

184. Contos
Eça de Queirós

185. O Pai Goriot
Honoré de Balzac

186. Noites Brancas e Outras Histórias
Dostoiévski

187. Minha Formação
Joaquim Nabuco

188. Pragmatismo
William James

189. Discursos Forenses
Enrico Ferri

190. Medéia
Eurípedes

191. Discursos de Acusação
Enrico Ferri

192. A Ideologia Alemã
Marx & Engels

193. Prometeu Acorrentado
Ésquilo

194. Iaiá Garcia
Machado de Assis

195. Discursos no Instituto dos Advogados Brasileiros / Discurso no Colégio Anchieta
Rui Barbosa

196. Édipo em Colono
Sófocles

197. A Arte de Curar pelo Espírito
Joel S. Goldsmith

198. Jesus, o Filho do Homem
Khalil Gibran

199. Discurso sobre a Origem e os Fundamentos da Desigualdade entre os Homens
Jean-Jacques Rousseau

200. Fábulas
La Fontaine

201. O Sonho de uma Noite de Verão
William Shakespeare

202. Maquiavel, o Poder
José Nivaldo Junior

203. Ressurreição
Machado de Assis

204. O Caminho da Felicidade
Huberto Rohden

205. A Velhice do Padre Eterno
Guerra Junqueiro

206. O Sertanejo
José de Alencar

207. Gitanjali
Rabindranath Tagore

208. Senso Comum
Thomas Paine

209. Canaã
Graça Aranha

210. O Caminho Infinito
Joel S. Goldsmith

211. Pensamentos
Epicuro

212. A Letra Escarlate
Nathaniel Hawthorne

213. Autobiografia
Benjamin Franklin

214. Memórias de Sherlock Holmes
Sir Arthur Conan Doyle

215. O Dever do Advogado / Posse de Direitos Pessoais
Rui Barbosa

216. O Tronco do Ipê
José de Alencar

217. O Amante de Lady Chatterley
D. H. Lawrence

218. Contos Amazônicos
Inglês de Souza

219. A Tempestade
William Shakespeare

220. Ondas
Euclides da Cunha

221. Educação do Homem Integral
Huberto Rohden

222. Novos Rumos para a Educação
Huberto Rohden

223. Mulherzinhas
Louise May Alcott

224. A Mão e a Luva
Machado de Assis

225. A Morte de Ivan Ilicht / Senhores e Servos
Leon Tolstói

226. Álcoois e Outros Poemas
Apollinaire

227. Pais e Filhos
Ivan Turguêniev

228. Alice no País das Maravilhas
Lewis Carroll

229. À Margem da História
Euclides da Cunha

230. Viagem ao Brasil
Hans Staden

231. O Quinto Evangelho
Tomé

232. Lorde Jim
Joseph Conrad

233. Cartas Chilenas
Tomás Antônio Gonzaga

234. Odes Modernas
Anntero de Quental

235. Do Cativeiro Babilônico da Igreja
Martinho Lutero

236. O Coração das Trevas
Joseph Conrad

237. Thais
Anatole France

238. Andrômaca / Fedra
Racine

239. As Catilinárias
Cícero

240. Recordações da Casa dos Mortos
Dostoiévski

241. O Mercador de Veneza
William Shakespeare

242. A Filha do Capitão / A Dama de Espadas
Aleksandr Púchkin

243. Orgulho e Preconceito
Jane Austen

244. A Volta do Parafuso
Henry James

245. O Gaúcho
José de Alencar

246. Tristão e Isolda
Lenda Medieval Celta de Amor

247. Poemas Completos de Alberto Caeiro
Fernando Pessoa

248. Maiakósvski
Vida e Poesia

249. Sonetos
William Shakespeare

250. Poesia de Ricardo Reis
Fernando Pessoa

251. Papéis Avulsos
Machado de Assis

252. Contos Fluminenses
Machado de Assis

253. O Bobo
Alexandre Herculano

254. A Oração da Coroa
Demóstenes

255. O Castelo
Franz Kafka

256. O Trovejar do Silêncio
Joel S. Goldsmith

257. Alice na Casa dos Espelhos
Lewis Carrol

258. Miséria da Filosofia
Karl Marx

259. Júlio César
William Shakespeare

260. Antônio e Cleópatra
William Shakespeare

261. Filosofia da Arte
Huberto Rohden

262. A Alma Encantadora das Ruas
João do Rio

263. A Normalista
Adolfo Caminha

264. Pollyanna
Eleanor H. Porter

265. As Pupilas do Senhor Reitor
Júlio Diniz

266. As Primaveras
Casimiro de Abreu

267. Fundamentos do Direito
Léon Duguit

268. Discursos de Metafísica
G. W. Leibniz

269. Sociologia e Filosofia
Émile Durkheim

270. Cancioneiro
Fernando Pessoa

271. A Dama das Camélias
Alexandre Dumas (filho)

272. O Divórcio / As Bases da Fé / e outros textos
Rui Barbosa

273. Pollyanna Moça
Eleanor H. Porter

274. O 18 Brumário de Luís Bonaparte
Karl Marx

275. Teatro de Machado de Assis
Antologia

276. Cartas Persas
Montesquieu

277. Em Comunhão com Deus
Huberto Rohden

278. Razão e Sensibilidade
Jane Austen

279. Crônicas Selecionadas
Machado de Assis

280. Histórias da Meia-Noite
Machado de Assis

281. Cyrano de Bergerac
Edmond Rostand

282. O Maravilhoso Mágico de Oz
L. Frank Baum

283. Trocando Olhares
Florbela Espanca

284. O Pensamento Filosófico da Antiguidade
Huberto Rohden

285. Filosofia Contemporânea
Huberto Rohden

286. O Espírito da Filosofia Oriental
Huberto Rohden

287. A Pele do Lobo / O Badejo / o Dote
Artur Azevedo

288. Os Bruzundangas
Lima Barreto

289. A Pata da Gazela
José de Alencar

290. O Vale do Terror
Sir Arthur Conan Doyle

291. O Signo dos Quatro
Sir Arthur Conan Doyle

292. As Máscaras do Destino
Florbela Espanca

293. A Confissão de Lúcio
Mário de Sá-Carneiro

294. Falenas
Machado de Assis

295. O Uraguai / A Declamação Trágica
Basílio da Gama

296. Crisálidas
Machado de Assis

297. Americanas
Machado de Assis

298. A Carteira de Meu Tio
Joaquim Manuel de Macedo

299. Catecismo da Filosofia
Huberto Rohden

301. Rumo à Consciência Cósmica
Huberto Rohden

302. COSMOTERAPIA
Huberto Rohden

303. BODAS DE SANGUE
Federico García Lorca

304. DISCURSO DA SERVIDÃO VOLUNTÁRIA
Étienne de la Boétie

305. CATEGORIAS
Aristóteles

306. MANON LESCAUT
Abade Prévost

307. TEOGONIA / TRABALHOS E DIAS
Hesíodo

308. AS VÍTIMAS ALGOZES
Joaquim Manuel de Macedo

309. PERSUASÃO
Jane Austen

SÉRIE OURO
(Livros com mais de 400 p.)

1. LEVIATÃ
Thomas Hobbes

2. A CIDADE ANTIGA
Fustel de Coulanges

3. CRÍTICA DA RAZÃO PURA
Immanuel Kant

4. CONFISSÕES
Santo Agostinho

5. OS SERTÕES
Euclides da Cunha

6. DICIONÁRIO FILOSÓFICO
Voltaire

7. A DIVINA COMÉDIA
Dante Alighieri

8. ÉTICA DEMONSTRADA À MANEIRA DOS GEÔMETRAS
Baruch de Spinoza

9. DO ESPÍRITO DAS LEIS
Montesquieu

10. O PRIMO BASÍLIO
Eça de Queirós

11. O CRIME DO PADRE AMARO
Eça de Queirós

12. CRIME E CASTIGO
Dostoiévski

13. FAUSTO
Goethe

14. O SUICÍDIO
Émile Durkheim

15. ODISSÉIA
Homero

16. PARAÍSO PERDIDO
John Milton

17. DRÁCULA
Bram Stocker

18. ILÍADA
Homero

19. AS AVENTURAS DE HUCKLEBERRY FINN
Mark Twain

20. PAULO – O 13º APÓSTOLO
Ernest Renan

21. ENEIDA
Virgílio

22. PENSAMENTOS
Blaise Pascal

23. A ORIGEM DAS ESPÉCIES
Charles Darwin

24. VIDA DE JESUS
Ernest Renan

25. MOBY DICK
Herman Melville

26. OS IRMÃOS KARAMAZOVI
Dostoiévski

27. O MORRO DOS VENTOS UIVANTES
Emily Brontë

28. VINTE MIL LÉGUAS SUBMARINAS
Júlio Verne

29. MADAME BOVARY
Gustave Flaubert

30. O VERMELHO E O NEGRO
Stendhal

31. OS TRABALHADORES DO MAR
Victor Hugo

32. A VIDA DOS DOZE CÉSARES
Suetônio

34. O IDIOTA
Dostoiévski

35. PAULO DE TARSO
Huberto Rohden

36. O PEREGRINO
John Bunyan

37. AS PROFECIAS
Nostradamus

38. NOVO TESTAMENTO
Huberto Rohden

39. O CORCUNDA DE NOTRE DAME
Victor Hugo

40. ARTE DE FURTAR
Anônimo do século XVII

41. GERMINAL
Émile Zola

42. FOLHAS DE RELVA
Walt Whitman

43. BEN-HUR — UMA HISTÓRIA DOS TEMPOS DE CRISTO
Lew Wallace

44. OS MAIAS
Eça de Queirós

45. O LIVRO DA MITOLOGIA
Thomas Bulfinch

46. OS TRÊS MOSQUETEIROS
Alexandre Dumas

47. POESIA DE ÁLVARO DE CAMPOS
Fernando Pessoa

48. JESUS NAZARENO
Huberto Rohden

49. GRANDES ESPERANÇAS
Charles Dickens

50. A EDUCAÇÃO SENTIMENTAL
Gustave Flaubert

51. O CONDE DE MONTE CRISTO (VOLUME I)
Alexandre Dumas

52. O CONDE DE MONTE CRISTO (VOLUME II)
Alexandre Dumas

53. OS MISERÁVEIS (VOLUME I)
Victor Hugo

54. OS MISERÁVEIS (VOLUME II)
Victor Hugo

55. DOM QUIXOTE DE LA MANCHA (VOLUME I)
Miguel de Cervantes

56. DOM QUIXOTE DE LA MANCHA (VOLUME II)
Miguel de Cervantes

58. CONTOS ESCOLHIDOS
Artur Azevedo

59. AS AVENTURAS DE ROBIN HOOD
Howard Pyle